追踪谜底

《红楼梦》索隐之三

隋邦森　隋海鹰 著

中央编译出版社
Central Compilation & Translation Press

序　言

　　《红楼梦》是一部空前绝后的隐史，隐写了明亡清兴血火纷飞的历史——天命、天聪、崇德、顺治、康熙时代（万历天启崇祯弘光到永历大顺吴周），重点在崇德、顺治、康熙三代。正面看"无非公子与红妆"（粉墨登场的演员），反面看"白骨如山忘姓氏"（帝王将相后妃格格藩王使臣）。

　　《红楼梦》是一部畸形的历史。研究《红楼梦》，不是在研究文学，所谓红学、曹学、秦学，探轶学，都与《红楼梦》关系不大，按照文学来研究，就会觉得一塌糊涂，越研究越糊涂。

　　研究《红楼梦》的正确途径，就是对照文本界定的历史，来研究这部由文字狱逼出来的畸形变态的历史。

　　《红楼梦》里所有的诗词歌赋与对联谜语都是为主题服务的，都隐射与历史人物相关的重要事实，无一例外。例如：

　　《金陵十二钗》的判词是隐射十位后宫后妃格格命运的。

　　《护官符》隐射满族皇家爱新觉罗、汉族定南王孔有德、科尔沁蒙古王爷吴克善、汉族藩王吴三桂等主宰清初中国命运的四大家族。

　　《好了歌》隐射降臣孔有德对改朝换代的悲叹。

　　《好了歌注解》是朱明皇室对大明与南明灭亡的哀怨。

　　……

　　凡以小说情节难以暗示的历史隐秘，都隐藏在诗词歌赋、酒令谜语、对联谶语、戏剧名称里。小说情节是树干，诗词歌赋、酒令谜语、对联谶语、戏剧等等是绿叶。一部《红楼梦》就是由这些树干、绿叶组合而成的参天大树。而本书，就是对每一片绿叶的探讨之作。

2013 年春　隋邦森　于北京

目 录

第一回　甄士隐梦幻识通灵　贾雨村风尘怀闺秀 …………… 1
　　女娲炼石上偈语 ………………………………………… 1
　　题《金陵十二钗》一绝 ………………………………… 4
　　癞头和尚嘲甄士隐 ……………………………………… 6
　　贾雨村对月口占五言律 ………………………………… 10
　　贾雨村口占联语 ………………………………………… 11
　　贾雨村对月寓怀一绝 …………………………………… 13
　　太虚幻境石牌坊联语 …………………………………… 15
　　跛足道人的《好了歌》 ………………………………… 18
　　甄士隐解注《好了歌》 ………………………………… 22

第二回　贾夫人仙逝扬州城　冷子兴演说荣国府 …………… 26
　　赞娇杏 …………………………………………………… 26
　　智通寺对联 ……………………………………………… 29

第三回　贾雨村夤缘复旧职　林黛玉抛父进京都 …………… 32
　　荣禧堂对联 ……………………………………………… 32
　　《西江月》批宝玉二首 ………………………………… 34
　　赞林黛玉 ………………………………………………… 36

第四回　薄命女偏逢薄命郎　葫芦僧乱判葫芦案 …………… 38
　　《护官符》 ……………………………………………… 38

第五回　游幻境指迷十二钗　饮仙醪曲演红楼梦 …………… 42
　　宁国府上房内对联 ……………………………………… 42
　　秦可卿卧室对联 ………………………………………… 44
　　警幻仙姑歌辞 …………………………………………… 46
　　警幻仙子赋 ……………………………………………… 47
　　孽海情天对联 …………………………………………… 50
　　薄命司对联 ……………………………………………… 50
　　判词"霁月难逢" ………………………………………… 54
　　判词"枉自温柔和顺" …………………………………… 58
　　判词"根并荷花一径香" ………………………………… 61
　　判词"可叹停机德" ……………………………………… 65
　　判词"二十年来辨是非" ………………………………… 67
　　判词"才自精明志自高" ………………………………… 69
　　判词"富贵又何为" ……………………………………… 72
　　判词"欲洁何曾洁" ……………………………………… 77
　　判词"子系中山狼" ……………………………………… 79
　　判词"堪破三春景不长" ………………………………… 82
　　判词"凡鸟偏从末世来" ………………………………… 84
　　判词"事败休云贵" ……………………………………… 85
　　判词"桃李春风结子完" ………………………………… 88
　　判词"情天情海幻情身" ………………………………… 92
　　仙宫房内对联 …………………………………………… 96
　　《红楼梦曲》引子 ……………………………………… 98
　　终身误 …………………………………………………… 100
　　枉凝眉 …………………………………………………… 105
　　恨无常 …………………………………………………… 110
　　分骨肉 …………………………………………………… 115
　　乐中悲 …………………………………………………… 115

世难容	116
喜冤家	117
虚花悟	118
聪明累	120
留余庆	124
晚韶华	128
好事终	130
飞鸟各投林	131

第八回　比通灵金莺微露意　探宝钗黛玉半含酸 …… 133
　　嘲顽石诗 …… 133
　　通灵宝玉与金锁铭文 …… 135

第十一回　庆寿辰宁府排家宴　见熙凤贾瑞起淫心 …… 138
　　赞会芳园 …… 138

第十三回　秦可卿死封龙禁尉　王熙凤协理宁国府 …… 141
　　秦可卿托梦赠言 …… 141

第十七回　大观园试才题封额　荣国府归省庆元宵 …… 143
　　题大观园诸景对额 …… 143

第十八回　皇恩重元妃省父母　天伦乐宝玉呈才藻 …… 147
　　赞省亲别墅 …… 147
　　贾政上贾妃启 …… 149
　　顾恩思义匾额 …… 151
　　大观园题咏（十一首） …… 153

第二十一回　贤袭人娇嗔箴宝玉　俏平儿软语救贾琏 …… 162
　　续《庄子·胠箧》 …… 162
　　题宝玉续庄子文后 …… 164

第二十二回　听曲文宝玉悟禅机　制灯谜贾政悲谶语 …… 166
　　寄生草与参禅偈 …… 166
　　贾环谜语 …… 171

　　　　贾母谜语·································· 174
　　　　贾政谜语·································· 175
　　　　元春谜语·································· 179
　　　　探春谜语·································· 180
　　　　迎春谜语·································· 181
　　　　宝钗谜语·································· 182
　　　　宝玉谜语·································· 185
　　　　宝钗谜语·································· 186
　　　　惜春谜语·································· 188
第二十三回　西厢记妙词通戏语　牡丹亭艳曲警芳心········· 190
　　　　四时即事四首······························ 190
第二十五回　魇魔法叔嫂逢五鬼　红楼梦通灵遇双真········· 193
　　　　跛足道人赞································ 193
　　　　癞头和尚赞································ 195
　　　　叹通灵宝玉二首···························· 197
第二十六回　蜂腰桥设言传密意　潇湘馆春困发幽情········· 199
　　　　黛玉哭花荫与哭花荫诗······················ 199
第二十七回　滴翠亭杨妃戏彩蝶　埋香冢飞燕泣残红········· 203
　　　　葬花辞···································· 203
第二十八回　蒋玉菡情赠茜香罗　薛宝钗羞笼红麝串········· 210
　　　　小曲（云儿）······························ 210
　　　　"女儿"酒令五首···························· 214
第三十四回　情中情因情感妹妹　错里错以错劝哥哥········· 219
　　　　题帕三绝句································ 219
第三十七回　秋爽斋偶结海棠社　蘅芜苑夜拟菊花题········· 222
　　　　送白海棠帖································ 222
　　　　招宝玉结诗社帖···························· 222
　　　　咏白海棠——探春··························· 223

咏白海棠——宝钗 ……………………………………… 224

咏白海棠——宝玉 ……………………………………… 225

咏白海棠——林黛玉 …………………………………… 226

咏白海棠——史湘云（两首） ………………………… 227

第三十八回　林潇湘魁夺菊花社　薛蘅芜讽和螃蟹咏

藕香榭联语 ……………………………………………… 229

宝钗：忆菊 ……………………………………………… 230

宝玉：访菊 ……………………………………………… 231

宝玉：种菊 ……………………………………………… 234

湘云：对菊 ……………………………………………… 234

湘云：供菊 ……………………………………………… 236

黛玉：咏菊 ……………………………………………… 237

宝钗：画菊 ……………………………………………… 238

黛玉：问菊 ……………………………………………… 239

探春：簪菊 ……………………………………………… 240

湘云：菊影 ……………………………………………… 241

黛玉：菊梦 ……………………………………………… 242

探春：残菊 ……………………………………………… 245

螃蟹咏（三首） ………………………………………… 246

第四十回　史太君两宴大观园　金鸳鸯三宣牙牌令

探春房内对联 …………………………………………… 251

牙牌令（七首） ………………………………………… 252

第四十五回　金兰契互剖金兰语　风雨夕闷制风雨词

秋窗风雨夕 ……………………………………………… 259

香菱咏月诗三首 ………………………………………… 261

第五十回　芦雪庵争联即景诗　暖香坞雅制春灯谜

芦雪庵争联即景诗 ……………………………………… 264

赋得红梅花三首 ………………………………………… 271

　　　　访妙玉乞红梅···273

　　　　暖香坞春灯谜（四首）·····································275

　　　　点绛唇···278

　　　　灯谜诗（三首）··278

第五十一回　薛小妹新编怀古诗　胡庸医乱用虎狼药·········281

　　　　薛宝琴怀古诗（10首）····································281

第五十二回　俏平儿情掩虾须镯　勇晴雯病补雀金裘·········288

　　　　真真国女儿诗··288

第五十三回　宁国府除夕祭宗祠　荣国府元宵开夜宴·········292

　　　　宁国府宗祠对联···292

第六十二回　憨湘云醉眠芍药裀　呆香菱情解石榴裙·········295

　　　　酒令三首···295

　　　　射覆四首···297

第六十三回　寿怡红群芳开夜宴　死金丹独艳理亲丧·········299

　　　　花名签令——宝钗签··299

　　　　花名签令——袭人签··299

　　　　花名签令——探春签··300

　　　　花名签令——李纨签··300

　　　　花名签令——湘云签··301

　　　　花名签令——麝月签··301

　　　　花名签令——香菱签··301

　　　　花名签令——黛玉签··302

第六十四回　幽淑女悲题五美吟　浪荡子情遗九龙佩·········306

　　　　五美吟···306

第六十六回　情小妹耻情归地府　冷二郎一冷入空门·········310

　　　　尤三姐自刎··310

第七十回　林黛玉重建桃花社　史湘云偶添柳絮词············313

　　　　林黛玉：桃花行···313

　　　　史湘云：如梦令 …………………………………………………… 314
　　　　探春、宝玉：南柯子 …………………………………………… 315
　　　　林黛玉：唐多令 ………………………………………………… 316
　　　　薛宝琴：西江月 ………………………………………………… 317
　　　　薛宝钗：临江仙 ………………………………………………… 318
第七十六回　凸碧堂品笛感凄清　凹晶馆联诗悲寂寞 …………………… 320
　　　　中秋夜大观园即景联句三十五韵 ……………………………… 320
第七十八回　老学士闲征姽婳词　痴公子杜撰芙蓉诔 …………………… 324
　　　　林四娘 …………………………………………………………… 324
　　　　《芙蓉女儿诔》 ………………………………………………… 326
第八十三回　省宫闱贾元妃染恙　闹闺阃薛宝钗吞声 …………………… 333
　　　　贾府歌谣 ………………………………………………………… 333
第八十五回　贾存周报升郎中任　薛文起复惹放流刑 …………………… 334
　　　　亲友庆贺贾政升官 ……………………………………………… 334
第八十七回　感秋声抚琴悲往事　坐禅寂走火入邪魔 …………………… 337
　　　　黛玉见帕伤感 …………………………………………………… 337
　　　　琴曲四章 ………………………………………………………… 337
　　　　悟禅偈（惜春） ………………………………………………… 339
第八十九回　人亡物在公子填词　蛇影杯弓颦卿绝粒 …………………… 344
　　　　望江南·祝祭晴雯二首（宝玉） ……………………………… 344
　　　　赞黛玉 …………………………………………………………… 347
第九十回　失绵衣贫女耐嗷嘈　送果品小郎惊叵测 ……………………… 349
　　　　感怀（薛蝌） …………………………………………………… 349
　　　　叹黛玉病 ………………………………………………………… 352
第九十一回　纵淫心宝蟾工设计　布疑阵宝玉妄谈禅 …………………… 355
　　　　宝玉答黛玉禅话 ………………………………………………… 355
第九十三回　甄家仆投靠贾家门　水月庵掀翻风月案 …………………… 357
　　　　荐包勇与贾政书 ………………………………………………… 357

　　　　匿名揭帖儿……………………………………………………358

第九十四回　宴海棠贾母赏花妖　失宝玉通灵知奇祸……………361
　　　　赏海棠花妖诗三首………………………………………361

第九十五回　因讹成实元妃薨逝　以假混真宝玉疯颠……………364
　　　　寻玉乩书……………………………………………………364

第九十八回　苦绛珠魂归离恨天　病神瑛泪洒相思地……………365
　　　　叹黛玉死……………………………………………………365

第一〇一回　大观园月夜警幽魂　散花寺神签占异兆……………367
　　　　散花寺签……………………………………………………367

第一〇八回　强欢笑蘅芜庆生辰　死缠绵潇湘闻鬼哭……………369
　　　　骰子酒令四首………………………………………………369

第一一六回　得通灵幻镜悟仙缘　送慈柩故乡全孝道……………371
　　　　重游太虚幻境所见联额三副……………………………371

第一一七回　阻超凡佳人双护玉　欢聚党恶子独承家……………373
　　　　酒令…………………………………………………………373

第一一八回　记微嫌舅兄欺弱女　警谜语妻妾谏痴人……………375
　　　　吟句…………………………………………………………375

第一一九回　中乡魁宝玉却尘缘　沐皇恩贾家延世泽……………377
　　　　离家赴考赞…………………………………………………377

第一二〇回　甄士隐详说太虚情　贾雨村归结红楼梦……………379
　　　　结红楼梦偈…………………………………………………379
　　　　离尘歌………………………………………………………380
　　　　顽石重归青埂峰……………………………………………383
　　　　咏桃花庙……………………………………………………384

参考文献………………………………………………………………386

第一回　甄士隐梦幻识通灵　贾雨村风尘怀闺秀

女娲炼石上偈语

无材可去补苍天[①]，枉入红尘若许年。
此系身前身后事，倩谁记去做奇传。

[①] 补天：女娲氏炼石补天，反映了母系社会的历史传说，也暗示《红楼梦》主角是女娲煅炼的一个了不得的"裙钗"。

解读

（1）《红楼梦》第一回说女娲炼石补天，剩了一块未用，丢弃在青埂峰下，成了"大荒顽石"，指元至正二十七年（1367年）十月，朱元璋命徐达、常遇春率军25万北伐。至正二十八年（1368年）正月初四，朱元璋称帝，建元洪武。八月二日，徐达师入大都，结束了元朝八十九年的统治。元顺帝携带家眷及宫廷官僚夜半开门，北走上都，继续维持元室的统治，史称北元。开始时还与南京、北京的中央政府公开对立（"双悬日月照乾坤"），后来内部分裂，才臣服于北京朝廷（中华一统）。

元朝使用的玉玺乃忽必烈得之于南宋赵家皇室，为汉族历代王朝使用的传国玉玺，上面刻有四个汉文篆字"制诰之宝"，源于蔺相如"完璧归赵"的和氏璧，与秦始皇、汉高祖、唐太宗、宋太祖使用的玉玺一脉相承。所以，《红楼梦》作者说它是女娲氏所炼的"补天石"，因为女娲氏是汉族神话中的创始女神。

元朝灭亡后，元朝的传国玉玺成了一块"废石头"——"娲皇氏只用了三万六千五百块，只单单剩了一块未用，便弃在此山青埂峰下。"元顺帝从大都北逃，由皇后携带传国玉玺，走到大青山，在兵荒马乱中，竟然丢失了，变成了"大荒顽石"。

所谓"大荒山无稽崖青埂峰"，是指内蒙古大青山（阴山）。阴山因山脉荒凉人烟稀少而称为"大荒山"，因绵亘一千里而称为"无稽（际）崖"，因山势如同青色的土埂子而称为"青埂峰"。

200年后，作废的元朝玉玺被"牧羊人"拾得，献给了察哈尔蒙古王爷林丹汗。林丹汗与科尔沁蒙古王爷都是成吉思汗与忽必烈的后裔，属于"黄金家族"。

1613年，明万历四十一年二月初八，博尔济吉特·布木布泰——"孝庄文皇后"出生于蒙古科尔沁部。

孝庄文皇后是蒙古"黄金家族"的后裔，又是清太宗皇太极的皇后，所以成了"大荒顽石"与"通灵宝玉"的艺术化身——也就是大清国最高权力的化身。

孝庄乃《红楼梦》第一女主角，作者说她"猴子身轻站树梢"，并采用《西游记》中孙悟空七十二变的手法，将她分身为警幻仙姑、赤瑕宫主、娇杏、智能儿、元妃、王熙凤、万儿、后廊上住的五嫂子、多姑娘、灯姑娘、傅秋芳、张王氏、秦可卿、林黛玉、真真国女儿、王夫人、薛姨妈、贾母等多人，以致论者不复识其真面貌矣。这种多个演员表演同一个历史角色的方法，源于中国的传统戏剧。现代舞台上表演诸葛亮借东风的演员，何止万千？

（2）"此石自经煅炼之后，灵性已通，因见众石俱得补天，独自己无材不堪入选，遂自怨自叹，日夜悲号惭愧。"——传国玉玺已经使用了二十二朝，始终是国家权力的象征，所谓"自经煅炼之后，灵性已通"也。元朝灭亡后沦落在荒凉的大青山，失去了一切权威的灵光，"凤凰落地被犬欺"，而推翻元朝的朱元璋，使用了新刻的传国玉玺。所以大荒顽石"因见众石俱得补天，独自己无材不堪入选，遂自怨自叹，日夜悲号惭愧"。

（3）"癞头和尚……念咒书符，大展幻术，将一块大石登时变成一块鲜明莹洁的美玉，且又缩成扇坠大小的可佩可拿。"又被他"镌上数字，使人一见便知是奇物"，竟然成了"通灵宝玉"——1635年，明崇祯八年、后金天聪九年，多尔衮灭察哈尔部，并从林丹汗儿子手中获得元顺帝废玉玺，交给了后金大汗皇太极。皇太极获元朝玉玺，以为受命于天，磨去元朝的蒙汉文，改刻满汉文，改后金为清，改后金大汗为清崇德皇帝，与明朝崇祯皇帝平起平坐了。反映到小说中，此玺即"大荒顽石"所化之"通灵宝玉"——从作废的元朝玉玺，变成了有效的大清国玉玺。这一年是天聪十年崇祯九年——所谓"十九（日）乃黄道之期"。《红楼梦》从此开始了。

"元妃"乃"元废"也，指元顺帝作废的玉玺——"元春"乃"元废逢春"，被癞头和尚皇太极幻化成"通灵宝玉"清玺，并入主北京，回到金朝老祖宗的燕京"省亲"——第十七回元春云："此时自己回想当初在大荒山中，青埂峰下，那等凄凉寂寞；若不亏癞僧、跛道二人携来到此，又安能得见这般世面。"此乃大荒顽石的艺术化身元春（孝庄皇太后）开口说话。

（4）随一僧"癞头和尚"与一道"跛足道人"幻形入世，到"那昌明隆盛之邦，诗礼簪缨之族，花柳繁华地，温柔富贵乡去安身乐业"，因而成就了一番事业——首先指皇太极（癞僧）将博尔济吉特·布木布泰从科尔沁蒙古草原接到沈阳当了庄妃。其次指摄政王（贾赦贾政贾琏）多尔衮与孔有德（跛道）将孝庄从沈阳盛京接到北京皇宫，成了国母。

（5）"又不知过了几世几劫，因有个空空道人访道求仙，忽从这大荒山无稽崖青埂峰下经过，忽见一大块石上字迹分明，编述历历。空空道人乃从头一看，原来就是无材补天，幻形入世，蒙茫茫大士（癞僧），渺渺真人（跛道）携入红尘，历尽离合悲欢炎凉世态的一段故事。"——指空空道人看到了《红楼梦》的原始资料。

《红楼梦》刻在"一大块石上"，是明亡清兴历史的原始资料。"石兄"是资料收集与记录者。

石头笑答道："我师何太痴耶！若云无朝代可考，今我师竟假借汉唐等年纪添缀，又有何难？"——指《红楼梦》是空空道人领导明朝遗民文人，按照明亡清兴的原始历史资料重新编写的。牵涉朝廷秘密，《红楼梦》故意不表明朝代。

《红楼梦》是作者亲眼目睹并记录下来的"贾石头"的经历。即元朝灭亡，明朝兴起；明朝灭亡，清朝兴起，清朝将走向"其兴也勃焉，其亡也忽焉"的历史。这段"身前身后"的历史，不是大荒顽石（"石头"）自己写的，而是由汉族遗民刻写在大石头上，由"空空道人""从头至尾抄录回来，问世传奇"的。所以叫"倩（请）谁记去做奇传"。

无材可去补苍天（元玺成废物），枉入红尘若许年（丢失二百年）。

此系身前身后事（1636年前后），倩谁记去做奇传（请人写传记）。

题《金陵十二钗》一绝

满纸荒唐言，一把辛酸泪。
都云作者痴，谁解其中味？

解读

（1）空空道人把顽石上镌刻的文字从头至尾抄录下来，唯独不"添缀"朝代，在世上流传，即为《红楼梦》初稿。后因曹雪芹在悼红轩披阅十载，增删五次，题曰《金陵十二钗》，并题了这首绝句。

（2）曹雪芹是《红楼梦》的最后定稿人，是亲眼目睹的后宫《金陵十二钗》的作者。"金陵"首先指后金皇家陵墓所在地盛京，其次指金朝皇家陵墓所在地燕京。因为这些"薄命司"的后宫女儿，都是在沈阳与北京长大的。金陵与南京毫无关系。曹雪芹对《红楼梦》初稿中明亡清兴的感慨为——"满纸荒唐言，一把辛酸泪。都云作者痴，谁解其中味？"

"满纸荒唐言"——对原始作者而言，所隐写的历史本身就是荒唐的。汉族政权在最近的八百年，先败于辽（契丹族），后败于金（女真族），再败于蒙元（蒙古族），又败于满清。北京建都八百年，将近六百年由少数民族当皇帝，汉族老大当臣子，难道不算荒唐吗？

如果契丹族、女真族、蒙族、满族比汉族既先进又强大，汉族人少势弱，三次落后挨打，并无荒唐可言。但事实不是如此，而是相反，汉族人口众多，地大物博，又有五千年的历史文明，只是由于变质，积重难返，造成了民族的劣根性，还不以为然，一会吃，二会生，三会窝里斗，四会贪婪腐败，五会弄虚作假，六会叛变投敌，皇帝独裁专断任用宦官，文臣武将只剩下一张清谈"文死谏，武死战"的臭嘴，社会上文风靡靡，江湖中一盘散沙，所以连续败给比自己人口稀少、文化落后的游牧民族，难道不算荒唐吗？

当时的汉族老大能一而再、再而三的败给落后的小兄弟，将来就必然败给真正强大的外国侵略者，百年国耻，皆在"满纸荒唐"之中。国家政权亡了，有良知而无权利的文化人哑巴吃黄连，有苦无处诉，只得将真事隐去，采用假语村言，含沙射影，旁敲侧击，指桑骂槐，声东击西，或梦或幻，亦真亦假，将胜利方的"裙钗"正面写成"美女"，反面写成"骷髅"，整个一部明亡清兴史，写得"白骨如山忘姓氏，无非公子与红妆"，能不"满纸荒唐言"吗？

"一把辛酸泪"——对原始作者而言，身为朱明皇室，丢掉了大好河山，流窜于荒山野岭，国破家亡，惶惶然如丧家之犬，痛定思痛，悔之晚矣，最多写一纸罪己诏，聊以自慰，以谢国人，愧对祖宗，羞见臣民，能不"一把辛酸泪"吗？

"都云作者痴"——对知情者而言，面对原始作者，有理解，有同情，但更明白"冰冻三尺非一日之寒"，而"大厦将倾，独木难支"，汉族老大病入膏肓，祸起萧墙，内乱不息，外忧紧逼，两面作战，腹背受敌，国将不国，实乃天数。李自成占领北京，逼死皇帝，本来可以继承正统，但因"追赃助饷"，要钱不要命，要银子不要江山，结果破而不立，四面树敌，与江山社稷失之交臂。南明皇室因循守旧，热中于内部争斗，视农民军为仇寇，自相残杀，自我内耗，"反清复明"的言行，等于画饼充饥，饮鸩止渴，充其量只是一种痴傻，一种痴心妄想而已，因为大江东去，逝者如斯也。至于吴三桂，叛而复叛，信义丧尽，逆时代潮流而动，置万民倒悬于不顾，岂能不身败名裂？

"谁解其中味？"——对不知情者而言，读罢小说文字，或迷醉于富贵繁华，或沉溺于卿卿我我，对"公子"爱得痴痴迷迷，对"红妆"悲得死去活来。或爱情至上，恋爱自由，个性解放，人权崇高；或反对封建道德，批判孔孟之道，否定仕途经济，诋毁科举制度。甄家家破人亡（明），树倒狐猴散（南明），逃之夭夭（大顺），烟消火灭（吴周）。贾家眼前无路想回头，飞鸟各投林，茫茫白地，各自须寻各自门。宁荣二府断壁残垣，满大街都是叫花子，没有一点儿希望，看不见丝毫光明。或反清复明，光复汉室，驱逐鞑虏，恢复中华，满蒙异族，外国侵略，汉族觉醒，报仇雪恨。所谓的红学，下笔千言，离题万里，光怪陆离，眼花缭乱，"一千个人心中，就有一千个哈姆雷特"。完全将《红楼梦》等同于明清的庸俗小说，甚至等同于外国的悲剧小说。将中国的齐天大圣，认成了欧美的小毛猴。《红楼梦》只能是"梦魇"，"越研究越糊涂"。究竟谁能明白其中酸甜苦辣的滋味？

《红楼梦》正面的"美女"就是反面的"骷髅"，正面的"公子红妆"就是反面的"白骨如山"。"若非多读书识事，加以致知格物之功、悟道参玄之力者，不能知也。"

满纸荒唐言（写作笔法），一把辛酸泪（作者内心）。
都云作者痴（大众感受），谁解其中味（智者苦思）？

癞头和尚嘲甄士隐

惯养娇生笑你痴，菱花空对雪澌澌①。
好防佳节元宵后②，便是烟消火灭时③。

① 菱花：菱角花。此处指"香菱"、"秋菱"、"甄英莲"——指明朝玉玺与陈圆圆。陈圆圆为平西王吴三桂妃子、吴周皇帝皇贵妃。
雪澌澌："雪"是"薛"的谐音，指的是皇商薛家。薛蟠为"雪地草头龙"的意思，是来自东北的吴周短命天子的艺术化身。"澌澌"为竭尽，澌灭的意思。
② 元宵：指康熙十二年（1673）下旨撤藩，吴三桂首先于十一月杀云南巡抚朱国治，自称天下都招讨兵马大元帅，提出"兴明讨虏"，矛头指向朝廷。康熙十三年（1674）元宵节后，大举北伐。
③ 烟消火灭：暗示元宵节后英莲丢失，甄家从此败落。具体隐射吴三桂大周王朝复辟梦的破灭。三藩是指平西王吴三桂、平南王尚可喜、靖南王耿精忠。吴三桂于康熙十七年（1678）在衡州称帝，立国号周，建元昭武，不久积郁而死，将"帝位"传给孙子吴世璠。康熙二十年（1681）冬，清军进入云贵省城，吴世璠自杀，历时八年的三藩之乱被平定。

解读

（1）"有命无运，累及爹娘"——明朝将要亡国亡天下。朱明王朝的玉玺，会像陈圆圆这样的尤物一样，成为大顺李自成、大清多尔衮、大周吴三桂争夺的对象。运终数尽，有命无运，累及爹娘，牵连亲友。

（2）"癞头和尚"属于神通广大、法力无边的神话人物——明万历二十年（1592）十月二十五——努尔哈赤第八子阿巴海出世，后改名皇太极，登基后成为后金大汗与清崇德皇帝。皇太极即神出鬼没的幽灵"一僧"与"癞头和尚"。明清交替之际，因为多尔衮发布"留头不留发，留发不留头"的削发令，不愿削发的遗明文人，宁愿蓄发为道，也不肯削发为大清顺民。以僧隐满蒙、以道隐汉明，源于此也。

《癞头和尚嘲甄士隐》诗中提到的"甄士隐"乃明朝末代皇帝朱由检与南明流亡诸帝。"薛蟠"（雪澌澌）指短命的大周皇帝吴三桂。"甄英莲"与"香菱"隐射明朝大顺朝大周朝玉玺与被吴三桂李自成争夺的名妓陈圆圆，一个"有命无运，累及爹娘之物"。

（3）"甄士隐"属于红尘中将真事隐去的小说人物——隐射将要亡国的崇祯皇帝与苟延残喘的南明五帝。所以原文云"庙旁住着一家乡宦，姓甄（脂批：真，后之甄宝玉亦借此音，后不注），名费（脂批：废），字士隐（脂批：托言将真事隐去也）。"

"这东南一隅有处曰姑苏"——李知其《红楼梦谜》云：姑苏"谐音读故都"。引申开来，贾琏（多尔衮）带领林黛玉（孝庄特使）到"姑苏"为林姑爷发丧，就隐射多尔衮与孝庄特使在北京为崇祯帝隆重发丧。

"街内有个仁清巷"——是指1644年之前的明清对立。"仁"者，二人也，隐射朱由校天启帝与朱由检崇祯帝的大明朝，"清"隐射努尔哈赤、皇太极、福临爷儿仨的大清国。

"巷内有个古庙，因地方窄狭，人皆呼作葫芦庙。"——"葫芦庙"指沈阳清故宫。将"葫芦庙"妄拟为"胡虏庙"，其实是民族歧见。清故宫东路建于努尔哈赤时期，主要建筑是大政殿和十王亭。大政殿原名笃恭殿，殿前的两根大柱上雕刻着两条蟠龙，气势雄伟。从建筑上看，大政殿也是一个亭子，不过它的体量较大，造型像个粮食囤，更像农家的大葫芦。与北京故宫相比，自然"因地方窄狭，人皆呼作葫芦庙"了。

蔡元培认为："《红楼梦》叙事，自明亡始。第一回所云'这一日三月十五日，葫芦庙起火，烧了一夜，甄氏烧成瓦砾场。'即指甲申三月间明愍帝殉国，北京失守之事也。……甄士隐随跛足道人而去，言明之政事随愍帝之死而消灭也。"

王梦阮《红楼梦索隐》云："甲申之变，三月十九自成破京师，明社遂屋。此言三月十五，隐隐指此。"

"嫡妻封氏，情性贤淑，深明礼义。"——"封氏"指崇祯的周皇后。"封"者，疆土也。天为帝，地为后，所谓"皇天后土"。陈圆圆曾被田国丈送进皇宫，崇祯帝不纳，送归田府，但得为皇家女儿，后成为大周皇帝吴三桂的皇贵妃，故进入《金陵十二钗》副册。

"家中虽不甚富贵，然本地便也推他为望族了。"——明皇室是关内第一"望族"。

"因这甄士隐禀性恬淡，不以功名为念，每日只以观花修竹，酌酒吟诗为乐，倒是神仙一流人品。"——"神仙一流人品"指明神宗，多年不上朝，每日"只以观花修竹，酌酒吟诗为乐"，传到后代的崇祯皇帝朱由检，就大厦将倾，独木难支了。

"如今年已半百，膝下无儿。"——邓狂言的《红楼梦释真》云："无儿，便是灭国，灭种，中原无男子之意。"——指出甄士隐"无儿"，林如海也"无儿"，乃明朝将要"灭国，灭种"也。

"只有一女，乳名唤作英莲，年方三岁。"——"甄英莲"者，真应怜也。癞头和尚嘲甄士隐，发生在崇祯二年天聪三年，1629年冬十月"上亲征明"。进犯山海关至北京之间，包围北京数月，与袁崇焕血战广渠门，后金军俘获明朝太监两名，用反间计诬陷袁崇焕通敌，次年八月，袁崇焕被凌迟处死——参见第四十八回：贾赦陷害死了"石呆子"，为的是二十个长城关隘，与万里江山（一万两银子，买二十把"湘扇"：江山）。这是红楼奇案之一。

"英莲，年方三岁"：袁崇焕冤狱发生于天聪三年，死于崇祯三年，真应怜也。大明朝自毁长城，自裁功臣，甄士隐"年方三岁"的甄英莲丢了，林如海"三岁儿子"死了，都隐写崇祯三年，朱由检误杀臣子袁崇焕。大明朝断子绝孙也。

癞头和尚皇太极向甄士隐崇祯皇帝索要明朝玉玺（甄英莲）与万里江山："舍我吧，舍我吧。"又说："施主，你把这有命无运，累及爹娘之物，抱在怀内作甚？"士隐听了，知是疯话，也不去睬他。——崇祯皇帝认为皇太极要夺取他的大明江山乃是"疯话"而已。

（4）"薛蟠"是买下"香菱"的皇商后裔——王梦阮《红楼梦索隐》认为，薛蟠影射吴三桂，甄英莲影射陈圆圆。又认为《葫芦僧乱判葫芦案》是薛蟠吴三桂与冯渊李自成争夺陈圆圆。

大某山民指出："湘莲之诱薛蟠，与凤姐之诱贾瑞，同一机杼而又有别。"

李知其《红楼梦谜·薛蟠》曰：薛蟠与冷二郎相会于赖家，"是就薛蟠吴三桂被诱降清而言"。

此乃顺治元年四月，顺治部下（多尔衮）诱降吴三桂，在山海关"杀马为誓"的历史写照。薛蟠吴三桂得了好处，遂引清兵入关，后来欲壑难填，又背叛清廷。

（5）"香菱"虽然是一名买来卖去的丫头，却是《金陵十二钗副册》之首——作者借用家喻户晓的陈圆圆故事，提醒读者：明朝的国玺（甄英莲）先被李自成带走，最后落入了吴三桂之手（后来在湖南衡阳称帝）。

"惯养娇生笑你痴，菱花空对雪澌澌。好防佳节元宵后，便是烟消火灭时。"——指薛蟠吴三桂的皇帝梦，"秋菱"陈圆圆劝阻无效，愤然出家昆明北郊沐家私园。吴三桂于康熙十三年"元宵佳节后"挥师北上，结果是"烟消火灭"，身败名裂，成为千古罪人。

康熙十三年陈圆圆四十出头，"香菱"已成"秋菱"矣。

"根并荷花一茎香，平生遭际实堪伤。"——"秋菱"的根，本为明朝皇帝，吴三桂大周皇帝与明朝皇帝一脉相承。孝庄的"荷花"就是从明朝的根上衍生出来的，建州卫都督兼龙虎将军，与山海关总兵平西伯一样，都是明朝平级的地方长官。要说香，大家是一样的。"秋菱"隐射大周皇帝的皇妃，荷花隐射清太宗的皇妃，身分地位也是完全平等的。

明朝灭亡了，传国玉玺到了李自成手里，又到了永历帝朱由榔手里，后来又辗转到了吴三桂手里。颠沛流离，一波三折，可谓"平生遭际实堪伤"。

"自从两地生孤木，致使香魂返故乡。"——"孤木"指孝庄布木布泰，她先在沈阳当皇妃，皇太极死后，儿子侥幸当了皇帝，自己（娇杏）也侥幸晋升为圣母皇太后。顺治元年九月十九日入主中原，到北京当上了顺治皇太后，致使陈圆圆的"香魂"追随吴三桂返回江南。最后结局因三藩叛乱而成为悲剧，在昆明北郊沐家故园的荷花池"投池自尽"。这是传统说法。

在《红楼梦》里，仅说秋菱"只见画着一株桂花，下面有一池沼，其中水涸泥干，莲枯藕败……"并没有说她被害而死，或自寻短见，而是"香魂返故乡"了。书中倒是说她"扶了正"并且为薛氏留了后代——"今归薛姓，产难完劫，遗一子于薛家，以承宗祧。"

总而言之，癞头和尚嘲甄士隐，指皇太极对明王朝（包括大顺王朝大周王朝）政治前途的预报与警告。癞头和尚对甄士隐云："舍我罢，舍我罢！"——皇太极要索取崇祯皇帝的江山也。

贾雨村对月口占五言律

未卜三生愿，频添一段愁。
闷来时敛额，行去几回头。
自顾风前影，谁堪月下俦。
蟾光如有意，先上玉人楼①。

①"玉人"：玉人比喻娇美如玉的女子，此处指娇杏隐射的"大玉儿"孝庄。

解读

第一回中的"闺秀"，曾引起红学界的长期争论。以俞平伯先生为首的胡适考证派认为，丫头"娇杏"根本算不上"大家闺秀"。因此，由穷秀才而考中进士，最后荣升"应天府知府"的贾雨村，怀念一个"不免又回头两次"的丫头，简直是不伦不类，不通不通。于是，就得出了《红楼梦》作者动辄"败笔"的结论。

而贾雨村确实不是等闲之辈，"天上一轮才捧出，人间万姓仰头看。"完全脱胎于宋太祖赵匡胤的"未离海底千山黑，才到中天万国明。"——赫然一派天子气象。

一个有天子气象的"应天府知府"，怎么可能将一个黄毛丫头当成"闺秀"怀念不忘呢？更为奇怪的是，《红楼梦》竟将贾雨村对"虽无十分姿色，却亦有动人之处"的丫头的怀念，堂而皇之地列为第一回的标题——《甄士隐梦幻识通灵　贾雨村风尘怀闺秀》。

甄士隐与贾雨村是一个对子——前者隐射朱明皇室，后者隐射满清皇室。

通灵与闺秀是一个对子——前者隐射清朝的传国玉玺，后者隐射孝庄皇太后。

贾雨村与娇杏的故事——隐射多尔衮与孝庄从相互倾慕到终成眷属的历史。

贾雨村隐射崇德八年的多尔衮，皇太极死了，孝庄（娇杏）去拉拢他，借以支持福临登基，两人成了事实婚姻（娇杏做妾）。顺治六年二月八日太后下嫁多尔衮，同年十二月多尔衮正妻（贾雨村夫人）死，孝庄成了摄政王多尔衮的令正（娇杏扶了正），还为多尔衮生了一个女儿。通过这场婚姻交易，孝庄顺治母子的太后与皇帝宝座算是坐稳了——"偶因一回顾，便为人上人"也。

"娇杏"隐射孝庄皇太后，自然是"贾雨村风尘怀闺秀"，娶她自然要"酬百金相谢"。而"百两黄金"是《大清会典》规定的皇后的聘礼——娶一个丫头做妾，无论她回过几次头，岂能化"一百两黄金"？

"雨村遂起身往窗外一看，原来是一个丫鬟，在那里撷花，生得仪容不俗，眉目清明，虽无十分姿色，却亦有动人之处。雨村不觉看的呆了。……雨村见他回了头，便自为这女子心中有意于他，便狂喜不尽，自为此女子必是个巨眼英雄，风尘中之知己也。"——指多尔衮对孝庄的倾慕。

"那甄家丫鬟撷了花，方欲走时，猛抬头见窗内有人，敝巾旧服，虽是贫窘，然生得腰圆背厚，面阔口方，更兼剑眉星眼，直鼻权腮。这丫鬟忙转身回避，心下乃想：'这人生的这样雄壮，却又这样褴褛，想他定是我家主人常说的什么贾雨村了，每有意帮助周济，只是没甚机会。我家并无这样贫窘亲友，想定是此人无疑了。怪道又说他必非久困之人。'如此想来，不免又回头两次。"——指孝庄对多尔衮的评价与信赖。

"此女子必是个巨眼英雄"，"必非久困之人"，"风尘中之知己"——写的并不是谁家的黄毛丫头与穷秀才，而是隐射主宰过中国历史的巾帼英雄孝庄皇太后与风云男儿摄政王多尔衮。

贾雨村口占联语

玉在椟中求善价，钗于奁内待时飞。

解读

在第一回里，贾雨村隐射的皇太极与多尔衮，相当于宋太祖赵匡胤与宋太宗赵光义兄弟俩。

对皇太极而言，"玉在椟中求善价"中的"玉"，是指清朝玉玺。"钗于奁内待时飞"中的"钗"，是指后金金玺。意思是说，清朝玉玺不仅要在关外的满洲使用，还要到关内的北京使用。而后金的金玺也不能扔掉，而是要暂时保存起来，留待不时之需。

联系到具体的历史人物，林黛"玉"隐射崇德时代不太安分的孝庄妃，她想由妃子晋升皇后，叫作"玉在椟中求善价"。孝庄对皇太极的册封不太满意，不甘心"后廊上住的五嫂子"的凤尾地位，大有美人失宠、怀才不遇的愤慨。

崇德元年皇太极册封了五位蒙古后妃。姑姑孝端文皇后为后宫第一。后来居上的姐姐宸妃，竟然位居第二，清太宗"见了姐姐就忘了妹妹"，使位居第五位的庄妃简直掉进了醋缸，变得醋意横生、尖酸刻薄起来，《红楼梦》开头写的林黛玉与薛宝钗的关系，就隐射这段不为人知的历史。

孝庄后来红杏出墙，先看上了李靖式的汉族将军孔有德（五美吟之一红拂："长揖雄谈态自殊，美人巨眼识穷途。尸居余气杨公幕，岂得羁縻女丈夫？"），偷情怀了小福临，后爱上了小叔子多尔衮，最后弄到太后下嫁，还为他生了一个女儿（贾探春：只认王夫人这个真母亲，不认赵姨娘这个假母亲。不是贾探春不认亲娘，而是赵姨娘根本不是她的亲娘——原因就在此）。

而薛宝"钗"隐射当时比较安分的宸妃，她只知道在深宫里等待皇太极的专宠与垂爱，叫作"钗于奁内待时飞"。可惜宸妃英年早逝，生的八阿哥也过早夭折，否则九阿哥福临不会侥幸当了顺治皇帝，孝庄也不会侥幸当上圣母皇太后（娇杏者，侥幸的孝庄也）。

对多尔衮而言，"玉"与"钗"都隐射孝庄皇太后，乃一人一体，所谓"玉带林中挂，金钗雪里埋"。一个是表面现象，一个是内心世界。孝庄为了儿子的皇位，与多尔衮讨价还价——"玉在椟中求善价"而沽，骨子里是在等待着摄政王早日灰飞烟灭——"钗于奁内待时飞"之死。《红楼梦》里所谓的"钗黛合一"，原因在此。

"求善价"与"待时飞"里面，有"价时飞"（贾时飞）三个字，乃贾雨村的字号。所谓"贾时飞"者，实乃"假时飞"也——多尔衮要假借明亡清兴的时势，从睿忠亲王晋封皇叔父摄政王，然后飞黄腾达，成为皇父摄政王，即"成宗义皇帝"。而孝庄皇太后采用缓兵之计，先是事实婚姻，后是太后下嫁，拖刀之计，后发制人，终于等到了多尔衮暴死的结局。

"价时非"与"玉"、"钗"的疑案，隐射皇太极与庄妃宸妃的恩恩怨怨，也隐射多尔衮与孝庄皇太后错综复杂的政治婚姻。

贾雨村对月寓怀一绝

时逢三五便团圆，满把晴光护玉栏。
天上一轮才捧出，人间万姓仰头看。

解读

作者在第一回里，以贾雨村隐射皇太极与多尔衮，用《中秋诗》隐射皇太极想入主中原，像赵匡胤那样称帝，多尔衮也想入关篡位像赵光义那样逼宫夺权。

宋代陈师半《后山诗话》载，赵匡胤登极前作《咏月》诗让徐铉看。读到"未离海底千山黑，才到中天万国明"，徐铉认为帝王之兆已显。

贾雨村诗句"天上一轮才捧出，人间万姓仰头看"与赵匡胤"未离海底千山黑，才到中天万国明"类似，所抒襟怀均可视为"帝王之兆已显"也。

贾雨村是一个穷秀才，后来最多做到一方知府，为什么要写想做皇帝的诗呢？这是作者在暗示有心计的读者，在历史舞台上贾雨村的《中秋诗》，既暗喻皇太极将要登基做皇帝，也隐射多尔衮想要逼宫夺位。

崇祯、崇德年间，清军攻明，起初是专攻辽西山海关，后来采纳孔有德（一道"跛足道人"）与耿仲明（潘三保之一）的意见，始经蒙古由龙井关入塞，多 问道捷径，从此左驰右突，飘忽无常。明兵处处被动，防不胜防，疲于奔命，胜负之势，已可预决。

李自成、张献忠是正统汉族人，但在统一中国的事业中失败了，而多尔衮与孝庄是满蒙少数民族，却在统一中国的事业中成功了。

皇太极之获玺，如同孙坚、袁术得汉家之传国玺，一时军心大震，群情激昂，清太宗借获玺改号称尊，鼓噪而起，摇摇欲坠的朱明王朝，顷刻垮台。

"十九日乃黄道之期"是历史坐标。"黄道"者，皇道也，改朝换代也。

"待雄飞高举"隐射了三个历史事实：

其一，天聪十年、崇祯九年，皇太极改后金为清，废后金金玺而启用元废玺改造而成的清玉玺，废天聪大汗而自称崇德皇帝，在盛京南面称尊，要与北京的崇祯皇帝称兄道弟、平起平坐。

其二，对多尔衮而言，"十九日雄飞高举"隐射崇祯十七年三月十九日明帝自缢，他将入主北京，当上大清国的皇叔父摄政王与"成宗义皇帝"。

其三，对顺治皇帝而言，崇祯十七年（顺治元年）九月十九日，他将跟随孝端、孝庄两宫皇太后，从关外入主北京，当上大清国的皇帝。

三个皇帝，都照应着"天上一轮才捧出，人间万姓仰头看"的历史局面。"满把晴光护玉栏"中的"满"、"晴"（清）、"玉"都有所指，乃"满清"的摄政王多尔衮，要保护"满清"的皇太后"大玉儿"也。

崇祯皇帝聪明天纵，事必亲躬，但刚愎自用，疑心太大。对熊廷弼、袁崇焕，则杀之磔之，对孙承宗则免职回里。独遗一善战之卢象昇，又为权阉挟持，断绝粮草弹药，迫死疆场。人谓亡明者为"木匠皇帝"熹宗朱由校，另有人认为亡明者乃聪明多疑的崇祯皇帝朱由检。朱由校、朱由检，木字旁的两个兄弟亡了大明朝，谁也脱不了干系，因为"二木成林，罪孽如海"也。

"亲斟一斗为贺"，"即命小童进去，速封五十两白银，并两套冬衣"，"雨村收了银衣，不过略谢一语，并不介意，仍是吃酒谈笑"——隐写了明清双方，战战和和，打打停停。皇太极（贾雨村）总是胜利，朱由检（甄士隐）总是失败。失败方不断向胜利方进贡银两与布匹，碰到明朝灾荒或内乱严重的年月，皇太极（贾雨村）还假惺惺地对供品减半收取，所以，表现出几分傲气与轻蔑。

让林如海隐射崇祯皇帝，目的是希望读者能猜到他的"女儿"林黛玉，应该隐射满清开国者孝庄。朱明亡国之君崇祯与满清开国女皇孝庄，清承明制，是上下传承的"父女"关系。

贾雨村到林如海家里坐馆，指代皇太极多尔衮从关外跑到关内来纵兵骚扰，身教北京明宫的崇祯皇帝（林如海），言教沈阳清宫的孝庄妃（林黛玉）。贾雨村教的是孙子兵法，其实不过是《三国演义》中的"蒋干盗书"而已（对袁崇焕使用"反间计"）。第二回原文加注：

雨村正值偶感风寒，病在旅店，将一月光景方渐愈。一因身体劳倦，二因盘费不继，也正欲寻个合式之处，暂且歇下。幸有两个旧友，亦在此境居住，因闻得醝政欲聘一西宾，雨村便相托友力，谋了进去，且作安身之计。妙在只一个女学生，并两个伴读丫鬟，这女学生年又小，身体又极怯弱，工课不限多寡，故十分省力。

贾雨村"一因身体劳倦,二因盘费不继",隐射满清的国力尚不够充裕。极想进关到明朝境内掠夺一番,以增加国库储备。最后达到了"身后有余忘缩手"的嚣张程度。

"幸有两个旧友,亦在此境居住……"隐射崇祯二年秘密降清的汉将孔有德与耿仲明,为皇太极与多尔衮提供了从北京东北方向龙井关入关的捷径,然后潜伏在明境做特务。当时孔有德云:龙井关是明都东北的长城口,此去须经过蒙古,方可沿城入关。此关若入,便可向洪山、大安二口,分路进捣,直入遵化。遵化一下,明京便摇动了——仿佛《三国演义》张松献益州地图。

"雨村便相托友力,谋了进去",隐射皇太极与多尔衮借助于科尔沁蒙古的向导,不断经龙井关入寇关内。在明亡之前,大规模的入关掠夺就有五次,深入黄河下游或长城内外。这就是贾雨村到林如海家里当家庭教师("坐馆")的故事。

第二回《贾夫人仙逝扬州城》云:

那雨村心中虽十分惭恨,却面上全无一点怨色,仍是嘻笑自若,交代过公事,将历年做官积的些资本并家小人属送至原籍,安排妥协,却是自己担风袖月,游览天下胜迹。

……幸有两个旧友,亦在此境居住,因闻得鹾政欲聘一西宾,雨村便相托友力,谋了进去,且作安身之计。妙在只一个女学生,并两个伴读丫鬟,这女学生年又小,身体又极怯弱,工课不限多寡,故十分省力。

上一段隐写崇祯二年天聪三年皇太极纵兵入关,打到半个中原("游览天下胜迹")。下一段隐射入关的掠夺活动很顺利,轻而易举,收获极大("工课不限多寡,故十分省力")。

"天上一轮才捧出,人间万姓仰头看。"隐射明亡清兴,天命也,天数也。

太虚幻境石牌坊联语[①]

假作真时真亦假,无为有处有还无。

[①] 太虚:"太虚幻境"指大清帝国盛京北京的皇宫、林苑与皇陵,是《红楼梦境》里虚幻神秘之处。从实景看,指北海林苑与盛京昭陵。

解读

第一回"太虚幻境"与第一百十六回"真如福地"是对立的统一。第一回"假作真时真亦假,无为有处有还无"与第一百十六回"假去真来真胜假,无原有是有非无"是对立的统一。

（1）"太虚幻境"隐射清廷与皇家林苑,既指盛京的崇德朝,也指北京的顺治康熙朝。其中的最高统治者为"警幻仙姑",也就是崇德朝的孝庄文皇后、顺治朝的孝庄皇太后、康熙朝的孝庄太皇太后。清太宗皇太极死后,连续两朝出现孤儿寡母的严重局面,孝庄力挽狂澜,成为大清国的擎天一柱。她是入主中原后大清国真正的开国者。连她的政敌——企图反清复明的朱明皇室,也不能不承认这个根本的历史事实——"今风尘碌碌,一事无成,忽念及当日所有之女子,一一细考较去,觉其行止见识皆出我之上。我堂堂须眉,诚不若彼裙钗,我实愧则有余,悔又无益,大无可如何之日也。"

（2）"警幻仙姑"与"赤瑕宫神瑛侍者"在第一回同时出场:

> 警幻亦曾问及,灌溉之情未偿,趁此倒可了结的。……因此一事,就勾出多少风流冤家来陪他们去了结此案。"……那僧道："正合吾意。你且同我到警幻仙子宫中,将蠢物交割清楚,待这一干风流孽鬼下世已完,你我再去。如今虽已有一半落尘,然犹未全集。"

此事发生在崇德二年夏天,顺治皇帝还在孕育中,但"尚未投胎入世"。"已在警幻仙子案前挂了号"——指福临已经受孕于庄妃的腹中。半年之后,崇德三年正月三十日,福临降生于盛京清皇宫的西殿永福宫,成了"赤瑕宫神瑛侍者"。

《清史稿》云："母孝庄文皇后方娠,红光绕身,盘旋如龙形。诞之前夕,梦神人抱子纳后怀曰：'此统一天下之主也。'寤,以语太宗。太宗喜甚,曰：'奇祥也,生子必建大业。'翌日上生,红光烛宫中,香气经日不散。"

"红光绕身……红光烛宫中"的永福宫,就是"神瑛侍者"贾宝玉顺治皇帝降生的地方——"太虚幻境警幻仙姑"的"赤瑕宫"。关于孝庄生福临的这两个神话,都是孝庄与侍女苏麻喇姑编造的,谣言千遍成真理,竟然进入《红楼梦》与三百年之后的《清史稿》,说明官修正史里充满溢美之词的谎言。

(3)"警幻仙姑"与"贾宝玉"在第五回同时出场:

宝玉见是一个仙姑,……那仙姑笑道:"吾居离恨天之上,灌愁海之中,乃放春山遣香洞太虚幻境警幻仙姑是也;司人间之风情月债,掌尘世之女怨男痴。因近来风流冤孽,缠绵于此处,是以前来访察机会,布散相思。今忽与尔相逢,亦非偶然。"宝玉听说,便忘了秦氏在何处,竟随了仙姑,至一所在,有石牌横建,上书"太虚幻境"四个大字,两边一副对联,乃是:假作真时真亦假,无为有处有还无。

此事发生在顺治十二年二月初八,太后圣寿节,地点在皇宫西苑的北海琼华岛孝庄皇太后"延揽英雄"、"收纳才俊"、"考试群臣"的秘密别墅。

这个"警幻仙姑"就是孝庄皇太后。《警幻仙姑赋》完全脱胎于曹植的《洛神赋》,几乎未加改动。意思是说,孝庄皇太后的身份等于当年魏文帝曹丕的甄皇后。

"瑶池不二"指北海辽代兴建的"瑶屿行宫"与周围的北海水域。"紫府无双"指金代在景山前兴建的紫禁城阙"太宁宫",正在现在北京北海公园白塔寺以东紫禁城的位置。

"瑶屿行宫"是依照我国古代神仙乐园——瑶池仙境建造的,把人们对天宫的遐想以及古代传说中对神仙宫苑的幻想变为现实。金世宗大定三年(1163年),在瑶屿行宫基础上,以北海琼华岛为中心建筑太宁宫,号称紫禁城府。此乃《红楼梦》第五回"紫府无双"的来历。

琼华岛在皇宫西北的太液池之中,元中统三年进行了修缮,至元八年元世祖忽必烈赏赐了万寿山的名字。整座山都是用太湖石堆叠而成,而北宋东京汴梁皇宫御园里的太湖石,被金人全部运来北京,构筑琼华岛假山与石洞,乃《红楼梦》第五回所谓"放春山遣香洞太虚幻境"也。《水浒传》中青面兽杨志押运的花石纲,就是这一批太湖石。

第五回即顺治十二年二月初八的"贾宝玉神游太虚境"或"贾宝玉初试云雨情",就发生在清代初年"冬宫"孝庄皇太后的秘密行宫卧室里。

"离恨天"、"灌愁海"、"放春山"、"遣香洞"、"太虚幻境"、"石牌横建",就是北海琼华岛的皇家园林景观,到过北海的读者,立刻就能心领神会。

"警幻仙姑……司人间之风情月债,掌尘世之女怨男痴。"指孝庄皇太后的职务，既管理天下朝野的男人，又管理皇宫后廷的女人。其身份地位，一目了然。非孝庄莫属。

"因近来风流冤孽，缠绵于此处，是以前来访察机会，布散相思"，因儿子顺治皇帝迷上了弟媳妇，特来现场，解决实际问题也。而安排儿子与弟媳妇幽会的人，恰恰是心里持反对态度、搬出老祖宗"宁荣二公"（清显祖塔克石）来训诫，但劝阻无效，又不得不妥协、退让、迁就、撮合的母亲——孝庄皇太后。

"至一所在，有石牌横建，上书'太虚幻境'四个大字"，指北海琼华岛与团城间，汉白玉大桥（永安桥）南北两端的两个巨大牌楼——"积翠堆云牌楼"。"堆云"指"太虚"的浮云。"积翠"则指幻境（"环境"）的绿化。这里是北京皇宫西苑的"天上人间"——以汉白玉永安桥为界，"积翠"大牌楼以南的团城中南海，为人间天子驻跸处。"堆云"大牌楼以北，湖水环绕山峰矗立的琼华岛，就是警幻仙姑居住的天上了。

"假作真时真亦假，无为有处有还无。"——皇太极的假儿子当了皇帝，不该住皇宫的孔福临住了清皇宫。而贾珍珠宝玉隐射的顺治皇帝，实乃弄假成真、无中生有——当时就有文人云"错把虾子作龙儿"了。

跛足道人的《好了歌》

世人都晓神仙好，惟有功名忘不了。
古今将相在何方？荒冢一堆草没了。
世人都晓神仙好，只有金银忘不了；
终朝只恨聚无多，及到多时眼闭了。
世人都晓神仙好，只有娇妻忘不了；
君生日日说恩情，君死又随人去了。
世人都晓神仙好，只有儿孙忘不了；
痴心父母古来多，孝顺儿孙谁见了？

解读

一心想做神仙的跛足道人、张道士、贾道士，都隐射崇祯二年归顺满清的汉族将军定南王孔有德。

《清史稿·孔有德》云:"十一年六月,有德女四贞以其丧还京师,上命亲王以下、阿思哈尼哈番以上,汉官尚书以下、三品官以上,郊迎,赐白金四千,官为营葬,立碑纪绩。寻复命建祠,祀春秋,以白氏、李氏配。"在《清史稿》与《红楼梦》中,当朝天子对贾敬、孔有德的敬重态度完全一致。

《红楼梦》里最关键的男主角"跛足道人",始终跟随"一僧"皇太极的"一道"、"现掌'道录司'印"的"张道士"、"当今封为'终了真人'"、"先皇御口亲呼为大幻仙人"、"国公替身"、"现今王公藩镇都称他为'神仙'",还有宁国府家长"贾敬假道士"等,都是孔有德的艺术化身。

孔有德祖籍山东曲阜,乃圣人孔子后裔,后移居辽东辽阳。

孔有德的特点是始终跟随"一僧"皇太极,是归顺"张大"皇太极的"道人"。《红楼梦》里第一和尚为满族清太宗皇太极,第一道人为汉族定南王孔有德。

"先皇御口亲呼为大幻仙人",隐射皇太极称赞他是识时务的俊杰,最早背弃明朝、改换门庭的"大换先人"。

"现掌'道录司'印",隐射入关后孔有德统领满清朝廷的汉族部队。

"当今封为'终了真人'",隐射顺治皇帝封他为终生忠实于满清政府的汉族将领。

"国公替身"隐射他是孝庄丈夫皇太极的"替身",顺治皇帝的生父。

"王公藩镇都称他为'神仙'"——汉族藩王都不会得到清廷的完全信任,只有定南王孔有德是可以通天的"神仙"。

"宁国府家长贾敬假道士"——儿子是皇帝,他是臣子,没有资格住进皇宫,所以连过生日也不进宁国府,"只在都中城外和道士们胡羼"(在江南与反清部队作战)。宁荣二府一切罪孽的渊薮,乃孝庄孔有德的婚外情也——第五回"擅风情,秉月貌,便是败家的根本。箕裘颓堕皆从敬,家事消亡首罪宁。宿孽总因情"(秦可卿——孝庄皇太后,与贾敬——定南王孔有德)。

"跛足道人"孔有德的生理特点是"手足"有点儿残疾,那是天聪七年在抚顺战役中作战时马失前蹄摔伤留下的纪念。

《清史稿》载:天聪"七年六月……上命贝勒岳讬、德格类帅师袭之,以有德率为导。龙数战皆败,遂自杀,克其城。……有德坠马伤手,与仲明留辽阳,诏慰之曰:'都元帅远道从戎,良亦劳苦。行间诸事,实获朕心。招抚山民,尤大有裨益。不谓劳顿之身,又遭衔橛之失。伫闻痊可,用慰朕怀。'"

落马伤了手足,不影响作战,但落下了"跛足"的毛病,走路有些瘸腿。

第二十五回曰:"那道人又是怎生模样:一足高来一足低,浑身带水又拖泥。相逢若问家何处,却在蓬莱弱水西。"

"若问家何处,蓬莱弱水西。"乃孔有德自报家门,说自己官为山东蓬莱登州府参将,祖籍在潍河淄河(弱水,季节河)以西的曲阜县,乃圣人之后也。

《明史》载崇祯"八年,朝元日,命有德、仲明与八和硕贝勒同列第一班"。此乃孔有德变成终生追随"一僧"皇太极并成为"跛足道人"的详细史料。"跛足"乃"有德坠马"的结果。"道人"者,降清的汉将也。"一道"者,上朝时"与八和硕贝勒同列第一班"也。

因为孔有德是汉将降清之始作俑者,又在顺治九年七月四日为满清战死沙场,后人也没有参与三藩之乱,乃清朝最忠实的汉族降将。反映到《红楼梦》中,其灵魂即一僧一道之"一道"——前者是满族领袖,后者是汉族领袖;孝庄是蒙族领袖,吴三桂是降而复叛的汉军领袖。这就是护官符里提到的贾(爱新觉罗)、史(孔有德)、王(吴克善)、薛(吴三桂)"四大家族"。

第十三回贾蓉履历有"丙辰科进士贾敬",隐射后金系努尔哈赤于丙辰年(1616)所建。"丙辰科进士"是指孔有德归顺了建国于丙辰年之后金政权。

《清史稿》载:"六年五月,改封有德定南王,授金册金印,令将旧兵三千一百、新增兵万六千九百,合为二万人,征广西,……十二月,遂拔桂林,明桂王走南宁,留守大学士瞿式耜死之,斩靖江王以下四百七十三人,降将吏一百四十七人……"

顺治九年七月初四日,孔有德全家自杀于桂林(贾敬"死金丹")。他与妻子临死前,让儿子与女儿突围。遗嘱云:一旦逃出命去,千万莫涉身官场,一定要出家。

桂林是湘江的源头。《红楼梦》里与湘江源头有关的人名,都是为了纪念孔有德(跛足道人,贾敬,张道士)的。例如"潇湘妃子"林黛玉,隐射孔有德的情妇孝庄皇太后。"史湘云"隐射他的女儿孔四贞。"柳湘莲"隐射他的儿子顺治皇帝。

顺治九年七月初四桂林失陷,定南王孔有德败亡;定远大将军敬谨亲王尼堪征讨湘黔，又全军覆没。丧师失地、名王惨败，震动了朝野，也震动了十四岁的顺治皇帝。他终于采纳范文程和汤若望的政见，放弃了"勤兵黩武"，采取了"文德绥怀"，改变了皇太极与多尔衮的路线，主张"满汉一体"、"禁止圈地"、"废除逃人法"、"恋爱自由"，从而完成了顺治亲政后治国平天下的大转折。

《清史稿》载：顺治"九年四月，有德疏言：臣生长北方，与南荒烟瘴不习。解衣自视，刀箭瘢痕，宛如刻划。风雨之夕，骨痛痰涌，一昏几绝。臣年迈子幼，乞恩敕能臣受代，俾臣得早觐天颜，优游终老。疏入，得旨：览王奏，悉知功苦。但南疆未尽宁谧，还须少留，以俟大康。……七月，定国自西延大埠取间道疾驱击破全州军，薄桂林，驱象攻城。城兵寡，定国昼夜环攻，有德躬守陴，矢中额，仍指挥击敌。敌夺城北山俯攻，有德令其孥以火殉，遂自经，妻白氏、李氏皆死于火。事闻，谥有德武壮。十一年六月，有德女四贞以其丧还京师，上命亲王以下、阿思哈尼哈番以上，汉官尚书以下、三品官以上，郊迎，赐白金四千，官为营葬，立碑纪绩。寻复命建祠，祀春秋，以白氏、李氏配。……有德子廷训，为定国所掠，越六年，乃杀之。……四贞至京师，赐白金万，视和硕格格食俸……"

孔有德的上书、败死，与"好了歌"、"死金丹"遥相呼应。孔有德在后金时代投降满人，本认为会终生荣华富贵，结果身败名裂，家破人亡。

《好了歌》是孔有德临死时愧悔无地的真实写照。

张道士清虚观打醮："前日四月二十六日，我这里做遮天大王的圣诞"——崇祯十八年、顺治二年、弘光元年（1645年）四月二十六日，汉军正红旗也参与了扬州十日屠。张道士的忏悔与愧疚，隐写孔有德带领汉军八旗将士做"遮天大王"的道场，悼念江南三屠的死难同胞。

作者让降臣孔有德以"跛足道人，疯癫落脱，麻屣鹑衣"的形象，说出沮丧的话："可知世上万般，好便是了，了便是好。若不了，便不好，若要好，须是了。"反衬"甚荒唐，到头来都是为他人做嫁衣裳"的历史结局。然后引领甄士隐南明皇室出家，具有极深刻的历史意义。

"好便是了"，"了便是好"——"宁当太平犬，不做乱世人"也。

甄士隐解注《好了歌》

陋室空堂，当年笏满床；
衰草枯杨，曾为歌舞场。
蛛丝儿结满雕梁；
绿纱今又糊在蓬窗上。
说什么脂正浓，粉正香，
如何两鬓又成霜？
昨日黄土陇头送白骨，今宵红灯帐底卧鸳鸯。
金满箱，银满箱，展眼乞丐人皆谤。
正叹他人命不长，那知自己归来丧！
训有方，保不定日后作强梁。
择膏粱，谁承望流落在烟花巷！
因嫌纱帽小，致使锁枷杠；
昨怜破袄寒，今嫌紫蟒长。
乱烘烘你方唱罢我登场，反认他乡是故乡。
甚荒唐，到头来都是为他人作嫁衣裳！

解读

（1）"甄士隐家着火后，投奔到岳父封肃家。"——三月十五"甄家大火"指崇祯十七年三月李自成攻破北京，崇祯皇帝自缢，明朝灭亡。火灾后甄士隐投奔到岳父封肃家，指南明福王弘光帝在南京监国并称帝。南明的疆域日益缩小——"封肃"者，南明的封疆缩小也。

（2）"士隐乃读书之人，不惯生理稼穑等事，勉强支持了一二年，越觉穷了下去。"——弘光朝廷勉强维持了"一二年"，朱由崧从1644年5月在南京监国，到1645年5月南京失陷，不久在芜湖被俘。

第二回贾雨村云："去岁我在金陵，也曾有人荐我到甄府处馆。我进去看其光景，谁知他家那等显贵，却是个富而好礼之家，倒是个难得之馆。但这一个学生，虽是启蒙，却比一个举业的还劳神。说起来更可笑，他说：'必得两个女儿伴着我读书，我方能认得字，心里也明白，不然我自己心里糊涂。'"

这个南京的甄宝玉隐射弘光帝,他被俘时身边就带着两个妃子。

(3)"暮年之人,贫病交攻,竟渐渐的露出那下世的光景来"——1645年(顺治二年)闰六月,浙中义师公推张煌言等人去台州迎立鲁王朱以海到绍兴就监国位。郑芝龙、黄道周等也拥立唐王朱聿键在福州称帝,建元隆武。鲁王、唐王两个政权互争真伪(谁是甄宝玉?),不能合作。1646年(顺治三年)六月,清军渡过钱塘江,进攻绍兴,鲁王在张名振保护下浮海南逃。1646年(顺治三年)秋,福州失守,唐王逃至汀州(长汀),被清军俘杀。唐王朱聿键死后,唐王弟自立于广州,仍称号隆武。韩王朱本铉自立于郧西,称号定武。桂王朱由榔自立于肇庆,称号永历。南明"竟渐渐的露出那下世的光景来",勉强坚持到康熙二年结束,"韩主不终",南明抗清"十九载"。

《红楼梦》第一百三回:

那道人也站起来回礼,道:"我于蒲团之外,不知天地间尚有何物。适才尊官所言,贫道一概不解。"说毕依旧坐下。雨村复又心疑:"想去若非士隐,何貌言相似若此?离别来十九载(注:南明政权从崇祯十七年五月初三,至康熙二年"韩主不终",恰好维持十九年),面色如旧,必是修炼有成,未肯将前身说破。"

(4)那(跛足)道人笑道:"你若果听见'好''了'二字,还算你明白。"——孔有德经常以"圣人之后"的身份,招降南明抗清的汉族武装,劝解他们只要"好好的"放下武器,停止抵抗,归顺大清的北京朝廷,或者解甲归田,隐居山林,就既往不咎,一了百了。

"还算你明白"的意思,就是"识时务者为俊杰"——第一百三回云:

贾雨村行至后殿,只见一株翠柏下荫着一间茅庐,庐中有一个道士,合眼打坐。雨村走近看时,面貌甚熟,想着倒象在那里见过的,一时再想不起来。……雨村知是有些来历的,便长揖请问:"老道从何处焚修,在此结庐?此庙何名?庙中共有几人?或欲真修,岂无名山?或欲结缘,何不通衢?"那道人道:"'葫芦'尚可安身,何必名山结舍?庙名久隐,断碣犹存,形影相通,何须修葺?岂似那'玉在椟中求善价,钗于奁内待时飞'之辈耶!"

雨村原是个颖悟人,初听见"葫芦"两字,后闻"钗玉"一对,忽然想起甄士隐的事来,重复将那道士端详一回,见他容貌依然,便屏退从人,问道:"君家莫非甄老先生么?"那道人微微笑道:"什么'真'?什么'假'?

要知道'真'即是'假','假'即是'真'。"

雨村听说出"贾"字来,益发无疑,便从新施礼,道:"学生自蒙慨赠到都,托庇获隽公车,受任贵乡,始知老先生超悟尘凡,飘举仙境。学生虽溯洄思切,自念风尘俗吏,未由再睹仙颜,今何幸于此处相遇!求老仙翁指示愚蒙。倘荷不弃,京寓甚近,学生当得供奉,得以朝夕聆教。"那道人也站起来回礼,道:"我于蒲团之外,不知天地间尚有何物。适才尊官所言,贫道一概不解。"

(5)"可知世上万般,好便是了,了便是好。若不了,便不好,若要好,须是了。"——跛足道人认为,化干戈为玉帛,此其时也。

"倘荷不弃,京寓甚近,学生当得供奉,得以朝夕聆教。"——等于满清方面在康熙二年,继续对南明皇室宣扬自己的政策。贾雨村(康熙皇室与辅政大臣鳌拜)的话,也代表了孔有德汉军正红旗部队的招降政策。

(6)"甄士隐是有宿慧的读书人,经历了家破人亡的巨变,一闻此言,心中早已彻悟。……士隐便说一声走罢!将道人肩上褡裢抢了过来背着,竟不回家,同了疯道人飘飘而去。"

南明皇室的态度为:"那道人也站起来回礼,道:'我于蒲团之外,不知天地间尚有何物。适才尊官所言,贫道一概不解。'"最后选择了停止抵抗,隐没山林的做法。所谓"韩主不终"也。而清朝方面,也不了了之——第一百四回云:"话说贾雨村刚欲过渡,见有人飞奔而来,跑到跟前,口称:'老爷,方才逛的那庙火起了。'雨村回首看时,只见烈焰烧天,飞灰蔽日。(一百四回)。

(7)那疯跛道人听了,拍掌笑道:"解得切,解得切!"——甄士隐说出了明亡清兴、改朝换代后朱明皇室、明朝遗民与满蒙亲贵的历史真相:

明朝皇宫与各地王府如今都成了陋室空堂,当年执政时代可是满床堆满了上朝记事的笏板,悦目辉煌。

明朝皇宫与各地王府现在荒草衰败、杨柳枯竭;先前掌权时代却是灯红酒绿、纸醉金迷的歌舞场。

如今的殿堂庙廊蛛丝网挂满了画栋雕梁,一败涂地,毫无希望;满清新主子来了,崭新的绿纱即刻糊在破旧的蓬窗上,又添了无限风光。

当年的皇后嫔妃说什么脂浓粉香、青春迷眼,引得蝶舞蜂狂;弹指十九年过去，美人儿已经人老珠黄、两鬓如霜，对月叹凄凉。

昨日黄土垄头悲痛欲绝，在盛京昭陵将大清君王皇太极埋丧；今夜就找到了如意新欢，与小叔子多尔衮红绡帐里被翻红浪、戏水双鸳鸯。

明宫王府里金满箱、银满箱，财大气粗，十分张狂；转眼间被造反的农民抢得净光，接着清兵入关，国破家亡，只落得个满大街行乞，人人戳脊梁。

正叹拼命抗敌的将军做了短命之鬼，谁知回到家中就因大顺朝追赃助饷，惨遭毒刑，一命赴黄粱。

总觉得世受天恩祖德、书香门第，教子颇有方，保不住公子王孙经过娇生惯养，日后偏偏去做强盗或扒手。

得势时为女儿东挑西拣有钱有势的王府豪宅，谁承望家国沦落，掌上明珠竟流落在烟花柳巷。

掌权时因嫌皇冠轻、乌纱小，所以搜括民财、榨取民膏，四处打点，拼命聚敛，结果因改朝换代，银铛入狱，枷锁肩上扛。

昨天八旗兵丁还嫌弃破袄寒碜、草屋简陋，一派小家子气；今日从龙入关，占据北京，又抱怨紫袍太长，穿起来麻烦、晃里晃荡。

乱烘烘粉墨登场、明争暗斗，闹嚷嚷逢场作戏、尔虞我诈，把自己外行当内行，反认了他乡是故乡。

人生如梦甚荒唐，到头来都是戏一场，只为太后下嫁摄政王做了几件嫁衣裳。

第二回　贾夫人仙逝扬州城　冷子兴演说荣国府

赞娇杏

> 偶因一着错，
> 便为人上人。

解读

"一失足而成千古恨"与"一步走错，步步走错"。第一回中贾雨村与侥幸"有情人终成眷属"的故事，是《红楼梦》风月情缘的纲领，后来涉及的许多悲欢离合故事，都与此有关，大标题《贾雨村风尘怀闺秀》，说明它决非穷秀才与贫贱丫头的小事情。

此处的"贾雨村"隐射摄政王多尔衮，而"闺秀"隐射大清国的孝庄皇太后。

"一失足而成千古恨"——指崇德八年八月初九，清太宗暴亡，为了让年仅六岁的儿子福临登上满清皇帝的宝座，"后廊上住的五嫂子"孝庄妃屈尊拜访了十四弟多尔衮的睿忠亲王府（贾政），开始了"养小叔子"的暧昧关系，从而平息了大阿哥豪格（焦大与金荣）、多尔衮两人都想当皇帝引发的你死我活的矛盾，防止了八旗内部的自相残杀。

一个妃子，用自己的名节，换取了摄政王的通力支持，换取了满清八旗内部的团结，使国家渡过了先皇暴亡后的权力真空与新旧交替的难关，这对大清国与儿子福临来说，是福，是功。但对封建社会的一个女人来说，却是祸，是罪，是"一失足而成千古恨"，是子孙后代都不能原谅的"一着错"。

第二回　贾夫人仙逝扬州城　冷子兴演说荣国府

"一步走错，步步走错"——按原文分析，孝庄皇太后有"九着错"：

（1）崇德二年与恭顺王孔有德欢爱怀了私生子福临是第一着错——第二十九回《享福人福深还祷福　痴情女情重愈斟情》与第三十一回《因麒麟伏白首双星》里的贾母与张道士，是一对老情人。

"这张道士虽然是当日荣国府国公的替身，曾经先皇御口亲呼为'大幻仙人'"——孔有德当日是"国公"皇太极的"替身"，替先皇清太宗"大换先人"，使子孙后代从爱新觉罗氏变换成圣裔孔氏。

（2）色诱洪承畴归顺是第二着错——第十二回《王熙凤毒设相思局　贾天祥正照风月鉴》。事情发生在崇德七年的盛京三官庙，洪承畴拜服在孝庄妃的石榴裙下。

（3）养小叔子多尔衮是第三着错——第十五回《王凤姐弄权铁槛寺　秦鲸卿得趣馒头庵》。事情发生在崇德八年八月的盛京清故宫。秦鲸卿与智能儿偷情，隐射多尔衮与孝庄在皇太极葬礼时就开始偷欢："秦钟道：'这也容易，只是远水救不得近渴。'说着，一口吹了灯，满屋漆黑，将智能抱到炕上，就云雨起来。那智能百般的挣挫不起，又不好叫的，少不得依他了。"

（4）与多尔衮密谋婚姻从而气死清太宗是第四着错——第十六回《贾元春才选凤藻宫　秦鲸卿夭逝黄泉路》。秦鲸卿与智能儿私会而气死了秦业："谁知近日水月庵的智能私逃进城，找至秦钟家下看视秦钟，不意被秦业知觉，将智能逐出，将秦钟打了一顿，自己气的老病发作，三五日光景呜呼死了。"

"众鬼听说，只得将秦魂放回，哼了一声，微开双目，见宝玉在侧，乃勉强叹道：'怎么不肯早来？再迟一步也不能见了。'宝玉忙携手垂泪道：'有什么话留下两句。'秦钟道：'并无别话。以前你我见识自为高过世人，我今日才知自误了。以后还该立志功名，以荣耀显达为是。'说毕，便长叹一声，萧然长逝了。"——秦业之死与秦钟之死都隐射皇太极之死。前者隐射其死亡原因，后者隐射皇太极遗嘱儿子福临，要学好帝王之学的理论，要读好"第三本诗经"，摸索第三代大清皇帝的实践经验，将来做一个好皇帝。

（5）与内务府大臣索尼偷情是第五着错——第十九回《情切切良宵花解语　意绵绵静日玉生香》。茗烟与万儿偷情隐射索尼与孝庄的暧昧关系："茗烟大笑道：'若说出名字来话长，真真新鲜奇文，竟是写不出来的。据他说，他母亲养他的时节做了一个梦，梦见得了一匹锦，上面是五色富贵不断头卍的花样，所以他的名字叫作万儿。'宝玉听了笑道：'真也新奇，想必他将来有些造化。'说着，沉思一会。"

"锦"者，后金也。"五色富贵不断头"者，天命、天聪、崇德、顺治、康熙朝五代富贵不断也。索尼与孝庄的关系，使他的孙女赫舍里后来当了康熙皇后。贾宝玉四大书童，后来是顺治托孤的四名顾命大臣，索尼居首辅地位。

（6）与摄政王白昼宣淫是第六着错——第七回《送宫花贾琏戏熙凤　宴宁府宝玉会秦钟》："正说著，只听那边一阵笑声，却有贾琏（多尔衮）的声音。接著房门响处，平儿拿著大铜盆出来，叫丰儿舀水进去。"此处写得不堪。从崇德八年八月九日皇太极暴死，到顺治六年二月初八太后下嫁，孝庄与多尔衮的事实婚姻，持续了七年，所以写在第七回。

（7）不断与多尔衮通奸是第七着错——第二十一回《贤袭人娇嗔箴宝玉　俏平儿软语救贾琏》。"他生性轻浮，最喜拈花惹草，多浑虫又不理论，只是有酒有肉有钱，便诸事不管了，所以荣宁二府之人都得入手。因这个媳妇美貌异常，轻浮无比，众人都呼他作'多姑娘儿'。如今贾琏在外熬煎，往日也曾见过这媳妇，失过魂魄，只是内惧娇妻，外惧宠妾，不曾下得手。那多姑娘儿也曾有意于贾琏，只恨没空。今闻贾琏挪在外书房来，他便没事也要走两趟去招惹。惹的贾琏似饥鼠一般，少不得和心腹的小厮们计议，合同遮掩谋求，多以金帛相许。小厮们焉有不允之理，况都和这媳妇是好友，一说便成。……贾琏一面大动，一面喘吁吁答道：'你就是娘娘！我那里管什么娘娘！'那媳妇越浪，贾琏越丑态毕露。一时事毕，两个又海誓山盟，难分难舍，此后遂成相契。"——追述崇德时代多尔衮就与庄妃"娘娘"好上了。多浑虫、多官儿、吴贵（乌龟）指代崇德皇帝皇太极这个最大的糊涂官儿。"你就是娘娘"，是实话实说。

（8）反复勾引汉族士大夫"赴试"是第八着错——第三十五回《白玉钏亲尝莲叶羹　黄金莺巧结梅花络》。"傅试有个妹子，名唤傅秋芳，也是个琼闺秀玉，常闻人传说才貌俱全……争奈那些豪门贵族又嫌他穷酸，根基浅薄，不肯求配。"此处隐射汉族士大夫自视清高，认为满蒙亲贵都是"大老粗"，不愿意"赴试"徐娘半老的孝庄。多姑娘（灯姑娘）满府里"收纳才俊，延揽英雄"，"大半都是她考试过的"，就等于谩骂了。

（9）太后下嫁睿亲王是第九着错——第五十四回《史太君破陈腐旧套　王熙凤效戏彩斑衣》："众人都笑道：'自然老太太先喜了，我们才托赖些喜。'"此处隐射太后下嫁，群臣沾光也。

上述故事中的贾母、王熙凤、智能儿、万儿、多姑娘（灯姑娘）、傅秋芳等女人，都隐射过不同时期的孝庄皇太后，为了拉拢满汉各派的势力，保住儿孙的江山，几乎用尽了后宫女人能够使用的所有手腕。从封建伦理上看，这位大清国第一"裙钗"，真是"一步走错，步步走错"也。

"不吃苦中苦，难为人上人"——顺治皇帝六岁登基，二十四岁就死了，十四岁亲政之前，由叔父多尔衮摄政。康熙皇帝七岁登基，十四岁亲政之前，由上三旗内务府的四辅臣执政。清初皇室，连续两代孤儿寡妇维持朝廷，全靠孝庄皇太后鼎力辅助，才控制住风雨飘摇、危机四伏的政治、军事局面，其中的酸甜苦辣，局外人是难以想象的。所谓"巾帼不让须眉"，其实都是"如履薄冰，如临深渊"的形势逼出来的。

智通寺对联

身后有余忘缩手，眼前无路想回头。

解读

第二回隐写了皇太极满清政府的政治经济态势，同时预报了入关后的前景与得失。

（1）"有些贪酷，恃才侮上"——"有些贪酷"指皇太极领导的满洲八旗像当年秦始皇领导的秦国军队一样，是一支"虎狼之师"，所以作者用"秦鲸卿"、"秦可卿"、"秦钟"、"秦业"来隐射他。目的是让读者能够明白——皇太极就是十七世纪中国的秦始皇。"恃才侮上"指皇太极凭借军事势力在盛京自称崇德皇帝，是对大明崇祯皇帝公开的蔑视与侮辱。

（2）"生情狡猾，擅纂礼仪"——"生情狡猾"指皇太极的基本性格。"擅纂礼仪"指天聪十年、崇祯九年皇太极改后金为满清，废除后金大汗，自称崇德皇帝，与关内的崇祯皇帝平起平坐了。

（3）"不上一年，即批革职"——指天聪十年的当年就改为崇德元年了。

（4）"全无一点怨色，仍是嘻笑自若"——大汗自行革职，又自封皇帝，皇太极偷着乐，所以"全无怨色，嘻笑自若"。

（5）"将历年做官积的些资本并家小人属送至原籍，安排妥协，却是自己担风袖月，游览天下胜迹。"——将天命、天聪年间后金政府积攒的财力物力人力，在盛京"安排妥协"，准备大举进犯关内，实现入主中原、占领北京、推翻明朝的狼子野心，正可谓"身后有余忘缩手"。这是指皇太极五次入关掠夺。

（6）"一因身体劳倦，二因盘费不继，也正欲寻个合式之处，暂且歇下。幸有两个旧友，亦在此境居住，因闻得蓝政欲聘一西宾，雨村便相托友力，谋了进去。"——皇太极认为多年来统一满洲的战争，耗费巨大，军费不足，沈阳"葫芦庙"控制的地区毕竟"地方窄狭"，人口稀少，而汉族居住的中原地区人口众多，地大物博，刚刚成立的满清政权，尚不具备占领北京、吞并中原的实力，所以，制定了五次入关骚扰掠夺的战略计划，充分利用崇祯二年降清的孔有德与耿仲明两位汉族将军，以他们为内应，先到北京去抢掠一番，再做计较。"两个旧友"就是两个贰臣。

（7）"工课不限多寡，故十分省力"——大明王朝已经民变四起，自顾不暇，又多年信任宦官，监督戍边将士，枉杀抗清名将，弄得军心涣散，将心惊慌，况且两面作战，四面楚歌，腹背受敌，处处被动。所以，骚扰战成了战无不胜、攻无不克的局面，满清用兵"不限多寡，十分省力"。

（8）"堪堪又是一载的光阴"——崇德总共八年（一载），一晃而过。顺治元年、崇祯十七年，战机再度出现，入主北京时机成熟。

（9）"偶至郭外，至一山环水旋，茂林深竹之处（宁远城）"——清军先头部队于顺治元年四月到达塞外的宁远城。

（10）"有座庙宇，门巷倾颓，墙垣朽败"——宁远城屡经战乱，已经破败不堪。

（11）"'智通寺'三字（"直通死"）"——清太祖努尔哈赤败死在宁远城，将来他的子孙后代，也要从这里进入山海关，到北京去做皇帝。但满清上下谁都没有想到，对冒冒失失的满族来说，这里是"直通死"。因为汉族是迄今世界第一人口大族，中原是当时世界上地域最广阔的民族居住区。当它政治开明的时候，是汪洋恣肆、波澜壮阔的大海，谁也难以打进去。当它政治腐败的时候，是漫无边际、臭气冲天的泥潭，丧失自我净化能力，中国的少数民族也好，外国的侵略强盗也好，能够暂时乘虚而入，但用不了多少年，就会融化其中，被腐蚀消化得无影无踪。

（12）"有个翻过筋斗来的"——此人就是《红楼梦》作者。

（13）"一个龙钟老僧在那里煮粥"——皇太极后代未来的形象。

（14）"雨村见了，便不在意"——贾雨村隐射的多尔衮并未意识到这一点。

（15）"老僧既聋且昏（天聪未来不敏也）"——满族也会跟着腐败起来。你想不汉化，都是不可能的。因为滴落在水里的羊奶也好，牛奶也好，最后没有不水乳交融的。

这里是辽西走廊，关宁防线，明朝平西伯吴三桂（薛蟠）把持的山海关近在咫尺，多尔衮背后的锦州总兵、吴三桂的亲娘舅祖大寿，与原蓟辽总督洪承畴（贾瑞，贾天祥），已经归降大清国一年有余。

十字路口，生死线上，是进是退，生命攸关。进，胜了，得天下。进，败了，直通死。

当时的贾雨村，只知道"身后有余忘缩手"，还不理解"眼前无路想回头"。皇太极（贾赦）挥师入关，命令满洲八旗、蒙古八旗与汉军八旗联合作战。《红楼梦》中早期的风云人物几乎全部囊括在内，如礼亲王代善（赖爷爷）、睿亲王多尔衮（贾政与贾琏）、肃亲王豪格（金荣与焦大）、皇太极兄长阿敏之子阿巴泰（小耗子）、克勤郡王岳讬（贾芹）、郑亲王济尔哈朗（李贵）、豫亲王多铎（贾蔷）、英亲王阿济格（贾蓉）、定南王孔有德（贾敬、张道士、一道、终了真人）、靖南王耿仲明（潘三保之二，耿继茂耿精忠为儿孙）、平南王尚可喜（潘三保之三）。

有什么办法呢？在冷兵器时代，哪个民族掌握了一支铁骑，就可以逐鹿中原，当中国的领袖。

第二回揭露了皇太极的内心世界，而第一百十九回贾宝玉出家对所谓"输赢"与"兴衰"，作了明确的回答。

"身后有余忘缩手"——写尽了皇太极的政治抱负，也写尽了多尔衮的勃勃野心。

"眼前无路想回头"——预报了清朝王朝的最后下场，也是满清皇室最体面的出路。

"走来名利无双地"，是"身后有余忘缩手"的必然结果。

"打出樊笼第一关"，是"眼前无路想回头"的必然结果。

第三回　贾雨村夤缘复旧职　林黛玉抛父进京都

荣禧堂对联

座上珠玑昭日月，堂前黼黻焕烟霞。

解读

王夫人的"荣禧堂"隐射多尔衮与孝庄处理国内外大事的乾清宫正殿（"正内室"），顺治皇帝亲政后就在这里处理国家大事，所以有"赤金九龙青地大匾"。青地的"青"，乃清朝的"清"，"青地"者，清朝占领的中原大地也。所谓"万几宸翰之宝"，实乃"万岁宸翰之宝"——清朝玉玺也。"贾源"者，从字面上看是指荣国公贾源（即觉昌安之子＝努尔哈赤的父亲塔克石）。"荣禧堂"三个字，是东安郡王（山东衍圣公后裔）穆莳（孔有德）所书，赠送给皇太极作纪念的。

"座上珠玑昭日月"，形容多尔衮与孝庄皇太后的宝座珠光宝气，日月争辉。"日"隐射孝庄的二丈夫"成宗义皇帝"多尔衮，"月"隐射孝庄皇太后。史湘云所谓"双悬日月照乾坤"——意思之一，就是指清朝初年北京朝廷有两套领导班子。而林黛玉所谓"双瞻玉座引朝仪"——是指满蒙汉臣子，必须朝见两套领导班子。

"堂前黼黻焕烟霞"，形容乾清宫"正内室"满汉臣子官服上的图案烟霞迷蒙。"黼黻"乃官服上的图案。总之，挖苦孝庄的满汉两大群男人，搞得后宫乌烟瘴气。

"座上珠玑昭日月，堂前黼黻焕烟霞"是一道文字狱的生死牌。只有皇家才能使用"座上日月"（帝后南面而坐）与"堂前黼黻"（群臣北面而朝）的句子，一般官吏的正厅悬挂如此僭越的对联是要杀头灭门的。

"同乡世教弟勋袭东安郡王穆莳拜手书"——"穆"为儿子：源于"父曰昭，子曰穆"。"莳"：新华字典解为"移栽植物：莳秧"。"穆莳拜手书"：移植儿子的人拜书。也就是说，这副对联是孔有德给皇太极家族正堂所书，故自称为"弟"。"穆莳"者，乃孝庄偷情孔有德，使孔有德得以将自己的儿子移植为皇太极之子，进而继承清太宗的皇位，成为清世祖顺治。

第十九回："（宝玉）又说，只除了什么明明德外就没书了……"言外之意是：除了明朝很聪明的孔有德之外，"荣禧堂"（乾清宫）与"贾氏宗祠"（现社稷坛正北的中山堂）便没有其他人的题字了。

第五十三回《宁国府除夕祭宗祠》中，"贾氏宗祠"不在清朝皇宫午门东边的太庙，偏偏要在皇宫午门西边的社稷坛，也就是现在北京中山公园的中山堂。堂上悬一块匾，写着"贾氏宗祠"四个字，旁书"衍圣公孔继宗书"——"已到了腊月二十九日了，各色齐备，两府中都换了门神、联对、挂牌，新油了桃符，焕然一新。宁国府从大门、仪门、大厅、暖阁、内厅、内三门、内仪门并内塞门，直到正堂，一路正门大开，两边阶下一色朱红大灯高照，点的两条金龙一般。次日，由贾母有诰封者，皆按品级着朝服，先坐八人大轿，带领着众人进宫朝贺，行礼领宴毕回来，便到宁国府暖阁下轿。诸子弟有未随入朝者，皆在宁府门前排班伺候，然后引入宗祠。且说宝琴是初次进祠观看，一面细细留神打谅这宗祠，原来宁府西边另一个院子，黑油栅栏内五间大门，堂上悬一块匾，写着是'贾氏宗祠'四个字，旁书'衍圣公孔继宗书'。"

"九门大开"的"宁国府"，直接描写了北京皇宫朝廷的九道门：从南向北分别为正阳门（大门），大清门（仪门），天安门（大厅），端门（暖阁），午门（内厅），太和门（内三门），太和殿（内仪门），中和门（内塞门），保和门（正堂）。霍国玲女士在《红楼解梦》中有周详的考证。

"衍圣公"乃宋仁宗所封，后来的元明清与中华民国相沿不改。周汝昌先生对"孔继宗"作过考证，说清代没有继字辈衍圣公。可见此名系杜撰出来的。此处"衍圣公"意为繁衍圣上之公，即为清朝皇室繁衍皇帝的孔有德。

《西江月》批宝玉二首

其一

无故寻愁觅恨，有时似傻如狂。
纵然生得好皮囊，腹内原来草莽。
潦倒不通世务，愚顽怕读文章。
行为偏僻性乖张，那管世人诽谤。

其二

富贵不知乐业，贫穷难耐凄凉。
可怜辜负好时光，于国于家无望。
天下无能第一，古今不肖无双。
寄言纨绔与膏粱，莫效此儿形状。

解读

（1）"已换了冠带……总编一根大辫，黑亮如漆"——读者一见便知，此乃清朝公子王孙的打扮。其他朝代的少年，没有梳大辫子的道理。

（2）"从顶至梢，一串四颗大珠，用金八宝坠角，身上穿着银红撒花半旧大袄，仍旧带着项圈，宝玉，寄名锁，护身符等物。"——读者略加思索，就会发觉此乃少年天子顺治皇帝的装束。

"四颗大珠"中的"珠"字，拆开为"朱王"，指朱明王朝归顺满清的汉族新"王爷"，一共为四个：定南王孔有德，平西王吴三桂，靖南王耿仲明，平南王尚可喜。

"金八宝坠角"中的"金"指后金。"金八角"隐射满蒙八旗。

"银红撒花半旧大袄"中的"银红撒花大袄"与琪官送给贾宝玉的"大红汗巾子"属于同一个物件，指明朝皇帝传下来的龙袍，"半旧"者，清承明制也。

金"项圈，宝玉"——指后金的金玺与满清的玉玺。

"寄名锁，护身符"乃身份高贵、祈祷福寿的装饰品。

（3）"越显得面如敷粉，唇若施脂，转盼多情，语言常笑。天然一段风骚，全在眉梢，平生万种情思，悉堆眼角。看其外貌最是极好，却难知其底细。"——写的不男不女,不伦不类,是"天下第一淫人"最生动的注脚。

(4)"宝玉看罢,因笑道:'这个妹妹我曾见过的。'"——贾宝玉与林黛玉是旧相识,早就一见钟情,昼思夜想,梦牵神绕,相见如故。福临与弟媳妇,先奸后娶,多次幽会,甚至婚前先孕,如何能不认识?

(5)"《西江月》二词,批宝玉极恰。"——此处的"宝玉"没有说明是指贾宝玉,还是指甄宝玉,是二是一,是一是二,"障眼法"也。

其实《西江月》其一,写的是贾宝玉。《西江月》其二,写的是甄宝玉。一对难兄难弟也。

其一是北京顺治皇帝的写照。

其二是南京弘光皇帝的写照。第二回:

雨村笑道:"果然奇异。只怕这人来历不小。"子兴冷笑道:"万人皆如此说,因而乃祖母便先爱如珍宝。那年周岁时,政老爹便要试他将来的志向,便将那世上所有之物摆了无数,与他抓取。谁知他一概不取,伸手只把些脂粉钗环抓来。政老爹便大怒了,说:'将来酒色之徒耳!'因此便大不喜悦。独那史老太君还是命根一样。说来又奇,如今长了七八岁,虽然淘气异常,但其聪明乖觉处,百个不及他一个。说起孩子话来也奇怪,他说:'女儿是水作的骨肉,男人是泥作的骨肉。我见了女儿,我便清爽,见了男子,便觉浊臭逼人。'你道好笑不好笑?将来色鬼无疑了!"

这是《西江月其一》的注解。第二回:

雨村笑道:"去岁我在金陵,也曾有人荐我到甄府处馆。我进去看其光景,谁知他家那等显贵,却是个富而好礼之家,倒是个难得之馆。但这一个学生,虽是启蒙,却比一个举业的还劳神。说起来更可笑,他说:'必得两个女儿伴着我读书,我方能认得字,心里也明白,不然我自己心里糊涂。'……你看,这等子弟,必不能守祖父之根基,从师长之规谏的。"

这是《西江月其二》的注解。由此不难看出,在对待女人的问题上,贾宝玉与甄宝玉的态度,简直如出一辙,真是两个"老亲家",一对"好兄弟"。在《风月宝鉴》中,正反两面,里外映照也。

作为历史学家,曹雪芹对顺治皇帝福临与弘光皇帝朱由崧的评价,是公正公平的。

赞林黛玉

两弯似蹙非蹙罥烟眉，
一双似泣非泣含露目。
态生两靥之愁，
娇袭一身之病。

泪光点点，
娇喘微微。
闲静时如姣花照水，
行动处似弱柳扶风。
心较比干多一窍，
病比西子胜三分。

解读

（1）"贾雨村夤缘复旧职"中贾雨村指多尔衮。崇德八年在盛京册封为摄政王，顺治元年五月初二到北京后仍任摄政王。"带着贤侄的名帖，拜会贾政"的贾雨村，隐写福临仰仗叔父多尔衮，从盛京迁都北京，十月一日在中和门第二次登基，仍然是顺治皇帝。贾雨村夤缘复旧职，隐写多尔衮与福临叔侄二人从盛京迁都北京而复旧职。

（2）"林黛玉抛父进京都"——林黛玉隐射扬州副将史德威，在战场上没有寻找到义父史可法的尸体，而被清军护送到北京。另一隐意是孝庄皇太后抛下皇父（丈夫的"夫"）皇太极的遗体，带着七岁小儿迁都北京。

（3）"收养林黛玉"，指史德威以"忠臣遗孤"的名义，被收养在宫中。

（4）"两人都有似曾相识之感，倒象在那里见过一般"——指顺治皇帝与弟媳妇董鄂氏先有暧昧关系，甚至怀孕流产，丈夫小襄亲王博穆博果尔死后，董鄂氏进宫当了皇贵妃。

（5）"警幻仙姑赤瑕宫内的神瑛侍者"——赤瑕宫指盛京庄妃的永福宫，警幻仙姑指孝庄皇太后。神瑛侍者指顺治皇帝福临。《清史稿》云，福临受孕后，庄妃"红光绕身"，福临降生时，宫内"红光烛宫中，香气经日不散"。

所以，永福宫成了"赤瑕宫"。"赤瑕"者，红光如同赤霞也。

（6）"灵河岸边的绛珠仙草"——"灵河"指辽河。"绛珠仙草"指董鄂氏皇贵妃。其养父从龙入关，从辽河流域来到北京。

（7）"甘露灌溉"而"久延岁月"之恩——指董鄂氏在入宫前就接受了顺治皇帝的宠幸，得到了"甘露灌溉"之恩。董鄂氏活着，就是为了报答皇恩雨露的。

（8）"伴随一生"以"眼泪还债"之义——"以泪还债"的典故，源于亡国的南唐李后主，所谓"每日只以眼泪洗面"。此处指史德威进宫后，义父的知遇恩情没有办法报答，"每日只以眼泪洗面"。

总而言之，林黛玉进京的艺术形象，主要隐射四位重要历史人物进京或入宫：一是史可法的义子、扬州副将史德威被护送进京，泪尽而英年早逝。二是顺治皇帝的董鄂氏皇贵妃，因婚外恋情酿成了悲剧，十八岁册封为皇贵妃，二十二岁就死了。三是孝庄皇太后于1644年九月十九迁都，"抛夫"进北京，进入乾清宫与昭仁殿。四是顺治十一年六月，福临迎娶并在交泰殿册封第二位蒙古皇后（袭人），而这位小皇后是孝庄的侄孙女与亲外孙女。外婆外孙女相抱而泣。作者说袭人与黛玉同生日。

林黛玉（孝庄、第二位蒙古皇后、董鄂氏皇贵妃）乘大轿从"荣国府西角门"（后宫乾清宫西角门）进入荣国府大院（乾清宫大院），经过"一箭之地"约50米的汉白玉南北大甬道，在荣禧堂门前（乾清宫门前）台阶换上四个小厮（小太监）抬的小轿，经东穿堂（乾清宫东穿堂）而入后院"小小三间"（交泰殿），都是历史事件与地理位置的一丝不苟的真实记录。

第四回　薄命女偏逢薄命郎　葫芦僧乱判葫芦案

《护官符》

贾不假，白玉为堂金作马。
阿房宫，三百里，住不下金陵一个史。
东海缺少白玉床，龙王来请金陵王。
丰年好大雪，珍珠如土金如铁。

解读

(1)"贾雨村补授了应天府"——隐射多尔衮入主北京，仍担任摄政王。崇祯十七年、顺治元年四月三十日李自成焚烧皇宫与九门，撤离北京，逃之夭夭。五月二日多尔衮入主北京。五月三日在武英殿以摄政王监国。五月三日吴三桂正式官服清朝，受封平西王，换衣冠。

(2)门子笑道："老爷一向加官进禄，八九年来就忘了我了？"——"八九年来"是重要的历史坐标。多尔衮于顺治元年五月初二日入主北京，向前推"八九年"，为天聪十年、崇德元年，皇太极改后金为清，改后金大汗为崇德皇帝。废除后金的金玺，正式启用清玉玺——"通灵宝玉"。封多尔衮为睿忠亲王，所谓"加官进禄"。

(3)"老爷真是贵人多忘事，把出身之地竟忘了，不记当年葫芦庙里之事？"——多尔衮的所谓"出身之地"，是满清的盛京，即"地方窄狭"的"葫芦庙"——盛京故宫里清太祖努尔哈赤建造的大政殿。

(4)"何为'护官符'？我竟不知。"——满清为新兴的政治军事势力，尚未学会贪婪腐败，也不熟悉裙带关系建立的人事网络，所以多尔衮说自己连汉族官场司空见惯的"护官符"都不知道。人口众多的汉族官场全靠这个关系网。多尔衮要想立足北京，必须学会并掌控这个"护官符"，开始汉化。

《护官符》里有满族爱新觉罗皇家、汉族孔子后裔孔有德家、科尔沁蒙族亲王吴克善家、暴发户汉族王爷吴三桂家。这四家是明末清初决定中国命运的四大家族。

（1）贾不假，白玉为堂金作马（宁国荣国二公之后，共二十房分，宁荣亲派八房在都外，现原籍住者十二房。）——"贾不假"系列是指爱新觉罗（贾氏）满清亲贵，八王议政中的八王、八旗部队的首领均在此列。在《红楼梦》作者看来，从顺治皇帝以下的满清皇帝都是汉人孔有德的后代，根本不是满族人，属于"贾不真"系列。元妃这位蒙古族孝庄皇太后，以后金国为基础，或者以后金国为"坐骑"，让"贾不假"系列的头目多尔衮领着"贾不真"系列的头目顺治皇帝入主中原，建立清帝国。

"白玉"为皇，"堂"为朝廷，"白玉为堂金作马"意思为，孔门之后的顺治皇帝利用后金为马，建立了一个真汉假满的朝廷庙堂。后金仅是汉族皇帝磨道里的驴或胯下的马。

"假做真时真亦假"——爱新觉罗的假子孙顺治成了真皇帝，爱新觉罗的真子孙多尔衮者流成了假皇帝（被挖坟扬尸的摄政王、成宗义皇帝）。

"宁荣亲派八房在都"——指当时入关的八旗部队。满洲八旗驻扎北京内城。

"现原籍住者十二房"——指仍然驻守盛京与东北地区的满洲八旗部队。满洲旗制分为正黄、正白、正红、正蓝、镶黄、镶白、镶红、镶蓝共八旗。家族的一支叫作一房，"亲派八房"指满洲八旗。

（2）阿房宫，三百里，住不下金陵一个史（保龄侯尚书令史公之后，房分共十八，都中现住者十房，原籍现居八房。）——"女人无姓地无主"，孝庄娘家是科尔沁蒙古族"金陵王"家。孝庄表面上是爱新觉罗皇太极的媳妇，住在仅有"三百里"的小"阿房宫"（指沈阳的现故宫）里，不是住在"阿房宫，八百里"的明皇宫里。由于红杏出墙（"住不下金陵一个史"），与定南王孔有德苟合，并生了顺治皇帝，实际上是汉族孔门的媳妇了，所以含糊地称呼为"史老太君"。

她的婆家是"保龄侯"衍圣公家，"保龄"是世代世袭的意思。她的实际丈夫是"尚书令史公"——"春秋"作者太史公孔子的后代定南王孔有德。

定南王孔有德九分之五的部队跟随中央，九分之四的部队在外驻守。"原籍现居八房"——指他的"汉军正红旗"。贾母为贾府的假母，是孔府历史上职务最高的真媳妇，故曰"史老太君"。

当"史太君"隐射孝庄时，她真婆家的女儿孔四贞（史湘云、妙玉与惜春）就是她收的"义女"。史湘云、惜春（孔四贞）与柳湘莲（冷二郎＝"二令"女人孝庄的儿子）是同父异母的兄妹。因为冷二郎柳湘莲与贾二爷贾宝玉是同一个历史人物，即假宝玉顺治皇帝。

（3）东海缺少白玉床，龙王来请金陵王。（都太尉统制县伯王公之后，共十二房，都中二房，余在籍。）——"白玉床"：根据贾府玉字辈即王旁辈，白玉床即白王床，亦即皇床。在后金与满清开国初期，谁家出的后妃最多，睡在皇床上的女儿就最多，多到连东海龙王都要来借皇床的程度。只有王熙凤隐射的孝庄皇太后家即科尔沁蒙古王爷吴克善家在皇太极时代出了三个后妃：一个是孝庄的姑姑正宫孝端皇后，一个是孝庄的姐姐宸妃，一个是孝庄妃。努尔哈赤与皇太极时代总共51个蒙古女儿进宫为后、妃、贵人、答应。

顺治时代出了六个后妃：四个是孝庄的侄女——第一位废皇后（夏金桂与薛宝钗分演）、谨贵人（金钏儿）、恭妃与端妃（玉钏儿）。两个是孝庄的侄孙女或外孙女——第二位新皇后（袭人）、淑惠妃（麝月）。所以"金陵"后金皇上册封的"金陵王"博尔济吉特氏家，隐射孝庄王夫人的哥哥"王子腾"吴克善家。他是蒙古四十九旗东北部的代表人物。西南部以察哈尔蒙古和硕亲王为代表（皇太极皇二女固伦公主马喀达的两个丈夫——额哲与阿布鼐）。蒙古八旗的人数众多，但大部分没有入关（十四分之十二），仍然驻守在戈壁大草原上，成为满清朝廷的坚强后盾，仅七分之一游弋在中原地区（"共十二房，都中二房，余在籍"），例如后来被捻军杀死的僧格林沁亲王。

（4）丰年好大雪，珍珠如土金如铁。（紫薇舍人薛公之后，现领内府帑银行商，共八房分。）——"丰年好大雪"是说平西王吴三桂的祖籍在大雪纷飞的东北辽宁省。"珍珠如土金如铁"是说平西王吴三桂割据西南，朝廷年收入的一半归入三藩，自己收税，从不上缴，搞的"三藩巨富，国库空虚"，为其后的叛乱做准备。紫薇星是天上紫薇垣、太薇垣、天市垣三星的中央星辰，是玉皇大帝的宫廷所在，代表天上的玉皇、人间的天子。天宫名紫薇宫，人间的皇城又称紫禁城，皇宫也称紫薇宫。皇城的道路称紫陌，皇帝的诰书称紫诰。

总之,"紫薇舍人薛公之后"隐射后来在衡阳称帝的大周皇帝吴三桂。"紫薇舍人"是掌管朝中诰封与赦免大权的人,此处隐射平西王是具有"紫薇舍人"大权的土皇上。"领内府帑银行商",隐射平西王领着朝廷的军饷,搞地方割据。"共八房分"隐射吴三桂的汉军部队集中在外,即云南贵州地区。

"护官符"是多尔衮摄政与顺治初年中国军事与政治力量的高度概括。毛泽东戏称为"四大家族"。多尔衮与孝庄利用它,统一了华夏。

第五回　游幻境指迷十二钗　饮仙醪曲演红楼梦

宁国府上房内对联

世事洞明皆学问，人情练达即文章。

解读

第五回隐写福临（贾宝玉）爱上弟媳妇董鄂氏（秦兼美），母亲（警幻仙姑与秦可卿）劝阻无效，引领儿子到南池子明清皇家档案库皇史宬，看了预报后宫后妃命运的玉牒（《金陵十二钗》册子），甚至搬出老祖宗清显祖塔克石（宁荣二公）的圣训来，还是无用，最后不得不妥协退让，在北海琼华岛自己的秘密卧室（秦可卿卧室），安排儿子（贾宝玉）与董鄂氏（秦兼美）幽会偷情。

（1）"会芳园赏梅"，并举行家宴——指顺治十二年二月初八庆祝孝庄皇太后的圣寿节，在皇宫御花园赏梅。

（2）"一时宝玉倦怠，欲睡中觉"——指顺治皇帝因见不到弟媳妇董鄂氏而心情不好，托词避席。

（3）"贾母素知秦氏是个极妥当的人，……乃重孙媳中第一个得意之人"——此处的贾母、秦氏，都隐射孝庄皇太后，她是后宫中"第一个得意之人"。自编自演也。

（4）"乃是《燃藜图》，也不看系何人所画，心中便有些不快"——顺治皇帝爱上了弟媳妇，孝庄反对，母子关系紧张，儿子患了相思病，对这些封建说教，毫无兴趣。

第五回　游幻境指迷十二钗　饮仙醪曲演红楼梦

(5) "纵然室宇精美，铺陈华丽，亦断断不肯在这里了，忙说：'快出去！快出去！'"——顺治托词避席，却安排他到乾清宫西暖阁休息，他哪里睡得着？

(6) "这里还不好，可往那里去呢？不然往我屋里去吧。"——孝庄皇太后只得妥协让步，为儿子的荒唐行为牵线搭桥，将福临引领到北海琼华岛自己的秘密别墅去了。

顺治十二年（1655）二月初八是孝庄皇太后的圣寿节。顺治皇帝率诸王到慈宁宫行庆贺礼。太后格外开恩，寿宴恩及近支王公的福晋、命妇与福临的异母兄弟。襄亲王博穆博果尔的董鄂氏大福晋应该出席寿宴，但顺治皇帝却没有看到她，因此心烦意乱。当年她已经十八岁。

《清史稿》云："孝献皇后，栋鄂氏，内大臣鄂硕女。年十八入侍，上眷之特厚，宠冠后宫。顺治十三年八月，立为贤妃。十二月，进皇贵妃，行册立礼，颁赦。"

顺治对董鄂氏大福晋的爱恋，始于顺治十一年在南苑庆祝圣寿节，两人一见钟情，并在行宫巫山云雨，彼此都落入了情网。孝庄皇太后早就一清二楚。尽管她心里也喜欢董鄂氏，但因名分有碍，所以不得不持反对态度，因为宫里宫外都有不雅的传闻。

董鄂氏美丽的资质、渊博的汉学修养在福临心上生了根。碍于皇家礼仪，他不能任意召她进宫，只在宫廷节日才有可能见到她的倩影。他每天都必须摆出天子威仪来，不被任何人看透，实在太累太假。他多么想有个知己说说真心话、得到理解和支持啊！第二位新皇后秉性淳朴，有德无才，因为她不懂汉学。其他妃嫔忙于争宠生皇子，借以提高位分封号，只有董鄂氏才是唯一的知己知心与知音。

《清史稿》云："国初故事，后妃，王、贝勒福晋，贝子、公夫人，皆令命妇更番入侍，至太后始命罢之。"其实这是以懿旨的形式，断然阻止皇帝宣董鄂氏大福晋入宫。为此，他与母亲闹别扭，恰好一年了，弄得自己食不甘味，夜不成寐，龙体大渐。所以，这年圣寿节由新皇后张罗（"贾珍之妻尤氏乃治酒"——贾珍的尤氏等于贾宝玉的袭人，都指顺治第二位皇后），只请宫内嫔妃，不请宫外命妇，弄得冷冷清清，"并无别样新文趣事"。

福临认为自己爱上弟媳妇并非胡闹。董鄂氏正堪与自己作配，她才具有总领六宫、为一国之母的才能品德。顺治觉得自己跌入了"迷津"——他只是想爱一个自己痴迷的女人，却碰到满洲贵族与蒙古贵族的联合反对，连汉族大臣也群起反对！顺治的身心垮下来了。万般无奈，孝庄皇太后终于妥协了，因为儿子的命总归比朝野舆论重要。她派苏麻喇姑去安排董鄂氏与儿子幽会。

此事进入《红楼梦》，就是孝庄皇太后（警幻仙姑）规劝无效，亲自安排儿子（宝玉）与董鄂氏（兼美）幽会于北海秘密卧室。

第五回是《红楼梦》最最关键的一回，弄懂它是最要紧的。这一回仅大标题就有三个不同的提法，可见重视者很多，读懂者极少。

（1）"因东边宁府中花园内梅花盛开，贾珍之妻尤氏乃治酒，请贾母"——开头即点明是在庆祝孝庄的圣寿节，时在顺治十二年二月八日。庆祝活动是由顺治新皇后（顺治皇帝贾珍之妻皇后尤氏）操持的，邀请了皇家的内亲，包括懿靖皇太妃与董鄂氏（兼美）婆媳。

第六十六回再度提到这次宫廷家宴："（尤）二姐笑道：'说来话长。五年前我们老娘（孝庄皇太后）家里做生日，妈（懿靖皇太妃）和我们到那里给老娘（孝庄）拜寿。他家请了一起串客，里头有个作小生的叫作柳湘莲（顺治皇帝），他看上了，如今要是他才嫁。'这是顺治十七年的董鄂氏在回忆顺治十二年二月八日的庆祝活动。尤二姐与尤三姐姐妹（合演董鄂氏）都参加了，而六十六回的二尤姐妹，正是第五回里的"兼美"——兼二尤之美、兼钗黛之美的弟媳妇董鄂氏大福晋。

"上房内间"，"《燃藜图》"，"世事洞明皆学问，人情练达即文章"，"纵然室宇精美，铺陈华丽，亦断断不肯在这里了，忙说：'快出去！快出去！'"——隐射乾清宫办公区与西暖阁。小说情节是侄媳妇（秦可卿）安排小叔叔（宝玉）睡午觉，而隐射的历史故事是母亲（孝庄皇太后）安排儿子（顺治皇帝）与其弟媳妇（兼美董鄂氏）幽会。

（2）"不然往我屋里去吧。"——隐射孝庄皇太后引领顺治皇帝从故宫御花园来到西苑的北海琼华岛"瑶屿行宫"，进了自己曾经使用过的秘密卧室。所以"宝玉点头微笑"。

秦可卿卧室对联

嫩寒锁梦因春冷，花气袭人是酒香。

解读

从表面文字看，贾宝玉与秦可卿不顾及封建理念，小叔叔竟然睡到侄媳妇床上去了，连老嬷嬷都吃惊。秦氏解释说："嗳哟哟，不怕他恼。他能多大呢，就忌讳这些个！上月你没看见我那个兄弟来了，虽然与宝叔同年，两个人若站在一处，只怕那个还高些呢。"

这里是小叔叔贾宝玉睡到侄媳妇秦可卿床上去了。第十九回《意绵绵静日玉生香》贾宝玉与林黛玉讲老耗子指挥小耗子偷"果品有五种"，是未婚少年男女睡到一张床上去了。

如果不结合真事隐去的历史，《红楼梦》肯定是淫书。第五回的秦可卿与第十九回的林黛玉都指代顺治贾宝玉的母亲——孝庄皇太后。

第五回《游幻境指迷十二钗》是写顺治十二年，福临十九岁。第十九回《意绵绵静日玉生香》是写顺治三年，福临才九岁。第二十五回《魇魔法姊弟逢五鬼》是写顺治五年，病中的王熙凤与贾宝玉姐弟必须躺在一个房中"三十三日"，福临十一岁，指代孝庄与顺治母子，遇到了多尔衮的夺权阴谋。第十七、十八回《荣国府归省庆元宵》是写顺治元年九月十九，福临七岁，元妃与宝玉"情同姐弟，实为母子"——已经说得很明白，元春与宝玉隐写孝庄、福临母子。

第十七回中元妃与贾宝玉——隐写孝庄福临母子，福临七岁。

第十九回中林黛玉与宝玉——隐写孝庄福临母子，福临九岁。

第二十五回中凤姐与宝玉——隐写孝庄福临母子，福临十一岁。

第五回中秦可卿与宝玉——隐写孝庄福临母子，福临十九岁。

贾元春、林黛玉、王熙凤、秦可卿与贾宝玉都表演过母子关系。

秦可卿卧室的摆设、色调、气息，处处都弥漫着风骚少妇的色情与诱惑。书中说宝玉当时正是青春萌动期，秦可卿卧室的一切仿佛对他是一种朦胧的启示。作者好像凭空杜撰了许多摆设，什么武则天的宝镜、赵飞燕的金盘、掷伤杨贵妃乳房的木瓜、寿昌公主（刘宋时人）的卧榻、同昌公主（唐代人）的珠帐等等，由不得青春少年不产生想入非非的邪念。

上述都是风流淫荡的女性，其含意不言自明。唐伯虎的画和秦少游的对联，也是一种暗示。从这些描写看，秦可卿不像是恪守贞操的女子。《金陵十二钗》正册判词说她"情既相逢必主淫"，《红楼梦》曲子里说她"擅风情、秉月貌,便是败家的根本"。

《红楼梦》里的秦可卿隐射清太宗、崇祯帝、董鄂皇后,还有孝庄文皇后。也就是说,秦可卿隐射两位皇帝与两位皇后,总共隐射四个帝后级的大人物。就秦可卿而言,最大的麻烦不在于她隐射两个皇帝与两个皇后,而是一个"淫"字。秦可卿是一个极为风流的女人——作者毫不含糊地写在《红楼梦》里。

秦可卿的淫荡程度比历史上的最风骚的女人有过之而无不及——"案上设着武则天当日镜室中设的宝镜,一边摆着飞燕立着舞过的金盘,盘内盛着安禄山掷过伤了太真乳的木瓜。上面设着寿昌公主于含章殿下卧的榻,悬的是同昌公主制的联珠帐。宝玉含笑连说:'这里好!'秦氏笑道:'我这屋子大约神仙也可以住得了。'说着亲自展开了西子浣过的纱衾,移了红娘抱过的鸳枕。"

这段原文的意思是:秦可卿的淫荡与风骚,超过武则天、赵飞燕、杨贵妃、寿昌公主、同昌公主。

警幻仙姑歌辞

春梦随云散,飞花逐水流。
寄言众儿女,何必觅闲愁。

解读

所谓"太虚幻境",仿佛是作者凭空臆造的。梦里的故事仿佛是文字游戏,但事实恰好相反。其中荒唐的"梦幻",都隐藏着后宫秘史,而且寓以深刻的含意。《金陵十二钗》的判词及《红楼梦》曲乃是全书的纲领,可以说,读不懂第五回,就没法读懂《红楼梦》。

这首歌辞以虚无观念对男女之间的爱情进行了否定。《孟子》云:"食、色,性也。"《礼记》云:"饮食男女,人之大欲存焉。"这些都是唯物论的说法。但佛教认为,一切苦恼都起源于情欲,要摆脱烦恼就要斩断一切情思欲念。

警幻仙子(母亲孝庄)让宝玉(儿子福临)听这首歌,是要启发他"醒悟",不要陷入情爱的纠葛中不能自拔,甚至跌入"迷津"(皇帝哥哥爱上弟媳妇董鄂氏，是要倒霉的）。宝玉当然不会"醒悟"，如果他在这时就"醒悟"过来，就不是荒唐的少年天子了。

此处的警幻仙姑隐射孝庄皇太后，而贾宝玉隐射与弟媳妇董鄂氏坠入情网的顺治皇帝。

（1）"那宝玉刚合上眼，便惚惚的睡去，犹似秦氏在前"——孝庄皇太后说服不了执拗的儿子，他不愿意在故宫乾清宫西暖阁休息，一心想念董鄂氏，非要在圣寿节这一天见到弟媳妇不可，于是，母亲只得妥协，引领他离开御花园，向西苑的北海琼华岛而来。

（2）"遂悠悠荡荡，随了秦氏，至一所在"——孝庄带福临到达西苑北海的琼华岛。母亲在这里的秘密别墅，儿子并没有来过。

（3）"朱栏白石，绿树清溪，真是人迹希逢，飞尘不到"——这里是清廷的"冬宫"，皇帝后妃的行宫在此，属于大内禁地。孝庄皇太后特别喜欢北海，尤其是她的秘密行在，是她当年与满蒙汉的"狗儿猫儿打架"的地方。

（4）"寄言众儿女，何必觅闲愁"——孝庄皇太后告戒儿子、格格与后妃媳妇们，富贵情缘前生定，何必与命抗争，寻觅情恨闲愁。

警幻仙子赋

方离柳坞，乍出花房。但行处，鸟惊庭树；将到时，影度回廊。仙袂乍飘兮，闻麝兰之馥郁；荷衣欲动兮，听环佩之铿锵。屆笑春桃兮，云堆翠髻；唇绽樱颗兮，榴齿含香。纤腰之楚楚兮，回风舞雪；珠翠之辉辉兮，满额鹅黄。出没花间兮，宜嗔宜喜；徘徊池上兮，若飞若扬。蛾眉颦笑兮，将言而未语；莲步乍移兮，待止而欲行。美彼之良质兮，冰清玉润；慕彼之华服兮，闪灼文章。爱彼之貌容兮，香培玉琢；美彼之态度兮，凤翥龙翔。其素若何，春梅绽雪。其洁若何，秋菊披霜。其静若何，松生空谷。其艳若何，霞映澄塘。其文若何，龙游曲招。其神若何，月射寒江。应惭西子，实愧王嫱。奇矣哉，生于孰地，来自何方？信矣乎，瑶池不二，紫府无双。果何人哉？如斯之美也。

解读

作者对警幻仙姑与太虚幻境的描写，完全是"追踪蹑迹，不敢稍加穿凿"

的写实手法。《警幻仙姑赋》脱胎于曹植的《洛神赋》。不是作者低能,在抄袭曹植的作品,而是提示读者:警幻仙姑隐射的女人,等于洛神隐射的女人,都是皇后。曹植的《洛神赋》隐射魏文帝曹丕的甄皇后,《警幻仙姑赋》隐射清太宗的孝庄文皇后。

《警幻仙姑赋》是《红楼梦》第一赋,警幻仙姑隐射第一女主角——孝庄皇太后。连一僧一道都必须服从她的领导,外出办差先要向她"交割"。这个警幻仙姑从第一回出场,到第一百二十回退场,与《红楼梦》相始终,说明她是主宰一切的最高权威人物。

作者创作"警幻仙姑"这位亦僧亦道的皇后娘娘,目的在于向读者表明:《红楼梦》所有的悲剧,包括孝庄本人的悲剧,都是这位开国女皇一手制造的。

回到最敏感的焦点上来——秦可卿(孝庄皇太后)安排贾宝玉(顺治皇帝)与兼美(弟媳妇董鄂氏)幽会的"秘密卧室"究竟在什么具体地方?"太虚幻境"牌楼隐射满清皇宫景苑的何处?

这座牌楼在《红楼梦》中出现四次。

第一次是在甄士隐的噩梦中——第一回:"正欲细看时,那僧便说已到幻境,便强从手中夺了去,与道人竟过一大石牌坊,上书四个大字,乃是'太虚幻境'。"

第二次是在贾宝玉的美梦中——第五回:"宝玉听说,便忘了秦氏在何处,竟随了仙姑,至一所在,有石牌横建,上书'太虚幻境'四个大字。"

第三次在第十七回《大观园试才题对额》中:"行不多远,则见崇阁巍峨,层楼高起,面面琳宫合抱,迢迢复道萦纡,青松拂檐,玉兰绕砌,金辉兽面,彩焕螭头。贾政道:'这是正殿了。只是太富丽了些。'众人都道:'要如此方是。虽然贵妃崇尚节俭,天性恶繁悦朴,然今日之尊,礼仪如此,不为过也。'一面说,一面走,只见正面现出一座玉石牌坊来,上面龙蟠螭护,玲珑凿就。贾政道:'此处书以何文?'众人道:'必是"蓬莱仙境"方妙。'贾政摇头不语。宝玉见了这个所在,心中忽有所动,寻思起来,倒像在那里曾见过的一般,却一时想不起那年那月日的事了。"

第四次在贾宝玉灵魂出窍的噩梦中——第一百十六回《得通灵幻境悟仙缘》:"又要问时,那和尚早拉着宝玉过了牌楼。只见牌上写着'真如福地'四个大字。"

第五回　游幻境指迷十二钗　饮仙醪曲演红楼梦

这座从"太虚幻境"变为"真如福地"的牌楼，究竟隐射何方的"蓬莱仙境"？

下面先从收集地理环境与历史人物的资料入手：

……但见朱栏白石，绿树清溪，真是人迹希逢，飞尘不到。——此处有"朱栏白石，绿树清溪"。但不在皇宫里面，而是在皇宫外面。

……正胡思之间，忽听山后有人作歌——此处有"后山"。

……方离柳坞，乍出花房。但行处，鸟惊庭树，将到时，影度回廊。……春梅绽雪。……秋菊被霜。……松生空谷。……霞映澄塘。……龙游曲沼。……月射寒江。……瑶池不二，紫府无双。——此处有柳坞、花房、庭树、回廊，四季有春梅绽雪、秋菊被霜、松生空谷、霞映澄塘、龙游曲沼、月射寒江。简直是"瑶池不二，紫府无双"。

……转过牌坊，便是一座宫门，上面横书四个大字，道是："孽海情天"——此处有为皇室男女"孽海情天"准备的宫殿。

……那仙姑笑道："吾居离恨天之上，灌愁海之中，乃放春山遣香洞太虚幻境警幻仙姑是也。

此处有"离恨天"（永安桥"堆云"大牌楼以北的人间天上）、"灌愁海"（北海）、"放春山"（琼华岛）、"遣香洞"（北宋太湖石堆建的假山洞）等景观，"衔山抱水建来精，多少工夫筑始成！天上人间诸景备，芳园应锡'大观'名"，是名副其实的"蓬莱仙境"，是虚无缥缈的"太虚幻境"。

有假山假洞，有真池真湖，有宫殿，有庙宇，"瑶池不二，紫府无双"，"衔山抱水"，"天上人间"——顺治时代，圆明园与颐和园尚未修建，"芳园筑向帝城西，华日祥云笼罩奇"，这个皇家林苑究竟在何处？读者会猜测不出来吗？

在十七世纪的中国，除了北海琼华岛，还有其他地方堪称"太虚幻境"吗？

总之，《警幻仙姑赋》是孝庄文皇后赋。"太虚幻境"是北海永安桥"积翠""堆云"大牌楼周围天上人间的景观。"积翠"大牌楼以南是人间，属于"真如福地"。"堆云"大牌楼以北的琼华岛是天上，属于"太虚幻境"也。

孽海情天对联

厚地高天，堪叹古今情不尽。
痴男怨女，可怜风月债难酬。

解读

（1）"吾居离恨天之上，灌愁海之中，乃放春山遣香洞太虚幻境警幻仙姑是也"——指孝庄皇太后秘密行宫的位置。"离恨天之上"指金代修建的"嫦娥宫"旧址处。"灌愁海之中"指北海中心的琼华岛。"放春山遣香洞"指白塔山上的太湖石假山洞。"太虚幻境警幻仙姑是也"，指孝庄的身份为后宫的皇太后。

（2）"司人间之风情月债，掌尘世之女怨男痴"——申明孝庄皇太后至高无上的权力：既管天下朝廷的兆亿臣民，又管后宫的后妃宫女。

（3）"因近来风流冤孽，缠绵于此处，是以前来访察机会，布散相思。"——因近来顺治皇帝爱上了弟媳妇，朝野绯闻风起，都认为是风流冤孽，事关皇家名声，所以前来访察，以期现场解决问题。

（4）"自采仙茗，亲酿美酒，素练魔舞歌姬，新填《红楼梦》仙曲，试随吾一游否？"——孝庄皇太后想通过现身说法，言传身教，和风细雨地处理问题，不知皇帝肯领教否。

（5）"有石牌横建，上书'太虚幻境'四个大字。"——当事人来到团城与琼华岛之间的汉白玉大桥上，那里有两座牌楼，题词一曰"堆云"，一曰"叠翠"——"太虚幻境"的境界也。

薄命司对联

春恨秋悲皆自惹，花容月貌为谁妍？

解读

（1）"何为'古今之情'，何为'风月之债'？从今倒要领略领略。"宝玉只顾如此一想，不料早把些邪魔招入膏肓了。——指当时皇家的性启蒙教育。顺治、康熙两朝，孤儿寡妇执掌朝政，亲王辅臣摄政或辅政，大权旁落，危机四伏，皇帝欲尽早亲政，只能提前大婚。皇太后让太监们鼓励皇帝尽早发生性行为，当然也有早得龙子的意思，所以在大婚之前，安排美艳的宫女为皇帝侍寝。

（2）"痴情司"、"结怨司"、"朝啼司"、"夜怨司"、"春感司"、"秋悲司"。隐射顺治皇帝的"三宫六院七十二妃"。如此之多如花似玉的女人，守着一个小皇帝，在感情世界里，除了悲剧，还是悲剧——只能是"痴情"、"结怨"、"朝啼"、"夜怨"、"春感"、"秋悲"，无论如何也不会感受到人间正常的"爱情"。

（3）"宝玉喜不自胜，抬头看这司的匾上，乃是'薄命司'三字，两边对联写是：春恨秋悲皆自惹，花容月貌为谁妍。"——皇后也好，贵妃也好，嫔妃也好，贵人也好，常在也好，答应也好，宫女也好，都属于"红颜薄命"的女人，毫无例外。她们在皇宫里自生自灭，与女囚在监狱里差不多。要说有差别，只能是比女囚的命运更悲惨。

顺治十二年二月初八的圣寿节，他的女人统统进了"薄命司"。福临第一位蒙古表姐皇后已经废黜了两年（薛宝钗："焦首朝朝还暮暮，煎心日日复年年。"——"年年"为两年）。说起来表姐博尔济吉特氏长得也很美，比自己大两岁，白皙丰满，晃眼一看，大有杨贵妃的派头，且"丽而慧……科尔沁卓礼克图亲王吴克善女，孝庄文皇后侄也"（《清史稿》）。但她不认识一个汉字（"泼皮破落户"王熙凤并非文盲，但不认识汉字），又"嗜奢侈"，好训人，连皇帝老子也敢顶撞，"合卺之夕，意志即不协"，"积与上忤"（"凤辣子"王熙凤与"河东狮"夏金桂）。本来就是皇叔父多尔衮与皇太后替自己包办的婚姻（"睿亲王多尔衮摄政，为世祖聘焉。顺治八年八月，册为皇后。"），自己多次拒婚，但无济于事。

顺治八年二月，大舅吴克善（王子腾）亲自将女儿送进了北京皇宫，直接住在母亲慈宁宫（贾母院）后面的西三所，选了大佛堂正北的中宫殿为居息之地。吴克善（王子腾）自以为送女儿有功，天天催着举行大婚典礼，烦死人了，但有婚约在前，又有祖父（清太祖）天命十年与外婆家签定的科尔沁盟约，说是满蒙政治联姻的祖制，盟约上写着什么"同心合意，益寿延年，子孙万世，永享荣昌"（即宝钗金锁上的"不离不弃，芳龄永继"，与通灵宝玉上的"莫失莫忘，仙寿恒昌。"——"金玉良缘"），舅甥情面，没有办法，只好封官许愿，打发老蒙古先回去（"入都时，却又闻得母舅王子腾升了九省统制，奉旨出都查边。"——第四回）。

有满蒙联姻的《科尔沁盟约》在前，又有多尔衮与孝庄皇太后的"父母之命"在后，十四岁的顺治皇帝想要悔婚，是万万不可能的。顺治八年八月，只得迎娶了第一位皇后——《薛文龙悔娶河东狮》写的就是第一位皇后未服"冷香丸"的历史真相。作者让多个演员演义同一个历史人物，乃惯用笔法。

顺治皇帝与皇后博尔济吉特氏是一门亲上加亲的姑舅姻亲（《红楼梦》改为姨表姻亲），顺治皇帝理应与皇后和睦融洽。新皇后又仪容出众，"足称佳丽，亦极巧慧"（薛宝钗"生得肌骨莹润，举止娴雅"），足可"母仪天下"。但因为没有感情基础，加上顺治皇帝对多尔衮的仇恨与对母亲的误解，遂使"恩爱夫妻不到冬"（薛宝钗谜语）了。

顺治皇帝当时已经严重汉化，而皇后是娇惯坏了的草原野姑娘，"泼皮破落户""凤辣子"，不识一个汉字，毫无汉学知识，却又孤高自诩，冷美人坯子，"河东狮子吼"脾气，在思想、感情、性格、意趣等方面，皇帝与皇后都格格不入。当然，根子还在顺治皇帝对多尔衮的成见。

相敬如宾，同床异梦，"纵然是举案齐眉，到底意难平"，废黜四年以后，静妃安静下来，在西苑万善殿学习六年汉学，又晋升为长春宫主位。读者看到的薛宝钗，就是如此高雅。

而新婚的情形，据顺治说，皇后"生性妒忌，又嗜奢靡"，更坏的是"处心弗端"，见到"貌少妍者即憎恶，欲置之死"。最使顺治难以忍受的是，皇后对他的举动"靡不猜防"，多生醋意，打小报告。夫妻几成反目。顺治一怒之下，索性择地别居，根本不与她见面。皇后体健色妍，一直未有子嗣，可知顺治帝很早就将她冷落一旁了。进入《红楼梦》，干脆写成薛宝钗与贾宝玉结婚后分床分室，新媳妇长期是处女之身。

野史记载，顺治皇上大婚合卺之夜，小两口大吵大闹，皇上气得冲出洞房，是大太监吴良辅伺候皇上去庶妃巴氏屋里睡了一夜。此后，皇上直到废除皇后，也没在那个侍寝的银托盘里翻过皇后的牌子。也就是说，静妃根本不知男人是怎么回事。

顺治对第一位废皇后（薛文龙的金桂、贾琏的凤辣子、宝玉的宝钗）与第二位新皇后小博尔济吉特氏（宝玉的袭人、贾珍的尤氏），都不喜欢，但是

第五回　游幻境指迷十二钗　饮仙醪曲演红楼梦

她们有助于满清皇权的巩固，从政治利益上讲，"任是无情也动人"也。顺治的两位皇后在娘家是姑姑与侄女的关系，在夫家是平级的"姐妹"关系。所以《红楼梦》将薛宝钗与袭人写成一正一副。

顺治大婚后短短两年间，因"含忍久之，郁懑成疾"，身体日渐衰弱。孝庄皇太后见状不妙，只得谕知福临"裁酌"，等于默许了儿子废除皇后一事。

皇后被废黜后四个寒暑过去，哭喊、挣扎、自杀、逃跑，什么反抗的方法都无济于事。她真的静下来了。她发愤攻读汉学，诗词歌赋，戏剧传奇，见什么读什么，甚至要求加入基督教。静妃毅然入教隐退，倒使顺治皇帝的内心不安起来。废除皇后的第五年，他又下令恢复了静妃的长春宫主位名号和中宫笺表（顺治十四年十月），但静妃却已无意凤冠了。

顺治帝对表姐静妃颇怀歉疚。而新皇后是静妃的侄女，也就是说，皇太后是她的姑奶奶，静妃是她的姑妈，这是一个祖孙三代的蒙古贵妇联盟。她们的对立面，就是以董鄂妃三姐妹为代表的满族后党（董鄂氏皇贵妃林黛玉、董鄂氏贞妃晴雯与董鄂氏庶妃紫鹃——下场都很悲惨）。

新皇后还是个不谙世事的小姑娘，但百依百顺、竭尽职守，事事禀报太后，她的妹妹淑惠妃（麝月）紧步姐姐的后尘。姑娘都是好姑娘，但两个人都不通汉文，等于是两个大丫头，皇上觉得了无意趣。起初，皇太后没着急，因为新皇后（袭人）年幼，皇上也不大。没想到皇帝死得太早，以致孝惠章皇后博尔济吉特氏（袭人）终生成了没有儿子的皇太后。

除前后两位蒙古皇后外，顺治皇帝还有三位来自孝庄皇太后娘家的博尔济吉特氏，即新皇后的妹妹淑惠妃（麝月）、恭靖妃（媚人）和端顺妃（秋纹），她们与董鄂氏的妹妹贞妃（晴雯）是平级的四大丫头。

顺治的十几个妃子大多生育了子女。蒙族后妃有五人之多，却没有一人生育。由此可见顺治皇帝对蒙古后妃怀有多么大的成见。

顺治十一年六月十六，福临二次大婚。大婚典礼仍然像第一次大婚那么豪华、奢侈和气派。康妃佟佳氏（李纨）在这群蒙古宫妃中显得非常出众。她是唯一进入妃子名位的汉女，代表"佟半朝"的老汉军势力，老汉军入关后举足轻重。福临刚立她为妃的时候，常到这里来。……不到一年，她就失宠。生了皇子，也没能挽回她的命运。汉女做皇后，白日梦啊！当她美梦成真，却死了，年仅二十四岁。

"春恨秋悲皆自惹，花容月貌为谁妍。"皇宫后妃都属于"薄命司"。

判词"霁月难逢"

霁月难逢,彩云易散。
心比天高,身为下贱。
风流灵巧招人怨;
寿夭多因诽谤生,
多情公子空牵念。

解读

《金陵十二钗》又副册、副册、正册,由十五位《红楼梦》中的女明星,扮演十位大清皇宫与大周皇宫的皇太后、皇后、妃子与格格。第五回隐写顺治十二年二月初八圣寿节,孝庄皇太后(警幻仙姑)引领顺治皇帝(贾宝玉)到南池子明清皇家档案库皇史宬,视察了宗室女孙黄册玉牒,母亲向儿子预告了后妃的悲惨命运(薄命司)。顺治十二年议准,玉牒每十年纂修一次。顺治十三年议准,将玉牒缮写三部,皇史宬、宗人府、礼部各藏一份。从顺治十八年初次纂修玉牒开始,有清一代,共修玉牒二十八次。顺治、康熙时代,皇史宬只有贾宝玉看到的"十数个大橱"(雕龙镀金铜皮樟木大柜),到"雍正朝增至31台,同治时为141台,光绪时为153台"。

(1)"又非人物,也无山水,不过是水墨染的满纸乌云浊雾而已。"内涵错综复杂,既隐射了历史人物,又隐写了历史事件。

(2)"霁月难逢,彩云易散。"霁月难逢是说晴雯隐射的好姑娘难以找到;"难逢"又是"难于逢时"即命运不好的意思。"彩云易散"是预示她们薄命早死。

(3)"风流灵巧招人怨,寿夭多因毁谤生,多情公子空牵念。"——曲高和寡,孤立无援。木秀于林,风必摧之。

林黛玉是演义董鄂氏皇贵妃的主角,而晴雯是演义董鄂氏皇贵妃的副角。除此之外,晴雯主要演义为顺治皇帝殉葬的董鄂氏贞妃,偷闲还演义了一把中俄划界并签定尼布楚条约的特命钦差大臣索额图。

顺治十八年正月初七,顺治皇帝死于天花,准备二月在景山寿皇殿广场火葬。半年前,董鄂氏皇贵妃死后,追封为"端敬孝献皇后",就是在这里火

第五回　游幻境指迷十二钗　饮仙醪曲演红楼梦

葬的。

顺治十八年二月，小董鄂妃为顺治皇帝殉葬，追封贞妃。谕礼部谓："皇考大行皇帝御宇时妃董鄂氏……当皇考上宾之日，感恩遇上甚深，克尽哀痛，遂而薨逝，芳烈难泯，……追封为贞妃。"此董鄂氏应为罗硕的女儿，亦有人认为是满洲正白旗车骑都尉巴度女（晴雯）。她为鄂硕女儿董鄂氏皇贵妃（潇湘妃子林黛玉）的同姓妹妹。

妃侍殉死，乃满洲旧俗，但往往成为派系斗争一种杀人的手段。当年阿济格、多尔衮、多铎的母亲大妃阿巴亥，就因此而殉葬努尔哈赤。这是皇太极正黄旗势力打击多尔衮正白旗势力的手段。贞妃董鄂氏殉葬顺治皇帝，消除了蒙古族后妃集团的妒恨，缓和了满蒙亲贵对顺治锐意改革的强烈不满——用一个皇宫女人的性命，去堵满蒙亲贵的嘴。贞妃殉葬，还证明顺治"痘亡"了。

孝庄皇太后让小董鄂氏贞妃为顺治殉葬，进入《红楼梦》，变成了王夫人将生病的晴雯逐出大观园，"直着嗓子喊了一夜"，悲惨地死去。小董鄂氏贞妃就是晴雯的艺术原形。贾宝玉做《芙蓉女儿诔》，说明顺治没有"痘亡"。

大观园是一个大舞台，怡红院是一个小舞台。大舞台与小舞台都上演着同一个清朝后宫的历史悲剧——女人世界的"楚汉相争"。大舞台的结局为"黛死钗嫁"，小舞台的结局为"晴逐袭升"。大小舞台同时演出了满族妃党与蒙古后党的激烈斗争。

黛钗之争、晴袭之争如同后宫里的"楚汉之争"。最后的结果为：薛宝钗袭人隐射的博尔济吉特氏姑侄姐妹成了汉高祖刘邦，而林黛玉晴雯隐射的董鄂氏姐妹成了楚霸王项羽。贾宝玉出家，说明福临离宫出走了。

大观园大舞台上一号项羽式的悲剧人物就是黛玉——董鄂氏皇贵妃。

怡红院小舞台上二号项羽式的悲剧人物就是晴雯——殉葬顺治的贞妃。

晴雯在北京隐射董鄂氏姐妹。得空儿跑到黑龙江去，表演了一把康熙特命钦差大臣，中俄勘界首席代表索额图。时在康熙二十八年七月初四。

康熙二十四年清政府击败俄罗斯，捣毁雅克萨要塞。孝庄皇太后想起苦命的儿子来，硬逼着苏麻喇姑（鸳鸯）翻箱倒柜，找出顺治十四年沙俄访华使团进贡的"孔雀裘"——说是"哦罗斯国拿孔雀毛拈了线织的"，"就剩下了这一件"了——意思是说，中国与俄罗斯之间往后就没有安稳日子了。于是"孔雀裘"又变成了"乌云豹的氅衣"——因为中俄边界是一片湿地，天上的乌云倒映在五大莲池的水面上，看上去很像泼墨国画："只见这首页上画着一幅画，又非人物，也无山水，不过是水墨染的满纸乌云浊雾而已。"这是对当时黑龙江与乌苏里江边境形势的高度概括。

康熙二十五年清军撤退，俄罗斯重筑雅克萨堡垒。康熙皇帝的"孔雀裘""谁知不防后襟子上烧了一块"。康熙皇帝大伤脑筋："宝玉道：'明儿是正日子，老太太、太太说了，还叫穿这个去呢。偏头一日烧了，岂不扫兴。'"俄国匪徒竟然偷袭雅克萨——"后襟子上烧了一块"。

康熙二十八年，康熙皇帝派索额图（晴雯）为钦差大臣，以葡萄牙传教士徐日升为译员，前往黑龙江，七月初四划界完毕，二十四日订立《中俄尼布楚条约》。此乃顺治三年德豫亲王多铎扬威北疆的继续。

康熙皇帝嘱咐索额图（晴雯）要亲自勘探划界，不要听俄罗斯地理学家的——"宝玉道：'这就很好，那里又找哦罗嘶国的裁缝去。'"

"俏平儿情掩虾须镯"指坠儿偷"虾须镯"，是康熙二十几年的事情——涉及祖宗后金的固有领土，虽说是黑龙江流域局部的边远地区，好像是贵不到哪里去的"虾须镯"，似乎不值得大惊小怪，但关乎国家主权，哪怕一寸领土也不行——"倒是这颗珠子（主权）还罢了"。此处的"珠子"指国家主权。

"勇晴雯病补雀金裘"是"俏平儿情掩虾须镯"的继续——贾宝玉的俄罗斯雀金裘后襟子上烧了一个"指顶大的烧眼"，隐射两件大事：先隐射顺治皇帝的龙袍后部被俄罗斯捅了一个小洞——指黑龙江流域出了漏子。顺治九年，清军奉顺治之命与俄军在乌扎拉村开战。此乃中国政府首次对俄罗斯作战，并取得了胜利。后指康熙皇帝的龙袍后部被俄罗斯捅了一个小洞——即沙俄在雅克萨重新建立要塞。

什么叫"情掩虾须镯"？为什么要"情掩虾须镯"？

"情掩虾须镯"指满清政府千方百计地对国人尤其是南明的汉族人掩盖黑龙江流域遭受俄罗斯侵犯的事实，以防节外生枝，引发连锁反应，甚至重复当年汉人联金灭辽、汉人联蒙灭金的悲惨历史。所以要"情掩"——合乎清理的掩盖历史真相。

1657年（顺治十四年），沙俄对华第一个使团经蒙入京。此行之主要目的为窥探虚实。"雀金裘"就是沙俄使团的贡品。贾母说："这叫做'雀金呢'，这是俄罗斯国拿孔雀毛拈了线织的。"

黄龙《红楼梦涉外新考》记载：《尼布楚条约》准许俄国商队三年来北京一次，每次不得超过两百人，以八十天为期，期满返国。从俄国输入之商品有

第五回 游幻境指迷十二钗 饮仙醪曲演红楼梦

"毛皮、呢绒、皮革、金属制品等",其中包括制造"孔雀裘"的"雀金呢"。说明贾母孝庄老太太与鸳鸯苏麻喇姑记得不错——顺治十四年沙俄访华第一个使团就进贡过"孔雀裘"。

"雀金呢"隐含"孔雀"(孔子后裔)、"后金"(努尔哈赤子孙),"尼布楚"(中俄条约)三层意思。指孔有德的儿子以后金王朝继承者顺治的身份,派遣大清国第一文官(晴雯)索额图前往黑龙江,与俄罗斯签定尼布楚边界条约,解决大清国的北方问题。

"晴雯又骂小丫头子们:'那里钻沙去了!瞅我病了,都大胆子走了。明儿我好了,一个一个的才揭你们的皮呢!'"此处的晴雯隐射钦差大臣索额图,一个会与俄罗斯索(索)要国家利益,并与俄(额)罗斯划定国家地图(图)的堂堂男子汉。

"晴雯"者——大清(晴)国第一文(雯)官也。

汉族人当汉奸,满族人也有"满奸"。挨骂的"小丫头子们"就是"满奸",以"坠儿"为首。"坠儿"偷了带有"珠子"的"虾须镯",显然是黑龙江地区的地方长官,竟然下贱到出卖国家主权的地步。而喽啰们趁江南三藩之乱与台海战争(瞅我病了),竟然私下里到俄罗斯那边钻营(钻沙去了),有的叛国(都大胆子走了),难道不应该受到严厉惩罚吗(明儿我好了,一个一个的才揭你们的皮呢!)?

"晴雯道:'瞧瞧这小蹄子,不问他还不来呢。这里又放月钱了,又散果子了,你该跑在头里了。你往前些,我不是老虎吃了你!'坠儿只得前凑。晴雯便冷不防欠身一把将他的手抓住,向枕边取了一丈青,向他手上乱戳,口内骂道:'要这爪子作什么?拈不得针,拿不动线,只会偷嘴吃。眼皮子又浅,爪子又轻,打嘴现世的,不如戳烂了!'坠儿疼的乱哭乱喊。"——索额图对渎职的黑龙江地方官员进行了严肃处理。他们的罪名有三:一是玩忽职守(拈不得针,拿不动线)。二是接受贿赂(只会偷嘴吃)。三是丧失国格(眼皮子又浅)。四是监守自盗(爪子又轻)。五是在汉人面前丢尽了满洲八旗的脸面(打嘴现世的)。

"晴雯道:'宝二爷今儿千叮咛万嘱咐的,什么"花姑娘""草姑娘",我们自然有道理。你只依我的话,快叫他家的人来领他出去。'"——索额图是特命钦差大臣,持有尚方宝剑,处理地方渎职官员,无须请示康熙皇帝。况且雅克萨远离京师三千里,"将在外君命有所不受"也。

判词"枉自温柔和顺"

枉自温柔和顺,空云似桂如兰。

堪羡优伶有福,谁知公子无缘。

解读

(1)"一簇鲜花,一床破席"——"鲜花"隐"花"字,"破席"隐"袭"字。这一首说的是花袭人。袭人原来是贾母的丫头,本名珍珠(掌上明珠,同时暗示贾珍、贾珠都是贾宝玉)。贾母担心她的爱孙身边人不可靠,才把"心地纯良,克尽职任"的珍珠给了宝玉。宝玉因她姓花,便依据陆游"花气袭人知骤暖"的诗句改名为花袭人。

(2)"温柔和顺,似桂如兰"——袭人的性格和晴雯正相反,非常随和,同上下左右的关系都很好,所以说她"温柔和顺"。而且长得也"柔媚娇俏",所以说她"似桂如兰"。她跟了宝玉后,"心中眼中只有一个宝玉",处处体贴,时时关切,无微不至,成了宝玉身边第一号得意的人。

(3)"优伶有福,公子无缘"——袭人同宝玉一开始就有了性爱关系。后来黛玉和她开玩笑,称她为"嫂嫂",说明她"如夫人"的身分。

宝玉因同蒋玉菡交往和金钏之死而被贾政痛打,王夫人信得过的丫鬟只剩下袭人一个,立即将她的月银提到二两,享受荣府姨太太的待遇。

宝玉无意中将袭人的汗巾同蒋玉菡作交换。后来贾家势败,袭人果真同她骂为"混帐人"的蒋玉菡结成夫妻。

这样一个"三从四德"的女子,落到优伶蒋玉菡手里,宝玉却竹篮打水一场空。向宝玉发誓"便是八人轿也抬不出我去"的袭人(龙衣人),最终上了蒋玉菡的花轿,其中深意存焉。

袭人隐射顺治的第二位蒙古皇后——博尔济吉特氏孝惠章皇后。从皇家法统上说,她是后宫的真正主宰者,但实际上仅仅是孝庄皇太后安排在坤宁宫的管家大丫头与眼线。由于她既不懂汉语与汉学,又缺乏政治才能与经验,除了规劝监督、伺候照料、温柔体贴、百依百顺、委曲求全、宽以待人等符合皇宫《女则》的优点之外,孝惠章皇后与顺治没有更深层次的感情交流。她也不是皇帝的性启蒙者。在顺治的眼里，自己这位外甥女正宫娘娘更像一位照顾自己饮食起居的大丫头，或者是身上穿的一件龙袍，炕上的一张花席。

《红楼梦》以袭人的艺术形象，维妙维肖地记载了孝惠章皇后在顺治后宫里的地位与作用，是写得最好、最有血有肉的人物之一。

顺治十一年（1654）五月，蒙古科尔沁贝勒绰尔济的两位女儿同时被接进宫内。一个月后，姐姐被册封为皇后，即孝惠章皇后（宝玉的袭人、贾珍的尤氏、贾琏的平儿），与顺治举行第二次大婚礼。孝惠章皇后的妹妹即淑惠妃（宝玉的麝月），是顺治皇帝众多嫔妃中最长寿者。新晋封的孝惠章皇后姊妹做梦也未料到，她们入宫受封仅是一对儿摆在后妃位置上的偶像，在顺治眼中一个是贴身大丫头，一个是贴身二丫头，尽管日夜厮守，但圣眷淡薄，雨露稀少，所以，姊妹二人至死也膝下寂寞。

进入《红楼梦》，孝惠章皇后与淑惠妃成了怡红院的丫头，又是孝庄（王夫人）安插在坤宁宫（怡红院）的卧底眼线。《清史稿》云：

孝惠章皇后，博尔济吉特氏，科尔沁贝勒绰尔济女。顺治十一年五月，聘为妃，六月，册为后。贵妃董鄂氏方幸，后又不当上恉。十五年正月，皇太后不豫，上责后礼节疏阙，命停应进中宫笺表，下诸王、贝勒、大臣议行。三月，以皇太后旨，如旧制封进。

"及（孝庄）太皇太后崩，太后悲痛。诸妃主入临，太后恸甚，几仆地。"——孝惠章皇后博尔济吉特氏"恸甚，几仆地"者，不仅是在哭姑母，更是在哭自己的青春年华也。

第三十一回《撕扇子作千金一笑》写了袭人顾全大局、委曲求全的人格：

宝玉（顺治皇帝）一面说："你们气不忿，我明儿偏抬举他。"袭人（孝惠章皇后）忙拉了宝玉的手道："他一个糊涂人，你和他分证什么？况且你素日又是有担待的，比这大的过去了多少，今儿是怎么了？"晴雯（贞妃董鄂氏）冷笑道："我原是糊涂人，那里配和我说话呢！"袭人听说道："姑娘倒是和我拌嘴呢，是和二爷拌嘴呢？要是心里恼我，你只和我说，不犯着当着二爷吵；要是恼二爷，不该这们吵的万人知道。我才也不过为了事，进来劝开了，大家保重。姑娘倒寻上我的晦气。又不象是恼我，又不象是恼二爷，夹枪带棒，终久是个什么主意？我就不多说，让你说去。"说着便往外走。

……袭人道:"便是他认真的要去,也等把这气下去了,等无事中说话儿回了太太也不迟。这会子急急的当作一件正经事去回,岂不叫太太(孝庄皇太后)犯疑?"宝玉道:"太太必不犯疑,我只明说是他闹着要去的。"晴雯哭道:"我多早晚闹着要去了?饶生了气,还拿话压派我。只管去回,我一头碰死了也不出这门儿。"宝玉道:"这也奇了。你又不去,你又闹些什么?我经不起这吵,不如去了倒干净。"说着一定要去回。袭人见拦不住,只得跪下了。碧痕,秋纹,麝月等众丫鬟见吵闹,都鸦雀无闻的在外头听消息,这会子听见袭人跪下央求,便一齐进来都跪下了。

"宝玉一面说:'你们气不忿,我明儿偏抬举他。'"——隐指顺治对新皇后的基本态度。

"袭人见拦不住,只得跪下了。碧痕,秋纹,麝月等众丫鬟见吵闹,都鸦雀无闻的在外头听消息,这会子听见袭人跪下央求,便一齐进来都跪下了。"——隐指新皇后顾全大局、委曲求全,是坤宁宫最有权威的女人。

花袭人即"中华息夫人"——国母的意思。"堪羡优伶有福",隐射袭人改嫁蒋玉菡纯粹是两个演员在演戏——将满清皇帝的龙袍退还给汉族皇帝的龙袍管理官员(将玉函=蒋玉菡)。满清灭亡了("谁知公子无缘"),汉族复兴了。千万不要将"一床破席"理解为"一只破鞋"。因为朝代可以灭亡,而"中华息夫人"是永远不会死的,最多改嫁罢了。有谁见过没有国母的新朝代?一百二十回原文:

……到了第二天开箱,这姑爷看见一条猩红汗巾(明朝的龙袍),方知是宝玉的丫头。原来当初只知是贾母的侍儿,益想不到是袭人。此时蒋玉菡念着宝玉待他的旧情,倒觉满心惶愧,更加周旋;又故意将宝玉所换那条松花绿的汗巾(后金龙袍)拿出来。袭人看了,方知这姓蒋的原来就是蒋玉菡(将玉函),始信姻缘前定(过去明朝的灭亡与将来清朝的灭亡,都是天数)。袭人才将心事说出。蒋玉菡也深为叹息敬服,不敢勉强,并越发温柔体贴,弄得个袭人真无死所了。……正是前人过那桃花庙的诗上说道:

千古艰难惟一死,伤心岂独息夫人!

史载顺治"痘亡",《红楼梦》记载贾宝玉"出家"——孝惠章皇后(袭人)成了"孝惠皇太后",徒有虚名,但丈夫没有了——"离宫出走"。顺治十八年正月初七后福临的结局成了谜团。康熙八岁登基,却被称为"清圣祖"。其实清世祖福临被孝庄与权贵"废黜"了，2006年石景山出土的龙袍干尸，棺头书写"皇清诰授中宪大夫拙吾黄公之昊柩"，就是被满清皇家废黜的福临贾宝玉。"黄公"皇公也。"拙吾"废黜了我也。"道士发髻"乃"痴道人"福临也。"两件真金丝织龙袍"证明乃清朝皇帝也。"康熙通宝"与"年龄五十岁"，证明福临死于康熙二十七年冬季"干尸"，证明死于干旱寒冷的西北高原也。

"这姓蒋的原来就是蒋玉菡"——清朝的龙袍，将来要回到汉族的"将玉函"紫檀匣子里，然后交给汉族新皇帝。

"蒋玉菡"（"将玉函"）本来就是一个象征，隐射"盛国家玉玺"的紫檀盒子，当然也可以盛龙袍。现在它要将"龙袍"（袭人）娶走，独"占花魁"了，隐射清朝将要亡国，满清皇帝的龙袍将要回到汉族皇帝身上了。

判词"根并荷花一径香"

根并荷花一茎香，平生遭际实堪伤。
自从两地生孤木，致使香魂返故乡。

解读

（1）"画着一株桂花，下面有一池沼"——桂花高高在上，莲花委身在下。"桂"字为一木二土，隐射孝庄博尔济吉特·布木布泰、大清国的开国祖钗。她有两个土丈夫：皇太极与多尔衮。

（2）"水涸泥干，莲枯藕败"——大明朝灭亡了，南明流亡江南，大周复辟失败，汉族皇权水涸泥干，莲枯藕败。

这一首说的是甄英莲、香菱与秋菱。

香菱是薛家的丫头，进不了"正册"；可她原是甄家的贵小姐，也不能进"又副册"，作者把她安排在"副册"里。

"香菱"就是"英莲"，三岁时被拐子拐走，养到十几岁卖给薛蟠做妾。后来薛蟠娶了泼妇夏金桂，又贪又嫉、又狠又毒，香菱受尽凌辱虐待。夏金桂死后，香菱被扶正，当了正夫人。

香菱的命运是一个暗示。英莲者，"应怜"也——汉统易主，天命也。

甄英莲是《红楼梦》里最重要的女配角,一个并非贾府里的黄毛小丫头,竟成了《金陵十二钗》副册第一名,而且是唯一的副册人物,特别令人关注。

金钏儿与甄英莲分别隐射甲申之前的后金玉玺与明朝玉玺。玉钏儿与甄英莲又分别隐射甲申之后的清朝传国玉玺与明朝蒙难玉玺。

第一回《甄士隐梦幻识通灵》云:

士隐见女儿越发生得粉妆玉琢,乖觉可喜,便伸手接来,抱在怀内,斗他顽耍一回,又带至街前,看那过会的热闹。方欲进来时,只见从那边来了一僧一道:那僧则癞头跣脚,那道则跛足蓬头,疯疯癫癫,挥霍谈笑而至。及至到了他门前,看见士隐抱着英莲,那僧便大哭起来,又向士隐道:"施主,你把这有命无运,累及爹娘之物,抱在怀内作甚?"士隐听了,知是疯话,也不去睬他。那僧还说:"舍我罢,舍我罢!"士隐不耐烦,便抱女儿撤身要进去……

"粉妆玉琢,乖觉可喜"——指红妆玉琢的朱明传国玉玺。

"有命无运,累及爹娘之物"——指导致崇祯皇帝与皇后同日死亡的朱明传国玉玺。

"舍我罢,舍我罢"——指皇太极(癞头僧)要求崇祯皇帝(甄士隐)将明朝江山交给自己。崇祯二年天聪三年,皇太极兵临北京城下,转战月余,伺机夺取明朝江山。因袁崇焕勤王之师紧急救驾,北京才幸免于难。

"假作真时真亦假,无为有处有还无"——指崇祯三年袁崇焕入狱,后凌迟处死,是"弄假成真,无中生有"的"通敌叛国案"。甄英莲"年方三岁"被人拐走,指从"天聪三年到崇祯三年"国殇案——明朝兵部尚书被拐子的骗术弄死了。

第四回《甄士隐梦幻识通灵》云:

雨村罕然道:"原来就是他!闻得养至五岁被人拐去,却如今才来卖呢?"门子道:"这一种拐子单管偷拐五六岁的儿女,养在一个僻静之处,到十一二岁,度其容貌,带至他乡转卖。当日这英莲,我们天天哄他顽耍,虽隔了七八年,如今十二三岁的光景,其模样虽然出脱得齐整好些,然大概相貌,自是不改,熟人易认。况且他眉心中原有米粒大小的一点胭脂痣,从胎里带来的,所以我却认得。"

"门子道:'这一种拐子单管偷拐五六岁的儿女,养在一个僻静之处,到

第五回　游幻境指迷十二钗　饮仙醪曲演红楼梦

十一二岁，度其容貌，带至他乡转卖。'"——"五六岁"加"十一二岁"，无论如何相加，都是指崇祯十七年的甲申之变。因为五加十二是十七，六加十一还是十七。

"门子道：'他眉心中原有米粒大小的一点胭脂痣，从胎里带来的，所以我却认得。'"——指满洲八旗将领对明朝与南明传国玉玺十分重视，各级官将都注意搜寻。

"香菱"首先隐射薛蟠（吴三桂）与冯渊（李自成）争夺的江南名媛陈圆圆。清代诗人吴梅村（吴伟业）在《圆圆曲》中，一句脍炙人口的"痛哭六军俱缟素，冲冠一怒为红颜"，陈圆圆就成了闻名古今的"薄命红颜"了。

崇祯十七年春，山海关总兵平西伯吴三桂驻守宁远，廷旨促他入援京师，他率众西行，闻京师已陷，探马来报家属尽被李闯王拿去，吴三桂大怒。适李闯王派降将唐通赍白银五万两，并吴三桂父亲吴襄的招降书札。唐通再三规劝云：崇祯已殁，不如归降闯王为是。吴三桂为老父故，无奈投降，请唐通先行回复，自己当入京去见新主。数日后李闯王差来的守关将吏赶到。吴三桂交割关上事务，带了数千精兵，望北京进发。到了滦州，有家人汇报：姨太太陈圆圆被闯王选入后宫，不知死活。吴三桂听了顿时怒发冲冠。

吴三桂于是乞求清军入关进剿李自成，先在一片石（石河）打败李自成。李自成大怒，杀掉吴家三十多口。李自成又要杀掉陈圆圆。圆圆说："听说吴三桂准备来投降，只是因为我，又动干戈。杀掉我有什么可惜的？只是这样吴三桂会成为您的死敌，恐怕对您不利。"李自成又要带着圆圆同离开。圆圆说："我既然已经侍奉大王了，难道不想跟随大王？恐怕吴三桂因为我而穷追不舍。请大王三思，估计能抵敌得住他，我就马上随行。"李自成沉吟思索。圆圆又说："我替大王考虑，应该把我留下来。我可以劝说吴三桂不要追赶，以报答大王的恩遇。"李自成终于答应了。于是李自成留下圆圆，载着辎重，向山西撤走。

第四回《薄命女偏逢薄命郎　葫芦僧乱判葫芦案》详细隐写了此事。

"贾雨村补授了应天府"——隐射多尔衮入主北京当了摄政王，统治全国。

"丫头"甄英莲隐射陈圆圆，为吴三桂与李自成争夺者。

"薛家"公子薛蟠隐射吴三桂。蟠龙是草龙，又是虫，是后来的三藩之首与吴周皇帝。

"冯渊"隐射李自成。"冯胖子"的"胖","月半"也——隐射"双泉堡马户之子"在崇祯十七年三月十五从昌平抵达北京城下,四月三十逃离北京,恰好在北京折腾一个半月。

"将冯公子打了个稀烂",隐射吴三桂在石河战役中将李自成"打了个稀烂"。

"抬回家去三日死了",隐射李自成于四月二十六日从石河逃回北京,三天之后,即四月三十就离京而逃。"死了"指大顺朝维持一天就死了——李自成于四月二十九日在武英殿登基,当了一天大顺皇帝,第二天逃走,故称"忠顺王爷"。

"秋菱"隐射大周皇帝吴三桂的皇贵妃陈圆圆。康熙十二年末,吴三桂诡请移藩锦州(所谓自请削藩),并期以十一月二十四日启行。康熙十三年正月十五过后("好防佳节元宵后,便是烟消火灭时"),吴三桂举兵北伐,号称大周,但几年后就烟消火灭了。当时的陈圆圆四十出头,"香菱"已成"秋菱"矣。

"根并荷花一茎香,平生遭际实堪伤。""秋菱"的根,本为明朝皇帝,吴三桂大周皇帝与明朝皇帝一脉相承。孝庄的"荷花"就是从明朝的根上衍生出来的。要说香,大家是一样的。

明朝灭亡了,传国玉玺辗转到了大顺朝皇帝李自成("忠顺王爷")手里,又辗转到了永历帝朱由榔手里,后来又辗转到了吴三桂大周皇帝手里。颠沛流离,一波三折,真可谓"平生遭际实堪伤"。

青楼名媛陈圆圆被田国丈买到家里为侍妾,先赠献崇祯皇帝遭到拒绝,又赠送给山海关总兵吴三桂,后来又送到李自成的皇宫里,最后又回到吴三桂手里,颠沛流离,一波三折,也是"平生遭际实堪伤"。

"自从两地生孤木,致使香魂返故乡。""孤木"指孝庄布木布泰,她先在沈阳当皇妃,皇太极死后,因为儿子侥幸当了皇帝,自己(娇杏)也侥幸晋升为孝庄皇太后。顺治元年九月十九日入主中原,到北京当上了皇太后,致使陈圆圆的"香魂"追随吴三桂返回了江南的"故乡",后来当了大周朝的贵妃。最后因三藩叛乱而酿成悲剧,在昆明北郊沐家故园的荷花池"投池自尽"。

《红楼梦》仅说秋菱"只见画着一株桂花,下面有一池沼,其中水涸泥干,莲枯藕败……"并没有说她被害而死,或自寻短见,而是"香魂返故乡"了。书中倒是说她"扶了正"并且为薛氏留了后代——"今归薛姓,产难完劫,遗一子于薛家,以承宗祧。"

判词"可叹停机德"

可叹停机德①,堪怜咏絮才②;
玉带林中挂③,金钗雪里埋④。

① 停机德:指薛宝钗的品德。《后汉书》云:乐羊子出外求学,半途而归。妻子正在机上织布,操刀断线,并告戒说,你中断学业,如同割断丝线而织不成布一样。乐羊子恍然大悟,从此发奋攻读,一举成名。借这个典故颂扬薛宝钗的女德。

② 咏絮才:指林黛玉的才华。《世说新语》:谢安吟飞雪曰:"白雪纷纷何所似?"侄子应声答:"撒盐空中差可拟。"侄女谢道韫答:"未若柳絮随风起。"借这个典故,颂扬林黛玉才思敏捷。

③ "玉带林":反读为林黛玉——"黛玉"林中高挂。

④ "金钗雪":反读为薛钗金——"金钗"雪里深埋。

"黛玉"与"金钗"不仅是两个女主角的名字,而且隐射两个物件。

解读

这一首说的是薛宝钗、林黛玉两个人。

"可叹停机德"——说宝钗有封建社会女性最标准的品德。她"品格端方,容貌丰美","行为豁达,随分从时",主奴上下都喜欢她。作者又说她"罕言寡语,人谓藏愚;安分随时,自云守拙",是大家闺秀的典型。她规劝宝玉读"圣贤"书,走"仕途经济"道路,受到宝玉冷落也不计较。按当时贤惠女子的标准,几乎达到无可挑剔的"完美"程度。也有人评论说,她锋芒不露、城府极深,是"笑里藏刀"的阴谋家。她既是封建礼教的卫道士,又是封建道德的受害者。

"堪怜咏絮才"——说林黛玉是个绝顶聪慧的才女。她的才华在大观园出类拔萃,是智慧女神。黛玉的悲剧就在于她太聪明,死不饶人。也有人评论说，她尖酸刻薄，"暗藏杀机"。

宝钗和黛玉是对立的：一个柔，一个刚；一个藏愚守拙，一个锋芒毕露。

作者为什么要将薛宝钗、林黛玉两个人合写在正册第一首判词里？实在令人费解。

如果将薛宝钗、林黛玉理解为一个人——既柔且刚，既有"停机德"又有"咏絮才"，既藏愚守拙又锋芒毕露，既"笑里藏刀"又"暗藏杀机"，无疑是在隐射孝庄皇太后。她以母后的身份，规劝顺治皇帝读"圣贤"书，走"仕途经济"道路，受到儿子冷落也不计较。为了维护朝廷的权威与儿孙的皇位，她锋芒不露、城府极深，对自己的政敌，则尖酸刻薄，"暗藏杀机"。

如果将薛宝钗、林黛玉理解为两个女人，那么前者隐射顺治皇帝废黜的第一位蒙古皇后博尔济吉特氏，她是"金玉良缘"的代表——"金钗雪里埋"。而后者则隐射顺治的弟媳妇董鄂氏皇贵妃，她是"木石前缘"的化身——"玉带林中挂"。

如果"钗黛合一"，将"黛玉"与"金钗"理解为两个物件，是二是一。那么，前者显然隐射清朝正在使用的玉玺"通灵宝玉"——"玉带林中挂"。而后者隐射已经废黜的后金金玺"宝钗金锁"——"金钗雪里埋"。

后金金玺启用于1616年（明万历四十四年、后金天命元年）。努尔哈赤定都赫图阿拉（辽宁新宾），即汗位，国号金，史称后金。正月朔日，努尔哈赤于赫图阿拉御殿称汗，始行元旦受贺之典，始制卤簿用乐。二子代善（赖爷爷）与五子莽古尔泰（没有进入《红楼梦》）被封为贝勒，参国政。正月朔日为正月初一，后金建国，《红楼梦》中为贾元春的生日——指孝庄因为后金于天命元年正月初一立国而飞黄腾达。

清玉玺启用于1636年（明崇祯九年、后金天聪十年、清崇德元年）。皇太极废除后金，改号大清，以玉质元玺为传国玉玺，由大汗而即皇帝位。关外的崇德与关内的崇祯，"双悬日月照乾坤"，明清两朝为"并蒂莲花"。

如此看来，《金陵十二钗》正册的第一首判词，设计诡秘，一隐射后金、清的国家神器，二隐射孝庄皇太后，三隐射顺治第一位皇后与死后追封的端敬孝献皇后董鄂氏。

《金陵十二钗》正册第一首判词隐指两件国玺与三位皇后。它是天聪、崇德、顺治三朝中国政治情势的高度凝结。所以，赫然列在第一的位置，十分晦涩难懂。钗黛合一只占正册一个席位，媳妇仅占半席也。

判词"二十年来辨是非"

二十年来辨是非①,榴花开处照宫闱。
三春争及初春景,虎兔相逢大梦归②。

①"二十年来":是重要的历史坐标。
②"虎兔相逢":指寅年(虎年)与卯年(兔年)交接的时节。

解读

这一首说的是贾元春,隐射孝庄皇太后。

(1)"画着一张弓,弓上挂着香橼"——弓字谐"宫"字,表明和宫廷有关。橼,一种叫佛手柑的植物,谐"元"字音。"香橼"指满清与元蒙有"香缘",指满蒙联姻的基本国策。

(2)"榴花开处照宫闱"——指孝庄皇太后"母以子贵",成为后宫的主宰。

孝庄文皇后,是科尔沁蒙古博尔济吉特氏大贝勒寨桑的小女儿,元顺帝的后裔。她和她的姑妈孝端文皇后、她的姐姐宸妃三人,一同嫁给了清太宗皇太极。孝庄是个有名的蒙古美人,草原上远近闻名。她自幼气宇不凡,敏慧练达,娴于蒙文,爱读书史,通大略,善词令,所谓"巾帼不让须眉"者也。

第一回作者所谓"何我堂堂须眉,诚不若彼裙钗哉",其中的"彼裙钗",正是指大清国开国女政治家孝庄文皇后。

明天启五年、后金天命十年(1625)二月,孝庄文皇后博尔济吉特氏嫁给皇太极,是年十三岁。二十年后(1644,顺治元年),她三十一岁,携带七龄小儿入主北京,成了大清国的国母。

《红楼梦曲子》(元春)云:

只见画着一张弓,弓上挂着香橼。也有一首歌词云:

二十年来辨是非,榴花开处照宫闱。
三春争及初春景,虎兔相逢大梦归。

"弓"者,指盘马弯弓以骑射得天下的清太宗皇太极,《红楼梦》中的长弓老大也。"香橼"者,皇太极的爱妃孝庄也。"木"者,孝庄布木布泰也。"缘"者,与皇太极的因缘也。"香"者,婚姻也。"橼"者,"留"有子孙的"木"也。"开"者,执掌后宫大权也(照宫闱)。"初春"指天聪朝。"三春"指崇德、顺治、康熙朝。

八十六回说元妃出生于甲申(1644)年正月初一,"只怕遇着寅年卯月"。

第六十二回,众人为宝玉等四人过生日,探春笑道:"倒有些意思,一年十二个月,月月有几个生日。人多了,便这等巧,也有三个一日、两个一日的。大年初一日也不白过,大姐姐占了去。怨不得他福大,生日比别人就占先。又是太祖太爷的生日(后金建国日)……"

贾元春与"太祖太爷"都是"大年初一"的生日,是什么意思呢?"太祖太爷"指清太祖努尔哈赤,贾元春隐射孝庄皇太后,两个历史人物的生日,都不是正月初一。但从四春的角度分析,四春代表清太祖的天命朝(初春),清太宗的天聪与崇德朝(迎春),清世祖的顺治朝(探春),清圣祖的康熙朝(惜春)。由此,贾元春与"太祖太爷"都是"大年初一"的生日,就可以理解了——努尔哈赤的后金王朝建国于明万历四十四年、后金天命元年的正月初一。

元春指努尔哈赤后金时代。后来的三春指皇太极时代、顺治时代与康熙时代。《红楼梦》作者估计,康熙时代一过,三春结束,大清国就完蛋了。所以有"三春过后诸芳尽"之说,又有"原应叹息"的预言。这是第一批作者对大清国的预言,他们希望清朝赶快垮台。

第九十五回说:"贾娘娘薨逝,是年甲寅年十二月十八日立春,元妃薨日是十二月十九日,已交卯年寅月,存年四十三岁。"——"寅"为虎,"卯"为兔。

实际情况是:孝庄生于明万历四十一年(1613)二月初八,死于康熙二十六年(1687)十二月二十五日。《红楼梦》第九十五回中故意差了几天,年份月份一点不差,日子前后错落几天,是有意避嫌。因为在第一百十八回里又专门交代了孝庄逝世的月份与日子。

生于猴年甲申(1644)、卒于虎年甲寅(1674),那么只有三十一岁?原来元妃寿限以甲申之变(崇祯十七年、顺治元年)为界,分成了前三十一和后四十三两段,合起来是七十四岁。因为十八日立春,十九日死,多活了一天,就算多增了一岁,进入兔年了。所以说,贾元春(孝庄皇太后)享年七十五岁。三十一年隐射甲申（1644）之前，四十三隐射甲申（1644）之后。

第一百十八回又专门交代孝庄真实的"冥寿"日——康熙二十六年十二月二十五日。原文只有一句话："八月初三这一日，正是贾母的冥寿。"

"八月初三这一日"是如何推算出"十二月二十五日"呢？

具体算法为——"八三一"隐指十二月。"三八二十四，加一"，隐射二十五日。总起来的隐意为：十二月二十五日是孝庄太皇太后"贾母的冥寿"。

如果将原文改为正常写法——"八月初三，正是贾母的冥寿。"句子好像通顺了，但不能隐射"十二月二十五日"了。所以《红楼梦》一字不可改也。

通过第九十五回与第一百十八回，明确指出元妃贾母都隐射孝庄太皇太后——她逝世于康熙二十六年十二月二十五日，王熙凤死于"二十六岁"——指孝庄太皇太后死于康熙二十六年。

判词"才自精明志自高"

- 九自精明志自高，生于末世运偏消。
  清明涕泣江边望，千里东风一梦遥①。

①"一梦遥"：指远嫁。

解读

这一首说的是探春。

《金陵十二钗》正册里的贾探春与巧姐儿，两个演员共同隐射孝庄与多尔衮的亲女儿——这是《红楼梦》里隐藏最深的清宫秘史。红学界有人认为贾探春是不认亲娘与亲舅舅的"势利眼"，甚至认为巧姐儿差一点被卖出去当了侍妾或妓女，这些看法显然是天大的冤枉与误解。

探春是多尔衮的女儿。孝庄皇太后于顺治六年二月八日下嫁多尔衮，顺治七年八月初三，在汤若望（刘姥姥）的帮助下，生了一个苦命的女儿。当时金贵得很，但半年后多尔衮暴死（顺治七年十二月初九），然后被挖坟鞭尸削爵夺产（顺治八年二月）。金贵的女儿不好办了（"生于末世运偏消"——指多尔衮家族的末世），只好由孝庄皇太后养育长大。但玉牒上却不能承认是多尔衮与孝庄皇太后的女儿，只能写成多尔衮（贾政）与福晋博尔济吉特氏

（赵姨娘）生的女儿（探春），但"探春"不认账，不承认赵姨娘这个所谓的"亲娘"，认为她不过是皇家的奴才，只承认自己的嫡母孝庄皇太后（王夫人）。王夫人（孝庄皇太后）多次声明这个女儿"虽不是我亲生"云云，却给予她固伦公主的最高爵位与待遇，甚至让她学习着管理与改革后宫（《敏探春兴利除宿弊》），最后将她远嫁察哈尔蒙古，成了亲王王妃——所谓"得此签者必得贵婿"。所谓"我们家已有了个王妃，难道你也是王妃不成。大喜，大喜"。

第五回《红楼梦曲子》云：

〔分骨肉〕一帆风雨路三千，把骨肉家园齐来抛闪。恐哭损残年，告爹娘，休把儿悬念。自古穷通皆有定，离合岂无缘？从今分两地，各自保平安。奴去也，莫牵连。

这是一支最令人荡气回肠的曲子。"探春"不承认多尔衮的义子多尔博（贾环）是她的亲弟弟，她只和顺治皇帝（贾宝玉）这个亲兄长好，亲自给皇帝哥哥做鞋子。兄妹俩感情很深挚。见第二十七回《滴翠亭杨妃戏彩蝶》：

探春（妹妹）因说道："这几天老爷可曾叫你？"宝玉（哥哥）笑道："没有叫。"探春说："昨儿我恍惚听见说老爷叫你出去的。"宝玉笑道："那想是别人听错了，并没叫的。"探春又笑道："这几个月，我又攒下有十来吊钱了。你还拿了去，明儿出门逛去的时候，或是好字画，好轻巧顽意儿，替我带些来。"宝玉道："我这么城里城外（指紫禁城）、大廊小庙的逛（指殿堂），也没见个新奇精致东西，左不过是那些金玉铜磁没处摆的古董（故宫里全是稀世珍宝与古董），再就是绸缎吃食衣服了。"探春道："谁要这些。怎么像你上回买的那柳枝儿编的小篮子，整竹子根抠的香盒儿，胶泥垛的风炉儿，这就好了（须去琉璃厂或大栅栏）。我喜欢的什么似的，谁知他们都爱上了，都当宝贝似的抢了去了（宫里的女人觉得稀罕）。"宝玉笑道："原来要这个。这不值什么，拿五百钱出去给小子们，管拉一车来。"探春道："小厮们知道什么。你拣那朴而不俗、直而不拙者，这些东西，你多多的替我带了来。我还象上回的鞋作一双你穿，比那一双还加工夫，如何呢？"

隐射顺治皇帝与多尔衮的女儿兄妹情深，因为他们是亲兄妹。贾环隐射多尔博。多尔博是多铎的儿子，过继给多尔衮，实际是义子。多尔衮的女儿不认他是自己的亲兄弟。

第五回　游幻境指迷十二钗　饮仙醪曲演红楼梦

第二十七回原文加注：

宝玉听了，点头笑道："你不知道，他心里自然又有个想头了。"探春听说，益发动了气，将头一扭，说道："连你也糊涂了！他那想头自然是有的，不过是那阴微鄙贱的见识。他只管这么想，我只管认得老爷、太太两个人，别人我一概不管（注：这是实话）。就是姊妹弟兄跟前，谁和我好，我就和谁好，什么偏的庶的，我也不知道。论理我不该说他，但忒昏愦的不象了！还有笑话呢：就是上回我给你那钱，替我带那顽的东西。过了两天，他见了我，也是说没钱使，怎么难，我也不理论。谁知后来丫头们出去了，他就抱怨起来，说我攒的钱为什么给你使，倒不给环儿使呢。我听见这话，又好笑又好气，我就出来往太太跟前去了。"（注：根本不是对亲娘、亲弟弟的态度，更不是探春为了攀高枝，不认亲娘、亲弟弟）正说着，只见宝钗那边笑道："说完了，来罢。显见的是哥哥妹妹了，丢下别人，且说梯己去（注：旁观者清，确实是实话）。我们听一句儿就使不得了！"说着，探春宝玉二人方笑着来了。

"探春听说，登时沉下脸来，道：'这话糊涂到什么田地！怎么我是该作鞋的人么？'"——多尔衮的女儿不承认"赵姨娘"是亲娘，认为她是"糊涂"东西，充其量是个名义上的假娘而已，自己没有给过继弟弟做鞋子的义务与兴趣。

"我不过是闲着没事儿，作一双半双，爱给那个哥哥兄弟，随我的心。谁敢管我不成！"——多尔衮与孝庄的女儿，只承认顺治皇帝是她的"正经兄弟"。

"我只管认得老爷、太太两个人，别人我一概不管。"——"探春"只承认多尔衮是自己的父亲，孝庄皇太后是自己的母亲，"别人我一概不管"。

"什么偏的庶的，我也不知道。论理我不该说他，但忒昏愦的不象！"——对于自己在皇家玉牒中的地位，"探春"说"我也不知道"。但将她列为"赵姨娘"的女儿，她认为"忒昏愦的不象了"！

"他就抱怨起来，说我攒的钱为什么给你使，倒不给环儿使呢。我听见这话，又好笑又好气，我就出来往太太跟前去了。"——与"赵姨娘"怄了气，"探春"就去向亲生的母亲倾诉。

"显见的是哥哥妹妹了，丢下别人，且说梯己去。我们听一句儿就使不得了！"——此话很重要，挑明了"探春"的真实身份：顺治皇帝与多尔衮的女儿是同母异父亲兄妹。薛宝钗隐射的废皇后静妃心里有数，话里有话，读者要仔细品味。否则，不可能出现这样的故事情节。贾探春更没有丝毫大义灭亲的意思。

红学家多误会了这个可怜的女孩子——"探春在与李纨、宝钗一起暂管大观园中虽然显示出非凡的能力，但是总的说来，留给许多读者的印象都不是很好，总觉得她太势利，甚至连亲舅舅都不认，几乎也不想认亲娘了。"——周思源教授单纯分析小说，得出的结论，显然是错误的。任何人离开"真事隐"，而高谈阔论"假语存"，都会得出这种错误的结论。说探春是"势利眼"，太冤枉了。

判词"富贵又何为"

富贵又何为？襁褓之间父母违①。
展眼吊斜晖，湘江水逝楚云飞②。

① 襁褓：包裹婴儿的衣被，此处谐音"枪炮"。
② 湘江、楚云：暗示湖北湖南广西一带。

解读

史湘云、妙玉与贾惜春——隐射定南王女儿孔四贞将军辉煌而悲惨的一生。

《爝火录》顺治九年七月初四：

李定国拔桂林。时孔有德发兵往严关堵御，定国夺关，追有德至桂林。孔有德兵不及尽入城，定国攻围三日，驱象触城破，孔有德自经死，家口百二十人悉被杀，独存一子，系平西王（吴三桂）婿，李定国留营中，后亦被害。只有一女，其时尚幼，名孔四贞，侥幸得脱。

顺治十一年六月，孔四贞扶柩回京，朝廷隆重殡葬了定南王孔有德。

第六十二回《憨湘云醉眠芍药裀》隐写孔四贞在兵荒马乱中只身逃脱：

当下又值宝玉生日已到，……只有张道士送了四样礼，换的寄名符儿……黛玉（孝庄皇太后）便道："你多喝一钟，我替你说。"宝玉（顺治皇帝）

第五回　游幻境指迷十二钗　饮仙醪曲演红楼梦

真个喝了酒，听黛玉说道：落霞与孤鹜齐飞，风急江天过雁哀，却是一只折足雁，叫的人九回肠，这是鸿雁来宾。说的大家笑了，说："这一串子倒有些意思。"黛玉又拈了一个榛穰，说酒底道：榛子非关隔院砧，何来万户捣衣声。令完，鸳鸯（苏麻喇姑）袭人等皆说的是一句俗语，都带一个'寿'字的，不能多赘。……

湘云便说道：奔腾而砰湃，江间波浪兼天涌，须要铁锁缆孤舟，既遇着一江风，不宜出行。……说着，都走来看时，果见湘云卧于山石僻处一个石凳子上，业经香梦沉酣，四面芍药花飞了一身，满头脸衣襟上皆是红香散乱，手中的扇子在地下，也半被落花埋了。

此处的"张道士"即"一道"、"跛足道人"，均隐射定南王孔有德。

此处的"黛玉"，隐射孝庄皇太后。

此处的"史湘云"，隐射定南王女儿孔四贞。

"落霞与孤鹜齐飞，风急江天过雁哀，却是一只折足雁，叫的人九回肠，这是鸿雁来宾"——"折足雁"、"孤鹜"、"风急江天过雁哀"、"叫的人九回肠"、"何来万户捣衣声"、"带一个'寿'字的"——都是隐射足部受伤的孔有德南征，于顺治九年死于桂林的情景。

"奔腾而砰湃，江间波浪兼天涌，须要铁锁缆孤舟，既遇着一江风，不宜出行。"——写史湘云经过湘江、长江、大运河，辗转千里、扶灵归京的艰难。

史湘云"醉眠芍药裀"——取"芍药"，乃"要离"父母之意。

"湘云卧于山石僻处"，"芍药花飞了一身，满头脸衣襟上皆是红香散乱，手中的扇子在地下，也半被落花埋了"——隐射定南王部被李定国打得落花流水，孔四贞躲在乱军中侥幸逃脱的情景。

第六十三回与第六十四回原文加注：

忽见东府中几个人慌慌张张跑来说："老爷宾天了（定南王败死桂林）。"众人听了，唬了一大跳，忙都说："好好的并无疾病，怎么就没了？"……天子（顺治）听了，忙下额外恩旨曰："贾敬虽白衣无功于国，念彼祖父之功，追赐五品（无品）之职。令其子孙扶柩由北下之门（西直门）进都，入彼私第（东华门北大街定南王府）殡殓。任子孙尽丧礼毕扶柩回籍外，着光禄寺按上例赐祭。朝中由王公以下准其祭吊。钦此。"

此旨一下，不但贾府中人谢恩，连朝中所有大臣皆嵩呼称颂不绝。……贾珍（顺治皇帝）下了马，和贾蓉（康熙皇帝）放声大哭，从大门外便跪爬进来，至棺前稽颡泣血，……宝玉（顺治皇帝）这里不由的低头心内细想道："……大约必是七月因为瓜果之节（暗中指七月四日），家家都上秋祭的坟，林妹妹有感于心，所以在私室自己奠祭，取《礼记》：'春秋荐其时食'之意，也未可定。"……只听见里面哭声震天，却是贾赦贾琏送贾母（孝庄）到家即过这边来了。当下贾母进入里面，早有贾赦贾琏（顺治）率领族中人哭着迎了出来。他父子一边一个挽了贾母，走至灵前，又有贾珍贾蓉跪着扑入贾母（孔有德的儿孙与情妇）怀中痛哭……

张道士这一形象是交代孔有德实系顺治生父（老麒麟），贾道士这一形象是交代孔有德之死（死金丹）。

道士意为汉人，贾道士隐射汉将。"敬"字从苟从文，意为苟合孝庄文皇后。贾道士乃投降满清、与孝庄皇太后苟合的汉族将军。

贾敬死于玄真观，初四抬入宁府。第六十四回贾宝玉指明林黛玉设祭，乃因是"七月瓜果之节"，由此可以看出，贾敬抬入宁府的日子是七月初四，而不是五月初四。

《红楼梦》记载的日子很反常，明明是五月初三贾宝玉过生日，次日应当是五月初四，但贾宝玉偏偏要说是"七月瓜果之节"，无意中就从五月初四变成了七月初四。七月初四贾敬死，隐射顺治九年七月初四孔有德在桂林的死亡之日。

这种反常的写法，隐射孔四贞历时二年，辗转几千里，使父亲的灵柩"丧还京师"。

顺治十一年六月，据《清史稿·孔有德传》："有德女四贞以其丧还京师，上命亲王以下，阿思哈尼哈番以上，汉官尚书以下，三品官以上郊迎。赐白金四千。官为营葬，立碑纪绩。"

孔有德在后金天聪七年降清。第十三回贾蓉履历中有"丙辰科进士贾敬"一句，隐射后金系努尔哈赤于丙辰年（1616）所建。"丙辰科进士"指孔有德归顺了丙辰年建国之后金。

所谓"云散高唐"、"楚云飞"指顺治皇帝与孔四贞一见钟情，但最后结局为生离死别。

第三十一回原文加注：

第五回　游幻境指迷十二钗　饮仙醪曲演红楼梦

（1）史湘云问道："宝玉哥哥不在家么？"宝钗笑道："他再不想着别人，只想宝兄弟，两个人好憨的。这可见还没改了淘气。"贾母道："如今你们大了，别提小名儿了。"——隐射废皇后静妃（宝钗）并不明白事情的真相。

（2）湘云听了，方知是他遗落的，便笑问道："你几时又有了麒麟了？"宝玉道："前儿好容易得的呢，不知多早晚丢了，我也糊涂了。"湘云笑道："幸而是顽的东西，还是这么慌张。"说着，将手一撒，"你瞧瞧，是这个不是？"——读者都认为这一对麒麟暗伏宝玉与湘云将是"白首双星"，其实作者想说的是一对"双星"业已"白首"，指孔有德（张道士）与贾母（孝庄）。

（3）宝玉见那麒麟，心中甚是欢喜，便伸手来拿，笑道："亏你拣着了。你是那里拣的？"史湘云笑道："幸而是这个，明儿倘或把印也丢了，难道也就罢了不成？"宝玉笑道："倒是丢了印平常，若丢了这个，我就该死了。"——顺治皇帝认为金麒麟比大清国玺（官印）还重要，不要理解成"爱美人而宁肯不要江山"，是因为顺治皇帝不明白一对麒麟的真相。

（4）袭人斟了茶来与史湘云吃，一面笑道："大姑娘，听见前儿你大喜了。"史湘云红了脸，吃茶不答。袭人道："这会子又害臊了。你还记得十年前，咱们在西边暖阁住着，晚上你同我说的话儿？那会子不害臊，这会子怎么又害臊了？"史湘云笑道："你还说呢。那会子咱们那么好。后来我们太太没了，我家去住了一程子，怎么就把你派了跟二哥哥，我来了，你就不象先待我了。"（第三十二回）

"史大姑娘来了"——指顺治十一年六月，孔四贞扶柩还京。

"十年前"——指顺治元年五岁的孔四贞与父亲从龙入关。

"听见前儿你大喜了"——指孔四贞与孙延龄定了亲。

"把你派了跟二哥哥"——指顺治十一年六月顺治第二次大婚。

"我来了，你就不象先待我了。"——指此后到老，孝惠章皇后（袭人对史湘云、尤氏对惜春）对孔四贞都有误会与成见。

（5）原来林黛玉知道史湘云在这里，宝玉又赶来，一定说麒麟的原故。因此心下忖度着，近日宝玉弄来的外传野史，多半才子佳人都因小巧玩物上撮合，或有鸳鸯，或有凤凰，或玉环金（王加佩的右边），或鲛帕鸾绦，皆由小物而遂终身。今忽见宝玉亦有麒麟，便恐借此生隙，同史湘云也做出那些风流佳事来。——隐射孝庄皇太后害怕这一对同父异母的兄妹，发生苟且不堪的事情,特来跟踪,并非董鄂氏吃醋。顺治十一年董鄂氏尚未进宫。

(6)"展眼吊斜晖,湘江水逝楚云飞。"——最悲情的是,孔四贞到死也不明白事情的真相——"欲洁何曾洁,云空未必空。可怜金玉质,终陷淖泥中。"

"湘江水逝"——指父亲败死于湘江的发源地桂林。

"楚云飞"与"云散高唐"是指楚襄王与巫山神女的故事,隐射顺治皇帝是楚襄王,史湘云是巫山神女,但结局是悲剧。

孔四贞不明白她心里的"爱哥哥"顺治皇帝,竟然是她的同父异母的亲哥哥。这就是孔四贞一个人在《金陵十二钗》正册里,何以会占三个名额(史湘云、惜春与妙玉)的原因。这也是孔四贞何以会安葬在西长安街公主坟的原因。

只有那一对"白首双星"明白,还有作者明白。所以,对于历史人物孔四贞与艺术形象史湘云、惜春与妙玉的理解,遂成为最混乱的误区。

顺治十二年(1655)四月有旨:定南武壮王孔有德,建功颇多,以身殉难,特赐其女食俸,视如和硕格格,护卫仪从俱旧。

顺治十三年(1656)六月,十六岁的孔四贞被册立为"东宫皇妃",但并没有成为真正的妃嫔,因住在东宫,特标明其尊贵身份。

第三十二回:

话说宝玉见那麒麟,心中甚是欢喜,便伸手来拿,笑道:亏你拣着了。你是那里拣的?史湘云笑道:幸而是这个,明儿倘或把印也丢了,难道也就罢了不成?宝玉笑道:倒是丢了印平常,若丢了这个,我就该死了。袭人斟了茶来与史湘云吃,一面笑道:大姑娘听见前儿你大喜了。史湘云红了脸,吃茶不答。

这段文字说明,宝玉珍惜与湘云的感情;认为比官印与性命还要珍贵,但湘云已有归宿。显然"因麒麟伏白首双星"并不是说湘云与宝玉之婚事。

顺治十三年,孝庄皇太后发出懿旨:"惟独这个孔四贞是不能封为后妃的。"理由也冠冕堂皇,她是皇帝的御妹。

"你们东府里除了那两个石头狮子干净,只怕连猫儿狗儿都不干净。"

"别圃移来贵比金,一丛浅淡一丛深。数去更无君傲世,看来惟有我知音。"

"宝玉笑道：倒是丢了印平常，若丢了这个，我就该死了。"

真是"剪不断，理还乱，是红楼"。

顺治"驾崩"后，孝庄任命孔四贞为"一品侍卫"，到遵化守护孝陵，以皇太后义女的身份，直接控制汉军正红旗部队，达数年之久。

"卫若兰"这个名字在《红楼梦》只出现过一次，没有人知道他是谁。笔者认为他隐射的历史人物就是孔四贞的丈夫孙延龄。

孙延龄参加了康熙年间的"三藩之乱"，使孔四贞背上了黑锅：康熙十二年（1673）十一月，吴三桂杀巡抚朱国治，占据云贵，起兵谋反，并传檄远近。康熙十三年二月，孙延龄杀都统等共十三人响应三藩叛乱，吴三桂封他为临江王。

孙延龄迫于孔四贞的压力，又归顺朝廷，结果被吴三桂杀死。

康熙十八年，孔四贞奉孝庄之命返回北京，仍封郡王。孔四贞因为与归顺朝廷的三藩旧部时有往来，"不合时宜，权势不容"，而主动放弃兵权，进宫"带发修行"。从此，史湘云变成了"畸零之人"妙玉。

判词"欲洁何曾洁"

欲洁何曾洁？云空未必空[①]。
可怜金玉质，终陷淖泥中。

① 云空未必空：说是遁入空门，但未必割断红尘。

解读

这一首说的是妙玉。

"一块美玉，落在泥垢之中"——"美玉"就是"妙玉"。"泥垢"与判词中的"淖泥"都喻不洁之地。

妙玉出身于"读书仕宦之家"，自小多病才出家当了尼姑。她"文墨也极通"，"模样又极好"，是大观园中的一位佼佼者。所谓"洁"，是说她嫌世俗社会纷纷扰扰不清净而遁入空门，这是一层含义。她有"洁癖"，刘姥姥在她那里喝茶，她竟要把用过的成窑杯子扔掉。她想一尘不染，但命运安排她"落在泥垢之中"。

康熙十三年，孙延龄得知吴三桂造反，终于发动兵变，在"鸿门宴"上将三个都统、副都统干掉，把妻子孔四贞也软禁了起来。身陷囹圄的孔四贞劝说丈夫重新归顺清廷，并写了《致延龄夫君书》，文笔十分感人。

康熙十六年，吴三桂命令侄子吴世琮假装领军路过桂林，暗伏奇兵，于宾主迎送间，杀死了孙延龄。尚未脱难的孔四贞又落入吴三桂的虎口。虽然桂林城破，但散布广西内外的定南王旧部还拥有很大实力，吴三桂不想在与康熙开战吃紧时，自己的后院起火，于是宣布将老朋友定南王的女儿孔四贞收为义女，孔四贞成了人质。

吴三桂被消灭后，孔四贞出现在北京。对于她的脱险众说纷纭，"正史"说清军攻克云南时被解救，"野史"则描绘了一个在软禁时"孔氏夜遁"的传奇故事。

康熙十八年，孔四贞奉孝庄之命返回北京，仍封郡王。平定三藩后，大清朝转危为安，皇宫内多了一个长伴青灯古佛的妇人。

心理变态的"槛外之人"孔四贞（妙玉）——第五回《红楼梦曲子》加注：

〔世难容〕气质美如兰，才华阜比仙（湘云）。天生成孤癖人皆罕（惜春）。你道是啖肉食腥膻，视绮罗俗厌，却不知太高人愈妒，过洁世同嫌（妙玉）。可叹这，青灯古殿人将老（中南海庙宇），辜负了，红粉朱楼春色阑（顺治时代的东宫）。到头来，依旧是风尘肮脏违心愿（毁誉参半）。好一似，无瑕白玉遭泥陷，又何须，王孙公子叹无缘。

康熙十八年——"十八岁"的妙玉进了荣国府拢翠庵，带发修行，成了"不合时宜，权势不容"的人，性格也发生了畸变，变成一个"俗语说的'僧不僧，俗不俗，女不女，男不男'"的"畸零之人"。说她是韬讳之计也未尝不可。

孔四贞曾经被农民军李定国抢去做人质，被叛军吴三桂抢去做人质，最后自解兵权带发修行——"欲洁何曾洁，云空未必空。"

孔四贞盼望着"纵有千年铁门限，终须一个土馒头"。康熙五十二年，孔四贞在说不清、道不明的混乱评介中离开了人世。

判词"子系中山狼"

子系中山狼①,得志便猖狂。
金闺花柳质②,一载赴黄粱。

① 子系:指孙绍祖的姓繁体"孫"。
② 金闺:高贵。暗示后金皇室女儿。

解读

(1)"画着个恶狼,追扑一美女,欲唉之意。"——暗示迎春落在恶人手里,被无情的毁掉。

(2)"一载赴黄粱"——夫妻恩爱,成为黄粱一梦。

这一首说的是迎春。迎春是荣府大老爷贾赦侍妾所生的女儿,隐射皇太极庶妃所生的十四格格。她没有才华,但心地纯洁善良。因性格懦弱,又排行老二,人称"二木头"。后来她被其父许配给孙绍祖——隐射平西王大公子吴应熊。孙绍祖的先人(吴三桂)因有"不能了结之事"(被李自成围困在山海关),才拜在贾家门下(投靠了满清),靠贾家的势力起家(引清兵入关而被封为王爷)。这个孙绍祖家资饶富,并且"应酬权变",在官场中很走运,正在兵部等待提升(其实是人质),所以贾赦(此处指摄政王多尔衮)就选他做了"东床快婿"(额驸)。孙绍祖品质恶劣,连贾政都不同意这门亲事,但贾赦不听(指摄政王对吴家很不放心)。迎春嫁过去之后,受尽种种虐待,被折磨死了(指不幸的政治婚姻)。

第七十九回《贾迎春误嫁中山狼》原文摘要加注:

"原来贾赦已将迎春许与孙家了。这孙家乃是大同府人氏,祖上系军官出身,乃当日宁荣府中之门生,算来亦系世交。如今孙家只有一人在京,现袭指挥之职,此人名唤孙绍祖,生得相貌魁梧,体格健壮,弓马娴熟,应酬权变,年纪未满三十,且又家资饶富,现在兵部候缺题升。"

"贾赦"隐射早已作古的清太宗皇太极。和硕格格下嫁吴应熊是孝庄做主的,《红楼梦》假设是由皇太极做主的,因为十四格格是皇太极庶妃所生,并非孝庄皇太后的亲女儿。

"祖上系军官出身,乃当日宁荣府中之门生",隐射吴三桂是明朝的山海关总兵、平西伯。归顺满清后立刻加级晋爵,升为平西王,不仅是满清的藩镇下属,而且是天子门生。

"贾政又深恶孙家,虽是世交,当年不过是彼祖希慕荣宁之势,有不能了结之事才拜在门下的,并非诗礼名族之裔,因此倒劝谏过两次,无奈贾赦不听,也只得罢了。"——贾政隐射多尔衮,孙家指"东吴"孙权家,引申指"吴王"吴三桂家。

"希慕荣宁之势,有不能了结之事才拜在门下的",隐射吴三桂是被李自成搞得狼狈不堪才投到满清门下的。孝庄皇太后利用吴三桂与孔有德两大外藩的军事实力,牵制要挟多尔衮,所以多尔衮(贾政)"深恶孙家"吴三桂。

"宝玉却从未会过这孙绍祖一面,次日只得过去聊以塞责。只听见说娶亲的日子甚急,不过今年就要过门的,又见邢夫人等回了贾母将迎春接出大观园去等事,越发扫去了兴头,……既领略得如此寥落凄惨之景,是以情不自禁,乃信口吟成一歌曰:不闻永昼敲棋声,燕泥点点污棋枰。古人惜别怜朋友,况我今当手足情!"——顺治皇帝贾宝玉确实没有见过吴应熊。

"敲棋声"与"污棋枰",提示"司棋"也隐射和硕格格。

"况我今当手足情",隐射顺治与姐姐很有感情,并不同意姐姐与吴应熊的政治婚姻。

第七十九回《贾迎春误嫁中山狼》原文摘要加注:

"那时迎春已来家好半日,孙家的婆娘媳妇等人已待过晚饭,打发回家去了。迎春方哭哭啼啼的在王夫人房中诉委曲,说孙绍祖一味好色,好赌酗酒,家中所有的媳妇丫头将及淫遍。略劝过两三次,便骂我是'醋汁子老婆拧出来的'。又说老爷曾收着他五千银子,不该使了他的。如今他来要了两三次不得,他便指着我的脸说道:'你别和我充夫人娘子,你老子使了我五千银子,把你准折买给我的。好不好,打一顿撵在下房里睡去。当日有你爷爷在时,希图上我们的富贵,赶着相与的。论理我和你父亲是一辈,如今强压我的头,卖了一辈。又不该作了这门亲,倒没的叫人看着赶势利似的。'"

"醋汁子老婆拧出来的",隐射孝庄是"醋汁子"。

"老爷曾收着他五千银子",隐射满清的万岁江山,有一半是吴三桂奉送的。《红楼梦》里反复用"一万两银子"代表"万岁"或万里山河,"五千银子"则代表半个万岁爷,或半壁江山。当年吴三桂将中国的半壁江山,送给了多尔衮。

"把你准折买给我的",隐射这桩政治婚姻的买卖性质。

"当日有你爷爷在时,希图上我们的富贵,赶着相与的",隐射努尔哈赤曾经是明朝的建州卫都督。吴应熊认为自己的父亲吴三桂与努尔哈赤当年同为明朝的地方官,一个是山海关总兵,一个是建州卫都督,属于同辈关系,自己与皇太极也是同辈关系。现在要称皇太极为"老岳父",自然是"卖了一辈"。

迎春与司棋隐射的皇十四格格下场很悲惨,吴三桂于康熙十三年一月发动三藩叛乱。吴应熊(孙绍祖)与儿子在康熙十三年四月赴死,皇十四格格一夜之间就失去了丈夫与儿子。

"司棋""撞墙而死",隐射十四格格为了挽救丈夫与儿子的生命,遭到孝庄的拒绝,她悲愤万分,在慈宁宫皇太后面前"触柱昏死",救醒后成为脑性痴呆,被收养在皇宫里。据史料记载,康熙皇帝对这位命运悲惨的姑姑很关照,赡养到康熙四十三年才去世,享年六十三岁。《红楼梦》完成时,这位皇家格格还活着。

潘又安意为三藩之首的吴三桂因与皇家通婚并让大儿子留在北京做人质,又获得了信任与安全。可以推知,潘又安也影射吴三桂之子吴应熊。和硕格格成了孝庄与吴三桂政局中的一颗死棋子(司棋者,死棋也)。

秦显家的既然是司棋的婶娘。叔父姓秦名显,根据《礼记》所谓皇考、显考、祖考之序,可以推知司棋之父当叫"秦皇"。秦可卿、秦鲸卿、秦业都影射皇太极,所以可将"秦皇"理解为皇太极这位皇帝。这就是说,"司棋"是皇太极之女,又是孝庄皇太后政治与军事棋盘上的一着"死棋"也。

康熙十三年一月吴三桂在云南叛乱,战火迅速燃遍西南与中南诸省。消息传到北京,康熙皇帝决定杀吴三桂之子吴应熊与其孙吴世霖,以寒吴三桂之胆,绝附逆群雄之望,激三军将士之心。

顺治十一年八月,吴三桂在云南边陲屡立战功,为了笼络汉军将士的心,孝庄皇太后将心高气傲的十四格格嫁给了吴三桂的长子吴应熊。十四格格的母亲是皇太极的嫔妃,只能听任孝庄的安排。十四格格生了儿子吴世霖,在西单石虎胡同的赐第居住,近二十年未进过宫,可见与嫡母孝庄隔阂之深。十四格格对自己的婚事不满,但几年过去,生儿育女,相夫教子,也就习惯了,一家子过得很好。

康熙十三年三月，听说皇帝要杀自己的丈夫与儿子，十四格格闯宫求见孝庄皇太后，长跪不起，请求朝廷不要杀自己的丈夫与儿子。

孝庄皇太后要求十四格格舍弃自我，为大清国作出牺牲。十四格格说二十年前为了你儿子的江山强迫女儿下嫁吴家。现在为了你孙子的江山，又要杀女儿的亲人。额娘如果不答应儿臣之愿，儿臣宁肯死在母后面前。说着就头撞宫柱，鲜血飞溅，昏死过去。

三天后，吴应熊与十几岁的儿子吴世霖在北京被砍头示众。

这就是迎春艺术原形十四格格的真实故事。

此事进入《红楼梦》变成了两个人的故事：一是迎春嫁给中山狼孙绍祖。一是潘又安与司棋偷情，潘又安逃跑，司棋撞墙而死。《红楼梦》反复出现所谓"正副又副"角色，如晴雯为黛玉之副，袭人为宝钗之副，司棋为迎春之副，无非是小说情节服从历史主题的创作需要。

司棋将十四格格表演得栩栩如生。撞墙而死等于"撞柱昏死"的记实。而迎春的老实巴交、窝囊受气、折磨致死的形象则是为了表现主题——对吴三桂家族的痛恨。

判词"堪破三春景不长"

勘破三春景不长①，淄衣顿改昔年妆②。
可怜绣户侯门女，独卧青灯古佛旁③。

《字句解释》

① 三春：指崇德、顺治、康熙三朝。
② 淄衣顿改：于康熙十八年改换成出家人的黑衣裳。
③ 侯门女：定南王的女儿。

解读

这一首说的是惜春。

(1) "一所古庙，里面有一美人在内看经独坐"，隐喻惜春出家当尼姑。

（2）惜春是宁国府贾敬的女儿、贾珍的胞妹。她是贾家四位千金中最小的一个，从小就厌恶世俗，向往当尼姑，爱和馒头庵小尼姑智能儿玩，后来又和妙玉成了朋友。惜春"看破红尘"毅然出家，是妙玉出家的继续。

第一百十七回：

贾琏道："太太不提起，侄儿也不敢说。四妹妹到底是东府里的，又没有父母，他亲哥哥又在外头，他亲嫂子又不大说的上话。侄儿听见要寻死觅活了好几次。他既是心里这么着的了，若是牛着他，将来倘或认真寻了死，比出家更不好了。"王夫人听了点头，道："这件事真真叫我也难担。我也做不得主，由他嫂子去就是了。"

"四妹妹到底是东府里的，又没有父母"——再次挑明惜春孔四贞的身世。

"倘或认真寻了死，比出家更不好了"——孔四贞不仅想出家，甚至还有自杀的念头。

第一百十八回云：

话说邢、王二夫人听尤氏一段话，明知也难挽回。王夫人只得说道："姑娘要行善，这也是前生的夙根，我们也实在拦不住。只是咱们这样人家的姑娘出了家，不成个事体。如今你嫂子说了，准你修行，也是好处。却有一句话要说，那头发可以不剃的，只要自己的心真，那在头发上头呢？你想妙玉也是带发修行的。不知他怎样凡心一动，才闹到那个分儿。"。

"那头发可以不剃的"——像妙玉一样，也是居住深宫。带发修行。

第一百二十回指示，惜春继承了妙玉栊翠庵的房屋产业：

贾珍便回说："宁国府第，收拾齐全，回明了要搬过去。栊翠庵圈在园内，给四妹妹养静。"

"栊翠庵圈在园内，给四妹妹养静。"挑明孔四贞将军带发修行之处，就在皇宫范围之内，其实在北海西北角的阐福寺。

"惜春"是孔四贞最后的归宿。"勘破三春"是指孔四贞出生于崇德年间，辉煌于顺治年间，波折于康熙年间。最后"勘破"红尘，在皇家的监视下"带发修行"。

判词"凡鸟偏从末世来"

凡鸟偏从末世来①,都知爱慕此生才。
一从二令三人木,哭向金陵事更哀。

① 凡鸟:合起来是一个繁体的"鳳"字。
偏从末世来:王熙凤隐射孝庄皇太后生于明朝末年。

解读

这一首说的是王熙凤。

"冰山"——满清贾家不过是一座冰山,汉统光复后太阳一出就要消融。

"雌凤"——王熙凤隐射孝庄文皇后。还隐射生了康熙的康妃佟佳氏。

"凡鸟"乃"凤凰"之义也。在中国封建时代,只有皇后这样等级的女人,才配称为"凤凰"。此处的"凤凰",是指孝庄文皇后。孝庄是在明崇祯十六年、崇德八年八月登上历史舞台的。当时皇太极暴亡,九阿哥福临"侥幸"(娇杏)做了皇帝。孝庄"侥幸"(娇杏)做了皇太后。所谓"凡鸟偏从末世来"是指孝庄生于明朝末年。延续五十年的满汉战争时代,明亡清兴,兵荒马乱,好像世界的末日。

"都知爱慕此生才。"——孝庄惊人的才华,无与伦比的智慧,以一个蒙族"裙钗"的手腕,统治大清国取得的政绩,是所有汉族"须眉"都望尘莫及的。后者"爱慕"前者的才能,但不佩服其德行。

秦可卿临死前托梦说:"你是脂粉队里的英雄,连那些束带顶冠的男子也不能过你。"——此乃丈夫皇太极对孝庄妃的真实评价。"常言'月满则亏,水满则溢';又道是'登高必跌重'。如今我们家赫赫扬扬,已将百载,一日倘或乐极悲生,若应了那句'树倒猢狲散'的俗语,岂不虚称了一世诗书旧族了!"——是清太宗对满清入关后政治前景的估计,希望孝庄能巩固东北满洲地区,为子孙后代留有退路:"趁今日富贵,将祖茔附近多置田庄房舍地亩,以备祭祀供给之费皆出自此处,将家塾亦设于此。合同族中长幼,大家定了则例,日后按房掌管这一年的地亩、钱粮、祭祀、供给之事。如此周流,又无竞争,亦不有典卖诸弊。便是有了罪,凡物可入官,这祭祀产业连官也不入的。便败落下来，子孙回家读书务农，也有个退步，祭祀又可永继。若目今以为荣华不绝，不思后日，终非长策。"

秦可卿出丧时，她协理宁国府，从千头万绪的混乱状态中，杀伐决断，三下五除二，就把宁国府里里外外整顿得井井有条，真有日理万机的才干。——隐射崇德八年八月皇太极暴死，孝庄登上盛京的政治舞台，对八旗事务与满清朝政，进行了大刀阔斧的整顿与改革。"此生才"指孝庄"巾帼不让须眉"、乱世女枭雄的惊人才能。

"一从二令三人木"——孝庄先做清太宗皇太极的从妃（一从），后做摄政王多尔衮的令正（二令），最后被儿孙抛弃，既不能与皇太极合葬盛京的昭陵，也不能进入东陵的围墙内（三休）。孝庄皇太后一生七十五载，经历了大清国从开国到行将崩溃的全过程。有才无德，毁誉参半。死后停棺不葬三十六七年，埋在儿子顺治皇帝孝陵的东侧，面对盛京的昭陵哭泣。

"哭向金陵事更哀"的"金陵"指沈阳努尔哈赤与皇太极等后金大汗与皇帝的陵墓所在地。并非指南京。

作者目睹过康熙二十六年孝庄太皇太后之死，但没有看到雍正三年孝庄在遵化东陵围墙外就地起穴安葬。孝庄死后没有像孝端皇太后那样与皇太极合葬，是一个历史谜团。他们觉得大清国实际开创者最后的下场很悲惨。这个女人因改嫁了小叔子，被儿孙排斥在皇家陵园之外，面向沈阳的昭陵哭泣，是一个时代的悲剧。

判词"事败休云贵"

势败休云贵①，家亡莫论亲②；
偶因济村妇③，巧得遇恩人④。

① 势败：指家族势败。此处指摄政王削爵抄家，扒骨鞭尸。
② 家亡莫论亲：指多尔衮家亡，亲戚都靠不得了。
③ 济村妇：指孝庄救济过刘老老隐射的图海大将军。
④ 巧得遇恩人：指巧姐隐射的多尔衮女儿，得到了图海部属的庇护。

解读

这一首说的是凤姐的女儿巧姐。

（1）"一座荒村野店，有一美人在那里纺绩"——指巧姐隐射的多尔衮的女儿，最后结局为勤苦操劳的农妇。

（2）"势败休云贵，家亡莫论亲"是对宫廷政治斗争残酷无情的慨叹。

康熙皇帝平定三藩后，多尔衮女儿的地位急转直下，由"王妃探春"下降一辈，降为"村妇巧姐儿"。这固然与察哈尔蒙古王爷布尔尼兄弟在三藩之乱中趁机叛乱有直接关系，但更重要的原因，是母亲孝庄太皇太后年老势衰，说话不算数了——"王熙凤力拙失人心"。

康熙二十三年，康熙皇帝三十岁。正月，命整肃朝会礼仪，首次纂修《大清会典》。

康熙二十五年《大清会典》完成，整理玉牒是皇室的重要内容，贬为庶人的多尔衮的女儿没有资格继续混在皇家玉牒里，只能削除爵位，降为庶人。于是，多尔衮的女儿从"王妃"贾探春的地位下降为"村妇"。此乃《红楼梦》最难懂的故事情节，莫名其妙，让人疑窦丛生。

多尔衮女儿降为村妇，被从玉牒中清除，孝庄皇太后无可奈何，隐写在贾珍（康熙皇帝）查对周瑞（睿亲王后人）的果子账（皇家玉牒）、王熙凤二十五岁对平儿发表的讲话中——第八十八回《正家法贾珍鞭悍仆》与第一百一回《大观园月夜警幽魂》两回里。

第八十八回原文加注：

周瑞（睿亲王多尔衮后人）答应了，一面叫人搬至凤姐儿院子（孝庄的慈宁宫）里去，又把庄上的账和果子交代明白（指康熙二十五年《大清会典》完成）。出去了一回儿，又进来回贾珍道："才刚来的果子（皇家玉牒上儿孙的名单），大爷曾点过数目没有？"贾珍道："我那里有工夫点这个呢？给了你账（《大清会典》），你照账点就是了。"周瑞道："小的曾点过，也没有少，也不能多出来。大爷既留下底子（康熙皇帝心里有数，但左右为难），再叫送果子来的人（《大清会典》编者），问问他这账是真的假的（是否核实无误）。"贾珍道："这是怎么说？不过是几个果子罢咧，有什么要紧？我又没有疑你（皇家两黄与正白旗没有疑忌镶白旗）。"

第五回　游幻境指迷十二钗　饮仙醪曲演红楼梦

康熙二十五年完成的《大清会典》，否定了多尔衮女儿的皇室子女的地位，等于否定了孝庄太皇太后作为皇家媳妇的资格。皇家内部心照不宣，朝廷群臣心照不宣。

只有平儿苏麻喇姑心中有数："纵然我们在这儿操一百份的心，终归是要那边去的。"——意思是既然下嫁了小叔子，就不再是皇家的媳妇、生的孩子也不再是皇家的孩子，只能是睿亲王多尔衮的媳妇、睿亲王多尔衮的孩子。百年之后，进不了皇家的陵园，只能进多尔衮的坟地。康熙二十六年，孝庄逝世，果然应了苏麻喇姑的预言。

第一百一回原文加注：

凤姐（姐姐，孝庄太皇太后）听了，半日不言语，长叹一声，说道："你瞧瞧，这会子不是我十旺八旺的呢！明儿我要是死了，撂下这小孽障，还不知怎么样呢。"平儿（妹妹，原豪格福晋，后多尔衮侧福晋）笑道："奶奶这是怎么说。大五更的何苦来呢?"凤姐冷笑道："你那里知道？我是早已明白了，我也不久了。虽然活了二十五岁（指康熙二十五年，孝庄七十四岁），人家没见的也见了，没吃的也吃了，衣禄食禄也算全了，所有世上有的也都有了，气也赌尽了，强也算争足了，就是'寿'字儿上头缺一点儿也罢了（名声欠佳）。"平儿听说，由不的眼圈儿红了。凤姐笑道："你这会子不用假慈悲，我死了，你们只有喜欢的。你们一心一计和和气气的过日子，省的我是你们眼里的刺（不再干政）。只有一件，你们知好歹，只疼我那孩子（与多尔衮生的女儿）就是了。"平儿（孩子的老姨）听了，越发掉下泪来。

康熙二十五年，孝庄七十四岁，这是大清国开国"裙钗"生命旅程的最后一年。平儿苏麻喇姑的话逐步兑现了——"纵然我们在这儿操一百份的心，终归是要那边去的。"

孝庄心里有数，为了不让孙子康熙皇帝作难，也为了不使自己身后尴尬，她下懿旨云："太宗奉安久，不可为我轻动。况我心恋汝父子，当于孝陵近地安厝，我心始无憾。"——每一个字，都是这位伟大女性的血和泪啊。

康熙二十六年十二月二十五日，孝庄去世，她的灵柩停在遵化东陵的墙外。

王仁是王熙凤（孝庄）的兄长，是巧姐的舅舅。贾环（多尔博）是王夫人（孝庄）的庶子，是贾探春的兄弟——多尔博比多尔衮的女儿年长得多，但小说中探春比贾环年长些。"探春"失去了后台,蒙古族舅舅(王仁＝忘仁)想出卖她的利益,满族兄弟多尔博(贾环)也想出卖她的利益。他们成了"狠舅奸兄"也。

幸亏孝庄生前将多尔衮旧部图海从八品一下子提拔为二品,并授予"大将军印",孝庄死后,图海的部属知恩图报,取代汤若望的地位,成了保护多尔衮女儿的第二任"刘姥姥",使"探春"失爵后变成的"巧姐儿",在自己的辖区内"化险为夷"、"遇难呈祥"。她的老姨与苏麻喇姑(平儿)也始终呵护着这个有苦难言的孩子。

第五回《红楼梦曲子》云:

〔留余庆〕留余庆,留余庆,忽遇恩人,幸娘亲,幸娘亲,积得阴功。劝人生,济困扶穷,休似俺那爱银钱忘骨肉的狠舅奸兄!正是乘除加减,上有苍穹。

这是多尔衮的女儿在康熙朝后期的结局。父亲多尔衮早死了,母亲孝庄文皇后也死了,自己的爵位虽然没有了,但还有一口饭吃——"势败休云贵,家亡莫论亲",认命吧,做个农家富婆吧——"自古穷通皆有定,离合岂无缘?"

读者理解上的困难,在于巧姐儿的年龄太小,与贾探春似乎相差很大岁数。其实不然。王熙凤死于二十六岁,隐射孝庄太皇太后死于康熙二十六年,后者的冥寿为七十五岁,当时多尔衮的女儿为三十六岁。巧姐儿之所以长不大,是受到王熙凤死于二十六岁的年龄所限。

判词"桃李春风结子完"

桃李春风结子完[①],到头谁似一盆兰[②]。
如冰水好空相妒[③],枉与他人作笑谈[④]。

① 桃李春风结子完:"桃李"含李字。"结子完"含"纨"字。指李纨隐射的康妃佟佳氏,年轻守寡,但生了一个好儿子——康熙大帝。

② 到头谁似一盆兰:谁会想到少年康熙大帝,就是《红楼梦》里的贾兰?

③ 如冰水好空相妒:佟佳氏清心寡欲,教子有方,遂以汉族妃子的身份,

当了康熙皇太后，朝野嫉妒也没有用。

④ 枉与他人作笑谈：年轻丧夫，儿子刚当皇帝，自己就英年早逝，对妒恨的满蒙亲贵来说，幸灾乐祸也。

解读

这一首说的是李纨与贾兰。

"画着一盆茂兰，旁有一位凤冠霞帔的美人。"茂兰指贾兰隐射的康熙皇帝，因为"兰者，王者之香也"。而"凤冠霞帔的美人"，当然指其母亲康妃佟佳氏。

顺治九年（1652）底或顺治十年（1653）初，汉军旗佟图赖之女佟佳氏选入宫中为妃，孝庄皇太后颇为重视。

顺治皇帝六位汉族妃子中，最尊贵的就是康熙皇帝的生母佟佳氏（李纨）。

康妃佟佳氏父亲佟图赖，隶属汉军正蓝旗，历经正蓝旗、镶白旗固山额真、礼部侍郎等职，晋爵至世袭三等子。清朝入关后，满族有限的兵源极大地限制了武装力量的扩大。日益增大的疆域和拉长的战线对兵力的需求越来越大，于是继蒙古八旗之后，扩编汉军八旗。更好地发挥汉军的作用，势在必行。于是，朝廷也在汉军八旗中选秀女，满汉联姻成了一种新的政治需要。孝庄皇太后热情欢迎康妃佟佳氏入宫，就是适应这种政治需要。

顺治十一年（1654）三月十八日上午十时，北京紫禁城景仁宫内，佟佳氏产下一子：顺治皇帝的皇三子玄烨。顺治皇帝此时正对胞弟襄亲王的福晋董鄂氏牵肠挂肚，郁郁寡欢，玄烨的诞生并没有给他带来多少惊喜，康妃佟佳氏也没有获得母为子贵的殊荣。倒是孝庄皇太后十分喜欢，重重赏赐了佟佳氏母子。

清朝祖制不许亲生母子同居一宫，在皇子出痘之前，须交给亲贵大臣抚养。玄烨出生后即被保姆抱走，交由乳母抚养，寄居在紫禁城西的福佑寺。玄烨有保姆、乳母各数人，与之最融洽的有两位：一是乳母，正白旗汉军包衣曹玺之妻孙氏。二是保姆满人瓜尔佳氏。玄烨对她们感情极深，死后追封她们为奉圣夫人和保圣夫人，对其坟茔按时祭扫。孙氏之长子曹寅被任命为江宁织造。

17 世纪中叶，北京地区的天花是一种最可怕的传染病——流行时节甚至出现"九门出儿万七千"的惨剧。满族自东北迁居内地，先天免疫力低，更是畏痘如虎。孝庄皇太后从洪承畴处得到一个隐秘的偏方——用天花患者的毛发或血液化灰，吹入鼻孔感染小儿，可获得一定的免疫力。在孝庄皇太后的授意下，玄烨两三岁时，使用了这一偏方，几经失败终于在第五次获得成功。

玄烨五岁时，祖母即教之随众上朝，并入上书房读书。他读书很认真，"间有一字未明，必加寻绎，务至明惬于心而后已"。玄烨还经常向老臣"问其以往经历之事而切记于心，决不自以为知，而不访于他人"。自幼养成的求实学风与敬业精神，对他日后治理国家大有裨益。《红楼梦》里写的贾兰，就是这位幼年的"千古一帝"。

顺治十八年（1661）正月初四，顺治帝进入"弥留期"，清政权再一次经受惊涛骇浪。孝庄皇太后镇定自若地实施既定方案。她召见为顺治起草遗诏的汉大学士王熙，及时了解遗诏内容。得知有立"从兄弟"的意向后，立即动员上三旗诸大臣，召集亲王与内大臣会议加以阻挠，终于说服顺治皇帝同意在皇子中选嗣。

针对亲王大臣们立皇二子福全的倾向，孝庄皇太后以福全独眼、形象残缺为辞予以拖延，再由汤若望以玄烨患过天花，因而有了免疫力为理由，把玄烨推上了皇帝嗣位。太后拒绝垂帘，明确由上三旗索尼、苏克萨哈、遏必隆、鳌拜共同辅政。这些都与顺治帝达成共识，作为遗诏的主要内容写了进去。

顺治遗诏由汉大学士王熙、满大学士麻勒吉起草，据说在顺治"驾崩"前草就誊正，由顺治帝过目，嘱请皇太后示下，再用宝箱收藏。正月初七日夜，顺治"仙逝"，在其灵前颁布的遗诏内容主要是玄烨（小贾宝玉，贾兰，小贾珍，小贾琏）继位和索尼（茗烟）、苏克萨哈（扫红）、遏必隆（锄药）、鳌拜（墨雨）共同辅政。

第二回《冷子兴演说荣国府》，冷子兴（索尼）云：

"这政老爹的夫人王氏，头胎生的公子，名唤贾珠，十四岁进学，不到二十岁就娶了妻生了子，一病死了。"

"贾珠"隐射"十四岁"亲政（进学）、十五岁娶了康妃佟佳氏、十六岁生了玄烨、二十四岁"死于天花"的顺治皇帝。顺治的汉族妻子康妃佟佳氏，就是《金陵十二钗》正册中的李纨。顺治（贾珠）"生了子"指康熙皇帝——贾兰。按《红楼梦》的记载，福临贾宝玉（与柳湘莲）没有"痘亡"，而是离宫出走，是被母亲孝庄"废黜"了，流放西北高原。陪伴他的是第一位废黜

第五回　游幻境指迷十二钗　饮仙醪曲演红楼梦

又复位的表姐皇后（薛宝钗），在流放地还生了子嗣。孙鲁教授认为废黜的福临，长驻大学士陈廷敬的晋城"皇城相府"。福临50岁死于流放地。康熙皇帝为他修建"冢宰总宪"大石牌楼。皙逢安殿内干尸存在"冢宰第"，长达十五年。康熙四十二年后葬北京石景山。

贾珠与贾宝玉，都隐射顺治皇帝。在作者笔下，顺治皇帝（贾珍、贾琏、贾珠、贾宝玉与柳湘莲）与康熙皇帝（贾兰与贾菌）是完全不同的两代人。顺治皇帝是少年风流天子，而康熙皇帝简直就是皇太极第二、满族的成吉思汗，一个汉族的唐太宗。

《红楼梦》第二回原文云：

雨村笑道："果然奇异。只怕这人来历不小。"子兴冷笑道："万人皆如此说，因而乃祖母便先爱如珍宝。那年周岁时，政老爹便要试他将来的志向，便将那世上所有之物摆了无数，与他抓取。谁知他一概不取，伸手只把些脂粉钗环抓来。政老爹便大怒了，说：'将来酒色之徒耳！'因此便大不喜悦。独那史老太君还是命根一样。说来又奇，如今长了七八岁，虽然淘气异常，但其聪明乖觉处，百个不及他一个。说起孩子话来也奇怪，他说：'女儿是水作的骨肉，男人是泥作的骨肉。我见了女儿，我便清爽，见了男子，便觉浊臭逼人。'你道好笑不好笑？将来色鬼无疑了！"雨村罕然厉色忙止道："非也！可惜你们不知道这人来历。大约政老前辈也错以淫魔色鬼看待了。若非多读书识事，加以致知格物之功，悟道参玄之力，不能知也。"

"抓岁"的表现，说明顺治皇帝（贾宝玉）"将来酒色之徒耳"。但作者认为不然，他是中国封建社会末期先进思想的代表——"可惜你们不知道这人来历。大约政老前辈也错以淫魔色鬼看待了。若非多读书识事，加以致知格物之功，悟道参玄之力，不能知也。"

第九回原文云：

贾菌亦系荣府近派的重孙，其母亦少寡，独守着贾菌，这贾菌与贾兰最好，所以二人同桌而坐。谁知贾菌年纪虽小，志气最大，极是淘气不怕人的。他在座上冷眼看见金荣的朋友暗助金荣，飞砚来打茗烟，偏没打着茗烟，便落在他座上，正打在面前，将一个磁砚水壶打了个粉碎，溅了一书黑水。贾菌如何依得，便骂："好囚攮的们，这不都动了手了么！"骂着，也抓起砚砖来要打回去。贾兰是个省事的，忙按住砚，极口劝道："好兄弟，不与咱们相干。"贾菌如何忍得住,便两手抱起书匣子来,照那边抡了去。终是身小力薄,却抢不到那里,刚到宝玉秦钟桌案上就落了下来,只听哗啷啷一声,砸在桌上,书本纸片等至于笔砚之物撒了一桌,又把宝玉的一碗茶也砸得碗碎茶流。

"贾菌与贾兰最好"——隐射两人都是康熙皇帝的代表,"年纪虽小,志气最大,极是淘气不怕人的"。

贾兰是《红楼梦》里居住在大观园里唯一没有贬词的小男人。

判词 "情天情海幻情身"

情天情海幻情身①,情既相逢必主淫②。
漫言不肖皆荣出③,造衅开端实在宁④。

好事终

画梁春尽落香尘。
擅风情,秉月貌,便是败家的根本⑤。
箕裘颓堕皆从敬⑥。
家事消亡首罪宁⑦,宿孽总因情。

① 情天、情海、情身、情逢、情因:男女情缘也,秦可卿之情缘也,大清国之情缘也。

② 必主淫:秦可卿隐射的历史人物必主淫也。

③ 漫言不肖皆荣出:不要说不肖子孙都出在荣府。

④ 造衅开端实在宁:祸根在宁府也。

⑤ 败家的根本:是擅风情,秉月貌的秦可卿。

⑥ 箕裘颓堕皆从敬:家族传统破坏殆尽,主要责任是贾敬。《礼记》云:"良冶之子,必学为裘。良弓之子,必学为箕。"——子承父业,保持传统也。

⑦ 家事消亡首罪宁:家族败落,首先应该归罪于宁府。

解读

这首判词与红楼梦曲《好事终》说的是秦可卿,却是以障眼法混着写的两个人。画面上明明是"美人自缢"——死者是"美人",判词却说是偷鸡摸狗而死的"淫妇"。

"美人"与"淫妇",天壤之别,秦可卿之死,自相矛盾,如何解释?

将判词与《好事终》曲子还原,应该是两个组成部分:

(1)"后面又画着高楼大厦,有一美人悬梁自缢。好事终:画梁春尽落香尘。"——明示秦可卿是上吊自杀的"美人"。

(2)"其判云:情天情海幻情身,情既相逢必主淫。漫言不肖皆荣出,造衅开端实在宁。擅风情,秉月貌,便是败家的根本。箕裘颓堕皆从敬,家事消亡首罪宁,宿孽总因情。"——明说秦可卿是乱伦的"淫妇",不肖子孙出在荣府,造孽者却是宁府的贾敬。宿孽的根源是一个"情"字。

"美人"秦可卿为何在"春尽"时节,背向"高楼大厦"与"雕梁画栋"而"悬梁自缢"呢?自杀后为何无人收殓而浑身"落香尘"的呢?

"淫妇"秦可卿究竟同谁发生了乱伦关系?秦可卿是宁府不当家的孙媳妇,为何在她的判词与曲子中说"漫言不肖皆荣出,造衅开端实在宁"、"箕裘颓堕皆从敬,家事消亡首罪宁"呢?这不是分明在说秦可卿与贾敬乱伦吗?

不认真阅读《红楼梦》原文不行,不分析研究原文背后的"真事隐"不行。

宁府、荣府表面是两个府邸,其实只是同一个贾府。宁府的家长是贾敬,荣府的掌权者是贾母、王夫人与王熙凤。

其中的真相为:"美人"秦可卿隐射崇祯皇帝,"淫妇"秦可卿隐射孝庄皇太后。

宁荣二府隐射清皇宫。宁荣二府的一切罪恶,都是家长们造成的,所以才生出贾珍珠宝玉这些不肖子孙。宁府的罪魁祸首是定南王孔有德(贾敬)。荣府的罪魁祸首是孝庄皇太后(贾母、王夫人)。小说中贾母与贾敬是上辈与下辈的关系,历史事实却是君臣的关系。按秦可卿判词与曲子分析,这是一种君臣乱伦的关系。

第十三回《秦可卿死封龙禁尉 王熙凤协理宁国府》云:"话说凤姐儿自贾琏送黛玉往扬州去后,心中实在无趣,每到晚间,不过和平儿说笑一回,就胡乱睡了。"隐射崇祯十七年春,大明王朝病入膏肓,沈阳的孝庄派人进关为崇祯皇帝准备后事。

"贾琏送黛玉往扬州"隐射多尔衮奉孝庄之命,春四月大举伐明。此后半年多尔衮（贾琏）与孝庄（凤姐）未能见面，只能书信往来，直到当年九月十九日通州接驾，孝庄与顺治入主北京。——第十三回："正闹着，人回：'苏州去的人昭儿（诏书）来了。'凤姐急命唤进来。昭儿打千儿请安。凤姐便问：'回来做什么的？'昭儿道：'二爷打发回来的。林姑老爷是九月初三日巳时没的。二爷带了林姑娘同送林姑老爷灵到苏州，大约赶年底就回来。二爷打发小的来报个信请安，讨老太太示下，还瞧瞧奶奶家里好，叫把大毛衣服带几件去。'"

《清史稿》载顺治元年"四月乙丑，上御笃恭殿，授王奉命大将军印，并御用纛盖，敕便宜行事，率武英郡王阿济格、豫郡王多铎及孔有德等伐明。……五月戊子朔，师次通州。自成先一日焚宫阙，载辎重而西。……明将吏入谒，呼万岁。下令将士皆乘城，毋入民舍，民安堵如故。为崇祯帝发丧三日，具帝礼葬之"。

第十三回中秦氏的丫头瑞珠触柱而死，隐写崇祯吊死在景山东坡的海棠树上，"太监王承恩对面缢死"。书中称"此事可罕"，"也都称叹"，表达了遗民对忠君志士的钦敬。

崇祯皇帝御笔衣带血诏云："朕自登极十七年，致敌人内地四次，逆贼直逼京师，虽朕薄德匪躬，上干天咎，然皆诸臣之误朕也！朕死无面目见祖宗于地下，去朕冠冕，以发覆面，任贼分裂朕尸，勿伤百姓一人。"——最后六个字，打动了多少汉族遗民破碎的心！

如此亡国而不辱身的汉族君王，《红楼梦》大书特书："后面又画着高楼大厦，有一美人悬梁自缢。好事终：画梁春尽落香尘。"——实在是史笔也。

第十三回直接记录了多尔衮与孔有德奉孝庄、顺治之命，在北京为崇祯皇帝举行殡葬活动的场面，甚至还记载了多尔衮与孔有德敬献的挽联，孔有德负责修建思陵灵堂并叩拜老主子等具体的历史细节。

第十三回原文加注：

灵前供用执事等物，俱按五品（无品）职例。灵牌疏上皆写"天朝（清代顺治朝）诰授（加谥）贾门秦氏恭人（清太宗恭敬者）之灵位"。……更有两面朱红销金（朱明）大字牌对竖在门外，上面大书："防护内廷（辇政廷）紫禁道（紫禁城）御前侍卫龙禁尉（顺治帝加谥为前龙禁尉＝前金龙位）"。对面高起着宣坛，僧道对坛榜文，榜上大书："四大部州至中之地（中国），

第五回　游幻境指迷十二钗　饮仙醪曲演红楼梦

奉天承运太平之国（明朝），总理虚无寂静教门僧录司正堂万虚（多尔衮无子孙也）、总理元始三一教门道录司正堂叶生（穆莳——孔有德）等，（贾）敬谨修斋（修建寺陵祭奠灵堂），朝天叩佛（老主子）"。

"俱按五品职例"——崇祯皇帝为无品最高职例。

"灵牌疏上皆写'天朝诰授贾门秦氏恭人之灵位'"——明确记录着顺治皇帝为崇祯皇帝的题款："天朝大清国皇帝诰封加谥先帝故交并恭敬的故明庄烈愍皇帝之灵位。"

"对面高起着宣坛，僧道（满汉）对坛榜文，榜上大书：四大部州至中之地，奉天承运太平之国"——满汉对坛榜文，榜上大书：中国明朝大行皇帝祭奠大礼。

"总理（摄政王）虚无寂静教门僧录司（满洲八旗）正堂（总督）万虚（多尔衮无子孙）"——满洲八旗总督断子绝孙的摄政王多尔衮（敬挽）。

"总理（总司令）元始三一教门（儒道释三教合一）道录司（汉军八旗）正堂（总监）叶生（并非根生，是叶生嫁接。穆莳——嫁接者孔有德）"——汉军八旗总监中原绿营部队总司令天朝皇帝生父孔有德（敬挽）。

"（贾）敬谨修斋朝天叩佛"——贾敬谨负责修建思陵祭奠灵堂，并朝天叩拜老主子。

第十四回《林如海捐馆扬州城　贾宝玉路谒北静王》云："至天明，吉时已到，一般六十四名青衣请灵，前面铭旌上大书'奉天洪建兆年不易之朝诰封一等宁国公冢孙妇防护内廷紫禁道御前侍卫龙禁尉享强寿贾门秦氏恭人之灵柩'。"

"奉天"隐射明太祖朱元璋独创的"奉天承运皇帝诏曰"八个大字。指明是为明朝皇帝发丧。

"洪建兆年不易之朝"——朱元璋"洪武"年号。"建文"是明皇帝朱允炆年号。"兆年不易之朝"指"万历"皇帝的大明朝。

"冢孙"——指明死者是洪武、建文、万历皇帝的冢孙。

"享强寿"——指明崇祯皇帝死于非命，乃煤山自缢。

"贾门秦氏恭人之灵柩"——说"灵柩"是皇太极恭敬的人的灵柩。

作者觉得读者还是不大相信秦可卿隐射崇祯皇帝，于是明确指示——秦可卿是上吊死的。

第五回云："后面又画着高楼大厦,有一美人悬梁自缢。"

"高楼大厦"指那棵海棠树前方的明故宫与西面景山上的殿阁。

"美人"——指亡国而不辱身的崇祯皇帝。

"悬梁自缢"——指崇祯皇帝煤山自缢。

"'画梁'点明死亡的地点——高如天齐的景山万春亭("天香楼")山下。当年崇祯皇帝与太监王承恩从万岁门进入景山,仰面可见景山顶端的高入云霄的"天香楼"、山上的亭台楼阁、雕梁画栋。"春尽"点明了死亡的时间——崇祯十七年三月十九日。"落香尘"点明景象:落英遍地,尘土复面,披发赤足。

作者为什么称大行皇帝为"林如海"呢?因为崇祯帝朱由检的哥哥是天启帝朱由校,两个木字旁的朱皇帝断送了明朝的国祚,二木成林——"林"字的来历也。朱由检与王承恩君臣二人,无人护驾,第一次行动自如了——"如"字的来历也。海棠树——"海"字的来历也。"林如海"的意思是:朱由校的弟弟朱由检坦然自如地走到海棠树自缢了。"林如海"是美人"秦可卿",王承恩算是美人的丫鬟,瑞珠——明朝的泪珠也。

第六十三回与六十四回隐写了孝庄带领儿孙为孔有德发丧:

> 至次日饭时前后,果见贾母王夫人(孝庄)等到来。众人接见已毕,略坐了一坐,吃了一杯茶,便领了王夫人等人过宁府中来。只听见里面哭声震天,……又有贾珍(顺治)贾蓉(康熙)跪着扑入贾母(孝庄)怀中痛哭。贾母暮年人,见此光景,亦搂了珍蓉等痛哭不已。

孝庄与孔有德的行为是红楼悲剧的渊薮。既影响了下一代的命运,也影响了国家的命运。第五回将一切罪恶都推到宁国府贾敬(孔有德)与秦可卿(孝庄妃)头上,是《红楼梦》隐史的画龙点睛之笔。

仙宫房内对联

幽微灵秀地[①],无可奈何天[②]。

[①] 幽微灵秀地:幽静微妙灵秀之地。地者,又指皇天后土之土,女人也。

[②] 无可奈何天:不可琢磨的天命。汤显祖《牡丹亭》中"良辰美景奈何

天"指对男女情缘的感受,而此处指"天意从来高难问"也。

解读

理解"幽微灵秀地,无可奈何天"这十个字的关键,在原文交代的历史背景。

(1)"光摇朱户金铺地,雪照琼窗玉作宫。"指明故事发生在故宫。警幻仙姑隐射母亲孝庄皇太后,宝玉隐射顺治十二年十九岁的福临。

(2)"仙花馥郁,异草芬芳,真好个所在。"指明地点在西苑北海的琼华岛。

(3)"房中又走出几个仙子来,皆是荷袂蹁跹,羽衣飘舞,姣若春花,媚如秋月。"指北海行宫里等待的嫔妃们。

(4)"必有绛珠妹子的生魂前来游玩,故我等久待。"孝庄早有安排,顺治弟媳妇要来北海行宫与顺治皇帝幽会,让宫内的女人们伺候着。

(5)"偶遇宁荣二公之灵"——孝庄本来企图阻挡儿子与他的弟媳妇私会,但儿子坚决不听,母亲只好将老祖宗(宁荣二公)抬出来,继续劝阻儿子的荒唐行为。

(6)"吾家自国朝定鼎以来,功名奕世,富贵传流,虽历百年,奈运终数尽,不可挽回者。"——1559年,明嘉靖三十八年,清太祖努尔哈赤出世。此即王熙凤所谓"太祖皇帝仿舜巡"之太祖,贾代化与贾代善两个人物隐射此人。努尔哈赤的祖父是建州左卫都指挥使觉常安,其父为觉常安第四子塔克世(宁国公与荣国公),其母为建州右卫都指挥使王杲长女喜塔腊氏额穆齐。努尔哈赤的父祖辈与岳父祖辈,历代都是明朝册封的现辽宁省地方行政与军事长官——建州左、右两卫都指挥使。是地方首领与女真族首领。他们统辖的地区,是后金建国的基础。所谓"国朝定鼎",由此而来。从嘉靖三十八年(1559),到顺治十二年(1655),总计97年,自塔克石当建州左卫都指挥,已经百余年。努尔哈赤是明朝万历皇帝册封的建州卫都督兼龙虎将军。

"奈运终数尽,不可挽回者。"指顺治不肖,竟然爱上了弟媳妇——皇帝爱美人,不要江山也。

警幻孝庄请出宁荣二公(清显祖塔克石)来训导儿子,所谓"功名奕世,富贵传流,虽历百年",自然要从努尔哈赤的父亲算起,比97年肯定还要长久，要超过一百年。

（7）"其中惟嫡孙宝玉一人，禀性乖张，生性怪谲，虽聪明灵慧，略可望成，无奈吾家运数合终，恐无人规引入正。"——顺治皇帝聪明天纵，但一意孤行，"恐无人规引入正"也。

（8）"幸仙姑偶来，万望先以情欲声色等事警其痴顽，或能使彼跳出迷人圈子，然后入于正路，亦吾兄弟之幸矣。"——宁荣二公塔克石希望孝庄皇太后能因势利导，"以情欲声色等事警其痴顽，或能使彼跳出迷人圈子"，千万不要将祖宗的江山毁在女人手里。

（9）"先以彼家上中下三等女子之终身册籍，令彼熟玩，尚未觉悟，故引彼再至此处，令其再历饮馔声色之幻，或冀将来一悟。"——顺治患了相思病，不顾身子与性命了。母亲只好妥协、迁就，先满足他的要求，安排他与弟媳妇幽会，以后再相机劝解吧。

（10）"群芳髓"与"千红一窟"、"万艳同杯"——"群芳髓"指后宫女人们的青春年华。"千红一窟（哭）"与"万艳同杯（悲）"指后宫女人包括孝庄本人的悲惨命运。

《红楼梦曲》引子

> 开辟鸿蒙，谁为情种？
> 都只为风月情浓。
> 趁着这奈何天，伤怀日，寂寥时，试遣愚衷①。
> 因此上，演出这怀金悼玉的《红楼梦》②。

① 趁着这奈何天，伤怀日，寂寥时：母亲无奈的面对儿子的执拗与荒唐，悲伤。想到自己的处境，寂寥。母亲想的是满蒙联姻，皇权永固，儿子想的是爱情至上，真情第一，无视舆论，不顾后果。

试遣愚衷：左右为难，莫衷一是，还是再劝解一次吧。

② 怀金悼玉：宝钗是蒙古后妃的代表，她的金锁，是满蒙联姻的象征。黛玉是满族汉族后妃的代表，象征着满满联姻与满汉联姻。

第五回　游幻境指迷十二钗　饮仙醪曲演红楼梦

解读

（1）"警幻道：就将新制《红楼梦》十二支演上来。"——孝庄皇太后特意将后宫女儿的命运写成曲子，让十二个舞女上来演出，企图以真实的故事，启发儿子迷茫的心窍，从而停止自己荒唐的行为。一切以国事为重，而不是随心所欲，沉沦在儿女情长之中。

（2）"警幻便说道：'此曲不比尘世中所填传奇之曲。'"——提醒《红楼梦》写的不是民间的传奇，言外之意，曲子中唱的是朝廷内部的权力斗争，因为皇帝无私事，情字关盛衰："白骨如山忘姓氏，无非公子与红妆。"

（3）"此或咏叹一人，或感怀一事，偶成一曲，即可谱入管弦。"《红楼梦》曲子中，"或咏叹一人，或感怀一事"，都与后宫女儿的命运息息相关，也与明亡清兴初期国家的命运息息相关。

（4）"若非个中人，不知其中之妙。"——说明贾宝玉顺治皇帝的婚姻情爱，尽在《红楼梦》中矣。局外之人，难免理解成"尘世中"的男女爱情或社会恩怨。

（5）"料尔亦未必深明此调。"——皇帝是当局者迷，未必明白其中的奥妙与严重性也。

（6）"回头命小丫鬟取了《红楼梦》原稿来，递与宝玉。"——孝庄皇太后将祖制典籍、本朝的历史教训、古代的红颜祸水都让儿子看。可谓苦口婆心也。

（7）"宝玉接来，一面目视其文，一面耳聆其歌。"——"个中人"顺治皇帝都看了，都听了，但是"不知其中之妙"，仍然认为应该爱情至上，应该世法平等，应当满汉一体，应当天马行空，随心所欲……

我们不能将《红楼梦》视为一部言情小说。如果仅仅是写"谁为情种"，何必要"开辟鸿蒙"？如果仅仅是写抄家败落，何必请出女娲神仙？如果仅仅是写爱情故事，作者为什么要说"过去未来，莫谓智贤能打破。前因后果，须知亲近不相逢"？如果仅仅是写爱情故事，作者为什么要将女主角写成"正面是美女，反面是骷髅"？如果仅仅是写爱情故事，作者为什么要说"白骨如山忘姓氏，无非公子与红妆"？

《红楼梦》首先是一部《风月宝鉴》，一部以儿女情长掩饰英雄气短的

"资治通鉴",一部十七世纪中国改朝换代的"史记",一部囊括中国封建社会的大百科全书。

终身误

都道是金玉良缘①,
俺只念木石前盟②。
空对着山中高士晶莹雪③,
终不忘世外仙姝寂寞林④。
叹人间美中不足今方信⑤,
纵然是齐眉举案⑥,
到底意难平⑦。

① 金玉良缘:指薛宝钗与贾宝玉的包办婚姻,隐射顺治皇帝与科尔沁蒙古皇后的政治婚姻。

② 木石前盟:指林黛玉与贾宝玉的自由婚姻。努尔哈赤刚建立后金政权的时候,极度重视与辽东汉族的关系,他的第一夫人佟佳氏就是抚顺的汉族大户,长子诸英与次子代善皆为佟佳氏所出。这是最早的满汉联姻(木石前盟之一)。努尔哈赤后来的大妃孟古与阿巴亥都是满族人,皇太极与多尔衮三兄弟,为这两位满族大妃所出。这是始终未变的满满联姻。满汉联姻与满满联姻在统一满洲的战争中发挥了很大作用(木石前盟之二)。为了入关统一中原,从努尔哈赤、皇太极时代,就开始推行满蒙联姻,因为只有拥有满蒙两支骑兵,才能完成统治汉族地区的战略目标,所以,在皇太极、多尔衮时代,满蒙联姻(金玉良缘)必然取代满汉联姻与满满联姻(木石前盟)——林黛玉的"林"字,正是后两种政治联姻的表现。

③ 空对着山中高士晶莹雪:顺治皇帝的六位博尔济吉特氏蒙古后妃都没有生育。

④ 终不忘世外仙姝寂寞林:顺治皇帝忘不了早死的董鄂氏皇贵妃,但两个男娃都夭折了,一个流产,一个痘亡。

⑤ 叹人间美中不足:政治婚姻能巩固皇权,但不照顾人的感情。

⑥ 纵然是齐眉举案：蒙古后妃博尔济吉特氏对顺治皇帝可谓"齐眉举案"。

⑦ 到底意难平：作为一个有感情的人，到底心理不能平衡。

解读

这首曲子唱的是宝玉、宝钗、黛玉三个人。

《红楼梦》中的曲名全是作者杜撰，既像曲牌，又是对人物命运的预报或提示。薛宝钗的金锁是个和尚给的，"等日后有玉的方可结为婚姻"——顺治与博尔济吉特氏的婚事，是皇叔父摄政王多尔衮确定的包办婚姻。

"金锁是个和尚给的"指满蒙联姻基本国策是"癞头和尚"皇太极制定的。"有玉的方可结为婚姻"指顺治娶科尔沁蒙古姑娘，是"葫芦庙和尚"多尔衮定的。

第三十六回宝玉睡梦中喊："和尚道士的话如何信得？什么金玉良缘？我偏说木石姻缘！"隐射顺治皇帝的个人感情与满清政权的根本利益，发生了尖锐的矛盾冲突。

在"金玉良缘"与"木石前缘"这件大事上，开场就注定了最后的结局。薛宝钗的十拿九稳与林黛玉的屡战屡败形成了鲜明的对比。由此演义的"移花接木"与"黛死钗嫁"悲剧，跌宕起伏、柔肠九折，不管宝黛如何挣扎反抗，得到的只有无可奈何的生离死别。

"金玉良缘"隐寓满蒙联姻，是天命十年"科尔沁盟约"的既定国策。博尔济吉特氏要做顺治皇帝的皇后，是摄政王多尔衮与姑姑孝庄皇太后共同确定的，所以，薛宝钗带着"金锁"堂而皇之地进入了荣国府。在与满汉混血姑娘董鄂氏（林黛玉）"木石前缘"的争斗中，薛宝钗从容不迫，稳操胜券，因为她具有政权与法统的绝对优势。

"金玉良缘"的"金"隐寓后金，因为满族人的祖先女真族曾在北京建立"金"国，清的前身是"后金"，皇族姓氏"爱新觉罗"的意义是"金"。皇太极改"后金"为"满清"，是因为"清"为水字旁，而"朱明"含红火之义，以清代明，犹如以水灭火。

薛宝钗金锁（金）上的字，"是个癞头和尚送的，他说必须錾在金器上"——表明选娶科尔沁蒙古姑娘博尔济吉特氏做皇后，是摄政王多尔衮决定的，她必须与后金国皇帝的继承者结合。而迎娶薛宝钗做儿媳妇，是贾母、王夫人、王熙凤（都隐射孝庄）与贾政早就决定了的。反正顺治（贾宝玉）必须娶博尔济吉特氏蒙古姑娘（薛宝钗与袭人）为皇后。完成了满洲八旗与蒙古八旗的这桩政治婚姻，大清国的江山社稷就得到了巩固。

"木石前盟"代表满汉联姻，是清太祖努尔哈赤曾经选定的国策。为了统一满洲、入主中原、复辟女真金国的历史辉煌，残酷的战争使清太祖明白了一个简单的道理：战争是血腥的艺术，是决定一个民族生死存亡的历史大戏，打仗依靠只会舞文弄墨的汉族人不行，必须联合马背上的蒙古族。于是，努尔哈赤断然以满蒙联姻（金玉良缘）取代了满汉联姻（木石前缘），甚至为此杀了自己的大儿子褚英。

第八回《比通灵金莺微露意 探宝钗黛玉半含酸》原文加注：

宝钗看毕，又重新翻过正面来细看，口内念道："莫失莫忘，仙寿恒昌。"……宝玉忙托了锁看时，果然一面有四个篆字，两面八个，共成两句吉谶，亦曾按式画下形相："不离不弃，芳龄永继。"

宝玉看了，也念了两遍，又将自己的念了两遍，因笑问："姐姐这八个字倒真与我的是一对。"莺儿笑道："是个癞头和尚（皇太极与多尔衮）送的，他说必须錾在金器上（必须与后金联姻）。"

"两句话是一对儿"，表面上是指"莫失莫忘，仙寿恒昌"与"不离不弃，芳龄永继"是"一对儿"，其实指顺治皇帝与表姐博尔济吉特氏代表的满蒙联姻，是后金皇家早就确定的"一对儿"。

"是个癞头和尚送的，他说必须錾在金器上"，隐射天命十年满洲与蒙古的《科尔沁盟约》："同心合意，益寿延年，子孙万世，永享荣昌。"从皇太极到多尔衮都恪守这个盟约。

顺治八年八月，顺治再三推拒而无效，只得迎娶了第一位皇后——《薛文龙悔娶河东狮》写的就是未服"冷香丸"的"河东狮"的历史真相。

顺治十年（1653）八月，皇帝大婚的第三年，福临年十六岁，皇后十八岁，顺治废黜博尔济吉特氏（薛宝钗），降为静妃（冷美人），改居侧宫。

皇后既经册封便为"国母"，皇帝不能无故废黜。当年是皇叔父多尔衮包办了这桩婚姻，但最后迫使顺治皇帝接受既成事实者，却是孝庄皇太后，理由很简单，博尔济吉特氏是孝庄的亲侄女。这桩婚姻是政治需要，符合祖制，能拉拢蒙古四十九旗的剽悍骑兵，稳定大清国的后方。"薛文龙悔娶河东狮"就是指这桩政治婚姻。在这出戏剧中，薛文龙隐射顺治皇帝，夏金桂隐射博尔济吉特氏皇后。男演员改名换姓，女演员换装变脸，但隐射的历史事实却毫无改变。

顺治大婚后短短两年间，因"含忍久之，郁愦成疾"，身体日渐衰弱。孝庄皇太后见状不妙，只得谕知福临"裁酌"，等于默许了儿子废除皇后一事。

顺治得谕，于顺治十年（1653）八月间下令礼部及内院诸大臣，"命察历代废后事例具奏"。仅二十一天，便由郑亲王济尔哈朗召集议政王会议，一锤定音，奏道："所奏对旨甚明，臣等亦以为是，无庸更议。"得旨："既共以为是，着道前旨行。"

从此，皇后博尔济吉特氏退居冷宫。《红楼梦》中丰满白嫩的薛宝钗变成了长期服用"冷香丸"的孤寂的"冷美人"，住进了"雪洞一般"的冷宫。

第七回《送宫花贾琏戏熙凤》原文加注：

宝钗（静妃）笑道："那里的话。只因我那种病又发了，所以这两天没出屋子。"周瑞家的（静妃的庶婆婆）道："正是呢！姑娘到底有什么病根儿，也该趁早儿请个大夫来，好生开个方子，认真吃几剂，一势儿除了根才是。小小的年纪倒作下个病根儿，也不是顽的！"宝钗听了便笑道："再不要提吃药。为这病请大夫吃药，也不知白花了多少银子钱呢！凭你什么名医仙药，从不见一点儿效。后来还亏了一个秃头和尚（行痴和尚顺治皇帝），说专治无名之症，因请他看了。他说我这是从胎里带来的一股热毒，幸而先天壮，还不相干；若吃寻常药，是不中用的。……宝钗见问，乃笑道："不用这方儿还好，若用了这方儿，真真把人琐碎死。东西药料一概都有限，只难得'可巧'二字：要春天开的白牡丹花蕊十二两，夏天开的白荷花蕊十二两，秋天的白芙蓉花蕊十二两，冬天的白梅花蕊十二两。将这四样花蕊，于次年春分这日晒干，和在药末子一处，一齐研好。又要雨水这日的雨水十二钱……"周瑞家的忙道："嗳哟！这么说来，这就得三年的工夫。倘或雨水这日不下雨，可又怎处呢？"宝钗笑道："所以说那里有这样可巧的雨？便没雨也只好再等罢了。白露这日的露水十二钱，霜降这一日的霜十二钱，小雪这一日的雪十二钱。把这四样水调匀了，和了药，再加十二钱的蜂蜜，十二钱的白糖，丸了龙眼大的丸子，盛在旧磁坛内，埋在花根底下。若发了病时，拿出来吃一丸，用十二分黄柏煎汤送下。"

"十二两"为十二个月,"十二钱"为十二日,"十二分"为十二个时辰,总共四年两个月十二三天。——这就是皇后废黜为静妃的具体时间,与历史记载一丝不苟。复辟为"长春宫主位",已经是顺治十四年十月底或十一月初的事情了。

《红楼梦》可有一套严密准确的数字隐射系统,此处就是一例。

"一股热毒"隐射她的刁蛮脾气。

"一个秃头和尚"隐射为她配药治病的"行痴"和尚顺治皇帝。

从顺治十年八月废黜,四五个寒暑过去,薛宝钗隐射的废皇后哭喊、挣扎、自杀、逃跑,什么反抗的方法她都试过了,但都无济于事。她静下来了——"一股热毒"消退了。姑妈给她指出了唯一出路:把自己改造成让皇上喜爱的精通汉学的女人——"冷美人",不仅可能复辟为皇后(因为她毕竟脖子上挂着代表后金政权的金锁),或许将来还可以成为皇太后。姑妈真诚地关心着她,并且寻找机会,恢复她的中宫名位。

第四十回原文加注:

贾母因见岸上的清厦旷朗,便问:"这是你薛姑娘的屋子不是?"众人道:"是。"贾母忙命拢岸,顺着云步石梯上去,一同进了蘅芜苑,只觉异香扑鼻。那些奇草仙藤愈冷愈苍翠,都结了实,似珊瑚豆子一般,累垂可爱。及进了房屋,雪洞一般,一色玩器全无,案上只有一个土定瓶中供着数枝菊花,并两部书,茶奁茶杯而已。床上只吊着青纱帐幔,衾褥也十分朴素。贾母叹道:"这孩子太老实了。你没有陈设,何妨和你姨娘要些。我也不理论,也没想到,你们的东西自然在家里没带了来。"说着,命鸳鸯去取些古董来,又嗔着凤姐儿:"不送些玩器来与你妹妹,这样小器。"王夫人凤姐儿等都笑回说:"他自己不要的。我们原送了来,他都退回去了。"

"贾母忙命拢岸,顺着云步石梯上去,一同进了蘅芜苑",此处在琼岛西山坡上,为行宫别墅之一,周围长满杜蘅。

"及进了房屋,雪洞一般,一色玩器全无"——冷宫也。

"贾母命鸳鸯去取些古董来,又嗔着凤姐儿:'不送些玩器来与你妹妹,这样小器。'"——孝庄附议顺治皇帝的决定:恢复静妃为长春宫主位,一并恢复中宫笺表。

顺治十四年秋十月,顺治这位表姐复辟为"长春宫主位",也恢复了"中宫笺表"。表弟对她也很关照,但两口子终生都没有建立起真正的夫妻感情——"纵然是举案齐眉,到底意难平。"

第九十七回《薛宝钗出闺成大礼》原文加注:

凤姐(孝庄)便走上来,轻轻的说道:"宝姑娘(博尔济吉特氏)在屋里坐着呢,别混说。回来得罪了他,老太太(孝庄)不依的。"宝玉(顺治)听了,这会子糊涂的更利害了。本来原有昏愦的病,加以今夜神出鬼没,更叫他不得主意,便也不顾别的,一口声声只要找林妹妹(其实董鄂氏皇贵妃早在半年前,已经死了)去。贾母(孝庄)等上前安慰,无奈他只是不懂。又有宝钗在内,又不好明说。知宝玉久病复发,也不讲明,只得满屋里点起安息香来,定住他的神魂,扶他睡下。众人鸦雀无闻。停了片时,宝玉便昏沉睡去(病中),贾母等才得略略放心,只好坐以待旦,叫凤姐去请宝钗安歇。宝钗置若罔闻(冷美人——恢复为长春宫主位,已经三年),也便和衣在内暂歇。……且说宝玉回来,旧病陡发,更加昏愦,连饮食也不能进了。

此乃顺治十八年正月初五到初七福临患天花、病入膏肓、弥留状态的真实写照。他仍然思念死去的董鄂氏端敬皇后,他仍然不容纳可怜的表姐。

《红楼梦》里写贾宝玉(顺治)与林黛玉(董鄂氏)两人爱得"死去活来",贾宝玉(顺治)与薛宝钗(博尔济吉特氏)之间"冷若冰霜"。

枉凝眉

一个是阆苑仙葩,一个是美玉无瑕①。
若说没奇缘,今生偏又遇着他②;
若说有奇缘,如何心事终虚化?
一个枉自嗟呀,一个空劳牵挂;
一个是水中月,一个是镜中花。
想眼中能有多少泪珠儿?
怎经得秋流到冬,春流到夏。

《字句解释》

① 阆苑仙葩：指绛珠仙草。
美玉无瑕：无瑕美玉指赤瑕宫里的神瑛侍者。
② 偏又遇着他：相识属于巧合，不是父母之命、媒妁之言。

解读

这首曲子是咏叹宝玉和黛玉的。

宝黛爱情是《红楼梦》中最动人的悲剧。一个绝色佳人，一个翩翩少年；一个聪明绝顶，一个博学多才。她为他哭泣叹息，他为她牵肠挂肚。她心里只有他，他心里只有她——正是天造地设的一对。偏偏是如此忠贞不渝的爱情，却在"风刀霜剑"凌逼下枯槁了，最终还是一场虚幻。根本原因是皇宫里容不得"三千宠爱集一身"。

顺治十年秋选秀女，顺治皇帝曾见过董鄂氏一面。后来阴差阳错，董鄂氏虽被选中，却未能入选皇宫成为顺治皇帝的后妃，而被孝庄皇太后指婚给了福临十一弟博穆博果尔，因而成为襄亲王的福晋。

林黛玉是董鄂氏的主要艺术化身，宝黛爱情故事，主要隐射顺治皇帝与董鄂妃的悲剧。从小说情节看，林黛玉因为父母双亡，从小就寄养在荣国府，应该是一个纯洁的黄花大闺女才是。但从性心理学上分析，谁都可以看出，她是一位感情容易外露、有着热烈情愫的春怨少妇。

一个未婚少女，偏偏要取名"潇湘妃子"，自己安之若素，别人习以为常，就是为了说明她曾是"小襄妃子"——顺治皇帝十一御弟襄亲王博穆博果尔的福晋。

董鄂氏的父亲是满族中下级武官，母亲是苏州汉族才女，被称为"半个南蛮子"。她才华横溢，鹤立鸡群，但又是一个没有背景的二婚女人，怀了身孕才低调进宫，又连续死了两个孩子（《葬花吟》中的所谓"鸟魂与花魂"），其感情自然是极端复杂的——猜疑，小性儿，神经过敏，"惟恐被人耻笑"，"步步留心，时时在意"，除了关心丈夫的爱，关心丈夫对其他女人的情，还有自己孩子的生死，世界上的一切她都不放在心上。因为顺治皇帝的爱情，是她活在人间的唯一依托。林黛玉对董鄂氏的内心世界与言谈举止，作了淋漓尽致的表演。

第五回　游幻境指迷十二钗　饮仙醪曲演红楼梦

《清史稿·后妃传》云："董鄂氏，内大臣鄂硕女，年十八入侍，上眷之特厚，宠冠三宫，十三年八月立为贤妃，十二月进为皇贵妃，行册立礼，颁赦。"——选秀最大不超过十七岁，而董鄂氏为何"年十八入侍"？此可疑之处也。

董鄂氏比襄亲王大三岁，那观世音般的容貌，凛然不可犯的气质，深邃的汉学修养，使他产生了自惭形秽的心理障碍。小两口时常口角，后来董鄂氏终于爱上了皇帝。荒唐的《红楼梦》悲剧就上演了。

据汤若望的回忆录记载，董鄂妃是内大学士鄂硕之女，顺治异母弟襄亲王博穆博果尔的妃子，满族人，姓董鄂氏。据纪晓岚《阅微草堂笔记》记载，应为东鄂洛氏，董鄂是汉语音译。据王国维《吴梅村清凉山赞佛诗与董小宛无涉》一文考证，应为栋鄂氏。《清史稿》也记载为栋鄂氏。顺治十四年十月初七，董鄂妃生皇四子，两个月后皇子夭折，董鄂妃亦于顺治十七年八月十九日去世，年仅二十二岁。

顺治十一年（1654）二月初八太后圣寿节，宁南靖寇大将军陈泰出征，太后说趁着送行，把命妇们召到南苑。顺治参加南苑行宫的送行与宴会。

满蒙女人们没有汉族那些规矩。在人高马大的蒙满命妇中，董鄂氏（林黛玉）亭亭玉立，袅娜多姿，简直是万绿丛中一点红。第二十四回《痴女儿遗帕惹相思》云："宝玉一面吃茶，一面仔细打量那丫头：穿着几件半新不旧的衣裳……容长脸面，细巧身材，却十分俏丽干净。"——这是"痴公子"顺治皇帝第一次见到"痴女儿"董鄂氏的情景。

顺治盯住弟妹，真是"一见钟情"了。这情景全被太监吴良辅看在眼里。酒至半酣，顺治进入了"酒不醉人人自醉"的境界。吴良辅觉得时机已到，便与皇上耳语几句。皇上旋即离席而去。不一会儿吴良辅到懿靖太后身边说——皇上宣董鄂福晋到书房问话。谁也没料道，董鄂福晋与皇上的初晤，竟演成了巫山云雨之会。这是《少年天子》里讲述的情节。

第三回写贾宝玉与林黛玉第一次见面，竟说"这个妹妹我曾见过的"。而"黛玉一见，便吃一大惊，心下想道：'好生奇怪，倒像在哪见过一般，何等眼熟到如此！'"——就是两人在回忆南苑的巫山云雨。

顺治皇帝从此陷入了婚外恋、追逐弟媳妇、霸婚、情殇、追封、情死的畸恋之路。贾宝玉与林黛玉的爱情悲剧也成为中国文学史上最独特的典型。

贾宝玉顺治与董鄂氏（兼美）偷情，详细记载在"太虚幻境"即"冬宫"

北海别墅行宫的故事中。从袭人已经跟随宝玉来看，当时已经是第二次大婚（顺治十一年六月）之后。顺治皇帝与董鄂氏偷情，兴犹未足，又到坤宁宫（怡红院）与新皇后（袭人）交欢——就是《贾宝玉初试云雨情》中讲的故事。

董鄂氏于顺治十年冬或十一年春嫁给襄亲王为福晋，不久就结识顺治皇帝，顺治十二年因多次偷情而怀孕，与丈夫闹翻、被打，顺治皇帝逼死襄亲王，有身孕的董鄂氏被迫低调入宫。流产之后，长期没有名分（相当于尤二姐与张华未办清离婚手续就进了荣府），后来封贤妃（顺治十三年八月），又补封皇贵妃（顺治十三年十二月）。

以《红楼梦》与《汤若望传》加以校正，历史事实的顺序应该是：

（1）顺治十一年二月八日在南苑偷情，但董鄂氏未怀孕（第二十四回《痴女儿遗帕惹相思》与第六十五回《尤三姐思嫁柳二郎》）。为了阻止儿子的荒唐行为，当年三月孝庄下旨，停止命妇入宫当值。《清史稿》载："国初故事，后妃，王、贝勒福晋，贝子、公夫人，皆令命妇更番入侍，至太后始命罢之。"于是顺治与董鄂氏的交往一度转入半秘密状态。顺治患了相思病，母亲不得不妥协让步，甚至密令苏麻喇姑为他们拉皮条。

（2）顺治十二年二月八日在北海孝庄母后的秘密卧室欢媾，董鄂氏怀孕（第五回《饮仙醪曲演红楼梦》中在太虚幻境与兼美"如胶似漆"）。

（3）顺治十二年春，孝庄妥协，让苏麻喇姑安排董鄂氏到养心殿与顺治幽会（第七十一回《嫌隙人有心生嫌隙　鸳鸯女无意遇鸳鸯》）。

（4）顺治十二年春夏之交，与襄亲王闹翻，宣召董鄂氏，一乘小轿接进宫（第六十五回《贾二舍偷娶尤二姨》、第七十二回《来旺妇倚势霸成亲》）。

（5）董鄂氏低调入宫，没有名分，又小产（第六十八回《苦尤娘赚入大观园　酸凤姐大闹宁国府》——迫使"张华退婚"）。七月四日襄亲王自杀（张华父子"死于边界"，其实并没有真死，《红楼梦》的这一说法，发人深思）。

（6）第六十九回《弄小巧用借剑杀人》，隐射孝庄皇太后借刀杀人，以保住皇家的脸面。顺治十二年七月四日襄亲王自杀。低调入宫的董鄂氏寄居在康妃佟佳氏的景仁宫，一年没有名分。顺治与孝庄为此而矛盾加深。

（7）顺治十三年八月董鄂氏得封贤妃，顺治十三年十二月晋封皇贵妃（第七十回《林黛玉重建桃花社》林黛玉称"桃花社主"）。

（8）顺治十四年十月生四阿哥，产后流血。顺治十五年正月四阿哥夭亡（第二十七回《埋香冢飞燕泣残红》林黛玉"哭花荫"与"葬花吟"）。

此时废皇后静妃恢复为长春宫主位，孝庄不顾儿子与董鄂氏的丧子之痛，亲自主持侄女的"十五岁"（指顺治十五年）生日庆典（《听曲文宝玉悟禅机 制灯迷贾政悲谶语》）。

"木石姻缘"遭到孝庄的否定——"凤姐听了，冷笑道：'我难道连这个也不知道？我原也这么想定了。但昨儿听见老太太说，问起大家的年纪生日来，听见薛大妹妹今年十五岁（指顺治十五年），虽不是整生日，也算得将笄之年。老太太说要替他作生日。想来若果真替他作，自然比往年与林妹妹的不同了。'"。

"金玉良缘"也破镜难圆，长春宫主位薛宝钗表达了对打入冷宫的不满——"漫揾英雄泪，相离处士家。谢慈悲剃度在莲台下。没缘法转眼分离乍。赤条条来去无牵挂。那里讨烟蓑雨笠卷单行？一任俺芒鞋破钵随缘化！"

顺治皇帝觉得与母亲的矛盾难以化解。因而产生了出家的念头——

你证我证，心证意证。
是无有证，斯可云证。
无可云证，是立足境。

（9）顺治十七年八月董鄂氏皇贵妃病死（第十三回《秦可卿死封龙禁卫》，第六十九回《觉大限吞生金自逝》尤二姐死，第六十六回《情小妹耻情归地府》尤三姐死、司棋死）。

（10）顺治十七年九月追封董鄂氏皇贵妃为"端敬孝献皇后"（第十三回《秦可卿死封龙禁卫》）。

（11）顺治十八年春贞妃小董鄂氏殉葬（第七十七回《俏丫鬟抱屈夭风流》——晴雯死；第一百九回《候芳魂五儿承错爱》）。

（12）顺治十七年九月底，顺治皇帝哀读《端敬皇后诔文》（第七十八回《痴公子杜撰芙蓉诔》——应该是《痴道人哀读端敬皇后诔》）。顺治与孝庄母后的矛盾上升为仇恨，这是顺治出家与死亡的主要原因——"窃思女儿自临浊世，迄今凡十有六载（实有六载——指从顺治十一年二月八日巫山云雨到顺治十七年八月董鄂氏死）。其先之乡籍姓氏，湮沦而莫能考者久矣。而玉得于衾枕栉沐之间，栖息宴游之夕，亲昵狎亵，相与共处者，仅五年八月有畸

（从顺治十二年二月八日到顺治十七年八月，恰好为"五年八月有畸"）。……剖悍妇之心，忿犹未释！"——此处的"悍妇"，指母亲孝庄皇太后。"逆子"与"悍妇"不可调和的矛盾，改写了顺治、康熙交接时期的中国历史，是《红楼梦》揭露的最大的清宫秘密。顺治皇帝与后宫女人乃至孝庄本人的所有悲剧，都源于这个清宫秘密。

（13）顺治十七年冬，顺治皇帝在中南海削发（第六十六回《冷二郎一冷入空门》）。

（14）顺治十八年正月初七，顺治皇帝"驾崩"（第二回《冷子兴演说荣国府》云贾珠"一病死了"）。

（15）顺治十八年正月初四到初七日，在福临病入膏肓、弥留期间，汉族大学士王熙起草的"秘密奏折"，被孝庄篡改为十四条《顺治罪己诏》——这就是王熙凤设计的"掉包儿计"、移花接木的"黛死钗嫁"。

这幕悲剧的总导演，就是贾母孝庄皇太后。以后的故事，就进入康熙时代了。按之《红楼梦》，贾宝玉与柳湘莲出家了——被皇室废黜了。

此处的"宝二爷"、"琏二爷"、"芸二爷"、"柳二爷"、"冷二郎"、贾珍、贾珠统统隐射顺治皇帝。而林红玉、林黛玉、尤二姐、尤三姐、喜鸾、四姐儿、彩霞等都隐射董鄂氏。大家联合演出顺治皇帝与董鄂氏的婚恋悲剧。

恨无常

喜荣华正好，恨无常又到。
眼睁睁把万事全抛，荡悠悠把芳魂消耗[①]。
望家乡路远山高。
故向爹娘梦里相寻告：
儿命已入黄泉，天伦呵，须要退步抽身早！

① 芳魂消耗：指林黛玉隐射的董鄂氏，患慢性病，消耗而死。

解读

这首曲子历来认为唱的是元春，其实是指黛玉隐射的董鄂氏皇贵妃。

第五回 游幻境指迷十二钗 饮仙醪曲演红楼梦

曲子表达了人生无常、生死难料的无奈。世上没有永恒,长命富贵与万寿无疆都是扯淡。勾人魂魄的无常鬼,对谁都不留情面。

董鄂氏当了皇贵妃,娘家成了皇亲国戚,这是封建社会的无上荣耀,但她的养"父兄"却为此丢了性命。董鄂氏病入膏肓,在抑郁惊恐中"把芳魂消耗"。董鄂氏到死才明白,富贵权势与皇帝恩宠都是靠不住的,一旦龙心疑惑,众口铄金,皇宫女人与娘家人就要大祸临头。因此她曾劝告父母及早抽身退步,免得受到牵连。

不容董鄂氏皇贵妃的是以孝庄皇太后为首的蒙古后党,顺治皇帝有时也"见了姐姐就忘了妹妹",甚至听信谗言,派人抄检董鄂氏的承乾宫。

第六十五回与第六十六回,集中描写了顺治皇帝飘忽游移的爱情。

董鄂氏入宫半年,第一个男胎小产了。顺治十四年十月董鄂氏生了四阿哥荣亲王,但到了顺治十五年正月,孩子莫名其妙地感染天花死了,她落下了功能性子宫出血的慢性贫血病。但蒙古后党的"风刀霜剑"来势更加频繁。

淑惠妃向顺治皇帝告发说,在董鄂氏皇贵妃的承乾宫里,宫女与太监"对食儿",宫女与宫女搞同性恋,还在使用妖具(人工性器)。顺治皇帝勃然大怒,下令查抄了承乾宫。顺治皇帝了解到董鄂氏皇贵妃对这些情况是清楚的,但她没有制止,还为下人们辩护,于是一记耳光重重扇在皇贵妃脸上。

顺治眼睛里冒火,打过她的手,不住地颤抖。董鄂氏吓坏了,不知所措。顺治恶狠狠地喝道:你敢抗辩?皇贵妃慌忙跪倒,一句话也不敢说了,眼前一黑,昏了过去。应当说,这一巴掌,要了本来就自卑心很重的董鄂氏的命。

第六十六回里尤三姐被怀疑的故事就隐射此事。此事首先要了董鄂氏"父兄"的命。因为顺治皇帝怀疑自己成了"剩王八"——柳湘莲说"我不做这剩王八"。此事传到慈宁宫,孝庄皇太后认为儿子小题大作,必须立即刹车,封锁消息。福临嘟囔说:淑惠妃和康妃她们都拿这当丑事、当笑话。皇太后说就是景仁宫和储秀宫,要是也去搜查,一样都有。果然,当晚奉皇上密令去景仁宫、储秀宫等处搜查,缴来了许多"妖具"。顺治皇帝只好不了了之,传了一道严谕:不许透露半点风声,违旨者死罪。

第七十四回原文加注:

只见王夫人含着泪,从袖内掷出一个香袋子来,说:"你瞧。"凤姐忙拾起一看,见是十锦春意香袋,也吓了一跳,忙问:"太太从那里得来?"王夫人见问，越发泪如雨下，颤声说道："我从那里得来！我天天坐在井里，拿你当个细心人，所以我才偷个空儿。谁知你也和我一样。这样的东西大天白日明摆在园里山石上，被老太太的丫头拾着，不亏你婆婆遇见，早已送到老太太跟前去了。我且问你，这个东西如何遗在那里来？"凤姐听得，也更了颜色，忙问："太太怎知是我的？"

此处以王熙凤为首的"小夫小妻"，实际上是指顺治皇帝与后妃们。作者将抄检大观园的责任，推给了孝庄皇太后（王夫人）。

王夫人原是天真烂漫之人，喜怒出于心臆，不比那些饰词掩意之人，今既真怒攻心，又勾起往事，便冷笑道："好个美人！真象个病西施了。你天天作这轻狂样儿给谁看？你干的事，打量我不知道呢！我且放着你，自然明儿揭你的皮！宝玉今日可好些？"晴雯一听如此说，心内大异，便知有人暗算了他。

晴雯不仅代表罗硕的女儿小董鄂氏贞妃，也包括了她的姐姐董鄂氏皇贵妃。所谓明写晴雯、暗写黛玉；明隐小董鄂氏贞妃，暗隐董鄂氏皇贵妃也。

《惑奸谗抄检大观园》比顺治皇帝与孝庄皇太后组织的那次无事生非的皇家后宫抄检行动，政治品位大大提高了，在精神上受到打击最大的仍然是董鄂氏皇贵妃。她后来的夭亡，与这次抄检行动有很大的关系。进入《红楼梦》就变成了尤三姐的自杀举动。一个二婚女人，丈夫是皇帝，他对自己疑心生了暗鬼，除了死，还有第二条路吗？

《红楼梦》第六十五回与第六十六回原文：

贾琏来了，只在二姐房内，心中也悔上来。无奈二姐倒是个多情人，以为贾琏是终身之主了，凡事倒还知疼着痒。若论起温柔和顺，凡事必商必议，不敢恃才自专，实较凤姐高十倍；若论标致，言谈行事，也胜五分。虽然如今改过，但已经失了脚，有了一个"淫"字，凭他有甚好处也不算了。偏这贾琏又说："谁人无错，知过必改就好。"故不提已往之淫，只取现今之善，便如胶投漆，似水如鱼，一心一计，誓同生死，那里还有凤平二人在意了？

贾珍、贾琏、贾宝玉、柳湘莲四人皆隐射顺治皇帝一个人，尤二姐与尤三姐皆隐射董鄂氏一个人。这是理解二尤故事的前提。"实较凤姐高十倍"，"也胜五分"——隐射董鄂氏的德才品貌胜过蒙古皇后。"有了一个'淫'字，凭他有甚好处也不算了"——隐射先奸后娶，成了人家的把柄。"偏这贾琏又说：'谁人无错，知过必改就好。'故不提已往之淫，只取现今之善"——隐射顺治皇帝对董鄂氏的既往不咎的基本态度。

贾琏便道："定是此人无疑了！"便拍手笑道："我知道了。这人原不差，果然好眼力。"二姐笑问是谁，贾琏笑道："别人他如何进得去，一定是宝玉。"二姐与尤老听了，亦以为然。尤三姐便啐了一口，道："我们有姊妹十个，也嫁你弟兄十个不成。难道除了你家，天下就没了好男子了不成！"众人听了都诧异："除去他，还有那一个？"尤三姐笑道："别只在眼前想，姐姐只在五年前想就是了。"

"姐姐只在五年前想就是了"——董鄂氏死于顺治十七年八月十九，葬于九月。"五年前"是顺治十二年八月，乃董鄂氏小产男胎时日。"五年八月有畸"乃顺治十二年二月养心殿苟合到顺治十七年八月董鄂氏死。又是两个故事、一件史实，作者让读者联想。

贾琏问："到底是谁，这样动他的心？"二姐笑道："说来话长。五年前我们老娘家里做生日，妈和我们到那里给老娘拜寿。他家请了一起串客，里头有个作小生的叫作柳湘莲，他看上了，如今要是他才嫁……"贾琏听了道："怪道呢！我说是个什么样人，原来是他！果然眼力不错。你不知道这柳二郎，那样一个标致人，最是冷面冷心的，差不多的人，都无情无义。他最和宝玉合的来……"

"五年前我们老娘家里做生日，……如今要是他才嫁。"——顺治十二年二月八日，在孝庄（"老娘家"）万寿节（"做生日"），顺治与董鄂氏苟合偷情。

谁知八月内湘莲方进了京，先来拜见薛姨妈，又遇见薛蟠，方知薛蟠不惯风霜，不服水土，一进京时便病倒在家，请医调治。听见湘莲来了，请入卧室相见。

柳湘莲隐射顺治皇帝，"八月"挑明董鄂氏死于顺治十七年八月。又是两个故事一件史实，作者让读者联想。

湘莲听了，跌足道："这事不好，断乎做不得了。你们东府里除了那两个石头狮子干净，只怕连猫儿狗儿都不干净。我不做这剩忘八。"宝玉听说，红了脸。湘莲自惭失言，连忙作揖说："我该死胡说。你好歹告诉我，他品行如何?"宝玉笑道:"你既深知,又来问我作甚么?连我也未必干净了。"湘莲笑道:"原是我自己一时忘情,好歹别多心。"宝玉笑道:"何必再提,这倒是有心了。"湘莲作揖告辞出来,若去找薛蟠,一则他现卧病,二则他又浮躁,不如去索回定礼。主意已定,便一径来找贾琏。

柳湘莲对尤三姐之疑,隐射顺治皇帝对董鄂氏之疑。他怀疑的对象不是十一弟襄亲王,甚至怀疑董鄂氏在娘家就不干净。于是,要了董鄂氏娘家父子的命。

那尤三姐在房明明听见。好容易等了他来,今忽见反悔,便知他在贾府中得了消息,自然是嫌自己淫奔无耻之流,不屑为妻。今若容他出去和贾琏说退亲,料那贾琏必无法可处,自己岂不无趣。一听贾琏要同他出去,连忙摘下剑来,将一股雌锋隐在肘内,出来便说:"你们不必出去再议,还你的定礼。"一面泪如雨下,左手将剑并鞘送与湘莲,右手回肘只往项上一横。可怜"揉碎桃花红满地,玉山倾倒再难扶",芳灵蕙性,渺渺冥冥,不知那边去了……湘莲反扶尸大哭一场。等买了棺木,眼见入殓,又俯棺大哭一场,方告辞而去。

湘莲对尤三姐之悔,隐射顺治皇帝对董鄂氏之悔。

尤三姐从外而入,一手捧着鸳鸯剑,一手捧着一卷册子,向柳湘莲泣道:"妾痴情待君五年矣,不期君果冷心冷面,妾以死报此痴情。妾今奉警幻之命,前往太虚幻境修注案中所有一干情鬼。妾不忍一别,故来一会,从此再不能相见矣。"说着便走。湘莲不舍,忙欲上来拉住问时,那尤三姐便说:"来自情天,去由情地。前生误被情惑,今既耻情而觉,与君两无干涉。"说毕,一阵香风,无踪无影去了。

"捧着一卷册子","奉警幻之命,前往太虚幻境"——"册子"即《金陵十二钗》正册(林黛玉在正册)。"警幻之命"即孝庄皇太后之命。说明尤三姐、尤二姐都是林黛玉的分身演员,都是董鄂氏的艺术化身。

"妾痴情待君五年矣",又是一个历史坐标——从顺治十二年五月初二从后门入宫到顺治十七年八月十九日病死,恰好"妾痴情待君五年矣"。俗谚"伴君如伴虎",但董鄂妃如何处理与孝庄太后间的婆媳关系比伴君伴虎更为棘手。

抑郁、狐疑、痴情、自咎,终于使董鄂妃"喜荣华正好,恨无常又到。

眼睁睁把万事全抛，荡悠悠把芳魂消耗"。

分骨肉

一帆风雨路三千，把骨肉家园齐来抛闪。
恐哭损残年，告爹娘：休把儿悬念。
自古穷通皆有定，离合岂无缘！
从今分两地，各自保平安。
奴去也，莫牵连。

解读

这首曲子是唱探春的。参见判词"才自精明志自高"。

探春的结局最让人同情。她为自己的出身，饱尝了苦恼。她必须远离京城这个是非之地，忍受不能再见亲人的苦痛。以探春的品貌和才干，在摄政王多尔衮家族的盛世，不会让她远嫁到天边去。她的远嫁，是在多尔衮败落时，孝庄皇太后出于不得已而作出的抉择——避开朝野舆论，让女儿到蒙古去，至少还能享受王妃的尊荣。探春本人对她的远嫁并不特别悲伤。从曲子中临行前的话来看，她很豁达。多尔衮的女儿刚强决断，颇具男人之风。同时，她对父亲有正确的判断——抄家削爵、扒骨鞭尸，都是政治迫害。在第七十五回里，她说："咱们倒是一家子亲骨肉呢，一个个不像乌眼鸡？恨不得你吃了我，我吃了你！"——准确地概括了顺治八年二月多尔衮的遭遇。

"惑奸谗抄检大观园"时，她说："可知这样大族人家，若从外头杀来，一时是杀不死的，这是古人曾说的'百足之虫，死而不僵'；必须先从家里自杀自灭起来，才能一败涂地！"——这是女儿的悲愤与不平。她知道：历史会为父亲的冤案平反昭雪的。

乐中悲

襁褓中，父母叹双亡。
纵居那绮罗丛，谁知娇养①？

幸生来，英豪阔大宽宏量，从未将儿女私情略萦心上。
好一似，霁月光风耀玉堂，厮配得才貌仙郎，
博得个地久天长，准折得幼儿时坎坷形状。
终久是云散高唐，水涸湘江②。
这是尘寰中消长数应当，何必枉悲伤！

① 谁知娇养：孝庄皇太后收为义女，仅是政治需要。
② 云散高唐，水涸湘江：与楚襄王的爱是高唐一梦。与孙延龄在桂林只是形式夫妻。

解读

这首曲子是唱湘云的。参见判词"富贵又何为"。

湘云的特点就是"英豪阔大宽宏量"，无小儿女的扭捏之态。宝钗过生日唱戏，凤姐说小旦装扮起来活像一个人。宝钗已看出来，不说。宝玉也猜着了，不敢说。湘云脱口而出："倒像林姐姐的模样！"引起一场小口角。——只有孔四贞明白当时的林姐姐就是一个演员。

芦雪庵赏雪联句时，她和宝玉等烤鹿肉，黛玉笑他们是"一群花子"，她则说："你知道什么！是真名士自风流。你们都是假清高，最可厌的。我们这会子腥膻大吃大嚼，回来却是锦心绣口！"——"烤鹿肉"隐写中华儿女，逐鹿中原。

湘云和黛玉都自幼失去父母，寄人篱下，但个性却截然不同。黛玉多愁多病，整天"以泪还债"。湘云爱说爱笑，偏又有点咬舌，把"二哥哥"说成"爱哥哥"——孔四贞心里爱的确是顺治皇帝，不料竟是自己的亲哥哥。

世难容

气质美如兰，才华复比仙。
天生成孤癖人皆罕。
你道是啖肉食——腥膻，视绮罗——俗厌。
却不知太高人愈妒，过洁世同嫌。
可叹这，青灯古殿人将老；

辜负了，红粉朱楼春色阑。
到头来，依旧是风尘肮脏违心愿。
好一似，无瑕白玉遭泥陷；
又何须，王孙公子叹无缘。

解读

这首曲子是唱妙玉的。史湘云、妙玉与惜春，都隐射孔四贞。参见判词"富贵又何为"与判词"欲洁何曾洁"。

妙玉才华横溢，为人孤僻。"凹晶馆联诗悲寂寞"一回，黛玉称她是"诗仙"。她爱洁成癖，刘姥姥站过的地方她要用水冲刷，刘姥姥用过的成窑杯子她想扔掉——说明其家之富有。她出身宦门，住进大观园里，与世隔绝，凄楚地守着青灯古佛，敲着木鱼念经打坐——是一位自解兵权的女将军。

喜冤家

中山狼，无情兽，全不念当日根由①。
一味的骄奢淫荡贪欢媾②。
窥着那，侯门艳质如蒲柳；
作践的，公府千金似下流③。
叹芳魂艳魄，一载荡悠悠④。

① 中山狼，无情兽：指吴三桂与其大儿子。
全不念当日根由：吴氏父子完全忘记了当年多尔衮解围搭救的旧情谊。
② 骄奢淫荡贪欢媾：吴应熊骄奢淫荡，纵欲无度。
③ 作践的，公府千金似下流：将皇家格格视为买来的侍妾。
④ 叹芳魂艳魄，一载荡悠悠：皇太极十四格格为中山狼搭上了性命。

解读

这首曲是唱迎春的。迎春隐射皇太极的十四格格，参见判词"子系中山狼"。

《喜冤家》意思由于错误的婚配，遇上了冤家对头。

迎春的悲剧是其父贾赦一手造成的。按孙绍祖的说法，是贾赦花了孙家五千银子，拿迎春抵了债。作者一再用"中山狼"称呼孙绍祖，因为他是一个不折不扣的恶棍。"他一味好色，好赌酗酒，家中所有的媳妇、丫头将及淫遍。"这就是他"骄奢淫荡贪欢媾"的注脚。

迎春劝两次，他就骂迎春是"醋汁老婆拧出来的"，"好不好，打一顿撵在下房里睡去"！完全是一副流氓嘴脸。迎春这位公府千金哪里经过这个？回到家里啼哭诉苦，王夫人也只能说说"我的儿，这也是你的命"之类既像安慰又像劝导的话。迎春只提出一点可怜的要求："还得在园里旧房子里住得三五天，死也甘心了。"几天后，孙家来人接，她"只得勉强忍情作辞"，回到"狼窟"里去。

迎春——皇太极十四格格。摄政王多尔衮（贾赦＝摄政的摄）与孝庄皇太后（邢夫人＝孝庄的形影）为了笼络平西王吴三桂，让他的大儿子吴应熊留在北京，将皇太极十四女和硕格格下嫁给他（孙绍祖）。

康熙十三年正月，吴三桂在云南发动叛乱挥师北伐。四月，吴应熊与儿子吴世霖被杀头示众，十四格格为此闯进慈宁宫，恳求孝庄皇太后饶了丈夫与儿子的命。母后不许，十四格格愤怒不已，当场触柱昏死。十四格格触柱，不能写在迎春身上，只能写在迎春之副司棋身上，"司棋撞墙而死"，就隐射十四格格"触柱昏死"。

"一载荡悠悠"容易误解成皇十四格格与吴应熊结婚一年后，被折磨而死。其实皇太极十四格格与吴应熊的感情尚好，顺治十年八月结婚，康熙十三年四月吴应熊与儿子吴世霖被杀头，和乐婚姻二十一年。"一载"是一段时间，此处是二十一年。

虚花悟[①]

将那三春看破[②]，桃红柳绿待如何？

把这韶华打灭，觅那清淡天和。

说什么，天上夭桃盛，云中杏蕊多，到头来谁把秋捱过？

则看那，白杨村里人呜咽，青枫林下鬼吟哦。

更兼着，连天衰草遮坟墓。
这的是，昨贫今富人劳碌，春荣秋谢花折磨。
似这般，生关死劫谁能躲？
闻说道，西方宝树唤婆娑，上结着长生果。

① 虚花悟：彻底明白了荣华富贵不过是过眼烟云。
② 将那三春看破：看破了崇德、顺治、康熙三朝的历史真相。

解读

这首曲子历来都认为是唱惜春的，其实是在隐写"三春"之首元春的结局。

《好了歌》与《虚花悟》是姊妹篇，极力渲染汉族降臣与满蒙亲贵最后的下场与感受。汉族降臣孔有德并没有得到荣华富贵，只得到了家破人亡的下场。孝庄得到了荣华富贵，却被子孙后代弃在皇家陵墓的围墙之外。后人都不要以"假"当"真"，不要对功名利禄执迷不悟。

《虚花悟》是孝庄死后，在遵化清东陵围墙外三十六七年"停棺不葬"的情景。连作者都感到茫然若失、万事皆空。

"将那三春看破，桃红柳绿待如何？"——开拓并维持了崇德、顺治、康熙三个朝代，儿孙满堂，功名盖世，结果呢？死无容身之地。

"把这韶华打灭，觅那清淡天和。"——孝庄太皇太后的一生，就是牺牲自己的青春，换取大清国的长治久安。

"天上夭桃盛，云中杏蕊多。到头来，谁把秋捱过？"——"夭桃盛……杏蕊多"隐射着孝庄太皇太后一生的功名事业，桃色逸闻盛传，红杏出墙几多，但"到头来，谁把秋挨过"？

"白杨村里人呜咽，青枫林下鬼吟哦。更兼着，连天衰草遮坟墓。这的是，昨贫今富人劳碌，春荣秋谢花折磨。似这般，生关死劫谁能躲？"——这是遵化东陵围墙外的情景。白杨村里，青枫林下，连天衰草，荒坟一座，人呜咽，鬼吟哦。博取荣华人劳碌，春荣秋谢花折磨。老来万事皆成空，生关死劫谁能躲？

"闻说道，西方宝树唤婆娑，上结着长生果。"——"树"是孝庄的代号。作者与皇太极都预测，入主中原，迁都北京，三代之后，"盛宴必散"，随着孝庄之死，大清国也会"树倒猢狲散"。但到作者撒手人寰、停笔仰天的时候（康熙三十六年到四十三年），他惊讶地发现，一幅康乾盛世的蓝图（"长生果"）正出现在华夏大地上。

聪明累

机关算尽太聪明，反算了卿卿性命。
生前心已碎，死后性空灵。
家富人宁，终有个家散人亡各奔腾。
枉费了，意悬悬半世心；
好一似，荡悠悠三更梦。
忽喇喇似大厦倾，昏惨惨似灯将尽。
一场辛苦忽悲辛。叹人世，终难定！

解读

这首曲子是唱王熙凤的。王熙凤演义青年时代的孝庄皇太后。参见判词"凡鸟偏从末世来"

按《红楼梦》的说法，孝庄皇太后在崇德与顺治初年控制政局的主要手段就是一个"色"字。对"堂堂须眉"而言——"兵者，凶器也，圣人不得已而用之。"对于"若彼裙钗"而言——"色者，凶器也，女人不得已而用之。"

为了阐述这种观点，作者创作了关于孝庄色诱臣工的故事。

（1）孝庄与孔有德苟合而生了顺治皇帝——第三十一回《因麒麟伏白首双星》。

其中"国公爷"皇太极的"替身"张道士，隐射定南王孔有德，贾母隐射孝庄皇太后。

其中大"雄麒麟"的持有者贾宝玉，隐射顺治皇帝。小"雌麒麟"的持有者史湘云，隐射孔有德的女儿孔四贞。这是一对蒙在鼓里、彼此相爱的同父异母亲兄妹。

其中老"雄麒麟"隐射定南王孔有德，老"雌麒麟"隐射孝庄皇太后。

这是一对心照不宣、配合默契的老情人。

第三十一回的"玄真观打醮",隐射顺治七年五月初二三,孝庄皇太后带领顺治皇帝及满蒙汉亲贵到北京城西的白云观,为多尔衮与孝庄怀的孩子打平安醮。

"麒麟"源于"孔子获麟而亡"的历史典故。老"雄麒麟"、大"雄麒麟"与小"雌麒麟",都隐射孔子的后裔,而老"雌麒麟"隐射孔门的媳妇。顺治九年七月四日,孔有德败死桂林。顺治十八年正月初七,顺治皇帝驾崩。皆"获麟而亡"也。

(2) 孝庄与小叔子多尔衮在关外偷情而气死皇太极——第十六回《贾元春才选凤藻宫　秦鲸卿夭逝黄泉路》。

其中的"秦鲸卿"隐射清太宗皇太极。"智能"隐射孝庄。"秦邦业"也隐射皇太极。

"原来近日水月庵的智能私逃入城来找秦钟,不意被秦邦业知觉,将智能逐出,将秦钟打了一顿,自己气的老病发了,三五日,便呜呼哀哉了。"——补写孝庄妃智能儿主动勾搭小叔子多尔衮秦钟,被皇太极秦邦业"知觉",本来想将孝庄妃"逐出",将多尔衮"痛打一顿",不料急怒攻心,自己先气死了。

(3) 孝庄与多尔衮在盛京偷情而稳住摄政王——第十六回《王凤姐弄权铁槛寺　秦鲸卿得趣馒头庵》。

第十五回原文:

那智能儿自幼在荣府走动,无人不识,因常与宝玉秦钟顽笑。他如今大了,渐知风月,便看上了秦钟人物风流,那秦钟也极爱他妍媚,二人虽未上手,却已情投意合了。……谁想秦钟趁黑无人,来寻智能。刚至后面房中,只见智能独在房中洗茶碗,秦钟跑来便搂着亲嘴。智能儿急的跺脚说:"这算什么!再这么我就叫唤。"秦钟求道:"好人,我已急死了。你今儿再不依,我就死在这里。"智能道:"你想怎样?除非我出了这牢坑,离了这些人,才依你。"秦钟道:"这也容易,只是远水救不得近渴。"说着,一口吹了灯,满屋漆黑,将智能抱到炕上,就云雨起来。那智能百般的挣挫不起,又不好叫的,少不得依他了。"

此处所写的"智能儿"与"秦钟"的故事,与第八回产生了严重矛盾。

第八回"那边小蓉大爷带了秦相公来拜"——说秦相公第一次到荣府,而第十五回又说"智能儿自幼在荣府走动,无人不识,因常与宝玉秦钟顽笑",显然自幼就认识秦钟。

从隐射的历史故事看,第八回与第十六回的秦钟指清太宗皇太极,写孝庄(贾母)与皇太极(秦相公)"文星和合"的夫妻关系——"贾母又与了一个荷包并一个金魁星,取'文星和合'之意。又嘱咐他道:'你家住的远,或一时寒热饥饱不便,只管住在这里,不必限定了。'"第十五回的秦钟与智能儿"偷欢",指多尔衮与孝庄在皇太极刚死就发生了苟且关系。一个秦钟,扮演了皇太极与多尔衮兄弟俩。

(4) 孝庄入关后与索尼偷情而稳住满洲亲贵——第十九回《情切切良宵花解语》。

其中的"万儿"隐射顺治三年、崇祯十九年二月初八正在庆祝入关后第一个圣寿节的孝庄皇太后。

"谁想贾珍这边唱的是《丁郎认父》、《黄伯央大摆阴魂阵》,更有《孙行者大闹天宫》、《姜子牙斩将封神》等类的戏文。倏尔神鬼乱出,忽又妖魔毕露,甚至于扬幡过会,号佛行香,锣鼓喊叫之声闻于巷外。满街之人个个都赞:'好热闹戏,别人家断不能有的。'"——此乃祝寿的戏单。

"贾珍这边唱的是《丁郎认父》"——指顺治皇帝需要认清自己真正的父亲。

"《黄伯央大摆阴魂阵》"——指"树倒猢狲散"的明朝残余势力还在组织抵抗。

"《孙行者大闹天宫》"——指"站树梢"的"孙行者"孝庄皇太后进入关内,正在大闹中原。

"《姜子牙斩将封神》"——指摄政王多尔衮正在招降纳叛、调兵遣将,镇压李自成、张献忠残部与大江南北的反清武装。

其中的"茗烟"隐射正黄旗内大臣索尼。他是贾宝玉顺治皇帝的四大书童之首,后来当了康熙初年的辅政大臣。

茗烟道:"大不过十六七岁了。"宝玉道:"连他的岁属也不问问,别的自然越发不知了。可见他白认得你了。可怜,可怜!"又问:"名字叫什么?"茗烟大笑道:"若说出名字来话长,真真新鲜奇文,竟是写不出来的。据他说,他母亲养他的时节做了一个梦,梦见得了一匹锦,上面是五色富贵不断头卍的花样,所以他的名字叫作万儿。"宝玉听了笑道:"真也新奇,想必他将来有些造化。"说着,沉思一会。

"大不过十六七岁"——十六加十七为三十三,隐射顺治二年孝庄皇太后三十三岁。

"梦见得了一匹锦"——指孝庄十二三岁嫁到后金,当皇太极的侧福晋与庄妃了。

"上面是五色富贵不断头卍的花样,所以他的名字叫作万儿"——"五色富贵"相当于天命、天聪、崇德、顺治、康熙五朝的富贵荣华。

(5) 孝庄与吴三桂偷情而掌握汉族新降的部众——第七十九回《薛文龙悔娶河东狮》。

《薛文龙悔娶河东狮》主要是隐射顺治皇帝悔娶第一位蒙古皇后。与贾宝玉同一天生日的薛蟠"雪文龙",隐射短寿的顺治皇帝,"河东狮"夏金桂隐射孝庄侄女,所以第七十八回特意交代夏金桂颇似"泼皮破落户王熙凤"——两人都指博尔济吉特氏废皇后。

《薛文龙悔娶河东狮》还捎带着隐射平西王吴三桂与孝庄不清不混的裙带关系:

> 那夏金桂(孝庄)见了这般形景,便也试着一步紧似一步。一月之中,二人气概还都相平;至两月之后,便觉薛蟠(吴三桂)的气概渐次低矮了下去。……金桂见婆婆(姑母孝端)如此说丈夫,越发得了意,便装出些张致来,总不理薛蟠。薛蟠没了主意,惟自怨而已,好容易十天半月之后,才渐渐的哄转过金桂的心来,自此便加一倍小心,不免气概又矮了半截下来(平西王毕竟是归降的汉将)。那金桂见丈夫旗蠹渐倒,婆婆良善,也就渐渐的持戈试马起来。"……于是宁荣二宅之人,上上下下,无有不知,无有不叹者。……后来薛蟠干脆到南方行商去了。

此处的夏金桂隐射孝庄,而"到南方行商"去了的薛蟠隐射割据云南的吴三桂。

(6) 孝庄临床考试天下才俊而稳住汉族士子——第三十五回《黄金莺巧结梅花络》。顺治元年十一月,孝庄母子进京后不久,就举行了简单的科举考试。廷试贡生,上卷以知州用,中次卷以州判县丞教职用。顺治三年三月,殿试天下贡士,"清承明制"的科举制度形成规模。此即《红楼梦》里反复出现的"傅试"与"傅秋芳"。"傅试"者,"赴试"也。"傅秋芳"者,赴徐娘半老、风韵犹存的一个女人的考试也。

孝庄皇太后借用王熙凤之口宣布:"你是素日知道我的,从来不信什么是阴骘司地狱报的,凭是什么事,我说要行就行。"

为达控制朝政的目的,不惜采取任何手段,这就是大清国开创者孝庄皇太后。儿子爱美人不爱江山,削发缀朝,她不惜将其废黜,宣布十四条罪状,幽禁西北高原。

功高盖世而死后不能进入清东陵围墙之内——"机关算尽太聪明,反算了卿卿性命。"

"纵然在这里操一百分的心,终究是要那边屋里去的。"——"生前心已碎,死后性空灵。"

留余庆

留余庆,留余庆,忽遇恩人;
幸娘亲,幸娘亲,积得阴功。
劝人生,济困扶穷。
休似俺那爱银钱忘骨肉的狠舅奸兄①。
正是乘除加减,上有苍穹。

① 狠舅奸兄:指王仁(忘仁)隐射的蒙古王爷,与贾环隐射的多尔衮义子多尔博。

解读

这首曲是唱巧姐的。探春与巧姐联合演义多尔衮女儿的命运。参看判词"事败休云贵"。

第五回判词:"后面又是一座荒村野店,有一美人在那里纺绩。其判云:势败休云贵,家亡莫论亲。偶因济刘氏,巧得遇恩人。"——此处的刘老老不再隐写德国传教士汤若望了,而是孝庄鼎力提拔过的图海大将军。

第五回　游幻境指迷十二钗　饮仙醪曲演红楼梦

康熙二十六年以前，孝庄皇太后活着，多尔衮女儿的命运隐写在探春身上。康熙二十六年以后，孝庄皇太后死了，她的命运隐写在巧姐儿身上。

孝庄太皇太后连入土为安都十分困难，多尔衮的女儿自然是"势败休云贵，家亡莫论亲"了。

三进荣国府中的"刘老老"，已经不再隐射德国传教士汤若望，他在康熙五年以七十五岁高龄死于北京。康熙十三四年（"巧姐儿"二十三四岁），三藩之乱弄得朝廷焦头烂额，满蒙联姻解体，大清国后院起火，察哈尔蒙古布尔尼乘机叛乱。凉城总兵奏折云：察哈尔蒙古首领布尔尼心怀异志，久有不臣之心，妄图重振林丹汗之声威，称霸草原，不日将南下京师。

察哈尔距京三百里，骑兵朝发夕至。布尔尼趁南方山河动摇、京畿兵力空虚，猛从背后插了一刀，北京危在旦夕。康熙皇帝无兵无将无饷，束手无策。孝庄太皇太后决定起用多尔衮手下流放北国的战将——过去的大学士、当时的太平川把总图海，将他从八品提升为二品，请康熙皇帝加封为抚远大将军。并急调满蒙亲贵在京的家奴，从慈宁宫拨银一万两，从国库拨银三万两，组成一支三万余众的部队，交由图海指挥。

图海感激涕零，一鼓作气，消灭布尔尼于古北口外，然后投鞭热河，荡平察哈尔。与此同时，孝庄太皇太后让康熙皇帝册封遏必隆之女钮祜禄氏为皇后，使满洲勋臣感恩戴德，誓死效力。

多尔衮与孝庄的女儿（探春）下嫁察哈尔，久无音信。布尔尼由于反叛朝廷，成了忘恩负义之辈（王仁隐射布尔尼，因为科尔沁与察哈尔蒙古都是元顺帝的后裔。王仁者，忘仁也），察哈尔蒙古从此失势。后院起火，殃及池鱼，这个女孩子（探春演化成巧姐儿）在察哈尔受到布尔尼部众的迫害，得到图海部属的搭救，虚惊一场，化险为夷，但爵位没有了。

第一百十三回《忏宿冤凤姐托村妪》原文加注：

凤姐冷笑道："你那里知道？我是早已明白了，我也不久了。虽然活了二十五岁，人家没见的也见了，没吃的也吃了，衣禄食禄也算全了，所有世上有的也都有了，气也赌尽了，强也算争足了，就是'寿'字儿上头缺一点儿也罢了。"平儿听说，由不的眼圈儿红了。凤姐笑道："你这会子不用假慈悲，我死了，你们只有喜欢的。你们一心一计和和气气的过日子，省我是你们眼里的刺（孝庄弄权，直到死前为止）。只有一件，你们知好歹，只疼我那孩子

（多尔衮的女儿）就是了。"

"二十五岁"隐射康熙二十五年，当时孝庄七十四岁。"'寿'字儿上头缺一点儿"——隐射下嫁多尔衮，成了皇家的大污点。"只有一件，你们知好歹，只疼我那孩子就是了"——对处境尴尬的女儿的未来十分不放心，真是"死不瞑目"。

第一百十四回《王熙凤历幻返金陵》原文：

那王仁自从王子腾死后，王子胜又是无能的人，任他胡为，已闹的六亲不和。今知妹子死了，只得赶着过来哭了一场。见这里诸事将就，心下便不舒服，说："我妹妹在你家辛辛苦苦当了好几年家，也没有什么错处，你们家该认真的发送发送才是，怎么这时候诸事还没有齐备？"……巧姐道："我父亲巴不得要好看，只是如今比不得从前了。现在手里没钱，所以诸事省些是有的。"王仁道："你的东西还少么？"巧姐儿道："旧年抄去，何尝还有呢？"……再说凤姐停了十余天，送了殡。贾政守着老太太的孝，总在外书房。

"王夫人"隐射孝庄太皇太后。

"王子腾"与"王子胜"是王夫人的兄弟，隐射科尔沁蒙古亲王吴克善兄弟，王仁指察哈尔蒙古亲王。"王熙凤"也隐射孝庄太皇太后。"王仁"指两个人——察哈尔蒙古布尔尼亲王兄弟，都是元顺帝的直系后裔。察哈尔蒙古因为康熙十三年的叛乱，而成了"忘仁"之流，削去爵位，穷下来了。

"你们家该认真的发送发送才是，怎么这时候诸事还没有齐备"——隐射蒙古亲王们对孝庄太皇太后简朴的殡丧礼仪不满，后来更对三十七年停棺不葬尤其不满。

"该认真的发送发送才是"——要求将孝庄与皇太极合葬，至少应该进入东陵风水墙之内。一道围墙，将下嫁多尔衮的孝庄挡在东陵之外，令人心酸。

"巧姐儿道：'旧年抄去，何尝还有呢？'"——此处的巧姐儿完全扮演多尔衮女儿的身份。隐写顺治八年多尔衮被挖坟鞭尸、家产抄没的往事，当时的"巧姐儿"年仅一岁。虽然她以孝庄女儿的身份养在故宫东六所，但宗人府却知道她是多尔衮的骨血，并非清太宗皇太极的女儿。

巧姐儿的判词"势败休云贵，家贫莫论亲"，就是隐射多尔衮家族的下场。

"停了十余天，送了殡"——隐射到作者去世时，孝庄太皇太后已经"停

第五回　游幻境指迷十二钗　饮仙醪曲演红楼梦

棺不葬"十余年了。说明《红楼梦》成书于康熙三十六年以后。

"平儿道：'老老别说闲话。你既是姑娘的干妈，也该知道的。'"便一五一十的告诉了。把个刘老老也唬怔了，等了半天，忽然笑道："你这样一个伶俐姑娘，没听见过鼓儿词么？这上头的法儿多着呢，这有什么难的？"平儿赶忙问道："老老，你有什么法儿快说罢！"刘老老道："这有什么难的呢，一个人也不叫他们知道，扔崩一走就完了事了。"平儿道："这可是混说了。我们这样人家的人，走到那里去？"刘老老道："只怕你们不走，你们要走，就到我屯里去。我就把姑娘藏起来，即刻叫我女婿弄了人，叫姑娘亲笔写个字儿，赶到姑老爷那里，少不得他就来了，可不好么？"原来近日贾府后门虽开，只有一两个人看着，余外虽有几个家下人，因房大人少，空落落的，谁能照应？且邢夫人又是个不怜下人的。家人明知此事不好，又都感念平儿的好处，所以通同一气，放走了巧姐。

"平儿道：'太太该叫他进来，他是姐儿的干妈，也得告诉告诉他。'"——苏麻喇姑与老姨认为必须动用多尔衮旧部的势力，才能挽救多尔衮女儿的厄运。

"刘老老道：'只怕你们不走，你们要走，就到我屯里去。'"——图海大将军认为，将多尔衮的女儿藏到自己的辖区万无一失。

"又都感念平儿的好处，所以通同一气，放走了巧姐"——隐射苏麻喇姑与老姨在宫中的为人。

且说外藩原是要买几个使唤的女人，据媒人一面之辞，所以派人相看。相看的人回去，禀明了藩王，藩王问起人家，众人不敢隐瞒，只得实说。那外藩听了，知是世代勋戚，便说："了不得，这是有干例禁的，几乎误了大事！况我朝觐已过，便要择日起程。倘有人来再说，快快打发出去！"……

外藩的态度说明多尔衮的势力盘根错节，"虎死不倒威"也。

"奉王爷的命说，敢拿贾府的人来冒充民女者，要拿住究治的！如今太平时候，谁敢这样大胆？"——隐射蒙古有爵位的王爷对多尔衮仍然是敬畏如故。

"知道探春回来，此事不肯干休，又不敢躲开，这几天竟是如在荆棘之中"——隐射多尔衮与女儿仍然有恢复名誉与爵位的可能，不可冒犯。

人报琏二爷回来，大家相见，悲喜交集。此时也不及叙话，即到前厅，叩见了。钦命大人问了他父亲好，说："明日到内府领赏。宁国府第，发交居住。"

这一段文字乃是惊人之笔。此处是最后一二回，正在预写清朝将要灭亡，却突然写了以贾赦、巧姐儿与贾琏为主角的故事情节，意思是说，《红楼梦》不但预写了崇祯皇帝为首的汉族的未来，而且预写了大清国真正开基立业者多尔衮后人的未来。

"人报琏二爷回来"——预报多尔衮的历史功过也会得到公正的评价，清廷会给他平反昭雪。

晚韶华①

镜里恩情，更那堪梦里功名！
那美韶华去之何迅！再休提绣帐鸳衾②。
只这带珠冠，披凤袄③，也抵不了无常性命。
虽说是，人生莫受老来贫，也须要阴骘积儿孙。
气昂昂头戴簪缨，光灿灿胸悬金印，
威赫赫爵禄高登④昏惨惨黄泉路近⑤。
问古来将相可还存？也只是虚名儿与后人钦敬。

① 晚韶华：意思是李纨隐射的历史人物晚年要荣耀一番。
② 镜里恩情、再休提绣帐鸳衾：指康妃佟佳氏与顺治短暂的夫妻恩爱。美韶华去之何迅：指康妃佟佳氏圣眷日短，青春早逝。
③ 带珠冠，披凤袄：指康妃佟佳氏晋升皇后与皇太后。
④ 气昂昂头……威赫赫爵禄高登：指贾兰隐射的康熙当了皇帝，母亲凤冠霞帔。
⑤ 昏惨惨黄泉路近：指康妃佟佳氏二十四岁就死了。

解读

这首曲子是唱李纨的——康熙皇帝的母亲康妃佟佳氏。玄烨登基后，她晋封为孝康章皇后。参看判词"桃李春风结子完"。

第五回　游幻境指迷十二钗　饮仙醪曲演红楼梦

《清史稿》云：

孝康章皇后，佟佳氏，少保、固山额真佟图赖女。后初入宫，为世祖妃。顺治十一年春，妃诣太后宫问安，将出，衣裾有光若龙绕，太后问之，知有妊，谓近侍曰："朕妊皇帝实有斯祥，今妃亦有是，生子必膺大福。"三月戊申，圣祖生。圣祖即位，尊为皇太后。康熙二年二月庚戌，崩，年二十四。初上徽号曰慈和皇太后。及崩，葬孝陵，上谥。雍正、乾隆累加谥，曰孝康慈和庄懿恭惠温穆端靖崇文育圣章皇后。后家佟氏，本汉军，上命改佟佳氏，入满洲。后族抬旗自此始。子一，圣祖。

李纨出身于官僚家庭，其父李守中为国子监祭酒——说明她是汉族人，受儒学教育长大。

李纨自幼就读《列女传》之类的书，受封建伦理道德的熏陶，成为一名典型的淑女。青春丧偶，她能安之若素，只知道孝敬公婆和抚养儿子，此外一概不闻不问——隐射康妃佟佳氏短暂的人生。

她的心果然"槁木死灰"吗？其实不然，她只是把苦痛和悲哀深掩在心里罢了。这种无法宣泄的痛苦，才是女人最深沉的痛苦。

第三十三回里，宝玉遭毒打，王夫人叫着贾珠的名字大哭："若有你活着，便死一百个我也不管了！"李纨听了，放声痛哭。这是她内心世界仅有的一次泄露。

李纨苦了一辈子，晚年母以子贵，但不久就死了——还是消解不了她的悲剧命运。

康妃佟佳氏于顺治十年（1653）入宫，年十三岁。顺治十一年（1654）三月十八日，康熙大帝降生。他的母亲康妃佟佳氏十四岁，顺治皇帝十七岁。《红楼梦》里说的剧目"吃糠记"是挖苦康熙皇帝的。顺治十八年正月初七日顺治皇帝死，康熙皇帝登基，年七岁。母亲佟佳氏二十二岁。康熙二年，佟佳氏圣母皇太后薨逝，年二十四岁。

"镜里恩情，更那堪梦里功名！那美韶华去之何迅！再休提绣帐鸳衾。"——写康妃佟佳氏并没有得到过顺治皇帝多少垂爱。

"只这带珠冠，披凤袄，也抵不了无常性命。""气昂昂头戴簪缨，光灿灿胸悬金印，威赫赫爵禄高登，昏惨惨黄泉路近"——儿子当了皇帝，自己"带珠冠，披凤袄"，但"抵不了无常性命"。

"问古来将相可还存？也只是虚名儿与后人钦敬"——后人钦敬佟佳氏圣母皇太后，作者认为只是"虚名儿"而已。

第四十五回原文加注：

凤姐儿（"泼皮破落户"静妃）笑道："亏你是个大嫂子呢（李纨隐射康妃佟佳氏）！把姑娘们原交给你带着念书学规矩针线的，他们不好，你要劝。这会子他们起诗社，能用几个钱，你就不管了？老太太、太太罢了，原是老封君（指孝庄皇太后）。你一个月十两银子的月钱，比我们多两倍银子。老太太、太太还说你寡妇失业的，可怜，不够用，又有个小子，足的又添了十两，和老太太、太太平等（李纨月钱二十两银子）。又给你园子地，各人取租子。年终分年例，你又是上上分儿。你娘儿们，主子奴才共总没十个人，吃的穿的仍旧是官中的。一年通共算起来，也有四五百银子。这会子你就每年拿出一二百两银子来陪他们顽顽，能几年的限？"

"一个月十两银子的月钱"——按《大清会典》乃妃子的月利。

"月钱二十两银子"——按《大清会典》乃皇太后的月利。

"一年通共算起来，也有四五百银子"——表明李纨的身份为皇太后。

"主子奴才共总没十个人，吃的穿的仍旧是官中的"——景仁宫的实际情况。

康妃佟佳氏的悲剧为："带珠冠，披凤袄，也抵不了无常性命。"

好事终

画梁春尽落香尘。
擅风情，秉月貌，便是败家的根本。
箕裘颓堕皆从敬。
家事消亡首罪宁，宿孽总因情。

这首曲子是唱秦可卿的。秦可卿明隐孝庄皇太后，暗隐崇祯皇帝。参看判词"情天情海幻情身"。

《好事终》重点揭露秦可卿与贾敬乱伦的丑事，曲名含着明显的讽刺意味。

解读

作者把贾家（满清）败落的责任归到秦可卿与贾敬（孝庄与孔有德）身上，贾敬（孔有德）被指为主要责任者。他一心想当神仙（叛变求荣），烧丹炼汞（穷兵黩武），"只在都中城外和道士们胡羼"（与汉族同胞作战），最后自食苦果，中毒而死（败死桂林）。贾珍、贾蓉父子（顺治康熙皇帝）"只一味高乐不了，把个宁国府翻了过来"，也没人敢管。贾家（满清）长辈不正，君臣乱伦，子孙不肖，后继无人，富贵繁华一阵子，也必然走向灭亡。

飞鸟各投林①

为官的，家业凋零；富贵的，金银散尽；
有恩的，死里逃生；无情的，分明报应；
欠命的，命已还；欠泪的，泪已尽。
冤冤相报实非轻②，分离聚合皆前定③。
欲知命短问前生，老来富贵也真侥幸④。
看破的，遁入空门；痴迷的，枉送了性命。
好一似食尽鸟投林，落了片白茫茫大地真干净。

① 飞鸟各投林：与"树倒猢狲散"一个意思，指国破家亡、吹灯散伙。
② 冤冤相报：指满清入关初期的罪行，必将恶有恶报。
③ 分离聚合皆前定：指后宫痴男怨女的悲欢离合，前生注定。
④ 老来富贵也真侥幸："侥幸"暗示"娇杏"隐射的孝庄皇太后：老来富贵，真是侥幸得很。

解读

这是《红楼梦》收尾的曲子，暗示贾家隐射的清朝灭亡了。

《好了歌解注》与《飞鸟各投林》是姊妹篇，一个哀叹明朝灭亡，一个预报清朝灭亡，都在极力铺张渲染明清双方最后的下场。朱明皇室败落也好，满清皇室灭亡也罢，似乎惊天动地，轰轰烈烈，但在历史长河中，仅是弹指一挥、瞬息即逝的事情，后人都不要以"假"当"真"，对功名利禄执迷不悟。

"食尽鸟投林"——是作者的"红楼梦"，梦见清朝灭亡了，善有善报，恶有恶报，流露着大汉族主义思想，但绝没有丝毫幸灾乐祸的意思。

"好一似食尽鸟投林，落了片白茫茫大地真干净！"指满清八旗子弟从龙入关几十年来，已经一代不如一代，吃喝玩乐完了，像鸟儿一样飞回大雪纷飞、白山黑水那一片白茫茫大地，实现皇太极（秦可卿）对孝庄（王熙凤）的临终遗嘱，建设东北，镇守"万年永远之基"，特别要守好祖坟，当好建州卫都督与二品龙虎将军，何必终日在北京游手好闲？俗话说，金窝银窝，不如自己的小鸟窝。

贾宝玉考上第七名举人，指顺治皇帝福临七岁在太和门登基，当了中原的皇帝。其后人贾兰考上一百三十名举人，属于预报——估计在1613年万历四十一年（孝庄文皇后出生于蒙古科尔沁部）以后一百三十年的1743年，即乾隆八年。或1616年明万历四十四年、后金天命元年以后一百三十年的1746年，即乾隆十一年。第七名举人与一百三十名举人有很大的差距，后者最多是县级地方行政长官——不是再到东北当什么"后金大汗"。

"树倒猢狲散"与"飞鸟各投林"是对应关系。指崇祯皇帝上吊的景山海棠树。"树林"指天启帝朱由校、崇祯帝朱由检、弘光帝朱由崧、永历帝朱由榔，还有鲁王、唐王兄弟与韩王：木字旁的兄弟数人，难道不是"树林"吗？崇祯十七年皇帝上吊，叫甲申之变。甲申年是猴年，景山的海棠树因为挂死了皇帝，犯了欺君之罪，被砍倒了，顺治皇帝非换一棵槐树（坏树）不可，叫"罪槐"。崇祯这棵大树于甲申猴年倒了，明朝官将们"树倒猢狲散"了。

总之，"陋室空堂"指明朝灭亡。"古今将相"指降清汉臣。"烟消火灭"指吴周灭亡。"白茫茫大地"指满族故乡。"树倒猢狲散"指明朝遗民。"飞鸟各投林"指八旗子弟。家家都有一本难念的经。

第十三回秦可卿说："常言'月满则亏，水满则溢'，'否极泰来'，荣辱自古周而复始，岂人力所能常保的。"——就是指明朝灭亡了，将来清朝富贵繁华一阵子，也会走向灭亡。这就是说"物极必反"，有始必有终，"登高必跌重"，有盛必有衰的道理。这个客观规律是任何人都无法抗拒的。

后四十回写贾家又"沐天恩"、"延世泽"、"兰桂齐芳"——指汉族皇室光复之后，高度重视民族政策，给下野的满清皇室安排了比较体面的出路。

第八回　比通灵金莺微露意　探宝钗黛玉半含酸

嘲顽石诗

女娲炼石已荒唐①，又向荒唐演大荒②。
失去幽灵真境界，幻来新就臭皮囊③。
好知运败金无彩，堪叹时乖玉不光④。
白骨如山忘姓氏，无非公子与红妆⑤。

① 女娲炼石：女娲炼的补天石，指历代王朝的传国玉玺与改朝换代的风云人物。第二回雨村道："天地生人，除大仁大恶两种，余者皆无大异。若大仁者，则应运而生，大恶者，则应劫而生。运生世治，劫生世危。尧，舜，禹，汤，文，武，周，召，孔，孟，董，韩，周，程，张，朱，皆应运而生者。蚩尤，共工，桀，纣，始皇，王莽，曹操，桓温，安禄山，秦桧等，皆应劫而生者。大仁者，修治天下，大恶者，挠乱天下……"

② 荒唐演大荒：大荒顽石隐射元顺帝退出北京时，遗弃在内蒙古大青山的元玉玺，同时隐射元顺帝后裔、清太宗妻子孝庄皇太后。

③ 幻来新就臭皮囊：多尔衮获元废玉玺于察哈尔蒙古，将蒙文磨去，改为满文，幻化成大清国的新玉玺——第一回云："那僧便念咒书符，大展幻术，将一块大石登时变成一块鲜明莹洁的美玉，且又缩成扇坠大小的可佩可拿。那僧托于掌上，笑道："形体倒也是个宝物了！还只没有实在的好处，须得再镌上数字，使人一见便知是奇物方妙。"

④ 堪叹时乖玉不光：多尔衮趁中原李自成造反之机，夺取了北京中央政

权,明朝、大顺朝与南明灭亡。乘人之危,夺取天下,实在算不得光彩。

⑤ 白骨如山忘姓氏,无非公子与红妆:利用公子红妆的爱情故事,隐写的这段白骨如山的历史。

解读

(1)"一色半新不旧,看去不觉奢华。唇不点而红,眉不画而翠,脸若银盆,眼如水杏。罕言寡语,人谓藏愚;安分随时,自云守拙。"——薛宝钗隐射顺治的第一位皇后博尔济吉特氏,所以是"冠压群芳"的"牡丹"。正如《清史稿》所云:皇后仪容出众,"足称佳丽,亦极巧慧",足可"母仪天下"。但因"处心弗端",见到"貌少妍者即憎恶,欲置之死"。加上福临对多尔衮的仇恨与对母亲的误解,顺治十年八月,福临力排众议,废黜了表姐的皇后之位。

薛宝钗患有"热毒"症,必须服用"冷香丸"才能将"热毒"强压下去,所谓"罕言寡语,人谓藏愚;安分随时,自云守拙",是服药后的假模样,也就是在冷宫里的样子。

(2)"宝玉一面看,一面问:'姐姐可大愈了?'宝钗抬头只见宝玉进来,连忙起身含笑答说:'已经大好了,倒多谢记挂着。'说著,让他在炕沿上坐了,即命莺儿斟茶来。"——"行痴和尚"顺治皇帝让表姐服用了四年二月十二天的"冷香丸",静妃"冷美人"的热毒症,"已经大好了"。

(3)"宝玉头上戴着缧丝嵌宝紫金冠,额上勒着二龙抢珠金抹额,身上穿着秋香色立白狐腋箭袖,……项上挂著长命锁、记名符,另外有那一块落草时衔下来的宝玉。"——贾宝玉头上戴着"紫金冠",额上勒着"二龙抢珠金抹额",身上穿着"秋香色立白狐腋箭袖",这是穿龙袍的顺治皇帝。

(4)"宝钗托于掌上,只见大如雀卵,灿若明霞,莹润如酥,五色花纹缠护。这就是大荒山中青埂峰下的那块补石的幻相。"——此乃对清朝玉玺的特写。潘夏注解传国玉玺时,引用《三国志·孙坚传》云:"方圆四寸,上纽交五龙。"(引自《胡适红楼梦研究论述全编》)

贾宝玉脖子上的"通灵宝玉"是指元清玉玺(大荒顽石与通灵宝玉)。它是中华民族的传国玉玺,源于蔺相如"完璧归赵"的"和氏璧"。

秦始皇获得了赵国的"和氏璧",制成了玉玺,铭文曰"受命于天,既寿永昌。"

汉魏晋南北朝隋唐使用的玉玺一脉相承。

忽必烈统一中国，这块国宝从南宋皇帝手里传到元大都的皇宫。朱元璋建立大明王朝，但始终没有得到过这个国宝。崇祯八年天聪九年八月多尔衮从察哈尔蒙古得到这方玉玺。崇祯末年李自成起义，席卷西北半壁，民谣云："朱家麦，李家磨，做成一个大馍馍，送给对巷赵大哥。"这首民谣反映了当时的人心向背——朱明王朝气数已尽，李闯王不成气候，中原这个大馍馍，必须交给长城对面的"赵大哥"。所谓"赵大哥"，就是《红楼梦》里的"赵国基"（赵国立国者，北宋赵匡胤，满清多尔衮）与"秦业""秦钟""秦可卿"（清太宗皇太极）。

通灵宝玉与金锁铭文

通灵宝玉铭文：莫失莫忘，仙寿恒昌。

宝钗金锁铭文：不离不弃，芳龄永继。

解读

"通灵宝玉"隐射清朝玉玺。"宝钗金锁"隐射后金金玺。

第八回《比通灵金莺微露意　探宝钗黛玉半含酸》云：

宝钗看毕，又重新翻过正面来细看，口内念道："莫失莫忘，仙寿恒昌。"……宝玉忙托了锁看时，果然一面有四个篆字，两面八个，共成两句吉谶，亦曾按式画下形相："不离不弃，芳龄永继。"

通灵宝玉是女娲氏炼石补天用的中华传国玉玺，宝钗金锁是后金称王称霸后自篆的黄金印玺。公元前222年，秦始皇得和氏璧之后做成玉玺，由李斯手书八个鸟虫篆字——"受命于天，即寿永昌"。这八个字与通灵宝玉上的"莫失莫忘，仙寿恒昌"是一个意思。女娲炼石补天，是对"受命于天"的补充。所以蔡元培云："宝玉者，传国玺之义也。"孙渠甫《石头记微言》云："正面'通灵宝玉'四字即是'皇帝之宝'四字，反面'莫失莫忘，仙寿恒昌'八字即是'受命于天，既寿永昌'八字。"

天命十年努尔哈赤与科尔沁鄂巴洪台吉盟誓："同心合意，益寿延年，子孙万世，永享荣昌。"也就是说"金玉良缘"代表科尔沁盟约规定的满蒙联姻。

满清贾府赖以生存的两大法宝：一是取得了国家玉玺（宝玉）；二是坚持了满蒙联姻（金锁）。皇太极娶的五位科尔沁蒙古后妃，顺治皇帝娶了六位科尔沁蒙古后妃，都是满蒙联姻基本国策规定了的"金玉良缘"。

贾宝玉隐射的顺治皇帝对"莫失莫忘，仙寿恒昌"不以为然，时起反感，摔而不碎。薛宝钗隐射的"冠压群芳"的第一位蒙古皇后，对"不离不弃，芳龄永继"如获至宝。虽然一度被废黜为静妃（冷美人），但最后还是恢复为长春宫主位（蘅芜苑主子）。尽管皇上的感觉为"纵然是举案齐眉，到底意难平"，但复辟的长春宫主却感觉良好，认为"任是无情也动人"。

第八回原文加注：

宝玉看了，也念了两遍，又将自己的念了两遍，因笑问："姐姐这八个字倒真与我的是一对。"莺儿笑道："是个癞头和尚送的，他说必须錾在金器上——"宝钗不待他说完，便嗔他不去倒茶，一面又问宝玉从那来。

癞头和尚隐射后金大汗皇太极，满蒙联姻（金玉良缘）是他制定的击败中原汉族政权的基本国策，所以"必须錾在金器上"。

"静待选择，后来居上，忍而不发，后发制人"是"金玉良缘"战胜"木石前缘"的一贯方针。

"莫失莫忘，仙寿恒昌。不离不弃，芳龄永继。"这四句铭文分别铭刻在宝玉佩带的通灵宝玉和宝钗佩带的金锁之上。四句恰好凑成一副对联，是所谓"金玉良缘"的根据。

第一回原文加注：

我如今大施佛法助你助，待劫终之日，复还本质，以了此案。……那僧便念咒书符，大展幻术，将一块大石登时变成一块鲜明莹洁的美玉，且又缩成扇坠大小的可佩可拿。那僧托于掌上，笑道："形体倒也是个宝物了！还只没有实在的好处，须得再镌上数字，使人一见便知是奇物方妙。"

"大施佛法"，就是将元玺的蒙文磨去，镌刻上满文而已（"再镌上数字"）。此事隐射天聪十年四月改后金为满清，皇太极废大汗称号，史称清太宗崇德皇帝。

第一回原文加注：

第八回 比通灵金莺微露意 探宝钗黛玉半含酸

那僧（皇太极）笑道："你且莫问，日后自然明白的。"说着，便袖了这石，同那道人（孔有德）飘然而去，竟不知投奔何方何舍。

此乃写元玺从察哈尔到后金盛京。《清史稿》云："崇德元年（即天聪十年）夏四月乙酉，祭告天地，行受尊号礼，定有天下之号曰大清，改元崇德，群臣上尊号曰宽温仁圣皇帝，受朝贺。"

《清史稿·列传·后妃》云：天聪十年"崇德改元，五宫并建，位号既明，等威渐辨"。

"位号既明，等威渐辨"指清太宗皇太极的五位后妃有等级森严的高低次序。天聪十年、崇祯九年四月，皇太极在盛京自称崇德皇帝，意思是要与北京的崇祯皇帝平起平坐，改天聪十年为崇德元年，后殿改名中宫清宁宫，皇后居之。中宫两旁，添置四宫，东为关雎宫，西为麟趾宫，次东为衍庆宫，次西为永福宫，罗列妃嫔，作为藏娇的金屋。

在"崇德改元，五宫并建"中，第一位是中宫孝端文皇后博尔济吉特氏（科尔沁蒙古部），第二位是关雎宫宸妃博尔济吉特氏（科尔沁蒙古部），第三位是麟趾宫懿靖大贵妃博尔济吉特氏（阿霸垓蒙古部），第四位是衍庆宫康惠淑妃博尔济吉特氏（阿霸垓蒙古部），第五位是永福宫庄妃博尔济吉特氏（科尔沁蒙古部）。

皇太极之所以改称满清崇德皇帝，一方面因为得到了元顺帝的传国玉玺（"通灵宝玉"），二因为连续娶了五位蒙古族后妃（"玉"字五划，是五位元顺帝后裔的体现者）。满蒙联姻即"金玉良缘"基本国策的成功。

"都说是金玉良缘，我偏信木石前盟，和尚的话哪里信得？"贾宝玉顺治皇帝与满蒙联姻针锋相对，与"癞头和尚"皇太极与"葫芦庙和尚"多尔衮的基本国策对着干，因而演出了一幕婚姻悲剧。"离宫出走"，被"废黜"幽禁，则是政治悲剧。

第十一回　庆寿辰宁府排家宴　见熙凤贾瑞起淫心

赞会芳园①

　　黄花满地，白柳横坡。
　　小桥通若耶之溪，曲径接天台之路②。
　　石中清流激湍，篱落飘香，树头红叶翩翻，疏林如画。
　　西风乍紧，初罢莺啼，暖日当暄，又添蛩语。
　　遥望东南，建几处依山之榭，纵观西北，结三间临水之轩③。
　　笙簧盈耳，别有幽情，罗绮穿林，倍添韵致。

① 会芳园：汇方园，御花园也。
② 若耶之溪：什刹海的溪水。
　天台之路：通景山"天香楼"之路。
③ 遥望东南，建几处依山之榭：指故宫太庙。
　纵观西北，结三间临水之轩：指北海游廊。

解读

　　（1）狭义的会芳园是由沈阳三官庙、盛京故宫御花园、北京故宫御花园三处景观会芳而成。广义的会芳园指关东的美丽山河。
　　第十三回《秦可卿死封龙禁尉　王熙凤协理宁国府》，隐写崇德八年皇太极在盛京的隆重国葬，"然后停灵于会芳园中，灵前另外五十众高僧、五十众高道，对坛按七作好事。"——此处的会芳园是指沈阳故宫的御花园。

第十一回　庆寿辰宁府排家宴　见熙凤贾瑞起淫心

第十六回《贾元春才选凤藻宫　秦鲸卿夭逝黄泉路》中提到："先令匠人拆宁府会芳园墙垣楼阁，直接入荣府东大院中。……会芳园本是从北拐角墙下引来一股活水，今亦无烦再引。其山石树木虽不敷用，贾赦住的乃是荣府旧园，其中竹树山石以及亭榭栏杆等物，皆可挪就前来。如此两处又甚近，凑来一处，省得许多财力，纵亦不敷，所添亦有限。"——此处是指广义的会芳园。但地点已经从关外沈阳的故宫，转移到关内北京的故宫御花园。

第五回《游幻境指迷十二钗　饮仙醪曲演红楼梦》："因东边宁府中花园内梅花盛开，贾珍之妻尤氏乃治酒，请贾母、邢夫人、王夫人等赏花。"——此处不再称呼"会芳园"，而改称"东边宁府中花园"，说明此处是指北京故宫的中心花园——御花园。

总之，从广义宁国府到荣国府，从广义会芳园到大观园，都经历了一个"将时间上的自上而下，化成了空间上的自东而西"的过程，范围逐步扩大。

御花园，又名宫后苑——相当于狭义宁府"会芳园"，后来成为狭义大观园的一个组成部分。而宫西苑，包括北海与中南海，相当于狭义荣府的大观园部分。

第十三回《秦可卿死封龙禁尉　王熙凤协理宁国府》云："另设一坛于天香楼上，是九十九位全真道士，打四十九日解冤洗业醮。"——隐写多尔衮在景山万春亭旧址上，祭奠崇祯皇帝。

"东边宁府中花园"只隐射北京皇宫的御花园。

（2）黄花满地，白柳横坡：每年九月初九重阳节，清代帝后都要上堆秀山登高，到御景亭揽胜。

（3）小桥通若耶之溪：站在高高的御景亭上，可见连接浮碧亭、澄瑞亭的单孔石桥，小桥下的一池碧水，与什刹海的溪水相通。

（4）曲径接天台之路：站在高高的御景亭上，可见曲径蜿蜒，与景山"天香楼"连接。

（5）石中清流激湍：堆秀山前各有石刻龙头，口喷水柱高达十余米，景象壮观。

（6）树头红叶翩翩：绛雪轩前有五株海棠树，树头红叶似火，花瓣飘落时，宛如红色雪片，纷纷降下。

（7）遥望东南，建几处依山之榭：站在高高的御景亭上，遥望东南，可见太庙的假山。

（8）纵观西北，结三间临水之轩：站在高高的御景亭上，纵观西北，可见北海琼华岛上的白塔。

（9）笙簧盈耳，别有幽情：皇帝后妃驾临御花园，由太监组成的宫廷乐团吹奏笙簧，别有幽情。

（10）罗绮穿林，倍添韵致：这里是后妃茶余饭后游乐的地方，又是帝妃每年登高、赏月的场所。御花园的通道上，有以各种颜色的小石子砌嵌而成的不同图案，共有900幅。这些图案有人物、风景、花卉、建筑、飞禽、走兽与历史故事等。

第十三回　秦可卿死封龙禁尉　王熙凤协理宁国府

秦可卿托梦赠言

三春过后诸芳尽①，各自须寻各自门。

① 三春过后：崇德、顺治、康熙三朝之后。
诸芳尽：大清国将要"落花流水春去也"。

解读

秦可卿（皇太极）托梦赠言，预示贾府（满清政府）将要达到"烈火烹油，鲜花着锦"的鼎盛辉煌（入主北京），继之而来的是"盛极必衰，盛筵必散"的败落（陷在中原这个烂泥潭中）。贾府中第一件大事就是秦氏之死——首先隐射崇德八年八月清太宗在盛京昭陵的隆重国葬。作者让秦氏隐射的皇太极向王熙凤隐射的孝庄皇太后，提出了贾府（满清政府）将来败亡的警告——"身后有余忘缩手，眼前无路想回头"。

秦可卿（皇太极）不愧为深谋远虑的政治家。秦氏（皇太极）为贾家后事作了周密的考虑。如在祖茔附近预先多置房产田地，以备祭祀供给，也为子孙将来留一条退路等等——稳住并建设东北根据地，乘机夺取明朝的天下，高度重视儿孙的教育，万一走投无路，可以退回关外的老家。总之都是为满族入关后长远利益打的算盘。

王熙凤隐射的孝庄皇太后，初次登上明亡清兴的历史舞台，刚刚掌握贾府（盛京朝廷）实权，就一鸣惊人，锋芒毕露，大刀阔斧，威镇朝野。她利用为大行皇帝发丧的时机，整顿八旗事务，惩治内部腐败，色诱多尔衮，掌握摄政王，顺利地接管了朝政与后宫大权。这个刚柔并济、高屋建瓴的女人，将主宰大清国崇德、顺治、康熙三朝（三春）的命运。

"三春过后诸芳尽，各自须寻各自门"——第一批作者估计：崇德、顺治、康熙三朝之后，大清国将要"落花流水春去也"，必然"飞鸟各投林"。

第十七回　大观园试才题封额　荣国府归省庆元宵

题大观园诸景对额

（1）曲径通幽处：指北海琼华岛上的蜿蜒山径。

（2）沁芳：指北海北门从什刹海高水面流泻到北海低水面处的水闸。

绕堤柳借三篙翠，隔岸花分一脉香。

（3）淇水遗风：隐射故宫西北林苑为金代遗迹。有巴结主子的意味。

睢园遗迹：隐射故宫西北林苑为金代遗迹。有巴结主子的意味。

武陵源：隐射故宫西北林苑为金代遗迹。有巴结主子的意味。

秦人旧舍：隐射故宫西北林苑为金代遗迹。有巴结主子的意味。

（4）有凤来仪：指孝庄驾临中南海与北海。

（5）杏花村：暗指西北皇家林苑，也是汉族明王朝的遗址。

杏帘在望——稻香村：指中南海皇帝亲耕垄亩处。

新涨绿添浣葛处，好云香护采芹人。

（6）蓼汀花溆：指北海琼华岛。

兰风蕙露：指北海琼华岛。

麝兰芳霭斜阳院，杜若香飘明月洲。

另：指北海琼华岛。

三径香风飘玉蕙，一庭明月照金兰。

（7）蘅芷清芬：指北海东岸花圃。

吟成豆蔻才犹艳，睡足酴醿梦亦香。

（8）红香绿玉：指明清两代皇宫，意味着"清承明制"。孝庄（元春）不大喜欢，改为"怡红快绿"。

解读

（1）"秦钟既死，宝玉痛哭不已"——崇德八年八月皇太极暴死，六岁的福临唯哭而已。

（2）"李贵等好容易劝解半日方住"——第一摄政王郑亲王济尔哈朗在盛京主持朝政，派第二摄政王多尔衮入主北京，修复被李自成焚毁的明故宫，到顺治元年秋，部分竣工，可以接驾了。

（3）"又不知历过几日何时"——从皇太极国葬沈阳昭陵到顺治母子进京，为期一年整。

（4）"园内工程俱已告竣"——顺治元年（1644）深秋，大观园工程部分竣工，可以省亲接驾了。

（5）"这匾额对联倒是一件难事"——接驾前必须预先题写匾额对联，是否会迎合圣意，是一件难事。

（6）顺治在崇祯十七年入主北京时只有七岁，如何题写匾额对联？只好让这位痴迷汉学的少年天子提前亮相。因为他是第一男主角，定鼎北京的皇帝。福临长大后也确实将皇宫西苑改了好多名字，题写了好多匾额。例如改承天门为天安门，改皇极殿为太和殿，题写乾清宫的"正大光明"匾额等。

（7）"一面说，一面走，只见正面现出一座玉石牌坊来，上面龙蟠螭护，玲珑凿就。贾政道：'此处书以何文？'众人道：'必是"蓬莱仙境"方妙。'贾政摇头不语。宝玉见了这个所在，心中忽有所动，寻思起来，倒像在那里曾见过的一般，却一时想不起那年那月日的事了。"——"蓬莱仙境"隐射的"太虚幻境"，建筑特点是"正面现出一座玉石牌坊"，指北海琼华岛与永安桥之间的"堆云"大牌坊。

小说中主要人物的活动都在大观园，作者通过贾政、清客巡看新告竣的大观园，拟题匾对，把大观园的规模方位、建筑布局、山水特色作了全面介绍和重点描绘，点明大观园主要指皇宫的西北林苑——"芳园筑向帝城西"也。

大观园的房子，后来都分给宝玉和他的姐妹们居住，作者描绘不同特点的建筑风格，用来烘托房主人的性格。如潇湘馆用斑竹来烘托黛玉，她伤感悲愁，斑竹与潇湘妃子的典故就连在了一起。稻香村与守节寡欲的李纨性格协调，与她家教素重妇德，女子"以纺绩井臼为要"、"惟知待亲养子"等相称。蘅芜苑花木全无、幽冷静媚，如同雪洞，与废黜皇后的冷宫相合。怡红院蕉棠两植，红香（朱明）绿玉（满清），说明房主人是皇帝，但居住在明朝故宫的养心殿里，所谓"清承明制"也。

崇祯十七年四月三十日，李自成放火烧毁明故宫与北京九门，然后落荒而逃。

多尔衮五月二日进驻北京，立刻领导明代老臣范文程、洪承畴、金之俊三位大学士（"老明公号山子野" = 明朝归降三子也），利用不足五个月（从五月二日到九月十九）的时间加以修缮，迎接孝端、孝庄两宫皇太后领着小儿子顺治皇帝，从沈阳到北京来走亲戚——就是贾赦贾政与贾琏在老名（明）公号山子野的设计参与下，修建大观园，迎接"元妃省亲"的故事。

崇祯十七年五月初二摄政王多尔衮（贾政、贾琏）入京后，一切布置，都由范文程（贾代儒）、洪承畴（贾瑞贾天祥）酌定。范、洪二人拟就两道告示，四处张贴。一道是"除暴救民"告示，以羁縻百姓；一道是为崇祯帝发丧告示，以礼改葬故明帝，尽快安抚汉族人心。多尔衮重修明故宫，迎接孝端、孝庄与顺治进京。八月，迎銮大臣回报，两宫择于九月内启銮。多尔衮遂派降臣金之俊为监工大臣，从京城至山海关，填筑大道。又招集侍女太监，派往各宫承值。多尔衮政务余闲，亲去监察。

眼看九月十九日孝庄皇太后"省亲"的日子就要到了。房子修好了，但内装修不行。多尔衮（贾政）很着急，领着几个文人先去各处题词立匾添对联（第十七回《大观园试才题对额》），然后急忙检查东西。

第十七回《大观园试才题对额》原文：

……贾琏见问，忙向靴筒内取出靴掖里装的一个纸折略节来，看了一看，回道："妆蟒洒堆、刻丝弹墨并各色绸绫大小幔子一百二十架，昨日得了八十架，下欠四十架。帘子二百挂，昨日俱得了。外有猩猩毡帘二百挂，湘妃竹帘一百挂，金丝藤红漆竹帘一百挂，黑漆竹帘一百挂，五彩线络盘花帘二百挂，每样得了一半，也不过秋天都全了。椅搭、桌围、床裙、机套，每分一千二百件，也有了。"

这段原文里有两个字最重要——"秋天"。哪年"秋天"？

崇祯十七年（顺治元年）秋天九月十九日之前也！

"椅搭、桌围、床裙、机套，每分一千二百件，也有了"——总共四千八百件小装饰！

"那原是一起工程之时就画了各处的图样,量准尺寸,就打发人办去的,想必昨日得了一半。"——全数是九千六百件小零碎,大头儿都没有算在内。

历史事实是明亡清兴,大清国开国北京,多尔衮准备接驾用的皇宫内装修,而且只提了极不值钱的一点点小东西。

明故宫整个修复活动历时四个多月,说是接驾也对,说是乔迁也对,说是省亲也对,说是回老家也对。

崇祯十七年(顺治元年)秋天九月十九日——是孝庄母子到达北京的日子,也是"元妃省亲"隐射的真实日子。

第十八回　皇恩重元妃省父母　天伦乐宝玉呈才藻

赞省亲别墅

金门玉户神仙府①，桂殿兰宫妃子家②。

① 金门玉户神仙府：点明写的就是皇宫。"神仙府"是障眼法。
② "桂殿兰宫"指月宫中的嫦娥宫，其实是指北海琼华岛上辽代修建的"瑶屿行宫"，金代重建为嫦娥宫，月桂仙宫也。嫦娥宫在清初已经倾塌。顺治二年，在旧基上建筑了现存的琼华岛白塔。

解读

（1）"金门玉户神仙府"点明写的就是皇宫林苑。"桂殿兰宫妃子家"指金代修建的北海嫦娥宫为月桂宫殿，明清修建的中南海怀仁堂与紫光阁为紫禁宫阙。这两句其实是：金门玉户帝王府，桂殿兰宫后妃家。

（3）"贾赦领合族子侄在西街门外迎接"：隐射摄政王多尔衮在中南海西大门接驾。中南海西大门可谓荣府范畴的"西门"。

（4）"那版舆抬进大门，入仪门往东去，到一所院落门前，有执拂太监跪请下舆更衣"：孝庄皇太后从中南海西大门进入礼仪活动区——现怀仁堂广场，正北为紫光阁。

（5）"贾妃在轿内看此园内外如此豪华，因默默叹息奢华过费"：孝庄皇太后从关外入主北京，认为接驾活动"奢华过费"。

（6）"忽又见执拂太监跪请登舟。……船上亦系各种精致盆景诸灯，珠帘绣幕，桂楫兰桡，自不必说。"孝庄皇太后乘船在辽阔的中南海与北海水面上

· 147 ·

游幸。

(7)"于是进入行宫。但见庭燎烧空,香屑布地,火树琪花,金窗玉槛。说不尽帘卷虾须,毯铺鱼獭,鼎飘麝脑之香,屏列雉尾之扇。真是:金门玉户神仙府,桂殿兰宫妃子家":这是现怀仁堂与紫光阁的实景,决非臣民之家。

"金窗玉槛,帘卷虾须,毯铺鱼獭,鼎飘麝脑之香,屏列雉尾之扇":白话的意思为——中南海紫光阁外,一色的汉白玉栏杆台阶,镀金的窗户上悬挂着绘画龙鳞虾须的窗帘,旱獭水獭制作的地毯铺地,殿堂的青铜周鼎燃着麝脑之香,正中的凤位两侧排列着雉尾制作的宫廷大扇。

(8)"贾妃满眼垂泪,方彼此上前厮见,一手搀贾母,一手搀王夫人,三个人满心里皆有许多话,只是俱说不出,只管呜咽对泪"——孝庄皇太后拜见姑母孝端皇太后,娘俩抱头痛哭不已。

"元妃省亲"的真实情况,是摄政王多尔衮(贾赦贾政贾琏)为迎接孝端孝庄皇太后,还有七岁小皇帝顺治,于顺治元年九月底,在现在中南海辽阔的水面上,举行的一次接驾联欢晚会。多尔衮在中南海"西街门外"接驾。孝庄皇太后从中南海西大门进来,"入仪门往东去",到达中南海紫光阁拜见姑姑孝端皇太后。绝对不是荣国府改为朝西的门面了。皇妃回娘家,娘家人绝对没有不在正门南门接驾而到侧门西门接驾的"道理"。

皇家久别的亲人们好不容易见面了,但热土难舍,亲人难忘,联欢会上少了一个人——大行皇帝皇太极。想起沈阳的老家与留在东北故土的亲人遗骨,两个可怜的寡妇,领着一个前途未卜的七岁孤儿,竟相对着流起眼泪来了。这就是大观园省亲的动人场面。而当时的军政大权,包括皇太后与小皇帝的生死簿子,都掌握在摄政王多尔衮的手里。

两个寡妇皇太后,抱着一个生命与皇位都岌岌可危的孤儿哭泣,就是"元妃省亲"的主题思想。

第十八回令人柔肠九折,原文加注:

至贾母(孝端是正室)正室(孝庄是侧室),欲行家礼(在怀仁堂行国礼,在紫光阁行家礼),贾母等俱跪止不迭。贾妃(孝庄侧室)满眼垂泪,方彼此上前厮见,一手搀贾母(孝端正室),一手搀王夫人(孝庄侧室),三个人(其实是两个人)满心里皆有许多话,只是俱说不出,只管呜咽对泪。

元妃因问:"宝玉为何不进见?"贾母乃启:"无谕,外男不敢擅入。"元妃命快引进来。小太监出去引宝玉进来（福临单独居住在养心殿，不能随便见嫡母孝端与生母孝庄），先行国礼毕，元妃命他进前，携手拦搅于怀内，又抚其头颈笑道："比先竟长了好些……"一语未终，泪如雨下。

"正室贾母"隐射孝庄的姑姑孝端皇太后。丈夫死后，她只知道哭。

"贾妃"、"王夫人"、"王熙凤"隐射孝庄皇太后一个人。她们敢哭不敢说。

"宝玉"隐射顺治小皇帝，"皇太后与朕分宫而居，每经累月方得一见"（顺治语）。他才七岁，连两位母后见面之后为什么抱头痛哭都不知道。

"三个人满心里皆有许多话，只是俱说不出，只管呜咽对泪"——满屋子演员都在"哭泣"，隐射孝端皇太后、孝庄皇太后与顺治小皇帝"三个人"当时面临的严峻的政治形势，不敢说破，垂泪而已。

贾政上贾妃启

臣，草莽寒门，鸠群鸦属之中，岂意得征凤鸾之瑞。今贵人上锡天恩，下昭祖德，此皆山川日月之精奇、祖宗之远德钟于一人，幸及政夫妇。且今上启天地生物之大德，垂古今未有之旷恩，虽肝脑涂地，臣子岂能行报于万一！惟朝乾夕惕，忠于厥外，愿我君（后）万寿千秋，乃天下苍生之同幸也。贵妃切勿以政夫妇残年为念，懑愤金怀，更祈自加珍爱。惟业业兢兢，勤慎恭肃以侍上，庶不负上体帖眷爱如此之隆恩也。

《贾政上贾妃启》是摄政王多尔衮给孝庄皇太后的效忠奏折。时在顺治元年九月下旬，两宫与顺治小皇帝刚到北京。这是一篇千古奇文。

（1）"草莽寒门，鸠群鸦属"：暗指满蒙亲贵乃草莽无知之辈。

（2）"得征凤鸾之瑞"：颂扬孝庄在顺治登基后晋封为孝庄文皇后与皇太后。

（3）"今上启天地生物之大德，垂古今未有之旷恩"：颂扬两宫皇太后与小顺治皇帝任命多尔衮为摄政王。

（4）"虽肝脑涂地，臣子岂能行报于万一"：多尔衮的自我表白重复顺治元年五月初二在承天门（今天安门）金水桥上发表的效法周公辅佐侄子周成王,以皇叔父摄政王的身份辅佐侄子福临。"贾政"意思为假的国家元首,即代理皇帝。《清史稿》云:顺治元年"五月戊子朔,师次通州。自成先一日焚宫阙,载辎重而西。王令诸王偕三桂各率所部追之。己丑,王整军入京师,明将吏军民迎朝阳门外,设卤簿,请乘辇,王曰:予法周公以周公尝负扆,固请,乃命以卤簿列王仪仗前,奏乐,拜天,复拜阙。谓辅冲主,不当乘。乘辇,升武英殿。明将吏入谒,呼万岁"。

(5)"惟朝乾夕惕,忠于厥外,愿我君(后)万寿千秋,乃天下苍生之同幸也":多尔衮表白要竭尽赤诚忠于皇室。

(6)"惟业业兢兢,勤慎恭肃以侍上,庶不负上体帖眷爱如此之隆恩也":此乃多尔衮请孝庄皇太后代转给顺治小皇帝的誓言。

解读

(1)"贾妃未入宫时,自幼亦系贾母教养":贾妃指孝庄皇太后,贾母指孝端皇太后,是亲侄女与姑母的关系。侄女经姑母"教养成人",然后嫁给了皇太极为侧福晋,崇德元年,后金改为满清,册封为庄妃,排名第五,所谓"后廊上住的五嫂子",而孝端文皇后为正宫娘娘"大嫂子"。

(2)"后来添了宝玉,贾妃乃长姊,宝玉为弱弟,贾妃之心上念母年将迈,始得此弟,是以怜爱宝玉,与诸弟待之不同":"添了宝玉"指崇德三年正月三十福临降生。"贾妃乃长姊,宝玉为弱弟"是从姑姑孝端文皇后的辈分说的,孝端是福临的嫡母,是孝庄的姑姑,如此一算辈分,在孝端面前,孝庄是侄女,宝玉是嫡子,真是"贾妃乃长姊,宝玉为弱弟"也。

(3)"那宝玉未入学堂之先,三四岁时,已得贾妃手引口传,教授了几本书、数千字在腹内了":三四岁指三岁加四岁,顺治皇帝七岁入主北京,母亲已经给他"教授了几本书、数千字在腹内了"。

(4)"其名分虽系姊弟,其情状有如母子":贾妃与宝玉"虽系姊弟",但"有如母子"——隐射孝庄皇太后与顺治皇帝是母子关系。所以"携手拦揽于怀内……一语未终,泪如雨下",此乃真情流露也。

此处恰好证明:满清入关初期,至高无上的皇权受到了严重的挑战。

多尔衮(贾赦贾政贾琏)与多铎(贾蔷)是努尔哈赤(贾代化与贾代善)最钟爱的二幼子,分领镶白旗与正白旗。努尔哈赤把六十牛录分为四等份,给阿济格(贾蓉)、多尔衮(贾赦、贾政、贾琏)、多铎(贾蔷)各一份,自留一份。努尔哈赤亡,自留那份给了多铎。多铎最小,军事力量最强,政治影响力不足,因长兄阿济格窝囊,只能依附同母次兄多尔衮。皇太极死后,肃亲王豪格(金荣、焦大)虽为长子,但兵力还不如两位小叔父,才智谋略远不如多尔衮。崇德八年八月豪格派与多尔衮派妥协的结果,就是六岁的福临(贾宝玉)当了顺治皇帝。

入关之后,两宫皇太后与顺治朝廷处于孤儿寡妇的劣势状态。孝庄(元妃、王熙凤、王夫人)借力于孔有德(贾敬、张道士与一道)与吴三桂(薛蟠)、范文程(贾代儒)与洪承畴(贾瑞)、佟养性与佟养真的后人佟图赖(李守中,国子监祭酒 = "佟半朝")。上述六股势力形成对付多尔衮的牵制力量之一。而孝庄最大的依靠是满蒙联姻的娘家人,即科尔沁蒙古吴克善兄长为首的蒙古八旗。

孝庄皇太后充分利用满蒙联姻,巩固蒙古八旗的后方实力,使蒙古四十九旗成为满清皇室的半边天。孝庄(王夫人)的哥哥吴克善成为蒙古八旗的带头羊。王子腾隐射科尔沁蒙古吴克善亲王,"升了九省统制",对当时十八省的中国来说,正是"半边天"。这是牵制多尔衮的重要势力。

孝庄皇太后(王夫人)利用多尔衮(贾政),听任他整死豪格(金荣、焦大),又听任他打击削弱多铎(贾蔷)与阿济格(贾蓉),最后下嫁,用感情笼络或监督控制他,才算保住了顺治的皇位。

孝庄与多尔衮的矛盾斗争写在第三十三回《不肖种种大承笞挞》里。因顺治贾宝玉企图提前亲政(穿蒋玉菡的大红汗巾子,龙袍也),多尔衮决心"下死手打死"他。孝庄(王夫人与贾母)申明要与多尔衮决裂("回南京去")。

最后,豪格(金荣、焦大)死了,阿济格(贾蓉)死了,多铎(贾蔷)死了,多尔衮("忠义老亲王坏了事")死了,孔有德(贾敬)死了,吴三桂(薛蟠被冯渊勾魂而死)死了,满洲上三旗主力统归皇太后与顺治(康熙)皇帝,满清的局面才稳定下来。

顾恩思义匾额[①]

天地启宏慈,赤子苍头同感戴,
古今垂旷典,九州万国被恩荣。

① 顾恩思义：要顾念皇恩浩荡，特别是大行皇帝清太宗的恩典。要时刻想到做臣子的义务，对皇室真正做到"朝乾夕惕，忠于厥职外"，对百姓要广施仁政。这是孝庄皇太后暗示摄政王多尔衮的。

解读

贾政隐射的多尔衮发誓说："朝乾夕惕。"贾妃隐射的孝庄回答：请皇叔父"顾恩思义"。

"此一匾一联书于正殿。"意忘是说，将它们悬挂在中南海紫光阁正殿上。"顾恩思义"，就是顾念皇家恩德，怀念皇家仁义。"仁"者，二人也，一为崇德皇帝，二为顺治皇帝。大观园正殿匾额的"顾恩思义"，暗隐中南海紫光阁的"紫光"二字。皇家的"紫光"使"天地启宏慈，赤子苍头同感戴"。"古今垂旷典，九州万国被恩荣。"

"顾恩思义"暗隐中南海"紫光阁"正殿，"太虚幻境"暗隐北海"堆云"大牌楼。这两座建筑，是中南海与北海的标志性建筑，"顾恩思义"正殿与"太虚幻境"牌楼也成了大观园的标志。

顺治元年到顺治六年二月初八孝庄下嫁多尔衮，共计六年的时间，摄政王独揽朝政，势焰熏天，为什么没有篡位夺权？多尔衮与孝庄之间，是情大于势，还是势大于情？摄政王对皇太后究竟是"顾恩思义"，还是"忘恩负义"？这是历史上迄今尚无定论的悬案。

《红楼梦》中贾琏与凤姐、贾政与王夫人这两对同床异梦、貌合神离的"夫妻"，就隐射了上述情与势的微妙关系。

第六回《刘姥姥一进荣国府》：

> 周瑞家的云："我的姥姥，告诉不得你呢。这位凤姑娘年纪虽小，行事却比世人都大呢。如今出挑的美人一样的模样儿，少说些有一万个心眼子。再要赌口齿，十个会说话的男人也说他不过。回来你见了就信了。就只一件：待下人未免太严些个。"……只见周瑞家的回来，向凤姐道："太太说了，今日不得闲，二奶奶陪着便是一样。多谢费心想着。白来逛逛呢便罢，若有甚说的，只管告诉二奶奶，都是一样。"

隐射孝庄皇太后入主北京后，接管了后宫的权力。此处凤姐隐射孝庄，而"太太"隐射孝庄的姑姑孝端皇太后，顺治六年四月之后，才隐射孝庄皇太后。

"只管告诉二奶奶,都是一样"——明确说明凤姐儿隐射的孝庄接管了大权。

第六十五回《贾二舍偷娶尤二姨》:

兴儿笑嘻嘻的在炕沿下一头吃,一头将荣府之事备细告诉他母女。又说:"我是二门上该班的人。我们共是两班,一班四个,共是八个。这八个人有几个是奶奶的心腹,有几个是爷的心腹。奶奶的心腹我们不敢惹,爷的心腹奶奶的就敢惹。提起我们奶奶来,心里歹毒,口里尖快。我们二爷也算是个好的,那里见得他。倒是跟前的平姑娘为人很好,虽然和奶奶一气,他倒背着奶奶常作些个好事。小的们凡有了不是,奶奶是容不过的,只求求他去就完了。……他说一是一,说二是二,没人敢拦他。……如今连他正经婆婆大太太都嫌了他,说他'雀儿拣着旺处飞,黑母鸡一窝儿,自家的事不管,倒替人家去瞎张罗'。若不是老太太在头里,早叫过他去了。"……兴儿连忙摇手说:"奶奶千万不要去。我告诉奶奶,一辈子别见他才好。嘴甜心苦,两面三刀;上头一脸笑,脚下使绊子;明是一盆火,暗是一把刀,都占全了。"

孝庄(凤姐)的性格与行事,此处介绍得活灵活现。"奶奶(孝庄)的心腹我们不敢惹,爷(多尔衮)的心腹奶奶的就敢惹。"

由此可见,不是多尔衮不想篡位夺权,而是他的势力还弱,朝野大权都在孝庄皇太后的掌握之中。

大观园题咏(十一首)

题大观园(贾元春)

衔山抱水建来精,多少工夫筑始成。
天上人间诸景备,芳园应锡大观名①。

旷性怡情(贾迎春)

园成景备特精奇,奉命羞题额旷怡。
谁信世间有此境,游来宁不畅神思?

万象争辉(贾探春)

名园筑出势巍巍,奉命何惭学浅微。

精妙一时言不出,果然万物生光辉。

文章造化(贾惜春)
山水横拖千里外,楼台高起五云中②。
园修日月光辉里,景夺文章造化功。

文采风流(贾李纨)
秀水明山抱复回③,风流文采胜蓬莱。
绿裁歌扇迷芳草,红衬湘裙舞落梅。
珠玉自应传盛世,神仙何幸下瑶台。
名园一自邀游赏,未许凡人到此来。

凝晖钟瑞(薛宝钗)
芳园筑向帝城西,华日祥云笼罩奇。
高柳喜迁莺出谷④,修篁时待凤来仪⑤。
文风已著宸游夕⑥,孝化应隆归省时。
睿藻仙才盈彩笔⑦,自惭何敢再为辞。

世外仙源(林黛玉)⑧
名园筑何处,仙境别红尘⑨。
借得山川秀,添来景物新。
香融金谷酒,花媚玉堂人⑩。
何幸邀恩宠,宫车过往频。

有凤来仪(贾宝玉)
秀玉初成实,堪宜待凤凰⑪。
竿竿青欲滴,个个绿生凉⑫。
迸砌妨阶水,穿帘碍鼎香⑬。
莫摇清碎影,好梦昼初长⑭。

蘅芷清芬(贾宝玉)
蘅芜满净苑,萝薜助芬芳。
软衬三春草,柔拖一缕香。
轻烟迷曲径,冷翠滴回廊。

谁谓池塘曲，谢家幽梦长。

怡红快绿（贾宝玉）

深庭长日静，两两出婵娟。
绿蜡春犹卷，红妆夜未眠⑮。
凭栏垂绛袖，倚石护青烟。
对立东风里，主人应解怜。

杏帘在望（贾宝玉）

杏帘招客饮，在望有山庄。
菱荇鹅儿水，桑榆燕子梁。
一畦春韭绿，十里稻花香。
盛世无饥馁，何须耕织忙。

① 应锡：应赐。

② 五云：出自《长恨歌》："楼阁玲珑五云起。"

③ 抱复回：迂回合拢。

④ 高柳喜迁莺出谷：元妃省亲乃乔迁之喜。出自《诗经·伐木》："伐木丁丁，鸟鸣嘤嘤。出自幽谷，迁入乔木。"

⑤ 修篁时待凤来仪：茂林修竹，时待凤凰。

⑥ "文风已著"指文章已经著载。"宸"指北极星，也就是皇上。皇帝南面而坐，群臣北面而朝，犹如星辰拱卫北斗。"游"指游幸。"夕"，皇上晚间游幸了大观园。

⑦ 睿藻仙才：指睿智聪慧，只能用于形容帝王。此处是指睿忠亲王（成宗义皇帝）。

⑧ 世外仙源：指明大观园是神仙居住的世外桃源。不是秦人避难之处。

⑨ 仙境别红尘：大观园是远离红尘的皇家林苑，不是官僚的私家园林。

⑩ 香融金谷酒，花媚玉堂人：用的是晋代石崇酿造的金谷酒，花气妩媚是皇后贵妃。

⑪ 秀玉初成实，堪宜待凤凰：秀玉形容潇湘馆的竹子。斑竹结实，堪待凤凰。

⑫ 竿竿青欲滴，个个绿生凉：玉竹青欲滴，竹叶绿生凉。

⑬ 迸砌妨阶水，穿帘碍鼎香：迸砌防止阶水内侵，穿帘阻碍鼎香外传。

⑭ 莫摇清碎影,好梦昼初长:竹叶莫要摇曳生响,碎影弄姿,以免影响我的白日好梦。

⑮ 绿蜡春犹卷,红妆夜未眠:春天未舒展开的芭蕉,绿叶犹卷。源于《未展芭蕉》:"冷烛无烟绿蜡干。"形容麝月。"红妆"指海棠,源于"只恐夜深花落去,故烧高烛照红妆"——形容袭人。

解读

《大观园题咏》属于皇帝命题叫臣僚们作的应制诗。《红楼梦》这部"言情"小说采用障眼法来写应制诗,以免"干碍朝廷"之嫌,其实,已经明目张胆地戏说朝廷了。

　　　　过去未来,莫谓智贤能打破;
　　　　前因后果,须知亲近不相逢。

孝庄、孝端两宫皇太后与顺治小皇帝于崇祯十七年、顺治元年九月十九日驾临北京,摄政王(贾赦贾政)在中南海西门广场组织了一次隆重的接驾联欢晚会。当时的福临只有七岁,不会写诗,更没有后妃成群。小说中出现的钗黛湘纨,都像贾宝玉隐射的少年天子一样,属于提前亮相,独立演出。作者将历史事件与历史人物进行了剪裁加工,并非顺治皇帝与后妃们为了赶上入主北京的热闹,都提前来凑热闹。

(1) 题大观园(贾元春):元春隐射孝庄皇太后。

"衔山抱水建来精"——透露了大观园景观的特点,园中有很大的环合的水面(指北海),水中包涵着一座山(指琼华岛),颇有"衔远山,吞长江"的气势。

"多少工夫筑始成"——透露了北海琼华岛将近600年的历史沿革,辽代建筑"瑶屿行宫",金代建筑"嫦娥宫",明代嫦娥宫坍塌,清初建筑白塔以代之。小说里说大观园的建筑时间只有几个月,而贾元春隐射的孝庄皇太后却说几百年。

"天上人间诸景备"——透露了大观园天下第一的庄严豪华。警幻仙姑夸自己的太虚幻境为"瑶池不二,紫府无双",贾元春则称赞大观园"天下第一",都指北海的琼华岛风景区,警幻仙姑与贾元春都隐射孝庄皇太后。

"芳园应锡大观名"——源于范仲淹《岳阳楼记》:"予观夫巴陵胜状,在

第十八回　皇恩重元妃省父母　天伦乐宝玉呈才藻

洞庭一湖。衔远山，吞长江，浩浩汤汤，横无际涯；朝晖夕阴，气象万千；此则岳阳楼之大观也，前人之述备矣。"

孝庄皇太后早在盛京时代就重视汉学。像丈夫皇太极一样，重用汉臣范文程大学士（家学校长贾代儒），并拜其为师。范文程自称是范仲淹的后裔，《岳阳楼记》是他授课最得意的作品。孝庄皇太后驾临北海中南海，登高远眺，颇有在岳阳楼上居高临下的感觉。此大观园之名最大可能之由来也。

（2）旷性怡情（贾迎春）："旷怡"透露了大观园景观的特点——辽阔大气，令人心旷神怡。贾蓉说大观园周围的半径为"三里半大"，周围全径应为"七里"，与北海中南海的实际面积完全符合。

"谁信世间有此境"与"天上人间诸景备"意思相同，也与"瑶池不二，紫府无双"的意思相同，都指北海的琼华岛风景区，乃皇家禁地，非红尘风景。

贾迎春隐射皇太极的十四格格，文化水平不低，表达能力不高。

（3）万象争辉（贾探春）：探春隐射多尔衮与孝庄的女儿。

"名园筑出势巍巍，果然万物生光辉"——透露了大观园景观的特点，每一组建筑景观，都辉煌灿烂，巍然耸立，冠盖天下，无与伦比。除了皇家林苑，谁家的花园能让多尔衮与孝庄的女儿"精妙一时言不出，奉命何惭学浅微"？

（4）文章造化（贾惜春）：惜春隐射孔四贞。

"山水横拖千里外"——指大观园山水的自然背景。中南海与北海的流水，来自什刹海与积水潭，西北方向与燕山太行山一脉相承，山水横拖，绵亘千里。

"楼台高起五云中"——直接描写了景山顶端的万春亭楼阁，一连有五座亭台楼阁。站在景山的高楼上举目远眺，御花园、景山花园、北海、中南海在明媚的阳光下，熠熠生辉，真可谓"园修日月光辉里，景夺文章造化功"。

贾惜春是贾敬的女儿，贾敬隐射归降清朝的定南王孔有德，"四姑娘"隐射巾帼将军孔四贞。只有站得高，才能看得远。"日月"是一个"明"字，景山顶端的万春亭楼阁，就是崇祯皇帝上吊的"天香楼"——"雕梁画栋依然在，只是朱颜改。"临风怀想，感慨万千。

孔四贞指出，"大观园"是在明朝皇家林苑的基础上发扬光大的。清承明制，有容乃大也。

(5) 文采风流（贾李纨）：李纨隐射的康妃佟佳氏，是康熙皇帝的母亲。

"秀水明山抱复回，风流文采胜蓬莱"与"园修日月光辉里，景夺文章造化功"是一个意思。"秀水"（三海）指"清"。"明山"（景山）指"明"。"抱复回"指北海之水环绕琼华岛，更指清承明制、融会贯通的意思，所以大观园才能"风流文采胜蓬莱"。

"珠玉自应传盛世，神仙何幸下瑶台"——说到自己的丈夫、儿子身上去了。贾珠隐射英年早逝的顺治皇帝。宝玉隐射活着的顺治皇帝。"盛世"指儿子康熙皇帝（贾兰）开创的康熙盛世。康妃佟佳氏（李纨）认为，康熙盛世是顺治改革传承的结果，丈夫是"神仙下瑶台"——点明顺治皇帝就是赤瑕宫的神瑛侍者下凡。福临降生在盛京永福宫，《清史稿》云："母孝庄文皇后方娠，红光绕身，盘旋如龙形。诞之前夕，梦神人抱子纳后怀曰：'此统一天下之主也。'寤，以语太宗。太宗喜甚，曰：'奇祥也，生子必建大业。'翌日上生，红光烛宫中，香气经日不散。上生有异禀，顶发耸起，龙章凤姿，神智天授。"——"红光绕身，盘旋如龙形"、"翌日上生，红光烛宫中"，是"赤瑕宫"为盛京永福宫的出处。"上生有异禀，顶发耸起，龙章凤姿，神智天授"是神瑛侍者的出处。太虚幻境主持警幻仙姑隐射孝庄文皇后，乃神瑛侍者顺治皇帝的母亲。"神瑛侍者凡心偶炽，乘此昌明太平朝世，意欲下凡造历幻缘，已在警幻仙子案前挂了号。"——下凡后的贾宝玉，就是少年天子顺治皇帝，康妃佟佳氏（李纨）的丈夫也。

"名园一自邀游赏，未许凡人到此来。"最后两句没有光彩，却光芒万丈，明确指出，大观园是平民百姓不能进入的皇家禁地。

（6）凝晖钟瑞（薛宝钗）：薛宝钗隐射顺治皇帝废黜的第一位皇后博尔济吉特氏，她与顺治皇帝的婚姻是睿亲王多尔衮包办确定的，因此终生都感念这两位长辈。

"芳园筑向帝城西"——单刀直入地指出：北海中南海位于皇宫紫禁城的正西方向。

"华日祥云笼罩奇"——华盖凤辇，祥云笼罩，颇有天子气象、皇后口吻。

"高柳喜迁莺出谷"——元妃省亲乃乔迁之喜。出自《诗经·伐木》："伐木丁丁，鸟鸣嘤嘤。出自幽谷，迁入乔木。"与第十八回元春的回忆吻合："此时自己回想当初在大荒山中，青埂峰下，那等凄凉寂寞；若不亏癞僧（皇太极)、跛道(孔有德)二人携来到此,又安能得见这般世面。"挑明孝庄与自己出身之地内蒙古与沈阳,"凄凉寂寞",而北京明皇宫却"富贵风流"——乃"出自幽谷,迁入乔木"也。

"修篁时待凤来仪"——茂林修竹,时待凤凰。不仅指明姑姑的皇后身份,也指明了自己的皇后身份。比喻北京皇宫属于"茂林修竹"之区,科尔沁蒙古是出皇后之地。皇太极的五位蒙古后妃、顺治皇帝的六位蒙古后妃,都来自自己的娘家。科尔沁蒙古王爷家的龙床多:"东海缺少白玉床,龙王来请金陵王。"

"文风已著宸游夕"——说元妃隐射的孝庄皇太后与贾宝玉隐射的顺治皇帝娘儿两个于当日的晚上,一起游幸了北海与中南海。

"孝化应隆归省时"——纪念姑姑孝庄省亲皇家林苑的隆重场面,"孝化"指孝庄皇太后的教化。

"睿藻仙才盈彩笔"——指睿忠亲王(成宗义皇帝),挑明大观园(明故宫与皇家林苑)修复工程,是睿亲王多尔衮策划完成的,可谓锦上添花,神来彩笔。

"自惭何敢再为辞"——修复明皇宫、清承明制、为崇祯国葬建陵、举办接驾联欢晚会,都是孝庄姑姑与多尔衮叔叔入主北京后的史实,将流芳千古,作为晚辈,"自惭何敢再为辞"。

(7) 世外仙源(林黛玉):林黛玉隐射顺治皇帝最宠爱的皇贵妃董鄂氏,死后追封为端敬孝献皇后。

"名园筑何处,仙境别红尘。"一针见血地指明,大观园并非建筑在一般臣民之家,而是在与世隔绝的人间仙境、帝王之家。

"借得山川秀,添来景物新",这两句说得更明白:大观园不是新建筑,而是在明皇宫林苑御花园的基础上又增添了一些新的"景物"。

"何幸邀恩宠,宫车过往频"——这两句说到了自己的恩宠:有幸得到圣上的垂爱,得以不断同车前来。

(8) 有凤来仪(贾宝玉):贾宝玉隐射少年天子顺治皇帝,他用四首律诗,记述了自己的四位皇后。

《有凤来仪》记述端敬孝献皇后董鄂氏。

《蘅芷清芬》记述废黜的第一位科尔沁蒙古皇后博尔济吉特氏。

《怡红快绿》记述了第二位科尔沁蒙古皇后孝惠章皇后博尔济吉特氏。

《杏帘在望》记述了孝康章皇后佟佳氏、康熙的生母。

四位皇后中,最受宠的是承乾宫的董鄂氏,她原来是十一弟小襄亲王的福晋,所以戏称她为"潇湘妃子"(小襄妃子)。

顺治皇帝与她的婚外恋,就发生在北海竹林掩映的行宫(潇湘馆)里,可惜董鄂氏英年早逝,斑竹泪痕。

"秀玉初成实,堪宜待凤凰"——当年顺治皇帝也是"秀玉初成实",在北海行宫"堪宜待凤凰"。

"迸砌妨阶水,穿帘碍鼎香"——皇帝幽会弟媳妇,宫廷隐私,不可道也。

"竿竿青欲滴,个个绿生凉"——雨露欲滴,承欢生凉,知己,知心,知音,"冰肌玉骨凉无汗,水殿风来暗香满"。

"莫摇清碎影,好梦昼初长"——竹叶莫要摇曳生响,碎影弄姿,以免影响我的白日好梦。顺治十二年二月八日的春梦(第五回《游幻境指迷十二钗 饮仙醪曲演红楼梦》),清碎影,昼初长,不思量,自难忘。

(9)蘅芷清芬(贾宝玉):薛宝钗隐射表姐博尔济吉特氏皇后,废黜后贬为静妃,住在冷宫别墅里(梨香院为离乡院,指故宫东北角的竹香馆),服冷香丸四年二月十二天,热毒治好了,恢复长春宫主位(故宫西北角)。

"净苑"者,冷宫也,长满了野花杜蘅,还有萝薜,冷敞而不失芬芳。春草野花,清香依旧。人的命,前生定。"惟有牡丹真国色","任是无情也动人"。她毕竟是"冠压群芳"的第一位皇后。

"轻烟迷曲径,冷翠滴回廊"——曲径弥漫着淡淡的轻烟,是愁?回廊上滴落冷冷的露珠,是泪?

"谁谓池塘曲,谢家幽梦长"源于谢灵运"池塘生春草,园柳变鸣禽"。遐思神飞,人生梦长,杜蘅尚在,物是人非,"纵然是举案齐眉,到底意难平"。

(10)怡红快绿(贾宝玉):孝惠章皇后(袭人)与淑惠妃(麝月)是科尔沁蒙古博尔济吉特氏两姐妹,孝庄皇太后的侄孙女、顺治皇帝的外甥女,顺治十一年六月同时入宫,一后一妃,但都不懂汉语,像两张美人画,像一对姐妹花,像两个忠心耿耿的大丫头。

怡红院(坤宁宫)里,"深庭长日静,两两出婵娟"(袭人、麝月)。

"绿蜡春犹卷,红妆夜未眠"——"绿蜡"指春天未舒展开的芭蕉,绿叶犹卷。源于《未展芭蕉》："冷烛无烟绿蜡干。"形容麝月（淑惠妃）。"红妆"指海棠，源于"只恐夜深花落去，故烧高烛照红妆"，形容袭人（孝惠章皇后）。

"凭栏垂绛袖（袭人麝月），倚石护青烟（宝玉）。对立（袭人麝月）东风里，主人（宝玉）应解怜。"——是皇帝对后妃的恩情？是平常夫妻的爱情？是主人对奴仆的同情与哀怜？谁能说得清？谁能道得明？

（11）杏帘在望（贾宝玉）：李纨隐射孝康章皇后，居景仁宫。她茹苦含辛，任劳任怨，像稻香老农，默默耕耘。

"杏帘招客饮，在望有山庄。一畦春韭绿，十里稻花香。"——佟佳氏生育儿子，孝敬母后，无怨无悔，无索无求。

"菱荇鹅儿水，桑榆燕子梁。"——鹅儿孵卵，燕子筑窝，母亲孕育，子孙成材。

她在期盼着儿子创造的康熙盛世——"盛世无饥馁，何须耕织忙"。

第二十一回　贤袭人娇嗔箴宝玉　俏平儿软语救贾琏

续《庄子·胠箧》

　　故绝圣弃知，大盗乃止，擿玉毁珠，小盗不起，焚符破玺①，而民朴鄙，掊斗折衡②，而民不争，殚残天下之圣法，而民始可与论议。擢乱六律，铄绝竽瑟，塞瞽旷之耳③，而天下始人含其聪矣。灭文章，散五采，胶离朱之目④，而天下始人含其明矣，毁绝钩绳而弃规矩⑤，工倕攦之指，而天下始人有其巧矣。

　　焚花散麝，而闺阁始人含其劝矣，戕宝钗之仙姿，灰黛玉之灵窍，丧减情意，而闺阁之美恶始相类矣。彼含其劝，则无参商之虞矣，戕其仙姿，无恋爱之心矣，灰其灵窍，无才思之情矣。彼钗，玉，花，麝者，皆张其罗而穴其隧，所以迷眩缠陷天下者也。

① 焚符破玺：解散军队与国家机器。"符"指兵符。"玺"指国玺。
② 掊斗折衡：毁掉度量衡器具。
③ 擢乱六律，铄绝竽瑟，塞瞽旷之耳：禁止阳春白雪与下里巴人，杜绝声色狗马。
④ 灭文章，散五采，胶离朱之目：焚灭历史典籍与文化艺术，实行愚民政策。
⑤ 毁绝钩绳而弃规矩：毁绝法律条例与规章制度。

解读

　　庄子《胠箧篇》认为，一切仁义道德的说教都没有意义。人类的聪明才智与欲望追求是社会动乱的根源。只有毁灭聪明才智，遏止一切物欲、淡化美丑是非标准，使人心纯朴，无欲无争，社会才能安定。这种消极的社会思潮只能造成两种后果：要么引导人类落后倒退，破坏已有的物质精神文明，实行愚民政策，回到原始社会或进入无政府状态。要么引导人们进入避世的道家世界或厌世的佛家空门。上者回避社会矛盾，实行无为而治，成为寄生者；下者远离世道红尘，成为无知群盲。让我们欣赏一下贾宝玉顺治皇帝当时的内心世界。

《续〈庄子·胠箧〉》白话解：

废绝圣贤理智，就制止了窃国大盗。毁灭珍珠宝玉，就没有了小偷小摸。解散军队与国家机器，民心就返朴归真了。破坏度量标准，就没有斤斤计较了。彻底废除法度，就可与百姓讨论是非了。消灭高雅的音律与声色狗马，消毁掉历史典籍与文化艺术，人类就耳聪目明了。灭绝长短规矩，天下人就不再投机取巧了。

把袭人、麝月等女人的本性毁灭，闺房就知道安分守己了。破坏宝钗的美貌、泯灭黛玉的聪明，削减其才华情思，使女人的美丑雷同，就能听进劝解，不再寻衅闹事了。破坏美貌，就生不出爱慕怀春之心了。毁掉聪明，就没有才思感情的纠葛了。现在的宝钗、黛玉、袭人、麝月等，却是张开网罗，挖深陷阱，迷惑天下之主，勾引天子进入圈套也。

总之，贾宝玉顺治皇帝脱离了刘老老汤若望西方人文主义的思想影响，厌倦了尔虞我诈的政治斗争与野蛮残酷的满汉内战，迟滞了清承明制改革图新的步伐，放弃了满汉一体共建宁荣社会的初衷，从此走上了厌倦人生的不归路。学习西方不成，回到东方儒家道家佛家都不成，最后抑郁病死，是他的人生悲剧，也是十七世纪中国历史的悲剧——"画虎不成反类犬"也。

从小说故事的角度看，《续〈庄子·胠箧〉》解释了贾宝玉出家的原因。从隐射的清初历史看，也解释了顺治皇帝后来削发的原因。但作者特意增加如此古奥艰涩的一段文字，还有更深的用意。

《红楼梦》问世的那个时代，是中国历史的十字路口，五千年中华文明，向何处去？这篇短文揭示了这个方向问题。走西方的新路？走传统的老路？茫茫世界，该走哪一条路？二百六十八年的清朝历史，在酝酿《红楼梦》的顺治时代就决定了。

《续〈庄子·胠箧〉》有上下两段。上段是主题，下段是陪衬。上段是红花，下段是绿叶。上段是对朝野社会的分析，下段是对后宫派系斗争的警告。

上段流露的混淆人间是非、模糊民族矛盾、回避社会纠纷、淡化派系斗争、遏止物欲横流、禁止声色狗马、实行无为而治、加强愚民政策、轻视古代典籍、压制聪明才智、削弱军事势力、抑制权力争夺、安抚贫富不平、消除满汉对抗……有积极意义，是为次。更有消极意义，是为主。所谓主，就是守旧代替了求新，无为代替了有为。闭关自守、加强对内统治，代替了改革创新、正视世界潮流。统治者的主导哲学思想，决定了大清国乃至中国的命运。这种思想一直延续到二十世纪末。文字狱是清朝续《庄子》思想的极端表现，文化大革命是续《庄子》思想的死灰复燃。

从短期效应看，顺治、康熙、雍正、乾隆朝属于清代的上升阶段，并创立了康乾盛世。从长远效应看，嘉庆、道光、咸丰、同治、光绪、宣统朝属于下滑阶段，终至积重难返。而分水岭就是所谓的康乾盛世，封建制度守旧无为创造的鼎盛辉煌，在近代新兴世界里就是"鲜花着锦，烈火烹油"的回光返照。所以，与康乾盛世物质文明并行的是中国封建社会末世的精神桎梏——文字狱。《明史案》是第一枪，《评海瑞罢官》是飘渺的回声。

题宝玉续庄子文后

无端弄笔是何人？作践南华庄子因。
不悔自己无见识，却将丑语怪他人！

解读

董鄂氏看至顺治皇帝所续《庄子》之处，不觉又气又笑，于是题写了一绝——皇贵妃看出皇帝新近有崇道崇佛的苗头，先是不以为然，提笔嘲讽。后来才觉得问题严重，并马上与蒙古后党联合，企图扑灭皇帝出家的荒唐念头。但董鄂氏并不理解皇帝的内心矛盾。

顺治想从庄子思想中寻求解脱个人感情苦恼之方，董鄂氏皇贵妃看懂了。顺治企图借用庄子无为而治的思想处理朝野政务，摆脱民族矛盾与阶级矛盾的巨大麻烦，皇贵妃并没有看懂。

第二十一回 贤袭人娇嗔箴宝玉 俏平儿软语救贾琏

董鄂氏嘲讽说:"不悔自己无见识,却将丑语诋他人!"说明还是头发长、见识短。并不理解续《庄子》第二段文字的意义。顺治对争风吃醋的后宫女人发出了明确的警告:现在的宝钗(长春宫主位)、黛玉(承乾宫主位)、袭人(坤宁宫主位)、麝月(坤宁宫副位)等,却是张开网罗,挖深陷阱,迷惑天下之主,勾引天子进入圈套也。

顺治皇帝的意思是明确的,对于后宫女人而言,唯一正确的活法是——"退后一步天地宽。""己所不欲,勿施于人。"否则,就是自掘坟墓,自取灭亡。

在复杂的政治风云中,皇贵妃只认准了"爱情专一"这一条路,男人争天下,女人争男人,但在皇宫大内,爱情专一,"三千宠爱集一身",乃亡国之道,因为每一个后妃背后,都代表了一股政治或军事势力。皇帝只能实行"泛爱主义"与"雨露均沾"的策略。也就是"见了姐姐就忘了妹妹"的政策。否则就会祸起萧墙、天下大乱。争风吃醋、尖酸刻薄、恃宠而骄、四面树敌,是一条后宫女人的死路。

"莫怨东风当自嗟"——是头脑清醒的话,但为时太晚了。

第二十二回　听曲文宝玉悟禅机　制灯谜贾政悲谶语

寄生草与参禅偈

寄生草（薛宝钗）

漫揾英雄泪，相离处士家。
谢慈悲剃度在莲台下。
没缘法转眼分离乍。
赤条条来去无牵挂。
那里讨烟蓑雨笠卷单行？
一任俺芒鞋破钵随缘化！

参禅偈（贾宝玉）

你证我证，心证意证。
是无有证，斯可云证。
无可云证，是立足境。
无立足境，是方干净。

寄生草（贾宝玉）

无我原非你，从他不解伊。
肆行无碍凭来去。
茫茫着甚悲愁喜，纷纷说甚亲疏密。
从前碌碌却因何，到如今回头试想真无趣！

第二十二回　听曲文宝玉悟禅机　制灯谜贾政悲谶语

解读

第二十二回原文加注：

话说贾琏听凤姐儿说有话商量，因止步问是何话。凤姐道："二十一是薛妹妹的生日，你到底怎么样呢？"……贾琏听了，低头想了半日道："你今儿糊涂了。现有比例，那林妹妹就是例。往年怎么给林妹妹过的，如今也照依给薛妹妹过就是了。"凤姐听了，冷笑道："我难道连这个也不知道？我原也这么想定了。但昨儿听见老太太说，问起大家的年纪生日来，听见薛大妹妹今年十五岁，虽不是整生日，也算得将笄之年。老太太说要替他作生日。想来若果真替他作，自然比往年与林妹妹的不同了。"

"今年十五岁"指顺治十五年。点明故事发生在顺治十五年正月二十一日。

凤姐说正月二十一是"薛妹妹的生日"，这一天恰好是董鄂氏（林黛玉）所生的四阿哥（荣亲王）死去的日子。这是董鄂氏（林黛玉）入宫后死去的第二个儿子了。偏偏在这个时候，贾母（孝庄皇太后）要为薛宝钗（"长春宫主位"）做生日，实际上是祝贺她由"静妃"恢复为"长春宫主位"。

博尔济吉特氏是孝庄皇太后的亲侄女，于顺治八年八月册封为大清国入主北京后的第一位皇后。顺治十年八月被贬为静妃（冷美人）。顺治十四年十月，董鄂氏生了四阿哥"荣亲王"，顺治皇帝兴奋得"大赦天下"，宣称四阿哥为"朕第一子"，同时将静妃恢复为长春宫主位（所谓"留得残荷听雨声"）。谁知乐极生悲，顺治十五年正月，四阿哥莫名其妙地死于天花。顺治皇帝与董鄂氏痛不欲生，而孝庄皇太后（贾母）却张罗着为薛宝钗（博尔济吉特氏）过"十五岁"（顺治十五年）生日，规格还要高于林妹妹（董鄂氏皇贵妃）。

这件事情对贾宝玉（顺治皇帝）与林黛玉（董鄂氏皇贵妃）的精神打击太大了。董鄂氏的死路与顺治皇帝要削发出家，正是从这一天开始的。

弄不清孝庄与顺治母子的感情疑案，就不明白顺治何以要削发为僧，当然更读不懂《痴公子杜撰芙蓉诔》里何以突然冒出一句"剖悍妇之心，忿犹未释"。其实这是顺治被母后废黜的根源。

顺治皇帝是因对母亲怨恨不满而要出家的，这种逆反情绪绝对不能表现出来。因为在封建时代，对父母有怨恨情绪，是大逆不道的。唯一办法就是儿子终生保持沉默，或撒手人寰、出家为僧。

"老太太说要替他作生日。想来若果真替他作，自然比往年与林妹妹的不同了。"——孝庄要为侄女的晋升祝贺，"长春宫主位"的品级低于董鄂氏，但祝寿的规格却要超过皇贵妃，这是蒙古族后党对满汉帝党的反攻倒算。长春宫主位的生日（晋升日）规格，要超过承乾宫皇贵妃的生日规格，在皇宫里的政治影响是巨大的：满蒙联姻（金玉良缘）胜于满汉联姻（木石姻缘），就像悬在董鄂氏头上的尚方宝剑——"一年三百六十日，刀光剑影严相逼"。

第二十二回原文加注：

贾母又命宝钗点。宝钗点了一出《鲁智深醉闹五台山》。……宝玉道："我从来怕这些热闹。"宝钗笑道："要说这一出热闹，你还算不知戏呢。你过来，我告诉你，这一出戏热闹不热闹。——是一套北《点绛唇》，铿锵顿挫，韵律不用说是好的了；只那词藻中有一支《寄生草》，填的极妙，你何曾知道。"宝玉见说的这般好，便凑近来央告："好姐姐，念与我听听。"宝钗便念道……

"长春宫主位"（宝钗）回顾了入宫七年来痛苦无奈与愧悔的心路，希望得到表弟的谅解，但又毫无信心，觉得自己就是走投无路的鲁智深。当年大婚时由于脾气不好，在坤宁宫里又打又闹，像鲁智深大闹东京大相国寺一样，得罪了皇上，落了个打入冷宫、"一任俺芒鞋破钵随缘化"的下场。

"漫揾英雄泪，相离处士家。"——指顺治十年被废黜。

"谢慈悲剃度在莲台下。"——指被打入冷宫，进了故宫的"寡妇村"。那里的女人们只能以吃斋念佛打发日子。

"没缘法转眼分离乍。"——指成婚当夜就闹翻了。

"赤条条来去无牵挂。"——写尽了博尔济吉特氏皇后悲惨的一生。

第二十二回原文加注：

"宝玉听了，喜的拍膝画圈，称赏不已，又赞宝钗无书不知。林黛玉道："安静看戏罢，还没唱《山门》，你倒《妆疯》了。"说的湘云也笑了。

顺治皇帝是个泛爱主义者，听了宝钗的《寄生草》很感动，不禁"见了姐姐，就忘了妹妹"起来。董鄂氏皇贵妃（林黛玉）语带双敲，话里有话。孔四贞（史湘云）一笑置之，但快人快语，无意中伤了黛玉（董鄂氏）的自

第二十二回　听曲文宝玉悟禅机　制灯谜贾政悲谶语

尊。台上台下，戏中有戏。

顺治十五年正月，摄政王多尔衮逝世已经七年，后宫蒙古后党与满汉妃党的矛盾，已经发展成满清王朝的主要矛盾。薛宝钗（长春宫主位）与林黛玉（董鄂氏皇贵妃）的矛盾，反映了以孝庄皇太后为首的满蒙亲贵与顺治帝党的矛盾。林黛玉（董鄂氏皇贵妃）与史湘云（孔四贞格格）的矛盾，反映了满洲贵族与汉族贵族的矛盾。贾母王夫人（孝庄皇太后）与贾宝玉（顺治皇帝）的矛盾，反映了后金旧贵族与满清少壮派的新矛盾。

第二十二回原文加注：

细想自己（顺治皇帝）原为他二人（孔四贞格格与董鄂氏皇贵妃），怕生陈恼，方在中调和，不想并未调和成功，反已落了两处的贬谤。正合着前日所看《南华经》上，有"巧者劳而智者忧，无能者无所求，饱食而遨游，汎若不系之舟"；又曰"山木自寇，源泉自盗"等语。因此越想越无趣。再细想来，目下不过这两个人，尚未应酬妥协，将来犹欲为何？想到其间，也无庸分辩回答，自己转身回房来。……

贾宝玉顺治皇帝在新的矛盾面前，有些手足无措。因为维持满蒙汉三大势力在政治、军事上的平衡，对皇帝来说，无异于走钢索。

第二十二回原文加注：

宝玉道："什么是'大家彼此'！他们（蒙古后党）有'大家彼此'，我是'赤条条来去无牵挂'（帝党孤立无援）。"谈及此句，不觉泪下。袭人见此光景，不肯再说。宝玉细想这句趣味，不禁大哭起来（痛心疾首一大哭耳），翻身起来至案，遂提笔立占一偈云：

你证我证，心证意证。
是无有证，斯可云证。
无可云证，是立足境。

……黛玉听说，便要回去。袭人笑道："姑娘请站住，有一个字帖儿，瞧瞧是什么话。"说着，便将方才那曲子与偈语悄悄拿来，递与黛玉看。黛玉（董鄂氏皇贵妃）看了，知是宝玉一时感忿而作，不觉可笑可叹，便向袭人（孝惠章皇后）道："作的是顽意儿，无甚关系。"说毕，便携了回房去，与湘云（孔四贞）同看。次日又与宝钗（长春宫主位）看。宝钗看其词曰：

无我原非你，从他不解伊。

肆行无碍凭来去。

茫茫着甚悲愁喜，纷纷说甚亲疏密。

从前碌碌却因何，到如今回头试想真无趣！

　　顺治出家的念头，首先震撼了董鄂氏皇贵妃（林黛玉）。历史记载，她大惊失色，嘴唇颤抖，泪水"刷"地落了下来。顺治皇帝说自己实在是心里太苦了。或许只有空门能赐给他片刻宁静。他悲愤地道："天覆吾，地载吾，天地生吾有意无？不然绝粒升天衢，不然抚世安民踞帝都！"

　　董鄂氏皇贵妃的爱情与劝解，一度阻止了顺治走向空门的步伐。在生死攸关的出家问题上，蒙古族新旧皇后与满汉混血的皇贵妃三个女人终于捐弃前嫌，组成了统一战线，以平日在后宫学到的佛教经典，向丈夫发起了猛烈反击。

　　第二十二回原文加注：

　　三人果然都往宝玉屋里（乾清宫）来。一进来，黛玉（董鄂氏）便笑道："宝玉，我问你：至贵者是'宝'，至坚者是'玉'。尔有何贵？尔有何坚？"宝玉竟不能答。三人（蒙古、满汉族后妃）拍手笑道："这样钝愚，还参禅呢。"黛玉又道："你那偈末云，'无可云证，是立足境'（神秀的水平），固然好了，只是据我看，还未尽善。我再续两句在后。"因念云："无立足境，是方干净。（禅宗六祖惠能的水平）"宝钗（长春宫主位）道："实在这方悟彻。当日南宗六祖惠能，初寻师至韶州，闻五祖弘忍在黄梅，他便充役火头僧。五祖欲求法嗣，令徒弟诸僧各出一偈。上座神秀说道：'身是菩提树，心如明镜台，时时勤拂拭，莫使有尘埃。'彼时惠能在厨房碓米，听了这偈，说道：'美则美矣，了则未了。'因自念一偈曰：'菩提本非树，明镜亦非台，本来无一物，何处染尘埃？'五祖便将衣钵传他。今儿这偈语，亦同此意了。只是方才这句机锋，尚未完全了结，这便丢开手不成？"黛玉笑道："彼时不能答，就算输了，这会子答上了也不为出奇。只是以后再不许谈禅了。连我们两个所知所能的，你还不知不能呢，还去参禅呢。"宝玉自己以为觉悟，不想忽被黛玉一问，便不能答；宝钗又比出"语录"来，此皆素不见他们能者。自己想了一想："原来他们比我的知觉在先，尚未解悟，我如今何必自寻苦恼。"想毕，便笑道："谁又参禅，不过一时顽话罢了。"说着，四人仍复如旧。

——顺治皇帝第一次参禅的念头自行取消。

此乃《红楼梦》中重要的故事情节。平素里貌合神离的三位后妃，团结一致，出奇制胜，运用禅宗六祖惠能和尚的佛教偈语，一举粉碎了贾宝玉顺治皇帝出家参禅的念头。此后，林黛玉（董鄂氏皇贵妃）称袭人（孝惠章皇后）为"亲嫂子"，称薛宝钗（长春宫主位）为"宝姐姐"，三人的关系得到了很大的改善。

贾环谜语

大哥有角只八个，二哥有角只两根；
大哥只在床上坐①，二哥爱在房上蹲②。

① 床上坐：指床上的八角枕头。
② 房上蹲：指房脊梁上的两角兽头。

解读

（1）一是床上的枕头，一是房脊的兽头。"枕头"是传宗接代的（大哥贾琮），"兽头"是看家护院的（二哥贾环）。

（2）"有角只八个"指"贾不假"的满清皇室拥有满洲八旗。

（3）"有角只两根"指多尔衮兄弟拥有正白旗与镶白旗两个触角。

贾环、贾琮与贾探春是《红楼梦》里最莫名其妙的人物。贾环与贾宝玉的矛盾，集中反映了贾府继承权的斗争，也就是清初皇宫里摄政王多尔衮与孝庄皇太后的权力争夺。

顺治初年，摄政王多尔衮（贾赦、贾政）扫除对手后，原意是准备把摄政王的位置留给多铎（贾蔷）。但是，多铎早死，多尔衮决定让多铎的儿子多尔博接位（多尔博已经过继给多尔衮为子——贾琮、贾环）。顺治七年十二月，多尔衮围猎时受伤，用错了药，死于喀喇城。

多尔衮（贾赦、贾政）生前对顺治（贾宝玉）非常不恭敬，顺治经常受到呵斥。所以，多尔衮一死，顺治如释重负，立刻着手接掌大权。这时，两白旗的旗主是阿济格（贾蓉）。阿济格一直就以多尔衮的继承人自居，其人暴虐非常，两白旗大臣对他也是恨之入骨。于是，顺治皇帝起用郑亲王济尔哈朗

(李贵)，二人合谋，拉拢两白旗大臣，打倒了阿济格，很快就把阿济格和他的儿子劳亲处死了。

多尔衮与孝庄皇太后的争斗如何融入小说情节的呢？

贾环（多尔博），父贾政（多尔衮），母赵姨娘（博尔济吉特氏）。排行老三，庶出。从玉字辈，与珍，琏，宝玉（三人都隐射顺治皇帝）是兄弟。贾政的儿子贾环相当于贾赦的儿子贾琮。

贾环是个正牌主子。一方面，每月月例二两，和宝玉一样。贾政对他的态度也颇值得玩味。贾政对宝玉十分厌恶，对贾环却不那么讨厌。贾环处处受到王夫人和凤姐的压制，因为他是贾政的儿子，对宝玉的继承权构成一定的威胁。

探春是个女孩儿，隐射多尔衮与孝庄的女儿。在贾府继承权的问题上对宝玉没有任何威胁。贾母疼孙女，幼年即被抱走，在王夫人处教养，所以深受宠爱。

贾环第一次出场是在《王熙凤正言弹妒意　林黛玉俏语谑娇音》一回。贾环与莺儿掷骰子玩耍，输了钱有些着急，便耍赖，丫头们扯上宝玉。贾环立刻变得敏感又尖刻，喊出了憋了很久的话："我拿什么比宝玉呢。你们怕他，都和他好，都欺负我不是太太养的。"

《小动唇舌手足眈眈》一回，贾环见贾政盛怒之下，认定这是个栽赃的好时机，首先说出金钏儿跳井来，接着上前拉住贾政的袍襟，贴膝跪下，欲中伤宝玉却拉其母做垫背；万一以后有所变化，这是母亲说的，与他不相干。从这一点来看，贾环对赵姨娘的感情很是寡淡。他说到关键时刻回头四顾，故作神秘，更显出做贼心虚来。

第二十四回《醉金刚轻财尚义侠》里，正面描写了贾琮：

（宝玉）"见了贾赦，不过是偶感些风寒，先述了贾母问的话，然后自己请了安。贾赦先站起来回了贾母话，次后便唤人来："带哥儿进去太太屋里坐着。"宝玉退出，来至后面，进入上房。邢夫人见了他来，先倒站了起来，请过贾母安，宝玉方请安。邢夫人拉他上炕坐了，方问别人好，又命人倒茶来。一钟茶未吃完，只见那贾琮来问宝玉好。邢夫人道："那里找活猴儿去！你那奶妈子死绝了，也不收拾收拾你，弄的黑眉乌嘴的，那里象大家子念书的孩子！"

第二十二回　听曲文宝玉悟禅机　制灯谜贾政悲谶语

这是贾琮唯一公开露面的一次。基本形象是一个"黑眉乌嘴的""活猴儿","那里象大家子念书的孩子"！一个活脱脱的贾环。

贾琮与贾环都隐射多尔衮的义子多尔博——多铎将他过继给了二哥多尔衮。贾琏与贾宝玉隐射不同年龄段的顺治皇帝。贾赦除了隐射关外时期的皇太极之外，还与贾政共同隐射摄政王多尔衮——因为"赦政"就是摄政。邢夫人与王夫人都隐射下嫁了多尔衮的孝庄皇太后。如此一来，就全盘皆活了。

贾赦家的贾琮与贾政家的贾环，都隐射多尔衮的义子多尔博。"琮"者，王宗也，摄政王多尔衮的继子也。"贾环"者，"家还"也。顺治八年因多尔衮贬为庶民，多尔博"还宗"到多铎名下。

贾赦（摄）与贾政（政）联合表演摄政王，想让自己的义子多尔博（贾环）继承自己的位置，在第七十五回《开夜宴异兆发悲音　赏中秋新词得佳谶》里完全暴露了其狼子野心。新红学家看不懂，不明白贾赦（摄）为什么不将自己世袭的爵位传给自己的儿子（贾琮与贾琏），也不传给贾政（政）的嫡子（贾宝玉顺治皇帝），偏偏要传给贾政的庶子（贾环多尔博），简直违背常理。

第三十三回原文加注：

不料这次花却在贾环（多尔博）手里。贾环近日读书稍进，其脾味中不好务正也与宝玉（顺治皇帝）一样，故每常也好看些诗词，专好奇诡仙鬼一格。今见宝玉作诗受奖，他便技痒，只当着贾政不敢造次。如今可巧花在手中，便也索纸笔来立挥一绝与贾政。……贾赦乃要诗瞧了一遍，连声赞好，道："这诗据我看甚是有骨气。想来咱们这样人家（爱新觉罗皇家），原不比那起寒酸，定要'雪窗荧火'，一日蟾宫折桂，方得扬眉吐气。咱们的子弟都原该读些书，不过比别人略明白些，可以做得官时就跑不了一个官的。何必多费了工夫，反弄出书呆子（痴道人顺治皇帝）来。所以我爱他这诗，竟不失咱们侯门的气概（后金的气概）。"因回头吩咐人去取了自己的许多玩物来赏赐与他。因又拍着贾环（多尔博）的头，笑道："以后就这么做去，方是咱们（满族）的口气，将来这世袭的前程（皇位）定跑不了你袭呢。"贾政听说，忙劝说："不过他胡诌如此，那里就论到后事了。"

这是贾赦、贾政（摄政王多尔衮）合演的一出双簧戏，时在顺治八年福临亲政之前。

"以后就这么做去,方是咱们(满族)的口气,将来这世袭的前程(皇位)定跑不了你袭呢。"——摄政王多尔衮(贾赦与贾政)对贾环(多尔博)的寄托,与孝庄(林黛玉)对顺治皇帝(贾宝玉)的寄托,简直是针锋相对、寸权必争。

这种严峻的政治形势,在下一回即第七十六回《凸碧堂品笛感凄清 凹晶馆联诗悲寂寞》里立刻反映了出来。汉族郡王孔四贞(史湘云)一针见血的说:"倒是他们父子叔侄(指多尔衮父子)纵横起来。你可知宋太祖说的好:'卧榻之侧,岂许他人酣睡。'他们不作,咱们两个竟联起句来,明日羞他们一羞。"

史湘云(孔四贞)心里"爱哥哥"贾宝玉顺治皇帝,她敏感地察觉出贾赦、贾政(摄政王多尔衮)的阴险用心,借用宋太祖赵匡胤与弟弟赵光义的历史纠葛,隐射顺治八年前北京皇宫里暗藏杀机的残酷斗争。而孔四贞掌握的汉军正红旗,显然站在顺治皇帝一边。

《红楼梦》中的贾琮很少露面,第五十三回云:"贾母歪在榻上,与众人说笑一回,又自取眼镜向戏台上照一回,又向薛姨妈李婶笑说:'恕我老了,骨头疼,放肆,容我歪着相陪罢。'……廊上几席,便是贾珍(顺治)、贾琏(顺治)、贾环(多尔博)、贾琮(多尔博)、贾蓉(阿济格)、贾芹(岳讬后人)、贾芸(顺治)、贾菱、贾菖等。"在顺治六年二月初八的太后婚宴上,大名鼎鼎的贾蔷(豫亲王多铎)竟然没有出场。为什么?因为顺治"六年三月,以痘薨,年三十六"(《清史稿》)。

此处的贾环贾琮并列,隐射多尔博。宁国府是荣国府的重复与补充。贾赦是贾政的重复与补充。贾琮是贾环的重复与补充。

贾母谜语

猴子身轻站树梢[①]。

[①] 站树梢:站树梢的荔枝,位置最高,"老祖宗"贾母是处于最高地位的太上家长,她恰似站在树梢的老猢狲。

解读

"猴子身轻站树梢"的谜底是"荔枝"——有"离枝"的意思。隐射满蒙亲贵离开了自己的大树——白山黑水与蒙古草原,入主中原,是孙猴子唱《西游记》。"离枝"也有太后下嫁之意。

贾母隐射孝庄皇太后,"荔枝身轻站树梢"隐射她在朝廷的最高位置。孙猴子唱《西游记》,到"树倒猢狲散",是一个由盛而衰的过程。

"树倒猢狲散"——见于第十三回:"秦氏道:'婶婶,你是个脂粉队里的英雄,连那些束带顶冠的男子也不能过你,你如何连两句俗语也不晓得?常言"月满则亏,水满则溢";又道是"登高必跌重"。如今我们家赫赫扬扬,已将百载,一日倘或乐极悲生,若应了那句"树倒猢狲散"的俗语,岂不虚称了一世诗书旧族了!'凤姐听了此话,心胸大快,十分敬畏……"

"月满则亏,水满则溢",指明朝亡了,清朝也会灭亡。

"若应了那句'树倒猢狲散'的俗语"——语气是过去时,指崇祯十七年的甲申之变——明朝灭亡,皇帝自缢。秦氏皇太极让"脂粉队里的英雄"孝庄妃记住历史的教训,将来入主中原,要小心"登高必跌重"。

"猴子身轻站树梢"——潜伏着"登高必跌重"的严重危机。

贾政谜语

身自端方,体自坚硬;
虽不能言,有言必应①。

《字句解释》

① 虽不能言,有言必应:这句意思是虽然不是皇帝,但却金口玉言。

解读

贾政隐射大清国摄政王多尔衮,是他从察哈尔蒙古林丹汗长子手里获得了元顺帝废弃在内蒙古大青山的传国玉玺(大荒顽石)。他的兄长皇太极(癞头和尚)将元玺改造成清玺(通灵宝玉),从而开始了《红楼梦》。

"贾政,字存周"源于顺治元年五月初二多尔衮在天安门(承天门)金水桥的著名讲话:"王曰:予法周公以周公尝负扆,固请,乃命以卤簿列王仪仗前,奏乐,拜天,复拜阙。谓辅冲主,不当乘。"(《清史稿》)

多尔衮的为人:"身自端方,体自坚硬。虽不能言,有言必应。"——统一中原的大清国的实际缔造者。

第三回《贾雨村夤缘复旧职》原文加注:

"二内兄名政,字存周,现任工部员外郎,其为人谦恭厚道,大有祖父遗风,非膏粱轻薄仕宦之流。……

有日到了都中,进入神京,雨村先整了衣冠,带了小童,拿着宗侄的名帖,至荣府的门前投了。彼时贾政已看了妹丈之书,即忙请入相会。见雨村相貌魁伟,言语不俗,且这贾政最喜读书人,礼贤下士,济弱扶危,大有祖风,况又系妹丈致意,因此优待雨村,更又不同,便竭力内中协助,题奏之日,轻轻谋了一个复职候缺,不上两个月,金陵应天府缺出,便谋补了此缺,拜辞了贾政,择日上任去了。

"字存周"源于周公辅助侄子周成王的故事。"谦恭厚道,大有祖父遗风","礼贤下士,济弱扶危",源于"周公恐惧流言日,王莽谦恭下士时,假如当时身便死,一生真伪有谁知"。

顺治元年、崇祯十七年四月二十九日,李自成在武英殿登基,当了一天大顺皇帝。第二天即放一把火烧了明故宫,落荒而逃。五月初二(或曰初三),多尔衮由通州进入北京。已经投降李自成的明朝官僚武将经过"追赃助饷"之后,发现李自成还是流寇与马贼。清兵矛头只指向大顺军,降清不但可以保住身家性命,还可以得到高官厚禄,于是视镇压李自成的清军为"仁义之师",到朝阳门外五里地去迎接多尔衮入城。明宫太监更在皇城外摆上明朝皇帝使用的卤簿,跪伏道旁等待多尔衮的到来。

多尔衮兵权在握,但他不敢贸然接受这种破格的皇帝礼遇。他声称要效法周公,辅佐幼主顺治皇帝,不能接受天子礼仪,为了不负众望,下令卤簿向宫门陈设,自己分别对天、对宫阙行了三跪九叩大礼,然后才在仪仗的引导下,以摄政王的名义,进入明皇宫武英殿。

《清史稿·睿忠亲王多尔衮》云:"五月戊子朔,师次通州。自成先一日焚宫阙,载辎重而西。王令诸王偕三桂各率所部追之。己丑,王整军入京师,明将吏军民迎朝阳门外,设卤簿,请乘辇,王曰:'予法周公以周公尝负扆,固请,乃命以卤簿列王仪仗前,奏乐,拜天,复拜阙。谓辅冲主,不当乘。'乘辇,升武英殿。明将吏入谒,呼万岁。"

(1)《朝鲜李朝实录》云:李自成放火烧了明故宫,紫禁城里"宫殿悉皆烧尽,惟武英殿岿然独存,内外禁川玉石桥亦宛然无缺。烧房之燕,蔽天而飞"。多尔衮只能暂时在武英殿办公,并组织三位明朝旧臣("老明公山子野")范文程、洪承畴与金之俊开始了将近五个月的修复工程——"修建大观园"。

(2)决定由盛京迁都北京,防止了大规模的抢掠——关于是否定都北京,曾有很大的争论。代表旧势力的满洲贵族反对迁都,主张"今宜乘此兵威,大行屠戮,留置诸王以镇燕都,而大兵则或还守沈阳,或退保山海"(《朝鲜李朝实录》)。多尔衮力排众议:"先帝尝言:若得北京,当即徙都,以图进取。况今人心未定,不可弃而东还。"(《朝鲜李朝实录》)他上奏顺治皇帝云:"燕京势踞形胜,乃自古兴王之地,有明建都之所。今既蒙天畀,皇上迁都于此,以定天下,则宅中图治,宇内朝宗,无不通达,可以慰天下仰望之心,可以赐四方和恒之福,伏祈皇上熟虑俯纳焉。"(《清实录》)同时派辅国公等前往盛京接驾。

(3)起用大批汉官,招降纳叛,笼络汉族地主阶级与士大夫。多尔衮入京第六天就下令:"在京内阁、六部、都察院等衙门,俱以原官同满官一体办事。"(《清实录》)并再三强调,凡明朝"各衙门官员,俱照旧录用……其避贼回籍,隐居山林者,亦其以闻,仍以原官录用"。如此一来,明朝官将纷纷投诚。连依附魏忠贤的冯诠也保住了大学士头衔。东林党的陈名夏曾投降李自成,仍委以吏部尚书与弘文院大学士。崇祯与李自成时期分崩离析的汉族士大夫重新凝聚在一起。这为稳定国家局势,作出了贡献。例如汉官们提出的"议定崇祯庙号……四海可传檄而定","黜租三年,与民生息",豁免明代加派的钱粮等等(《宋权传》),均为多尔衮采纳。汉族皇帝与农民的混乱局面迅速安定下来。

(4)优待明朝宗室,为崇祯皇帝与后妃发丧。李自成逼死崇祯皇帝,烧掠京师。多尔衮打出"吊民伐罪"的旗号,矛头只对李自成。因为他了解农民起义是推翻朝廷的唯一力量,他给史可法的信中称:"抚定燕都乃得之于闯贼,非取之于明朝。"多尔衮将清兵入主中原说成"复君父仇",从而将民族之间的战争转移为共同的讨贼战争,大大减轻了满族与汉族军事冲突的力度。因为南明政权与满清政权的共同敌人确实都是李自成与张献忠。满清说"复君父仇",南明说"借虏平寇"。明亡清兴与李自成的兴衰,如此而已。

多尔衮入京的第三天,就下令为崇祯皇帝办丧事:"今令官民人等,为崇祯帝服丧三日,以展舆情。"谕书下后,"官民大悦"(《东华录》)。这种做法满足了汉族人对明王朝的怀念之情,减轻了他们对新政权的敌视。五月二十二日,多尔衮下令照皇帝的礼仪将崇祯帝葬入昌平十三陵田贵妃园寝,称为思陵。对于明宗室,多尔衮更是宽大为怀,入京第二天就宣布"至朱姓各王归顺者,亦不夺其王爵,仍加恩养"(《清实录》)。表示投诚者予以嘉赏。

(5)开科取士,恢复中原地区的科举考试,大量收纳汉族士大夫。顺治元年十一月开科取士,廷试贡生,上卷以知州用,中次卷以州判县丞教职用。顺治二年七月,浙江总督张存仁上书云:"速遣提学,开科取士,则读书者有出仕之望,而从逆之念自息。"(《清实录》)多尔衮遂下令举行全国乡试,在北京举行廷试。顺天府乡试的秀才达三千余名,轰动大江南北,大大缓和了民族矛盾。

(6)缓和与孝庄、顺治皇帝的矛盾。多尔衮为人严肃,又大权在握,与两宫及小皇帝的矛盾在所难免。多尔衮并非横行霸道,而是曲意缓解。

第二十二回云:

贾母笑道:"你在这里,他们都不敢说笑,没的倒叫我闷。你要猜谜时,我便说一个你猜,猜不着是要罚的。"贾政忙笑道:"自然要罚。若猜着了,也是要领赏的。"贾母道:"这个自然。"说着便念道:

　　猴子身轻站树梢。

　　　　——打一果名。

贾政已知是荔枝,便故意乱猜别的,罚了许多东西;然后方猜着,也得了贾母的东西。然后也念一个与贾母猜,念道:

　　身自端方,体自坚硬。
　　虽不能言,有言必应。

　　　　——打一用物。

说毕,便悄悄的说与宝玉。宝玉意会,又悄悄的告诉了贾母。贾母想了想,果然不差,便说:"是砚台。"贾政笑道:"到底是老太太,一猜就是。"回头说:"快把贺彩送上来。"地下妇女答应一声,大盘小盘一齐捧上。贾母逐件看去,都是灯节下所用所顽新巧之物,甚喜,遂命:"给你老爷斟酒。"宝玉执壶,迎春送酒。

在这段故事里,多尔衮(贾政)、孝端孝庄两宫皇太后(贾母王夫人)、顺治皇帝(宝玉)、孔四贞(湘云)代表的汉军正红旗、后宫佳丽(黛玉)代表的满洲八旗都出场了,写出了彼此的尴尬与相互妥协。

作者说入关初期的多尔衮为人"谦恭厚道","大有祖风","礼贤下士,济弱扶危",是公正的,完全符合历史史实。

元春谜语

能使妖魔胆尽摧,身如束帛气如雷。
一声震得人方恐,回首相看已化灰。

解读

在第二十二回中,贾元春送的元宵灯谜,谜底竟然是一个"能使妖魔胆尽摧"的大爆竹,而贾政看后竟然"心内愈思愈闷"——实在隐意深奥,令人沉思。

爆竹的特点就是一响而散,粉身碎骨,妖魔胆尽摧,束帛气如雷,震得人方恐,回首已化灰。

身前惊天动地,使敌人胆战心惊,身后烟消火灭,销声匿迹,恰好是元春隐射的孝庄皇太后传奇人生的最恰当的写照。

孝庄皇太后的内外政敌——明朝崇祯皇帝朱由检、大顺朝皇帝李自成、大西王张献忠、南明弘光朱由崧等五位皇帝以及大清朝"成宗义皇帝"多尔衮、大周朝皇帝吴三桂,都领教过这个"身如束帛"的"烟花爆竹"的厉害。事过境迁,烟云过后,异口同声地发出了由衷的赞叹:"何我堂堂须眉,诚不若彼裙钗哉?实愧则有余,悔又无益之大无可如何之日也!"

战胜对手,化敌为友,又使敌人由衷地叹服——唯有孝庄独步千古也。

作者对孝庄皇太后极尽讽刺挖苦之能事,却又尊重历史。认为她是入关后大清王朝的开国女"裙钗",是朝廷与后宫的真正主宰者。她与摄政王多尔衮有联合又有斗争,她与儿子顺治皇帝有矛盾但真心辅佐。她以偷梁换柱的方式将顺治的遗诏篡改为"罪己诏"(黛死钗嫁),却竭尽全力辅佐康熙皇帝。她死后很落寞,不能与皇太极合葬,只能遥望昭陵痛哭("哭向金陵事更哀"),连与多尔衮合法生养的女儿也照顾不了,因而成了《金陵十二钗》第一悲剧人物。孝庄扶立孙子康熙称清圣祖,说明她废黜了儿子清世祖福临。否则,入关之后,何须二祖?

探春谜语

阶下儿童仰面时,清明妆点最堪宜①。
游丝一断浑无力②,莫向东风怨别离。

① 清明:是放风筝的日子,也是为多尔衮扫墓的日子。
② 游丝一断:父亲(多尔衮)去也,风筝(女儿)像断了线。

解读

(1) 第五回探春的判词为:"后面又画着两人放风筝,一片大海,一只大船,船中有一女子掩面泣涕之状。""两人放风筝",指多尔衮与孝庄关注孩子的命运与出路。"掩面泣涕",指对自己的出身地位极为痛苦。"一片大海,一只大船",指远嫁的地方为"瀚海阑干百丈冰"的大戈壁。

(2) 第二十二回云:"又往下看是:阶下儿童仰面时,清明妆点最堪宜。游丝一断浑无力,莫向东风怨别离。贾政猜是'风筝',探春笑答:'是。'"多尔衮死前,对女儿的结局有一定的预感,但爱莫能助了——"游丝一断浑无力"。只能对女儿说:"莫向东风怨别离。"

(3) 第七十回云:"说着,只见那凤凰渐逼近来,遂与这凤凰绞在一处。众人方要往下收线,那一家也要收线,正不开交,又见一个门扇大的玲珑喜字带响鞭,在半天如钟鸣一般,也逼近来。众人笑道:'这一个也来绞了。且别收,让他三个绞在一处倒有趣呢。'说着,那喜字果然与这两个凤凰绞在一处。三下齐收乱顿,谁知线都断了,那三个风筝飘飘摇摇都去了。"——"三姐姐的那一个软翅子大凤凰",指探春隐射的女孩子身份高贵,"日边红杏倚云载"也,"得此签者比得贵婿"也。"软翅子"指失去靠山。

"探春笑道:'横竖是给你放晦气罢了。'"——多尔衮贬为庶民了,女儿却享受格格的待遇,朝野有舆论,但不敢说;顺治皇帝有压力,但不能说,心里别扭,将妹妹以格格的身份远嫁蒙古,舍不得,但总算去掉了一块心病。

"探春正要剪自己的凤凰"——多尔衮的女儿远嫁,断绝与北京的联系,有这个思想准备,但剪不断,理还乱,是离愁。

"见天上也有一个凤凰"——又有一位格格也远嫁了蒙古。

"只见那凤凰渐逼近来,遂与这凤凰绞在一处。众人笑道:'这一个也来绞了。且别收,让他三个绞在一处倒有趣呢。'"——三位皇家女儿远嫁外藩,三喜也,互相掩映也,"三个风筝飘飘摇摇都去了"。

迎春谜语

天运人功理不穷[①],有功无运也难逢。
因何镇日纷纷乱?只为阴阳数不同[②]。

① 天运:指天命,运数。
人功:人的努力,谋划运筹。
② 阴阳数不同:不是一路人。

解读

迎春的这首谜语谜底是算盘,此乃皇太极十四格格政治婚姻悲剧的真实写照。

第五回《红楼梦曲子》云:"后面忽见画着个恶狼,追扑一美女,欲啖之意。其书云:子系中山狼,得志便猖狂。"隐射的历史是,入关初期摄政王多尔衮(贾赦)与孝庄皇太后(邢夫人)为了笼络平西王吴三桂,遂将皇太极(贾赦也隐射入关之前的清太宗)十四女和硕格格下嫁中山狼吴应熊(孙绍祖)。康熙十三年正月,吴三桂在云南发动三藩叛乱,四月,吴应熊与儿子吴世霖被杀头示众,十四格格闯进慈宁宫恳求饶了丈夫与儿子的命被拒,当场触柱昏死,上演了一幕皇室公主政治婚姻的悲剧。说明清初的满汉联姻,是政治大棋盘上的一局和棋,后来弄砸了。清皇室与吴三桂联姻,与耿精忠联姻,与尚之信联姻,都没有防止三藩叛乱,满汉联姻(木石前盟)变成了一着死棋。所以,康熙朝之后,基本没有恢复清太祖努尔哈赤当年首创的木石前盟(满汉联姻)。一直到清朝灭亡,满清皇室再也不提木石前盟(满汉联姻)与金玉良缘(满蒙联姻)了,而改行满满联姻(金金因缘)政策。

第五回《红楼梦曲子》云:"〔喜冤家〕中山狼,无情兽,全不念当日根由。"

"全不念当日根由"是指责吴三桂后来叛乱,忘记了当年多尔衮在山海关石河战场救助他的"恩情"。

宝钗谜语

有眼无珠腹内空①,荷花出水喜相逢②。
梧桐叶落分离去,恩爱夫妻不到冬③。

① 有眼无珠:指看错了人。
  腹内空:指没有文化。
② 荷花出水喜相逢:指夏天成亲。
③ 恩爱夫妻不到冬:指初冬就感情破裂了。

解读

竹夫人——夏季抱着取凉,冬天弃置库房,到夏天说不定又弄出来抱着取凉,写尽了顺治与第一位皇后的婚姻经过。

顺治八年八月福临第一次大婚,但到顺治十年八月,顺治皇帝毅然决然地废黜了蒙古皇后博尔济吉特氏,朝野为之震惊。此即《红楼梦》中所谓"薛文龙悔娶河东狮"。

薛蟠本来代表吴周帝系,主要影射吴三桂(薛文起)。此处的薛文龙转而隐射顺治皇帝。"桂花夏家"影射孝庄的娘家——蒙古科尔沁亲王吴克善家。河东狮夏金桂则隐射孝庄的侄女、顺治第一位皇后、蒙古姑娘博尔济吉特氏。

薛蟠隐射平西王吴三桂,失去了住在皇宫里的权利。薛姨妈隐射吴三桂的母亲,更不可能住在荣府(清皇宫)。既然他(她)们住在荣府,就必然要表

第二十二回　听曲文宝玉悟禅机　制灯谜贾政悲谶语

演皇室人物，包括孝庄与顺治皇帝等。例如，薛姨妈与王夫人是姐妹（都隐射孝庄皇太后），而薛蟠母舅王子腾隐射孝庄的兄长吴克善，她们姐妹就可以共同表演科尔沁蒙古王爷的妹妹孝庄皇太后了。因为吴克善只有一个妹妹是大清国的皇太后。

薛姨妈与王夫人都隐射孝庄皇太后（姐妹俩），就全盘皆活了。

（1）薛姨妈（孝庄）为儿子薛文龙（顺治皇帝）操办娶夏金桂（第一位皇后博尔济吉特氏），相当于王夫人（孝庄）为儿子贾宝玉（顺治皇帝）操办娶博尔济吉特氏。

（2）王夫人与薛姨妈既是姐妹两人，薛文龙就可以表演顺治皇帝了。

如此一来，第一男主角贾宝玉（顺治皇帝）就不用直接出面了。

王子腾（吴克善亲王）是贾宝玉（顺治皇帝）的"母舅"，又是薛蟠（顺治皇帝）的"母舅"，而贾宝玉与薛蟠又是同一天生日（五月初三）。这是作者提示读者：

此处的薛蟠与贾宝玉都是王子腾（吴克善亲王）的外甥，两个外甥都住在荣府（皇宫）里，而吴克善亲王在皇宫里只有一个外甥顺治皇帝。显然，薛蟠与贾宝玉都可以隐射顺治皇帝。

既然贾宝玉与薛文龙都可以在特定的条件下表演顺治皇帝，当然两个人的生日就是一天了（五月三日），两个人也可以经常见面了（姨表兄弟），两个人就可以一起喜欢蒋玉菡（盛皇帝玉玺的紫檀匣子——顺治想亲政，吴三桂想称帝）了。薛文龙就可以代替目标太大的贾宝玉（顺治皇帝）与夏金桂（博尔济吉特氏）成亲，并且废黜她了。

第七十九回：

原来这夏家小姐今年方十七岁，生得亦颇有姿色，亦颇识得几个字。若论心中的邱壑经纬，颇步熙凤之后尘。只吃亏了一件，从小时父亲去世的早，又无同胞弟兄，寡母独守此女，娇养溺爱，不啻珍宝，凡女儿一举一动，彼母皆百依百随，因此未免娇养太过，竟酿成个盗跖的性气。爱自己尊若菩萨，窥他人秽如粪土；外具花柳之姿，内秉风雷之性。在家中时常就和丫鬟们使性弄气，轻骂重打的。今日出了阁，自为要作当家的奶奶，比不得作女儿时腼腆温柔，须要拿出这威风来，才钤压得住人；况且见薛蟠气质刚硬，举止骄奢，若不趁热灶一气炮制熟烂，将来必不能自竖旗帜矣……因他家多桂花，他小名就唤做金桂。他在家时不许人口中带出金桂二字来,凡有不留心误道一字者,他便定要苦打重罚才罢。他因想桂花二字是禁止不住的,须另换一名,因想桂花曾有广寒嫦娥之说,便将桂花改为嫦娥花,又寓自己身分如此。

入关前的满蒙贵族都不太重视子女的文化教育。入关后,满洲皇族在教育思想上发生了极大转变:必须尽快学习汉文化,因为统治对象主要是汉族,皇室子弟的汉文化教育几近苛刻,显然是政治的需要。但留在草原上的蒙古王爷们却依然故我,从不为子女的教育费心。顺治皇后,就是在可以杀人取乐的荒蛮环境里长大的公主,是个"凤辣子",是一头难以驯服的野马,是个河东狮子吼。《红楼梦》里说王熙凤不认识字,是历史的真实。顺治的第一位皇后连一个汉字也不认识,是真正的文盲。

"颇步熙凤之后尘"——夏金桂与王熙凤隐射同一个"泼皮破落户"——顺治第一位被废黜的皇后,所以说夏金桂的脾气性格,"颇步熙凤之后尘",因为这两个蒙古野姑娘隐射同一个人。

关于顺治帝与蒙古皇后的洞房花烛夜,史书上记载:"合卺之夕,意志即不协。"顺治帝在庶妃巴氏的身上得到的是和谐的性欲快感和极大的心理满足。因为巴氏有过以奴侍主的性经验,懂得如何满足主子的虚荣心。

顺治皇帝娶的这位蒙古皇后,决不懂得这浅显的做女人的道理。她是蒙古亲王府的千金,根本不懂得怎样伺候别人,哪怕这个人是皇帝,她也不知道应当去伺候他。她生性刁蛮,尖刻泼辣,《红楼梦》里凤姐儿与夏金桂是什么样子,这位蒙古皇后就是什么样子。皇上岂会与这种女人在卧榻上琴瑟和谐?

皇太后担心亲政的儿子年龄太小,特意在几个侄女中挑中了这个比皇上大两岁的皇后。她长得"丽而慧",很像当年的孝庄。但她外表像庄妃,内里却是个"河东狮"。顺治皇帝早熟得很,凶险的政治环境,迫使他懂事早。他的汉文化修养相当好,连艰深的佛经也能读懂。可蒙古皇后别说汉字,就是蒙古字也认不得几个。

《孝献皇后行状》云:顺治第一位皇后"生性妒忌,每见貌少妍者,即憎恶,欲置之死"。皇后穷奢极欲,"凡诸服御,莫不以珠玉绮绣缀饰","膳时有一器非金者,辄怫然不悦"。顺治皇帝"素慕简朴",实在无法容忍这种毫无意义的奢靡行为。

第二十二回　听曲文宝玉悟禅机　制灯谜贾政悲谶语

宝玉谜语

南面而坐，北面而朝①。
象忧亦忧，象喜亦喜②。

① 南面而坐：指顺治皇帝。北面而朝：指群臣。
② 象忧亦忧，象喜亦喜：顺治皇帝亲政前后的局面。

解读

宝玉谜语的谜底是镜子。《红楼梦》又名《风月宝鉴》，就是一面历史的镜子。正面看"无非公子与红妆"，反面则"白骨如山忘姓氏"也。

《红楼梦》的主要部分就是"少年天子顺治皇帝隐史"——皇太极多尔衮（贾雨村、贾赦、贾政与贾琏）盘马弯弓驰骋中原的身教，范文程、洪承畴（贾代儒、贾天祥）渊博汉学教育的深刻熏陶，汤若望（刘姥姥、醉金刚倪二）天主教精神的陶冶，使少年天子顺治成为中国三千年来第一个超凡脱俗的三位一体的新皇帝——贾宝玉。他的思想受到三方面的影响：一是满洲奴隶制残余；二是汉族的封建正统；三是西方朦胧的人文主义。其中最值得注意的是来自汤若望的新思想，正如陈垣先生所云："汤若望之于清世祖，犹魏征之于唐太宗。"

顺治皇帝童年的痛苦经历、亲政后勤奋攻读汉学、与德国传教士汤若望将近十年的交往，使他逐渐背弃了野蛮残酷的奴隶制度，不仅具有了"马上得天下，但不能马上治之"的政治理念，而且有了朦胧模糊的西方新人权思想——"杂学旁收"后，要求"恋爱自由"（男女平等），认为"世法平等"（人人平等），主张"满汉一体"（民族平等），"禁止圈地"与"废除逃人法"（主奴平等）。在《红楼梦》的男主角身上，充分体现了这种精神。这是贾宝玉艺术形象中最闪光的宝贵东西。

少年天子顺治是孤家寡人，他是旧制度的叛逆，新制度的畸胎。

他不仅需要肉体的满足（被认定为"天下古今第一淫人"），更需要精神的共鸣（被认定为"意淫"）。但高山流水，知音难觅。他是一个天生的悲剧典型（神瑛）。因为封建制度与人文主义是南辕北辙、水火不容的。

当时唯一能给他些许安慰的就是董鄂氏（人间的林黛玉、秦可卿，尤二姐、尤三姐，太虚幻境的兼美）这位江南才女的爱情。董鄂氏死了，如何弥补心灵的创伤？

茫茫人海，到何处去？万般无奈，回头是岸，离开汤若望的教诲，再到佛经里找解脱。

贾宝玉悲剧具有永恒的历史意义——在旧制度朽木上萌生的一个嫩芽，既是变态的旧事物，又是畸形的新事物，作为早产的第一代，其生命力极弱，在古老的中国，甚至连活下来的一点条件都没有。

仅此一点，《红楼梦》就具有振聋发聩的现实意义——一个民族没有了创新精神，或者不断扼杀新事物，那是无论如何也活不下去的。中国封建社会的历史，就是不断加码的扼杀创新精神、创新人才的历史。这是中国的致命伤。当代中国人远远落后于春秋战国时代的创新精神，原因即在此。

宝钗谜语

朝罢谁携两袖烟，琴边衾里两无缘[①]。
晓筹不用鸡人报，五夜无烦侍女添[②]。
焦首朝朝还暮暮，煎心日日复年年[③]。
光阴荏苒须当惜，风雨阴晴任变迁。

[①] 朝罢：上朝归来，此处指早晨给皇太后请安归来。
琴边：指为皇帝抚琴为乐。
衾里：指为皇帝侍寝。
两无缘：既无缘为皇帝抚琴，也无缘为皇帝侍寝。
[②] 这句说寂寞冷宫，不用太监与侍女伺候。
[③] 这句说过了两年焦首煎心的所谓皇后生活。

解读

薛宝钗（长春宫主位）痛苦地回忆了当皇后那两年的凄惨境遇："琴边衾里总无缘"，"五夜无烦侍女添"，"焦首朝朝还暮暮"，"风雨阴晴任变迁"。

寂寞早"朝罢"、"不用鸡人报"、"无烦侍女添",都是皇宫失宠女人的生活写照。

"光阴荏苒须当惜"——虽然没有得到皇帝的宠爱,但对青春仍抱着希望。

"煎心日日复年年"——"日日煎心",多么难熬的两年啊(年年)!

薛宝钗"待选"多年,才"黛死钗嫁"——董鄂氏皇贵妃死,博尔济吉特氏与顺治结合,但依然是"相敬如宾"的姐弟关系,就根据上述历史事实。

贾宝玉对林黛玉的热爱和对薛宝钗的厌恶,源于生活,又高于生活。说薛宝钗是封建制度的卫道者,帽子太大,但她确实是满蒙联姻的殉道者。她安慰王夫人说金钏儿之死是失足落井,即便是投井自尽,也是自己糊涂,不为可惜,完全是奴隶主的口气。而金钏儿隐射的谨贵人,就是她的堂妹,所以薛宝钗的新衣服,金钏儿做送终寿衣很合身。此事表明冷美人对人命的冷漠,对皇太后的巴结。她处心积虑地博取贾母的欢心,依靠王夫人的庇护,有恃无恐,稳取了"宝二奶奶"(恢复长春宫主位)的宝座,置林黛玉生死于不顾,表明她是一个政客式的女人。读者看到的温良恭俭让,全是冷香丸的作用——"装拙守愚"也。

打入冷宫的妃子重新复位,与老百姓离婚后又复婚一个道理。尽管博尔济吉特氏(薛宝钗)回到了顺治身边,但顺治皇帝(贾宝玉)心里仍然只想着董鄂氏皇贵妃(林妹妹)。第九十七回《薛宝钗出闺成大礼》中的薛宝钗,对贾宝玉的内心世界了如指掌("宝钗也明知其事"),所以对贾宝玉顺治皇帝弥留之际的昏话"置若罔闻"。

第九十七回原文加注:

凤姐(孝庄)便走上来,轻轻的说道:"宝姑娘(博尔济吉特氏)在屋里坐着呢,别混说。回来得罪了他,老太太(孝庄)不依的。"宝玉(顺治)听了,这会子糊涂的更利害了。本来原有昏愦的病,加以今夜神出鬼没,更叫他不得主意,便也不顾别的,一口声声只要找林妹妹(其实董鄂氏皇贵妃早在半年前,已经死了)去。贾母(孝庄)等上前安慰,无奈他只是不懂。又有宝钗在内,又不好明说。知宝玉久病复发,也不讲明,只得满屋里点起安息香来,定住他的神魂,扶他睡下。众人鸦雀无闻。停了片时,宝玉便昏沉睡去(病中),贾母等才得略略放心,只好坐以待旦,叫凤姐去请宝钗安歇。宝钗置若罔闻（冷美人——恢复为长春宫主位，已经三年），也便和衣在内暂歇。……且说宝玉回来，旧病陡发，更加昏愦，连饮食也不能进了。

此乃顺治十八年正月初五到初七，福临患天花，病入膏肓，弥留状态的真实写照。他仍然思念死去的董鄂氏端敬皇后，仍然不容纳可怜的表姐。这是正史的记录。

惜春谜语

前身色相总无成①，不听菱歌听佛经②。
莫道此身沉墨海③，性中自有大光明④。

① 前身色相：指惜春隐射的历史人物，原来陷在尘世，迷恋情色。
总无成：没有实现自己的初衷。
② 不听菱歌：后来不再听信人间的情歌艳曲。
听佛经：改听天籁佛音。
③ 沉墨海：断绝七情六欲，皈依佛门，似乎是沉于黑暗的海底。
④ 性中自有大光明：但佛在自己心中，眼前一片光明。

解读

对惜春出家为尼，作者充满悲悯、惋惜与同情。出家修行，成佛做祖，永生不死，心中光明，不过是自欺欺人的精神安慰而已。

（1）"前身色相总无成"对应第五回判词"勘破三春景不长"——惜春隐射的孔四贞为定南王的千金小姐，本来会荣华富贵，但父亲败死桂林，全家自尽，仅自己侥幸脱逃，成了孤女。与顺治有一段不解的情缘，而皇帝早逝。康熙十三年丈夫孙延龄参加三藩叛乱，复又归顺朝廷，终被吴三桂杀死。在崇德、顺治、康熙三朝，人间的荣辱悲欢都尝尽了，功名情爱，过眼云烟而已。

"不听菱歌听佛经"对应第五回判词"缁衣顿改昔年妆"——康熙十八年奉命回到北京，因丈夫曾参加叛乱，朝野舆论哗然，三藩已经消灭，自己成了唯一掌握汉军正红旗的汉族郡王，鸟尽弓藏，秋扇见弃，"因不合时宜，权势不容"，所以只能主动放弃兵权，带发修行，成了"槛外人"，从此"为人孤癖，不合时宜，万人不入他目"。在世人眼里，"僧不僧，俗不俗，女不女，男不男"，性格更加孤僻古怪。

"莫道此身沉墨海"对应第五回判词"可怜绣户侯门女"——原来是侯门闺秀，如今为古刹尼姑，真像是落入了千寻海底，前途暗淡无光。

"性中自有大光明"对应第五回判词"独卧青灯古佛旁"——作为一名曾经风流豪放的巾帼将军，如今独卧青灯，晨钟暮鼓，唯一支持自己活下去的，就是心里那一片对于未来的希望。

以上八句诗，深沉复杂，惨淡凄凉，道尽了一位落魄女英雄的苦涩艰辛。"侯门女"、"总无成"、"听佛经"、"沉墨海"——才见作者对孔有德女儿的真情。

"莫道此身沉墨海"是孔四贞坎坷旅途的最后归宿。

"性中自有大光明"是孔四贞内心世界的最高境界。

第二十三回　西厢记妙词通戏语　牡丹亭艳曲警芳心

四时即事四首

春夜即事
霞绡云幄任铺陈，隔巷蟆更听未真①。
枕上轻寒窗外雨，眼前春色梦中人。
盈盈烛泪因谁泣，默默花愁为我嗔。
自是小鬟娇懒惯，拥衾不耐笑言频。

夏夜即事
倦绣侍人幽梦长，金笼鹦鹉唤茶汤。
窗明麝月开宫镜，室霭檀云品御香②。
琥珀杯倾荷露滑，玻璃槛纳柳风凉。
水亭处处齐纨动，帘卷朱楼罢晚妆。

秋夜即事
绛芸轩里绝喧哗③，桂魄流光浸茜纱④。
苔锁石纹容睡鹤，井飘桐露湿栖鸦。
抱衾婢至舒金凤⑤，倚槛人归落翠花⑥。
静夜不眠因酒渴，沉烟重拨索烹茶。

冬夜即事
梅魂竹梦已三更，锦罽鹔衾睡未成。
松影一庭唯见鹤，梨花满地不闻莺。

第二十三回　西厢记妙词通戏语　牡丹亭艳曲警芳心

女儿翠袖诗怀冷⑧，公子金貂酒力轻⑨。
却喜侍儿知试茗⑩，扫将新雪及时烹。

① 蟆更：天亮时的打更声，称蛤蟆更。
② 麝月：月亮。暗指贾宝玉的丫鬟麝月，隐射顺治的淑惠妃。
檀云：檀香木燃烧的轻烟。暗指贾宝玉的丫鬟檀云，隐射顺治的妃子。
③ 绛芸轩：贾宝玉的院子，隐射顺治皇帝住的养心殿。
④ 桂魄：月亮。其中有桂花树。
⑤ 舒金凤：指贵妃侍寝的姿态。
⑥ 落翠花：指贵妃卸装侍寝。
沉烟重拨：重新点燃炉火。
⑦ 锦罽鸂衾：锦绣毛毯。
⑧ 女儿翠袖：指后妃的衣裳。
⑨ 公子金貂：指皇帝的龙袍。
⑩ 侍儿知试茗：宫女烹茶伺候。

解读

以眼前事物为题材的诗叫即事诗。《四时即事》是大观园（故宫与皇家林苑）修复后，贾宝玉（顺治皇帝）进驻，写一年四季自己与小姐丫鬟们（后妃宫女）生活情景的诗，是清初皇帝的生活写照。作者写《四时即事》的目的只有一个，暗示贾宝玉是顺治皇帝，绛芸轩隐射大婚前住的养心殿，怡红院隐射大婚后住的坤宁宫。得宠的董鄂氏皇贵妃居住的承乾宫距离顺治最近，而失宠的静妃住的长春宫距离顺治最远。

第二十三回云：

闲言少叙。且说宝玉自进花园以来，心满意足，再无别项可生贪求之心。每日只和姊妹丫头们一处，或读书，或写字，或弹琴下棋，作画吟诗，以至描鸾刺凤，斗草簪花，低吟悄唱，拆字猜枚，无所不至，倒也十分快乐。他曾有几首即事诗，虽不算好，却倒是真情真景，略记几首云……

《四时即事》描写的是顺治皇帝宫廷生活的细节。

因这几首诗，当时有一等势利人，见是荣国府十二三岁（顺治十二三年）

的公子作的，抄录出来各处称颂；再有一等轻浮子弟，爱上那风骚妖艳之句，也写在扇头壁上，不时吟哦赏赞。因此竟有人来寻诗觅字，倩画求题的。宝玉亦发得了意，镇日家作这些外务。——福临的书法与诗词，已经相当有工夫，御笔赐臣工，赞扬满京师。"正大光明"匾上的四个大字，集中的表现了少年天子的才华抱负。"镇日家作这些外务。那一日正当三月中浣，早饭后，宝玉携了一套《会真记》，走到沁芳闸桥边桃花底下一块石上坐着，展开《会真记》，从头细玩。……林黛玉把花具且都放下，接书来瞧，从头看去，越看越爱看，不到一顿饭工夫，将十六出俱已看完，自觉词藻警人，余香满口。……宝玉笑道："我就是个'多愁多病身'，你就是那'倾国倾城貌'。"林黛玉听了，不觉带腮连耳通红，登时直竖起两道似蹙非蹙的眉，瞪了两只似睁非睁的眼，微腮带怒，薄面含嗔，指宝玉道："你这该死的胡说！好好的把这淫词艳曲弄了来，还学了这些混话来欺负我。我告诉舅舅舅母去。"

董鄂氏皇贵妃受到皇帝专宠，有些矫情起来。

"原来姹紫嫣红开遍，似这般都付与断井颓垣。"林黛玉听了，倒也十分感慨缠绵，便止住步侧耳细听，又听唱道是："良辰美景奈何天，赏心乐事谁家院。"……又侧耳时，只听唱道："则为你如花美眷，似水流年……"……又听道"你在幽闺自怜"等句，亦发如醉如痴，站立不住，便一蹲身坐在一块山子石上，细嚼"如花美眷，似水流年"八个字的滋味。……又兼方才所见《西厢记》中"花落水流红，闲愁万种"之句，都一时想起来，凑聚在一处。仔细忖度，不觉心痛神痴，眼中落泪。

从顺治十二年五月到十七年八月，福临与董鄂氏就是在如此氛围中度过的。所谓"妾侍君五年矣"，如果从顺治十二年二月初八幽会算起，到顺治十七年九月底董鄂氏火葬景山寿皇殿广场，恰好是"五年八月有畸"。

第二十五回　魇魔法叔嫂逢五鬼　红楼梦通灵遇双真

跛足道人赞

一足高来一足低，浑身带水又拖泥。
相逢若问家何处，却在蓬莱弱水西。

解读

《跛足道人赞》是定南王孔有德的肖像画与特写，可参看第一回跛足道人的《好了歌》。

"跛足道人"孔有德的生理特点是"手足"有点儿残疾，那是天聪七年在抚顺作战时马失前蹄留下的纪念。

第六十二回《憨湘云醉眠芍药裀》原文加注：

当下又值宝玉生日已到……只有张道士送了四样礼，换的寄名符儿；……黛玉便道："你多喝一钟，我替你说。"宝玉真个喝了酒，听黛玉说道：落霞与孤鹜齐飞，风急江天过雁哀，却是一只折足雁，叫的人九回肠，这是鸿雁来宾。说的大家笑了，说："这一串子倒有些意思。"黛玉又拈了一个榛穰，说酒底道：榛子非关隔院砧，何来万户捣衣声。令完，鸳鸯袭人等皆说的是一句俗语，都带一个"寿"字的，不能多赘。

……湘云便说道：奔腾而砰湃，江间波浪兼天涌，须要铁锁缆孤舟，既遇着一江风，不宜出行。

孔有德是归顺满清职位最高、时间较早的明朝战将，他是孔圣人的后裔，所以成为《红楼梦》中的重要角色。按作者的写法，孔有德是顺治皇帝的生父,是顺治、康熙、雍正、乾隆等满清皇帝的老祖宗。

崇德时代,孔有德"封恭顺王",下属称"天祐兵",与佟养牲统帅的老汉军八旗"乌真超哈"各为独立的系统。至崇德"七年……时析乌真超哈为八旗,有德等请以所部隶焉,乃分属正红旗"。也就是说,定南王孔有德统帅的部队,从崇德七年到顺治九年七月初四战死时,都是独立的汉军正红旗部。

《清史稿》载:"顺治元年,从睿亲王多尔衮入关,追击李自成至庆都。九月,上至京师,赐有德等貂蟒朝衣。十月,上御皇极门大宴,复赐鞍马。旋命有德从定国大将军豫亲王多铎西讨李自成。……二年,八月,授有德平南大将军,率仲明、可喜……率师南征,策自湖广下江西赣南入广东,谕诸将悉受有德节制。"——"现掌道录司印",就是指"谕诸将悉受有德节制"。

第二十五回《魇魔法叔嫂逢五鬼　红楼梦通灵遇双真》强调五五二十五的"五"字。"逢五鬼"也是强调一个"五"字。隐射顺治五年多尔衮(赵姨娘)与范文程(马道婆)密谋篡夺皇权,皇太极(癞头和尚)属下的满洲八旗与孔有德(跛足道人)统帅的汉军正红旗出面,支持孝庄皇太后(王熙凤、王夫人与贾母)与顺治皇帝(贾宝玉),动用国家玉玺(通灵宝玉),粉碎了这次阴谋。

第二十五回原文加注:

贾政问道:"你道友二人在那庙里焚修?"那僧笑道:"长官不须多话。因闻得府上人口不利,故特来医治。"贾政道:"倒有两个人中邪,不知你们有何符水?"那道人(孔有德)笑道:"你家现有希世奇珍(国家玉玺),如何还问我们有符水?"贾政听这话有意思,心中便动了,因说道:"小儿落草时虽带了一块宝玉下来,上面说能除邪祟,谁知竟不灵验。"

"你家现有希世奇珍(国家玉玺),如何还问我们有符水?"——定南王孔有德明确指出,稳定北京朝廷的关键是加强皇帝的权威,防止君权旁落。而君权是否旁落的关键不在年幼的皇上,而在后宫的皇太后。顺治初年多尔衮竟然将国玺带回睿王府(良儿偷玉的故事),幸亏太后及时派遣苏麻喇姑(平儿)不动声色地取回了乾清宫(荣禧堂)。顺治四年多尔衮停止"跪拜"大礼,就暴露了他的篡位之心。幸亏太后背水一战,甚至发出了皇帝要回盛京的严重警告,才转危为安。顺治五年的这次危机,同样要借助国玺的作用。

第二十五回　魇魔法叔嫂逢五鬼　红楼梦通灵遇双真

癞头和尚赞

鼻如悬胆两眉长，目似明星蓄宝光①，
破衲芒鞋无住迹，腌臜更有满头疮②。

① 佛祖富贵神秘的样子，佛祖隐射清太宗皇太极。
② "破衲"指破僧袍，隐射崇德皇帝的龙袍。"无住迹"隐指清太宗是"马上天子"。腌臜更有满头疮：在战场上不修边幅，疮痍满目的样子。

解读

《癞头和尚赞》是清太宗皇太极的肖像画与特写。

明清交替之际，因为多尔衮发布"留头不留发，留发不留头"的削发令，不愿削发的遗明文人宁愿蓄发为道，也不肯削发为大清顺民。于是便有了以僧隐射满蒙、以道隐射汉明的说法。

一僧"癞头和尚"隐射皇太极，是由于"癞头"皇太极的兄长"赖爷爷"隐射礼亲王代善，"赖嬷嬷"隐射代善的老伴。"赖大"隐射袭爵的代善七子巽简亲王满达海。"赖二"隐射代善长子克勤郡王岳讬（贾芹）的后人。"赖尚荣"隐射代善的孙子勒克德浑。"赖爷爷"是家族的头，而"癞头和尚"是满清的头清太宗。

"癞头和尚"皇太极在天聪十年（崇德元年）、崇祯九年与"跛足道人"孔有德同时出场——"十九日为黄道之期"也。这是后金改元的日子。后金改称大清国，废弃了原来的金玺，正式启用了"通灵宝玉"（元顺帝废玺改造成了清朝玉玺）。

第一回云：

俄见一僧一道远远而来，生得骨格不凡，丰神迥异，说说笑笑来至峰下，坐于石边高谈快论。……那僧便念咒书符，大展幻术，将一块大石登时变成一块鲜明莹洁的美玉，且又缩成扇坠大小的可佩可拿。那僧托于掌上，笑道："形体倒也是个宝物了！还只没有实在的好处，须得再镌上数字，使人一见便知是奇物方妙。然后携你到那昌明隆盛之邦，诗礼簪缨之族，花柳繁华地，温柔富贵乡去安身乐业。"

隐射皇太极将孝庄代表的元顺帝废玺（大荒顽石）改造成清朝玉玺（通灵宝玉），将孝端册封为文皇后（贾母）、孝庄册封为庄妃（王夫人与王熙凤），并且答应借助满蒙汉八旗的力量，将她从盛京带到北京去。

第二十五回隐写顺治五年多尔衮与范文程阴谋篡夺顺治的皇位，"癞头和尚"皇太极代表的满蒙八旗与"跛足道人"孔有德代表的汉军八旗，再次同时出场，挽救了大清国的危机。

顺治五年，多尔衮（贾政）觉得阳谋不行，就以老婆的嘴脸（赵姨娘），联合范文程（马道婆），搞起阴谋诡计来——这就是第二十五回《魇魔法姊弟逢五鬼　红楼梦通灵遇双真》。标题写得明白，"逢五鬼"者，恰逢顺治五年也。

主帅赵姨娘（多尔衮）新败，心有余悸："也不是有了宝玉，竟是得了活龙。他还是小孩子家，长的得人意儿，大人偏疼他些也还罢了；我只不伏这个主儿。"一面说，一面伸出两个指头儿来。马道婆会意，便问道：'可是琏二奶奶？'"

参谋马道婆（范文程）胸有成竹，指点迷津："马道婆听说，鼻子里一笑，半晌说道：'不是我说句造孽的话，你们没有本事！——也难怪别人。明不敢怎样，暗里也就算计了，还等到这如今！'"

贾宝玉（顺治皇帝）危在旦夕："宝玉大叫一声：'我要死！'将身一纵，离地跳有三四尺高，口内乱嚷乱叫，说起胡话来了。"——"三四尺高"中的"三四"是指三四一十二，顺治十二岁也。他竟说起满语来了（"说起胡话来了"）。

多尔衮（贾赦、贾政、贾琏）的主要敌人（孝庄皇太后）乱了方寸，歇斯底里大发作："凤姐手持一把明晃晃钢刀砍进园来，见鸡杀鸡，见狗杀狗，见人就要杀人。"她以女人潜意识里固有的原始方式，试图保卫儿子的大清政权。

定南王孔有德来救，建议动用国家权力（通灵宝玉）。一道说："你家现有希世奇珍，如何还问我们有符水？"

皇太极的满洲八旗势力全力来救，但抱怨孝庄过分迷恋小叔子。一僧说："只因他如今被声色货利所迷，故不灵验了。你今且取他出来，待我们持颂持

第二十五回　魇魔法叔嫂逢五鬼　红楼梦通灵遇双真

颂，只怕就好了。"

皇太极的灵魂（癞头和尚）也被惊动了，他挑明了多尔衮篡位的具体时间。

"青埂峰一别，展眼已过十三载矣！人世光阴，如此迅速，尘缘满日，若似弹指！""青埂峰一别"指多尔衮从察哈尔蒙古林丹汗儿子手中获得元顺帝的废玉玺，是天聪九年（1635）的事情。多尔衮将这块玉玺交给了后金大汗皇太极。

顺治五年（1648）是二十五回故事发生的年份。从多尔衮在察哈尔蒙古获玺（天聪九年）到顺治五年，恰好"展眼已过十三载矣"！

"十三载"是准确的历史标记。

"十三载"中，皇太极主持满清朝政八年——从天聪九年到崇德八年，然后是孝庄皇太后与多尔衮联合主持朝政五年——从顺治元年到顺治五年。

崇德八年间，皇太极通过多次入关的破袭战，掠夺了大量的人口财富，形成了满清新兴政权"身后有余忘缩手"的优势。

孝庄与顺治入主北京之后，一方面要与李自成作战，另一方面又要与南明残余势力作战，三要与多尔衮的篡权阴谋作战，四要与汉族王爷的离心势力作战。战线拉长，军费耗尽，几乎造成了"眼前无路想回头"的严重形势。

由于南明政权的腐败无能与李自成政权的战略失误，北京新朝廷得以维持下来，但多尔衮大权独揽，把持军政，篡位之心不死，成了孤儿寡妇朝廷的心腹大患。

第二十五回写了在满蒙汉（皇太极、孝庄与孔有德）亲贵与国家权力（"通灵宝玉"）的共同努力下，多尔衮的阴谋又一次失败了。

叹通灵宝玉二首

其一

天不拘兮地不羁，心头无喜亦无悲[①]，
却因锻炼通灵后，便向人间觅是非。

其二

粉渍脂痕污宝光，绮栊昼夜困鸳鸯[②]。

沉酣一梦终须醒，冤孽偿清好散场！

① 指传国玉玺是一块纯洁无瑕的宝玉。

② 此句写孝庄皇太后在皇太极死后，为了保住皇权，走上了养小叔子终至下嫁之路。朝野有舆论，母子有歧见，皇权受影响——"脂痕污宝光"，"昼夜困鸳鸯"也。

此句说噩梦终须醒，冤孽终偿清，一刀两断，才能转危为安，摆脱困境。

解读

（癞头和尚皇太极）念毕，又摩弄一回，说了些疯话，递与贾政道："此物已灵，不可亵渎，悬于卧室上槛，将他二人安在一室之内，除亲身妻母外，不可使阴人冲犯。三十三日之后，包管身安病退，复旧如初。"说着回头便走了。

这是清朝立国十三年后的事情。皇太极与孔有德的满蒙汉八旗势力联合起来，让孝庄与多尔衮划清界限，迷途知返，动用国家神器，粉碎篡权阴谋，保住儿子的皇位。

"此物已灵，不可亵渎，悬于卧室上槛，将他二人安在一室之内"，翻译成清初历史就是：孝庄皇太后明白了是非关系，与福临达成共识，母子同心，风雨同舟，终于置多尔衮于死地。

第二十六回　蜂腰桥设言传密意　潇湘馆春困发幽情

黛玉哭花荫与哭花荫诗

花魂默默无情绪，
鸟梦痴痴何处惊。

哭花荫诗
颦儿才貌世应希，独抱幽芳出绣闺。
呜咽一声犹未了，落花满地鸟惊飞。

解读

顺治十年秋，孝庄皇太后（秦可卿、贾母、王夫人、王熙凤）难以驾驭的固执逆反的儿子（贾珍珠宝玉）爱上了胞弟襄亲王的福晋董鄂氏（小襄妃子、兼美、尤二三姐、彩云、彩霞），于顺治十二年把弟媳妇董鄂氏用一顶小轿抬入紫禁城（荣国府），七月三日气死十一弟襄亲王（张华、贾环）。顺治十三年八月晋封董鄂氏为贤妃（"住一年后再圆房"，"只是一年后方可圆得房"——第六十九回《弄小巧用借剑杀人　觉大限吞生金自逝》），当年十二月又晋封为皇贵妃。

顺治皇帝（贾琏）没料到董鄂氏怀的"龙种"在入宫后就流产了——此事隐射在尤二姐流产的故事中：

（1）董鄂氏从后门神武门入宫——凤姐说："我们有一个花园子极大（后宫），姊妹住着，容易没人去的。你这一去且在园里住两天（寄居景仁宫），等我设个法子回明白了，那时再见方妥。"尤二姐道："任凭姐姐裁处。"那些跟车的小厮们皆是预先说明的，如今不去大门，只奔后门（神武门）而来。

（2）董鄂氏入宫没有主位宫室，寄居康妃佟佳氏的景仁宫，当时康熙才一岁三个月——"下了车，赶散众人。凤姐便带尤氏进了大观园的后门，来到李纨（康妃佟佳氏）处相见了。"

（3）董鄂氏入宫一年多没有名分——"凤姐听说，笑着忙跪下，将尤氏那边所编之话，一五一十细细的说了一遍，'少不得老祖宗发慈心，先许他进来，住一年后再圆房。'贾母听了道：'这有什么不是。既你这样贤良，很好。只是一年后方可圆得房。'"

（4）顺治皇帝喜新而不厌旧——"贾赦十分欢喜，说他中用，赏了他一百两银子，又将房中一个十七岁的丫鬟名唤秋桐者（孝庄侄女谨贵人，与金钏儿是一人二身，是姑母的新眼线），赏他为妾。贾琏叩头领去，喜之不尽。……（秋桐）张口是'先奸后娶没汉子要的娼妇，也来要我的强。'凤姐（孝庄与静妃）听了暗乐，尤二姐（董鄂氏）听了暗愧暗怒暗气。……这秋桐（谨贵人）便和贾琏（顺治皇帝）有旧，从未来过一次（顺治十一年六月进宫，顺治十二年六月受宠）。今日天缘凑巧，竟赏了他，真是一对烈火干柴，如胶投漆，燕尔新婚，连日那里拆的开。那贾琏（顺治皇帝）在二姐（董鄂氏）身上之心也渐渐淡了，只有秋桐（谨贵人）一人是命。"

（5）孝庄认为董鄂氏是下贱之人，幸有新皇后呵护——"秋桐（谨贵人，即金钏儿）正是抓乖卖俏之时，他便悄悄的告诉贾母王夫人（都隐射孝庄皇太后）等说：'专会作死，好好的成天家号丧，背地里咒二奶奶和我早死了，他好和二爷一心一计的过。'贾母听了便说：'人太生娇俏了，可知心就嫉妒。凤丫头（此处指静妃——凤丫头与薛宝钗一人二身）倒好意待他，他倒这样争锋吃醋的。可是个贱骨头。'因此渐次便不大喜欢。众人见贾母不喜，不免又往下踏践起来，弄得这尤二姐要死不能，要生不得。还是亏了平儿（新皇后——平儿与袭人一人二身），时常背着凤姐，看他这般，与他排解排解。"

（6）董鄂氏怀的儿子流产——"等贾琏（顺治）来看时，因无人在侧，便泣说：'我这病便不能好了。我来了半年，腹中也有身孕，但不能预知男女。倘天见怜，生了下来还可，若不然，我这命就不保，何况于他。'贾琏亦泣说：'你只放心，我请明人（通玄教师汤若望）来医治。'于是出去即刻请医生。"

第二十六回　蜂腰桥设言传密意　潇湘馆春困发幽情

"胡太医（汤若望）道：'不是胎气，只是迂血凝结。如今只以下迂血通经脉要紧。'于是写了一方，作辞而去。贾琏命人送了药礼，抓了药来，调服下去。只半夜，尤二姐腹痛不止，谁知竟将一个已成形的男胎打了下来。于是血行不止，二姐就昏迷过去。"

汤若望是奉孝庄皇太后的懿旨，给董鄂氏皇贵妃进行药物流产的。董鄂氏进宫时已经有孕在身，福临认定是自己的龙种，孝庄认为不能排除十一阿哥骨血的可能性。最后决定药物流产，以确保福临血统的纯洁性。

因此，从顺治册封董鄂氏之后，就将汤若望划归了太后党人，临死时都不见他。

(7) 流言蜚语，风刀霜剑，幸有新皇后呵护——"秋桐（谨贵人）便气的哭骂道：'理那起瞎肏的混咬舌根！我和他"井水不犯河水"，怎么就冲了他！好个爱八哥儿，在外头什么人不见，偏来了就有人冲了。白眉赤脸，那里来的孩子？他不过指着哄我们那个棉花耳朵的爷罢了。纵有孩子，也不知姓张姓王。奶奶希罕那杂种羔子（怀疑是襄亲王的遗种），我不喜欢！老了谁不成？谁不会养！一年半载养一个，倒还是一点搀杂没有的呢！'骂的众人又要笑，又不敢笑。……晚间，贾琏（顺治皇帝）在秋桐房中歇了，凤姐（旧皇后——"泼皮破落户"）已睡，平儿（新皇后——等于宝玉的袭人）过来瞧他，又悄悄劝他：'好生养病，不要理那畜生。'尤二姐拉他哭道：'姐姐，我从到了这里，多亏姐姐照应。为我，姐姐也不知受了多少闲气。我若逃的出命来，我必答报姐姐的恩德，只怕我逃不出命来，也只好等来生罢。'"

(8) 孝庄与侄女废皇后联手谋害董鄂氏，但表面文章做得天衣无缝——"凤姐（此处代表孝庄与静妃二人而一身）比贾琏更急十倍，只说：'咱们命中无子，好容易有了一个，又遇见这样没本事的大夫。'于是天地前烧香礼拜，自己通陈祷告说：'我或有病，只求尤氏妹子身体大愈，再得怀胎生一男子，我愿吃长斋念佛。'贾琏众人见了，无不称赞。"

以上就是所谓"一年三百六十日，风刀霜剑严相逼"的董鄂妃的真实处境。林黛玉与尤二姐乃董鄂妃的一人二身。

董鄂妃连着死了两个孩子，引出了林黛玉的两首诗：《哭花荫》与《葬花吟》。《葬花吟》云："昨宵庭外悲歌发，知是花魂与鸟魂？花魂鸟魂总难留，鸟自无言花自羞。"就隐射那两个"鸟魂无言"（流产男胎像无毛的小鸟）与

"花魂自羞"（早夭儿子像枯萎自闭的羞花）的孩子。《惜花荫》也是哭"花魂与鸟魂"。

第二十六回《蜂腰桥设言传心事　潇湘馆春困发幽情》原文加注：

……越想越伤感起来，也不顾苍苔露冷，花径风寒，独立墙角边花阴之下，悲悲戚戚呜咽起来。

原来这林黛玉秉绝代姿容，具希世俊美，不期这一哭，那附近柳枝花朵上的宿鸟栖鸦一闻此声，俱忒楞楞飞起远避，不忍再听……

除了母亲痛哭夭折的儿子，没有十几岁的女孩子有如此复杂痛苦的感情。失恋的女孩子也会哭，但不是这个哭法。况且，当时的林黛玉并没有失恋，情侣贾宝玉不是天天跟在屁股后面赔礼道歉吗？

——林黛玉不是为失恋而哭，也不是为情敌的得宠而哭，因为贾宝玉赌咒发誓说自己只爱林妹妹。就算丈夫死了，也不会哭得如此伤心，只有死了儿子，才会如此撕心裂肺。这种痛不欲生的哭泣，完全决定于动物的遗传密码。

董鄂妃在后宫的处境，难道不是"一年三百六十日，风刀霜剑严相逼"吗？董鄂妃想与儿子一起去死，但害怕违反宫规，死无葬身之地，还是体面的埋葬了儿子为好："愿奴胁下生双翼，随花飞到天尽头。天尽头，何处有香丘？未若锦囊收艳骨，一抔净土掩风流。"

董鄂妃怀疑皇帝感情的专一与持久，废皇后（薛宝钗）复位了，新皇后（袭人）恢复了"中宫笺表"，皇帝对孔四贞（史湘云）也藕断丝连。她对未来毫无信心，自己的美貌也只是暂时的春花："试看春残花渐落，便是红颜老死时。一朝春尽红颜老，花落人亡两不知！"——真是一语成谶。

"惜花荫"与"葬花吟"完全是开怀少妇与初产母亲的感情宣泄，决非黄花处女的失恋之情。

第二十七回　滴翠亭杨妃戏彩蝶　埋香冢飞燕泣残红

葬花辞

花谢花飞花满天，红消香断有谁怜？
游丝软系飘春榭，落絮轻沾扑绣帘。
闺中女儿惜春暮，愁绪满怀无释处。
手把花锄出绣闺，忍踏落花来复去？
柳丝榆荚自芳菲，不管桃飘与李飞。
桃李明年能再发，明年闺中知有谁？
三月香巢初垒成，梁间燕子太无情。
明年花发虽可啄，却不道人去梁空巢也倾。
一年三百六十日，风刀霜剑严相逼。
明媚鲜妍能几时，一朝飘泊难寻觅。
花开易见落难寻，阶前愁杀葬花人。
独倚花锄泪暗洒，洒上空枝见血痕。
杜鹃无语正黄昏，荷锄归去掩重门。
青灯照壁人初睡，冷雨敲窗被未温。
怪依底事倍伤神，半为怜春半恼春：
怜春忽至恼忽去，至又无言去不闻。
昨宵庭外悲歌发，知是花魂与鸟魂？
花魂鸟魂总难留，鸟自无言花自羞。
愿奴胁下生双翼，随花飞到天尽头。

天尽头，何处有香丘？
未若锦囊收艳骨，一抔净土掩风流。
质本洁来还洁去，强于污淖陷渠沟。
尔今死去侬收葬，未卜侬身何日丧？
侬今葬花人笑痴，他年葬侬知是谁？
试看春残花渐落，便是红颜老死时。
一朝春尽红颜老，花落人亡两不知！

① 花谢花飞花满天：满蒙汉军八旗的旗帜漫天飞扬。
② 红消香断有谁怜：朱明消亡崇祯自尽，太可怜了。
③ 游丝软系飘春榭：南明流亡政府从弘光元年春天以后就四处漂流。
④ 落絮轻沾扑绣帘：明朝遗民涌向偏安一隅的江南。

解读

顺治二年（1645）阴历四月，史可法闻清兵已渡淮河，急还扬州。清兵长驱而来，扬州城中已无兵可守。多铎接连攻城，到第七日，城内炮弹矢石所剩无几，城内外尸如山积，清兵践尸入城。参将张友福拥史可法出小东门。史可法大呼道："我便是史督师。"此时城内外统是清兵，一阵乱剁，可怜柱石忠臣顿化碧血，清兵遂陷扬州。

史载清豫王多铎对史可法备加礼敬，劝他投降。史可法说："城存与存，城亡与亡，我头可断，而志不可屈。"最后慷慨就义。他的余部和扬州人民一起，同清军展开巷战，全部壮烈牺牲。清军占领扬州后，大加杀戮，以泄其怒。

"惜花荫"与"黛玉葬花"是《红楼梦》中最隐晦的故事。"林黛玉秉绝代姿容，具稀世俊美，不期这一哭，那附近柳枝花朵上的宿鸟栖鸦一闻此声，俱忒楞楞飞起远避，不忍再听。"作者突然将明清战争中最惨烈的"扬州嘉定江阴屠城"事件硬塞给了林黛玉，让她来一个"男扮女装"，公开祭奠南明抗清英雄史可法，并以史可法义子史德威的身份，哭祭扬州八十万冤魂的在天之灵。

史德威（林黛玉）至死不忘扬州江阴屠城，连作两首诗（《哭花荫》与《葬花词》）悼念之。苏州女人刘三季（演员龄官儿）虽然当上了豫亲王多铎

（贾蔷）的大福晋，但这个漂亮的江南小寡妇（小戏子）仍然念念不忘扬州屠城。她冒雨在地上画十八划的"蔷"字（十八划的"史可法"），连续划了几千遍，指示后人永远记住崇祯十八年，即弘光元年、顺治二年（1645）四月二十六日，豫亲王多铎（贾蔷）在江南犯下的滔天罪行——扬州屠城惨案，悼念民族英雄史可法。

第二十九回与第三十回原文摘要加注：

（1）"前日四月二十六日，我这里做遮天大王的圣诞，人也来的少，东西也很干净，我说请哥儿来逛逛，怎么说不在家？"——张道士孔有德对"四月二十六日"扬州屠城的忏悔态度。

（2）"且说宝玉因见林黛玉又病了，心里放不下，饭也懒去吃，不时来问。"——林黛玉史德威对"四月二十六日"不堪回首。

（3）"宝钗笑道：'原来这叫作"负荆请罪"！你们通今博古，才知道"负荆请罪"，我不知道什么是"负荆请罪"！'一句话还未说完，宝玉林黛玉二人心里有病，听了这话早把脸羞红了。"——揭示薛宝钗满蒙亲贵对"四月二十六日"扬州屠城的态度。蒙古八旗对于在江淮地区奸污妇女的兽行与扬州十日屠，认为没有负荆请罪的必要。

（5）"只见一个女孩子（刘三季）蹲在花下，手里拿着根绾头的簪子在地下抠土，一面悄悄的流泪。宝玉（顺治皇帝）心中想道：'难道这也是个痴丫头，又象颦儿来葬花（祭奠扬州屠城）不成？'……再留神细看，只见这女孩子眉蹙春山，眼颦秋水，面薄腰纤，袅袅婷婷，大有林黛玉之态（都是江南人）。……宝玉用眼随着簪子的起落，一直一画一点一勾的看了去，数一数，十八笔（崇祯十八年）。自己又在手心里用指头按着他方才下笔的规矩写了，猜是个什么字。写成一想，原来就是个蔷薇花的'蔷'（豫亲王多铎）字。……画完一个又画一个，已经画了有几千个'蔷'（刻骨铭心也）。"——江南才女龄官刘三季对"四月二十六日"多铎的罪行铭刻在心。但十八划并非"蔷"字，而是"史可法"三个字。

"呜咽一声犹未了，落花满地鸟惊飞"——纪念几十万具横陈的尸体与逃往芜湖被俘的弘光皇帝朱由崧。

第二十七回云："至次日乃是四月二十六日，原来这日未时交芒种节。尚古风俗：凡交芒种节的这日，都要设摆各色礼物，祭饯花神，言芒种一过，便是夏日了，众花皆卸，花神退位，须要饯行。"

这段自相矛盾的文字，是为了引起读者的注意。

（1）立夏、小满、芒种连续三个节气，每个节气相距十五天。根据农民也知道的常识，立夏"一过，便是夏日了，众花皆卸，花神退位，须要饯行"——崇祯十八年、顺治二年的立夏为阴历四月十一日，小满为"四月二十六日未时"，芒种为五月十二日。也就是说"四月二十六日"不是"芒种"，而是"小满"——原文的意思应该是"四月二十六日未时"一过，众花皆卸（扬州屠城，几十万人殉难），花神退位（南明气数完了），须要饯行（举国祭奠）。

（2）"四月二十六日"是"小满"——过了"未时"，"大明朝"从此"花神退位"，往后"便是""小满"清的天下了。作者不敢说"四月二十六日是小满"，故意错写成下一个节气"芒种"。作者的意思是：崇祯十八年、弘光元年、顺治二年四月二十五日史可法殉国，四月二十六日扬州屠城，大明朝彻底完了，从此以后就是小满清的天下了。

第二十七回《埋香冢飞燕泣残红》的标题中深埋着三层意思——"埋香冢"隐射扬州屠城殉难的南明军民的丧葬。赵飞燕隐射柔弱的江南难民女子的悲痛。"泣残红"隐射作者对南明残余政权与百万江南冤魂的伤心。

第二十六回《蜂腰桥设言传心事》的标题告诉读者，作者要利用小说人物的假设故事，传达心里憋了很久的一件大心事——史可法在古泗州"逢妖桥"以南的扬州城壮烈殉国，作者用假语村言传达对"扬州屠城"的沉痛悼念。于是，先调动演员薛蟠（吴三桂）出场，让他对贾宝玉（顺治皇帝）说："要不是我也不敢惊动，只因明儿五月初三日是我的生日。"

五月三日是吴三桂在北京正式臣服清朝的日子。贾宝玉说五月初三日也是他的生日——隐射汉族官将臣服顺治皇帝，是清政府诞生的好日子，而五月三日正是摄政王多尔衮入主北京的第二天，是清朝政府对中原地区正式发号施令的日子。

程乙本第十四回的"林如海"隐射"尸到林"（史道邻，史可法字号）——《史道邻捐躯扬州城》，表明死者为史道邻也。

第二十六回中的林黛玉是扬州两淮盐政林如海的孤女——隐射史可法的义子史德威，一个死里逃生进京做人质的难民孤儿。

第一回云：

"那绛珠仙子道：'他是甘露之惠，我并无此水可还。他既下世为人，我

第二十七回　滴翠亭杨妃戏彩蝶　埋香冢飞燕泣残红

也去下世为人，但把我一生所有的眼泪还他，也偿还得过他了。'因此一事，就勾出多少风流冤家来，陪他们去了结此案。"那道人道："果是罕闻。实未闻有还泪之说。想来这一段故事，比历来风月事故更加琐碎细腻了。"

"赤瑕宫神瑛侍者"隐射朱明皇室（赤瑕宫）的仆人史可法（神瑛侍者）。

"绛珠草一株"隐射史可法的义子史德威。

"日以甘露灌溉，这绛珠草始得久延岁月。后来既受天地精华，复得雨露滋养，遂得脱却草胎木质，得换人形，仅修成个女体，终日游于离恨天外。"——写尽了义子史德威忍辱偷生的一辈子，归降清朝，苟且偷生，以泪洗面，"终日游于离恨天外"也。

"饥则食蜜青果为膳，渴则饮灌愁海水为汤。"——史德威的余生，食的是清朝的俸禄，喝的是明朝的苦水。"灌愁海"即今日的北海与中南海。说明史德威被护送回京，像后主李煜一样，"每日只以眼泪洗面"。

"只因尚未酬报灌溉之德，故其五内便郁结着一段缠绵不尽之意。"因为未能与义父同死，自己一辈子虽生犹死，"五内便郁结着一段缠绵不尽之意"，实乃孝子的歉疚也。

"已在警幻仙子案前挂了号"——史德威回到北京，终其一生都在"保护忠臣遗孤"的名义下，受到孝庄皇太后（警幻仙子）的关照与监督。

"那道人道：'果是罕闻，实未闻有还泪之说。'"——"还泪之说"出自李后主。南唐一代"诗词天子"李煜亡国后被封为"违命侯"，他在信中写道："此中日夕，只以眼泪洗面。"（龙衮《江南录》）

《红楼梦》不但虚构了"还泪"之说，还虚构了一个"修成女身"的林黛玉。李后主"眼泪洗面"变成史德威"眼泪洗面"，再变成了林黛玉的"泪尽而死"。

《红楼梦》第二十六与二十七回，反复出现的"五月初三"、"九月初三"，"四月二十五"、"四月二十六"四个日子，分别与南明的福王朱由崧、兵部尚书史可法有关：

崇祯十七年、顺治元年五月初三南京诸臣拥立福王朱由崧先监国，后称弘光皇帝。

崇祯十七年、顺治元年、弘光甲申年九月三日，福王在南京建立"旌忠祠"，祭祀在北京死难的诸朝臣。

崇祯十七年、顺治元年、弘光甲申年九月三日，南明兵部尚书史可法致书北京清廷摄政王多尔衮。

顺治二年（崇祯十八年——十八划的"史可法"）四月二十五日史可法在扬州新南门慷慨殉国。

顺治二年（崇祯十八年——"蔷"字十八划）四月二十六日多铎（贾蔷）开始在扬州屠城。

第二十六回《蜂腰桥设言传心事》最后一段描写林黛玉"惊天地，泣鬼神"地大哭了一场，时间为崇祯十八年、顺治二年四月二十五日傍晚，正是史可法义子史德威怀抱义父的朝靴在扬州城仰天大哭的时刻。

第二十六回中难民"林黛玉"想起在扬州被残酷屠杀的亲属，"越想越伤感起来，秉绝代姿容，具希世俊美，不期这一哭，那附近柳枝花朵上的宿鸟栖鸦一闻此声，俱忒楞楞飞起远避，不忍再听。真是：花魂默默无情绪，鸟梦痴痴何处惊。因有一首诗道：颦儿才貌世应希，独抱幽芳出绣闺；呜咽一声犹未了，落花满地鸟惊飞"——这是隐射史德威痛哭义父史可法。

第二十七回：

"至次日乃是四月二十六日，原来这日未时交芒种节。尚古风俗：凡交芒种节的这日，都要设摆各色礼物，祭饯花神，言芒种一过，便是夏日了，众花皆卸，花神退位，须要饯行。然闺中更兴这件风俗，所以大观园中之人都早起来了。那些女孩子们，或用花瓣柳枝编成轿马的，或用绫锦纱罗叠成干旄旌幢的，都用彩线系了。每一棵树上，每一枝花上，都系了这些物事。满园里绣带飘飘，花枝招展，更兼这些人打扮得桃羞杏让，燕妒莺惭，一时也道不尽。"

"祭饯花神"，即祭饯扬州屠城中的无辜死难者。

"芒种一过，便是夏日了，众花皆卸，花神退位，须要饯行"——四月二十六日未时之后，南明小朝廷落花流水春去也。1645年的这一天是"小满"，"小满一过"，江南便是满清的天下了。作者将"小满"改写成"芒种"，指代满清在扬州屠城，因剃发令又在江阴、嘉定屠城，等于是汉人的"亡种"节也。

"闺中"——"国中"的意思。江南人发音，"闺中"与"国中"相近、"中闺"与"中国"相近。"然闺中更兴这件风俗，所以大观园中之人都早起来了"——隐射扬州十日，举国震动，国人都纷纷祭饯。

"用花瓣柳枝编成轿马"，"或用绫锦纱罗叠成干旄旌幢的，都用彩线系

第二十七回 滴翠亭杨妃戏彩蝶 埋香冢飞燕泣残红

了。每一棵树上,每一枝花上,都系了这些物事"——大观园每棵树上、每个建筑物上,处处是祭饯品。

第二十七回《埋香冢飞燕泣残红》继续写道:"至次日乃是四月二十六日"——薛蟠吴三桂出场是五月初二,"次日"应该是五月初三才对,怎么突然变成"四月二十六日"了呢?这就是新红学家所谓的"纪年混乱"、"败笔"、"巧合"。但巧合哪一天不行,为什么恰好巧合成顺治二年四月二十六日"扬州屠城"的日子呢?

让我们再将镜头切换到林黛玉身上,看看《葬花词》除了隐射董鄂氏皇贵妃哭祭两个儿子之外,还隐射什么:

花谢花飞花满天(满蒙八旗占中原),红消香断有谁怜(明亡父殉有谁怜)?
游丝软系飘春榭(南明气数如游丝),落絮轻沾扑绣帘(金陵陷后四都迁)。
闺中女儿惜春暮(扬州孤女惜春暮),愁绪满怀无释处(流落故都怀愁绪)。
手把花锄出绣闺(手把葬锄望南天),忍踏落花来复去(忍见尸横长江边)。
柳丝榆荚自芳菲(史公战袍血溅飞),不管桃飘与李飞(不管将逃与兵溃)。
桃李明年能再发(将逃兵溃能再战),明年闺中知有谁(扬州城内知有谁)?
三月香巢已垒成(江北四镇已垒成),梁间燕子太无情(多铎铁骑太无情)!
明年花发虽可啄(南明诸君虽顽抗),却不道人去梁空巢也倾(却不道覆巢之下无完卵)。
一年三百六十日(两淮抗清一年计),风刀霜剑严相逼(昏君阁臣严相逼)。
明媚鲜妍能几时(南明朱家能几时),一朝飘泊难寻觅(弘光逃亡难寻觅)。
…………
愿奴胁下生双翼(儿愿胁下生双翼),随花飞到天尽头(随父殉国长江口)。天尽头(长江不是天尽头),何处有香丘(史公香骨谁人收)?

第二十八回　蒋玉菡情赠茜香罗　薛宝钗羞笼红麝串

小曲（云儿①）

两个冤家②，都难丢下，

想着你来又记挂着他。

两个人形容俊俏，都难描画。

想昨宵幽期私订在荼（藤）架③，

一个偷情，一个寻拿④，

拿住了三曹对案，我也无回话⑤。

① 云儿：隐射名妓陈圆圆。
② 两个冤家：指争夺陈圆圆的吴三桂与李自成。
③ 昨宵幽期：指陈圆圆入宫侍奉李自成。
④ 一个偷情，一个寻拿：李自成与陈圆圆偷情，吴三桂到北京寻拿。
⑤ 拿住了三曹对案，我也无回话：多尔衮三堂会审，陈圆圆无话可说。

解读

崇祯十七年（顺治元年）四月二十二日，吴三桂联合清兵于山海关外之石河地区，一举战败李自成。此乃《红楼梦》浓墨重彩描写的故事。战争的时间、地点、人物、经过与结果，分写在冯紫英（李自成）宴请薛蟠（吴三桂）与贾宝玉（代表义父多尔衮出席）的两次酒会上——第二十六回《潇湘馆春困发幽情》、二十八回《蒋玉菡情赠茜香罗》。

第二十八回　蒋玉菡情赠茜香罗　薛宝钗羞笼红麝串

第二十六回原文加注：

转过大厅，宝玉心里还自狐疑，只听墙角边一阵呵呵大笑，回头只见薛蟠拍着手笑了出来，笑道："要不说姨夫叫你，你那里出来的这么快。"焙茗也笑道："爷别怪我。"忙跪下了。宝玉怔了半天，方解过来了，是薛蟠哄他出来。薛蟠连忙打恭作揖陪不是，又求"不要难为了小子，都是我逼他去的。"宝玉（顺治皇帝）也无法了，只好笑问道："你哄我也罢了，怎么说我父亲（指"义父"多尔衮）呢？我告诉姨娘（孝庄）去，评评这个理，可使得么？"薛蟠（吴三桂）忙道："好兄弟，我原为求你快些出来（快派清兵帮助回击李自成），就忘了忌讳这句话。改日你也哄我，说我的父亲（指顺治将是吴三桂的君父）就完了。"……薛蟠道："要不是我也不敢惊动，只因明儿五月初三日是我的生日（顺治元年五月初三日是吴三桂正式服官清朝的日子，被《红楼梦》作者写成了他的重生之日。又说五月初三日也是贾宝玉的生日，意思是说，吴三桂引领清兵入关之时，就是大清国入主中原之日）。

崇祯十七年春，廷旨促吴三桂入援京师，他率众西行，闻京师已陷，适李闯王派降将唐通，赍白银五万两，并吴三桂父亲吴襄的招降书札。吴三桂投降，入京去见新主。到了滦州，有家人报：陈圆圆被闯王选入后宫。吴三桂听了，顿时"冲冠一怒为红颜"。

第四回《薄命女偏逢薄命郎　葫芦僧乱判葫芦案》详细隐写了此事：

门子笑道："……这个被打之死鬼，乃是本地一个小乡绅之子，名唤冯渊，自幼父母早亡，又无兄弟，只他一个人守着些薄产过日子。长到十八九岁上，酷爱男风，最厌女子。这也是前生冤孽，可巧遇见这拐子卖丫头，他便一眼看上了这丫头，立意买来作妾，立誓再不交结男子，也不再娶第二个了，所以三日后方过门。谁晓这拐子又偷卖与薛家，他意欲卷了两家的银子，再逃往他省。谁知又不曾走脱，两家拿住，打了个臭死，都不肯收银，只要领人。那薛家公子岂是让人的，便喝着手下人一打，将冯公子打了个稀烂，抬回家去三日死了。

"丫头"甄英莲隐射陈圆圆。

"薛家"公子薛蟠——隐射吴三桂。

"冯渊"隐射李自成。李自成乃陕西米脂县"双泉堡马户之子"——"冯"的出处。"冯渊"与"李渊"——带出一个"李"字。"冯胖子"的"胖"，从"月"从"半"——隐射"双泉堡马户之子"崇祯十七年三月十五从昌平抵达北京城下,四月三十逃离北京,恰好在北京折腾一个月半。"冯紫英"乃"冯唐之子",典出"冯唐易老,李广难封"与"云中太守,何日遣冯唐"——说明李自成来自西北云中地区。

"将冯公子打了个稀烂"——隐射吴三桂在石河将李自成打败了。

"抬回家去三日死了"——隐射李自成于四月二十七日从石河逃回北京,三天之后,即四月三十日就离京而逃。"死了"指大顺朝维持一天就死了——李自成于四月二十九日登基,当了一天皇帝,第二天逃走。

第六十六回《情小妹耻情归地府》原文加注:

薛蟠(吴三桂)笑道:"天下竟有这样奇事。我同伙计贩了货物,自春天(崇祯十七年春)起身,往回里走(往北京走),一路平安(已经答应归降李自成)。谁知前日到了平安州(直隶,今河北滦州)界,遇一伙强盗(李自成部),已将东西劫去(李自成抢掠了吴家,还抢掠了女人陈圆圆)。不想柳二弟从那边来了(顺治皇帝部下多尔衮的满洲八旗兵马),方把贼人赶散,夺回货物,还救了我们的性命(石河战役得胜,满汉联军追赶李自成到北京,夺回陈圆圆)。我谢他又不受,所以我们结拜了生死弟兄(多尔衮与吴三桂杀马为誓,长城之盟),如今一路进京(吴清联军,共同攻击占领北京的李自成)。从此后我们是亲弟亲兄一般(汉满一家亲了)。到前面岔口上分路,他就分路往南二百里有他一个姑妈,他去望候望候(隐射定南王孔有德的部队还要继续南征桂林)。我先进京去安置了我的事(五月三日正式服官清朝,受任平西王),然后给他寻一所宅子(指帮助多尔衮收拾好明故宫——贾政领导的大观园修建工程),寻一门好亲事,大家过起来。"

李闯王正在山上督战,见无数辫发兵,横跃入阵,督兵的都是红顶花翎,不觉失声道:这是满洲兵,如何到此?急麾盖向山下退走。贼军不见主子,纷纷大乱,满汉各军,追赶四十里,斩首数万级,方收兵回关。

薛蟠(吴三桂)见他面上有些青伤,便笑道:"这脸上又和谁挥拳的?挂了幌子了。"冯紫英(李自成)笑道:"从那一遭把仇都尉(九州之主——明朝皇帝)的儿子(崇祯皇帝自缢)打伤了,我就记了再不怄气,如何又挥拳?这个脸上,是前日(崇祯十七年四月二十二日)打围,在铁网(长城)山(石河)教兔鹘(炮火)捎一翅膀。"宝玉道:"几时的话?"紫英道:"三月二十八日(李自成部离京招讨吴三桂,先招降,并送白银四万两。吴三桂答

第二十八回 蒋玉菡情赠茜香罗 薛宝钗羞笼红麝串

应归顺北京）去的，前儿也就回来了（指因为陈圆圆而使招降失败，部分部队回京报信）。"宝玉道："怪道前儿初三（四月初三李自成部到达山海关）四儿，我在沈世兄家（沈阳故宫）赴席（多尔衮接受范文程意见，准备进军山海关，从吴李联军手中夺取之——《清史稿》云："四月乙丑，上御笃恭殿，授王奉命大将军印，并御用纛盖，敕便宜行事，率武英郡王阿济格、豫郡王多铎及孔有德等伐明。"）不见你呢。我要问，不知怎么就忘了。单你去了，还是老世伯也去了？"紫英道："可不是家父去，我没法儿，去罢了。难道我闲疯了，咱们几个人吃酒听唱的不乐，寻那个苦恼去？这一次，大不幸之中又大幸（石河会战李自成只留下一条命也）。"

冯紫英（李自成）听说，便立起身来说道："论理，我该陪饮几杯才是，只是今儿有一件大大要紧的事（急于回北京登基做大顺朝皇帝），回去还要见家父面回，实不敢领。"薛蟠（吴三桂）宝玉众人（顺治皇帝部下）那里肯依，死拉着不放（穷追猛打）。冯紫英笑道："这又奇了。你我这些年，那回儿有这个道理的（转战多年，未曾如此惨败）？果然不能遵命。若必定叫我领，拿大杯来，我领两杯就是了。"众人听说，只得罢了，薛蟠执壶，宝玉把盏，斟了两大海。那冯紫英站着，一气而尽（吴清联合作战，李自成连败两阵）。宝玉道："你到底把这个'不幸之幸'说完了再走。"冯紫英笑道："今儿说的也不尽兴。我为这个，还要特治一东，请你们去细谈一谈；二则还有所恳之处（指李自成多次求和）。"说着执手就走（李自成落荒而逃）。

崇祯十七年四月二十八日，李自成残部龟缩北京。此即冯紫英所说"这一次，大不幸之中又大幸"。

四月二十九日，李自成称帝，国号大顺。此即冯紫英说的"只是今儿有一件大大要紧的事"。李自成变为"忠顺王府"的"忠顺王爷"了。

四月三十日，李自成弃京归陕。

李自成溜走，时已黎明，清兵见城内火光烛天，城上守兵不知去向。吴三桂一马冲入，外城已拔，内城随下，皇城洞穿。吴三桂率兵到宫前，只见颓垣败瓦，变成了一个火堆。

《红楼梦》用薛蟠与冯渊争夺甄应莲、柳湘莲救薛蟠、薛蟠宴请贾宝玉、冯紫英宴请薛蟠等四个故事，将吴三桂引多尔衮入关、吴三桂与李自成争夺陈圆圆、吴三桂降清、李自成求和、称帝与败退北京等历史大事，隐写得清清楚楚。

"女儿"酒令五首

"女儿"酒令——贾宝玉

女儿悲,青春已大守空闺。
女儿愁,悔教夫婿觅封侯。
女儿喜,对镜晨妆颜色美。
女儿乐,秋千架上春衫薄。

滴不尽相思血泪抛红豆,开不完春柳春花满画楼。
睡不稳纱窗风雨黄昏后,忘不了新愁与旧愁。
咽不下玉粒金药噎满喉,照不尽菱花镜里形容瘦。
展不开的眉头,捱不明的更漏。
呀,恰便似遮不住的青山隐隐,流不断的绿水悠悠。

雨打梨花深闭门。

解读

贾宝玉顺治皇帝的《女儿令》是泛指锦香院所有妓女的,此处的"锦"含有调侃后金的意味,而"香"则指香菱隐射的明顺周三朝名媛陈圆圆。明亡清兴时代的后宫女儿,后金的、明朝的、南明的、大顺朝的、大周朝的,都包括在贾宝玉的《女儿令》里——无非是"青春虚度守空闺"(悲)、"悔教夫婿觅封侯"(愁)、"顾影自怜颜色美"(喜)、"动荡不安春衫薄"(乐)。

"滴不尽相思血泪抛红豆"——明朝与南明亡国女人无穷无尽的悲哀。
"开不完春柳春花满画楼"——大清王朝满蒙新贵女儿鲜花着锦的富贵。
"睡不稳纱窗风雨黄昏后"——大顺朝后宫漂泊女儿的悲欢离合。
"忘不了新愁与旧愁"——大周朝后宫女儿仓皇四顾的怨愁。
"咽不下玉粒金药噎满喉"——后金与满清后宫女儿的难言之隐。
"照不尽菱花镜里形容瘦"——明朝、顺朝与周朝后宫女儿的无可奈何。
"展不开的眉头,捱不明的更漏。"——全体宫廷女儿面对的无望的寂寞。

"呀,恰便似遮不住的青山隐隐,流不断的绿水悠悠。"——"问君能有几多愁,恰似一江春水向东流。"

"雨打梨花深闭门"——明顺清周任离合,无情风雨乱纷纷。

"女儿"酒令——冯紫英

女儿悲,儿夫染病在垂危。
女儿愁,大风吹倒梳妆楼。
女儿喜,头胎养了双生子。
女儿乐,私向花园掏蟋蟀。

你是个可人,你是个多情,
你是个刁钻古怪鬼灵精,你是个神仙也不灵。
我说的话儿你全不信,只叫你去背地里细打听,
才知道我疼你不疼!

鸡声茅店月。

解读

冯紫英李自成的《女儿令》是针对陈圆圆的。"儿夫染病在垂危"——李闯王危在旦夕(悲)。"大风吹倒梳妆楼"——大顺朝土崩瓦解(愁)。"头胎养了双生子"——留下了南明与大周两个汉族政权(喜)。"私向花园掏蟋蟀"——康熙十六年陈圆圆隐居昆明北郊"私家花园"。

"可人,多情,鬼灵精,也不灵,全不信,细打听,疼你不疼?"——李自成与陈圆圆的糊涂账也。

"鸡声茅店月"——源于温庭筠的"商山早行",隐射李自成败回商洛山老根据地。

"女儿"酒令——云儿

女儿悲,将来终身指靠谁?
女儿愁,妈妈打骂何时休。

　　　　　女儿喜，情郎不舍还家里。
　　　　　女儿乐，住了箫管弄弦索。

　　豆蔻开花三月三，一个虫儿往里钻。
　　钻了半日不得进去，爬到花儿上打秋千。
　　肉儿小心肝，我不开了你怎么钻？

　　桃之夭夭。

解读

　　云儿陈圆圆的《女儿令》是回答冯紫英李自成的。"将来终身指靠谁"——陈圆圆先到田畹国丈家，又进明故宫，又送给吴三桂，又进大顺宫，又回归吴三桂，到底终身指靠谁？"妈妈打骂何时休"——身不由己任折磨，主子淫威何时休？"情郎不舍还家里"——跟随了李自成，吴三桂穷追不舍，又回到吴家。"住了箫管弄弦索"——给李自成吹箫管，给吴三桂弹弦索，反正是卖笑生涯。

　　"豆蔻开花三月三"——李自成阳春三月进军京华。
　　"一个虫儿往里钻"——李自成三月十九攻破皇宫。
　　"钻了半日不得进去"——李自成在北京一个半月，不得要领也。
　　"爬到花儿上打秋千"——李自成四月三十日撤离北京。
　　"肉儿小心肝，我不开了你怎么钻"——四面树敌，皆为敌国，还怎么干？
　　"桃之夭夭"——四月三十日逃之夭夭，回老家去。

"女儿"酒令——薛蟠

　　　　　女儿悲，嫁了个男人是乌龟。
　　　　　女儿愁，绣房撺出个大马猴。
　　　　　女儿喜，洞房花烛朝慵起。
　　　　　女儿乐，一根鸡巴往里戳。

　　　　　一个蚊子哼哼哼。两个苍蝇嗡嗡嗡。

第二十八回　蒋玉菡情赠茜香罗　薛宝钗羞笼红麝串

解读

薛蟠吴三桂的《女儿令》是嘲骂皇太极、多尔衮与孝庄皇太后的。"嫁了个男人是乌龟"——指后金的"多浑虫"清太宗（悲）。"绣房撺出个大马猴"——指养的小叔子多尔衮（愁）。"洞房花烛朝慵起"——指"多姑娘"（灯姑娘）孝庄皇太后改嫁（喜）。

"一个蚊子哼哼哼"——指孝庄文皇后。

"两个苍蝇嗡嗡嗡——指皇太极与多尔衮兄弟俩。

"女儿"酒令——蒋玉菡

女儿悲，丈夫一去不回归。
女儿愁，无钱去打桂花油。
女儿喜，灯花并头结双蕊。
女儿乐，夫唱妇随真和合。

可喜你天生成百媚娇，恰便似活神仙离碧霄。
度青春，年正小，配鸾凤，真也着。
呀！看天河正高，听谯楼鼓敲，剔银灯同入鸳帏悄。
花气袭人知昼暖。

众人倒都依了，完令。薛蟠又跳了起来，喧嚷道："了不得，了不得！该罚，该罚！这席上又没有宝贝，你怎么念起宝贝来？"蒋玉菡怔了，说道："何曾有宝贝？"薛蟠道："你还赖呢！你再念来。"蒋玉菡只得又念了一遍。薛蟠道："袭人可不是宝贝是什么！你们不信，只问他。"说毕，指着宝玉。宝玉没好意思起来，说："薛大哥，你该罚多少？"薛蟠道："该罚，该罚！"说着拿起酒来，一饮而尽。冯紫英与蒋玉菡等不知原故，云儿便告诉了出来。蒋玉菡忙起身陪罪。众人都道："不知者不作罪。"

解读

蒋玉菡（将玉含）的《女儿令》是针对皇帝玉玺与龙袍（龙衣人袭人）的。"丈夫一去不回归"——指顺治离宫出走（悲）。"无钱去打桂花油"——

顺治、康熙两代的寡妇地位（愁）。"灯花并头结双蕊"——先从明朝传给清朝，清朝灭亡后又传给新的汉族皇帝（喜）。"夫唱妇随真和合"——回归汉族就名正言顺了。

"天生成百媚娇，活神仙离碧霄"——玉玺与龙袍，人见人爱。

"度青春，年正小，配鸾凤，真也着"——玉玺与龙袍，青春长在。

"看天河正高，听谯楼鼓敲，剔银灯同入鸳帏悄"——玉玺与龙袍在皇宫，谁入主皇宫，就伺候谁。

"花气袭人知昼暖"——袭人就是"一簇鲜花，一床破席"。

琪官接了，笑道："无功受禄，何以克当！也罢，我这里得了一件奇物，今日早起方系上，还是簇新的，聊可表我一点亲热之意。"说毕撩衣，将系小衣儿一条大红汗巾子（明朝龙袍）解了下来，递与宝玉，道："这汗巾子是茜香国女国王所贡之物，夏天系着，肌肤生香，不生汗渍。昨日北静王（摄政王多尔衮）给我的，今日才上身。若是别人，我断不肯相赠。二爷请把自己系的解下来，给我系着。"宝玉听说，喜不自禁，连忙接了，将自己一条松花汗巾（后金龙袍）解了下来，递与琪官。二人方束好，只见一声大叫："我可拿住了！"只见薛蟠跳了出来，拉着二人道："放着酒不吃，两个人逃席出来干什么？快拿出来我瞧瞧。"二人都道："没有什么。"薛蟠那里肯依，还是冯紫英出来才解开了。于是复又归坐饮酒，至晚方散。

解读

"蒋玉菡"指将玉含的紫檀盒子。

"琪官"指管理玉玺的机构。

"大红汗巾子"——指朱氏明朝的龙袍。先到了"忠顺王府"李自成的大顺朝手里。

"北静王"——指摄政王多尔衮，国家权力先交给了多尔衮。

"今日才上身。若是别人，我断不肯相赠"——送给顺治皇帝贾宝玉，准备亲政。

"松花汗巾解了下来"——后金大汗的盛装解下来了。

"薛蟠那里肯依"——吴三桂也垂涎明朝的龙袍。

"冯紫英出来才解开了"——"清朝的江山得之于闯贼，并非得之于明朝"也。

第三十四回　情中情因情感妹妹　错里错以错劝哥哥

题帕三绝句

其一
眼空蓄泪泪空垂，暗洒闲抛却为谁？
尺幅鲛绡劳解赠，叫人焉得不伤悲！

其二
抛珠滚玉只偷潸，镇日无心镇日闲。
枕上袖边难拂拭，任他点点与斑斑。

其三
彩线难收面上珠，湘江旧迹已模糊。
窗前亦有千竿竹，不识香痕渍也无？

解读

《题帕三绝句》白话解

其一
眼眶中蓄满苦涩的泪水，不住地流淌。
暗洒苦泪湿透衣裳，为了苦命的儿皇。
无字密旨意味长，派亲信宫女送给亲娘。
为娘心领神会，却呼苦无告，焉得不悲伤！

其二

泪水如同那抛珠滚玉，偷偷地流淌。
整日无心，彻夜不眠，苦于耗费时光。
枕上袖边的苦涩泪痕，浸透了凤床。
点点屈辱，斑斑隐痛，伤蚀苦胆悲肠。

其三

彩线串串，也难收脸上冰冷的泪珠。
遥望湘江，娥皇女英的感叹逐渐模糊。
慈宁宫窗前的花园里，亦有千竿翠竹。
带血的泪痕也会将翠林染成一片斑竹。

黛玉在第三十四回的表现（三十四，为顺治七年）：

（1）宝玉从梦中惊醒，睁眼一看，不是别人，却是林黛玉。宝玉犹恐是梦，忙又将身子欠起来，向脸上细细一认，只见两个眼睛肿的桃儿一般，满面泪光，不是黛玉，却是那个？宝玉还欲看时，怎奈下半截疼痛难忍，支持不住，便"嗳哟"一声，仍就倒下，叹了一声，说道："你又做什么跑来！虽说太阳落下去，那地上的余热未散，走两趟又要受了暑。我虽然捱了打，并不觉疼痛。我这个样儿，只装出来哄他们，好在外头布散与老爷听，其实是假的。你不可认真。"

（2）此时林黛玉虽不是嚎啕大哭，然越是这等无声之泣，气噎喉堵，更觉得利害。听了宝玉这番话，心中虽然有万句言词，只是不能说得，半日，方抽抽噎噎的说道："你从此可都改了罢！"宝玉听说，便长叹一声，道："你放心，别说这样话。就便为这些人死了，也是情愿的！"

（3）黛玉连忙立起身说道："我从后院子去罢，回来再来。"宝玉一把拉住道："这可奇了，好好的怎么怕起他来。"林黛玉急的跺脚。

（4）黛玉不是为自身伤感，宝玉的不幸才是她最大的伤痛。为了宝玉，她毫不顾惜自己。宝玉挨打后，她整天流泪。"眼空蓄泪泪空垂，暗洒闲抛却为谁？"

——诗中提出这个问题，深意存焉。"抛珠滚玉只偷潸，镇日无心镇日闲。"——似乎在隐瞒着谁？

黛玉处处防备着贾政势力一方，私下里来看望贾宝玉，痛苦万分——最关

第三十四回　情中情因情感妹妹　错里错以错劝哥哥

键的一句话是："你从此可都改了罢！"意思是，顺治应该早听劝告，严密警惕多尔衮，深自韬晦，不可轻举妄动。最隐秘的事情是"湘江旧迹已模糊"——隐射定南王孔有德的汉军正红旗正在湘江流域与桂林一带作战，远水解不了近渴。同时预报定南王将在大西南遇难，孝庄将成为他的娥皇、女英。

王夫人在第三十四回的表现（三十四，为顺治七年）：

（1）只见王夫人使个婆子来，口称"太太叫一个跟二爷的人呢。"王夫人见房内无人，便问道："我恍惚听见宝玉今儿捱打，是环儿在老爷跟前说了什么话。你可听见这个了？你要听见，告诉我听听，我也不吵出来教人知道是你说的。"

（2）王夫人说："我的儿，亏了你也明白，这话和我的心一样。我何曾不知道管儿子，先时你珠大爷在，我是怎么样管他，难道我如今倒不知管儿子了？只是有个原故：如今我想，我已经快五十岁的人，通共剩了他一个，他又长的单弱，况且老太太宝贝似的，若管紧了他，倘或再有个好歹，或是老太太气坏了，那时上下不安，岂不倒坏了，所以就纵坏了他。我常常掰着口儿劝一阵，说一阵，气的骂一阵，哭一阵，彼时他好，过后儿还是不相干，端的吃了亏才罢了。若打坏了，将来我靠谁呢！"说着，由不得滚下泪来。

王夫人表面上支持贾政教育责罚儿子，却在私下里调查暗害宝玉的告密者及其后台的真实用心。最关键的一句话是："宝玉今儿捱打，是环儿在老爷跟前说了什么话。"

通过以上分析可以看出：贾政（多尔衮）、赵姨娘（摄政王妃）、贾环（义子多尔博）隐射摄政王势力一方，王夫人（孝庄）、林黛玉（孝庄）代表顺治帝系保皇势力一方。双方矛盾的焦点是国家玉玺与龙袍（将玉含与大红汗巾子）。

当年太后已经下嫁，多尔衮（贾政）与孝庄（王夫人）成了合法夫妻。顺治皇帝（贾宝玉）十三岁。黛玉"你从此可都改了罢！"——代表母亲孝庄皇太后的心声。

而贾宝玉顺治皇帝的态度非常明确："你放心，别说这样话。就便为这些人死了，也是情愿的！"——意思是："为了提前亲政，保住大清国的国家玉玺与龙袍，福临我死而无怨！"

第三十七回　秋爽斋偶结海棠社　蘅芜苑夜拟菊花题

送白海棠帖

不肖男　芸恭请

父亲大人万福金安：男思自蒙天恩，认于膝下①，日夜思一孝顺，竟无可孝顺之处。前因买办花草，上托大人金福，竟认得许多花儿匠，并认得许多名园。因忽见有白海棠一种②，不可多得，故变尽方法，只弄得两盆。大人若视男如亲男一般③，便留下赏玩。因天气暑热，恐因园中姑娘们不便，故不敢面见。奉书恭启，并叩台安。男芸跪书。

(1) 自蒙天恩，认于膝下：隐射太后下嫁，多尔衮成了"皇父摄政王"。

(2) "忽"字预示多尔衮将遭横祸，"白"字预示孝庄将再次守寡。

(3) 大人若视男如亲男一般：祈望多尔衮能视福临为"亲男一般"。

招宝玉结诗社帖

娣探谨奉

二兄文几：前夕新霁，月色如洗，因惜清景难逢，讵忍就卧。时漏已三转，犹徘徊于桐槛之下，未防风露所欺，致获采薪之患。昨蒙亲劳抚嘱，复又数遣侍儿问切，兼以鲜荔并真卿墨迹见赐，何瘝痌惠爱之深哉！今因伏几凭床处默之时，因思及历来古人中，处名攻利敌之场，犹置一些山滴水流之区，远招近揖，投辖攀辕，务结二三同志，盘桓于其中，或竖词坛，或开吟社。虽一时之偶兴，遂成千古佳谈。娣虽不才，窃同叨栖处泉石之间，而兼慕薛、林之技。风庭月榭，惜未宴集诗人；帘杏溪桃，或可醉飞吟盏。孰谓莲社之雄才，独许须眉；直以东山之雅会，让馀脂胭。若蒙棹雪而来，姊则扫花以待。此谨奉。

解读

作者把探春和贾芸这两个帖子放在一起写，深意存焉。此处的探春隐射多尔衮与孝庄的女儿，而贾芸隐射亲政前的顺治皇帝，贾芸巴结贾宝玉隐射福临与皇父摄政王的关系。贾宝玉仅在此处扮演了一次多尔衮，其后还是扮演顺治皇帝。

咏白海棠——探春

斜阳寒草带重门，苔翠盈铺雨后盆。
玉是精神难比洁，雪为肌骨易销魂①。
芳心一点娇无力，倩影三更月有痕②。
莫谓缟仙能羽化，多情伴我咏黄昏。

① 此句比喻白海棠的精神与风骨。
② 此句比喻白海棠的可怜与痛苦。
③ 此句说白海棠如同穿着缟衣的仙姑，日夜伴随着自己成长。"缟衣仙姑"就是再次守寡的"警幻仙姑"孝庄皇太后。她过去日夜守护着神瑛侍者（未亲政的顺治皇帝），如今皇帝哥哥亲政了，她又日夜守护着可怜的女儿。

解读

（1）"玉是精神难比洁，雪为肌骨易销魂"中的"玉"指林黛玉；"薛"指薛宝钗。"钗黛合一"，都隐射孝庄皇太后。在女儿的眼里，再次守寡的母亲，精神像美玉一样高洁，品格像冰雪一样美好。

（2）父亲死了，睿亲王府家破人亡，太后下嫁本来就风雨满城，甚至嘲笑于大江南北，现在正有人幸灾乐祸，母亲心里的痛苦，无人能够理解，也无人愿意体谅。作为一个寡妇，可谓"芳心一点娇无力"；作为一个国母，面对冷月倩影，只能偷偷的落泪，"倩影三更月有痕"——恐怕只有女儿能够体会其中的酸甜苦辣。

探春隐射的历史人物将母亲孝庄皇太后的情操赋予了白海棠。

咏白海棠——宝钗

珍重芳姿昼掩门，自携手瓮灌苔盆。
胭脂洗出秋阶影，冰雪招来露砌魂。
淡极始知花更艳，愁多焉得玉无痕。
欲偿白帝凭清洁，不语婷婷日又昏。

解读

此处的宝钗隐射孝庄皇太后，平日不爱花儿粉儿的，穿着也是半新不旧，这是"洗出胭脂"的表现。——"罕言寡语，人谓藏愚；安分随时，自云守拙。"是大家闺秀的典范。而《贾雨村风尘怀闺秀》中的娇杏（孝庄），"偶因一回顾，便为人上人"，则是这位大家闺秀的另一种表现。

"珍重芳姿昼掩门，自携手瓮灌苔盆。胭脂洗出秋阶影，冰雪招来露砌魂。"写尽了那个时代"寡妇门前是非多"的社会现实与妇女心态。

"淡极始知花更艳，愁多焉得玉无痕。"——借助白海棠表明对自己的内在美和外在美都充满矜持和自信，而对风雨满城摧落花的社会舆论，虽然愁闷，但十分蔑视。

"欲偿白帝凭清洁，不语婷婷日又昏。"是全诗的关键，"白帝"隐射死去的丈夫清太宗。自己为了儿子的皇位，"偶因一回顾，便为人上人"，已经说不清道不明，最好的态度是顺其自然，漠然置之，"不语婷婷日又昏"也。

社长李纨说"要推宝钗这诗有身分"——所谓"身分"就是封建王朝"国母"的身份。一位寡妇，扶持两代皇帝，战胜明顺大周三个汉族王朝，难道还不是"淡极始知花更艳"吗？

第三十七回　秋爽斋偶结海棠社　蘅芜苑夜拟菊花题

咏白海棠——宝玉

秋容浅淡映重门，七节攒成雪满盆①。
出浴太真冰作影，捧心西子玉为魂。
晓风不散愁千点，宿雨还添泪一痕。
独倚画栏如有意，清砧怨笛送黄昏②。

① 七节：海棠层层开放，何止七节？此处故意用"七节"。
② 清砧怨笛：源于唐诗"今夜长安月，万户捣衣声"，形容将士出征，家人连夜准备洗装。此处的"清砧"，显然指满汉内战。

解读

（1）"秋容浅淡"指"徐娘半老，风韵犹存"的三十一岁入主北京的孝庄皇太后。"映重门"指孝庄皇太后的权威，照亮了宫门九重的朝廷与后宫，与"二十年来辩是非，榴花开处照宫闱"是同一个意思。"七节攒成"指顺治皇帝七岁在太和门登基。"雪满盆"指来自白山黑水的满洲八旗占领了中原大地。

（2）"出浴太真冰作影"借海棠咏宝钗。宝钗和杨贵妃同具健康丰满的美。第三十回宝玉说："怪不得他们拿姐姐比杨妃，原来也体丰怯热。""捧心西子玉为魂"借白海棠咏黛玉。黛玉行动如"弱柳扶风"，和西施同具病态柔弱的美。第三回中宝玉送黛玉"颦颦"的称呼，就是"捧心而颦"的意思。"冰作影"是形容宝钗的品格，"玉为魂"是比喻黛玉的心灵。"钗黛合一"隐射孝庄皇太后就是大清国的杨太真与西施。

（3）"晓风不散愁千点，宿雨还添泪一痕。"是暗示皇太极与多尔衮相继死去，顺治母后两度寡居时的苦闷。"晓风不散"指皇太极暴死的哀伤。"宿雨还添"指多尔衮暴死的哀愁。

（4）"独倚画栏如有意，清砧怨笛送黄昏。"——日落黄昏，独倚画栏，清砧怨笛，不绝于耳，是指孝庄皇太后思念顺治九年败死桂林的孔有德将军。第六十二回《憨湘云醉眠芍药裀》中林黛玉道："你多喝一钟，我替你说。"

宝玉真个喝了酒,听黛玉说道:"落霞与孤鹜齐飞,风急江天过雁哀,却是一只折足雁,叫的人九回肠,这是鸿雁来宾。""折足雁"、"孤鹜"、"风急江天过雁哀"、"叫的人九回肠"、"这砧子不是那榛子,何来万户捣衣声"、"带一个"寿"字的",都隐射足部受伤的孔有德南征死于桂林。"清砧怨笛送黄昏"隐射孝庄皇太后对桂林战役中情夫的惨死念念不忘。

咏白海棠——林黛玉

半卷湘帘半掩门①,碾冰为土玉为盆②。
偷来梨蕊三分白③,借得梅花一缕魂④。
月窟仙人缝缟袂⑤,秋闺怨女拭啼痕。
娇羞默默同谁诉,倦倚西风夜已昏⑥。

① "湘帘"与"湘妃"、"斑竹"、"娥皇"、"女英"有联系。
② 碾冰为土玉为盆:与祭奠有关系。
③ "偷来"是关键。与"穆莳"有关系,而穆莳为子女移植。
④ "借得"是关键。与"穆莳"有关系,而穆莳为子女移植。
⑤ 月窟仙人缝缟袂:指月中嫦娥。"缟袂"为素衣孝服。
⑥ 倦倚西风:为思念之意。

解读

宝钗的《咏白海棠》第一句是"珍重芳姿昼掩门",黛玉的《咏白海棠》第一句是"半卷湘帘半掩门"。前者欲盖弥彰,后者犹抱琵琶半遮面。

"碾冰为土玉为盆"——表明她在祭奠一个人。她以白海棠自比,偷来梨花的白花蕊,借得梅花的精与魂。

"月窟仙人缝缟袂"不就是"私奔的嫦娥在缝制素衣孝服"吗?在清冷的月窟里缝缟衣孝服纪念谁?在秋天的深闺里悄悄地哭谁?为什么满腹心事不能向人倾诉,只在西风落叶季节,凄凄凉凉地送走一个个寂寞的黄昏?这是寡妇悼夫之情。可参看《林黛玉悲题五美吟》的解读。

第三十七回　秋爽斋偶结海棠社　蘅芜苑夜拟菊花题

咏白海棠——史湘云（两首）

其一

神仙昨日降都门①，种得蓝田玉一盆②。
自是霜娥偏爱冷③，非关倩女亦离魂④。
秋阴捧出何方雪，雨渍添来隔宿痕⑤。
却喜诗人吟不倦，肯令寂寞度朝昏⑥。

其二

蘅芷阶通萝薜门⑦，也宜墙角也宜盆⑧。
花因喜洁难寻偶⑨，人为悲秋易断魂⑩。
玉烛滴干风里泪，晶帘隔破月中痕⑪。
幽情欲向嫦娥诉，无奈虚廊夜色昏⑫。

①"神仙"指宁府的贾道人（定南王孔有德）"升了天"。第六十三回云："正顽笑不绝，忽见东府中几个人慌慌张张跑来说：'老爷宾天（先皇级别）了。'众人听了，唬了一大跳，忙都说：'好好的并无疾病，怎么就没了？'家下人说：'老爷天天修炼，定是功行圆满，升仙去了。'"

"降都门"指贾敬灵柩从"北下之门（西直门）进都（北京）"："天子（指顺治皇帝）听了，忙下额外恩旨曰：'贾敬虽白衣无功于国，念彼祖父之功，追赐五品（无品为大行皇帝）之职。令其子孙扶柩由北下之门进都（从西直门进京），入彼私第（定南王府在东华门北大街）殡殓。任子孙尽丧礼毕扶柩回籍外，着光禄寺按上例（按皇上例）赐祭。朝中由王公以下准其祭吊。钦此。'"《清史稿》云："事闻，谥有德武壮。十一年六月，有德女四贞以其丧还京师，上命亲王以下、阿思哈尼哈番以上，汉官尚书以下、三品官以上，郊迎，赐白金四千，官为营葬，立碑纪绩。寻复命建祠，祀春秋，以白氏、李氏配。"

②"种得"指"种植"。"蓝田"指皇天后土的"田地"。"蓝田玉"指皇天后土的子孙，也就是皇子皇孙。隐射宁府皇宫里都是贾神仙孔有德的子孙。

③霜娥是传说中专管霜雪的女神，又名青女。李商隐诗云："青女素娥俱耐冷，月中霜里斗婵娟。"此处的霜娥隐射孝庄皇太后。她出生在高寒的科尔

沁蒙古草原，自然"自是霜娥偏爱冷"了。

④ 唐传奇《离魂记》云：倩娘爱上表哥王宙，后来嫁给了别人。倩娘的灵魂情急之下离开了躯体，与王宙结为伉俪。五年后回娘家探亲，灵魂与躯体才合而为一。家里人承认了他们的婚姻。此处的倩女隐射孝庄妃，她爱上了汉将孔有德，生了顺治皇帝。

⑤ 秋雪、雨痕指孝庄的眼泪。

⑥ "诗人"指贾宝玉顺治皇帝。顺治"十一年六月，有德女四贞以其丧还京师"，孝庄收孔四贞为义女，册封格格，福临与孔四贞一见钟情，"肯令寂寞度朝昏"也。

⑦ 蘅芷、萝薜：香草与萝蔓。史湘云隐射的孔四贞自喻。

⑧ 也宜墙角也宜盆：能受冷落弃置，也能娇生惯养。指孔四贞能忍受被李定国与吴三桂俘获当人质，也能被孝庄皇太后收养于皇宫当格格。

⑨ 花因喜洁难寻偶：花因过分喜欢高雅素洁，而难以寻到伙伴，隐射妙玉扮演的孔四贞在康熙十八年之后，由于丈夫孙延龄参与吴三桂叛乱，而受到误解与怀疑。

⑩ 人为悲秋易断魂：人会因为过分悲伤而丧失信心，隐射惜春隐射的孔四贞最后万念俱灰，撒手空门——"可怜绣户侯门女，独卧青灯古佛旁"。

⑪ 玉烛滴干风里泪，晶帘隔破月中痕：孔四贞与顺治皇帝曾经一见钟情。野史记载孔四贞曾被册封为"东宫皇后"，但没有成为事实。福临因天花而死，留给孔四贞的只是"玉烛滴干风里泪，晶帘隔破月中痕"。

⑫ "幽情"指史湘云孔四贞对"爱哥哥"的隐秘感情。"嫦娥"与"青女霜娥"都隐射孝庄皇太后。义女的心事想与义母倾诉，但得到的密旨却是："惟独这个孔四贞是不能聘为后妃"的。

可参看第五回判词"富贵又何为"、判词"欲洁何曾洁"、判词"堪破三春景不长"。

第三十八回　林潇湘魁夺菊花社　薛蘅芜讽和螃蟹咏

藕香榭联语

芙蓉影破归兰桨①，菱藕香深写竹桥②。

① 芙蓉：指荷花。隐射孝庄皇太后与后来的董鄂氏孝献皇后，代表清朝——英莲隐射明朝玉玺。香菱隐射大顺朝玉玺与皇妃、秋菱隐射大周朝玉玺与皇妃。都是同根同种，地位平等，"根与荷花一茎香"也。

影破：指梦影逐浪。隐射太后下嫁、多尔衮暴死的噩梦。

归兰桨：指轻舟归来。隐射顺治皇帝亲政、孝庄皇太后归政。

② 菱藕：指英莲（大明朝）、香菱（大顺朝）与秋菱（大周朝）的根茎果。

香深：指埋藏的幽香，隐射明朝代表的华夏文明。

写竹桥：写在风雨飘摇的竹桥上。

三十八回——指代孝庄三十八岁，顺治八年，多尔衮死，福临亲政。

解读

联诗隐写了明末清初的历史概貌，如果写成"兰桨归来荷影破，竹桥深写菱藕香"就一清二楚了。这是从唐代诗人王维《山居秋暝》"竹喧归浣女，莲动下渔舟"化生的。兰舟乘风归来，而芙蓉随浪影破。深意存焉。菱藕常不言"香"，偏偏说它"香深"，照应八十回中香菱所说："不独菱花香，就连荷叶莲蓬都是有一股清香的……"也深意存焉。枕霞阁是不稳定的人造悬路，贾母走在桥上，曾经不慎失足，差一点儿淹死，到底头上留了一个疤痕窝儿

(指代太后下嫁)。藕香榭竹桥又是不稳定的人造悬路,大家走在上面赋诗作歌,一个"写"字,写尽了沧桑变化。

菱藕深香,是劫后余香,隐射英莲、香菱、秋菱代表的亡明、亡顺、亡周。芙蓉飘香,是正盛之香,隐射金钏、玉钏代表的大清。"藕香榭"相对"枕霞阁"而言。"枕霞阁"代表多尔衮摄政时期的清廷。"藕香榭"隐射顺治皇帝亲政后的清廷。

《林潇湘魁夺菊花社,薛蘅芜讽和螃蟹咏》以"钗黛合一"隐射孝庄皇太后的形式,隐写多尔衮三兄弟惨败、顺治亲政、孝庄悄然归政那一段历史。

宝钗:忆菊

蘅芜君

怅望西风抱闷思[1],蓼红苇白断肠时[2]。
空篱旧圃秋无迹[3],瘦月清霜梦有知[4]。
念念心随归雁远[5],寥寥坐听晚砧迟[6]。
谁怜我为黄花瘦[7],慰语重阳会有期[8]。

[1] 怅望西风:男人在大西南作战,女人在西风中怅望。
[2] 断肠时:战场上风云莫测,闺阁中有人断肠。
[3] 秋无迹:男人厮杀在外,萍踪浪迹,有时信息杳无。
[4] 梦有知:女人在梦中思念知己。
[5] 心随归雁远:女人悬悬的心随雁阵南飞。
[6] 坐听晚砧迟:晚上女人在坐听捣衣声。
[7] 我为黄花瘦:女人为秋风黄花而瘦。
[8] 重阳会有期:女人在盼望重阳相会。

解读

贾母领着众女眷在藕香榭赏花,回忆起枕霞阁的往事,饮酒吃螃蟹,十分快乐。宝玉和小姐们酒足蟹饱,诗兴大发,分题作了十二首咏菊诗,"冠压群芳"的薛宝钗是第一首。

诗只是朦胧地表达一种情绪，虽说"诗无达诂"，但不会言之无物、无的放失。"抱闷思"、"断肠时"、"心随归雁远"、"坐听晚砧迟"、"我为黄花瘦"、"重阳会有期"，不像大家闺秀或青春少女谈恋爱时的心态，即便是宝钗黛三角恋爱，三方朝夕相处，礼相往来，都活得很滋润，偶有争风吃醋，眉眼高低，何必"闷思断肠"？就薛宝钗对贾宝玉的感情而论，恐怕也不会"闷思断肠"。

探春对这首诗评价说："到底要算蘅芜君沉着，'秋无迹'、'梦有知'，把个忆字烘染出来了。"——"空篱旧圃秋无迹，瘦月清霜梦有知。"确实是最精彩的两句。

咏菊诗，把菊花拟人化了。忆菊，其实是忆人。宝钗独居时"闷思"、"断肠"的凄凉情绪，是一个女人对一个男人深沉的怀念引发的。她所忆的人就是后来败死桂林的定南王孔有德。从龙入关后，孔有德始终在大西南与南明和李自成张献忠旧部作战，直到顺治九年七月初四败死桂林。按照作者的说法，儿子与母亲在北京的皇宫里当皇帝、皇太后，父亲在西南战场厮杀拼命，生死难料，自然有人"闷思断肠"、"心随归雁远，坐听晚砧迟"、"我为黄花瘦，重阳会有期"了。

《清史稿》云：顺治"六年五月，改封有德定南王，授金册金印，令将旧兵三千一百、新增兵万六千九百，合为二万人，征广西，设随征总兵官一、左右翼总兵官各一……八年春正月，有德奏移藩属驻桂林"。

顺治"九年四月，有德疏言：臣生长北方，与南荒烟瘴不习。解衣自视，刀箭瘢痕，宛如刻划。风雨之夕，骨痛痰涌，一昏几绝。臣年迈子幼，乞恩敕能臣受代，俾臣得早觐天颜，优游终老。疏入，得旨：览王奏，悉知功苦。但南疆未尽宁谧，还须少留，以俟大康"。——看来，北京朝廷里还真是有人在挂念他。

宝玉：访菊

怡红公子

闲趁霜晴试一游①，酒杯药盏莫淹留②。
霜前月下谁家种③，槛外篱边何处秋④。
蜡屐远来情得得，冷吟不尽兴悠悠⑤。
黄花若解怜诗客，休负今朝挂枝头⑥。

① 闲趁霜晴试一游：风霜过后，天空放晴。隐射多尔衮死后，顺治刚刚亲政。

② 酒杯药盏莫淹留：借酒消愁、药盏疗病的日子，过去了。

③ 霜前月下谁家种：傲霜斗雪的菊花是谁家的种？这是一个红学死结。

④ "槛外人"指妙玉隐射的孔四贞——定南王孔家的汉军正红旗在何处作战？

⑤ 情得得、兴悠悠：指顺治皇帝亲政后的情绪——"春风得意马蹄疾"也。

⑥ 黄花若解怜诗客，休负今朝挂枝头：菊花若理解诗人的心情，不要辜负了来之不易的时机。

解读

第三十七回云：

黛玉道："既然定要起诗社，咱们都是诗翁了，先把这些姐妹叔嫂的字样改了才不俗。"李纨道："极是，何不大家起个别号，彼此称呼则雅。我是定了'稻香老农'，再无人占的。"探春笑道："我就是'秋爽居士'罢。"宝玉道："居士，主人到底不恰，且又瘰赘。这里梧桐芭蕉尽有，或指梧桐芭蕉起个倒好。"探春笑道："有了，我最喜芭蕉，就称'蕉下客'罢。"众人都道别致有趣。黛玉笑道："你们快牵了他去，炖了脯子吃酒。"众人不解。黛玉笑道："古人曾云'蕉叶覆鹿'。他自称'蕉下客'，可不是一只鹿了？快做了鹿脯来。"众人听了都笑起来。探春因笑道："你别忙中使巧话来骂人，我已替你想了个极当的美号了。"又向众人道："当日娥皇女英洒泪在竹上成斑，故今斑竹又名湘妃竹。如今他住的是潇湘馆，他又爱哭，将来他想林姐夫，那些竹子也是要变成斑竹的。以后都叫他作'潇湘妃子'就完了。"大家听说，都拍手叫妙。林黛玉低了头方不言语。李纨笑道："我替薛大妹妹也早已想了个好的，也只三个字。"惜春迎春都问是什么。李纨道："我是封他'蘅芜君'了，不知你们如何。"探春笑道："这个封号极好。"宝玉道："我呢？你们也替我想一个。"宝钗笑道："你的号早有了，'无事忙'三字恰当的很。"李纨道："你还是你的旧号'绛洞花主'就好。"宝玉笑道："小时候干的营生，还提他作什么。"探春道："你的号多的很，又起什么。我们爱叫你什么，你就答应着就是了。"宝钗道："还得我送你个号罢。有最俗的一个号，却于你最当。天下难得的是富贵，又难得的是闲散，这两样再不能兼有，不想你兼有了，就叫你'富贵闲人'也罢了。"宝玉笑道："当不起，当不起，倒是随你们混叫去罢。"李纨道："二姑娘四姑娘起个什么号？"迎春道："我们又不大会诗，白起个号作什么？"探春道："虽如此，也起个才是。"宝钗道："他住的是紫菱洲，就叫他'菱洲'；四丫头在藕香榭，就叫他'藕榭'就完了。"

红楼人物进住大观园中的各别墅，各自都有名号。

狭义的大观园主要隐射紫禁城与西苑（北海中南海）——所谓"三里半大"，是一个让读者考证索隐的具体参数。因为紫禁城与西苑的周径之半，都是三里半大。

紫禁城南北长961米，东西宽753米，四面围有高10米的城墙，城外有宽52米的护城河，真有金城汤池之固。紫禁城有四座城门：南面为午门，北面为神武门，东面为东华门，西面为西华门。城墙的四角各有一座风姿绰约的角楼，民间有九梁十八柱七十二条脊之说。紫禁城内的建筑分为外朝和内廷两部分。外朝中心为太和殿、中和殿、保和殿，统称三大殿，是国家举行大典之处。三大殿左右两翼辅以文华殿、武英殿两组建筑。内廷的中心是乾清宫、交泰殿、坤宁宫，统称后三宫，是皇帝和皇后居住的正宫。其后为御花园。后三宫两侧排列着东、西六宫，是后妃们居住之处。东六宫东侧是天穹宝殿等佛堂建筑，西六宫西侧是中正殿等佛堂建筑。外朝、内廷之外还有外东路、外西路两部分建筑。外东路南部是皇子居住的撷芳殿，俗称南三所，北部是乾隆皇帝营建的太上皇宫殿——宁寿宫。外西路南部是皇太后居住的慈宁宫、寿康宫；北部除皇太后居住的寿安宫外，还有英华殿等佛堂建筑。中轴线要的是安宁（宁国府）。后宫要的是荣华富贵（荣国府）。

紫禁城南北长961米，加52米的护城河，为1013米，折合二里余。紫禁城东西宽753米，加104米的护城河，为857米，折合一里半余。二里余加一里半余，不是"三里半大"吗？其实，北海中南海的半径线，也是"三里半大"。但"芳园筑向帝城西"，是又一个"三里半大"。

贾宝玉与众"裙钗"的居住地，就散落在后宫与西苑各处。

宝玉：种菊

怡红公子

携锄秋圃自移来，篱畔庭前故故栽①。
昨夜不期经雨活，今朝犹喜带霜开②。
冷吟秋色诗千首，醉酗寒香酒一杯③。
泉溉泥封勤护惜，好知井径绝尘埃④。

① "庭"者，"廷"也。一字之差，背景就从民间变成了宫廷。"自移来"隐射满洲八旗是主动侵入北京皇廷的。"故故栽"隐射满洲八旗势力反复攻伐，才占领了全国各地。

② 此句意为南明遗民经过亡国的风雨没有想到能够活下来，而且在严霜冰雪中开放了。隐意为满清政权在中原立住了脚，而顺治的皇位经历了多尔衮的篡位阴谋，如今竟然有了亲政的好结果。

③ 意为顺治为了保住皇位经历了千难万苦，终于可以痛饮一杯亲政的庆功酒了。

④ 意为应当珍惜这得来不易的胜利，不能让摄政的危局再次危及朝廷了。

解读

顺治年间和康熙前期这半个世纪左右的时间，入关未久，统治者还没有编织起覆盖全社会的文网。出于笼络江南士大夫阶层的需要，文化控制也相对宽松，加之一直战事频繁，统治者的注意力也不在文化方面，所以在我国的文坛上出现了这样一段相对宽松繁荣的时代。

湘云：对菊

枕霞旧友

别圃移来贵比金，一丛浅淡一丛深①。
萧疏篱畔科头坐，清冷香中抱膝吟②。

第三十八回　林潇湘魁夺菊花社　薛蘅芜讽和螃蟹咏

数去更无君傲世，看来惟有我知音③。
秋光荏苒休辜负，相对原宜惜寸阴④。

解读

① 此句指顺治九年七月初四，定南王孔有德败死桂林，小女儿孔四贞从兵荒马乱中只身脱逃，顺治十一年六月护送父亲的灵柩回到北京。顺治皇帝恩赐，为定南王举行了隆重的葬礼，孝庄收孔四贞为义女，册封格格。顺治皇帝册封她为"东宫皇后"，但孝庄未同意而作罢。

② 此句隐写顺治皇帝与御妹促膝谈心的样子。

③ 此句写孔四贞格格对顺治皇帝的真诚态度。

④ 此句写孔四贞格格对顺治皇帝的真实感情。

顺治皇帝与孔四贞一见钟情，野史载顺治意欲册封孔四贞为妃，甚至立为"东宫皇后"。孝庄太后鉴于孔四贞已许配偏将孙延龄，恐强娶孔四贞会激起孔有德旧部兵变，遂未答应此事。顺治帝既眷顾孔四贞，便总看新皇后不顺眼，最后以皇后"虽秉性淳朴，顾又乏长才"为借口，将皇后置之一边。

第二十一回《贤袭人娇嗔箴宝玉》记载了此事，起因是史湘云为贾宝玉梳头：

一语未了，只见袭人（孝惠章皇后）进来，看见这般光景，知是梳洗过了，只得回来自己梳洗。忽见宝钗走来，因问："宝兄弟那去了？"袭人含笑道："宝兄弟那里还有在家里的工夫！"宝钗听说，心中明白。又听袭人叹道："姊妹们和气，也有个分寸礼节，也没个黑家白日闹的！凭人怎么劝，都是耳旁风。"宝钗听了，心中暗忖道："倒别看错了这个丫头，听他说话，倒有些识见。"……宝玉听了这话，见他脸上气色非往日可比，便笑道："怎么动了真气？"袭人冷笑道："我那里敢动气！只是从今以后别进这屋子了。横竖有人伏侍你，再别来支使我。我仍旧还伏侍老太太去。"

顺治十三年，桂林方面谣言迭起，云孙延龄对孔四贞久居皇宫甚为不满，说顺治皇帝霸占了他的未婚妻，大有激起兵变之势。于是，孝庄皇太后即令孔四贞回到桂林，掌握孔有德的旧部，并与孙延龄成婚。孔四贞与孙延龄毫无感情，她心中只有一个顺治皇帝。可惜，几年后顺治皇帝"一命归天"，孔四贞痛不欲生。三藩之乱，孙延龄被吴三桂所杀，孔四贞回京后深居皇宫，带发修行,至死也难忘与顺治皇帝的那段感情——第三十一回《因麒麟伏白首双星》。

湘云:供菊

枕霞旧友

弹琴酌酒喜堪俦,几案婷婷点缀幽①。
隔座香分三径露,抛书人对一枝秋②。
霜清纸帐来新梦,圃冷斜阳忆旧游③。
傲世也因同气味,春风桃李未淹留④。

① 此句写弹琴酌酒,很高兴为君伴驾。

② 此句写宫中小径三分,手捧典籍一部。孔四贞与顺治皇帝都有很深的汉学造诣,堪称一对文友。抛书谈心,曲径通幽,别有一番情致。

③ 此句写"纸帐"是绘画的锦帐。画帐侍寝,春梦新欢。圃冷斜阳,回忆当年往事。

④ 傲世也因同气味,春风桃李未淹留:孤傲知己,气味相投。春风桃李,何足道哉?

解读

前四句写孔四贞在皇宫生活的情景。

"霜清纸帐来新梦"——指野史记载的孔四贞在宫中侍寝的故事。

"圃冷斜阳忆旧游"——指皇宫乃福临与孔四贞童年旧游之地。

青春流逝,傲骨依然,一对知音,气味相投,把所有的爱和恨、友与仇、愧和悔、怨与恕,都写进了《红楼梦》里。这就是《因麒麟伏白首双星》的结局。

史湘云在《红楼梦》里说过三句耐人寻味的话:

第一句是"数去更无君傲世"——史湘云孔四贞说的贾宝玉顺治皇帝的真实性格与书里的贾宝玉完全不同,不是一个"惟恐夜深花落去,高挑银烛照红妆"的奶油小生,而是一个"数去更无君傲世"的伟丈夫。

一部百二十回的《红楼梦》,只有史湘云的这一句,才揭示了顺治皇帝的灵魂。

第二句是"看来惟有我知音"——说她才是顺治皇帝唯一的知音("别圃移来贵比金","休辜负","惜寸阴")。

第三句是隐语大白话,史湘云"语不惊人死不休":

"倒是他们父子叔侄纵横起来。你可知宋太祖说的好:'卧榻之侧,岂许他人酣睡。'他们不作,咱们两个竟联起句来,明日羞他们一羞。宋太祖说得好:'卧榻之侧,岂容他人酣睡!'"

她公开对林黛玉(孝庄皇太后)说:二舅(摄政王)要做赵光义,不仅要赵匡胤(皇太极)留下的皇位,还要传给亲儿子宋真宗(贾环)!逼着宋太祖亲儿子(贾宝玉顺治皇帝)做八千岁!卧榻之侧,危机四伏啊!

她要求林黛玉(孝庄皇太后)赶快养好病,这是反抗背信弃义行为的最有力的措施!史湘云原话如下:"你是个明白人,何必做此形象自苦。我也和你一样,我就不和你一样心窄。何况你又多病,还不自己保养!"

字字如针砭,句句似良药,发自肺腑,心忧如焚。应当说,作为一个女人,史湘云孔四贞的经历比林黛玉孝庄皇太后还要坎坷不幸。她对林黛玉孝庄皇太后说:"我也和你一样","你我竟有许多不遂心的事"!——这是孔四贞与孝庄皇太后真实感情的写照。

史湘云的天性为:飘逸超脱,放任自然,不受约束,无视物议,豪爽不羁,任性随意,总之,她的一切言谈举动,都是与生俱来的,乃难能可贵的秉性与气质!史湘云解嘲的说:"是真名士自风流!"说的对极了。

黛玉:咏菊

潇湘妃子

无赖诗魔昏晓侵①,绕篱欹石自沉音②。
毫端蕴秀临霜写,口角噙香对月吟③。
满纸自怜题素怨,片言谁解诉秋心。
一从陶令平章后,千古高风说到今。

① 无赖诗魔:纠缠不清,摆脱不了。诗人内心世界的自喻。隐射孝庄皇太后。

② 绕篱欹石自沉音：绕篱倚石沉吟心中的苦闷。
③ 题素怨、诉秋心：秋天的感慨，徐娘的情怀。
④ 陶令平章：东晋陶渊明曾任彭泽令，辞官归隐，酷爱种菊。孝庄皇太后在顺治皇帝亲政后，以陶渊明自喻。《林潇湘魁夺菊花社》是指归政后的孝庄皇太后要像陶渊明那样种菊自适，不再干政，只做后宫的"警幻仙姑"。

解读

（1）"无赖诗魔昏晓侵，绕篱欹石自沉音。"——参与天命、天聪、崇德、顺治四朝的政治事务，已经二十七八年了。现在多尔衮集团粉碎了，儿子亲政了，自己退居二线了。真是百感交集，感慨万千，所以写了这首《咏菊》诗。

（2）"毫端蕴秀临霜写，口角噙香对月吟。"两句诗构思新颖，造句巧妙，寓意深刻，确实是精彩的咏菊诗句。诗人在临霜运笔，对月吟诗，可谓千言万语，心潮澎湃。

（3）"满纸自怜题素怨，片言谁解诉秋心。"写出了孝庄皇太后茹苦含辛、自毁名节、不计得失、自怨自艾的情状。"自怜"、"谁解"道出了孝庄皇太后满怀委屈、不被人理解，不愿表白、不能表白，也无处表白的苦闷。俗话说"寡妇门前是非多"，何况这个寡妇是皇太后？而且是连续死了两位丈夫的皇太后。对臣工子民不能诉，对皇帝儿子就能诉说吗？

（4）"一从陶令平章后，千古高风说到今。"诗人最后把陶渊明拉出来，歌咏陶渊明的高风亮节，也把自己内心高洁的品格暗示出来了。

宝钗：画菊

蘅芜君
（儿子亲政后的感慨）

诗余戏笔不知狂，岂是丹青费较量。
聚叶泼成千点墨，攒花染出几痕霜。
淡淡神会风前影，跳脱秋生腕底香。
莫认东篱闲采撷，粘屏聊以慰重阳。

第三十八回 林潇湘魁夺菊花社 薛蘅芜讽和螃蟹咏

解读

(1)"诗余戏笔不知狂,岂是丹青费较量。"——吟诗作画,旨在汗青。"老夫聊发少年狂"是一位须眉大臣的志向,而"诗余戏笔不知狂"却是中国第一"裙钗"的内心世界。十四个字,写尽了孝庄皇太后辉煌而有争议的一生事业。

(2)"聚叶泼成千点墨,攒花染出几痕霜。"万里河山一张纸,换来两鬓几痕霜?聚叶泼成千点墨,长城内外八旗扬。

(3)"淡淡神会风前影,跳脱秋生腕底香。"八旗入关,明亡清兴,是非功过,浓浓自知。半生帝业,犹如风前弄影。秋日黄花,堪叹腕底生香。

(4)最后两句画龙点睛。皇帝亲政,太后闲适。后继有人,足以自慰也。

黛玉:问菊

潇湘妃子

欲讯秋情众莫知①,喃喃负手叩东篱②:
孤标傲世偕谁隐,一样花开为底迟?
圃露庭霜何寂寞,鸿归蛩病可相思?
休言举世无谈者,解语何妨话片时?

① 欲讯秋情:想要询问秋天的情思。
② 负手叩东篱:源于"采菊东篱下,悠然见南山"。隐退之意。

解读

(1)首句写世人欲问隐退以后孝庄皇太后的心态,看一看种植的满院黄菊就明白了:"采菊东篱下,悠然见南山。"

(2)"孤标傲世偕谁隐,一样花开为底迟?"这两句脍炙人口的名句,问得巧而且妙,正如湘云说:"真把个菊花问的无言可对。"谁能回答此问?唯有孝庄皇太后本人。孤标傲世,无人为伍。花开底迟,后发制人。无论满蒙回汉,无论明顺清周,都败倒在她的石榴裙下:从"二十年来辨是非,榴花开处照宫闱"到"乱烘烘你方唱罢我登场,反认他乡是故乡。甚荒唐,到头来都是为他人作嫁衣裳"!

(3) "霜庭寂寞"指慈宁宫寂寞。"鸿归"指定南王"葬还京师"。"蛰病"为蟋蟀垂死。"相思"指太后的回忆。顺治八年,福临在乾清宫亲政,多尔衮三兄弟一败涂地,自己悄然引退后宫,但对于"败死桂林,灵柩葬归京师"的定南王孔有德,对于扒骨鞭尸削爵抄家的摄政王多尔衮,难道真没有顾念相思吗?毕竟"人非草木,岂能无情"!

(4) 最后一句说休言举世无谈者,酸甜苦辣心自知也。

探春:簪菊①

蕉下客

瓶供篱栽日日忙,折来休认镜中妆。
长安公子因花癖②,彭泽先生是酒狂③。
短鬓冷沾三径露④,葛巾香染九秋霜⑤。
高情不入时人眼,拍手凭他笑路旁。

① 簪菊:将菊花插在头发上。杜牧诗:"菊花插满头。"
② 长安公子:指唐代诗人杜牧。
③ 彭泽先生:彭泽令陶渊明,采菊东篱下,天生是酒狂。
④ 三径露:酒不醉人人自醉,三径沾露短鬓凉。
⑤ 葛巾:葛布头巾。陶渊明以葛巾漉酒,又戴头上头,酒飘香。

解读

簪菊,即把菊花插在头上。这一首被李纨评为第七。

探春才清志高,精明干练不减男人。探春影射的历史人物,是太后下嫁后不到两年出生的女儿。出生时,"日边红杏倚云栽",金贵得很。出生半年后,父亲出事了——所谓"义忠亲王老千岁坏了事"。是指追封的"成宗义皇帝"、过去的"睿忠亲王"出了事。在后宫东六所长大的孩子对此一无所知。

他的亲哥哥贾宝玉顺治皇帝是宫中唯一的男人。诗中"短鬓"、"葛巾"等都是指贾宝玉福临的。说他才情堪比杜牧,情操堪比五柳。只有他,才理解自己的内心世界。摄政王不在了,许多人对她似乎敬而远之。她对清宫内部的矛盾看得不是很清楚，所以束手无策，只好保持洁身自好的态度。她同乃兄宝玉最亲密，情趣相投。所谓"高情不入时人眼，拍手凭他笑路旁"，表明了她孤高自诩、不随流俗的清高态度。这是她的出身决定的，似乎是高视阔步，其实是严重自卑。欲罢不能，欲言又止。久居深宫大院，外面电光石火，风雨雷霆，自己并不知情。只能求哥哥告诉一二，也是藏头露尾，话到嘴边留半句。只有母亲皇太后的呵护是真的，只有哥哥福临的关爱是真的。但是，未来呢？

湘云：菊影

枕霞旧友

秋光叠叠复重重，潜度偷移三径中[①]。
窗隔疏灯描远近，篱筛破月锁玲珑[②]。
寒芳留照魂应驻，霜印传神梦也空。
珍重暗香休踏碎，凭谁醉眼认朦胧[③]。

[①] 潜度偷移：表面的意思是，菊花的影子随月落而缓慢移动。实指热恋中的男女，"月影随风动，疑是玉人来"。从顺治十一年到顺治十三年，孔四贞身居皇宫大院，与福临产生了感情。
[②] 写灯影月影的疏离意境。
[③] 月佼菊香的意境莫要踏碎，借酒浇愁的记忆朦朦胧胧。

解读

这是湘云的第三首咏菊诗，用的是"一冬"韵。

由爱菊花而爱及菊花的影子，极力描绘日光、灯光、月光下菊影的各种形象。从表象上看，这同一般有闲文人吟风弄月的诗作也无不同。但作者让湘云咏出这样一首情调暗淡的诗，是有其用心的。

首句显然是写潜度偷移、遮遮掩掩的感情经历。

次句是写"待月西厢下，迎风户半开"那样的男欢女爱。

三句暗示"巫山云雨后，孤寂梦楚王"那样凄凉的命运。

末句是写旧情难忘、旧地难舍、魂缠梦绕、借酒浇愁的无奈。

顺治十一年到顺治十三年，孔四姑娘居住大内。有人说，孔四贞已经侍寝，被福临聘为东宫娘娘。史载孝庄皇太后说："唯有这个孔四贞是不能聘为皇后的。"有人称，孔四贞与福临是同父异母的兄妹。《红楼梦》中记载了"因麒麟伏白首双星"。红学泰斗周汝昌说，这"一对麒麟"，是预告史湘云与贾宝玉将要白头到老。还有红学家说，"白首双星"指代张道士是国公的替身，是贾母的老相好。

结局呢？顺治十一年六月，孝庄让自己的娘家人做了顺治的第二个蒙古皇后（袭人）。孔四贞与这位新皇后（史湘云与袭人）相处了一段时光。后来孔四贞去桂林与孙延龄成婚，继续掌控定南王的旧部汉军正红旗。在京期间孔四贞与福临的关系，就使得新皇后不满。在《红楼梦》中，写史湘云为贾宝玉梳头，袭人对薛宝钗大发牢骚。离开北京不久，顺治皇帝"痘亡"。三藩之乱平定后，孔四贞因为丈夫参与过三藩之乱，因而谣言四起，孔四贞只得自解兵权，回到北京皇宫，带发修行——妙玉。

贾府被抄家后，妙玉被强盗抢走——说孔四贞被李定国部与吴三桂俘为人质而受辱。

继承拢翠庵财产、带发修行的四姑娘惜春，是扮演孔四贞的新演员。尤氏与惜春不和、袭人与史湘云不和，都是顺治第二位蒙古皇后与孔四贞不和的体现。

了解了上述历史真相，再回头看史湘云的"菊影"，就是深秋的菊花在回忆自己留下的历史的阴影。

黛玉：菊梦

潇湘妃子

篱畔秋酣一觉清，和云伴月不分明。
登仙非慕庄生蝶①，忆旧还寻陶令盟。
睡去依依随雁断②，惊回故故恼蛩鸣③。
醒时幽怨同谁诉，衰草寒烟无限情。

① 登仙：道家认为人死升天，如同羽化登仙。

第三十八回　林潇湘魁夺菊花社　薛蘅芜讽和螃蟹咏

② 雁断：哀鸿北飞，雁断湘江，纪念顺治九年败死湘江源头桂林的定南王。

③ 惊回：蛩鸣惊梦，辗转无眠，心惊肉跳的回想起顺治八年二月，多尔衮扒骨鞭尸，传首九边的惨烈景象。

解读

这一首被李纨评为第三，用的是"八庚"韵。

从《风月宝鉴》反面看，林黛玉的"菊梦"隐写着怎样的历史呢？

（1）首句写深秋渐凉，一觉醒来，和云伴月，忧思朦胧，孝庄皇太后不觉想起了两个对自己有情有义的情侣。

（2）第二句意为孔有德羽化登仙，不是羡慕庄生化蝶，而是穷途末路，被迫自杀。多尔衮扒坟鞭尸传首九边，其实是冤假错案，他的原意是辅佐幼主亲政，然后像陶令那样解甲归田到桃花源去。

（3）第三句写孔有德败死桂林，那是一个大雁南飞至衡山回头的地方。多尔衮活得威武雄壮，死得惊心动魄。她与自己的女儿深藏宫中，如何上玉牒的问题让人左右为难。深夜不眠，回首往事，连草虫的哀鸣，也会使自己心惊肉跳。

第六十二回《憨湘云醉眠芍药裀》：

宝玉真个喝了酒，听黛玉说道：落霞与孤鹜齐飞，风急江天过雁哀，却是一只折足雁，叫的人九回肠，这是鸿雁来宾。说的大家笑了，说："这一串子倒有些意思。"黛玉又拈了一个榛穰，说酒底道：榛子非关隔院砧，何来万户捣衣声。令完，鸳鸯袭人等皆说的是一句俗语，都带一个"寿"字的，不能多赘。……湘云便说道：奔腾而砰湃，江间波浪兼天涌，须要铁锁缆孤舟，既遇着一江风，不宜出行。

顺治九年七月初四，孔有德自缢，孔妻嘱儿曰："苟得免，度为沙弥。勿效乃父作贼一生。"所以平定三藩之后，孔四贞拒绝再嫁，一定要出家，带发修行。此处的林黛玉，与作《五美吟》的林黛玉都表演孔有德的老情侣孝庄皇太后。她终生都忘不了跛足道人孔有德——"雁断衡阳之巅"上、骨化湘江源头的"折足雁"。

顺治八年二月被鞭尸传首的多尔衮，是自己的第二任丈夫。作为"二令"续妻，不堪回首，痛心疾首。作为多尔衮遗女（王夫人的贾探春，王熙凤的巧姐儿）的母亲，左右为难，七上八下。养育成人没有问题，但名分呢？玉牒上记载多尔衮的女儿不行（贾琏顺治皇帝两次追询如何记载"蜡油冻的佛手"），玉牒上记载皇太极的女儿更不行（贾珍康熙皇帝向周瑞追查"果子的数目"），当下只能说是顺治皇帝福临的妹妹，名誉妹妹吧（刘姥姥叫她"茗玉"——只有这个德国老东西知道，自己生养的可怜的闺女，只是福临的名誉妹妹啊）。

（4）末句写定南王孔有德死了，顺治十一称年灵柩归京，朝廷国丧。"天子听了，忙下额外恩旨曰：'贾敬虽白衣无功于国，念彼祖父之功，追赐五品之职。令其子孙扶柩由北下之门进都，入彼私第殡殓。任子孙尽丧礼毕扶柩回籍外，着光禄寺按上例赐祭。朝中由王公以下准其祭吊。钦此。'"

第六十三回《死金丹独艳理亲丧》就隐写此事。当时自己的痛苦是难以掩盖的："当下贾母（孝庄）进入里面，早有贾赦贾琏率领族中人哭着迎了出来。他父子一边一个（福临）挽了贾母，走至灵前，又有贾珍贾蓉（福临）跪着扑入贾母（孝庄）怀中痛哭。贾母暮年人，见此光景，亦搂了珍蓉（福临）等痛哭不已。"

至于多尔衮的下场，就更悲惨了，实在不忍目睹。《红楼梦》假借赵姨娘之死，具体描写了多尔衮被鞭尸扒骨的情景，令人咋舌：

"我是阎王老爷差人拿我去的，要问我（多尔衮替身）为什么和马道婆（镶白旗的范文程，曾经由贾代儒扮演过）用魔魇法的案件"（第一百十二回《死雠仇赵妾赴冥曹》）——隐射顺治皇帝对多尔衮的死后审判。时在顺治八年二月。

一个旧情侣，一个新丈夫，都死了。一个战死，一个冤死，死的都很惨烈。都有功劳，孰能无过？人已作古，衰草寒烟。作为他们的女人，"东边无云西边雨，道是无晴却有晴"。

向谁诉说？诉说什么？谁能倾听？孰能同情？——"醒时幽怨同谁诉，衰草寒烟无限情。"

探春：残菊

蕉下客

露凝霜重渐倾欹①，宴赏才过小雪时。
蒂有余香金淡泊②，枝无全叶翠离披③。
半床落月蛩声病④，万里寒云雁阵迟⑤。
明岁秋风知再会，暂时分手莫相思。

① 渐倾欹：菊花因露凝霜重逐渐歪倒。
② 金淡泊：黄菊花的金色退色了。
③ 翠离披：翠绿的叶子披散了。
④ 蛩声病：蟋蟀因垂死而声音消失了。
⑤ 雁阵迟：大雁北飞也迟疑了。

解读

贾探春"两人放风筝，一片大海，一只大船，船中有一女子掩面泣涕之状"也好，"清明涕送江边望，千里东风一梦遥"也好，"一帆风雨路三千，把骨肉家园齐来抛闪"也好，全是由于出身问题。父亲多尔衮死后，睿亲王家族一败涂地，自己"生于末世运偏消"，勉强维持"格格"的地位，也只是皇兄与母后"蕉叶覆鹿"，自己成为躲躲闪闪的"蕉下客"。虽然"才自精明志自高"，虽然有"巾帼不让须眉"的志向，但也只能服从命运的安排，"自古穷通皆有定，离合岂无缘？从今分两地，各自保平安。奴去也，莫牵连"。

探春的《残菊》，隐写的就是这种无可奈何的政治局面：

(1) "露凝霜重渐倾欹，宴赏才过小雪时"——自己是深秋的菊花，因露凝霜重逐渐歪倒了。小雪才过，母后与皇兄赐宴皇宫大内。

(2) "蒂有余香金淡泊，枝无全叶翠离披"——摄政王的威势只剩下残山余水了，就像黄菊花的金色日益退色了，就像菊花翠绿的叶子逐渐衰败了。

(3) "半床落月蛩声病，万里寒云雁阵迟"句预写远嫁蒙古的情景。蟋蟀因垂死而声音消失了，正像父亲的余威一样减弱变远。自己要到万里寒云的塞外去，离家远走的车轮子，蹒跚迟疑，就如同迟疑北飞的大雁。

(4) 末句是对母后的安慰话，也是对皇兄的安慰话。会回来看望亲人的，母亲与哥哥不必为暂时的分离而难过。皇家的女儿哪一个不是如此？

螃蟹咏（三首）

其一（贾宝玉）

持螯更喜桂阴凉，泼醋擂姜兴欲狂。
饕餮王孙应有酒，横行公子却无肠①。
脐间积冷馋忘忌，指上沾腥洗尚香。
原为世人美口腹，坡仙曾笑一生忙。

其二（林黛玉）

铁甲长戈死未亡②，堆盘色相喜先尝。
螯封嫩玉双双满，壳凸红脂块块香。
多肉更怜卿八足③，助情谁劝我千觞？
对斟佳品酬佳节，桂拂清风菊带霜。

其三（薛宝钗）

桂霭桐阴坐举觞，长安涎口盼重阳④。
眼前道路无经纬，皮里春秋空黑黄！
酒未敌腥还用菊，性防积冷定须姜。
于今落釜成何益⑤？月浦空余禾黍香。

① 饕餮王孙：铜鼎上塑造的恶兽，贪婪好吃。指吃人不吐骨头的多尔衮。

横行公子：指横行霸道、企图篡位的摄政王多尔衮。饕餮王孙与横行公子是"白骨如山忘姓氏，无非公子与红妆"的注脚。

② 铁甲长戈：明写螃蟹，隐射因扬州屠城而死有余辜的豫亲王多铎。螃蟹毕竟配不上"铁甲长戈"这种形容军容的词句。

③ 多肉更怜卿八足：明写螃蟹的八足，隐射八旗部队。

第三十八回　林潇湘魁夺菊花社　薛蘅芜讽和螃蟹咏

④ 盼重阳：明写盼九九重阳节，隐射顺治皇帝盼亲政。

⑤ 于今落釜：明写螃蟹落进热锅，隐射英亲王阿济格落网。

解读

顺治皇帝将复仇的希望寄托于亲政，不得不深自韬晦，"邀嬉狡狯，渔猎鄙事，无不为之，摄政安意无猜，得以善全"。顺治和孝庄皇太后都清楚，无论谁流露出一点不满，传到多尔衮耳朵里，都会演成母子被废、睿王称帝的事实。即使多尔衮出狩猝死、灵柩运回，顺治也表现得极为恭顺，亲自迎出东直门外五里，"跪奠三爵，为之大恸"。因为多尔衮经营七年，朝野势力盘根错节。

因母后下嫁"皇父摄政王"，顺治皇帝被迫追谥多尔衮为"诚敬义皇帝，庙号成宗"（史称"成宗义皇帝"，《红楼梦》中称为"义忠亲王老千岁"）。

但顺治皇帝在太和殿宣布亲政、国政大权揽在手中仅仅二十余天，便不顾母后的脸面，对这位"继皇父"开棺锉尸、暴骨扬灰、削封夺谥、剿灭族党，用尽一切手段发泄他的刻骨仇恨，其中也含着对母后的怨恨和不满。顺治八年正月，首议英亲王阿济格罪。多尔衮死后，阿济格与其子劳亲密谋策划，"举动甚悖乱"。于是监阿济格回京，幽禁。

顺治八年三月，阿济格以图谋越狱再被罪。先是搜获阿济格藏刀四口，巽王、端重、敬谨三理事王未奏，仅将刀交御前包衣昂邦收之。至是有谕，会议谓阿济格虽获罪，犹有给役妇人三百名，今用妇人暗掘地道，与其子及心腹人约时越狱，如此大事，三王不奏，结党徇庇，罚银，停事。阿济格仅留妇女十口，其余人口金银用物俱追取，饭食自外传入。其子傅勒赫、劳亲降为庶人，分给承泽王、巽王。

顺治八年十月刑部奏，先有监守阿济格章京等四人赴告阿济格，因知将其二子给人为奴，妇女悉配夫，声言将拆狱房、"积衣举火"。午间果有"拆毁房瓦声"，又"抛掷食桌，焚毁监门"。"悖乱已极，应论死。"得旨："不忍加诛，可令其自尽。"

豫亲王多铎早在顺治六年就已经死了。

至是，多尔衮、多铎、阿济格皆告败亡，党羽诛锄。正白旗归于顺治皇帝。阿济格之子孙自此成为奴隶，至乾隆年间虽稍复宗籍，亦始终为闲散之人。

顺治八年封肃亲王豪格子富寿为显亲王。并增注豪格军功于册，谓"睿王心怀篡逆，尔无故被害，朕亲政之后，不胜追痛。富寿尔系朕亲兄之子，推恩封尔为和硕显亲王"。顺治八年闰二月郑亲王济尔哈朗子富尔敦封为世子，济度为简郡王，勒度为敏郡王。以原议阿济格及其子劳亲罪失轻，命移禁"别室"，先所给用物皆籍没。劳亲降为庶人，给与巽亲王。英王庶出四子在劳亲家者，给与端重亲王。

顺治八年大学士范文程以多尔衮党获罪。范文程革职，后来奉旨仍留原任。因为范文程在多尔衮篡权事件中当过"马道婆"，多尔衮死后，有点儿秋扇见捐了。

《菊花诗》与《螃蟹咏》的历史背景，就在顺治亲政后的"九九重阳"节。

第三十八回《薛蘅芜讽和螃蟹咏》，是对"多尔衮、多铎、阿济格皆告败亡……正白旗归于顺治皇帝"的总结与欢庆。原文与注解：

"……贾母听了，又抬头看匾，因回头向薛姨妈道：'我先小时，家里也有这么一个亭子，叫做什么"枕霞阁"。我那时也只象他们这么大年纪，同姊妹们天天顽去。那日谁知我失了脚掉下去，几乎没淹死，好容易救了上来，到底被那木钉把头碰破了。如今这鬓角上那指头顶大一块窝儿就是那残破了。众人都怕经了水，又怕冒了风，都说活不得了，谁知竟好了。'凤姐不等人说，先笑道：'那时要活不得，如今这大福可叫谁享呢！可知老祖宗从小儿的福寿就不小，神差鬼使碰出那个窝儿来，好盛福寿的。寿星老儿头上原是一个窝儿，因为万福万寿盛满了，所以倒凸高出些来了。'未及说完，贾母与众人都笑软了。"

此处所谓"那日谁知我失了脚掉下去，几乎没淹死"，隐射当年孝庄皇太后无奈下嫁多尔衮的往事——像洪承畴降清（贾天祥正照风月鉴）一样，也是"一失足而成千古恨"。

"好容易救了上来，到底被那木钉把头碰破了。如今这鬓角上那指头顶大一块窝儿就是那残破了。众人都怕经了水，又怕冒了风，都说活不得了，谁知竟好了。"隐射与多尔衮多年的生死斗争，最后化险为夷。

《螃蟹咏》则是对多尔衮三兄弟（三只横行霸道的大螃蟹）失败下场的讽刺与挖苦。

第三十八回　林潇湘魁夺菊花社　薛蘅芜讽和螃蟹咏

其一（挖苦睿亲王多尔衮）

持螯更喜桂阴凉，泼醋擂姜兴欲狂。
饕餮王孙应有酒，横行公子却无肠①。
脐间积冷馋忘忌，指上沾腥洗尚香②。
原为世人美口腹，坡仙曾笑一生忙③。

① 讽刺多尔衮为"横行公子"，"却无肠"隐射死后被挖坟鞭尸，顺治等举酒相庆。
② 挖苦多尔衮纵欲无度，至死不悟。
③ 指多尔衮统一中原的功勋，忙碌一生，只是"为人作嫁"。

其二（挖苦豫亲王多铎）

铁甲长戈死未忘，堆盘色相喜先尝①。
螯封嫩玉双双满，壳凸红脂块块香。
多肉更怜卿八足，助情谁劝我千觞。
对斯佳品酬佳节，桂拂清风菊带霜。

①"铁甲长戈死未忘"隐射多铎战功赫赫却难免一死。"喜先尝"隐射多铎在三兄弟中死的最早。

其三（挖苦英亲王阿济格）

桂霭桐阴坐举觞，长安涎口盼重阳①。
眼前道路无经纬，皮里春秋空黑黄。
酒未敌腥还用菊，性防积冷定须姜。
于今落釜成何益，月浦空余禾黍香。

① 隐射阿济格在监狱里挖地道企图逃跑，但在黑暗中不辨方向，没有成功。

贾宝玉顺治皇帝庆幸亲政，有些得意泱泱，也有些心有余悸：

蜡屐远来情得得，冷吟不尽兴悠悠。
黄花若解怜诗客，休负今朝挂杖头。

携锄秋圃自移来，篱畔庭前故故栽①。
昨夜不期经雨活，今朝犹喜带霜开②。

① "休负今朝挂杖头"、"今朝犹喜带霜开"，皆隐射十四岁的顺治皇帝"今日早朝"（顺治八年正月八日）亲政。

② "昨夜不期经雨活，今朝犹喜带霜开。"在多尔衮摄政的最后阶段，顺治皇帝的皇位与生命都岌岌可危，没有料到多尔衮会暴死京外，顺治皇帝的隐患自我消解了，使小皇帝喜出望外。

第四十回　史太君两宴大观园　金鸳鸯三宣牙牌令

探春房内对联

烟霞闲骨格，泉石野生涯。

解读

探春"才自精明志自高，生于末世运偏消"，头脑里存有很强的积极用世的儒家观念，热衷于为封建王朝"干出一番事业来"。这副对联"乃是颜鲁公墨迹"，也是作者构思完整的一个极好例证。荣府荣禧堂高悬衍圣公的题词匾额，乃"同乡世教弟勋袭东安郡王穆莳拜手书"。大观园探春卧室里则高悬"颜鲁公墨迹"。宁府宗祠里高悬"贾氏宗祠"四个字，旁书"衍圣公孔继宗书"。这些匾额题词说明，宁荣二府乃是孔孟儒学的尊崇者。宁荣子孙乃是孔子的后裔，

颜真卿（公元709—785），唐京兆万年人，字清臣。开元进士，迁殿中侍御史，为杨国忠所恶，出为平原太守，故世称颜平原……安史之乱，颜抗贼有功，入京历任吏部尚书、太子太师，封鲁郡开国公，故又世称颜鲁公。德宗时李希烈叛，宰相卢杞衔恨使真卿往劝谕，为希烈所留，忠贞不屈，被缢杀。

颜回和孔子于公元前500年一起缔造了儒家学说的基本理论。颜回41岁英年早逝，次年他的老师孔子也长逝。孔子另一弟子曾参继承遗志，弘扬光大，完善孔颜学说，一百多年后，又出现了政治家、思想家孟轲，他创造性地丰富发展了孔颜学说，成为儒家思想学派的第二里程碑，形成了孔孟儒家思想。唐代以来，历代皇家给予孔颜曾孟四家高规格的封祀，即孔子为至圣，曾

子为宗圣，孟子为亚圣，颜子与孔子齐名，与至圣并列为复圣。

牙牌令（七首）

牙牌令——贾母

左边是张"天"①。——头上有青天。

当中是"五与六"。——六桥梅花香彻骨。

剩得一张"六与幺"。——一轮红日出云霄。

凑成便是个"蓬头鬼"②。——这鬼抱住钟馗腿③。

牙牌令——薛姨妈

左边是个"大长五"。——梅花朵朵风前舞。

右边还是个"大五长"。——十月梅花岭上香。

当中"二五"是杂七。——织女牛郎会七夕。

凑成"二郎游五岳"④。——世人不及神仙乐。

牙牌令——史湘云

左边"长幺"两点明。——双悬日月照乾坤⑤。

右边"长幺"两点明。——闲花落地听无声。

中间还得"幺四"来。——日边红杏倚云栽。

凑成"樱桃九成熟"。——御园却被鸟衔出⑥。

牙牌令——薛宝钗

左边是"长三"。——双双燕子语梁间。

右边是"三长"。——水荇牵风翠带长⑦。

当中"三六"九点在。——三山半落青天外⑧。

凑成"铁锁练孤舟"。——处处风波处处愁⑨。

牙牌令——林黛玉

左边一个"天"。——良辰美景奈何天。

中间"锦屏"颜色俏。——纱窗也没有红娘报。

剩了"二六"八点齐。——双瞻玉座引朝仪⑩。

凑成"篮子"好采花。——仙杖香挑芍药花。

第四十回　史太君两宴大观园　金鸳鸯三宣牙牌令

牙牌令——贾迎春

左边"四五"成花九。——桃花带雨浓。

……

牙牌令——刘姥姥

左边"四四"是个人。——是个庄家人[罢]。
中间"三四"绿配红。——大火烧了毛毛虫。
右边"幺四"真好看。——一个萝卜一头蒜。
凑成便是一枝花。——花儿落了结个大倭瓜。

① "天"指"天牌令"。意谓上天有眼，功罪有鉴。
② "蓬头鬼"：第一百十三回："话说赵姨娘在寺内得了暴病，见人少了，更加混说起来，唬的众人发怔。就有两个女人搀着赵姨娘双膝跪在地下，说一回，哭一回。有时爬在地下叫饶说：'打杀我了！红胡子的老爷，我再不敢了！'有一时双手合着，也是叫疼。眼睛突出，嘴里鲜血直流，头发披散。人人害怕，不敢近前。"——隐射多尔衮被鞭尸。
③ 钟馗：打鬼的英雄。唐玄宗时代，钟馗考武举不中，死后化为打鬼王，发誓为皇帝除尽天下妖孽。此处指掌握朝廷生杀大权的孝庄皇太后。
④ 二郎：指战胜孙猴子的杨二郎。
⑤ 双悬日月照乾坤：源于李白的诗，指避难成都的唐玄宗与登基甘肃灵武的唐肃宗。当时清朝与南明也是"双悬日月照乾坤"。北京朝廷里多尔衮为"成宗义皇帝"，福临母子为顺治皇室，也是"双悬日月照乾坤"。
⑥ 意为福临是"九阿哥"，已经长大了。多尔衮为"九王爷"，甚至将国玺也带回睿亲王府了，就是"良儿偷玉"的故事。
⑦ 水荇牵风翠带长——源于杜甫的诗。
⑧ 三山半落青天外——源于李白的诗。
⑨ 处处风波处处愁——源于崔颢的"烟波江上使人愁"。
⑩ 双瞻玉座引朝仪——源于杜甫的诗"双瞻御座引朝仪"，与李白诗"双悬日月照乾坤"同义。

解读

从顺治五年起，多尔衮加紧了篡夺皇位的阴谋活动（第二十五回《魇魔法姊弟逢五鬼》），却被支持孝庄、顺治（凤姐宝玉）的满汉八旗联合势力（一僧一道）挫败。

顺治六年二月八日，孝庄以"太后下嫁"为政治手段，稳住了多尔衮（第五十四回《王熙凤效戏彩斑衣》）。

顺治七年八月初三，孝庄为多尔衮生了一个女儿（王熙凤的巧姐儿，王夫人的嫡女贾探春），朝廷中出现"双悬日月照乾坤"（史湘云孔四贞的看法）与"双瞻玉座引朝仪"（林黛玉孝庄的看法）的特殊局面。这是一种棋逢对手、不分胜负的政治局面。

在第四十回《金鸳鸯三宣牙牌令》里，苏麻喇姑（鸳鸯）对顺治七年前后的政治形势有一个清醒的认识。现结合原文，摘要分析如下：

（1）"鸳鸯也半推半就，谢了坐，便坐下，也吃了一钟酒，笑道：'酒令大如军令，不论尊卑，惟我是主。违了我的话，是要受罚的。'"——明确指出苏麻喇姑为孝庄皇太后第一大秘书的权威地位。

（2）"鸳鸯道：'有了一副了。左边是张"天"。'贾母道：'头上有青天。'众人道：'好。'"——男左女右，苏麻喇姑（鸳鸯）指出，孝庄皇太后（左边"天"）才是主宰朝野的大清国的大"青天"。孝庄（贾母）认同，并胸有成竹的宣布"头上有青天"。大家（众人）都一直拥护。

（3）"鸳鸯道：'当中是个"五与六"。'贾母道：'六桥梅花香彻骨。'"——苏麻喇姑（鸳鸯）指出，顺治五年与六年，多尔衮的阴谋活动最猖獗。孝庄（贾母）说自从顺治六年二月初八"太后下嫁"，御花园里梅花盛开了，解决皇权问题的桥梁也修通了，而且是一条"暗里教君骨髓枯"的彻底解决多尔衮篡权的途径。

（4）"鸳鸯道：'剩得一张"六与幺"。'贾母道：'一轮红日出云霄。'"——苏麻喇姑（鸳鸯）指出，顺治七年八月孝庄为多尔衮生了女儿，随着"日边红杏倚云栽"（女儿出生），国家的形势也好转了，如同"一轮红日出云霄"。

（5）"鸳鸯道：'凑成便是个"蓬头鬼"。'贾母道：'这鬼抱住钟馗腿。'"——苏麻喇姑（鸳鸯）指出，顺治七年十二月初九，多尔衮暴死，顺治八年二月，多尔衮被扒坟鞭尸，成了"蓬头鬼"，实在是孝庄百般努力才"凑成"的结果。"蓬头鬼"多尔衮抱住"钟馗"孝庄的大腿，希望她们母子能够手下留情，自己已经甘拜下风。而对孝庄而言，"钟馗打鬼"，也是有苦

第四十回　史太君两宴大观园　金鸳鸯三宣牙牌令

难言。

（6）"鸳鸯又道：'有了一副。左边是个"大长五"。'薛姨妈道：'梅花朵朵风前舞'。鸳鸯道：'右边还是个"大五长"。'薛姨妈道：'十月梅花岭上香。'"——苏麻喇姑（鸳鸯）指出，顺治五年孝庄母子的日子实在是度日如年，"大长五"，"大五长"，左右掣肘，十分难熬。孝庄皇太后（薛姨妈）心有余悸地说，朝野臣工如同朵朵梅花，在寒风凛冽中挣扎乱舞，但"老梅犹有傲霜枝，十月梅花岭上香"也。

（7）"鸳鸯道：'当中"二五"（七）是杂七。'薛姨妈道：'织女牛郎会七夕。'鸳鸯道：'凑成"二郎游五岳"（七）。'薛姨妈道：'世人不及神仙乐。'"——苏麻喇姑（鸳鸯）指出，顺治七年，随着女儿的临盆，多尔衮心情愉快，如同"二郎游五岳"。孝庄（薛姨妈）也不无感慨的说：孩子促进了夫妻感情，终于有了新婚家庭暂时的欢乐，"织女牛郎会七夕，世人不及神仙乐"也。

（8）"鸳鸯又道：'有了一副。左边"长幺"两点明。'湘云道：'双悬日月照乾坤。'鸳鸯道：'右边"长幺"两点明。'湘云道：'闲花落地听无声。'"——苏麻喇姑（鸳鸯）指出，男左女右，朝廷里日月双悬。孔四贞（湘云）认为，"双悬日月照乾坤"是不正常的政治局面，朝野对日月双悬有闲话（闲花），对造成如此局面的"太后下嫁"也有闲话（闲花），只是大内之中，听不到这些闲话而已。

（9）"鸳鸯道：'中间还得"幺四"来。'湘云道：'日边红杏倚云栽。'鸳鸯道：'凑成"樱桃九成熟"。'湘云道：'御园却被鸟衔出。'"——苏麻喇姑（鸳鸯）指出，直到孝庄生了第四个女儿（幺四），多尔衮与孝庄的家庭才算像个家庭了，因为九阿哥福临总算接受了"皇父摄政王"（樱桃九熟——九阿哥成熟了）。孔四贞（湘云）认为，生下女儿之后，多尔衮是太阳，小女儿是红杏，孝庄像彩云，朝廷不是要"大权旁落"了吗（御园却被鸟衔出）？

（10）"鸳鸯道：'有了一副。左边是"长三"。'宝钗（孝庄皇太后）道：'双双燕子语梁间。'鸳鸯道：'右边是"三长"。'宝钗道：'水荇牵风翠带长。'鸳鸯道：'当中"三六"九点在。'宝钗道：'三山半落青天外。'鸳鸯道：'凑成"铁锁练孤舟"。'宝钗道：'处处风波处处愁。'"——苏麻喇姑（鸳鸯）指出，九（长三，三长，三三见九）阿哥福临仍然是夹在皇太后与皇父中间的一个傀儡（当中'三六'九点在），母后与叔父"双双燕子语梁间"，

"水荇牵风翠带长",自我感觉良好,但朝野秽闻不息,"凑成'铁锁练孤舟'"的严峻局势也。顺治皇帝的皇权(三加六为九,九字直通,九九为天数也)眼看就要"三山半落青天外",后宫的女人们都觉得"处处风波处处愁"。

（11）"鸳鸯又道:'左边一个"天"。'黛玉道:'良辰美景奈何天。'……鸳鸯道:'中间"锦屏"颜色俏。'黛玉道:'纱窗也没有红娘报。'鸳鸯道:'剩了"二六"八点齐。'黛玉道:'双瞻玉座引朝仪。'鸳鸯道:'凑成"篮子"好采花。'黛玉道:'仙杖香挑芍药花。'"——苏麻喇姑(鸳鸯)与孝庄(黛玉)姐妹指出,男左女右,"太后下嫁"是属于"良辰美景奈何天"。虽然新婚之后的多尔衮因为得到了名利与感情的满足而停止了篡位的活动,但苏麻喇姑与孝庄皇太后心里有数,"千里搭长篷,没有不散的宴席",终归是要吹灯散伙的,结局只能是"仙杖香挑芍药花"——孝庄还是"要离"的。

（12）"鸳鸯笑道:'左边"四四"是个人。'刘姥姥听了,想了半日,说道:'是个庄家人罢。'"——苏麻喇姑(鸳鸯)指出,"四"指孝庄生的四女儿,当时糊里糊涂的算是"孝庄"家的人,甚至上了皇家的"玉牒"。"四四"二字指顺治八年二月,多尔衮被扒坟鞭尸贬为庶民,当年的摄政王与唯一的亲生女儿两个人,都成了庶民"庄家人"了。第五回《红楼梦曲子》云:"后面又是一座荒村野店,有一美人在那里纺绩。其判云:势败休云贵,家亡莫论亲。偶因济刘氏,巧得遇恩人。"刘老老汤若望对多尔衮父女的下场很同情。

（13）"鸳鸯道:'中间"三四"绿配红。'刘姥姥道:'大火烧了毛毛虫。'(难产急产)……鸳鸯道:'右边"幺四"真好看。'刘姥姥道:'一个萝卜一头蒜。'众人又笑了。鸳鸯笑道:'凑成便是一枝花。'刘姥姥两只手比着,说道:'花儿落了结个大倭瓜。'众人大笑起来。只听外面乱嚷——"——苏麻喇姑(鸳鸯)指出,顺治七年八月(中间"三四"绿配红),孝庄生了一个老幺四女儿,而且长的"真好看"。助产士汤若望说,孝庄有些急产的征象,还·有羊水早破的危象,简直"大火烧了毛毛虫"。生下来的婴儿躺在母亲的怀里,娘儿两个真像"一个萝卜一头蒜"。苏麻喇姑(鸳鸯)调侃的说:太后下嫁,还真与多尔衮天缘巧合,生了一位如花似玉的女儿。刘姥姥汤若望也很高兴,说"花儿落了结个大倭瓜"。

第四十回结尾"众人大笑起来。只听外面乱嚷——"而第四十一回开头却是:"话说刘姥姥两只手比着说道:'花儿落了结个大倭瓜。'众人听了哄堂大笑起来。于是吃过门杯……"前后两回,驴唇不对马嘴。

第四十回　史太君两宴大观园　金鸳鸯三宣牙牌令

回头去看，第四十回结尾"众人大笑起来。只听外面乱嚷——"，显然应该衔接第三十九回：

刚说到这里，忽听外面人吵嚷起来，又说："不相干的，别唬着老太太。"贾母等听了，忙问怎么了，丫鬟回说："南院马棚里走了水（孝庄在南产房里发生羊水早破），不相干，已经救下去了（已经治疗好了）。"贾母最胆小的，听了这个话，忙起身扶了人出至廊上来瞧，只见东南上火光犹亮（仍有少量出血）。贾母唬的口内念佛，忙命人去火神跟前烧香（服用了止血药）。王夫人等也忙都过来请安，又回说："已经下去了（流血已经停止了），老太太请进房去罢（请继续分娩吧）。"贾母足的看着火光息了方领众人进来（等羊水见红停止，才顺利分娩了）。……刘姥姥便又想了一篇，说道："我们庄子东边庄上，有个老奶奶子，今年九十多岁了。他天天吃斋念佛，谁知就感动了观音菩萨夜里来托梦说：'你这样虔心，原来你该绝后的，如今奏了玉皇，给你个孙子。'原来这老奶奶只有一个儿子（福临），这儿子也只一个儿子，好容易养到十七八岁上死了（福临死于顺治十八年正月初七），哭的什么似的。（孝庄皇太后）后果然又养了一个（女儿），今年才十三四岁（顺治七年福临十三岁），生的雪团儿一般，聪明伶俐非常。可见这些神佛是有的。"这一夕话，实合了贾母王夫人（孝庄皇太后）的心事，连王夫人也都听住了。

"南院马棚里走了水"，指孝庄在慈宁宫南产房里发生羊水早破。

"不相干，已经救下去了"，指羊水早破已经治疗好了。

"只见东南上火光犹亮"，指羊水中仍有少量出血。

"去火神跟前烧香"，指孝庄服用了止血药。

"又回说'已经下去了'"，指羊水与出血已经停止了。

"贾母足的看着火光息了方领众人进来"——等羊水见红停止，孝庄才顺利分娩了。

"你这样虔心，原来你该绝后的"，指摄政王多尔衮"该绝后"。

"原来这老奶奶只有一个儿子"，指孝庄皇太后只有福临一个儿子。

"好容易养到十七八岁上死了"，指福临死于顺治十八年正月初七。

"后果然又养了一个"，指孝庄皇太"后"，"又养了一个"女儿。

"今年才十三四岁"，指顺治七年多尔衮暴死时福临十三岁，顺治八年多尔衮削爵贬为庶民时福临十四岁。

"实合了贾母王夫人的心事"——孝庄皇太后既喜欢自己的儿子长命,也喜欢与多尔衮生的女儿长命。

《金鸳鸯三宣牙牌令》里的每一个典故、每一句诗词,都有明确的隐意,却无法隐瞒。王熙凤的第一大秘书平儿、贾母的第一大秘书鸳鸯,都隐射苏麻喇姑。

第四十五回　金兰契互剖金兰语　风雨夕闷制风雨词

秋窗风雨夕

秋花惨淡秋草黄，耿耿秋灯秋夜长①。
已觉秋窗秋不尽，那堪风雨助凄凉。
助秋风雨来何速，惊破秋窗秋梦绿②。
抱得秋情不忍眠，自向秋屏移泪烛。
泪烛摇摇爇短檠③，牵愁照恨动离情。
谁家秋院无风入，何处秋窗无雨声？
罗衾不耐秋风力④，残漏声催秋雨急。
连宵脉脉复飕飕，灯前似伴离人泣。
寒烟小院转萧条，疏竹虚窗时滴沥。
不知风雨几时休，已教泪洒窗纱湿。

① 耿耿秋灯：秋夜里似明似暗的宫灯。

② 秋梦绿：怀旧的秋梦。

③ 短檠：不高的烛台。

④ 罗衾：丝织被褥。

解读

黛玉隐射的董鄂氏皇贵妃是慢性消耗、衰竭而死的。顺治十四年十月皇四子出生，董鄂氏产后患了失血性贫血。顺治十五年正月，皇四子荣亲王死，使她经受了致命的精神打击。"正月二十一"贾母亲自主持薛宝钗"十五岁生日",隐射顺治十五年正月二十一孝庄皇太后在四阿哥死后,立刻举办宫廷宴会,庆祝亲侄女静妃恢复为长春宫主位,并将生养皇子的希望寄托在侄女身上——对董鄂氏皇贵妃而言,真是"一年三百六十日,风霜刀剑严相逼"。

饱经忧患,始知同病相怜——就在林黛玉董鄂氏病入膏肓、回天无望的情势下,作者突然写了第四十五回《金兰契互剖金兰语 风雨夕闷制风雨词》。后宫中两个本来形同水火的女人,终于化敌为友,义结金兰,将《红楼梦》"悲金(宝钗)悼玉(黛玉)"的主题思想一下子推向了巅峰。

第四十五回原文加注:

这里黛玉喝了两口稀粥,仍歪在床上,不想日未落时天就变了,渐渐沥沥下起雨来。秋霖脉脉,阴晴不定,那天渐渐的黄昏,且阴的沉黑,兼着那雨滴竹梢,更觉凄凉。知宝钗不能来,便在灯下随便拿了一本书,却是《乐府杂稿》,有《秋闺怨》《别离怨》等词。黛玉不觉心有所感,亦不禁发于章句,遂成《代别离》一首,拟《春江花月夜》之格,乃名其词曰《秋窗风雨夕》。

《春江花月夜》表现的是在春夜里的绵绵情思,《秋窗风雨夕》反其意而用之,反用他人的诗题,二十句诗中连续用了十五个"秋"字,以渲染秋风肃杀、凄雨肆虐、深宫阴森、大内寂寞,表达了一个二婚女人身世的飘零、重病的缠绕、酸苦的哀思、悲凉的秋情、渺茫的前程、无奈的挣扎,如同"黑云压城城欲摧""山雨欲来风满楼"。林黛玉、尤二姐、尤三姐的悲剧集于一身,都用来隐射董鄂氏进宫为妃的悲剧命运。

"助秋风雨来何速,惊破秋窗秋梦绿",作者预感到短暂的青春就要逝去——"天尽头,何处是香丘?"

《秋窗风雨夕》隐射了董鄂氏皇贵妃病入膏肓、万念俱灰的心态。

董鄂妃自知不久于人世,总是参究"一中气不来,向何处安身立命"等佛语,想向神灵问明自己的归宿。据顺治皇帝自称,她临终前"犹究前说",至死也未弄清自己为何受到如此严酷的惩罚。她死后,顺治皇帝对此事耿耿于怀,将丧事办成了一场浩大的佛门法事,发誓为不得善终的爱妃安排一处阴间的"安身立命"之地。

董鄂妃参究"一中气不来,向何处安身立命",进入《红楼梦》就是林黛玉所谓的"天尽头,何处有香丘"?

"已觉秋窗秋不尽,那堪风雨助凄凉。连宵脉脉复飕飕,灯前似伴离人泣。"——董鄂妃终于"泪尽而死"了,永远离开了仍在哭泣的顺治皇帝。

香菱咏月诗三首

其一

月挂中天夜色寒,清光皎皎影团团。
诗人助兴常思玩,野客添愁不忍观。
翡翠楼边悬玉镜,珍珠帘外挂冰盘。
良宵何用烧银烛,晴彩辉煌映画栏。

其二

非银非水映窗寒,试看晴空护玉盘。
淡淡梅花香欲染,丝丝柳带露初干。
只疑残粉涂金砌,恍若轻霜抹玉栏。
梦醒西楼人迹绝,余容犹可隔帘看。

其三

精华欲掩料应难,影自娟娟魄自寒。
一片砧敲千里白,半轮鸡唱五更残。
绿蓑江上秋闻笛,红袖楼头夜倚栏。
博得嫦娥应借问,缘何不使永团圆。

解读

《红楼梦》将平定三藩与收复台湾写在一起,从第四十八至五十四回,都隐射这十年战争的历史。第四十八回《滥情人情误思游艺 慕雅女雅集苦吟诗》原文加注:

一面说,一面作了一首,先与宝钗看。宝钗看了笑道:"这个不好,不是这个作法。你别怕臊,只管拿了给他瞧去,看他是怎么说。"香菱听了,便拿了诗找黛玉。黛玉看时,只见写道是"月挂中天夜色寒……"

第一首诗回顾了明亡清兴、吴三桂引清兵入关的历史,香菱隐射的陈圆圆逃离李自成的虎口,又落入了吴三桂的狼穴。"月挂中天夜色寒,清光皎皎影团团。良宵何用烧银烛,晴彩辉煌映画栏。"与贾雨村的《咏月诗》遥相呼应:"时逢三五便团圆,满把晴光护玉栏。天上一轮才捧出,人间万姓仰头看。"

对照两首诗,不难看出,贾雨村代表的满清皇室"月挂中天"、"万姓仰头",雄心勃勃,意气风发。而明故宫"翡翠楼边悬玉镜,珍珠帘外挂冰盘"。此处的"诗人"指"冲冠一怒为红颜"的吴三桂,他为了自己的前程,将引清入关视为儿戏,结果是"赤地千里,白骨如山"。后来又将举兵反叛视为儿戏,"生灵遭涂炭,将军常思玩"。作为被争来夺去的女人,面对江山易手、明宫变色、非妻非妾、歌女贵妃的命运,"野客添愁不忍观"。

第四十八回原文加注:

只见黛玉正拿着诗和他讲究。众人因问黛玉作的如何。黛玉道:"自然算难为他了,只是还不好。这一首过于穿凿了,还得另作。"众人因要诗看时,只见作道:

> 非银非水映窗寒,试看晴空护玉盘。
> 淡淡梅花香欲染,丝丝柳带露初干。
> 只疑残粉涂金砌,恍若轻霜抹玉栏。
> 梦醒西楼人迹绝,余容犹可隔帘看。

宝钗笑道:"不象吟月了,月字底下添一个'色'字倒还使得,你看句句倒是月色。这也罢了,原来诗从胡说来,再迟几天就好了。"香菱自为这首妙绝,听如此说,自己扫了兴,不肯丢开手,便要思索起来。

"淡淡梅花香欲染"与"十月梅花岭上香"遥相呼应。《史公祠》南墙石壁上有清代画家史蕴亭的梅花,疏影横斜,傲立寒风,用梅花来喻史公的气节。题词曰:"青冢骨化随残局,遗像犹留万世芳,亮节堪教臣作鉴,无题直与史为纲。天与忠魂旌七字,人留正气在三纲,梅花祠古衣冠冷,江水澜澄日月光。"祠堂殿内有史可法的珍贵文物,他亲笔手写的对联云:"斗酒纵观廿一史,炉香静对十三经。"丹心跃然,令人心寒。

"非银非水映窗寒,试看晴空护玉盘。淡淡梅花香欲染,丝丝柳带露初干。"指当时既不算明朝也不算清朝,而是满清八旗保护着"通灵宝玉"占领了中原大地。史可法为国捐躯,"十月梅花岭上香"。大江南北杨柳随风而顺,但眼泪初干。汉家江山如同"只疑残粉（朱红）涂金砌（后金），恍若轻霜（满清）抹玉栏（灭明）"。明朝两京宫殿"梦醒西楼人迹绝，余容犹可隔帘看"，真是"雕梁画栋依然在，只是朱颜改"。这是顺治初年的国内形势。

第四十九回原文加注：

香菱见众人正说笑，他便迎上去笑道："你们看这一首。若使得，我便还学；若还不好，我就死了这作诗的心了。"说着，把诗递与黛玉及众人看时，只见写道是"精华欲掩料应难……"

此处的"香菱"隐射出家的陈圆圆，她在慨叹吴三桂大周王朝的灭亡。

"精华欲掩料应难，影自娟娟魄自寒。"隐射陈圆圆觉得汉统艰难，顾影自怜，并非"商女不知亡国恨，隔岸犹唱后庭花"。

"一片砧敲千里白，半轮鸡唱五更残。"隐射拼杀八年，再一次"赤地千里，白骨如山"，吴三桂叛乱最终归于失败。

"绿蓑江上秋闻笛，红袖楼头夜倚栏。"前句隐射六十老翁吴三桂的悲怆，后句隐射红粉知己的无奈。

"博得嫦娥应借问，缘何不使永团圆！"——叛乱固然不好，失败了更可惜。陈圆圆以嫦娥自喻，认为自己出家与当年嫦娥奔月的心情同样。吴三桂叛明降清算是后羿射落了一个太阳，千秋功罪自有后人评说。吴三桂归顺又叛顺，吴清联军击溃李自成，算是后羿射落了又一个太阳。缅甸擒拿永历皇帝，昆明绞杀老主子，算是后羿射落了第三个太阳。现在举兵叛变康熙皇帝，自己当起太阳来，难道不怕被人射落吗？

吴三桂起事时陈圆圆俯首长叹。吴三桂问爱妃以此举为未然否？圆圆道：今日安荣已极。闻道知足不辱，知止不殆，若再反复，恐遭天忌，愿王爷赐一净室，俾妾茹素修斋，得终天年！吴三桂道：我正思创立帝业，册你为后，你却欲净室修斋，令我不解。圆圆道：自古都为争帝争王，扰得人民不宁，实在做了皇帝，一日万机，也没甚趣味。为王爷计，倒不如自卸兵权，偕隐林下，做个范大夫泛舟五湖，宁不快乐？陈圆圆苦口婆心，吴三桂默然不答。陈圆圆再三相劝，怎奈吴三桂已势成骑虎，喟然道：不能流芳百世，亦当遗臭万年。圆圆知无可挽回，当下即出游城外，见城北一带地方，枕水倚山，有一沐氏废园，甚为幽雅，便作为静修的居室。香菱诗中"绿蓑江上秋闻笛，红袖楼头夜倚栏"就是所谓"做个范大夫泛舟五湖，宁不快乐"？

第五十回　芦雪庵争联即景诗　暖香坞雅制春灯谜

芦雪庵争联即景诗

（凤姐）一夜北风紧，（李纨）开门雪尚飘。
　　　　入泥怜洁白，（香菱）匝地惜琼瑶。
　　　　有意怜枯草，（探春）无心饰萎苕①。
　　　　价高村酿熟，（李绮）年稔府梁饶。
　　　　葭动灰飞管，（李纹）阳回斗转杓②。
　　　　寒山已失翠，（岫烟）冻浦不闻潮。
　　　　易挂疏枝柳，（湘云）难堆破叶蕉。
　　　　麝煤熏宝鼎③，（宝琴）绮袖笼金貂④。
　　　　光夺窗前镜，（黛玉）香粘壁上椒。
　　　　斜风仍故故，（宝玉）清梦转聊聊。
　　　　何处梅花笛，（宝钗）谁家碧玉箫。
　　　　鳌愁坤轴陷，（湘云）龙斗阵云销⑤。
　　　　野岸回孤棹，（宝琴）吟鞭指灞桥。
　　　　赐裘怜抚戍，（湘云）加絮念征徭⑥。
　　　　坳垤审夷险，（宝钗）枝柯怕动摇⑦。
　　　　皑皑轻趁步，（黛玉）剪剪舞随腰⑧。
　　　　煮芋成新赏，（宝玉）撒盐是旧谣⑨。
　　　　苇蓑犹泊钓，（宝琴）林斧不闻樵。
　　　　伏象千峰凸，（湘云）盘蛇一径遥⑩。

花缘经冷聚,（探春）色岂畏霜凋。
深院惊寒雀,（岫烟）空山泣老鸮。
阶墀随上下,（湘云）池水任浮漂⑪。
照耀临清晓,（黛玉）缤纷入永宵⑫。
诚忘三尺冷,（湘云）瑞释九重焦。
僵卧谁相问,（宝琴）狂游喜客招。
天机断缟带,（湘云）海市失鲛绡。
（黛玉）寂寞对台榭,（湘云）清贫怀箪瓢。
（宝琴）烹茶水渐沸,（湘云）煮酒叶难烧。
（黛玉）没帚山僧扫,（宝琴）埋琴稚子挑。
（湘云）石楼闲睡鹤,（黛玉）锦厨暖亲猫。
（宝琴）月窟翻银浪,（湘云）霞城隐赤标。
（黛玉）沁梅香可嚼,（宝钗）淋竹醉堪调。
（宝琴）或湿鸳鸯带,（湘云）时凝翡翠翘。
（黛玉）无风仍脉脉,（宝琴）不雨亦潇潇。
（李纨）欲志今朝乐,（李绮）凭诗祝舜尧。

① 饰苇苕：粉饰太平。
② 此句指冬至过去,阳气回升。
③ 麝煤：带香味的皇宫用煤。
④ 金貂：贵重的貂皮衣服。
⑤ 此句指战争使国家天塌地陷,描写了平定三藩的战场局面。
⑥ 此句指皇帝为将士赏赐厚军衣。
⑦ 此句指将军亲自审视地形设伏,伏兵静息潜伏。
⑧ 意为雪地作战,步履委蛇如舞。
⑨ 意为山芋充军粮,食盐最重要。
⑩ 意为冬日远眺山野战场,山舞银蛇,原驰蜡象。
⑪ 朝廷人员变动频繁,外地官将无暇顾及。
⑫ 意为朝廷藩属都日夜不安,兵荒马乱。

解读

第四十九回《芦雪庵争联即景诗》写了康熙二十三年平定三藩，各路兵马班师回京的场面。四，十九，相加为二十三，隐写康熙二十三年也。

原文加注：

原来邢夫人之兄嫂带了女儿岫烟进京来投邢夫人的（三藩归降的汉军绿营部队），可巧凤姐之兄王仁也正进京（科尔沁与察哈尔蒙古八旗部队），两亲家一处打帮来了。走至半路泊船时，正遇见李纨之寡婶带着两个女儿——大名李纹，次名李绮——也上京（佟半朝家族的两支汉军八旗部队）。大家叙起来又是亲戚，因此三家一路同行。后有薛蟠（吴三桂归降部）之从弟薛蝌（郑经台湾部。作者将吴三桂比做蟠龙，郑克塽部比做蝌蚪），因当年父亲（郑经死前同意归顺朝廷）在京时已将胞妹薛宝琴（郑克塽汉军公部）许配都中梅翰林之子为婚，正欲进京发嫁（归顺朝廷），闻得王仁（科尔沁与察哈尔蒙古归顺部）进京，他也带了妹子随后赶来。所以今日会齐了来访投各人亲戚。……于是大家见礼叙过，贾母王夫人（孝庄太皇太后）都欢喜非常。贾母因笑道："怪道昨日晚上灯花爆了又爆，结了又结，原来应到今日。"（康熙二十二年秋冬）……探春道："老太太一见了，喜欢的无可不可，已经逼着太太认了干女儿了（册封为汉军公）。老太太要养活，才刚已经定了。"宝玉（康熙皇帝）喜的忙问："这果然的？"探春（多尔衮与孝庄太皇太后亲女儿）道："我几时说过谎！"……探春道："越性等几天，他们新来的混熟了，咱们邀上他们岂不好？……不如等着云丫头（定南王孔有德旧部）来了，……如此邀一满社岂不好？（中华大一统）……倘或那三个要不在咱们这里住，咱们央告着老太太留下他们在园子里（祖国大陆）住下，咱们岂不多添几个人，越发有趣了。"宝玉听了，喜的眉开眼笑，忙说道："倒是你明白。我终久是个糊涂心肠，空喜欢一会子，却想不到这上头来。"

这是康熙二十三年朝廷平定三藩、收复台湾，各路兵马回京向孝庄太皇太后与康熙皇帝报功并庆祝胜利的场面。

邢岫烟（三藩新老汉军）、王仁（科尔沁与察哈尔二部的蒙古八旗）、李纹李绮（佟养性与佟养真老汉军）、薛蝌薛宝琴（台湾汉军公部）与贾府（满洲八旗）都是姑表姨舅老亲家。老辈亲，新辈亲，砸断骨头连着筋。

第五十回　芦雪庵争联即景诗　暖香坞雅制春灯谜

邢岫烟（三藩新老汉军）代表吴三桂旧部、耿精忠旧部、尚可喜旧部。原为崇祯皇帝（新任两淮鹾政林如海）驻守辽西、辽东与胶东的明军，吴三桂部于崇祯十七年、顺治元年归顺满清；耿精忠部于崇祯六年归顺满清；尚可喜部于崇祯七年归顺满清。从龙入关后平定云贵与两广福建，康熙时代叛乱，战败后残部收编归京，驻防邢台幽州燕山地区（邢、岫、烟）。吴三桂部驻防云贵三十余年，与当地百姓通婚留下者甚多，现在的昆明话里混有北方语音成分，原因在此也。

王仁乃一度叛乱的布尔尼兄弟残部。吴克善（王子腾）部始终追随朝廷，直至僧格林沁亲王血战通州八里桥时代。布尔尼部于康熙十三年叛乱，在古北口被大将军图海（刘老老第二）一举击溃，归降后参加了平定三藩的十年战争。

李纹李绮（佟养性与佟养真老汉军）是万历年间归顺清太祖的明朝地方军队，祖籍抚顺佟佳河流域，放弃原汉族姓氏（李成梁后裔），模仿满人习俗，以河为姓，"偷下瑶池脱旧胎"也，代表"误吞丹药移真骨"的"乌真超哈"老汉军炮兵旧部。平定三藩后，子孙后代抬旗为满洲正蓝旗，驻守北京。

薛蝌薛宝琴（台湾汉军公部）代表郑成功祖孙三代的福建江浙子弟兵。康熙二十二年来归，康熙二十三年抵达北京。

"云丫头"史湘云（定南王孔有德旧部）代表孔四贞汉军正红旗部，其夫孙延龄追随吴三桂叛乱，在孔四贞的压力下又归附朝廷，后为吴三桂所杀。尽管孔四贞早就向朝廷申明自己的立场，但人多嘴杂，弄得她"不合时宜，权势不容"，于康熙十八年提前回到北京，以太皇太后义女与康熙皇帝姑姑的身份在深宫赋闲，养养花草（十八岁的妙玉带发修行）。"可怜绣户侯门女，独卧青灯古佛旁"（惜春四姑娘）是孔四贞的结局。

"今日会齐了来访投各人亲戚。"——并非各路部队住进了北京皇宫（大观园），而是班师回京，向孝庄述职，接受新的安排。

第四十九回原文加注：

此时大观园中比先更热闹了多少。李纨为首，余者迎春、探春、惜春、宝钗、黛玉、湘云、李纹、李绮、宝琴、邢岫烟，再添上凤姐儿和宝玉，一共十三个。叙起年庚，除李纨年纪最长，他十二个人皆不过十五六七岁（康熙十五六七年各路参战部队），或有这三个同年，或有那五个共岁，或有这两个同月同日，那两个同刻同时，所差者大半是时刻月分而已。连他们自己也不能细细分晰，不过是"弟""兄""姊""妹"四个字随便乱叫。……宝钗因笑道："我实在聒噪的受不得了。一个女孩儿家（孔四贞郡王），只管拿着诗（军事与事业）作正经事讲起来，叫有学问的人（朝廷）听了，反笑话说不守本分的（仍有拥兵自重之嫌）。……湘云道："你（郑克塽汉军公）除了在老太太跟前，就在园里来，这两处只管顽笑吃喝。到了太太屋里，若太太在屋里，只管和太太说笑，多坐一回无妨；若太太不在屋里，你别进去，那屋里人（满蒙亲贵）多心坏，都是要害咱们的（汉军绿营的自卑与警觉心理）。"

"湘云"隐射定南王汉军正红旗旧部——"孔四贞"部。
"薛宝琴"隐射归降不久的郑克塽汉军公部。
"老太太贾母与太太王夫人"都隐射孝庄太皇太后。
"那屋里人"隐射满蒙亲贵——满洲八旗与蒙古八旗。
"除了在老太太跟前，就在园里"，隐射慈宁宫与朝廷。

"湘云道：'你除了在老太太跟前，就在园里来，这两处只管顽笑吃喝。到了太太屋里，若太太在屋里，只管和太太说笑，多坐一回无妨；若太太不在屋里，你别进去，那屋里人多心坏，都是要害咱们的。'"隐射在平定三藩、收复台湾以后，汉军绿营部队与满蒙八旗部队的成见与隔阂还是很深。孔四贞叮嘱郑克塽对满蒙亲贵要时时小心，以免受到伤害。

湘云（孔四贞）与宝琴（郑克塽）的谈话是历史记录，读者千万不要理解为湘云在挑拨亲戚之间的矛盾。

第四十九回（康熙二十三年）写了孔四贞胡服骑射的装束，然后大家烤食鹿肉，隐射各族儿女中原逐鹿，"是真名士自风流"：

一时史湘云来了，穿着贾母与他的一件貂鼠脑袋面子大毛黑灰鼠里子里外发烧大褂子，头上带着一顶挖云鹅黄片金里大红猩猩毡昭君套，又围着大貂鼠风领（身穿胡服的汉族女将军）。黛玉先笑道："你们瞧瞧，孙行者来了。他一般的也拿着雪褂子，故意装出个小骚达子来。"湘云笑道："你们瞧我里头打扮的。"一面说，一面脱了褂子。只见他里头穿着一件半新的靠色三镶领袖秋香色盘金五色绣龙窄褃小袖掩衿银鼠短袄，里面短短的一件水红妆缎狐肷褶子，腰里紧紧束着一条蝴蝶结子长穗五色宫绦，脚下也穿着麀皮小靴，越显的

第五十回　芦雪庵争联即景诗　暖香坞雅制春灯谜

蜂腰猿背，鹤势螂形。众人都笑道："偏他只爱打扮成个小子的样儿，原比他打扮女儿更俏丽了些。"湘云道："快商议作诗！我听听是谁的东家？"李纨道："我的主意。想来昨儿的正日已过了，再等正日又太远，可巧又下雪，不如大家凑个社，又替他们接风，又可以作诗。你们意思怎么样？"宝玉先道："这话很是。只是今日晚了，若到明儿，晴了又无趣。"众人看道："这雪未必晴，纵晴了，这一夜下的也够赏了。"李纨道："我这里虽好，又不如芦雪庵好。我已经打发人笼地炕去了，咱们大家拥炉作诗。"

"小骚达子"、"爱打扮成个小子的样儿"的"湘云"隐射离开战场不久的孔四贞。她穿的是胡服，"儿童能骑马，妇女亦弯弓"——赵武灵王胡服骑射的典。

第四十九回写了各路兵马逐鹿中原的场面。原文加注：

凤姐打发了平儿来回复不能来，为发放年例正忙。湘云（孔四贞）见了平儿（苏麻喇姑），那里肯放。平儿也是个好顽的，素日跟着凤姐儿（孝庄太皇太后）无所不至，见如此有趣，乐得顽笑，因而褪去手上的镯子，三个围着火炉儿，便要先烧三块吃。那边宝钗黛玉（蒙满八旗的象征）平素看惯了，不以为异，宝琴（郑成功部的代表）等及李婶（佟半朝部的代表）深为罕事。探春（正白旗的代表）与李纨（佟图赖部的代表）等已议定了题韵。探春笑道："你闻闻，香气这里都闻见了，我也吃去。"说着，也找了他们来。李纨也随来说："客已齐了，你们还吃不够？"湘云一面吃，一面说道："我吃这个方爱吃酒，吃了酒才有诗。若不是这鹿肉，今儿断不能作诗（"葡萄美酒夜光杯，欲饮琵琶马上催。醉卧沙场君莫笑，古来征战几人回？"）"说着，只见宝琴披着凫靥裘站在那里笑。湘云笑道："傻子，过来尝尝。"（久经沙场的话头）宝琴笑说："怪脏的。"（初出茅庐的话头）宝钗道："你尝尝去，好吃的（蒙古野姑娘的话头）。你林姐姐弱，吃了不消化（对半个南蛮子的话头），不然他也爱吃。"宝琴听了，便过去吃了一块，果然好吃，便也吃起来（也经过战阵）。一时凤姐儿打发小丫头来叫平儿。平儿说："史姑娘拉着我呢，你先走罢。"小丫头去了。一时只见凤姐也披了斗篷走来（孝庄亲自慰问将士），笑道："吃这样好东西，也不告诉我！"说着也凑着一处吃起来。黛玉笑道："那里找这一群花子去！罢了，罢了，今日芦雪庵遭劫，生生被云丫头作践了。我为芦雪庵一大哭！"（为战争创伤一大哭）湘云冷笑道："你知道什么！'是真名士自风流'，你们都是假清高，最可厌的。我们这会子腥膻大吃大嚼，回来却是锦心绣口。"

"大嚼大吃鹿肉"——是各路兵马中原逐鹿的缩写。

"宝琴听了，便过去吃了一块，果然好吃，便也吃起来"——隐射郑克塽也参加过中原逐鹿的战争。

第五十回《芦雪庵争联即景诗》，是十年平叛与收复台湾战争的缩写，原文加注：

"一夜北风紧，开门雪尚飘。入泥怜洁白，匝地惜琼瑶。"——十年战火，玉石俱焚。

"有意怜枯草，无心饰萎苔。价高村酿熟，年稔府粱饶。"——物价腾飞，财赋停顿。

"葭动灰飞管，阳回斗转杓。寒山已失翠，冻浦不闻潮。"——胜负转化，江山失色。

"易挂疏枝柳，难堆破叶蕉。麝煤熏宝鼎，绮袖笼金貂。"——百姓饥寒，王孙饱暖。

"斜风仍故故，清梦转聊聊。何处梅花笛？谁家碧玉箫？"——烽火连年，歌舞萧条。

"鳌愁坤轴陷，龙斗阵云销。野岸回孤棹，吟鞭指灞桥。"——水战陆战，分崩离析。

"赐裘怜抚戍，加絮念征徭。坳垤审夷险，枝柯怕动摇。"——劳师糜饷，四面埋伏。

"煮芋成新赏，撒盐是旧谣。苇蓑犹泊钓，林斧不闻樵。"——士卒清苦，饥不择食。

"伏象千峰凸，盘蛇一径遥。花缘经冷聚，色岂畏霜凋。"——战场险峻，民生凋零。

"烹茶水渐沸，煮酒叶难烧。没帚山僧扫，埋琴稚子挑。"——文人雅士，避难深山。

"或湿鸳鸯带，时凝翡翠翘。无风仍脉脉，不雨亦潇潇。"——闺阁狼狈，不遮风雨。

"欲志今朝乐，凭诗祝舜尧。"——好歹战乱结束了，各族儿女都感谢老祖宗吧。

第五十回　芦雪庵争联即景诗　暖香坞雅制春灯谜

赋得红梅花三首

咏红梅花（得红字）

桃未芳菲杏未红，冲寒先已笑东风。
魂飞庚岭春难辨，霞隔罗浮梦未通①。
绿萼添妆融宝炬，缟仙扶醉跨残虹。
看来岂是寻常色，浓淡由他冰雪中。

——邢岫烟

咏红梅花（得梅字）

白梅懒赋赋红梅，逞艳先迎醉眼开。
冻脸有痕皆是血，醉心无恨亦成灰。
误吞丹药移真骨，偷下瑶池脱旧胎。
江北江南春灿烂，寄言蜂蝶漫疑猜。

——李纹

咏红梅花（得花字）

疏是枝条艳是花，春妆儿女竞奢华。
闲庭曲槛无余雪，流水空山有落霞。
幽梦冷随红袖笛，游仙香泛绛河槎。
前身定是瑶台种②，无复相疑色相差。

——薛宝琴

① 庚岭即广东、湖南分界的大庾岭。罗浮即广东罗浮山。红梅魂飞庚岭，与当地梅花难以分辨。隋代赵师道与罗浮山神女饮酒而醉，醒来发现睡在梅花之下。隐射汉军八旗与满洲八旗相同又不通。

② 前身定是瑶池仙品，指警幻仙姑隐射的孝庄皇太后。

解读

第五十回原文加注：

一面说一面大家看梅花。原来这枝梅花只有二尺来高，旁有一横枝纵横而出，约有五六尺长，其间小枝分歧，或如蟠螭，或如僵蚓，或孤削如笔，或密聚如林，花吐胭脂，香欺兰蕙，各各称赏。谁知邢岫烟、李纹、薛宝琴三人都已吟成，各自写了出来。众人便依"红梅花"三字之序看去，写道是：

咏红梅花 得"红"字　邢岫烟

桃未芳菲杏未红，冲寒先已笑东风。
魂飞庚岭春难辨，霞隔罗浮梦未通。
绿萼添妆融宝炬，缟仙扶醉跨残虹。
看来岂是寻常色，浓淡由他冰雪中。

（三藩降部——士气不高）

名未成就功未竟，冲锋陷阵笑东风。
魂飞庚岭春难辨，人隔罗浮梦未通。
绿营束装扑战火，将士醉卧碧血红。
汉军岂是寻常色，逐鹿中原冰雪中。

咏红梅花 得"梅"字　李纹

白梅懒赋赋红梅，逞艳先迎醉眼开。
冻脸有痕皆是血，醉心无恨亦成灰。
误吞丹药移真骨，偷下瑶池脱旧胎。
江北江南春灿烂，寄言蜂蝶漫疑猜。

（佟半朝汉军部——头功见疑）

不惧满洲惧汉军，汉人制汉埋祸根。
沃野千里皆是血，白骨如山寒人心。
误入满洲改汉姓，削发易服违天伦。
江北江南杀伐久，兄弟相残猜疑深。

咏红梅花 得"花"字　薛宝琴

疏是枝条艳是花，春妆儿女竞奢华。
闲庭曲槛无余雪，流水空山有落霞。
幽梦冷随红袖笛，游仙香泛绛河槎。
前身定是瑶台种，无复相疑色相差。

第五十回　芦雪庵争联即景诗　暖香坞雅制春灯谜

（台湾汉军部——归降怕疑）

宝岛虽小艳如花，春妆儿女竞奢华。
闲庭曲槛无寒雪，流水空山有落霞。
百姓冷眼观新任，朝官慰问降臣家。
前身定是瑶池女，期盼满汉是一家。

"这枝梅花"隐射台湾朱明政权。当时海内外只知有"国姓爷朱成功"，不知有降臣郑芝龙的儿子郑成功也。

"二尺来高"——隐射维持了二十三年的台湾地方政权。

"旁有一横枝纵横而出"隐射台湾孤悬海外，"横枝纵横而出"。

"约有五六尺长"——五六三十，"长"者多也。隐射"成功方病，闻之，狂怒咬指，五月朔，尚受诸将谒，数日遽卒，年三十九"。而从顺治元年至康熙二十二年收复台湾，恰好也是三十九年。

"其间小枝分歧，或如蟠螭，或如僵蚓，或孤削如笔，或密聚如林，花吐胭脂，香欺兰蕙"，隐射台湾乃"小枝分歧"、"蟠螭"、"僵蚓"、"孤削如笔"、"啸聚山林"也。尽管"花吐胭脂，香欺兰蕙"、"傲霜斗雪"、"孤高自诩"，但事过境迁，逆时代潮流，美则美矣，仍属于旁逸斜出，不成体统。

访妙玉乞红梅

酒未开樽句未裁，寻春问腊到蓬莱①。
不求大士瓶中露，为乞嫦娥槛外梅②。
入世冷挑红雪去，离尘香割紫云来③。
槎枒谁惜诗肩瘦，衣上犹沾佛院苔④。

① 蓬莱：指妙玉孔四贞带发修行的西苑尼庵。
② "红梅"指朱成功后裔归顺的台湾，槛外梅指退休将军对台湾政策的建议。
③ 入世、离尘：指孔四贞从将军到尼姑的一生。
④ 诗肩瘦：指康熙皇帝。
⑤ 犹沾佛院苔：指康熙采纳了孔四贞的意见。

解读

第五十回隐写了康熙皇帝对台湾的怀柔政策。原文加注：

宝玉笑道："有了，你写吧。"众人听他念道，"酒未开樽句未裁"，黛玉写了，摇头笑道："起的平平。"湘云又道"快着！"宝玉笑道："寻春问腊到蓬莱。"黛玉湘云都点头笑道："有些意思了。"宝玉又道："不求大士瓶中露，为乞嫦娥槛外梅。"黛玉写了，又摇头道："凑巧而已。"湘云忙催二鼓，宝玉又笑道："入世冷挑红雪去，离尘香割紫云来。槎枒谁惜诗肩瘦，衣上犹沾佛院苔。"黛玉写毕，湘云大家才评论时，又见几个丫鬟跑进来道："老太太来了。"众人忙迎出来。大家又笑道："怎么这等高兴！"

"访妙玉乞红梅"、"老太太来了……'怎么这等高兴！'"代表了康熙朝廷对收复台湾的殷切态度。平定三藩，收复台湾后，汉族藩王不复存在，汉族臣工中最高爵位者只有两人了。一是贾宝玉（康熙皇帝）"访妙玉"隐射的郡王孔四贞。一是因归附朝廷新近封赐的郑克塽汉军公。自此之后，直到满清灭亡，汉族人最高封侯，再也不封王公了。当年多尔衮在山海关与吴三桂"杀马为誓"，慷慨地封他为平西王，在崇德年间清太宗慷慨地封孔有德、耿精忠、尚可喜为三藩王，并非皇太极、多尔衮忘记了汉高祖刘邦"非刘氏而王者，天下共诛之"的历史遗训，而是当时军事政治形势的急迫需要。

如今海内一统，天下升平，对于最后的两支军事力量，康熙皇帝贾宝玉采取了一"访"一"乞"分别对待的政策，不是圣祖皇帝软弱无能，恰好是胜券在握、胸有成竹的政治家的表现。

"酒未开樽句未裁，寻春问腊到蓬莱。不求大士瓶中露，为乞嫦娥槛外梅。"——康熙皇帝对孔四贞姑姑表现了极大的尊敬，亲自登门拜访，安抚求教。孔四贞解甲归隐，无须再求军事问题。台湾初归大陆，必须怀柔，因而请汉族的孔四贞姑姑出面协调。

"入世冷挑红雪去，离尘香割紫云来。槎枒谁惜诗肩瘦，衣上犹沾佛院苔。"——到孔四贞姑姑归隐处求得怀柔台湾的办法，回到朝廷去解决实际问题。"犹沾佛院苔，谁惜诗肩瘦"的意思为：做人难，做皇帝也不易。

暖香坞春灯谜（四首）

其一

观音未有世家传。——打"四书"一句。（李纨）

"在止于至善。"（湘云误猜）

谜底："虽善无征。"① （黛玉）

其二

一池青草青何名？——打"四书"一句。（李纨）

谜底："蒲芦也"。（湘云）

其三

水向石边流出冷。——打古人名。（李纹）

谜底："山涛。"（探春）

其四

萤。——打一个字。（李绮）

谜底："花。"（宝琴）

---

① 无征：无验证。未征聘。
② 蒲卢也：《礼记·中庸》："夫政也者，蒲卢也。"此处引出贾政。

解读

顺治五年多尔衮的福晋死。孝庄皇太后召摄政王入宫，屏去宫女，与摄政王密谈半日，方出宫回邸，着人去请范文程、大学士刚林、礼部尚书金之俊议事。摄政王与范老先生耳语良久。语毕由范老先生转告刚林、金之俊。金之俊职掌礼部，熟谙仪注，想出一个好办法，摄政王闻言大喜。次日由金之俊主稿，推范老先生为首，递上一份从古未有的奏议。

内称：皇父摄政王新赋悼亡，皇太后又独居寡偶，秋宫寂寂，非我皇上以孝治天下之道。依臣等愚见，宜请皇父皇母，合宫同居，以尽皇上孝思。伏维皇上圣鉴云云。

礼部查明典礼，由金之俊独奏一本，由内阁颁发一道上谕，略云：

朕以冲龄践祚，抚有华夷，内赖皇母皇太后之教育，外赖皇父摄政王之扶持，仰承大统，幸免失坠。今皇母皇太后独居无偶，寂寂寡欢，皇父摄政王又赋悼亡，朕躬实深歉仄。诸王大臣合词吁请，佥谓父母不宜异居，宜同宫以便定省，斟情酌理，具合朕心。爰择于本年某月某日，恭行皇父母大婚典礼，谨请合宫同居，着礼部恪恭将事，毋负朕以孝治天下之意！钦此。

上谕即颁，皇父母大婚，文武百官，一律朝贺，内阁复特颁恩诏，大赦天下。京内外各官加级，免各省钱粮一年。

此事进入《红楼梦》，就是第五十回《暖香坞雅制春灯谜》——孝庄下嫁多尔衮的舆论准备：

李纨先说："昨儿老太太只叫作灯谜……我就编了两个'四书'的。"谜语是为老太太猜谜行乐而作。实际是隐喻老太太孝庄的谜语。

第一谜："'观音未有世家传'，打'四书'一句。"

观音因未出嫁而未能传宗接代。第八十八回惜春对鸳鸯说："老太太作了观音，你就是龙女了。"隐射观音指贾母孝庄。湘云猜是"在止于至善"。宝钗笑道："你也想一想'世家传'三个字的意思再猜。"黛玉猜是："虽善无征。"征，为纳征。意谓观音虽善，但因无人纳征而未再传宗接代。意谓孝庄虽然善淫，但因无有"世家"记传而无从证实，即"上焉者虽善无征"。所以众人说："这句是了。"

第二谜："一池青草草何名，打'四书'一句。"

此解要在"草何名"。湘云猜是："蒲芦也。"语出《礼记·中庸》："夫政也者，蒲芦也。"一池青草原来都是蒲芦。

"夫政也者"，意谓孝庄觅偶对象是贾政多尔衮，属于君臣乱伦之举。

第三谜："水向池边流出冷，打一古人名。"

水乃清。冷乃二令，池乃蒲芦池，构成"清出二令"。二令乃二次令正，二次嫡室，再嫁之意。隐射孝庄皇太后下嫁臣子多尔衮。探春猜是山涛。甚合，山涛为"多而滚"。

第四谜："'萤'，打一字。"

指萤火虫。萤乃草化，宝琴猜是"花"。古人认为萤乃腐草所化，花则从草从化，从草从七从人，是说贾母孝庄草及整个文臣武将。

第五十回　芦雪庵争联即景诗　暖香坞雅制春灯谜

第五谜：湘云编了一谜《点绛唇》：

"溪壑分离，红尘游戏，真何趣？名利犹虚，后事终难继。"

谜底是猴儿。指贾母孝庄与其男人，即猴子身轻站树梢的猴子，贾母孝庄是母猴儿，满汉臣子是公猴儿。

溪壑分离——隐写孝庄离开青埂峰，又离开后金本土。

红尘游戏——隐写来到人世，入关来到中原，创建满清王朝，简直是耍猴。

真何趣——耍猴真没有意思。

名利犹虚——隐写孝庄以身换来的大清国，名声不雅，难以久长。

后事终难继——隐写孝庄死后，大清国难以为继。

总而言之，上述五个谜语的结论为：

（1）"观音已有世家传"，但"虽善无征"——隐写孝庄下嫁臣子多尔衮，留下一个孩子（探春与巧姐儿隐射的某格格），但正史中没有记载。

（2）孝庄（贾母）的对象是多尔衮（贾政）。"贾"隐写爱新觉罗氏。"政"字从正从文——隐写摄政王（正）与孝庄（文皇后）是两口子，属于君臣乱伦。

（3）"水向池边流出冷"——隐写多尔衮与孝庄是合法夫妻。"冷"字为二令。二令为令正，令正为正妻。强调孝庄已经是多尔衮的合法妻子，不应该再算是皇太极的妻子了。

（4）"萤"猜为"花"字是正解。隐写除多尔衮之外，孝庄至少有七个野男人。

（5）"后事终难继"——隐写"世家传"的是女儿，又上不了正史（玉牒），所以叫"后事终难继"。孝庄下嫁之后，顺治皇帝以下的皇室子孙在宗法上，就与孝庄脱离了关系。所以，孝庄死后进不了盛京昭陵，也进不了遵化东陵——葬在风水墙外。

点绛唇

溪壑分离①，红尘游戏①，真何趣？
名利犹虚，后事终难继。
——湘云
（谜底："耍的猴儿"）

① 溪壑分离：猴子离开山林丘壑。
红尘游戏：到人间胡闹。

解读

湘云的《点绛唇》，是对热中于功名利禄之辈的无情嘲讽。人进入官场，套上名利的绳索，就像"耍的猴儿"一样，上窜下跳，扮演着政治角色。他们洋洋得意于高官厚禄，摆出一副了不起的姿态，完全是"沐猴而冠"，至多算"偶戏人"。但作者嘲笑的主要对象却是以孝庄皇太后为首的满蒙汉亲贵——"也有猜是和尚的，也有猜是道士的。"在清廷里，作者将光头辫子的满蒙贵族比喻成和尚，以癞头和尚皇太极为首，又将归顺满清的汉族降臣比喻成道士，以跛足道人孔有德为首。

"溪壑分离，红尘游戏，真何趣？名利犹虚，后事终难继。"——作者挖苦满蒙汉亲贵，离开长白山与大青山的老窝，到中原演唱《西游记》，自称齐天大圣，其实是弼马温。

灯谜诗（三首）

其一（宝钗）

镂檀锲梓一层层，岂系良工堆砌成①？
虽是半天风雨过，何曾闻得梵铃声！

其二（宝玉）

天上人间两渺茫，琅玕节过谨隄防。
鸾音鹤信须凝睇，好把唏嘘答上苍。

其三（黛玉）

何劳缚紫绳②？驰城逐堑势狰狞。

主人指示风雷动，鳌背三山独立名③。

① 紫檀精雕细刻的小宝塔，不是真正的砖砌佛塔，隐指台湾。

② "琅玕"一指美玉，二指珠树。《本草纲目·金石部》："在山为琅玕，在水为珊瑚。云开明山北有珠树。珠树，即琅玕也。"其三指竹。《荀子·正论》："琅玕似珠，昆仑山有琅玕。"此处指代多个竹节。琅玕节乃七七牛郎织女鹊桥会的节日，是巧儿节。玄烨是康熙六年"七七"亲政的，所以叫"巧哥儿"。

（3）　　：穆天子的八骏之一，此处指满蒙八旗劲旅。

（4）鳌背三山：指神龟背上驮着的海上三山——蓬莱、方丈、瀛洲。此处的神龟背指朝廷，三山指三藩。

解读

在康熙统治期间，解决了长达八年的吴三桂等三藩的分裂战争，收复了台湾，加强了中央集权，康熙皇帝为此建立了"密闻奏折"制度。

第四十九回《琉璃世界白雪红梅　脂粉香娃割腥啖膻》云：

李纨道："昨日姨妈说，琴妹妹见的世面多，走的道路也多，你正该编谜儿，正用着了。你的诗且又好，何不编几个我们猜一猜？"宝琴听了，点头含笑，自去寻思。宝钗也有了一个，念道：……

宝钗（康熙皇太妃）也有了一个，念道：

　　　　镂檀锲梓一层层，岂系良工堆砌成？
　　　　虽是半天风雨过，何曾闻得梵铃声！

　　　　（破译——收复台湾）

　　　　二十三年费经营，台湾宝岛初建成。
　　　　归顺朝廷战火停，何曾闻得乐升平。

黛玉（孝庄太皇太后）也有了一个，念道是：

　　　　何劳缚紫绳？驰城逐堑势狰狞。

> 主人指示风雷动，鳌背三山独立名。
> （破译——平定三藩）
> 良骢何劳缚紫绳？驰城逐堑势狰狞。
> 康熙大帝一声令，三藩尽废独立名。

宝玉（康熙皇帝）也有了一个，念道：

> 天上人间两渺茫，琅玕节过谨隄防。
> 鸾音鹤信须凝睇，好把唏嘘答上苍。
> （破译——密闻奏折）
> 宫阙内外两渺茫，亲政平藩谨隄防。
> 秘密信使须凝睇，好把信息报中央。

（琅玕节为七夕节——康熙亲政日）

第五十一回　薛小妹新编怀古诗　胡庸医乱用虎狼药

薛宝琴怀古诗（10首）

赤壁怀古　其一
赤壁沉埋水不流，徒留名姓载空舟。
喧阗一炬悲风冷，无限英魂在内游。①

交趾怀古　其二
铜铸金镛振纪纲，声传海外播戎羌。
马援自是功劳大，铁笛无烦说子房。②

钟山怀古　其三
名利何曾伴汝身，无端被诏出凡尘。
牵连大抵难休绝，莫怨他人嘲笑频。③

淮阴怀古　其四
壮士须防恶犬欺，三齐位定盖棺时。
寄言世俗休轻鄙，一饭之恩死也知。④

广陵怀古　其五
蝉噪鸦栖转眼过，隋堤风景近如何？
只缘占得风流号，惹得纷纷口舌多。⑤

桃叶渡怀古　其六
衰草闲花映浅池，桃枝桃叶总分离。
六朝梁栋多如许，小照空悬壁上题。⑥

马嵬怀古　其七

寂寞脂痕渍汗光，温柔一旦付东洋。
只因遗得风流迹，此日衣衾尚有香。⑦

梅花观怀古　其八

不在梅边在柳边，个中谁拾画婵娟。
团圆莫忆春香到，一别西风又一年。⑧

青冢怀古　其九

黑水茫茫咽不流，冰弦拨尽曲中愁。
汉家制度诚堪叹，樗栎应惭万古羞。⑨

蒲东寺怀古　其十

小红骨贱最身轻，私掖偷携强撮成。
虽被夫人时吊起，已经勾引彼同行。⑩

①"赤壁沉埋"、"徒留名姓"指郑成功兵临南京但无功而返。"喧阗"：战场上的击鼓与呐喊声。"无限英魂"指牺牲在长江的将士。

②"振纪纲"、"声传海外"指郑成功、郑经经营台湾的功绩。"交趾"：中越交界处。"马援"：汉光武帝刘秀的大将，远征交趾有大功，但因功劳太大而受诬陷。"铁笛"：张良在垓下以铁笛伴奏楚歌，围困项羽。汉统一后，张良急流勇退而保全名节。

③"无端被诏"：南北朝时代的周颙多次拒绝出仕，最后奉皇帝的诏令出山，首鼠两端，前后不一。此处是郑克塽自比周颙，最后接受康熙皇帝的诏令，离开台湾，归附北京朝廷。"牵连难休绝，他人嘲笑频"，指郑克塽回到大陆受封，但顾虑重重。

④"恶犬欺"：欺压甚至杀害淮阴侯韩信的恶犬，显然是指皇帝刘邦与吕后的鹰犬。当年韩信曾忍受"胯下之辱"，但腾达之后不忘漂母"一饭之恩"。此指郑克塽心有余悸，既害怕满蒙亲贵欺凌，又感激太后给予出路。

⑤"风流号"、"口舌多"：当年隋炀帝因风流误国而引来许多是非口舌。如今汉军公因战败归附而受封，也引来许多是非口舌。

⑥"桃叶渡"：引用当年书法家王献之与爱妾桃叶离合悲欢的故事，隐说郑氏三代的现实。"浅池"指台湾海峡。"总分离"指离台来京。"梁栋多如

许"指满蒙汉群臣。"小照空悬"指汉军公的封号仅是一个虚衔。

⑦"马嵬":据说是杨贵妃死难处。"付东洋"指杨贵妃避难日本的传说。"风流迹"、"衣尚香"表达了对杨贵妃避难海外的羡慕。

⑧"梅花观":杜丽娘思念柳梦梅抑郁而死,其父为她修建"梅花观",也是一个悲欢离合的故事。后来死而复生,破镜重圆,就是梦想了。春香是杜丽娘的贴身丫鬟。郑克塽自比杜丽娘,盼望下属(春香)来看她。"一别西风又一年"指离开台湾归附大陆已经一年了。

⑨"青冢":内蒙古大青山下王昭君的墓。"咽不流"、"曲中愁"指王昭君从江南到边塞的愁苦,暗隐郑克塽从台湾到北京的愁苦。"汉家诚堪叹,樗栎万古羞",指明朝灭亡诚堪叹,自己兵败归降万古羞。"樗栎"是臭椿,不是香椿。

⑩"小红骨贱"、"私掖偷携"指施琅又谈又打,终于将郑克塽从台湾带到北京。"夫人时吊起,勾引彼同行"指施琅初战不利在朝廷坐了十年冷板凳,最后终于成功。

解读

第五十一回中薛宝琴的十首《怀古诗》,回顾了郑成功三代转战东南与经营台湾的功名事业。

顺治十八年(1661)三月,郑成功从厦门移驻金门,积极进行收复台湾的准备工作。三月二十三日,郑成功令其子郑经(锦)及部分将领留守金门、厦门,自己率军队二万五千人由金门料罗湾出发,抵澎湖。四月二日出敌不意地通过鹿耳门航道,取得了登陆赤嵌城(台南市)的胜利。荷兰殖民军头目揆一不听警告,拒绝投降。郑成功指挥军队猛攻,迫使荷兰守军献城投降。

郑经经营台湾二十载,康熙二十年正月,郑经死,由幼子郑克塽嗣位。郑经死前表达了归顺朝廷之意,但提出"效法琉球"的荒唐要求。康熙派施琅与郑经、郑克塽政府谈判十三次,明珠也奉旨谈判两次。康熙二十二年(1683)五月,命施琅征台湾。施琅于六月二十二日击溃刘国轩的台湾水师。十月,郑克塽兵败降清,授汉军公。郑克塽时年十四岁。郑克塽就是《红楼梦》中的薛宝琴。

第五十一回简洁生动的追忆了郑成功祖孙三代惨淡经营台湾二十三年的历史。现略微加注,铨解如下:

"众人闻得宝琴将素习所经过各省内的古迹为题,作了十首怀古绝句,内隐十物,皆说这自然新巧。都争着看时,只见写道是:

赤壁怀古　其一

赤壁沉埋水不流,徒留名姓载空舟。
喧阗一炬悲风冷,无限英魂在内游。

　　(郑成功游戈长江无功而返)

沉尸长江水不流,坐失良机空回头。
喧阗一炬悲风冷,无数英魂在内游。

交趾怀古　其二

铜铸金镛振纪纲,声传海外播戎羌。
马援自是功劳大,铁笛无烦说子房。

　　(郑经生前同意归顺朝廷)

经营台澎振纪纲,声传海外美名扬。
战比马援功劳大,和亦无烦张子房。

钟山怀古　其三

名利何曾伴汝身,无端被诏出凡尘。
牵连大抵难休绝,莫怨他人嘲笑频。

　　(郑克塽自比反复的周颙)

名利何曾伴汝身,无端被诏出金门。
牵连大抵难休绝,离台难免嘲笑频。

淮阴怀古　其四

壮士须防恶犬欺,三齐位定盖棺时。
寄言世俗休轻鄙,一饭之恩死也知。

　　(郑克塽追悼被害的韩信)

郑氏须防满蒙欺,惊悸韩信盖棺时。
寄言世俗休轻鄙,太后之恩死也知。

广陵怀古　其五

蝉噪鸦栖转眼过,隋堤风景近如何。
只缘占得风流号,惹得纷纷口舌多。

（郑克塽追悼亡国的隋炀帝）
蝉噪鸦栖转眼过，隋堤风景近如何。
只缘占得汉公爵，惹得朝野口舌多。

桃叶渡怀古　其六
衰草闲花映浅池，桃枝桃叶总分离。
六朝梁栋多如许，小照空悬壁上题。
　（郑克塽自比落难的桃叶）
一湾海峡如浅池，祖孙三代总分离。
梁栋之臣多如许，汉公虚衔壁上题。

青冢怀古　其七
黑水茫茫咽不流，冰弦拨尽曲中愁。
汉家制度诚堪叹，樗栎应惭万古羞。
　（郑克塽评孝庄下嫁）
阴山黑水咽不流，冰弦拨尽曲中愁。
汉家礼仪诚堪叹，臭椿应惭万古羞。

马嵬怀古　其八
寂寞脂痕渍汗光，温柔一旦付东洋。
只因遗得风流迹，此日衣衾尚有香。
　（郑克塽追悼逸出的杨贵妃）
违命后主颜无光，敬慕贵妃付东洋。
只因遗得风流迹，至今衣衾尚有香。

蒲东寺怀古　其九
小红骨贱最身轻，私掖偷携强撮成。
虽被夫人时吊起，已经勾引彼同行。
　（郑克塽抱怨"红娘"施琅）
施琅骨贱最身轻，私掖偷携归降成。
虽被太后时吊起，已经勾引我同行。

梅花观怀古　其十
不在梅边在柳边，个中谁拾画婵娟。

团圆莫忆春香到，一别西风又一年。
（郑克塽怀念故地）
不在海隅在景山，个中谁解忆婵娟。
团圆莫悲秋风到，一别宝岛又一年。

李纨又道：'况且他原是到过这个地方的。这两件事虽无考，古往今来，以讹传讹，好事者竟故意的弄出这古迹来以愚人。……这竟无妨，只管留着。'宝钗听说，方罢了。大家猜了一回，皆不是。"

李纨的解释明确告诉读者，薛宝琴写的东西严格讲来，根本不是历史怀古诗，其中两首源于戏剧与传说，难道作者不知道吗？明知道不全是历史怀古，为什么偏偏题名为《怀古诗》？原因很简单，怀古不怀古无所谓，隐写郑成功祖孙三代的功过得失，才是写作的目的。

此处最重要的是"大家猜了一回，皆不是"——隐射演员们隐射的历史人物，人人都知道郑克塽十首怀古诗的含义，但人人都不愿意说破；他毕竟才十四五岁，幼稚可爱，连说话深浅都不知道，岂不是找死吗？——十四五岁的郑克塽没有政治经验。

郑克塽（宝琴）不愿意做崔莺莺，甚至抱怨穿针引线的红娘施琅。而施琅为了台湾问题，罢军职而当赋闲的文官，受了十三年的窝囊气（"虽被夫人时吊起"），如果没有康熙皇帝的最后谅解，最后收复了台湾（"已经勾引彼同行"），他才是最冤枉的人。

《清史稿·列传四十七》载："（康熙）七年，琅密陈锦负嵎海上，宜急攻之。召诣京师，上询方略，琅言："贼兵不满数万，战船不过数百，锦智勇俱无。若先取澎湖以扼其吭，贼势立绌；倘复负固，则重师泊台湾港口，而别以奇兵分袭南路打狗港及北路文港海翁堀。贼分则力薄，合则势蹙，台湾计日可平。"事下部议，寝其奏。因裁水师提督，授琅内大臣，隶镶黄旗汉军。"——施琅的水师提督被罢，吊起来就是十三年。

"（康熙）二十二年八月，琅统兵入鹿耳门，至台湾。克塽率属薙发，迎于水次，缴延平王金印。台湾平，自海道报捷。疏至，正中秋，上赋诗旌琅功，复授靖海将军，封靖海侯，世袭罔替，赐御用袍及诸服物。"——施琅的红娘做成了。

第五十二回隐写了郑克塽（宝琴）归顺后矛盾无奈的心态。原文加注：

第五十一回 薛小妹新编怀古诗 胡庸医乱用虎狼药

宝钗因笑道:"下次我邀一社,四个诗题,四个词题。每人四首诗,四阕词。头一个诗题《咏〈太极图〉》,限一先的韵,五言律,要把一先的韵都用尽了,一个不许剩。"宝琴笑道:"这一说,可知是姐姐不是真心起社了,这分明难人。若论起来,也强扭的出来,不过颠来倒去弄些《易经》上的话生填,究竟有何趣味。"

宝琴笑道:"颠来倒去弄些《易经》上的话生填,究竟有何趣味。"——易:更改也。经:郑经也。易经:郑克塽更改郑经固守台岛二十年的苟延残喘局面,归顺中央朝廷了。

"究竟有何趣味"——郑克塽对自己做出的历史性的选择没有足够的认识,认为是"强扭的瓜不甜"(宝琴笑道:"也强扭的出来"),看来他是被迫归顺朝廷的,抑郁彷徨,顾虑重重。但无论如何,郑克塽回归朝廷,促成国家统一,总是千古功臣。读者喜欢薛宝琴,《红楼梦》中人物都喜欢薛宝琴,根本原因就在此。

第五十二回　俏平儿情掩虾须镯　勇晴雯病补雀金裘

真真国女儿诗

昨夜朱楼梦，今宵水国吟①。
岛云蒸大海，岚气接丛林。
月本无今古，情缘自浅深。
汉南春历历，焉得不关心？

① "朱楼"、"水国"：指朱明与满清。

解读

第五十二回原文加注：

我（郑克塽）八岁时节，跟我父亲（郑经）到西海沿子上（台湾海峡西岸）买洋货，谁知有个真真国的女孩子（孝庄太皇太后），才十五岁（指康熙十五年），那脸面就和那西洋画上的美人一样，也披着黄头发，打着联垂，满头带的都是珊瑚、猫儿眼、祖母绿这些宝石；身上穿着金丝织的锁子甲洋锦袄袖；带着倭刀，也是镶金嵌宝的，实在画儿上的也没他好看。有人说他通中国的诗书，会讲五经，能作诗填词，因此我父亲央烦了一位通事官（谈判代表），烦他写了一张字（北京朝廷的谕旨），就写的是他作的诗（朝廷对台湾的基本政策）。"

……半日，只听湘云（孔四贞将军）笑问："那一个外国美人来了？"一头说，一头和香菱来了。众人笑道："人未见形，先已闻声。"宝琴等忙让坐，

第五十二回 俏平儿情掩虾须镯 勇晴雯病补雀金裘

遂把方才的话重叙了一遍。湘云笑道："快念来听听。"宝琴因念道……

"才十五岁"隐射康熙十五年，当时郑克塽八岁，清廷的钦差大臣明珠奉诏与延平王郑经谈判，谈判进行了十五次，谈判的原则与宗旨就是这首诗。

"八岁时节，……才十五岁"数字相加为二十三，指康熙二十三年郑克塽自台湾经福建、浙江、杭州，沿京杭大运河溯流北上，于康熙二十三年冬天到达北京，正式接受了康熙皇帝（贾宝玉）赐予的汉军公的封号。十二月，在一个瑞雪纷飞的日子，孝庄太皇太后（贾母王夫人）接见了郑克塽（薛宝琴）。

"昨夜朱楼梦，今宵水国吟"，是孝庄太皇太后接见郑克塽时懿旨的缩写。

此时各方面的代表人物都在场。宝玉隐射康熙皇帝。真真国的女孩子与林黛玉隐射孝庄太皇太后。宝钗隐射蒙古后妃与八旗势力。李纨代表"佟半朝"老汉军八旗势力。史湘云隐射孔四贞定南王汉军八旗的势力。香菱隐射归附中央的三藩旧部（吴三桂部）。

"跟我父亲到西海沿子上"，隐射郑克塽跟随延平王郑经到台湾海峡西海沿子上，即江浙、福建沿海筹办粮草、骚扰地方、打击清军，并与中央谈判。

"外国美人"是障眼法，明明是"真真国的女孩子"、"通中国的诗书，会讲五经，能作诗填词"，隐射"美人"是少数民族。孝庄的模样儿像蒙族、回族、斯拉夫族的混血儿。这与成吉思汗远征欧陆、四个儿子统治欧亚大陆长达两个世纪有一定的关系。当时的蒙古上层人物几乎都娶过当地的美女。

所谓"真真国"不是"清真国"，也不是"女真国"，而是"真正的祖国"。"真真国女儿"指皇太后孝庄，而"真真国"是各族儿女真正的祖国。

薛宝琴（郑克塽）一出场，贾母（孝庄太皇太后）就认她为孙女，并让王夫人（孝庄太皇太后）收她为"女儿"——封郑克塽为汉军公。

"祖母绿"即"祖母禄"，隐射孝庄食的是康熙"祖母的俸禄"。

"有人说他通中国的诗书，会讲五经，能作诗填词"，隐射孝庄太皇太后不但精通蒙古文化，而且对满文与汉学也有一定的造诣。

"才十五岁"同时还隐射康熙十五年以后施琅与钦差大臣明珠奉诏与郑经谈判共计十五次。

"昨夜朱楼梦，今宵水国吟。"——台湾过去奉行明朝国号，今后要奉行清朝国号了。国号变了，但台湾的地位没有变。

"岛云蒸大海，岚气接丛林。月本无今古，情缘自浅深。汉南春历历，焉得不关心。"——台湾飘忽在云蒸霞蔚的大海中，与大陆山水相连，自古就是中国领土的一部分。现在三藩之乱已经结束，江南地区一片春光，中央怎么可能不关心孤悬海外的台湾岛呢？郑经早归顺朝廷，中央何必用兵？刘国轩与冯锡范拒绝谈判，中央必然用兵。郑克塽提出"遵琉球例"，等于宣布独立，中央政府岂能置之度外？

第四十九回《琉璃世界白雪红梅》云：

贾母（孝庄太皇太后）因笑道："怪道昨日晚上灯花爆了又爆，结了又结，原来应到今日。"一面叙些家常，一面收看带来的礼物，一面命留酒饭。

隐射各路大军平定三藩，收复台湾，得胜回朝，孝庄太皇太后喜形于色，在慈宁宫设国宴，招待各路英豪的情景。

第四十九回原文加注：

探春道："老太太（孝庄太皇太后）一见了，喜欢的无可不可，已经逼着太太（孝庄太皇太后）认了干女儿了（册封郑克塽）。老太太要养活，才刚已经定了。"

隐射孝庄皇太后册封郑克塽为汉军公的史实，时在康熙二十三年十二月。

第五十回《芦雪庵争联即景诗》云：

众人都笑道："少了两个人，他却在这里等着，也弄梅花去了。"贾母喜的忙笑道："你们瞧，这山坡上配上他的这个人品，又是这件衣裳，后头又是这梅花，象个什么？"众人都笑道："就象老太太屋里挂的仇十洲画的《双艳图》。"

大陆古称九州，台湾在三国时代就称为"夷州"，即第十州。

康熙皇帝一心想统一台湾，为避免同室操戈，提出只要郑经接受招抚，台湾归属朝廷管辖，可给予相当权位，对所属文武各官，也都量材录用。郑经不允，要求台湾按朝鲜例，作为清朝的属国来朝进贡。这实际上是台湾独立，使中国一分为二，理所当然遭到康熙帝反对："台湾本属中国版图，又都是中国人，岂可按外国例？"

《清史稿—列传四十七》载："及锦死，子克塽仍其爵，称延平王，凡事皆决之国轩等。启圣令知府下永誉、张仲举专理海疆，多以金帛间其党与。克塽乃遣使赍书,原称臣入贡,不薙发登岸,如琉球、高丽例。启圣以闻,上不许,趣水师提督施琅进征。"

郑克塽竟然提出了脱离祖国、谋求独立的无理要求,除了武力征服,岂有他哉?

第五十三回　宁国府除夕祭宗祠　荣国府元宵开夜宴

宁国府宗祠对联

肝脑涂地，兆姓赖保育之恩。
功名贯天，百代仰蒸尝之盛。

解读

第五十三回原文加注：

已到了腊月二十九日了，各色齐备，两府中都换了门神、联对、挂牌，新油了桃符，焕然一新。宁国府从大门（北京正阳门）、仪门（北京大清门，民初拆毁）、大厅（天安门）、暖阁（故宫端门）、内厅（故宫午门）、内三门（故宫太和门）、内仪门（故宫太和殿）并内塞门（故宫中和殿），直到正堂（故宫保和殿），一路正门大开，两边阶下一色朱红大高照，点的两条金龙一般。次日，由贾母有诰封者，皆按品级着朝服，先坐八人大轿，带领着众人进宫朝贺，行礼领宴毕回来，便到宁国府暖阁（故宫端门）下轿。诸子弟有未随入朝者，皆在宁府门前排班伺候，然后引入宗祠。且说宝琴（郑克塽）是初次，一面细细留神打谅这宗祠（社稷坛），原来宁府（清皇宫）西边另一个院子（原社稷坛、现中山公园东北门），黑油栅栏内五间大门，上悬一块匾，写着是"贾氏宗祠"四个字，旁书"衍圣公孔继宗书"。两旁有一副长联，写道是：

肝脑涂地，兆姓赖保育之恩；
功名贯天，百代仰蒸尝之盛。

第五十三回　宁国府除夕祭宗祠　荣国府元宵开夜宴

亦衍圣公所书。进入院中，白石甬路，两边皆是苍松翠柏（社稷坛正后的空地，苍松翠柏，如今依然）。月台上设着青绿古铜鼎彝等器。抱厦（现北京政协大厅）前上面悬一九龙金匾，写道是："星辉辅弼"。乃先皇御笔。两边一副对联，写道是：

勋业有光昭日月，功名无间及儿孙。

亦是御笔。五间正殿（现中山堂）前悬一闹龙填青匾，写道是："慎终追远"。旁边一副对联，写道是：

已后儿孙承福德，至今黎庶念荣宁。

俱是御笔。里边香烛辉煌，锦幛绣幕，虽列着神主，却看不真切。只见贾府人分昭穆排班立定（满族风俗）：贾敬（孔有德灵魂）主祭，贾赦（假设的皇太极灵魂）陪祭，贾珍（顺治皇帝灵魂）献爵，贾琏贾琮（多尔衮灵魂）献帛，宝玉（康熙皇帝）捧香，贾菖贾菱（爱新觉罗子孙）展拜毯，守焚池。青衣乐奏，三献爵，拜兴毕，焚帛奠酒，礼毕，乐止，退出。众人围随着贾母（孝庄太皇太后）至正堂上（现中山堂），影前锦幔高挂，彩屏张护，香烛辉煌。上面正居中悬着宁荣二祖遗像（满族供画像风俗），皆是披蟒腰玉（汉族皇帝形象）；两边还有几轴列祖遗影。

"宁国府从大门（正阳门）点的两条金龙一般。"——先确定宁国府是清皇宫，九门大开祭奠祖宗，这是《红楼梦》定位、定性的重要根据。因为在封建社会，只有皇宫才有"九门大开"的资格与威风。除皇家之外，任何官吏家"九门大开"，都是灭门的死罪。

"贾氏宗祠"不在清朝太庙（现劳动人民文化宫），偏偏要在社稷坛，也就是现在北京中山公园的中山堂。

"乃先皇御笔"，即顺治皇帝父亲孔有德的墨宝。

贾宝玉似乎谁都可以亵渎，但只有孔子例外，原因也在此。

"贾氏宗祠"何以只见"衍圣公孔继宗书"与"亦衍圣公所书"的题字？原因在此也。

关于《宁国府除夕祭宗祠》，王梦阮认为是"天家大祀"。关于"宝琴是初次进祠观看"，王梦阮认为："祭宗祠万无外人参加之礼（理）。"王伯沆则说："试思贾母率同族行礼时，乃有一亲戚姑娘，随众入祠观看，成何祭体？"

王梦阮与王伯沆看出此乃皇家祭祖，万分不简单。但他俩并不明白，康熙皇帝祭的祖宗不是努尔哈赤，而是孔子。中华各民族各地区的代表都要参加，当然就必须邀请台湾的代表参加。如果没有隐射郑克塽的薛宝琴参加，面向上至炎黄的列祖列宗祭告台湾回归、祖国统一，那才真是"成何祭体"呢？

第六十二回　憨湘云醉眠芍药裀　呆香菱情解石榴裙

酒令三首

之一——林黛玉

落霞与孤鹜齐飞，风急江天过雁哀，
却是一只折足雁，叫得人九回肠。
——这是鸿雁来宾。
榛子非关隔院砧，何来万户捣衣声？

之二——史湘云

奔腾而砰湃，江间波浪兼天涌，
须要铁索缆孤舟，既遇着一江风，
——不宜出行。
这鸭头不是那丫头，头上那有桂花油？

之三——史湘云

泉香而酒洌，玉碗盛来琥珀光，
直饮到梅梢月上，醉扶归，
——却为宜会亲友。

解读

第六十二回《憨湘云醉眠芍药裀》隐写孔四贞在兵荒马乱中只身逃脱：

当下又值宝玉生日已到，原来宝琴也是这日，二人相同。因王夫人不在家,也不曾象往年闹热。只有张道士送了四样礼,换的寄名符儿……

黛玉便道:"你多喝一钟,我替你说。"宝玉真个喝了酒,听黛玉说道:落霞与孤鹜齐飞,风急江天过雁哀,却是一只折足雁,叫的人九回肠,这是鸿雁来宾。说的大家笑了,说:"这一串子倒有些意思。"黛玉又拈了一个榛穰,说酒底道:榛子非关隔院砧,何来万户捣衣声。令完,鸳鸯袭人等皆说的是一句俗语,都带一个"寿"字的,不能多赘……

湘云便说道:奔腾而砰湃,江间波浪兼天涌,须要铁锁缆孤舟,既遇着一江风,不宜出行。……说着,都走来看时,果见湘云卧于山石僻处一个石凳子上,业经香梦沉酣,四面芍药花飞了一身,满头脸衣襟上皆是红香散乱,手中的扇子在地下,也半被落花埋了。

此处的"张道士"即"一道"与"跛足道人",均隐射定南王孔有德。

"折足雁"、"孤鹜"、"风急江天过雁哀"、"叫的人九回肠"、"何来万户捣衣声"、"带一个'寿'字的",隐写足有残疾的孔有德是"折足雁",孤军深入是"孤鹜",从北方远征广西是"鸿雁来宾",败死桂林乃"过雁哀","叫的人九回肠"。清军南征,汉族人不支持,不会像李白时代保卫边关那样,军民一心,所以"何来万户捣衣声"?

酒令之二隐射孔四贞扶灵归京,辗转数千里,经过湘江、长江、大运河,十分艰难。

"湘云卧于山石僻处也半被落花埋了",隐射当年定南王部被李定国打得落花流水,孔四贞躲在野花乱草中,侥幸逃脱的情景。

这是用男女故事与诗词歌赋、酒令谜语隐射战争场面的又一个杰作。

"云散高唐"指顺治皇帝与孔四贞一见钟情,但最后结局为生离死别,化作巫山之梦。

据《清史稿·孔有德传》:"有德女四贞以其丧还京师,上命亲王以下,阿思哈尼哈番以上,汉官尚书以下,三品官以上郊迎。赐白金四千。官为营葬,立碑纪绩。"

顺治在摆脱前妻之后,极欲自己选择一位意中人。与孔四贞一见钟情,野史载孔四贞已为顺治皇帝侍寝,云雨甚洽,顺治意欲册封孔四贞为妃,甚至立为"东宫皇后"。孝庄太后鉴于孔四贞已许配偏将孙延龄,恐强娶孔四贞会激起孔有德旧部兵变,遂未答应此事。

第六十三回《寿怡红群芳开夜宴》云："黛玉一掷，是个十八点，便该湘云掷。""十八点"是重要的时间密码。其隐意为：孔四贞从十八岁掌握定南王汉军正红旗的兵权，到康熙十八年，因"不合时宜，权势不容"，而主动解除兵权，"带发修行"。

射覆四首

"圃"

老——吾不如老圃。①（宝琴覆）
药——（众人提示香菱射）。

"鸡"

人、窗——鸡人、鸡窗。（探春覆）
埘——鸡栖于埘。②（宝钗射）

"樽"

瓢——（李纨覆）③
绿——（岫烟射）④

"玉"

宝——此乡多宝玉。（宝钗覆）
钗——敲断玉钗红烛冷。（宝玉射）
宝钗无日不生尘。（香菱联想提及）

① "吾不如老圃"：乃孔子言，认为自己不如园丁。
② 鸡栖于埘：语出《诗经·君子于役》，女人怀念征夫。
③ 瓢：葫芦指后金满洲时代。"瓢"乃半个葫芦，指入主北京后的满清政府，满汉一体，才是一个葫芦。
④ 绿：覆为青。青者，大清也，隐射三藩与大清的对射。

解读

"射覆"游戏属于高雅的谜语，历史悠久，需要渊博的知识与丰富的想象,所以只局限在士大夫狭小圈子中。大观园筵席上参加射覆的,只有宝玉和小姐们。射复有隐寓,像灯谜作谶语一样,作者也用射覆来暗示历史人物的命运。

宝琴说了个"老",湘云便知宝琴覆的是"吾不如老圃"的"圃"字。隐射台湾的郑克塽自认为不如孝庄太皇太后。

李纨覆了一个"瓢"字——半个葫芦(胡房),乃老汉军八旗也。

岫烟射了一个"绿"字——乃归降后的三藩绿营部队也。

对宝玉、宝钗的射覆,乃画龙点睛之笔。香菱说:"他两个名字都原来在唐诗上呢。"一首说:"此乡多宝玉,慎勿厌清贫。"——《西江月·嘲贾宝玉》有"贫穷难耐凄凉"等语。另一首说:"若但掩关劳独梦,宝钗何日不生尘?"——宝钗后来寡居独处,所谓金钗"雪里埋"、"金无彩"、"无日生尘"、"珍重芳姿昼掩门"、"空篱旧圃秋无迹,瘦月清霜梦有知"(《忆菊》)、"晓筹不用鸡人报,五夜无烦侍女添"(《春灯谜》其八)。

宝玉所引唐诗:"敲断玉钗红烛冷,计程应说到常山。"——"玉钗"隐寓黛玉和宝钗。宝玉离家出走,"断"绝了红尘。宝钗射"埘"以隐《诗经·君子于役》,正是妻子思念丈夫久出不归,隐射顺治皇帝不幸的婚姻。

"射覆从古有的,如今失了传,这是后人纂的,比一切的令都难。"——《红楼梦》作者提示读者,隐射历史,大量使用了射覆手法,并非只是几个谜语。

第六十三回　寿怡红群芳开夜宴　死金丹独艳理亲丧

花名签令——宝钗签

牡丹——艳冠群芳——任是无情也动人。

宝钗隐射顺治皇帝的第一位蒙古皇后——《清史稿》云："世祖废后，博尔济吉特氏，科尔沁卓礼克图亲王吴克善女，孝庄文皇后侄也。后丽而慧，睿亲王多尔衮摄政，为世祖聘焉。顺治八年八月，册为皇后。"她是大观园（皇宫后廷与林苑）中冠压群芳的牡丹，虽然废黜为静妃，但"冷美人"依然有一种动人的魅力——她是满蒙联姻（金玉良缘）基本国策的象征，所以"任是无情也动人"。顺治十四年十月恢复为长春宫主位，两年半后得宠的董鄂氏死了，但贾宝玉顺治皇帝对这位表姐的感情始终是："面对着山中高士晶莹雪，终不忘世外仙姝寂寞林。"

花名签令——袭人签

桃花——武陵别景——桃红又是一年春。

袭人隐射顺治皇帝第二位蒙古皇后。《清史稿》云："孝惠章皇后，博尔济吉特氏，科尔沁贝勒绰尔济女。顺治十一年五月，聘为妃，六月，册为后。"龙衣人是伺候皇帝穿龙袍的女人，是皇权更替的象征——"一簇鲜花，一床破席"。她后来嫁给蒋玉菡，隐射贾宝玉福临离宫出走，袭人躲进武陵桃花源，回到"将玉含"（蒋玉菡）的紫檀匣子里。花名签"桃红又是一年春"——改朝换代之意十分明显。

花名签令——探春签

杏花——瑶池仙品——日边红杏倚云栽。

探春隐射太后下嫁与多尔衮生的女儿。"瑶池仙品"指"瑶池警幻仙姑的女儿",也就是孝庄之女。"日边红杏倚云栽"——"杏"为"木口",指博尔济吉特·布木布泰所生。"日边"为宫廷,"浮云蔽日"为多尔衮摄政。签上有注说:"得此签者必得贵婿。"大家取笑:"我们家已有了个王妃,难道你也是王妃不成?"——隐射她以公主的身份而远嫁外藩,成了王妃,但不能弥补"分骨肉"的悲哀。"清明涕泣江边望,千里东风一梦遥",把她的未来预示明白了。父亲死后削爵,贬为庶民,依靠母亲,尚有"王妃"的虚荣。等到母亲也死了,儿孙不承认母亲是清太宗的皇后,而是庶民的媳妇,这个可怜的农村儿就变成"势败休云贵,家亡莫论亲"的村妇了。

花名签令——李纨签

老梅——霜晓寒姿——竹篱茅舍自甘心。

李纨隐射顺治皇帝的康妃佟佳氏。《清史稿》云:"孝康章皇后,佟佳氏,少保、固山额真佟图赖女。后初入宫,为世祖妃。顺治十一年春,妃诣太后宫问安,将出,衣裾有光若龙绕……"她是康熙皇帝的母亲,儿子登基后晋升孝康章皇后,上徽号曰慈和皇太后。"霜晓寒姿"与红楼梦曲"晚韶华"是同意语,预言李纨将母以子贵。"竹篱茅舍自甘心",照应她寂寞的寡居生活、槁木死灰般的心态、甘心为儿子牺牲一切的高洁。"带珠冠,披凤袄,也抵不了无常性命",隐射她死于二十四岁。

第六十三回 寿怡红群芳开夜宴 死金丹独艳理亲丧

花名签令——湘云签

海棠——香梦沉酣——只恐夜深花睡去。

湘云隐射孝庄皇太后的义女、定南王孔有德的女儿孔四贞。"香梦沉酣"指湘云在宝玉生日吃醉酒,睡倒在山石后青板石凳上,芍药花飞满一身的憨态。"憨湘云醉眠芍药裀"隐射孔四贞在兵荒马乱的花丛中脱逃。"只恐夜深花睡去"也影射此事。所以黛玉打趣说:"'夜深'两个字改'石凉'两个字!"——"恐石凉"——谐音"孔四娘"。"香梦沉酣"又是对她的惋叹,她至死都不知道她的"爱哥哥"贾宝玉顺治皇帝竟然是她的亲哥哥。

花名签令——麝月签

荼蘼花——韶华胜极——开到荼蘼花事了。

麝月隐射顺治皇帝的淑惠妃。《清史稿》云:"淑惠妃,博尔济吉特氏,孝惠皇后妹也。顺治十一年,册为妃。康熙十二年,尊封皇考淑惠妃。妃最老寿,以五十二年十月薨。"

荼蘼开花,意味着春天过去了。签上有小注:"在席各饮三杯送春。"宝玉觉出其中不祥的意味,连忙把签藏起来,说"咱们且喝酒",遮掩了过去。作者用象征手法暗示:大观园"胜极"之日就要结束,麝月隐射的皇考淑惠妃要陪伴贾宝玉到最后,她是荣府(清皇室)衰亡的见证人。

花名签令——香菱签

并蒂花——联春绕瑞——连理枝头花正开。

香菱有三个名字:甄英莲、香菱与秋菱。隐射明朝、大顺朝、大周朝三个政权的国家玉玺,还隐射名媛陈圆圆。

并蒂莲开,暗含香菱原来名字中的"莲"字——"根并荷花一茎香",寓有明、顺、清、周四朝地位平等而同根同源之意。"联春绕瑞"也是明、顺、清、周继往开来的意思。"连理枝头花正开"原诗的下一句为"妒花风雨更相摧",这才是作者要表达的主题。指的是满汉战争五十年,生灵涂炭,兄弟相残,"本是同根生,相煎何太急"。

花名签令——黛玉签

芙蓉——风露清愁——莫怨东风当自嗟。

黛玉是有瑕疵的美玉,隐射顺治皇帝最宠爱的董鄂氏皇贵妃。《清史稿》云:"孝献皇后,栋鄂氏,内大臣鄂硕女。年十八入侍,上眷之特厚,宠冠后宫。顺治十三年八月,立为贤妃。十二月,进皇贵妃,行册立礼,颁赦。上皇太后徽号,鄂硕本以军功授一等精奇尼哈番,进三等伯。十七年八月,薨,上辍朝五日。追谥孝献庄和至德宣仁温惠端敬皇后。""年十八入侍"透露了一个重要信息:选秀女最大年龄为十七岁,说明董鄂氏至少当了一年小襄亲王博穆博果尔的妻子,所以称为"潇湘妃子"。

芙蓉,比喻黛玉娇美如芙蓉,所以《痴公子杜撰芙蓉诔》其实是《痴道人顺治杜撰端敬皇后诔》。"风露清愁"与"风刀霜剑严相逼"同一个意思。"莫怨东风当自嗟"的意思是:不要只怨恨风言风语的无情,还是承认自己也有毛病吧。

第六十三回《寿怡红群芳开夜宴》玩了一种新酒令——用骰子掷点定人,由那个人从筒里抽签,签上画着一种花,题着评价这种花的一句成语,并有吟咏这种花的一句旧诗。这些花、成语和诗句,象征得签者的性格特点,或者隐示过去未来的遭遇。

五月三日晚上,贾宝玉庆祝生日,庆祝平定三藩,收复台湾。作者后来修正说,这一天其实是康熙二十二年七月三日。

第六十三回与第六十四回原文加注:

(1)袭人笑道:"你放心,我和晴雯、麝月、秋纹四个人,每人五钱银子,共是二两。芳官、碧痕、小燕、四儿四个人,每人三钱银子,他们有假的不算,共是三两二钱银子,早已交给了柳嫂子,预备四十碟果子(注解:1644

第六十三回　寿怡红群芳开夜宴　死金丹独艳理亲丧

年顺治元年满清入关，到1683年康熙二十二年收复台湾，恰好为四十年）。我和平儿说了，已经抬了一坛好绍兴酒藏在那边了。我们八个人（隐射满蒙八旗）单替你（康熙皇帝）过生日（大清国一统天下之日）。"

（2）宝玉只穿着大红棉纱小袄子（皇帝的龙袍），……当时芳官满口嚷热（兴奋异常），……头上眉额编着一圈小辫，总归至顶心，结一根鹅卵粗细的总辫，拖在脑后（满人的标志小辫子）。……引的众人笑说："他两个倒象是双生的弟兄两个。"（隐射此时的"芳官"与宝玉都是康熙皇帝的化身）

（3）于是袭人（孝惠皇太后）为先，端在唇上吃了一口，余依次下去，一一吃过，大家方团圆坐定（到康熙二十二年，方团圆坐定了大清江山）。……那四十个碟子（再一次强调，从顺治元年满清入关，到康熙二十二年收复台湾，恰好四十年），皆是一色白粉定窑的，不过只有小茶碟大，里面不过是山南海北，中原外国，或干或鲜，或水或陆，天下所有的酒馔果菜（隐射康熙拥有了天下的一切）。

（4）里面是五点，数至宝钗。……只见签上画着一支牡丹，题着"艳冠群芳"四字，下面又有镌的小字一句唐诗，道是：任是无情也动人。（"五点"隐射博尔济吉特氏皇后废黜为静妃后第五年，方恢复为长春宫主位。康熙时代博尔济吉特氏晋升为皇太妃。）

（5）芳官只得细细的唱了一支《赏花时》：翠凤毛翎扎帚叉，闲踏天门扫落花。您看那风起玉尘沙。猛可的那一层云下，抵多少门外即天涯。您再休要剑斩黄龙一线儿差，再休向东老贫穷卖酒家。您与俺眼向云霞。洞宾呵，您得了人可便早些儿回话；若迟呵，错教人留恨碧桃花。（隐射顶带花翎的满蒙八旗与吕洞宾代表的汉族叛乱与台湾部队的十年战争。吕洞宾因"一线儿差"而没有达到"剑斩黄龙"的目的。）

（6）宝钗又掷了一个十六点，数到探春。……众人看上面是一枝杏花，那红字写着"瑶池仙品"四字，诗云：日边红杏倚云栽。注云："得此签者，必得贵婿……"众人笑道："……我们家已有了个王妃，难道你也是王妃不成。大喜，大喜。"（隐射多尔衮的女儿于十六岁下嫁察哈尔蒙古亲王，成为王妃。"杏花"隐射孝庄布木布泰的女儿。因为"杏"指孝庄布木布泰，"杏"开的"花"指孝庄生的女儿。）

（7）湘云拿着他的手强掷了个十九点出来，便该李氏掣。李氏摇了一摇，掣出一根来一看,笑道:"好极。你们瞧瞧,这劳什子竟有些意思。"众人瞧那签上,画着一枝老梅,是写着"霜晓寒姿"四字,那一面旧诗是:竹篱茅舍自甘心。("十九点"隐射顺治第十九年即康熙元年,是儿子的正式年号。康熙登基佟佳氏刚二十出头,并不是"一枝老梅"。"老"者,说明在康熙二十二年,佟佳氏就早死了,死时二十四岁。所以是"霜晓寒姿",看到了儿子"金灿灿胸悬金印",自然是"竹篱茅舍自甘心"。)

(8) 黛玉一掷,是个十八点,便该湘云掣。湘云笑着,揎拳掳袖的伸手掣了一根出来。大家看时,一面画着一枝海棠,题着"香梦沉酣"四字,那面诗道是:只恐夜深花睡去。("十八点"隐射孔四贞于康熙十八年从桂林回到北京,尽管丈夫孙延龄参加了三藩叛乱,但自己宣布与他脱离关系,并坚决反对,所以皇家没有怪罪她,保住了郡王的爵位,她的出路应该是"香梦沉酣",但巾帼将军不甘寂寞,开始阶段采取了"只恐夜深花睡去"的态度,结果弄得"不合时宜,权势不容",最后才带发出家,在皇宫内修行——"湘云"从此变成了槛外人"妙玉"也。)

(9) 麝月一掷个十九点,该香菱。香菱便掣了一根并蒂花,题着"联春绕瑞",那面写着一句诗,道是:连理枝头花正开。("香菱"代表汉族国脉正统,"十九点"隐射维持了十九年的南明政权。"一根并蒂花"与"连理枝头花正开"隐射汉族的国统依然存在,虽然成了在野党,转入了地下,但汉族与满族政权,依然是"连理枝头花正开"。)

(10) 香菱便又掷了个六点,该黛玉掣。黛玉默默的想道:"不知还有什么好的被我掣着方好。"一面伸手取了一根,只见上面画着一枝芙蓉,题着"风露清愁"四字,那面一句旧诗,道是:莫怨东风当自嗟。("六点"隐射从顺治十一年二月八日在南苑行宫与顺治皇帝巫山云雨,到顺治十七年八月董鄂氏皇贵妃死于承乾宫,前后正好六年,"一年三百六十日,风刀霜剑严相逼",如何活下去?而"三千宠爱在一身"历代都是后宫女人的召祸之道,所以是"莫怨东风当自嗟"。)

(11) 于是饮了酒,便掷了个二十点,该着袭人。袭人便伸手取了一支出来,却是一枝桃花,题着"武陵别景"四字,那一面旧诗写着道是:桃红又是一年春。("二十点"隐射顺治皇帝死时孝惠章皇后实际才二十岁。到康熙登基恰好是大清国的第三春,自己晋升孝惠皇太后,尽管已经是"武陵别景"了,但也算"桃红又是一年春"吧。孝惠章皇后于顺治十一年当了新皇后,当时十三岁,丈夫死于顺治十八年,她恰好二十岁。)

(12)老婆子忙出去问时,原来是薛姨妈打发人来了接黛玉的。众人因问几更了,人回:"二更以后了,钟打过十一下了。"宝玉犹不信,要过表来瞧了一瞧,已是子初初刻十分了。(两个"十一下"为二十二,隐射康熙二十二年,先后平定了三藩,又收复了台湾。当天晚上实际是康熙二十二年七月三日,而不是五月三日。)

第六十四回　幽淑女悲题五美吟　浪荡子情遗九龙佩

五美吟

西施
一代倾城逐浪花，吴宫空自忆儿家；
效颦莫笑东村女，头白溪边尚浣纱。

虞姬
肠断乌骓夜啸风，虞兮幽恨对重瞳①；
黥彭甘受他年醢，饮剑何如楚帐中②？

明妃
绝艳惊人出汉宫，红颜命薄古今同。
君王纵使轻颜色，予夺权何畀画工③？

绿珠
瓦砾明珠一例抛，何曾石尉重娇娆④？
都缘顽福前生造，更有同归慰寂寥。

红拂
长揖雄谈态自殊，美人巨眼识穷途。
尸居余气杨公幕，岂得羁縻女丈夫？

---

① 乌骓：指楚霸王的坐骑。
重瞳：传说项羽双瞳孔。

② 黥彭：被刘邦处死的彭越、黥布。

醢：被剁成肉酱。

③ 畀画工：将选美的取舍之权给予画工毛延寿。

④ 石尉：晋人石崇，曾任校尉。

解读

《五美吟》回忆了孝庄与定南王孔有德的情史与两人偷情而怀福临的历史。孝庄用五位历史上著名的女人，来说明自己行为的合情合理，表现了"从来不信什么是阴骘司地狱报的，凭是什么事，我说要行就行"的女皇个性。

第六十四回原文加注：

（1）雪雁（来自雪域草原的蒙古宫女）方说道："我们姑娘（姑奶奶孝庄皇太后）这两日方觉身上好些了。今日饭后，三姑娘（多尔衮四岁的女儿）来会着要瞧二奶奶（找母亲）去，姑娘（孝庄）也没去。又不知想起了甚么来，自己伤感（孔有德两周年忌日，能不伤感）了一回，提笔写了好些，不知是诗是词。叫我传瓜果（祭品）去时，又听叫紫鹃将屋内摆着的小琴桌上的陈设搬下来，将桌子挪在外间当地，又叫将那龙文鼐（供皇帝使用的小周鼎）放在桌上，等瓜果来时听用。若说是请人呢，不犯先忙着把个炉摆出来（不是请人）。若说点香呢，我们姑娘素日屋内除摆新鲜花果木瓜之类，又不大喜熏衣服（不是熏衣服）；就是点香，亦当点在常坐卧之处。"

宝玉（顺治皇帝）这里不由的低头心内细想道："据雪雁说来，必有原故。若是同那一位姊妹们闲坐，亦不必如此先设馔具。或者是姑爹姑妈的忌辰，但我记得每年到此日期老太太都吩咐另外整理肴馔送去与林妹妹私祭，此时已过（不是皇家历年祭奠崇祯皇帝的定例）。大约必是七月因为瓜果之节（七月初四，孔有德忌日），家家都上秋祭的坟，林妹妹（孝庄皇太后）有感于心，所以在私室自己（秘密）奠祭，取《礼记》：'春秋荐其时食'之意，也未可定（作者在布置迷魂阵）。"

"必是七月因为瓜果之节……所以在私室自己奠祭"，强调是七月初四日，林黛玉孝庄皇太后祭奠两年前死于七月初四的孔有德。

（2）进了潇湘馆院门看时，只见炉袅残烟，奠余玉醴。紫鹃（跑龙套的）

正看着人往里搬桌子，收陈设呢。宝玉便知已经祭完了，走入屋内，只见黛玉（孝庄皇太后）面向里歪着，病体恹恹，大有不胜之态。

祭奠情夫孔有德过世两周年（顺治十一年），使林黛玉孝庄皇太后十分难过，"大有不胜之态"。

（3）黛玉笑道："既如此说，连你也可以不必看了。"又指着宝玉笑道："他早已抢了去了（儿子总也长不大的淘气样子）。"宝玉（顺治皇帝）听了，方自怀内取出，凑至宝钗（表姐静妃）身旁，一同细看。只见写道……

（1）西施是范蠡的情夫，后献给吴王夫差，吴王死后，又跟随范蠡隐居江湖，是个暗藏杀机的女人。林黛玉孝庄皇太后以西施自喻，认为自己倾国倾城，才嫁给皇太极为妃。但"吴王"皇太极偏爱姐姐宸妃，使自己独守空房，所以才会红杏出墙，与降将孔有德有了婚外的恋情。自己是"一代倾城"，难免"水性杨花"（"逐浪花"）。吴宫空守，寂寞难耐，"满院春色锁不住，一枝红杏出墙来"，这是合乎世道人情的。总不能学那个东施，一辈子无人问津，头发白了，还在溪边浣纱吧。

"空自忆儿家"乃日夜思念儿子的真正父亲孔家也。

（2）林黛玉孝庄皇太后在《虞姬》诗中以虞姬自喻，以失败的英雄西楚霸王隐射死于桂林的孔有德。认为黥彭为义而殉国，虞姬为情而殉难，足为后人之楷模。孔有德虽然战死了，但像西楚霸王一样，仍不失为一个悲剧英雄的称号。自己恨不得学虞姬，与她一起赴死！

（3）林黛玉孝庄皇太后在《明妃》诗中以汉朝的王昭君自喻，慨叹自己的一生与王昭君一样悲惨，也是红颜薄命。王昭君没有得到汉天子的垂爱，是由于小人从中作祟。汉天子将选美的大权给了宫廷画师毛延寿，致使王昭君远嫁匈奴，为匈奴呼和邪单于生了孩子，老汗王死了，又转嫁他的儿子，并生了孩子。而孝庄皇太后的遭遇与王昭君差不多，由于皇太极专宠姐姐宸妃，庄妃因受冷落而红杏出墙，与孔有德野合而生了顺治皇帝。

皇太极死了，自己与顺治孤儿寡妇执掌朝政，为了得到摄政王多尔衮的支持，先让他进了"奉嫂宫"，又下嫁这个小叔子，还为他生了一个女儿。结果是：第一个丈夫皇太极（一僧）死了——自己没有为他留下儿子，只生了三个女儿，都远嫁蒙古。第二个合法男人多尔衮（贾政与贾琏）死了——自己为他生了一个女儿（探春）。第三个非法男人孔有德（一道）如今也死了——自己为他生了一个顺治皇帝（贾宝玉）。想不到后来亲儿子二十四岁也"死了"，亲生的女儿也像当年的王昭君一样远嫁匈奴（蒙古）。

母女二人，命运相同，都是《金陵十二钗》的悲剧女子啊！真是"绝艳惊人出汉宫，红颜命薄古今同"。

（4）林黛玉孝庄皇太后在《绿珠》诗中以晋朝的绿珠自喻，认为自己是女人中的珍珠，而自己合法的丈夫清太宗皇太极，远不如当年的石崇那样有情有义。皇太极专宠自己的姐姐宸妃——"见了姐姐就忘了妹妹"，连个先来后到也不顾，冷落了自己这颗"绿珠"。"痴心女子负心汉"，古今皆然。绿珠为石崇跳楼而死，自己当年也想为皇太极殉葬。但是，男人们了解女人的这一片痴情吗？幸亏早遇孔有德（贾敬）这个知冷知热的男人，安慰了自己的"寂寥"，但也为子孙后代造了孽。

长揖雄谈态自殊，美人巨眼识穷途。
尸居余气杨公幕，岂得羁縻女丈夫。

（5）林黛玉孝庄皇太后在《红拂》诗中以隋朝的红拂自喻，认为自己私通孔有德，像当年红拂对李靖投怀送抱一样，也是敬其才华、慕其潇洒，所以一见钟情、情不自禁。孔有德年轻有为，像李靖那样"长揖雄谈态自殊"。而自己独守空帏，不甘寂寞，才像红拂那样"美人巨眼识穷途"。丈夫比自己大二十一岁，日理万机，又纵欲过度，像隋朝的杨素一样活不了几天了，而自己正年轻美貌，还想利用满汉两股势力入主中原，纵横天下。

一个行将就木的男人，岂能拴住自己的心——"尸居余气杨公幕，岂得羁縻女丈夫。"

第六十六回　情小妹耻情归地府　冷二郎一冷入空门

尤三姐自刎

揉碎桃花红满地，
玉山倾倒再难扶！

解读

第六十五回与六十六回原文加注：

（1）贾琏来了，只在二姐房内，心中也悔上来。无奈二姐倒是个多情人，以为贾琏是终身之主了，凡事倒还知疼着痒。若论起温柔和顺，凡事必商必议，不敢恃才自专，实较凤姐高十倍；若论标致，言谈行事，也胜五分。虽然如今改过，但已经失了脚，有了一个"淫"字，凭他有甚好处也不算了。偏这贾琏又说："谁人无错，知过必改就好。"故不提已往之淫，只取现今之善，便如胶投漆，似水如鱼，一心一计，誓同生死，那里还有凤平二人在意了？

此处的贾珍、贾琏、贾宝玉、柳湘莲四人皆隐射顺治皇帝一个人。尤二姐与尤三姐皆隐射董鄂氏一个人。这是理解二尤故事的前提。"实较凤姐高十倍"、"也胜五分"——隐射董鄂氏的德才品貌胜过蒙古皇后。"有了一个'淫'字，凭他有甚好处也不算了"，隐射先奸后娶，成了人家的把柄。"偏这贾琏又说：'谁人无错，知过必改就好。'故不提已往之淫，只取现今之善"，隐射顺治皇帝对董鄂氏既往不咎的基本态度。

（2）贾琏便道："定是此人无移了！"便拍手笑道："我知道了。这人原不差,果然好眼力。"二姐笑问是谁,贾琏笑道:"别人他如何进得去,一定是宝玉。"二姐与尤老听了,亦以为然。尤三姐便啐了一口,道:"我们有姊妹十个,也嫁你弟兄十个不成。难道除了你家,天下就没了好男子了不成!"众人听了都诧异:"除去他,还有那一个?"尤三姐笑道:"别只在眼前想,姐姐只在五年前想就是了。"

"姐姐只在五年前想就是了"——董鄂氏死于顺治十七年八月底,葬于九月。"五年前"是顺治十二年八月,乃董鄂氏小产男胎时日。《芙蓉女儿诔》里"而玉得于衾枕栉沐之间,栖息宴游之夕,亲昵狎亵,相与共处者,仅五年八月有畸",乃顺治十二年二月顺治皇帝与弟媳妇苟合时日。"五年前"、"五年八月有畸"、"迄今凡十(实)有六载"都是顺治与董鄂氏相处五六年的历史记事。

(3)贾琏问:"到底是谁,这样动他的心?"二姐笑道:"说来话长。五年前我们老娘家里做生日,妈和我们到那里给老娘拜寿。他家请了一起串客,里头有个作小生的叫作柳湘莲,他看上了,如今要是他才嫁……"贾琏听了道:"怪道呢!我说是个什么样人,原来是他!果然眼力不错。你不知道这柳二郎,那样一个标致人,最是冷面冷心的,差不多的人,都无情无义。他最和宝玉合的来……"

"五年前我们老娘家里做生日……如今要是他才嫁。"——顺治十二年二月八日,在孝庄万寿节,顺治与董鄂氏于"太虚幻境"苟合。

(4)谁知八月内湘莲方进了京,先来拜见薛姨妈,又遇见薛蝌,方知薛蟠不惯风霜,不服水土,一进京时便病倒在家,请医调治。听见湘莲来了,请入卧室相见。

湘莲隐射顺治皇帝,"八月"挑明董鄂氏皇贵妃死于顺治十七年八月十九。

(5)湘莲听了,跌足道:"这事不好,断乎做不得了。你们东府里除了那两个石头狮子干净,只怕连猫儿狗儿都不干净。我不做这剩忘八。"宝玉听说,红了脸。湘莲自惭失言,连忙作揖说:"我该死胡说。你好歹告诉我,他品行如何?"宝玉笑道:"你既深知,又来问我作甚么?连我也未必干净了。"湘莲笑道:"原是我自己一时忘情,好歹别多心。"宝玉笑道:"何必再提,这倒是有心了。"湘莲作揖告辞出来,若去找薛蟠,一则他现卧病,二则他又浮躁,不如去索回定礼。主意已定,便一径来找贾琏。

通过柳湘莲与贾琏、尤二姐与尤三姐的双簧戏,隐射顺治皇帝对董鄂氏之疑之悔。

(6) 那尤三姐在房明明听见。好容易等了他来,今忽见反悔,便知他在贾府中得了消息,自然是嫌自己淫奔无耻之流,不屑为妻。今若容他出去和贾琏说退亲,料那贾琏必无法可处,自己岂不无趣。一听贾琏要同他出去,连忙摘下剑来,将一股雌锋隐在肘内,出来便说:"你们不必出去再议,还你的定礼。"

湘莲对尤三姐之悔,隐射顺治皇帝对董鄂氏之悔。贾琏对尤二姐之谅,隐射顺治皇帝对董鄂氏之谅。五年前既往不咎,爱得死去活来。五年后疑惑反悔,采取荒唐举措。这就是一个皇帝的爱情,这就是一个嫔妃死亡的真正原因。

第七十回　林黛玉重建桃花社　史湘云偶添柳絮词

林黛玉：桃花行

桃花帘外东风软，桃花帘内晨妆懒①。
帘外桃花帘内人，人与桃花隔不远。
东风有意揭帘栊，花欲窥人帘不卷。
桃花帘外开仍旧，帘中人比桃花瘦。
花解怜人花也愁，隔帘消息风吹透。
风透湘帘花满庭，庭前春色倍伤情。
闲苔院落门空掩，斜日栏杆人自凭。
凭栏人向东风泣，茜裙偷傍桃花立。
桃花桃叶乱纷纷，花绽新红叶凝碧。
雾裹烟封一万株，烘楼照壁红模糊。
天机烧破鸳鸯锦，春酣欲醒移珊枕。
侍女金盆进水来，香泉影蘸胭脂冷。
胭脂鲜艳何相类，花之颜色人之泪。
若将人泪比桃花，泪自长流花自媚。
泪眼观花泪易干，泪干春尽花憔悴。
憔悴花遮憔悴人，花飞人倦易黄昏。
一声杜宇春归尽，寂寞帘栊空月痕！

---

① 帘外"桃花"指臣工，帘内"桃花"指太后。

解读

康熙初年,为防止亲王篡位,废除了摄政制度,改为上三旗内务府四大臣辅政,孝庄控制朝政,但不垂帘听政,而是隔帘观政——"桃花帘外东风软,桃花帘内晨妆懒。帘外桃花帘内人,人与桃花隔不远。东风有意揭帘栊,花欲窥人帘不卷。桃花帘外开仍旧,帘中人比桃花瘦。花解怜人花也愁,隔帘消息风吹透。风透湘帘花满庭,庭前春色倍伤情。"

帘内、帘外的关系,就是后宫与朝廷的关系,也就是孝庄与四辅臣的关系、康熙小皇帝与天下臣工的关系。简直是如履薄冰、如临深渊。用人不疑,疑人不用,忠臣奸臣,全凭良心,监督遥控,信疑模糊——"闲苔院落门空掩,斜日栏杆人自凭。凭栏人向东风泣,茜裙偷傍桃花立。桃花桃叶乱纷纷,花绽新红叶凝碧。雾裹烟封一万株,烘楼照壁红模糊。"

康熙初年的大清国,绿肥红瘦,红肥绿瘦——"雾裹烟封一万株"也。

史湘云:如梦令

岂是绣绒残吐?卷起半帘香雾。
纤手自拈来,空使鹃啼燕妒。
且住,且住,莫使春光别去。

第七十回大观园重建桃花社,只有黛玉的《桃花行》一枝独秀,大家并未作诗。史湘云因见柳花飞舞,便填了这首《如梦令》。

这首词流露出对春光的留恋情绪。对照判词"厮配得才貌仙郎,博得个地久天长,准折得幼儿时坎坷形状。终个是云散高唐,水涸湘江",湘云应该有一段极短暂的美满的情爱经历,像巫山神女爱恋楚襄王,但以梦幻般的悲剧收场,接着就陷入无奈的境地。这首《柳絮词》显然是湘云对那段《如梦》般往事的回忆。

解读

史湘云隐射的孔四贞,自幼就与皇宫中的贾宝玉顺治皇帝情同手足。顺治十一年孔四贞扶灵归京,册封格格,居住皇宫,与顺治皇帝卿卿我我。当时第一位皇后废黜,第二位皇后主持后宫,董鄂氏先后册封贤妃与皇贵妃,孔四贞浑然不觉,"纤手自拈来,空使鹃啼燕妒"。不久,顺治皇帝"驾崩",孔四贞以一品御前侍卫的身份领汉军正红旗,在遵化为顺治守灵。最后奉太后懿旨下嫁孙延龄,出镇桂林。孔四贞终生都不明白,这是为什么?"且住,且住,莫使春光别去。"——孙延龄参加了吴三桂叛乱,经孔四贞劝阻,又归顺朝廷,最后被吴三桂杀害。康熙十八年孔四贞奉旨回京,自解兵权,带发修行,深居皇宫——"欲洁何曾洁,云空未必空。可怜金玉质,终陷淖泥中。"到晚年,社会舆论才平息下来——"勘破三春景不长,缁衣顿改昔年妆。可怜绣户侯门女,独卧青灯古佛旁。"

孔四贞的一生是不平凡的,真可谓"岂是绣绒残吐?卷起半帘香雾"。

探春、宝玉:南柯子

空挂纤纤缕,徒垂络络丝。
也难绾系也难羁,一任东西南北各分离。
落去君休惜,飞来我自知。
莺愁蝶倦晚芳时,纵是明春再见隔年期。

解读

读了《如梦令》,众人"便拟了柳絮之题,又限出几个调来"。探春的《南柯子》,只填了上半阕便写不下去,宝玉提笔续出下半阕——"落去君休惜,飞来我自知。莺愁蝶倦晚芳时,纵是明春再见隔年期。"《南柯子》上半阕让人联想《分骨肉》曲中"一帆风雨路三千,把骨肉家园齐来抛闪"。词中暗寓探春离亲远嫁。探春的上半阕是对命运徒唤奈何的表现。宝玉作的下半阕"落去君休惜,飞来我自知",是对姑姑极大的精神安慰。"莺愁蝶倦晚芳时,纵是明春再见隔年期。"隐寓探春远嫁以后,还有和宝玉相见的机会。

贾探春隐射多尔衮与孝庄皇太后的女儿,她的悲剧源于她的出身。顺治八年二月,睿忠亲王多尔衮先追封"成宗义皇帝",后削爵抄家。多尔衮女儿先以格格的名义上了皇家玉牒(贾珍审查的所谓"果子账"),多尔衮死后,女儿的身份暧昧，说是多尔衮福晋（赵姨娘）亲生，但女儿不认账，只认嫡母孝庄皇太后（王夫人）与亲哥哥贾宝玉顺治皇帝，不认多尔衮义子多尔博（贾环）。她陷入了"才自精明志自高，生于末世运偏消"的尴尬境地。为了减少朝野舆论，她过着"蕉下覆鹿"的日子，后来不得不远嫁外番为王妃："清明涕送江边望，千里东风一梦遥。"——"一帆风雨路三千，把骨肉家园齐来抛闪。恐哭损残年，告爹娘，休把儿悬念。自古穷通皆有定，离合岂无缘？从今分两地，各自保平安。奴去也，莫牵连。"

康熙二十五年《大清会典》颁布，按照规定，罪犯多尔衮的女儿不能维持格格的爵位了。康熙二十六年孝庄太皇太后去世，多尔衮女儿回京探亲，此后回到蒙古就受到满蒙亲贵的虐待，虽然得到多尔衮旧部的解救，但只能维持富家农妇的生活——"势败休云贵，家亡莫论亲。偶因济刘氏，巧得遇恩人。"（巧姐儿）

林黛玉：唐多令

粉堕百花洲，香残燕子楼。
一团团逐队成毯。
飘泊亦如人命薄，空缱绻，说风流。
草木也知愁，韶华竟白头。
叹今生谁舍谁收？
嫁与东风春不管，凭尔去，忍淹留！

解读

这首《唐多令》缠绵悲凉，从飘游无定的柳絮，联想到孤苦无依的寡妇孤儿，一腔哀惋缠绵。她自喻为游百花洲的西施、居燕子楼的关盼盼，虽说是巾帼不让须眉，却都红颜薄命。柳絮漂泊命薄，一团团逐队成毯，空缱绻，说风流。

（1）"草木也知愁，韶华竟白头。叹今生谁舍谁收？"隐射孝庄皇太后连续辅佐了两代孤儿皇帝，五十岁就白了头发。死了丈夫，"叹今生谁舍谁收"？

(2)"嫁与东风春不管,凭尔去,忍淹留!"按林黛玉的说法,清初的北京皇宫里,以多尔衮东华门外的睿忠亲王府为一派,属于东风派,以孝庄皇太后的慈宁宫为另一派,为西风派,"不是东风压倒了西风,就是西风压倒了东风"。所谓"嫁与东风"指西府的"太后下嫁"东府。尽管仍然在西府慈宁宫操劳,但"纵然在这边操一百分的心,咱们总归是要回到那边屋里去的"——"一从二令三人木,哭向金陵事更哀"。最后死了,连遵化东陵的围墙也进不去。真所谓"嫁与东风春不管,凭尔去,忍淹留"!

薛宝琴:西江月

汉苑零星有限,隋堤点缀无穷。
三春事业付东风,明月梅花一梦。
几处落红庭院,谁家香雪帘栊?
江南江北一般同,偏是离人恨重。

解读

薛宝琴这首《西江月》"终不免过于丧败"。宝琴丧父后的次年,就随家人来到北京,客居亲家,类似游子,词中渗透着"离人"的感喟。从词中透露的气息看,并不事事遂心。"三春事业付东风",隐喻宝琴家的美好时日已经过去。词中"梅花"、"香雪"都同"梅"字联系着,宝琴"许了梅翰林的儿子",所以"明月梅花一梦"暗示宝琴的将来也不美妙。

薛宝琴隐射郑成功的孙子郑克塽。康熙二十二年归顺朝廷,台湾回归,使国家实现了统一。康熙二十三年十二月,郑克塽进京,赐第东华门北大街,与孔四贞的定南王府为邻居。郑成功接受南明国姓,改名朱成功,号称"国姓爷",是明亡清兴历史时期最后一个汉统政权。郑克塽归顺北京朝廷后,仍心有余悸,不断流露出对汉家天下的怀旧情绪。

(1)"汉苑零星有限"指南明占领的土地逐渐缩小,零星四散。

(2)"隋堤点缀无穷"与"隋堤风景近如何"是同一个意思。两次提到隋炀帝,显然认为明朝的灭亡与隋朝的灭亡有相似的经验教训。

(3)"三春事业"指祖父郑成功、父亲郑经与自己经营台湾二十三年的功名事业。"付东风"指失败了。"明月梅花一梦"指在台湾维持明朝正统,梅花独秀、顶风冒雪的想法落了空,化作一场红楼梦。

(4)"几处落红庭院,谁家香雪帘栊"指放弃朱明年号,归顺中央后的情景。

(5)"江南江北一般同"与"汉南春历历"一个意思,指平定三藩后,大江南北都统一了。

(6)"偏是离人恨重"指郑克塽离开台湾,思家心切,心有余悸。

薛宝钗:临江仙

> 白玉堂前春解舞,东风卷得均匀。
> 蜂团蝶阵乱纷纷。
> 几曾随流水,岂必委芳尘。
> 万缕千丝终不改,任他随聚随分。
> 韶华休笑本无根,
> 好风频借力,送我上青云。

解读

宝钗议论云:"我想,柳絮原是一件轻薄无根无绊的东西,然依我的主意,偏要把他说好了,才不落套。所以我诌了一首来,未必合你们的意思。"

宝钗"行为豁达,随分从时"。这首词开朗乐观——"好风频借力,送我上青云。"表达了百折不挠、进取向上的精神。

(1)"白玉堂"指皇堂,也就是皇宫殿堂。"东风"指来自东华门南大街睿忠亲王府的政治风云。"春解舞"里的"春"与"三春过后诸芳尽"以及"三春争及初春景"中所谓的"春"是一个意思,都指清初春寒料峭的时局。"三春"指崇德、顺治、康熙三朝,其真正的主春者乃是孝庄皇太后。在多尔衮摄政的顺治初年与四辅臣主政的康熙初年,只有她才理解什么叫"东风压倒西风",什么叫"东风均匀春解舞",什么叫"蜂团蝶阵乱纷纷"。也只有她才明白朝政重,皇权重,到底孰轻孰重。"两利相较取其重,两害相较取其轻。"为了保住儿孙皇权这个大局,退让妥协、忍辱负重、养小叔子,太后下嫁、与臣工暧昧，都在所不惜，但退让妥协不等于屈服投降——"几曾随流水，岂必委芳尘。"

（2）"万缕千丝终不改……送我上青云"：春风杨柳万千条，任柳絮随聚随分，三春事业终不改，莫忘后发制人。孤儿寡妇本无根，休笑韶华沾风尘。

总之，第七十回中的林黛玉隐射了孝庄的心中痛苦，薛宝钗隐射了孝庄的治国方针，"钗黛合一"，才是这位女政治家的庐山真面貌——所谓"玉带林中挂，金钗雪里埋"，所谓"玉在椟中求善价，钗于奁内待时飞"。

第七十六回　凸碧堂品笛感凄清　凹晶馆联诗悲寂寞

中秋夜大观园即景联句三十五韵

三五中秋夕，清游拟上元。
撒天箕斗灿，匝地管弦繁。①
几处狂飞盏，良夜景暄暄。
争饼嘲黄发，分瓜笑绿媛。②
香新荣玉桂，色健茂金萱。
蜡烛辉琼宴，觥筹乱绮园。
分曹尊一令，射覆听三宣。③
骰彩红成点，传花鼓滥喧。④
晴光摇院宇，素彩接乾坤。⑤
赏罚无宾主，吟诗序仲昆。⑥
构思时倚槛，拟景或依门。
酒尽情犹在，更残乐已谖。
渐闻语笑寂，空剩雪霜痕。
阶露团朝菌，庭烟敛夕楯。
秋湍泻石髓，风叶聚云根。⑦
宝婺情孤洁，银蟾气吐吞。⑧
药经灵兔捣，人向广寒奔。⑨
犯斗邀牛女，乘槎待帝孙。⑩
虚盈轮莫定，晦朔魄空存。⑪
壶漏声将涸，窗灯焰已昏。

寒塘渡鹤影，冷月葬花魂。⑫

妙玉续

香篆销金鼎，脂冰腻玉盆。
箫增嫠妇泣，衾倩侍儿温。
空帐悬文凤，闲屏掩彩鸳。
露浓苔更滑，霜重竹难扪。
犹步萦纡沼，还登寂历原。
石奇神鬼搏，木怪虎狼蹲。
赑赑朝光透，罘罳晓露屯。
振林千树鸟，啼谷一声猿。
歧熟焉忘径，泉知不问源。
钟鸣栊翠寺，鸡唱稻香村。
有兴悲何继，无愁意岂烦。
芳情只自遣，雅趣向谁言。
彻旦休云倦，烹茶更细论。

① 明写满天星斗，遍地管弦，暗喻烽火满天，狼烟遍地。
② 明写黄发老人争饼、绿衣女人分瓜，暗喻兵荒马乱，天下纷争。
③ 李商隐："分曹射覆蜡烛红。"暗喻分兵平定三藩，惟听康熙一令。
④ 明写赌场色了点红，传花鼓声滥喧，暗喻战鼓雷鸣，血火飞溅。
⑤ 明写清光满院摇曳，白彩远接乾坤，暗喻满清八旗杀气摇曳，白旗攒动漫山遍野。
⑥ 明写黛玉与湘云是"结义兄弟"，暗喻满汉八旗赏罚不公。汉族军队秘密结社。
⑦ 明写山林风景，暗喻百姓山洞避难，散兵啸聚山林。
⑧ 明写闲情逸致，暗喻寡妇闭门幽巷，野汉横行市街。
⑨ 明写月宫风物，暗喻缺医少药，草民无处逃难。
⑩ 暗喻汉族将军的友谊，都在皇宫为质。
⑪ 暗喻圆缺无定数，失败者空自韬晦。
⑫ 寒塘渡鹤影，冷月葬花魂：暗喻寒夜孤影，悼念先驱亡灵。

解读

孔四贞虽然在精神上久经磨难，但深藏不露。骨子里对满清的残暴与镇压不满，对汉族同胞有一种本能的同情，更让后代子孙肃然起敬的是：她曾有过拥兵自重光复汉室的念头！

在第七十六回《凸碧堂品笛感凄清　凹晶馆联诗悲寂寞》中，孔四贞明确表示过她的政治观点与军事策略。原文与注解：

"可恨宝姐姐，姊妹天天说亲道热，早已说今年中秋要大家一处赏月，必要起社，大家联句，到今日便弃了咱们，自己赏月去了。社也散了，诗也不作了。倒是他们父子叔侄纵横起来。你可知宋太祖说的好：'卧榻之侧，岂许他人酣睡。'他们不作，咱们两个竟联起句来，明日羞他们一羞。"

（1）"宝姐姐"代表长春宫主位皇太妃，也就是代表满蒙联姻的大清王朝。

（2）"到今日便弃了咱们"隐射平定三藩后孔有德部等汉军八旗处于"鸟尽弓藏，兔死狗烹"的无奈境地。

（3）"社也散了，诗也不作了"，隐射顺治皇帝"满汉一体"的政策也不提了，定南王的封号也自动废除了。

（4）"倒是他们父子叔侄纵横起来"，隐射满清朝廷与康熙皇帝认为大局已定，对汉族的控制与文字狱加强了，比顺治朝有过之而无不及。

（5）"你可知宋太祖说的好：'卧榻之侧，岂许他人酣睡。'"——隐射满清朝廷与康熙皇帝对拥兵的汉族军人决不会轻易放过。当年赵匡胤对南唐是如此态度，如今北京朝廷对南明依然是如此态度。

（6）"他们不作，咱们两个竟联起句来"，隐射孔四贞想把三藩之乱后站在清政府一边的汉军八旗部队联合起来——在北京与他们的联系加强了（"如今又天缘凑合，我们得遇，旧情竟未易。承他青目，更胜当日。"——邢岫烟语）。

（7）最令康熙皇帝心惊肉跳的是"邢岫烟"乃荡平三藩后调防"邢台与幽燕地区"的汉军八旗部队。他们的生活十分拮据，甚至依靠当铺为生（指邢岫烟当冬衣）。

（8）此时史湘云与林黛玉是桂林败死与扬州捐躯的两位汉族将军。

第七十六回　凸碧堂品笛感凄清　凹晶馆联诗悲寂寞

第七十六回《右中秋夜大观园即景联句三十五韵》不是三个女孩子想家的中秋吟月诗，而是两位汉族将军写的《青梅煮酒论英雄》——孔四贞与史德威将军回忆了二十年的战争生涯，批评了朝廷对满蒙八旗与汉军八旗赏罚不均的民族歧视政策，同情汉军八旗军饷不足的处境，宣泄了对退休孤独生活的不满，分析了国内的政治形势，预测了汉军八旗的前途，最后采取了静观时变的超然态度。结论是："黛玉湘云二人皆赞赏不已，说：'可见我们天天是舍近而求远。现有这样诗仙在此，却天天去纸上谈兵。'"

孔四贞不想"舍近而求远……天天去纸上谈兵"了，因为汉军八旗部队就驻守在京畿的邢台、幽州与燕山一线（指捉襟见肘、潦倒不堪的"邢岫烟"）。

不然，《中秋夜大观园即景联句三十五韵》就没有必要写了。

第七十八回 老学士闲征姽婳词 痴公子杜撰芙蓉诔

林四娘

贾兰：七言绝

姽婳将军林四娘，玉为肌骨铁为肠，
捐躯自报恒王后，此日青州土亦香。

贾环：五言律

红粉不知愁，将军意未休。
掩啼离绣幕，抱恨出青州。
自谓酬王德，讵能复寇仇。
谁题忠义墓，千古独风流。

贾宝玉：姽婳词

恒王好武兼好色，遂教美女习骑射。
秾歌艳舞不成欢，列阵挽戈为自得。
眼前不见尘沙起，将军俏影红灯里。
叱咤时闻口舌香，霜矛雪剑娇难举。
丁香结子芙蓉绦，不系明珠系宝刀。
战罢夜阑心力怯，脂痕粉渍污鲛 。
明年流寇走山东①，强吞虎豹势如蜂。
王率天兵思剿灭，一战再战不成功。②
腥风吹折陇头麦，日照旌旗虎帐空。
青山寂寂水澌澌，正是恒王战死时。

第七十八回　老学士闲征姽婳词　痴公子杜撰芙蓉诔

雨淋白骨血染草，月冷黄沙鬼守尸。
纷纷将士只保身，青州眼见皆灰尘。③
不期忠义明闺阁，愤起恒王得意人。
恒王得意数谁行，姽婳将军林四娘，
号令秦姬驱赵女，艳李秾桃临战场。
绣鞍有泪春愁重，铁甲无声夜气凉。
胜负自然难预定，誓盟生死报前王。
贼势猖獗不可敌，柳折花残实可伤，
魂依城郭家乡近，马践胭脂骨髓香。
星驰时报入京师，谁家儿女不伤悲！
天子惊慌恨失守，此时文武皆垂首。④
何事文武立朝纲，不及闺中林四娘！
我为四娘长太息，歌成余意尚彷徨。

① 指明朝崇祯十六年皇太极最后一次入关，仍采用掠夺骚扰的流寇方式。
② 指鲁王与衡王等的抗清。
③ 指明朝的将军们明哲保身，消极观望。
④ 指崇祯末年的北京朝廷。

解读

第七十八回原文加注：

贾政乃道："当日曾有一位王封曰恒王，出镇青州。这恒王最喜女色，且公余好武，因选了许多美女，日习武事。每公余辄开宴连日，令众美女习战斗攻拔之事。其姬中有姓林行四者，姿色既冠，且武艺更精，皆呼为林四娘。恒王最得意，遂超拔林四娘统辖诸姬，又呼为'姽婳将军'。"……贾政道："谁知次年便有'黄巾''赤眉'一干流贼余党复又乌合，抢掠山左一带。恒王意为犬羊之恶，不足大举，因轻骑前剿。不意贼众颇有诡谲智术，两战不胜，恒王遂为众贼所戮。于是青州城内文武官员，各各皆谓'王尚不胜，你我何为！'遂将有献城之举。林四娘得闻凶报，遂集聚众女将，发令说道：'你我皆向蒙王恩，戴天履地，不能报其万一。今王既殒身国事，我意亦当殒身于王。尔等有愿随者，即时同我前往；有不愿者，亦早各散．'众女将听他这样，都一齐说愿意。于是林四娘带领众人连夜出城，直杀至贼营里头。众贼不防，也被斩戮了几员首贼。然后大家见是不过几个女人，料不能济事，遂回戈倒兵，奋力一阵，把林四娘等一个不曾留下，倒作成了这林四娘的一片忠义之志。"

在《姽婳词》中，用"黄巾"、"赤眉"四个字隐射满洲八旗的旗色，就直接将清兵写成了"一干流贼"，又借用贾政之口，大骂满洲八旗为"犬羊之恶"、"贼众颇有诡谲智术"。痛快淋漓、一针见血。"黄巾"、"赤眉"起义相距几百年，李自成与张献忠从未到过山东，而当地老百姓都知道青州明衡王与林四娘的故事。历史上死于清兵入关掠夺的衡王，就是《红楼梦》里的"恒王"。

在《红楼梦》里，贾政隐射多尔衮，贾兰隐射康熙，贾环隐射多尔博，贾宝玉隐射顺治。但面对《姽婳词》中为情为义而殉难的一个痴心女孩子，大家都乖乖地放下了架子，都隐射《红楼梦》作者了。周汝昌批评曹雪芹污蔑农民起义军，恐怕有些冤枉。

《芙蓉女儿诔》

太平不易之元，蓉桂竞芳之月，【庚辰双行夹批：是八月。】无可奈何之日，怡红院浊玉，谨以群花之蕊，冰鲛之縠，沁芳之泉，枫露之茗，四者虽微，聊以达诚申信，乃致祭于白帝宫中抚司秋艳芙蓉女儿之前曰：

窃思女儿自临浊世，迄今凡十有六载。其先之乡籍姓氏，湮沦而莫能考者久矣。而玉得于衾枕栉沐之间，栖息宴游之夕，亲昵狎亵，相与共处者，仅五年八月有畸。【庚辰双行夹批：相共不足六载，一旦天别，岂不可伤！】忆女儿曩生之昔，其为质则金玉不足喻其贵，其为性则冰雪不足喻其洁，其为神则星日不足喻其精，其为貌则花月不足喻其色。姊妹悉慕媖娴，妪媪咸仰惠德。孰料鸠鸩恶其高，鹰鸷翻遭罦罬；薋葹妒其臭，茝兰竟被芟！花原自怯，岂奈狂飙；柳本多愁，何禁骤雨。偶遭蛊虿之谗，遂抱膏肓之疚。故尔樱唇红褪，韵吐呻吟；杏脸香枯，色陈 领。诼谣 诟，出自屏帷；荆棘蓬榛，蔓延户牖。岂招尤则替，实攘诟而终。【庚辰双行夹批：《离骚》："謇朝谇而夕

第七十八回　老学士闲征姽婳词　痴公子杜撰芙蓉诔

替。"废也。"忍尤而攘诟。"攘同取也。】既怆幽沉于不尽，复含罔屈于无穷。高标见嫉，闺帏恨比长沙；直烈遭危，巾帼惨于羽野。【庚辰双行夹批：鲧刚直自命，舜殛于羽山。《离骚》曰："鲧婞直以亡身兮，终然殀乎羽之野。"】自蓄辛酸，谁怜夭折！仙云既散，芳趾难寻。洲迷聚窟，何来却死之香？海失灵槎，不获回生之药。眉黛烟青，昨犹我画；指环玉冷，今倩谁温？鼎炉之剩药犹存，襟泪之余痕尚渍。镜分鸾别，愁开麝月之奁；梳化龙飞，哀折檀云之齿。委金钿于草莽，拾翠盒于尘埃。楼空鳷鹊，徒悬七夕之针；带断鸳鸯，谁续五丝之缕？况乃金天属节，白帝司时，孤衾有梦，空室无人。桐阶月暗，芳魂与倩影同销；蓉帐香残，娇喘共细言皆绝。连天衰草，岂独蒹葭；匝地悲声，无非蟋蟀。露苔晚砌，穿帘不度寒砧；雨荔秋垣，隔院希闻怨笛。芳名未泯，檐前鹦鹉犹呼；艳质将亡，槛外海棠预老。捉迷屏后，莲瓣无声；斗草庭前，兰芽杠待。抛残绣线，银笺彩缕谁裁？折断冰丝，金斗御香未熨。昨承严命，既趋车而远陟芳园；今犯慈威，复拄杖而遽抛孤匶。及闻槥棺被燹，惭违共穴之盟；石椁成灾，愧迨同灰之诮。尔乃西风古寺，淹滞青燐；落日荒丘，零星白骨。楸榆飒飒，蓬艾萧萧。隔雾圹以啼猿，绕烟塍而泣鬼。自为红绡帐里，公子情深；始信黄土垄中，女儿命薄！汝南泪血，斑斑洒向西风；梓泽余衷，默默诉凭冷月。呜呼！固鬼蜮之为灾，岂神灵而亦妒。钳诐奴之口，讨岂从宽；剖悍妇之心，忿犹未释！在君之尘缘虽浅，然玉之鄙意岂终。因蓄惓惓之思，不禁谆谆之问。始知上帝垂旌，花宫待诏，生侪兰蕙，死辖芙蓉。听小婢之言，似涉无稽；以浊玉之思，则深为有据。何也？昔叶法善摄魂以撰碑，李长吉被诏而为记，事虽殊，其理则一也。故相物以配才，苟非其人，恶乃滥乎？始信上帝委托权衡，可谓至洽至协，庶不负其所秉赋也。因希其不昧之灵，或陟降于兹；特不揣鄙俗之词，有污慧听。乃歌而招之曰：

天何如是之苍苍兮，乘玉虬以游乎穹窿耶？【庚辰双行夹批：《楚辞》："驷玉虬以乘鹥兮。"】

地何如是之茫茫兮，驾瑶象以降乎泉壤耶？【庚辰双行夹批：《楚辞》："杂瑶象以为车。"】

望徹盖之陆离兮，抑箕尾之光耶？

列羽葆而为前导兮，卫危虚于旁耶？

驱丰隆以为比从兮，望舒月以离耶？【庚辰双行夹批："危""虚"二星为卫护星。"丰隆"，电师。"舒月"，御也。】

听车轨而伊轧兮，御鸾□以征耶？

问馥郁而□然兮，纫蘅杜以为□耶？

炫裙裾之烁烁兮，镂明月以为珰耶？

籍葳蕤而成坛畤兮，檠莲焰以烛兰膏耶？

文瓟瓟以为觯斝兮，漉醽醁以浮桂醑耶？

瞻云气而凝盼兮，仿佛有所觇耶？

俯窈窕而属耳兮，恍惚有所闻耶？

期汗漫而无天阈兮，忍捐弃余于尘埃耶？

倩风廉之为余驱车兮，冀联辔而携归耶？

余中心为之慨然兮，徒嗷嗷而何为耶？

君偃然而长寝兮，岂天运之变于斯耶？【庚辰双行夹批：《庄子》："偃然寝于巨室。"谓人死也。又"变而有气，气变而有形，形变而有生，今又变而之死，是相与为春秋冬夏四时行也"。"其生也天行，其死也物化。"】

既窀穸且安稳兮，反其真而复奚化耶？【庚辰双行夹批：《左传》："窀穸之事，墓穴幽堂也。"《庄子·大宗师》："而已反其真。"以死为真。"方将不化，恶知已化哉？"言人死犹如化去。】

余犹桎梏而悬附兮，灵格余以嗟来耶？

来兮止兮，君其来耶！

若夫鸿蒙而居，寂静以处，虽临于兹，余亦莫睹。搴烟萝而为步幛，列枪蒲而森行伍。警柳眼之贪眠，释莲心之味苦。素女约于桂岩，宓妃迎于兰渚。弄玉吹笙，寒簧击敔。征嵩岳之妃，启骊山之姥。龟呈洛浦之灵，兽作咸池之舞。潜赤水兮龙吟，集珠林兮凤翥。爱格爱诚，匪簠匪莒。发轫乎霞城，返旌乎玄圃。既显微而若通，复氤氲而倏阻。离合兮烟云，空蒙兮雾雨。尘霾敛兮星高，溪山丽兮月午。何心意之忡忡，若寤寐之栩栩。余乃欷歔怅望，泣涕彷徨。人语兮寂历，天籁兮篔筜。鸟惊散而飞，鱼唼喋以响。志哀兮是祷，成礼兮期祥。呜呼哀哉！尚飨！

解读

顺治皇帝亲自纂写修改的《端敬后祭文》，就是贾宝玉的《芙蓉女儿诔》。死后追封端敬孝献皇后的董鄂氏在顺治心目中的形象，隐写在林黛玉与晴雯的个性中。这次追封反映在《红楼梦》中,就是《秦可卿死封龙禁尉》。

顺治十七年八月二十六日二鼓以后,福临换了一身素色衣服,小内监提灯、侍卫护从,静悄悄地走向承乾宫。福临想趁夜深人静,最后一次与她单独倾诉衷情。他面对灵堂,拿起亲笔写的祭文,一字一句读下去。开始还想硬撑着朗朗而读,后来泪随语出,抑制不住。读到最后,声音嘶哑,泪湿胸襟,几乎不能完篇。小太监流着泪举起火,福临在灵前亲自把祭文一页一页地焚烧在金炉之中——《红楼梦》第七十八回《老学士闲征姽婳词 痴公子杜撰芙蓉诔》以小说的形式,演义了上述过程。

如果将小太监,换成小丫头,就是下面的原文:

恰好这是八月时节,园中池上芙蓉正开。这丫头便见景生情,忙答道:"我也曾问他是管什么花的神,告诉我们日后也好供养的。他说:'天机不可泄漏。你既这样虔诚,我只告诉你,你只可告诉宝玉一人。除他之外若泄了天机,五雷就来轰顶的。'他就告诉我说,他就是专管这芙蓉花的。"宝玉听了这话,不但不为怪,亦且去悲而生喜,乃指芙蓉笑道:"此花也须得这样一个人去司掌。我就料定他那样的人必有一番事业做的。虽然超出苦海,从此不能相见,也免不得伤感思念。"因又想:"虽然临终未见,如今且去灵前一拜,也算尽这五六年的情常。"

先点明顺治哀读《端敬后祭文》的具体时间乃顺治十七年"八月时节,园中池上芙蓉正开"。

"如今且去灵前一拜,也算尽这五六年的情常"点明董鄂氏入宫的时间为"五六年",即从顺治十二年二月到顺治十七年八月。

第七十八回原文加注:

忽又想起死后并未到灵前一祭,如今何不在芙蓉前一祭,岂不尽了礼,比俗人去灵前祭吊又更觉别致。想毕,便欲行礼。忽又止住道:"虽如此,亦不可太草率,也须得衣冠整齐,奠仪周备,方为诚敬。"想了一想,"如今若学那世俗之奠礼,断然不可;竟也还别开生面,另立排场,风流奇异,于世无涉,方不负我二人之为人。况且古人有云:'潢污行潦,苹蘩蕴藻之贱,可以羞王公,荐鬼神。'原不在物之贵贱,全在心之诚敬而已。此其一也。二则诔文挽词也须另出己见,自放手眼,亦不可蹈袭前人的套头,填写几字搪塞耳目之文,亦必须洒泪泣血,一字一咽,一句一啼,宁使文不足悲有余,万不可尚文藻而反失悲戚。况且古人多有微词,非自我今作俑也。奈今人全惑于功名二字,尚古之风一洗皆尽,恐不合时宜,于功名有碍之故。我又不希罕那功名,不为世人观阅称赞,何必不远师楚人之《大言》、《招魂》、《离骚》、《九辩》、《枯树》、《问难》、《秋水》、《大人先生传》等法,或杂参单句,或偶成短联,或用实典,或设譬寓,随意所之,信笔而去,喜则以文为戏,悲则以言志痛,辞达意尽为止,何必若世俗之拘拘于方寸之间哉。"宝玉本是个不读书之人,再心中有了这篇歪意,怎得有好诗文作出来。他自己却任意纂著,并不为人知慕,所以大肆妄诞,竟杜撰成一篇长文,……名曰《芙蓉女儿诔》,前序后歌。

"洒泪泣血,一字一咽,一句一啼",乃顺治皇帝当时悲伤心情的直录。

"我又不希罕那功名,不为世人观阅称赞"——贾宝玉隐射顺治皇帝,用不着参加科举考试,就是君临天下的君王,自然"我又不希罕那功名"了。《红楼梦》中的贾宝玉蔑视科举考试,蔑视贪赃枉法的"禄蠹",并非什么反封建的行为,而是纪实。

第七十八回原文加注:

……窃思女儿自临浊世,迄今凡十有六载(从顺治十一年二月八日一见钟情计算,实有六载)。……而玉得于衾枕栉沐之间,栖息宴游之夕,亲昵狎亵,相与共处者,仅五年八月有畸(从顺治十二年二月八日巫山云雨计算,仅五年八月有畸)。……高标见嫉,闺帏恨比长沙;直烈遭危,巾帼惨于羽野。自蓄辛酸,谁怜夭折!……自为红绡帐里,公子情深;始信黄土垄中,女儿命薄!……呜呼!固鬼蜮之为灾,岂神灵而亦妒。钳(诐)奴之口,讨岂从宽;剖悍妇之心,忿犹未释!……

读毕,遂焚帛奠茗,犹依依不舍。小鬟催至再四,方才回身。忽听山石之后有一人笑道:"且请留步。"二人听了,不免一惊。那小鬟回头一看,却是个人影从芙蓉花中走出来,他便大叫:"不好,有鬼。晴雯真来显魂了!"唬得宝玉也忙看时,话说宝玉祭完了晴雯,只听花影中有人声,倒唬了一跳。走出来细看,不是别人,却是林黛玉。

最后一段情景直接告诉读者——《芙蓉女儿诔》明诔晴雯、暗诔黛玉。因为诔晴雯时,黛玉就躲在幕后,"不好,有鬼。晴雯真来显魂了",可谓传神之笔。顺治皇帝(贾宝玉)垂泪宣读,董鄂氏(林黛玉)冥中恭听,是

第七十八回　老学士闲征姽婳词　痴公子杜撰芙蓉诔

纪实。

"迄今凡十有六载"——从顺治十一年二月八日在南苑圣寿节两人一见钟情到顺治十七年八月十九日董鄂氏死,"实有六载"也。

"仅五年八月有畸"——从顺治十二年二月八日福临与弟媳妇巫山云雨计算到顺治十七年八月十九日董鄂氏死,"仅五年八月有畸"。

"高标见嫉,闺帏恨比长沙"——董鄂氏在后宫,高标见嫉,像汉文帝时代的贾谊。

"自蓄辛酸,谁怜夭折!"——董鄂氏"自蓄辛酸",二十二岁夭折,有谁可怜?

"红绡帐里,公子情深"——两人不是宝玉与晴雯的纯洁关系,而是怡红公子贾宝玉(顺治皇帝)与潇湘妃子林黛玉(董鄂皇贵妃)那样的夫妻关系。

"固鬼蜮之为灾,岂神灵而亦妒"——蒙古后党"为灾",皇帝也束手无策。

"钳诐奴之口,讨岂从宽"——太监造谣生事,实难宽恕。

"剖悍妇之心,忿犹未释"——"悍妇"谓谁?肯定是孝庄为首的蒙古后党。母子之间的矛盾,达到了何等尖锐的势不两立的程度。这是顺治皇帝削发与撒手人寰的根本原因。孝庄干涉并操纵顺治的朝政,架空皇上,夺走或驱逐顺治所爱女人等作为,都隐射在王夫人身上,如金钏、晴雯、四儿、五儿、黛玉的悲剧,都是王夫人一手造成的。这是要宝玉福临"离宫出走"的根源。

"初七"之后,董鄂氏端敬皇后停灵于故宫竹香馆。因灵柩太宽,从贞顺门出不去,顺治皇帝下令将故宫东北角的宫墙拆毁,让灵柩破墙而出——此事隐写在尤二姐出殡的故事中:"贾琏(顺治)便回了王夫人(孝庄),讨了梨香院(故宫竹香馆)停放五日,挪到铁槛寺(景山寿椿殿)去,王夫人依允。贾琏忙命人去开了梨香院(现在的故宫珍宝馆)的门,收拾出正房来停灵。贾琏嫌后门(神武门)出灵不象,便对着梨香院的正墙上通街现开了一个大门。"——这是端敬皇后出殡的真实记录。

从故宫到景山寿椿殿一路上,皇帝督阵,和尚指挥,抬棺者全是位居极品的八旗显贵。棺椁既大且重,顺治皇帝下令诸王大臣的命妇皆须哭丧,特谕"内大臣命妇哭临不哀者议处"。孝庄皇太后见事情闹大,只得亲自出面谏阻。这哪里是在为一个皇贵妃发丧,分明是顺治皇帝假借丧事发泄刻骨铭心的仇恨,向母后、向他自己也说不清的恶势力。正如《芙蓉女儿诔》所云:"固鬼蜮之为灾,岂神灵而亦妒。钳诐奴之口,讨岂从宽;剖悍妇之心,忿犹未释!"

《红楼梦》中贾珍也隐射顺治皇帝,他的表现很反常,儿媳妇死了,比自己的老婆死了还难受,这很令人费解,说明其中有隐秘。当年董鄂妃死了,顺治皇帝就难过到如此地步。因此不难看出:"秦可卿死封龙禁尉"隐射董鄂妃死封端敬后。

"贾珍哭的泪人一般,正和贾代儒等说道:'合家大小,远近亲友,谁不知我这媳妇比儿子还强十倍。如今伸腿去了,可见这长房内绝灭无人了。'说着又哭起来。众人忙劝:'人已辞世,哭也无益,且商议如何料理要紧。'贾珍拍手道:'如何料理,不过尽我所有罢了!'"——此乃顺治皇帝不顾祖制,肆意铺张、隆重殡葬董鄂妃的历史写照。

这场法事进行到"七七"为葬日,寿椿殿前柴薪齐备,董鄂端敬皇后的尸棺即架于薪上。顺治帝亲临火葬场,令文职尚书秉炬至棺前,举炬一掷,烈焰腾空,在世间度过短短二十二个春秋的董鄂妃,从此玉殒香消。

半年之后,顺治先削发,后称病。顺治十八年正月初七,传出"顺治痘亡"与"顺治罪己诏"。然后火化,贞妃殉葬(晴雯)。从《红楼梦》中看,贾宝玉从昏迷中醒过来了,然后出走了。其实,是被母亲孝庄"废黜",离宫后幽居边关了。

第八十三回　省宫闱贾元妃染恙　闹闺阃薛宝钗吞声

贾府歌谣

宁国府，荣国府，金银财宝如烘土。
吃不穷，穿不穷，算来总是一场空。

解读

第八十三回写凤姐在周瑞家的面前叹穷，周瑞家的顺嘴将这首儿歌讲给凤姐听。"周瑞家的"与"周姨娘"，还有平儿，都隐射孝庄皇太后最小的亲妹妹。她们是平辈的亲姐妹。"周"是"贾政，字存周"的"周"。"瑞"是"睿亲王"的"睿"。

贾政、王夫人、周姨娘，是太后下嫁后，多尔衮与孝庄姐妹的家庭关系。

贾琏、王熙凤、平儿，是太后下嫁前，多尔衮与孝庄姐妹的家庭关系。

顺治七年正月，豪格死后，多尔衮将这个侄媳妇"扶了正"。《红楼梦》中焦大破口大骂"扒灰的扒灰，养小叔子的养小叔子"，还有"平儿扶了正"——就是隐射这些"脏唐烂汉"的历史隐秘。

这首民谣，写得浅俗，前几句照应《护官符》，后几句直接预言祸福。贾府像甄府一样，"金银财宝如烘土"，"银子化的象淌海水似的，'罪过可惜'四字竟顾不得了"，却是"吃不穷，穿不穷"的。败落的真正原因就在一个"算"字上——"机关算尽太聪明，反算了卿卿性命。"

第八十五回　贾存周报升郎中任　薛文起复惹放流刑

亲友庆贺贾政升官

> 花到正开蜂蝶闹，
> 月逢十足海天宽。

解读

"花到正开蜂蝶闹"——继之而来的是盛极必衰，乐极生悲。

"月逢十足海天宽"——继之而来的是月满则亏，水满则溢。

（1）独有宝玉到贾母那边，一面述说北静王待他的光景，并拿出那块玉来。大家看着，笑了一回，贾母因命人："给他收起去罢，别丢了。"因问："你那块玉好生带着罢？别闹混了。"宝玉便在项上摘下来，说："这不是我那一块玉？那里就掉了呢。比起来，两块玉差远着呢，那里混得过？我正要告诉老太太：前儿晚上，我睡的时候，把玉摘下来挂在帐子里，他竟放起光来了，满帐子都是红的。"贾母说道："又胡说了。帐子的檐是红的，火光照着，自然红是有的。"宝玉道："不是。那时候灯已灭了，屋里都漆黑的了，还看的见他呢。"

"把玉摘下来挂在帐子里，他竟放起光来了，满帐子都是红的"——隐射汉族光复有望，所谓否极泰来也。

（2）宝玉听了，才知道是贾政升了郎中了，人来报喜的，心中自是甚喜。……饭后，贾政谢恩回来，给宗祠里磕了头，便来给贾母磕头。站着说

第八十五回　贾存周报升郎中任　薛文起复惹放流刑

了几句话，便出去拜客去了。这里接连着亲戚族中的人，来来去去，闹闹攘攘，车马填门，貂蝉满坐。真个是：花到正开蜂蝶闹，月逢十足海天宽。

这里不仅隐射多尔衮，主要预报清朝的结局。

（3）听见外面人说："这是新打的《蕊珠记》里的《冥升》。小旦扮的是嫦娥，前因堕落人寰，几乎给人为配。幸亏观音点化，他就未嫁而逝。此时升引月宫。不听见曲里头唱的：人间只道风情好，那知道秋月春花容易抛？几乎不把广寒宫忘却了！"

"嫦娥几乎给人为配"指太后下嫁。不想多尔衮很快就"冥升"了，嫦娥只好回到月宫。隐射多尔衮与孝庄不幸的婚姻。孝庄皇太后不得不重新回到慈宁宫。

（3）第四出是《吃糠》。第五出是达摩带着徒弟过江回去。正扮出些海市蜃楼，好不热闹。

《吃糠》指康熙初年经过二十年的战乱，国家的经济实况。

"达摩带着徒弟过江回去"与一百十九回贾宝玉出家隐射同一件事：满清出关，渡过辽河，回辽东老家。所谓"走来名利无双地，打出樊笼第一关"。

（4）薛姨妈……吓的战战兢兢的了，一面哭着，因问："到底是合谁？"只见家人回道："太太此时且不必问那些底细。凭他是谁，打死了总是要偿命的，且商量怎么办才好。"……那里金桂趁空儿抓住香菱，又和他嚷道："平常你们只管夸他们家里打死了人，一点事也没有，就进了京来的。如今撺掇的真打死人了！平日里只讲有钱，有势，有好亲戚，这时候我看着也是吓的慌手慌脚的了……"

"如今真打死人了！"指康熙十三年正月十五吴三桂叛乱，誓师北伐。

"平常你们只管夸他们家里打死了人"指崇祯十七年五月初三吴三桂打败李自成，正式归附满清。

吴三桂归附满清的历史标志是八十六回："惟囟门有磁器伤，长一寸七分，深五分，皮开，囟门骨脆，裂破三分。"——"一七五三"也。

李知其《红楼梦谜》早就指出："伤长一寸七分，深五分……破裂三分"等语，提点了吴三桂于崇祯十七年五月初三日正式归附清廷。

康熙十三年一月吴三桂发动三藩之乱称周王（"骨破一寸三分及腰眼一

伤")。

　　康熙十七年、吴周昭武元年（1678），吴三桂不称周王了，干脆自称吴周皇帝，建立大周王朝，不承认康熙年号，等于康熙年号在江南彻底死了，是年康熙皇帝二十三岁，所以张王氏（孝庄）说被打死的儿子"张三今年二十三岁"。

第八十七回　感秋声抚琴悲往事　坐禅寂走火入邪魔

黛玉见帕伤感

失意人逢失意事，
新啼痕间旧啼痕。

解读

"新啼痕间旧啼痕。"源于宋代秦观《鹧鸪天》词："枝上流莺和泪闻，新啼痕间旧啼痕。"黛玉"触物伤情，感怀旧事"，隐射孝庄皇太后四年夭折的儿子。

见了"宝玉"病时送来的旧绢子"不觉得簌簌泪下"的林黛玉，隐射顺治皇帝的母亲孝庄皇太后。当年摄政王多尔衮企图篡夺皇位，极力打击未亲政的福临，封锁养心殿与慈宁宫的联系。顺治皇帝派人送来一块旧手帕，没有字，意思是"一切照旧，平安无事"。如今从箱子里翻出来，还有儿子福临小时候玩过的东西，睹物思人，禁不住"簌簌泪下。"

琴曲四章

（一）

风萧萧兮秋气深，
美人千里兮独沉吟。
望故乡兮何处？
倚桂杆兮涕沾襟。

（二）

山迢迢兮水长，
照轩窗兮明月光①。
耿耿不寐兮银河渺茫，
罗衫怯怯兮风露凉。

（三）

子之遭兮不自由，
予之遇兮多烦忧。
之子与我兮心焉相投，
思古人兮俾无尤②。

（四）

人生斯世兮如轻尘，
天上人间兮感夙因。
感夙因兮不可，
素心如何天上月！

① 明月光：着重一个"明"字。
② 俾无尤：避免错误。

解读

妙玉道："原来他也会这个吗？怎么素日不听见提起？"宝玉悉把黛玉的事说了一遍，因说："咱们去看他。"妙玉道："从古只有听琴，再没有看琴的。"

指妙玉隐射的孔四贞姑姑不大认识这个林黛玉，侄子贾宝玉康熙皇帝便将自己了解的情况作了介绍：他是入宫多年的"忠臣后裔"，南明兵部尚书史可法的义子史德威将军。他自认为是钦犯，轻易不见人的。说着就要带领姑姑去看望他。孔四贞凛然回答说，远远的听琴就可以了，没有专门去看望钦犯的道理。于是，只得作罢。

从四支琴曲听来，都是李后主"以泪洗面"的故事，也就是《红楼梦》

中"以泪还债"的故事。

第一支琴曲弹奏了两个历史典故，一是感叹李后主的原辞："雕梁画栋依然在，只是朱颜改。小楼昨夜又东风，往事不堪回首月明中。"二是杜甫怀念诸葛亮的诗："出师未捷身先死，常使英雄泪沾巾。"借以纪念史可法壮烈捐躯扬州城。

第二支琴曲弹奏了李后主的词句。一是"无言独上西楼，月如钩"。二是"梦里不知身是客"。三是"罗衾不耐五更寒"。

第三支琴曲弹奏内容是李后主说的："此间日中只以眼泪洗面矣！"

第四支琴曲弹奏李后主的词："最是仓皇辞庙日，教坊犹唱别离歌，垂泪对宫娥！"

然后——听得君弦"嘣"的一声断了。孔四贞姑姑"站起来，连忙就走"。

参见第二十七回《滴翠亭杨妃戏彩蝶　埋香冢飞燕泣残红》之《葬花词》。

悟禅偈（惜春）

大造本无方，云何是应住。
既从空中来，应向空中去。

解读

惜春听说妙玉坐禅"走火入魔"，叹息她"尘缘未断"，于是，口占了这一偈。

其实妙玉与惜春隐射同一个人的前后演化——康熙十八年之后，孔有德的女儿孔四贞自解兵权，在皇宫带发修行的历史。

顺治十三年，孔四贞不愿意嫁给孙延龄。孝庄皇太后说，四贞儿要待字宫中，当一辈子老尼姑么？孔四贞离开北京回到桂林不久，顺治皇帝驾鹤西去（顺治十八年）。二十余年后孔四贞归来（康熙十八年），三藩之乱行将平息，她所代表的定南王势力已经没有存在的意义了，如果继续坚持下去，定然成为一支朝廷的敌对势力。孔四贞只有一条出路——在朝廷的监视下带发修行。

孔四贞离开北京时，顺治皇帝二十余岁。孔四贞回到北京时，康熙皇帝二十余岁。孔四贞却从一个十五六岁的少女,变成将近四十岁的女郡王。此事进入《红楼梦》,孔四贞经历了惜春、史湘云与妙玉三个时期,从幼女、少女到中年妇女。

　　孝庄皇太后与顺治皇帝时代对孔四贞的态度是爱护大于防范。孔有德全家百余口为国殉难,孔四贞只身逃离桂林。她沿途收集部众,辗转六百天,跋涉五千里,护送父亲灵柩回到京城,举国震动,万民空巷,满汉大臣都奉旨迎接她,皇家以隆重礼仪殡葬了定南王。孔四贞于顺治十一年六月见了孝庄与顺治皇帝。老佛爷与她抱头痛哭,立即册封她为和硕格格,认她为义女,让她继续统领父亲定南王孔有德的旧部。

　　孝庄太皇太后(贾母与王夫人)与康熙皇帝(贾宝玉)在削平三藩之后,对孔四贞(妙玉)的态度发生了微妙的变化,说白了就是秋扇见捐,防范大于爱护了。满蒙亲贵甚至对战功赫赫的孔四贞(妙玉)造谣诬陷,使她处于"不合时宜,权势不容"(邢岫烟语)的地位。正所谓鸟尽弓藏、兔死狗烹之势。但由于孔四贞主动放弃兵权,回京韬晦养闲,甚至主动在宫内带发修行,这才化险为夷,最后得到了善终。

　　第六十三回原文加注:

　　(贾宝玉)忽见岫烟颤颤巍巍的迎面走来。宝玉忙问:"姐姐那里去?"岫烟笑道:"我找妙玉说话。"宝玉听了诧异,说道:"他为人孤癖,不合时宜,万人不入他目。原来他推重姐姐,竟知姐姐不是我们一流的俗人。"岫烟笑道:"他也未必真心重我,但我和他做过十年的邻居,只一墙之隔。他在蟠香寺修炼,我家原寒素,赁的是他庙里的房子,住了十年,无事到他庙里去作伴。我所认的字都是承他所授。我和他又是贫贱之交,又有半师之分。因我们投亲去了,闻得他因不合时宜,权势不容,竟投到这里来。如今又天缘凑合,我们得遇,旧情竟未易。承他青目,更胜当日。"

　　宝玉听了,恍如听了焦雷一般,喜的笑道:"怪道姐姐举止言谈,超然如野鹤闲云,原来有本而来。正因他的一件事我为难,要请教别人去。如今遇见姐姐,真是天缘巧合,求姐姐指教。"说着,便将拜帖取与岫烟看。岫烟笑道:"他这脾气竟不能改,竟是生成这等放诞诡僻了。从来没见拜帖上下别号的,这可是俗语说的'僧不僧,俗不俗,女不女,男不男',成个什么道理。"宝玉听说,忙笑道:"姐姐不知道,他原不在这些人中算,他原是世人意外之人。因取我是个些微有知识的,方给我这帖子。我因不知回什么字样才好,竟没了主意,正要去问林妹妹,可巧遇见了姐姐。"

岫烟听了宝玉这话,且只顾用眼上下细细打量了半日,方笑道:"怪道俗语说的'闻名不如见面',又怪不得妙玉竟下这帖子给你,又怪不得上年竟给你那些梅花。既连他这样,少不得我告诉你原故。他常说:'古人自汉晋五代唐宋以来皆无好诗,只有两句好,说道:"纵有千年铁门槛,终须一个土馒头。"'所以他自称'槛外之人'。又常赞文是庄子的好,故又或称为'畸人'。他若帖子上是自称'畸人'的,你就还他个'世人'。畸人者,他自称是畸零之人;你谦自己乃世中扰扰之人,他便喜了。如今他自称'槛外之人',是自谓蹈于铁槛之外了;故你如今只下'槛内人',便合了他的心了。"

宝玉听了,如醍醐灌顶,嗳哟了一声,方笑道:"怪道我们家庙说是'铁槛寺'呢,原来有这一说。姐姐就请,让我去写回帖。"岫烟听了,便自往栊翠庵来。宝玉回房写了帖子,上面只写"槛内人宝玉熏沐谨拜"几字,亲自拿了到栊翠庵,只隔门缝儿投进去便回来了。

上述是三藩之乱后,清廷对孔四贞汉军八旗政策的缩写,也是对孔四贞当时处境的特写。

历史上的孔四贞并没有皇宫遭劫的经历,作者心知肚明,宁国府里的惜春才是孔四贞真正的艺术化身。因为从顺治十一年六月孔四贞扶柩回京、孝庄皇太后将她收为义女、册封和硕格格以来,宫里人就喊她为"四格格"。进入《红楼梦》就是四小姐"惜春"。

第一百十三回原文加注:

……且说栊翠庵原是贾府的地址,因盖省亲园子,将那庵圈在里头,向来食用香火,并不动贾府的钱粮。如今妙玉被劫,那女尼呈报到官,一则候官府缉盗的下落,二则是妙玉基业,不便离散,依旧住下,不过回明了贾府。那时贾府的人虽都知道,只为贾政新丧,且又心事不宁,也不敢将这些没要紧的事回禀。只有惜春知道此事,日夜不安。渐渐传到宝玉耳边,说:"妙玉被贼劫去。"又有的说:"妙玉凡心动了,跟人而走。"宝玉听得,十分纳闷:"想来必是被强徒抢去。这个人必不肯受,一定不屈而死。"但是一无下落,心下甚不放心,每日长嘘短叹,还说:"这样一个人,自称为'槛外人',怎么遭此结局!"

（1）"向来食用香火，并不动贾府的钱粮"，隐射孔四贞是依赖军中的积蓄与郡王的俸禄维持生存的，并不动用皇家的内帑。

（2）"妙玉基业，不便离散"，隐射定南王与孔四贞郡王的家产基业"不便离散"。

第一百十六回《得通灵幻境悟仙缘》

……那时惜春便说道："那年失玉，还请妙玉请过仙，说是'青埂峰下倚古松'，还有什么'入我门来一笑逢'的话。想起来'入我门'三字，大有讲究。佛教法门最大，只怕二哥哥不能入得去。"宝玉听了，又冷笑几声。宝钗听着，不觉的把眉头儿略揪着发起怔来。尤氏道："偏你一说又是佛门了，你出家的念头还没有歇么？"惜春笑道："不瞒嫂子说，我早已断了荤了。"王夫人道："好孩子，阿弥陀佛，这个念头是起不得的！"惜春听了，也不言语。宝玉想"青灯古佛旁"的诗句，不禁连叹几声。

（1）"青埂峰下倚古松"，隐射满清的传国玉玺将回到青埂峰的松树下，像元顺帝的废玺一样，成为一块顽石。

（2）"入我门来一笑逢"，隐射满清末代皇帝终究要像顺治皇帝那样出家，回到长城之外。

惜春从小就想出家，并非作者的杜撰，而是源于孔有德妻子临死时的口头遗嘱：儿子与女儿一旦能从桂林突围而出，逃得一条性命，都要出家，万不可留恋官场。

第一百十七回原文加注：

……赌到三更多天，只听见里头乱嚷，说是："四姑娘合珍大奶奶拌嘴，把头发都铰了。赶到邢夫人、王夫人那里去磕了头，说是要求容他做尼姑呢，送他一个地方儿；若不容他，他就死在眼前。那邢、王两位太太没主意，……无奈惜春立意必要出家，就不放他出去，只求一两间净屋子，给他诵经拜佛。尤氏……怕惜春寻死，自己便硬做主张，说是："这个不是索性我耽了罢，说我做嫂子的容不下小姑子，逼的他出了家了，就完了！……"

此处真实地记录了孔四贞与孝惠皇太后的矛盾，以及孔四贞出家的原因。

第一百十八回《惊谜语妻妾谏痴人》原文加注：

王夫人道："你头里姊妹出了嫁，还哭得死去活来，如今看见四妹妹要出

第八十七回 感秋声抚琴悲往事 坐禅寂走火入邪魔

家,不但不劝,倒说'好事',你如今到底是怎么个意思?我索性不明白了。"宝玉道:"四妹妹修行是已经准了的,四妹妹也是一定的主意了?若是真呢,我有一句话告诉太太:若是不定呢,我就不敢混说了。"惜春道:"二哥哥说话也好笑,一个人主意不定,便扭得过太太们来了?我也是象紫鹃的话,容我呢,是我的造化,不容我呢还有一个死呢,那怕什么。二哥哥既有话,只管说。"宝玉道:"我这也不算什么泄漏了,这也是一定的。我念一首诗给你们听听罢。"众人道:"人家苦得很的时候,你倒来做诗怄人。"宝玉道:"不是做诗,我到过一个地方儿看了来的。你们听听罢。"众人道:"使得。你就念念,别顺着嘴儿胡诌。"宝玉也不分辩,便说道:

勘破三春景不长,缁衣顿改昔年妆。
可怜绣户侯门女,独卧青灯古佛旁。

此处的贾宝玉隐射顺治皇帝,孔四贞从桂林逃命还京,向顺治皇帝汇报了父亲让她放弃兵权、出家为尼的口头遗嘱。她与顺治皇帝有一段情缘,孝庄皇太后认她为义女,册封她为和硕格格,让她继续统领父亲的部下,派她驻守桂林,这些历史事件,打消了她出家的念头。

总而言之,孔四贞的人生与情感是复杂矛盾的,她的思想与人生轨迹是惜春——史湘云——妙玉——惜春。

第八十九回 人亡物在公子填词 蛇影杯弓颦卿绝粒

望江南·祝祭晴雯二首（宝玉）

（一）

随身伴，独自意绸缪。

谁料风波平地起，

顿教躯命即时休；

孰与话轻柔？

（二）

东逝水，无复向西流。

想象更无怀梦草，

添衣还见翠云裘；

脉脉使人愁！

解读

　　顺治皇帝的妃嫔中有三个董鄂妃，分别是端敬孝献皇后（后谥）、贞妃（端敬皇后之妹）和宁悫妃，三人中唯宁悫妃生子福全。贞妃董鄂氏既为端敬董鄂氏之妹，而且"赋性温良，恪共内职"，很像她的姐姐，因此顺治帝在爱妃董鄂氏死后，曾一度"爱乌及屋"，似乎推恩移爱于贞妃，引起后宫蒙古后党再一次的紧张与残酷的报复——"随身伴，独自意绸缪。谁料风波平地起，顿教躯命即时休；孰与话轻柔？"

　　清初诗人吴伟业曾以诗记其事，将福临与贞妃比为历史上的司马相如和卓

第八十九回 人亡物在公子填词 蛇影杯弓颦卿绝粒

文君，写有"从此相如羞薄幸，锦衾长守卓文君"等诗句。但当时的顺治皇帝万念俱灰，病入膏肓，未必是移情专宠之举，竟招致董鄂氏贞妃的杀身之祸。顺治皇帝"刚死"，小董鄂氏立即被迫身殉，时距福临之死仅二十六天。

第五十二回《勇晴雯病补雀金裘》，隐射小董鄂妃在姐姐死了以后，填补顺治皇帝感情空白的故事。

第七十七回《俏丫鬟抱屈夭风流》，隐射小董鄂妃含冤为顺治皇帝殉葬的故事。

第一百九回《候芳魂五儿承错爱》，隐射贞妃"承错爱"蒙冤屈的故事。

第五十二回原文摘要：

(1) "晴雯听了半日，忍不住翻身说道：'拿来我瞧瞧罢。没个福气穿就罢了。这会子又着急。'"隐射顺治皇帝无福，董鄂氏皇贵妃病逝，皇上难过。

(2) "晴雯道：'这是孔雀金线织的，如今咱们也拿孔雀金线就象界线似的界密了，只怕还可混得过去。'"隐射小董鄂妃与姐姐形似而神不似，聊作感情寄托吧。

(3) "麝月笑道：'孔雀线现成的，但这里除了你，还有谁会界线？'"隐射只有小董鄂妃能暂时填补顺治皇帝的感情空白。

(4) "晴雯道：'说不得，我挣命罢了。'"隐射小董鄂妃愿意代替姐姐。

(5) "晴雯先拿了一根比一比，笑道：'这虽不很象，若补上，也不很显。'宝玉道：'这就很好，那里又找哦啰嘶国的裁缝去。'"隐射"鱼代熊掌"也。

(6) "'补虽补了，到底不象，我也再不能了！'嗳哟了一声，便身不由主倒下。"——隐射小董鄂妃为此"东逝水，无复向西流。想象更无怀梦草，添衣还见翠去裘；脉脉使人愁"。

第七十七回《俏丫鬟抱屈夭风流》原文摘要：

(1) "王夫人在屋里坐着，一脸怒色，见宝玉也不理。晴雯四五日水米不曾沾牙，恹恹弱息，如今现从炕上拉了下来，蓬头垢面，两个女人才架起来去了。"隐射小董鄂妃殉葬就死的情景。

(2) "原来王夫人自那日着恼之后，王善保家的去趁势告倒了晴雯，本处有人和园中不睦的，也就随机趁便下了些话。王夫人皆记在心中。因节间有事，故忍了两日，今日特来亲自阅人。""王善保家的"隐射全体蒙古后妃。"因节间有事"隐射顺治十八年正月初七顺治皇帝"驾崩"。

（3）"王夫人冷笑道：'这也是个不怕臊的。他背地里说的，同日生日就是夫妻。这可是你说的？打谅我隔的远，都不知道呢。可知道我身子虽不大来，我的心耳神意时时都在这里。难道我通共一个宝玉，就白放心凭你们勾引坏了不成，'""四儿"（殉死儿）也隐射小董鄂氏。"同日生日就是夫妻"隐射小董鄂氏与顺治"同日死日就是夫妻"。

（4）"偏又娶了个多情美色之妻，见他不顾身命，不知风月，一味死吃酒，便不免有兼葭倚玉之叹，红颜寂寞之悲。又见他器量宽宏，并无嫉衾妒枕之意，这媳妇遂恣情纵欲，满宅内便延揽英雄，收纳材俊，上上下下竟有一半是他考试过的。若问他夫妻姓甚名谁，便是上回贾琏所接见的多浑虫灯姑娘儿的便是了。""多浑虫灯姑娘儿"隐射孝庄皇太后。多浑虫隐射皇太极。"虫"者，崇德皇帝也。

（5）"晴雯拭泪，就伸手取了剪刀，将左手上两根葱管一般的指甲齐根铰下；又伸手向被内将贴身穿着的一件旧红绫袄脱下，并指甲都与宝玉道：'这个你收了，以后就如见我一般。快把你的袄儿脱下来我穿。我将来在棺材内独自躺着，也就象还在怡红院的一样了。论理不该如此，只是担了虚名，我可也是无可如何了。'宝玉听说，忙宽衣换上，藏了指甲。晴雯又哭道：'回去他们看见了要问，不必撒谎，就说是我的。既担了虚名，越性如此，也不过这样了。'"隐射小董鄂氏准备就死，内心世界静如止水。

（6）"谁知你两个竟还是各不相扰。可知天下委屈事也不少。如今我反后悔错怪了你们。"隐射孝庄皇太后明白小董鄂氏死的冤屈。

（7）"宝玉又翻转了一个更次，至五更方睡去时，只见晴雯从外头走来，仍是往日形景，进来笑向宝玉道：'你们好生过罢，我从此就别过了。'"隐射小董鄂氏赴死。

《红楼梦》里晴雯与宝玉冰清玉洁，但作者利用晴雯来隐写黛玉，以《芙蓉女儿诔》来说明董鄂氏与顺治的夫妻关系——"而玉得于衾枕栉沐之间，栖息宴游之夕，亲昵狎亵，相与共处者，仅五年八月有畸。"明说董鄂氏与顺治夫妻恩爱，五年有畸（顺治十二年二月入宫幽会，顺治十七年八月死，恰好五年半），还是将晴雯拖进了混水。

第八十九回　人亡物在公子填词　蛇影杯弓颦卿绝粒

赞黛玉

亭亭玉树临风立，冉冉香莲带露开。

黛玉照镜

瘦影正临春水照，卿须怜我我怜卿。

解读

感叹黛玉病中照镜，顾影自怜。这两句诗原出《小青传》：冯小青乃武林冯生之姬妾，早慧，工诗词。十六岁嫁冯生。生妇妒，命小青别居孤山。有杨夫人劝小青别嫁。不从，凄惋成疾，自奠而卒，年十八，葬西湖孤山。姻戚集刊其诗词为《焚余草》。这里所取两句，即临池自照瘦影后所作，流传颇广。明代《春波影》杂剧演其事，陈元明作其传，张潮《虞初新志》记其事。姚靖增修《西湖游览志》及《西湖志》皆载。阿英《小说闲谈》记载冯小青全诗："新妆欲与画图争，知在昭阳第几名；瘦影自临春水照，卿须怜我我怜卿。"《红楼梦》引录此句，像借用柳如是与董小宛的诗歌一样，不仅是为了增加风流文才，主要是为了标明《金陵十二钗》的时代背景。

林黛玉隐射的董鄂氏皇贵妃与冯生姬妾冯小青的命运有许多相似之处。

董鄂妃入宫五年余，顺治十七年（1660）八月十九日，在后宫"风刀霜剑严相逼"的争斗中耗尽了心血，死时年仅二十二岁。

顺治皇帝自我安慰地写道："崩时言动不乱，端坐呼佛号，嘘气而化，颜貌安整，俨如平时。"

董鄂氏皇贵妃之死、顺治皇帝之死、小董鄂氏贞妃殉葬，前后相差半年，《红楼梦》里都有详细的描写。

（1）董鄂氏死因——秦可卿弃粒而死，参看第十回《张太医论病细穷源》。

（2）董鄂氏死因——尤二姐吞金而死，参看第六十九回《觉大限吞生金自逝》。

（3）董鄂氏死因——尤三姐杀身成仁，参看第六十六回《情小妹痴情归地府》。

（4）董鄂皇贵妃追封端敬皇后——秦可卿死封龙禁卫，参看第十三回《秦可卿死封龙禁卫》。

（5）董鄂氏死——晴雯死封芙蓉花神，参看第七十八回《痴公子杜撰芙蓉诔》。

（6）顺治皇帝诔端敬皇后——贾宝玉杜撰芙蓉诔，参看第七十八回《痴公子杜撰芙蓉诔》。

董鄂妃是一个二婚的不幸女人：亭亭玉树临风立，冉冉香莲带露开。

董鄂妃与顺治是一对悲剧夫妻：瘦影正临春水照，卿须怜我我怜卿。

第九十回　失绵衣贫女耐嗷嘈　送果品小郎惊叵测

感怀（薛蝌）

蛟龙失水似枯鱼，两地情怀感索居。
同在泥涂多受苦，不知何日向清虚。

解读

第九十回云：邢岫烟来到贾府后，寄人篱下，日子艰难，几乎"捉襟见肘"、"饱暖难继"，连棉衣都进了当铺。其未婚夫薛蝌为此而有牢骚，他自己也不得志，就混写了几句诗，说是要"出出胸中的闷气"。——士大夫日子清贫乃寻常家事，但与"蛟龙失水似枯鱼……不知何日向清虚"如何扯得上关系呢？

第一回中的贾雨村隐射刚登上崇德皇位的皇太极与兄长死后垂涎帝位的多尔衮，一条青龙，一条潜龙。新兴的大清国如月中天，如日东升——"时逢三五便团圆，满把晴光护玉栏。"

第九十回中的薛蝌隐射刚离开台湾到北京受封的刘国轩伯爵与冯锡范伯爵，一只是失水蝌蚪，另一只也是失水蝌蚪。大明朝失去了最后的光复基地，日薄西山，气息奄奄——"蛟龙失水似枯鱼，两地情怀感索居。"

第九十回云：

这里二人让了坐，凤姐笑问道："你丢了什么东西了？"岫烟笑道："没有什么要紧的，是一件红小袄儿，已经旧了的。我原叫他们找，找不着就罢了……"凤姐把岫烟内外一瞧，看见虽有些皮绵衣裳，已是半新不旧的，未必能暖和。他的被窝多半是薄的。至于房中桌上摆设的东西，就是老太太拿来的，却一些不动，收拾的干干净净。凤姐心上便很爱敬他……说了一回，凤姐出来，各处去坐了一坐，就回去了。到了自己房中，叫平儿取了一件大红洋绉的小袄儿，一件松花色绫子一抖珠的小皮袄，一条宝蓝盘锦厢花线裙，一件佛青银鼠褂子，包好叫人送去。……平儿道："奶奶说：'姑娘要不收这衣裳，不是嫌太旧，就是瞧不起我们奶奶。'刚才说了：我要拿回去，奶奶不依我呢。"岫烟红着脸笑谢道："这样说了，叫我不敢不收。"

（1）邢岫烟与薛蝌异途同归，结伴投奔贾府。邢岫烟家已经破败，隐射以吴三桂为首的三藩残部，在叛乱被平定后，归顺清廷，从大西南长途跋涉，来到直隶与京畿地区，分别驻扎在邢台、幽州与燕山一带，粮饷不足，军备匮乏——"半新不旧的，未必能暖和。"而伴随薛宝琴来到北京贾府的薛蝌，隐射刚刚归顺清廷的汉军公郑克塽与台湾刘国轩、冯锡范余部。凤姐隐射孝庄太皇太后，平儿隐射孝庄的第一大秘书苏麻喇姑。凤姐（孝庄）代表朝廷，为归顺的三藩旧部发放军需军饷，体恤关照，后者自然"不敢不收"了。

凤姐（孝庄）送来"一件大红洋绉的小袄儿"，指三藩归顺部队与台湾归顺部队都纳入了汉军正红旗序列。这就是邢岫烟与薛蝌联姻的背景。这与当年琪官与贾宝玉交换"大红汗巾子"（明朝大龙袍）与"松花汗巾子"（后金小龙袍）的寓意是相同的。

"至于房中桌上摆设的东西，就是老太太拿来的，却一些不动，收拾的干干净净。"——代表朝廷册封的伯爵名号与各种奖赏"却一些不动"，隐喻着更深的政治意义。

（2）邢岫烟丢失的"一件红小袄儿，已经旧了的"，隐射吴三桂在衡阳称帝时的旧龙袍。这样一件不祥之物既然丢了，就不可能找回来，也不应该找回来。丢了是双方的福分，真找回来，必将大祸临头。凤姐亲自来看望邢岫烟，就是探察这件"红小袄儿"的下落——"把岫烟内外一瞧……各处去坐了一坐，就回去了。"邢岫烟当即表示"找不着就罢了……"——三藩旧部的将领们"识时务者为俊杰"。

三藩残部归顺朝廷后，已经"捉襟见肘"、"饱暖难继"，只能接受孝庄配给的军需衣裳——满洲八旗制作的军装，所谓"松花色绫子一抖珠的小皮袄"，隐射皮料来自满洲老家松花江流域。汉军公郑克塽与台湾余部新受封

第九十回　失绵衣贫女耐嗷嘈　送果品小郎惊叵测

赏，况且家有余资，日子过得还可以，但已经处于"蛟龙失水似枯鱼"的无奈境地。

第九十回云：

薛蝌回到自己屋里，吃了晚饭，想起邢岫烟住在贾府园中，终是寄人篱下，况且又穷，日用起居不想可知。况兼当初一路同来，模样儿性格儿都知道的。可知天意不均：如夏金桂这种人，偏叫他有钱，娇养得这般泼辣；邢岫烟这种人，偏叫他这样受苦。阎王判命的时候，不知如何判法的？想到闷来，也想吟诗一首，写出来出出胸中的闷气，又苦自己没有工夫，只得混写道……

（1）薛蝌（刘国轩、冯锡范）与邢岫烟（三藩旧部）"当初一路同来，模样儿性格儿都知道"——顺治十八年（1661）三月，郑成功从厦门移驻金门，积极进行收复台湾的准备工作。三月二十三日，郑成功令其子郑经（锦）及部分将领留守金门、厦门，自己率军队二万五千人、大小战船数百艘由金门料罗湾出发，抵澎湖。康熙元年十二月十三日（1662年2月1日），荷兰殖民长官揆一被迫在投降书上签字。中国军民经过九个月的英勇战斗，终于结束了荷兰侵略者在台湾三十八年的殖民统治。

康熙二十二年（1683）五月，朝廷命施琅征台湾。施琅在澎湖一举粉碎刘国轩率领的台湾水师，乘胜登陆作战。十月，郑克塽兵败降清，授汉军公。

薛蟠吴三桂的汉军绿营部队源于镇守山海关的明朝主力，所谓"关宁铁骑，天下无敌"者也。他们在历史的旅途上走了两次歧路。崇祯十七年四月下旬，吴三桂与多尔衮杀马为誓，在一片石联合作战，粉碎李自成的围攻，然后引清兵入关，落下了千古骂名。

康熙十三年一月，吴三桂发动三藩叛乱，誓师北伐，先要"反清复明"，后来自称大周皇帝，逆历史潮流而动，造成十年内战，生灵涂炭，又落了一个千古骂名。吴三桂死后，三藩余部再次归顺朝廷，回到北方。

（2）"夏金桂这种人……写出来出出胸中的闷气。"——"夏金桂"隐射以孝庄为首的科尔沁蒙古后党。"邢岫烟"隐射康熙时代叛而复归的汉军八旗与绿营部队。

"阎王判命的时候，不知如何判法的？"——明亡清兴，崇祯皇帝想力挽狂澜于既倒，但没有成功。后来李自成的大顺建国不成功，吴三桂的大周复辟不成功，朱成功的台湾光复大业也不成功。汉族老大"地大物博，人口众多"而不成功，而满蒙老二老三"荒蛮落后，人丁稀少"倒成功了。

天意乎？人力乎？民心乎？命运乎？"阎王判命的时候，不知如何判法的？"——此乃当时汉族士大夫的不平想法，在明朝遗民中这种观点比较流行。

叹黛玉病

心病终须心药治，
解铃还是系铃人。

解读

第九十回黛玉听到雪雁与紫鹃的谈话，说已给宝玉定了亲，顿时病势沉重，后来知是误传误听，病也逐渐减退。但事实是，不是下人误传，而是黛玉不明真相也。

（1）第九十回云：

原来那黛玉虽则病势沉重，心里却还明白。起先侍书雪雁说话时，他也模糊听见了一半句，却只作不知，也因实无精神答理。及听了雪雁侍书的话，才明白过前头的事情原是议而未成的。又兼侍书说是凤姐说的，老太太的主意，亲上作亲，又是园中住着的，非自己而谁？因此一想，阴极阳生，心神顿觉清爽许多，所以才喝了两口水，又要想问侍书的话。恰好贾母、王夫人、李纨、凤姐听见紫鹃之言都赶着来看。黛玉心中疑团已破，自然不似先前寻死之意了。虽身骨软弱，精神短少，却也勉强答应一两句了。凤姐因叫过紫鹃，问道："姑娘也不至这样。这是怎么说，你这样唬人？"紫鹃道："实在头里看着不好，才敢去告诉的。回来见姑娘竟好了许多，也就怪了。"贾母笑道："你也别信他。他懂得什么？看见不好就言语，这倒是他明白的地方。小孩子家不嘴懒脚嫩就好。"说了一回，贾母等料着无妨，也就去了。正是……

前回黛玉听说宝玉定了亲，是一个王家大户的女儿，因而万念俱灰，只求速死。如今又听说"前头的事情原是议而未成的"，于是"阴极阳生，心神顿觉清爽"。

第九十回　失绵衣贫女耐嗷嘈　送果品小郎惊叵测

所谓"王家大户"是指"东海缺少白玉床，龙王来请金陵王"的那个王家，隐射科尔沁蒙古吴克善家，即孝庄皇太后的娘家。所谓"王家大户的女儿"指科尔沁蒙古姑娘，即孝庄皇太后的侄女——博尔济吉特氏。证明"满蒙联姻"的基本国策并没有丝毫改变。

此处的贾母、王夫人、凤姐都隐射孝庄皇太后，属于蒙古后党，而林黛玉隐射董鄂氏皇贵妃，紫鹃隐射宁悫妃，属于顺治帝党。李纨隐射康熙皇帝的母亲康妃佟佳氏，属于中立派。尽管最后的结果是"黛死钗嫁"，"金玉良缘"（满蒙联姻）战胜了"木石前盟"（满汉联姻），但随着顺治皇帝驾崩，二者都演成了"悲金悼玉"的"红楼梦"。像当年中立的福临登基一样，中立的康熙母子登基受封。

（2）第九十回云：

贾母道："我正要告诉你们。宝玉和林丫头是从小儿在一处的，我只说小孩子们怕什么。以后时常听得林丫头忽然病，忽然好，都为有了些知觉了。所以我想他们若尽着搁在一块儿，毕竟不成体统。你们怎么说？"王夫人听了，便呆了一呆，只得答应道："林姑娘是个有心计儿的。至于宝玉，呆头呆脑，不避嫌疑是有的。看起外面，却还都是个小孩儿形象。此时若忽然或把那一个分出园外，不是倒露了什么痕迹了？古来说的：'男大须婚，女大须嫁。'老太太想，倒是赶着把他们的事办办也罢了。"贾母皱了一皱眉，说道："林丫头的乖僻，虽也是他的好处，我的心里不把林丫头配他，也是为这点子。况且林丫头这样虚弱，恐不是有寿的。只有宝丫头最妥。"王夫人道："不但老太太这么想，我们也是这么。但林姑娘也得给他说了人家儿才好。不然，女孩儿家长大了，那个没有心事？倘或真与宝玉有些私心，若知道宝玉定下宝丫头，那倒不成事了。"贾母道："自然先给宝玉娶了亲，然后给林丫头说人家。再没有先是外人、后是自己的，况且林丫头年纪到底比宝玉小两岁。依你们这么说，倒是宝玉定亲的话，不许叫他知道倒罢了。"凤姐便吩咐众丫头们道："你们听见了？宝二爷定亲的话，不许混吵嚷；若有多嘴的，提防着他的皮！"

"贾母皱了一皱眉，说道：'况且林丫头这样虚弱，恐不是有寿的。只有宝丫头最妥。'证明"金玉良缘"的基本国策是孝庄皇太后支持确定的。

"再没有先是外人、后是自己的。""外人"指汉臣；"自己"指满蒙亲贵。不可能不首先考虑满蒙亲贵的利益。

"依你们这么说,倒是宝玉定亲的话,不许叫他知道倒罢了。"——"黛死钗嫁"隐射大学士王熙草拟的"秘密奏折"变成了孝庄篡改的"顺治罪己诏"。而偷梁换柱与移花接木的后台就是孝庄皇太后——贾母、王夫人与凤姐。

第九十一回　纵淫心宝蟾工设计　布疑阵宝玉妄谈禅

宝玉答黛玉禅话

*禅心已作沾泥絮*①，*莫向春风舞鹧鸪*。②

① 此句源于宋代高僧释道潜的名句，表示决心皈依佛门，就像柳絮沾在泥上，义无反顾。
② 鹧鸪的叫声很似"行不得"。此处的意思是不要劝阻我削发出家。

解读

董鄂妃在"痴道人"顺治皇帝的影响下，卧病期间也逐渐"崇敬三宝，栖心禅学"。这些史实进入《红楼梦》，就是第九十七回《林黛玉焚稿断痴情》。

董鄂妃自知不久于人世，总是参究"一中气不来，向何处安身立命"，想向神灵问明自己的归宿。据顺治皇帝自称，她临终前"犹究前说"，至死也未弄清自己为何受到如此严酷的惩罚。——进入《红楼梦》就是林黛玉所谓的"天尽头，何处有香丘"？

八月二十三日，即董鄂妃死后四天，太监来到茆溪森和尚的住所，宣他进宫为董皇后主持丧事。

承乾宫已改设成临时灵堂，茆和尚先叩拜守在董鄂妃灵柩前的皇帝，然后拈香拜灵。茆和尚意在告诉顺治皇帝，董皇后已修成"正觉""涅槃"，董皇后之死正是这种高尚的举动。其实，董鄂妃临死前何曾"了却凡心"？

顺治要出家当和尚——贾宝玉两次提出要出家当和尚，一次对林黛玉说，

· 355 ·

一次对袭人说。在场的王熙吓呆了，幸而玉林通琇接过了话头：大乘菩萨常化作天王、人王、神王和宰辅，以保持国土，护卫生民。皇上现身帝王，光扬法化。何必出家修行，愿我皇万勿萌此念头。

顺治因醉心于汉学而落入佛门圈套，把早年受汤若望感化而产生的人的信念完全抛弃了。福临想一辈子享乐，当一个穷奢极欲、腐败昏庸的君王，不会有任何苦恼。但他偏偏想有所作为，初主中原，经受无数痛苦，正是这些痛苦，逼得他向佛门寻求解脱。玉林通琇身为知名高僧，焉敢冒天下之大不韪，接受皇帝出家呢？顺治退了一步又说："不出家也罢，老和尚收朕为弟子吧！"

玉林生怕这位年轻的皇帝又会使出更叫他为难的招数，再说收一个皇帝为门徒，总是佛门盛事，于是答应收他为佛门弟子。

玉林要选择法名，福临又说：师父赐朕法号，必得拣一个最丑的字才好……

顺治皇帝为自己杜撰了一个不伦不类的法号"痴道人"。

由此可见，顺治出家的念头在董鄂妃病中就根深蒂固了："禅心已作沾泥絮，莫向春风舞鹧鸪。"

董鄂妃听说顺治皇帝要出家，哭云：我舍不得你……

福临猛然紧紧地抱住她，喊道：你为什么要生病？你不要离开我！

这一段皇宫逸闻，进入《红楼梦》，就是黛死钗嫁宝玉出家的历史依据："纵有弱水三千，我只取一瓢饮。"

引起顺治帝不愿为君的直接原因，一是爱情之花的凋谢，二是母后干政。此刻，他觉得人间的一切都寡淡无味，连至高无上的皇帝也不过像一名"穿龙袍的囚犯"。既然人世间已容不下他，于是便想到上天，天上究竟是什么景况？天子不知道，只有天知道。

第九十三回　甄家仆投靠贾家门　水月庵掀翻风月案

荐包勇与贾政书

世交夙好，气谊素敦。遥仰力帷，不胜依切。弟因菲材获谴①，自分万死难偿，幸邀宽宥，待罪边隅②，迄今门户凋零，家人星散。所有奴子包勇，向曾使用，虽无奇技，人尚悫实。倘使得备奔走，糊口有资，屋乌之爱，感佩无涯矣。专此奉达，余容再叙。不宣。

（1）世交夙好：隐意为汉满蒙回藏各族，自古就是中华大家庭的兄弟亲戚。有历史恩怨，但不打不成交，打打和和，最后融合为一家。
① 指明朝皇室因腐败而亡国。
② 待罪边隅：指南明逃亡西南。

解读

"弟因菲材获谴……待罪边隅"隐射南明政权九死一生，潜伏边陲，等待东山再起，也有等待招安的意思。实际上，历代新政权投鞭长江，大军南下，南方的残余势力，大多数都接受了招安。多尔衮入主北京的第三天就宣布对明朝皇室的宽柔政策，江南的明朝宗室当然了如指掌。

"迄今门户凋零，家人星散"，隐射明后裔的处境悲惨，到顺治十九年才风流云散，恐怕大部分都接受了满清政府的优待条件。

匿名揭帖儿

西贝草斤年纪轻①,水月庵里管尼僧②。
一个男人多少女,窝娼聚赌是陶情。③
不肖子弟来办事,荣国府内好声名。

① 西贝草斤:指贾芹,隐射礼亲王代善的长子克勤郡王岳讬。
② "水"指三点水。"月"字直通。管尼僧者为"主持",隐射一个主字。"水月庵里管尼僧"直射一个清字。
③ 指八旗子弟已经腐败透顶,亡国之兆也。

解读

贾芹是贾府小和尚小道士的总管。在家庙里,为王称霸,夜夜聚赌。有人写了匿名帖儿,贴在荣府大门口。贾政见后,气得头昏目晕。

礼亲王代善长子岳讬,是一个风流潇洒的将军。他很早就支持皇太极,被封为成亲王,是满洲政坛的第四号人物。岳讬很有正义感,对皇太极打击异己颇有微词,所以皇太极对他逐渐冷淡,从亲王贬为贝子。岳讬不是消极对待,而是仍然奋勇如前,后来掌管兵部,崇德三年任扬武大将军,入关作战,崇德四年死于恶疾。皇太极良心发现,大加悼念,追封岳讬为克勤郡王,后代成为世袭罔替的铁帽子王。岳讬死得早,在从龙入关之前就离开了中国政治舞台,论理很难写进《红楼梦》里,但他是礼亲王代善家(赖爷爷家)三个铁帽子王之一,所以就与赖大、赖二等其他铁帽子王一起,成了贾府的近亲奴才。

贾芹管理"僧尼道姑",隐指岳讬当年曾经掌管满洲八旗与汉军八旗的兵权,所以才能"称王称霸起来"。

岳讬死后,其后人受到崇德、顺治、康熙各位皇帝的照应,为八大铁帽子王之一。

《清史稿·列传三·诸王二》载:

(1)礼烈亲王代善(赖爷爷)第七子巽简亲王满达海(赖大),承袭了礼亲王代善的爵位,为八大铁帽子王之一。

（2）克勤郡王岳讬（贾芹）为礼烈亲王代善的长子，死于崇德四年，后人（赖二）承袭爵位，为八大铁帽子王之一。

（3）礼烈亲王代善第三子硕讬颖毅亲王萨哈璘，英年早逝，后人德克勒浑承袭爵位（赖尚荣），为八大铁帽子王之一。

"癞头和尚"兄长"赖爷爷"，代表从龙入关的满洲上三旗的两黄旗势力。

"林之孝"系统代表上三旗的正白旗与其他满洲八旗势力。

"王善保家的"代表蒙古八旗势力，是孝庄的娘家人。

第九十三回《水月庵掀翻风月案》追述了皇家对礼亲王代善长子一支的宽容态度：

贾政（多尔衮）接来看时，上面写着……

贾政看了，气的头昏目晕，赶着叫门上的人不许声张，悄悄叫人往宁荣两府靠近的夹道子墙壁上再去找寻。……贾政道："快叫赖大带了三四辆车到水月庵里去，把那些女尼姑女道长一齐拉回来。不许泄漏，只说里头传唤。"赖大（满达海）领命去了。

更兼贾芹也是风流人物，打量芳官等出家，只是小孩子性儿，便去招惹他们。那知芳官竟是真心，不能上手，便把这心肠移到女尼女道士身上。因那小沙弥中有个名叫沁香的，和女道士中有个叫做鹤仙的，长的都甚妖娆，贾芹便和这两个人勾搭上了，闲时便学些丝弦，唱个曲儿。

贾芹与小沙弥沁香、鹤仙"勾搭上了"，进而"窝娼聚赌"，隐射管理兵部的成亲王岳讬，于崇德元年"徇庇莽古尔泰、硕讬，及离间济尔哈朗、豪格。此事对满洲八旗的震动很大，竟然得到了皇太极的宽免。

《清史稿》云：

崇德元年四月，封成亲王。八月，坐徇庇莽古尔泰、硕讬，及离间济尔哈朗、豪格，论死，上宽之，降贝勒，罢兵部。未几，复命摄部事。二年八月，上命两翼较射，岳讬言不能执弓，上勉之再三，始引弓，弓堕地者五，乃掷去。诸王论岳讬骄慢，当死，上再宽之，降贝子，罚银五千。

第九十四回《宴海棠贾母赏花妖》：

到了明日早起，贾政正要下班，因堂上发下两省城工估销册子，立刻要查核，一时不能回家，便叫人回来告诉贾琏，说："赖大回来，你务必查问明白。该如何办就如何办了，不必等我。"贾琏奉命，先替芹儿喜欢，又想道："若是办得一点影儿都没有，又恐贾政生疑，不如回明二太太，讨个主意办去，便是不合老爷的心，我也不至甚担干系。"

贾政、贾琏让赖大处理贾芹"窝娼聚赌"，明显有回护之义，隐射"论死，上宽之，降贝勒，罢兵部。……诸王论岳讬骄慢，当死，上再宽之，降贝子，罚银五千"。

贾芹隐写的成亲王岳讬，是第一批八旗子弟，清朝之亡也是由于自身的腐败。

第九十四回　宴海棠贾母赏花妖　失宝玉通灵知奇祸

赏海棠花妖诗三首

贾宝玉作

海棠何事忽摧隤①？今日繁花为底开？
应是北堂增寿考②，一阳旋复占先梅③。

贾环作

草木逢春当茁芽，海棠未发候偏差。
人间奇事知多少，冬月开花独我家。

贾兰作

烟凝媚色春前萎，霜追微红雪后开。
莫道此花知识浅，欣荣预佐合欢杯。

① 摧隤：枯萎败落。
② 古时官宦之家的主妇居住北堂。"增寿考"为长寿。儿孙觉得老人要不行了而说的吉利话。
③ 一阳旋复：阳气回升，其实是指回光返照。

解读

第九十四回中写了秋去冬来，十一月间，怡红院海棠错时而开，乃回光返照之兆。

（1）元妃死隐射孝庄太皇太后之死。

贾宝玉拜会临安伯隐射汉族政权东山再起。

贾宝玉失玉隐射孝庄代表的清朝玉玺已经失效。

"一万两"代表"万岁",隐射"宝玉"是国家神器,贾宝玉是清帝。

(2)"通灵宝玉"不翼而飞——第九十四回隐射清朝末代皇帝将要像元顺帝那样退到长城之外。这段话的意思是,贾宝玉顺治皇帝出家当和尚就是放弃了中央政权,下一代贾兰康熙皇帝要出奔关外,像元顺帝当年那样,回到满洲建立地方自治政权,与汉族中央政府"欣荣预佐合欢杯",共同繁荣发展。

作者从来都不认为顺治皇帝与康熙皇帝是坏人。顺治皇帝贾宝玉是"天下古今第一淫人",他的"世法平等"思想,是封建社会中最大逆不道的思想,与"帝王之学"背道而驰。这种人文主义的平等观念,源于西方文艺复兴的进步思潮。

而康熙皇帝贾宝玉是"天下古今第一伟人"。他认为自己"松柏不敢比。连孔子都说:'岁寒然后知松柏之后凋也。'可知这两件东西高雅,不怕羞臊的才拿他混比呢。"——此乃康乾盛世与《红楼梦》出现在那个时代的深层次的原因。

尽管如此,满洲八旗的子孙后代还是要回到山海关外去。因为三百万满族人口统治三亿汉族人口的局面,是难以长久维持下去的。

(3)"贾娘娘薨逝"——第九十五回《因讹成实元妃薨逝　以假混真宝玉疯癫》。

元春生于甲申"正月初一",卒于甲寅年十二月十九日,得岁三十一。而孝庄实际卒于康熙二十六年,从甲申年(1644)到康熙二十六年十二月二十五日为四十三年,乃立春后"多一天",就是多一岁。所以,孝庄享年应为三十一岁加上四十四岁,计七十五岁。

孝庄是《红楼梦》第一女主角,作者将她分身为元妃、智能儿、王熙凤、万儿、警幻仙姑、秦可卿、真真国女儿、王夫人、薛姨妈、后廊上五嫂子、多姑娘、傅秋芳、贾母等多人,以致论者不复识其真面貌矣,读者也被弄得晕头转向。

(4)林黛玉认为贾宝玉将遇不祥——"这块玉原是胎里带来的,非比寻常之物,来去自有关系。若是这花主好事呢,不该失了这玉呀。看来此花开的不祥,莫非他有不吉之事?不觉又伤起心来。"

——隐射孝庄下嫁多尔衮(西府海棠背时而开),对摄政王、孝庄与顺治皇帝都不是好事，是不祥的预兆。二隐射董鄂氏与顺治皇帝悖理而婚（怡红院海棠背时而开），也是顺治与"端敬"皇后早夭的不祥预兆。

（5）妙玉"扶乩"测到贾宝玉将返归青埂峰——"只见那仙疾书道：'噫！来无迹，去无踪，青埂峰下倚古松。欲追寻，山万重，入我门来一笑逢。'"贾宝玉福临将离宫出走，避居边关。

贾宝玉的玉（通灵宝玉）是代表中央权力的玉玺，回到内蒙古大青山"青埂峰"将变成元玺那样的废石头，意味着满清必将亡国。

（6）探春预感贾宝玉要出家——"那知探春心里明明知道海棠开得怪异，'宝玉'失的更奇，接连着元妃姐姐薨逝，谅家道不祥，日日愁闷。""探春云：'独是"入我门来"这句，到底是入谁的门呢？'黛玉道：'不知请的是谁？'岫烟道：'拐仙。'探春道：'若是仙家的门，便难入了。'……"

这句话是《红楼梦》里极难懂的话。贾宝玉是爱新觉罗的后人，出家应该当和尚。而贾宝玉实际上是"假宝玉"——并不是爱新觉罗的后人，而是孔有德的后人，出家应该当道士。福临贾宝玉将出走当道士。

"海棠开得怪异，'宝玉'失的更奇，接连着元妃姐姐薨逝，谅家道不祥"，隐射孝庄太皇太后将要辞世，大清国将要灭亡。

（7）贾兰将中举出关——早期的贾兰隐射少年玄烨。中期的贾兰、贾宝玉又联合演义康熙皇帝。晚期的贾兰隐射末代清朝皇帝。

贾兰将中举出关，隐射满清丢了中央政权，退出山海关外，回到东北故土。由于贾兰隐射的满清末代皇帝是孔氏血统，贾宝玉与贾兰中举，兰桂齐芳，意味着长城内外中华民族的繁荣昌盛。

第九十五回　因讹成实元妃薨逝　以假混真宝玉疯颠

寻玉乩书

噫！来无迹，去无踪，青埂峰下倚古松。

欲追寻，山万重①，入我门来一笑逢。

① 欲追寻，山万重：指北京到大青山，隔着万水千山。

解读

孝庄乃女娲氏炼石补天弃置不用的大荒顽石所化，元玺于后金天聪九年、明崇祯八年（1635）获自察哈尔蒙古。皇太极获元玺，以为受命于天之祥瑞，次年即将后金改为满清，将天聪十年改为崇德元年。

大荒山无稽崖青埂峰指多尔衮获得元玺的地方，即鄂尔多斯托里图一带。"大荒山无稽崖青埂峰"实为大青山（阴山山脉）。阴山山脉西起乌拉特前旗，向东经固阳、四子王旗，止于察哈尔右翼后旗，东西绵亘五百里。当年察哈尔蒙古的势力继续向东，经现在的镶黄旗、正镶白旗、正蓝旗、多伦、围场一线，东西跨越二千里，东部以承德（热河）、中部以多伦、西部以归化（呼和浩特）为中心，是明代最强大的蒙古部族，曾是内蒙古诸部的盟长。当年元顺帝撤离大都，将传国玉玺丢落于阴山，二百年后才被牧羊人拾得，献给了元顺帝的后裔察哈尔蒙古头领林丹汗。林丹汗被皇太极与多尔衮击败，死在"打草滩"。他的儿子额哲与大妃将元顺帝的废玺（大荒顽石）献给多尔衮，多尔衮又转献给兄长皇太极。

第九十八回　苦绛珠魂归离恨天　病神瑛泪洒相思地

叹黛玉死

香魂一缕随风散，愁绪三更入梦遥！

解读

董鄂妃入宫五年余，顺治十七年（1660）八月十九日，在后宫"风刀霜剑严相逼"的争斗中，耗尽了心血，于承乾宫内薨逝，年仅二十二岁。

董鄂妃之死，真正的不幸者只有顺治皇帝。顺治皇帝像得了失心疯，演出了他人生的最后几幕令人扼腕的悲剧。

顺治十四年十月皇四子出生，顺治十五年正月，皇四子病死，使董鄂妃经受了致命的精神打击。

林黛玉《哭花阴》与《葬花吟》，是董鄂妃为流产的胎儿与短命的四阿哥两个男孩子写的悼词。

《哭花阴》中"呜咽一声犹未了，落花满地鸟惊飞"，写得十分逼真。"鸟惊飞"隐射流产的男胎——"尤二姐"流产的"已经成形"的男胎。"落花"隐射早夭的四阿哥荣亲王，死后像枯萎的落花。

《葬花吟》中"昨宵庭外悲歌发，知是花魂与鸟魂"、"花魂鸟魂总难留，鸟自无言花自羞，愿侬此日生双翼，随花飞到天尽头。天尽头，何处有香丘"，是生离死别、母亲不想苟且活下去的感情流露。

顺治帝宣诏天下，征求各地名医来京师为皇贵妃调治，派内外大臣广祀百神，为皇贵妃祈祷，大赦天下十恶以外的罪犯，为皇贵妃祈福。福临亲自往西山碧云寺礼佛,为皇贵妃祈祷。得知董鄂妃病危,顺治飞马从西山赶回皇宫。"皇儿,你来晚了!她已经……"皇太后说不下去了。

第九十八回描写了顺治十七年八月十九日的顺治皇帝:

(1)《苦绛珠魂归离恨天 病神瑛泪洒相思地》——"苦绛珠"隐射董鄂氏皇贵妃,如今死了。"病神瑛"隐射顺治皇帝,眼看也活不成了。

(2)"索性连人也认不明白了"——顺治皇帝死去活来,什么都顾不上了。

(3)"果然省些人事,便要喝水,贾母、王夫人等才放了心"——几天后顺治活过来,孝庄皇太后"才放了心"。

(4)"宝玉片时清楚,自料难保"——顺治皇帝自知病入膏肓。

(5)"横竖林妹妹也是要死的,我如今也不能保,两处两个病人,都要死的。死了越发难张罗,不如腾一处空房子,趁早把我和林妹妹两个抬在那里,活着也好一处医治、伏侍,死了也好一处停放。你依我这话,不枉了几年的情分。"这是顺治皇帝对孝惠章皇后(袭人)的真诚请求。正如《芙蓉女儿诔》所云:"及闻槥棺被燹,惭违共穴之盟;石椁成灾,愧迨同灰之诮。"——生同衾死同穴,是夫妻的爱情盟誓。同灰也是一种夫妻盟誓,如李白《长干行》诗:"十五始展眉,愿同尘与灰。"

从《红楼梦》中看,董鄂氏死后,福临身心俱疲,已经难以理政,先是削发,后是出家,母子关系已经达到几近破裂的程度。顺治十八年正月初七日,宫内传出顺治"痘亡"讣告,继之是顺治十四条罪己诏。历史真相可能是孝庄废黜了儿子,由孙子玄烨继位,故康熙称为清圣祖。福临秘密地幽居边关,康熙二十六年孝庄逝世不久,福临也逝世了。2006年北京石景山出土的"龙袍干尸"应当是死于康熙二十七八年的贾宝玉顺治皇帝。

第一〇一回　大观园月夜警幽魂
散花寺神签占异兆

散花寺签

去国离乡二十年，于今衣锦返家园。
蜂采百花成蜜后，为谁辛苦为谁甜！
行人至，音信迟，讼宜和，婚再议。

解读

康熙二十六年（1687）十二月二十五日孝庄太皇太后死，享年七十五岁。临终遗嘱云："太宗奉安久，不可为我轻动，况我心恋汝父子，当于孝陵（顺治帝陵）近地安厝，我心始无憾。"

短短二十五个字，写尽了一个改嫁女人临终时的无限辛酸——对原配丈夫皇太极的歉疚，对儿孙后代顺治与康熙皇帝的尴尬。无颜与丈夫合葬，恳求儿孙容许在他们的身边埋葬了自己。

"况我心恋汝父子，当于孝陵近地安厝，我心始无憾。"这句话的潜台词为："只要顺治康熙承认自己是母亲与祖母，我就心满意足了。"

河北遵化清东陵东墙之外，正式安葬孝庄太皇太后的陵墓，即所谓"昭西陵"。她的儿子顺治皇帝和孙子康熙皇帝与她隔着一堵皇陵高墙，长眠在她的身旁。但顺治是否真的埋葬在孝陵，是一个谜团。

清朝所有帝后妃子的陵墓都在清东陵的围墙之内，唯独孝庄太皇太后的陵墓位于围墙之外的东侧，没有正式进入东陵之内。说明在雍正时代满清皇室几乎完全汉化，按照汉族传统的封建道德，孝庄皇太后已经下嫁小叔子多尔衮，而且为他生了一个女儿，不能再算作皇家的媳妇，从伦理上不具备进入皇家陵墓的资格了。

康熙皇帝玄烨是个孝子贤孙。自祖母薨逝到康熙六十一年他也谢世，在三十五年的时间里，他都拿不定主意，究竟以什么礼节让祖母入土为安？埋葬在什么位置才算合适？直到他自己驾崩，也没有解决这个棘手的问题。

敢于负责的雍正皇帝承担了历史的责任，雍正二年（1724），他按照太皇太后的隆重礼仪厚葬太祖母，但将老人家埋葬在皇家东陵的围墙之东。在所有遵化东陵的墓葬中，孝庄太祖母距离盛京沈阳的昭陵最近。意为她虽然不再是皇家的媳妇，但子孙们仍然承认她是清太宗皇太极的合法妻子，是满清皇室的老祖宗。

关于孝庄的最后归宿，《红楼梦》第一批作者估计，孝庄死后大清国必亡，她应当随同满清政府败退关外而归葬后金本土的盛京。

由此可见，作者们生前见到了孝庄太皇太后之死，但十几年后（"凤姐停灵十几天"）却未见孝庄太皇太后之葬。等到雍正三年孝庄就地取穴下葬的时候，作者们早已去世了，否则就不会出现孝庄（凤姐与贾母）归葬后金本土的故事情节。

三十七年"停棺不葬"，是孝庄殡葬的第一个历史隐秘。"围墙之外"是孝庄殡葬的第二个历史隐秘。福临是否葬在孝陵是第三个历史隐秘。

《红楼梦》对这两个历史隐秘都作了回答——平儿云："纵在这屋里操上一百分的心，终久咱们是那边屋里去的。"

"那边屋里去的"隐指孝庄死后本来应该与皇太极合葬于沈阳昭陵，但因为改嫁而丧失了崇德"文皇后"的资格，最后的下场是就地埋葬在遵化清东陵围墙外之东的"昭西陵"。所谓"一从（从妃）二令（令正）三人木（休弃），哭向金陵（盛京的昭陵）事更哀"也。

第一○八回　强欢笑蘅芜庆生辰
死缠绵潇湘闻鬼哭

骰子酒令四首

商山四皓[①]（薛姨妈掷）

临老入花丛。[②]（薛姨妈）

——将谓偷闲学少年。[③]（贾母）

刘阮入天台[④]（李纹掷）

二士入桃源。（李纹）

——寻得桃源好避秦。[⑤]（李纨）

江燕引雏[⑥]（贾母掷）

公领孙。[⑦]（贾母）

——闲看儿童捉柳花。（李绮）

浪扫浮萍（鸳鸯掷）

秋鱼入菱窠（贾母）

——白萍吟尽楚江秋（湘云）

---

① 商山四皓：秦朝灭亡后，四位有道老者隐居陕西省的商山，以秦喻清。
② 临老入花丛：老来风流。
③ 将谓偷闲学少年：源于宋代程颐《春日偶成》最后一句。
④ 刘阮入天台：汉代刘晨阮肇入天台山，住半年，回来发现已经过了几

代了。隐射改朝换代。

⑤ 二士入桃源：桃花源是避难之处，隐射满清要避难。

⑥ 江燕引雏：指贾母隐射的孝庄要引领后代子孙回故乡。

⑦ 公领孙：指贾赦、贾政（摄政王）隐射的多尔衮子孙要回老家。

⑧ 闲看儿童捉柳花：源于宋代杨万里的《初夏睡起》，寓清朝大梦初醒。

解读

这是"金鸳鸯三宣牙牌令"的续篇，描写贾府隐射的清皇室败落之后，满蒙亲贵与汉族降臣后裔的出路。

第一一六回　得通灵幻镜悟仙缘
　　　　　送慈柩故乡全孝道

重游太虚幻境所见联额三副

真如福地①
假去真来真胜假，无原有是有非无。

福善祸淫②
过去未来，莫谓智贤能打破，
前因后果，须知亲近不相逢。

引觉情痴③
喜笑悲哀都是假，贪求思慕总因痴。

① 真如福地：清朝治下的"太虚幻境"在汉族光复后将要变成"真如福地"。

② 福善祸淫：指明、顺、清、周各派政治势力在历史行程中留下的千秋功过。

③ 引觉情痴：作者记录隐史的目的，是为了后人接受历史的经验教训。

解读

（1）真如福地：假去真来真胜假，无原有是有非无——明朝灭亡，遗民怀旧，中原故土沦丧，北京宫廷成了可望而不可及的"太虚幻境"。将来汉族光复，重整河山，定会"假去真来真胜假"。汉族人是败在自己手里的，贪婪腐败、骄奢淫逸、窝里争斗、祸起萧墙，岂能不亡国？政权丢了，人口依然，文化传统，潜移默化，总会有光复旧物、自立自强那一天。

（2）福善祸淫：过去未来，莫谓智贤能打破；前因后果，须知亲近不相逢——《红楼梦》中隐写了明、顺、清、周各派政治势力的千秋功过。回顾过去，预测未来，不要认为自己是"智贤"，看懂了深奥的内涵，其实个中味道，"若非多读书识事，加以致知格物之功，悟道参玄之力，不能知也"。书中的人物，往往隐射两代或三代历史人物的故事，演员们同台演出，悲欢离合，但台上台下的人与事，即便亲近，也未必相逢也。

（3）引觉情痴：喜笑悲哀都是假，贪求思慕总因痴——书中痴男怨女的喜笑悲哀都是假的，隐射的风云人物的悲欢离合却是真的。小说或历史人物的贪求思慕，都源于一厢情愿的"痴"字。

第一一七回　阻超凡佳人双护玉
欢聚党恶子独承家

酒令

飞羽觞而醉月。①（贾蔷）

冷露无声湿桂花。②（贾环）

天香云外飘。③（贾环）

① 羽觞：鸟形的酒杯。"飞羽觞而醉月"引自李白《春夜宴桃李园》。
② 此句引自王建《十五夜望月寄杜郎中》。
③ 此句引自宋之问《灵隐寺》。

解读

第一百十七回原文加注：

邢大舅就喝了一杯，说道："诸位听着：村庄上有一座玄帝庙，旁边有个土地祠。那玄帝老爷常叫土地来说闲话儿。一日，玄帝庙里被了盗，便叫土地去查访。土地禀道：'这地方没有贼的，必是神将不小心，被外贼偷了东西去。'玄帝道：'胡说！你是土地，失了盗，不问你问谁去呢？你倒不去拿贼，反说我的神将不小心吗？'土地禀道：'虽说是不小心，到底是庙里的风水不好。'玄帝道：'你倒会看风水么？'土地道：'待小神看看。'那土地向各处瞧了一会，便来回禀道：'老爷坐的身子背后，两扇红门，就不谨慎。小神坐的背后，是砌的墙，自然东西丢不了。以后老爷的背后也改了墙就好了。'玄帝老爷听来有理，便叫神将派人打墙。众神将叹口气道：'如今香火一炷也没有，那里有砖灰人工来打墙呢？'玄帝老爷没法，叫神将作法，却都没有主意。那玄帝老爷脚下的龟将军站起来道：'你们不中用，我有主意：你们将红门拆下来，到了夜里，拿我的肚子堵住这门口，难道当不得一堵墙么？众神将都说道：'好，又不花钱，又便当结实。'于是龟将军便当这个差使，竟安静了。岂知过了几天，那庙里又丢了东西。众神将叫了土地来，说道：'你说砌了墙就不丢东西，怎么如今有了墙还要丢？'那土地道：'这墙砌的不结实。'众神将道：'你瞧去。'土地一看，果然是一堵好墙，怎么还有失事？把手摸了一摸，道：'我打量是真墙，那里知道是个假墙！'"

"玄帝庙"隐射明王朝。玄帝者，朱明皇帝也。"外贼偷了东西去"隐射皇太极五次入关掠夺。

玄帝"老爷"隐射崇祯皇帝，"两扇红门，就不谨慎"隐射明朝的龙井关与山海关。

"众神将叹口气道：'如今香火一炷也没有，那里有砖灰人工来打墙呢？'"隐射明朝末年国库耗竭、腹背受敌的局面。

"你说砌了墙就不丢东西，怎么如今有了墙还要丢？"隐射清朝入关后，八旗部队也逐渐蜕变不武了。

"我打量是真墙，那里知道是个假墙！"隐射以八旗部队为资本的大清王朝，已经是一道颓败的假墙，不堪一击了。

典卖家当、宿娼滥赌、聚党狂饮的败家子行径，是入关几十年之后，八旗子弟的真实写照。贾环、贾蔷之辈一边跟"傻大舅"与王仁之流喝酒，一边"假斯文"地引用唐诗、古文，则是汉学文化随着权力而自动转移的真实写照。

邢大舅、王仁与贾环、贾蔷等在贾府外房喝酒行令，由行令者规定说"月"字、"桂"字、"香"字——"假做真时真亦假"也。

从"胡服骑射"到"风花雪月"，是贾家"走来名利无双地，打出樊笼第一关"的真正原因。

第一一八回　记微嫌舅兄欺弱女
　　　　　警谜语妻妾谏痴人

吟句

内典语中无佛性①，金丹法外有仙舟②。

① 内典：指佛教的经典。
② 金丹：指道教的炼丹术。

解读

《红楼梦》中的禅宗思想是唯心的宗教哲学，作者不是用来否定客观现实的，也不是宣扬什么虚无主义，而是用来为清朝末帝的败退作掩护的。作者是传统儒学的继承者，主张积极用世，修身齐家治国平天下。

第一百十八回中的宝玉似乎被宝钗的说教"招安"了，丢开佛经，拿起时文，准备走仕途经济的道路——其实是接受了清朝必将灭亡的残酷现实，为满清皇室寻找可行的出路。他自我安慰说：悟道成佛，并不关读什么书、走什么路。中举之后，照样可以做和尚。看破红尘，也不妨先尽"孝道"，以报"天恩祖德"。然后"打出樊笼第一关"，带领大家回到辽东的故乡去。这是历史真实，并非宗教觉悟。

第一百十八回中的"内典语中无佛性，金丹法外有仙舟"是第一百十九回"走来名利无双地，打出樊笼第一关"的前奏。《红楼梦》中的佛教、道教故事，都是表达主题思想的道具，与宗教信仰、哲学观点毫无关系——

"语中无佛性,法外有仙舟"也。作者讲述的只是明亡清兴、改朝换代的历史必然性——从明亡清兴的"假做真时真亦假",到清亡汉兴的"假去真来真胜假"。

第一一九回　中乡魁宝玉却尘缘
沐皇恩贾家延世泽

离家赴考赞

走来名利无双地，打出樊笼第一关。①

① 归结在倒数第二回，而"身后有余忘缩手，眼前无路想回头"，开始于正数第二回——二者遥相呼应，所谓"草蛇灰线，伏脉千里"者也。"走来名利无双地"是"身后有余忘缩手"的历史必然，指后金与满清的盛京政权统一了满洲，积累并掠夺了大量的财力物力人力，头脑发热，因而入主北京。"打出樊笼第一关"是"眼前无路想回头"的历史必然，指满洲八旗日益腐败，在关内混不下去了，只好退出山海关。

解读

贾宝玉一心要出家——隐射通灵宝玉回归原处后，满族必须退回老家去。

第一百十七回原文加注：

袭人只得放手。宝玉笑道："你们这些人，原来重玉不重人哪。你们既放了我，我便跟着他走了，看你们就守着那块玉怎么样？"

回来，小丫头传话进来回王夫人道："二爷真有些疯了。外头小厮们说，里头不给他玉，他也没法儿；如今身子出来了，求那和尚带了他去。"王夫人听了，说道："这还了得！那和尚说什么来着？"小丫头回道："和尚说，要玉不要人。"宝钗道："不要银子了么？"小丫头道："没听见说。后来和尚合二爷两个人说着笑着，有好些话，外头小厮们都不大懂。"王夫人道："糊涂东西，听不出来，学是自然学得来的！"便叫小丫头："你把那小厮叫进来。"小丫头连忙出去叫进那小厮，站在廊下，隔着窗户请了安。王夫人便问道："和尚和二爷的话，你们不懂，难道学也学不来吗？"那小厮回道："我们只听见说什么'大荒山'，什么'青埂峰'，又说什么'太虚境''斩断尘缘'这些话。"王夫人听着也不懂。

"你们这些人，原来重玉不重人哪"——封建王朝有一套完整的制度与统治系统，只要皇权在（玉玺），谁当皇帝都一样。贾宝玉说的这句话可谓一针见血，道破了封建制度的实质。什么"天子"？有了"宝玉"就是"天子"。

第一百十九回原文加注：

众人见他的话，又象有理，又象疯话。大家只说他从来没出过门，都是太太的一套话招出来的，不如早早催他去了就完了事了，便说道："外面有人等你呢，你再闹就误了时辰了。"宝玉仰面大笑道："走了，走了！不用胡闹了，完了事了！"众人也都笑道："快走罢！"独有王夫人和宝钗娘儿两个倒象生离死别的一般，那眼泪也不知从那里来的，直流下来，几乎失声哭出。但见宝玉嘻天哈地，大有疯傻之状，遂从此出门而去。正是……

"走来名利无双地，打出樊笼第一关"脱胎于吟咏山海关的著名诗句："两京锁钥无双地，万里长城第一关。"

"走来名利"隐射满清入关是为了夺取中原的"名利"。

"打出樊笼"隐射满清退守关外是保全民族生存的第一步。

第一二〇回　甄士隐详说太虚情
贾雨村归结红楼梦

结红楼梦偈

说到辛酸处,荒唐愈可悲。①
由来同一梦,休笑世人痴!②

① 此句对应"满纸荒唐言,一把辛酸泪。"
② 此句对应"都云作者痴,谁解其中味?"

解读

前两句表示对第一批作者借"荒唐言"来写"辛酸泪"的理解与同情,也就是对明朝皇室与中原遗民以汉族正统观念为依据反清复明事业的理解与同情。

后两句是最后定稿人对全书结局的解释,也就是对"批阅十载,增删五次"的解释,认为《红楼梦》不是复辟倒退,而是化干戈为玉帛,民族团结与国家统一。

参看第一回题《金陵十二钗》一绝。

离尘歌

我所居兮，青埂之峰。①
我所游兮，鸿蒙太空。②
谁与我游兮，吾谁与从。③
渺渺茫茫兮，归彼大荒。④

① 清朝使用的国家玉玺来自内蒙古大青山，是元顺帝的废玺。
② 顺治皇帝携带"通灵宝玉"入主北京，清承明制，做了中国的皇帝，君临天下，将长城以内的朱明王朝（"鸿"者红也，朱明之谓也）、元顺帝后裔的蒙古地区（"蒙"者蒙古也），还有清太祖做都督的建州地区（满洲），都统一在北京大清朝廷的麾下。
③ 谁与顺治、康熙皇帝风雨同舟？孝庄皇太后也——第一回云"趁此机会，就将此蠢物夹带于中，使他去经历经历"。
④ 渺渺真人（跛足道人孔有德）给了生命（贾宝玉），茫茫大士（癞头和尚皇太极）给了皇权（通灵宝玉），一起下世历劫——第一回云："趁此何不你我也去下世度脱几个，岂不是一场功德？"最后的结局自然是"从来处来，回来处去"。

解读

第一百二十回原文：

抬头忽见船头上微微的雪影里面一个人，光着头，赤着脚，身上披着一领大红猩猩毡的斗篷，向贾政倒身下拜。贾政尚未认清，急忙出船，欲待扶住问他是谁。那人已拜了四拜，站起来打了个问讯。贾政才要还揖，迎面一看，不是别人，却是宝玉。贾政吃一大惊，忙问道："可是宝玉么？"那人只不言语，似喜似悲。贾政又问道："你若是宝玉，如何这样打扮，跑到这里来？"宝玉未及回言，只见船头上来了两人，一僧一道，夹住宝玉道："俗缘已毕，还不快走。"说着，三个人飘然登岸而去。贾政不顾地滑，疾忙来赶，见那三人在前，那里赶得上？只听得他们三人口中不知是那个作歌曰……

此处的"贾政"隐射摄政王多尔衮的灵魂。"宝玉"隐射顺治皇帝的灵魂。"一僧一道"隐射皇太极与孔有德的灵魂。

"大荒山青埂之峰"隐射内蒙古大青山。天聪九年八月多尔衮在察哈尔蒙古获得元顺帝的玉玺。现在满清灭亡了，通灵宝玉失效了，又变成顽石了，还应该回到察哈尔蒙古去。

第一百二十回原文云：

雨村便请教仙长超尘始末。士隐笑道："一念之间，尘凡顿易。老先生从繁华境中来，岂不知温柔富贵乡中有一宝玉乎？"雨村道："怎么不知。近闻纷纷传述，说他也遁入空门。下愚当时也曾与他往来过数次，再不想此人竟有如是之决绝。"士隐道："非也。这一段奇缘，我先知之。昔年我与先生在仁清巷旧宅门口叙话之前，我已会过他一面。"雨村惊讶道："京城离贵乡甚远，何以能见？"士隐道："神交久矣。"雨村道："既然如此，现今宝玉的下落，仙长定能知之？"士隐道："宝玉，即'宝玉'也。那年荣宁查抄之前，钗黛分离之日，此玉早已离世。一为避祸，二为撮合。从此凤缘一了，形质归一。又复稍示神灵，高魁贵子，方显得此玉乃天奇地灵锻炼之宝，非凡间可比。前经茫茫大士渺渺真人携带下凡，如今尘缘已满，仍是此二人携归本处：便是宝玉的下落。"

"宝玉，即'宝玉'也。"——贾宝玉者，满清玉玺也。

"那年荣宁查抄之前，钗黛分离（后金与清朝合而又分）之日，此玉早已离世。"——孝庄去世，满清火亡，通灵宝玉（满清传国玉玺）失去国家权力的意义。

"前经茫茫大士（癞头和尚皇太极）渺渺真人（跛足道人孔有德）携带下凡，如今尘缘已满，仍是此二人携归本处：便是宝玉的下落。"——满清玉玺从何处来，又回何处去了。

"一为避祸，二为撮合"——贾宝玉福临离宫出走，由儿子玄烨即位。避免了"国不可一日无君"之祸，又撮合了康熙清圣祖的事业。

《红楼梦》第一百九回，孝庄临终前早有明确的交代：

这里贾母因疼宝玉，又想宝钗孝顺，忽然想起一件东西来。便叫鸳鸯开了箱子，取出祖上所遗的一个汉玉，虽不及宝玉他那块玉石，挂在身上却也希罕。鸳鸯找出来递与贾母，便说道："这件东西，我好象从没见的。老太太这些年还记得这样清楚，说是那一箱什么匣子里装着，我按着老太太的话一拿就拿出来了。老太太这会子叫拿出来做什么？"贾母道："你那里知道？这块玉还是祖爷爷给我们老太爷，老太爷疼我，临出嫁的时候叫了我去，亲手递给我的。还说：'这玉是汉朝所佩的东西，很贵重的，你拿着就象见了我的一样。'我那时还小，拿了来也不当什么便撂在箱子里。到了这里，我见咱们家的东西也多，这算得什么，从没带过，一撂便撂了六十多年。今儿见宝玉这样孝顺，他又丢了一块玉，故此想着拿出来给他，也象是祖上给我的意思。"一时宝玉请了安，贾母便喜欢道："你过来，我给你一件东西瞧瞧。"宝玉走到床前，贾母便把那块汉玉递给宝玉。宝玉接来一瞧，那玉有三寸方圆，形似甜瓜，色有红晕，甚是精致。宝玉一口称赞。贾母道："你爱么？这是我祖爷爷给我的，我传了你罢。"宝玉笑着，请了个安谢了，又拿了要送给他母亲瞧。贾母道："你太太瞧了，告诉你老子，又说疼儿子不如疼孙子了。他们从没见过。"

此处的贾母隐射康熙二十六年十二月临终前的孝庄太皇太后。作者原来估计，大清国必将随着孝庄生命的结束而灭亡。

"三寸方圆，形似甜瓜，色有红晕，甚是精致"，"汉朝所佩的东西，很贵重的"，"这块玉还是祖爷爷给我们老太爷，老太爷疼我，临出嫁的时候叫了我去，亲手递给我的"——元顺帝留下、由皇太极改制的满清玉玺，使用已经"六十多年"。从天聪九年到康熙二十六年，恰好六十四年。而孝庄太皇太后传给康熙皇帝的汉玉，来自科尔沁蒙古王府，得之于忽必烈的亲兄弟，其贵重与权威性，仅次于察哈尔蒙古林丹汗的废玉玺。

满蒙联姻创造了中国十七世纪的历史。满蒙联姻把科尔沁草原的少女变成盛京永福宫的庄妃。权力之争又把她磨炼成纵横捭阖的红楼"裙钗"。从沈阳永福宫到北京慈宁宫，她经历了太多太多的家事与国事——面对大难临头的政治狂飙她从容不迫，面对幼主临朝的大权旁落她以退为进，最终为两代少年天子赢得了乾纲独断、一统天下的历史功勋。

读者当然明白，贾宝玉（顺治皇帝）出生时口里含的仅是文学意义上的传国玉玺，贾母（孝庄太皇太后）临终交给贾宝玉（康熙皇帝）的源于汉代的"汉玉"，才是满蒙联姻的传家宝。

贾母的汉玉是科尔沁蒙古的传家宝，贾宝玉的通灵宝玉是传国宝——国家玉玺。

孙渠甫《石头记微言》云："正面'通灵宝玉'四字即是'皇帝之宝'四字，反面'莫失莫忘，仙寿恒昌'八字即是'受命于天，既寿永昌'八字。"（秦始皇玉玺篆刻的八字）

王梦阮《红楼梦索隐》云："通灵玉及金锁赞文，均与传国玺文相似，亦隐指身份处。"

台湾潘夏先生引用《三国志·孙坚传》注引的传国玺一段之后说："我们试一比较，'方圆四寸，上纽交五龙'（裴注引）不是'大如雀卵，灿若明霞，莹润如酥，五色花纹缠护'（红楼梦语）的简写吗？"

总之，皇太极传给贾宝玉的"通灵宝玉"，实乃秦汉传下来的国家玉玺。贾母传给贾宝玉的"汉玉"，实乃汉朝传下来的国家神器。

康熙皇帝以国家玉玺与神器，创建了封建社会最后的辉煌——康乾盛世。

顽石重归青埂峰

天外书传天外事①，两番人作一番人②。

① 天外书：指《红楼梦》、《情僧录》、《风月宝鉴》、《红楼梦》与《金陵十二钗》。

天外事：人留书中，魂飞天外。书中的传奇故事隐射过去的历史风云。

② 两番人：书中的人物隐写了上下两代人的历史。

一番人：小说创作成了一代人的故事。

解读

作者编造天外人间的传奇故事，不是为了描写男男女女的卿卿我我，而是隐写时代交替的风风雨雨——"白骨如山忘姓氏，无非公子与红妆。"

"天外书传天外事，两番人作一番人"是《红楼梦》最基本的隐写手法。

例如神仙世界的"一僧一道一顽石"，分别隐射癞头和尚与茫茫大士皇太极、跛足道人渺渺真人孔有德、女娲氏炼石补天遗弃的大荒顽石孝庄皇太后。例如神仙世界赤瑕宫的警幻仙姑与神瑛侍者，隐射盛京永福宫的孝庄妃与儿子福临。此乃"天外书传天外事"的隐写手法。

例如贾母，先隐射孝端皇太后，后隐射孝庄皇太后。贾赦先隐射关外时代的皇太极,后贾赦、贾政、贾琏连起来隐射摄政王多尔衮。贾宝玉先隐射顺治皇帝,后隐射康熙皇帝。王熙凤先隐射皇太极暴死前后与入关初期的孝庄,后隐射生了康熙皇帝的孝康皇太后。以上是"两番人作一番人"的隐写手法。

咏桃花庙

千古艰难惟一死①,伤心岂独息夫人②!

① 千古艰难:改朝换代的苦难。
② 息夫人庙:指桃花庙,因为《花名签》指明袭人是桃花命。

解读

花袭人即为"中华息夫人"——国母的意思。"堪羡优伶有福"隐射袭人改嫁蒋玉菡纯粹是两个演员在演戏——表演将满清皇帝的龙袍退还给汉族皇帝的龙袍管理官员(将玉函=蒋玉菡)。满清灭亡了("谁知公子无缘"),汉族复兴了。仅此而已。千万不要将"一床破席"理解为"一只破鞋"。因为朝代可以灭亡,而"中华息夫人"是永远不会死的,最多改嫁罢了。

第一百二十回原文加注:

那日已是迎娶吉期,袭人(皇帝的龙袍)本不是那一种泼辣人,委委屈屈的上轿而去,心里另想到那里再作打算。岂知过了门,见那蒋家办事,极其认真,全都按着正配的规矩。一进了门,丫头仆妇,都称"奶奶"。袭人此时欲要死在这里,又恐害了人家,辜负了一番好意。那夜原是哭着不肯俯就的,那姑爷却极柔情曲意的承顺。到了第二天开箱,这姑爷看见一条猩红汗巾(明朝的龙袍),方知是宝玉的丫头。原来当初只知是贾母的侍儿,益想不到是袭人。此时蒋玉菡念着宝玉待他的旧情,倒觉满心惶愧,更加周旋;又故意将宝玉所换那条松花绿的汗巾(后金龙袍)拿出来。袭人看了,方知这姓蒋的原来就是蒋玉菡(将玉函),始信姻缘前定(过去明朝的灭亡与将来清朝的灭亡,都是天数)。袭人才将心事说出。蒋玉菡也深为叹息敬服,不敢勉强,并越发温柔体贴,弄得个袭人真无死所了。看官听说,虽然事有前定,无可奈何,但孽子孤臣,义夫节妇,这"不得已"三字也不是一概推委得的。此袭

人所以在"又副册"也。正是前人过那桃花庙的诗上说道:

  千古艰难惟一死,伤心岂独息夫人!

  不言袭人从此又是一番天地。且说那贾雨村犯了婪索的案件,审明定罪,今遇大赦,递籍为民。

  袭人再嫁蒋玉菡,一隐射顺治离宫出走,孝惠章皇后晋封皇太后,丈夫不在了,徒有虚名耳。"蒋玉菡"与《占花魁》——"蒋玉菡"("将玉含")本来就是一个象征。隐射"盛国家玉玺"的紫檀盒子,当然也可以盛龙袍。现在它要将"龙袍"(袭人)娶走,独《占花魁》了。二隐射清朝将要亡国,满清皇帝的龙袍将要回到汉族皇帝身上了。

  "事有前定,无可奈何,但孽子孤臣,义夫节妇,这'不得已'三字也不是一概推委得的。"——明朝的遗民归顺满清属于"无可奈何"与"不得已"。将来清朝灭亡了,满清遗老遗少归顺汉族新政权也是"无可奈何"与"不得已"。

  其实,《红楼梦曲子》说"花袭人"(中华龙衣)只是历代统治者争夺的一张"破席子"——挖苦历代统治者争夺的后妃不过是刚出浴的一些戏子而已,谁抢着就是谁的。皇后是妓女,皇帝是嫖客,二十五史,不过如此。

参考文献

(1) 万依、王树卿、刘潞著：《清代宫廷史》，百花文艺出版社，2004年
(2) 李治亭主编：《清史》，上海人民出版社，2002年
(3) 欧阳健、曲沐、吴国柱著：《红学百年风云录》，浙江古籍出版社，2000年
(4) 霍国玲、霍纪平、霍力君著：《红楼解梦》（增订本），中国文学出版社，1995年
(5) 王湜华著：《努尔哈赤后妃传奇》，中国人民大学出版社，2001年
(6) 王湜华著：《皇太极后妃传奇》，中国人民大学出版社，2001年
(7) 张晓虎著：《顺治帝后妃传奇》，中国人民大学出版社，2001年
(8) 柯尊全著：《康熙帝后妃传奇》，中国人民大学出版社，2001年
(9) 周汝昌著：《红楼梦新证》，华艺出版社，1976年增订
(10) 王浩沅著：《清宫秘史》，黑龙江人民出版社，2003年
(11) 颜也之办《红楼梦烛隐》网站2004年版
(12) 柯劭忞等办《清史稿》网站2004年版
(13) 蔡元培著：《石头记索隐》，上海商务印书馆，1917年
(14) 蔡东藩著：《清史演义》，中国文史出版社，2003年
(15) 凌力：《少年天子》，人民文学出版社，2005年
(16) 顾诚：《南明史》，中国青年出版社，2003年
(17) 王梦阮、沈瓶庵著：《红楼梦索隐》，中华书局，1916年
(18) 邓狂言著：《红楼梦释真》，上海民权出版社，1919年
(19) 李知其著：《红楼梦谜》，香港印行，1990年

（20）王以安著：《红楼梦引》，台湾新陆书局，1993 年

（21）潘重规著：《红楼梦新解》，新加坡青年书局，1959 年

（22）潘重规著：《红楼梦新辨》，台北文史哲出版社，1974 年

（23）潘重规著：《红学六十年》，台北文史哲出版社，1974 年

（24）杜世杰著：《红楼梦考释》，台湾，自印版，1989 年 10 月

（25）高阳著：《红楼一家言》，台北联经出版事业公司，1977 年

（26）隋邦森、隋海鹰：《石头记密码——清宫隐史》，中央编译出版社，2005 年

（27）隋邦森、隋海鹰：《红楼人物之谜》，中央编译出版社，2006 年

（28）刘亮编著：《红楼梦诗词赏析》，吉林摄影出版社，2003 年

（29）蔡义江著：《红楼梦诗词曲赋鉴赏》，中华书局 2001 年

（30）蔡义江著：《红楼梦诗词曲赏析》，长江文艺出版社，2007 年

图书在版编目(CIP)数据

追踪谜底——《红楼梦》索隐之三／隋邦森,隋海鹰著.
—北京:中央编译出版社,2013.8
ISBN 978-7-5117-1722-1

Ⅰ.①追…
Ⅱ.①隋…②隋…
Ⅲ.①《红楼梦》研究-研究资料-分类索引
Ⅳ.①Z89:I207.411

中国版本图书馆 CIP 数据核字(2013)第 172653 号

追踪谜底——《红楼梦》索隐之三

出 版 人	刘明清
出版统筹	谭 洁
责任编辑	陈 肃　曲建文
责任印制	尹 珺
出版发行	中央编译出版社
地　　址	北京西城区车公庄大街乙 5 号鸿儒大厦 B 座(100044)
电　　话	(010)52612345(总编室)　(010)52612370(编辑室)
	(010)66161011(团购部)　(010)52612332(网络销售)
	(010)66130345(发行部)　(010)66509618(读者服务部)
网　　址	www.cctphome.com
经　　销	全国新华书店
印　　刷	北京瑞哲印刷厂
开　　本	787 毫米×960 毫米　1/16
字　　数	425 千字
印　　张	25
版　　次	2013 年 8 月第 1 版第 1 次印刷
定　　价	68.00 元

本社常年法律顾问:北京市吴栾赵阎律师事务所律师　闫军　梁勤
凡有印装质量问题,本社负责调换。电话:(010)66509618